CONQUISTADOR

OBRAS DO AUTOR PUBLICADAS PELA EDITORA RECORD

Dunstan
O Falcão de Esparta
O livro perigoso para garotos (com Hal Iggulden)
Tollins – histórias explosivas para crianças

Série O Imperador

Os portões de Roma
A morte dos reis
Campo de espadas
Os deuses da guerra
Sangue dos deuses

Série O Conquistador

O lobo das planícies
Os senhores do arco
Os ossos das colinas
Império da prata
Conquistador

Série Guerra das Rosas

Pássaro da tempestade
Trindade
Herança de sangue
Ravenspur

Como C. F. Iggulden

Série Império de Sal

Darien
Shiang

CONN IGGULDEN

CONQUISTADOR

Tradução de
ALVES CALADO

4ª edição

EDITORA RECORD
RIO DE JANEIRO • SÃO PAULO
2024

CIP-BRASIL. CATALOGAÇÃO NA FONTE
SINDICATO NACIONAL DOS EDITORES DE LIVROS, RJ

I26c Iggulden, Conn
4ª ed.   Conquistador / Conn Iggulden; tradução de Alves Calado. – 4ª ed. – Rio de Janeiro: Record, 2024.
    (O Conquistador; 5)

    Tradução de: Conqueror
    ISBN 978-85-01-09977-8

    1. Ficção histórica inglesa. I. Alves-Calado, Ivanir, 1953-. II. Título. III. Série.

12-3860
CDD: 823
CDU:821.111-3

Título original em inglês:
CONQUEROR

Copyright © Conn Iggulden, 2011

Texto revisado segundo o novo Acordo Ortográfico da Língua Portuguesa.

Todos os direitos reservados. Proibida a reprodução, no todo ou em parte, através de quaisquer meios. Os direitos morais do autor foram assegurados.

Direitos exclusivos de publicação em língua portuguesa somente para o Brasil adquiridos pela
EDITORA RECORD LTDA.
Rua Argentina, 171 – Rio de Janeiro, RJ – 20921-380 – Tel.: 2585-2000, que se reserva a propriedade literária desta tradução.

Impresso no Brasil

ISBN 978-85-01-09977-8

Seja um leitor preferencial Record.
Cadastre-se e receba informações sobre nossos lançamentos e nossas promoções.

EDITORA AFILIADA

Atendimento e venda direta ao leitor:
sac@record.com.br

Para Clive Room

AGRADECIMENTOS

Sem o empenho genuíno de várias pessoas capazes e dedicadas estes livros provavelmente jamais veriam a luz do dia. Em particular devo agradecer a Katie Espiner por editar um monstro, além de Kiera Godfrey, Tim Waller e Victoria Hobbs. Sim, teria sido mais fácil sem todos vocês interferindo, porém, mais importante, não teria sido tão bom.

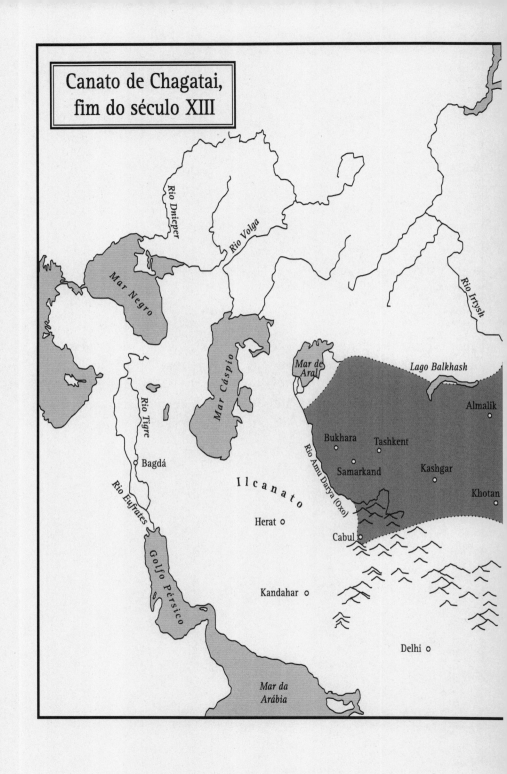

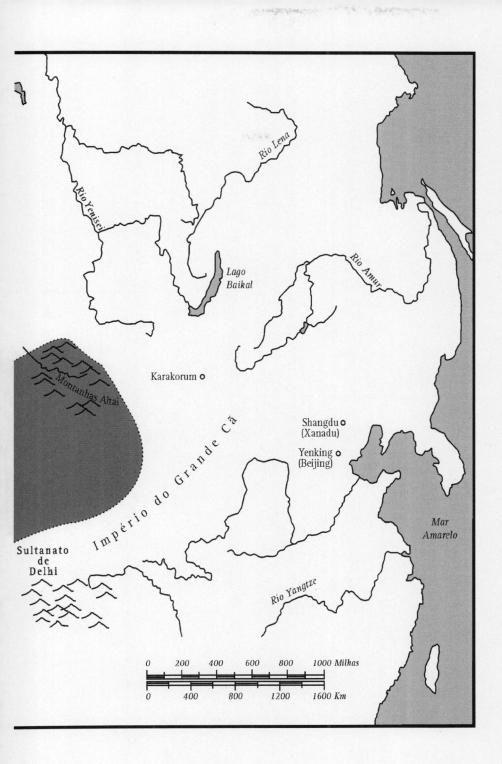

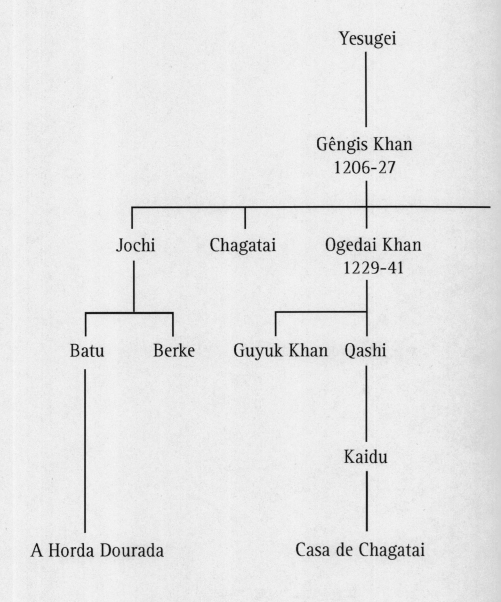

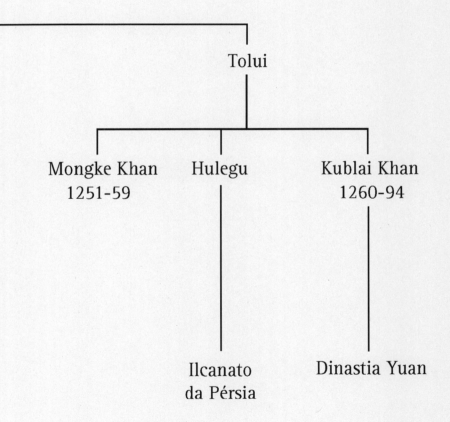

PERSONAGENS PRINCIPAIS

Mongke, Kublai, Hulegu e Arik-Boke
Quatro dos netos de Gêngis Khan.

Guyuk
Filho de Ogedai Khan e Torogene.

Batu
Filho de Jochi, neto de Gêngis. Torna-se um senhor de terras na Rússia.

Tsubodai
Grande general de Gêngis e Ogedai Khan.

Torogene
Mãe de Guyuk, governou como regente após a morte de Ogedai Khan.

Sorhatani
Mãe de quatro netos de Gêngis: Mongke, Kublai, Hulegu e a Arik-Boke. Esposa de Tolui, o filho mais novo de Gêngis, que deu a vida para salvar Ogedai Khan.

Baidur
Neto de Gêngis. Filho de Chagatai, pai de Alghu. Governante do Canato de Chagatai, baseado ao redor das cidades de Samarkand e Bucara.

PRIMEIRA PARTE

1244 D.C.

CAPÍTULO 1

Uma tempestade rosnava sobre a cidade de Karakorum, as ruas e avenidas transformando-se em riachos, enquanto a chuva martelava no escuro. Fora das grossas muralhas, milhares de ovelhas se amontoavam nos cercados. O óleo no pelo as protegia da chuva, mas elas não tinham sido levadas para pastar e a fome as fazia balir e se lamuriar umas com as outras. A intervalos, algumas empinavam insensatas sobre as companheiras, formando um morro de pernas e olhos selvagens que chutavam antes de cair de volta na massa espremida.

O palácio do cã estava iluminado com lâmpadas que cuspiam e estalavam nas paredes externas e nos portões, o som da chuva era um rugido baixo que aumentava e diminuía de intensidade, derramando-se como lençóis sólidos sobre os claustros. Serviçais olhavam para os pátios e jardins, perdidos no fascínio mudo que a chuva é capaz de obter. Permaneciam parados em grupos, fedendo a lã e seda molhadas, os deveres abandonados por um tempo enquanto esperavam a tempestade passar.

Para Guyuk, o mero som da chuva aumentava a irritação, do mesmo modo como alguém cantarolando interromperia seus pensamentos. Serviu o vinho cuidadosamente para o convidado e ficou longe da janela aberta, cujo parapeito de pedra já estava escuro por causa da água. O homem que viera a seu pedido olhou nervoso a sala de audiências ao redor. Guyuk supunha que o tamanho do lugar criaria espanto em qualquer pessoa mais acostumada com as iurtas baixas das planícies. Lembrou-se de suas primeiras noites no palácio silencioso, oprimido pelo pensamento de que um peso tão grande de pedras e telhas certamente cairia para esmagá-lo. Agora podia rir dessas coisas, mas viu os olhos do convidado se virarem rapidamente mais de uma vez para o grande teto. Guyuk sorriu. Seu pai, Ogedai, havia sonhado como um grande homem ao construir Karakorum.

Enquanto Guyuk pousava a jarra de pedra e retornava ao convidado, o pensamento apertou sua boca, formando uma linha fina. Seu pai não tivera de cortejar os príncipes da nação, subornar, implorar e ameaçar meramente para receber o título que era seu por direito.

— Experimente isto, Ochir — disse, entregando uma taça ao primo. — É mais suave do que *airag*.

Estava tentando ser amigável com um homem que mal conhecia. Mas Ochir era um dos mais de cem sobrinhos e netos do cã, homens cujo apoio Guyuk precisava obter. O pai de Ochir, Kachiun, foi um grande nome, um general ainda reverenciado na memória.

Ochir lhe fez a cortesia de beber sem hesitar, esvaziando a taça em dois goles longos e então arrotando.

— É como água — disse Ochir, mas estendeu a taça de novo.

O sorriso de Guyuk ficou tenso. Um dos seus companheiros se levantou em silêncio e trouxe a jarra, enchendo as taças dos dois. Guyuk se acomodou num longo divã à frente de Ochir, esforçando-se muito para relaxar e ser agradável.

— Tenho certeza de que você faz ideia do motivo de eu chamá-lo esta noite, Ochir — disse ele. — Você é de uma boa família, com influência. Eu estive no funeral de seu pai nas montanhas.

Ochir inclinou-se adiante, sentado, mostrando interesse.

— Ele lamentaria não ver as terras para onde você foi — falou. — Eu não... o conheci bem. Ele teve muitos filhos. Mas sei que ele queria estar com Tsubodai na Grande Jornada para o oeste. Sua morte foi uma perda terrível.

— Claro! Ele era um homem honrado — concordou Guyuk com afabilidade. Queria ter Ochir ao seu lado, e elogios vazios não faziam mal a ninguém. Respirou fundo. — Foi em parte por causa do seu pai que pedi que você viesse me ver. Esse ramo da família segue sua liderança, não é, Ochir?

Ochir olhou para longe, pela janela, onde a chuva ainda martelava o parapeito como se jamais fosse parar. Vestia um dil simples por cima de uma túnica e uma calça justa. As botas eram bastante gastas e sem ornamentos. Até o chapéu, manchado pelo óleo do cabelo, era inadequado para a opulência do palácio. Um igual poderia ser encontrado com qualquer pastor.

Com cuidado, Ochir pousou a taça no chão de pedras. Seu rosto tinha uma força que realmente fazia Guyuk se lembrar do seu falecido pai.

— Sei o que quer, Guyuk. Eu disse a mesma coisa aos homens de sua mãe, quando eles foram me procurar com presentes. Quando houver uma reunião, darei meu voto com os outros. Não antes. Não admitirei que me apressem nem serei obrigado a prometer. Tentei deixar isso claro a qualquer um que me perguntasse.

— Então você não fará um juramento ao filho do próprio cã? — perguntou Guyuk. Sua voz havia ficado áspera. O vinho tinto deixara suas bochechas vermelhas, e Ochir hesitou diante desse sinal. Ao redor, os companheiros de Guyuk se remexeram como cães nervosos com uma ameaça.

— Eu não disse isso — respondeu Ochir, cauteloso.

Sentia um desconforto crescente na companhia daquelas pessoas, e decidiu ir embora assim que pudesse. Quando Guyuk não respondeu, ele continuou a explicar:

— Sua mãe governou bem como regente. Ninguém negaria que ela manteve a nação unida, ao passo que outra pessoa poderia tê-la feito voar em fragmentos.

— Uma mulher não deveria governar a nação de Gêngis — respondeu Guyuk em tom firme.

— Talvez. Mas ela governou, e bem. As montanhas não caíram. — Ochir sorriu diante das próprias palavras. — Concordo que com o tempo deve haver um cã, mas deve ser alguém que assegure as lealdades de todos. Não deve haver luta pelo poder, Guyuk, como houve entre seu pai e o irmão dele. A nação é jovem demais para sobreviver a uma guerra de príncipes. Quando houver um homem claramente favorecido, votarei nele.

Guyuk quase se levantou, mal se controlando. Receber um sermão como se não entendesse *nada*, como se não tivesse passado dois anos esperando em frustração!

Ochir estava observando-o e abaixou a cabeça diante do que viu. De novo lançou um olhar para os demais homens na sala. Eram quatro. Ele estava desarmado, tinham-no obrigado a isso depois de uma revista na porta externa. Ochir era um rapaz sério e não se sentia à vontade entre os companheiros de Guyuk. Havia algo no modo como olhavam para ele, como um tigre fitaria uma cabra amarrada.

Guyuk se levantou devagar, indo até onde a jarra de vinho repousava no chão. Ergueu-a, sentindo o peso.

— Você está sentado na cidade do meu pai, na casa dele, Ochir — disse. — Eu sou o primogênito de Ogedai Khan. Sou neto do grande cã, e no entanto você guarda o seu juramento, como se estivéssemos barganhando uma boa égua.

Ele estendeu a jarra, mas Ochir pôs a mão sobre a taça, balançando a cabeça. O rapaz estava visivelmente nervoso com Guyuk de pé junto dele, mas falou com firmeza, recusando-se a se deixar intimidar:

— Meu pai serviu ao seu com lealdade, Guyuk. Porém há outros. Baidur, no ocidente...

— Que governa as próprias terras e não tem direitos aqui — reagiu Guyuk, ríspido.

Ochir hesitou, e em seguida prosseguiu:

— Se você tivesse sido citado no testamento de seu pai, seria mais fácil, amigo. Metade dos príncipes da nação já teria feito o juramento.

— Era um testamento velho. — A voz de Guyuk havia se aprofundado sutilmente, e suas pupilas se dilataram, como se ele visse apenas escuridão. Respirava mais rápido.

— E existe Batu — acrescentou Ochir, com a voz ficando tensa. — O mais velho das linhagens, ou mesmo Mongke, o filho mais velho de Tolui. *Existem* outros que podem reivindicar, Guyuk. Você não pode esperar...

Guyuk levantou a jarra de pedra, com os nós dos dedos brancos na alça pesada. Ochir ergueu o olhar, subitamente assustado.

— Eu espero *lealdade*! — gritou Guyuk.

Então, baixou a jarra sobre o rosto de Ochir com força enorme, jogando sua cabeça de lado. O sangue jorrou de uma linha de carne rasgada acima dos olhos de Ochir enquanto ele erguia as mãos para aparar outros golpes. Guyuk subiu no divã baixo, ficando com as pernas abertas acima do outro. Baixou a jarra de novo. Com o segundo golpe, as laterais de pedra se partiram e Ochir gritou pedindo socorro.

— Guyuk! — chamou um dos companheiros, horrorizado.

Todos estavam de pé, mas não ousavam intervir. Os dois homens no divã lutavam. A mão de Ochir havia encontrado a garganta de Guyuk. Seus dedos estavam escorregadios de sangue e Ochir não conseguia apertar enquanto a jarra descia repetidamente, subitamente se despedaçando, de modo que Guyuk ficou com o oval da alça, serrilhado e áspero. Estava ofegando, eufórico. Com a mão livre enxugou o sangue do rosto.

O rosto de Ochir era uma massa vermelha e só um dos olhos estava aberto. Suas mãos subiram de novo, mas sem força. Guyuk empurrou-as de lado facilmente, rindo.

— Eu sou o filho do cã — falou ele. — Diga que vai me apoiar. Diga.

Ochir não conseguia responder. Sua garganta estava fechada com sangue e ele engasgou violentamente, o corpo dava espasmos. Um som gorgolejante saiu dos lábios partidos.

— Não? — disse Guyuk. — Não vai me dar nem mesmo isso? Essa coisa pequenina? Então para mim você acabou, Ochir.

Ele baixou a alça com força enquanto os companheiros olhavam assombrados. O barulho cessou e Guyuk se levantou, soltando as lascas de pedra. Olhou para si mesmo enojado, subitamente ciente de que estava coberto de sangue, desde os respingos no cabelo até uma grande mancha no dil.

Seus olhos ganharam foco, retornando de longe. Viu os companheiros de boca aberta, três deles parados feito idiotas. Só um parecia pensativo, como se tivesse testemunhado uma discussão e não um assassinato. O olhar de Guyuk foi atraído para ele. Gansukh era um guerreiro jovem e alto, que afirmava ser o melhor arqueiro sob o comando de Guyuk. Ele falou primeiro, com a voz e a expressão calmas.

— Senhor, a falta dele será sentida. Deixe-me levá-lo daqui enquanto ainda está escuro. Se eu o deixar num beco da cidade, a família pensará que foi atacado por algum ladrão.

— Será melhor ainda se não o acharem — disse Guyuk. Em seguida esfregou as manchas de sangue no rosto, mas sem irritação. Sua raiva havia sumido e ele se sentia completamente em paz.

— Como quiser, senhor. Novas fossas de esgoto estão sendo cavadas na área sul...

Guyuk levantou a mão, fazendo-o parar.

— Não preciso saber. Faça-o sumir, Gansukh, e terá a minha gratidão. — Então olhou para os demais homens. — E então? Gansukh consegue resolver isso sozinho? Um de vocês deve mandar meus serviçais embora. Quando perguntarem, digam que Ochir nos deixou antes. — Ele sorriu através do sangue que lhe lambuzava a face. — Digam que ele prometeu votar em mim na reunião, que fez um juramento solene. Talvez o idiota possa me beneficiar na morte de um modo como não faria em vida.

Os companheiros começaram a se mover e Guyuk se afastou deles, indo para uma sala de banhos aonde poderia chegar sem cruzar um dos corredores principais. Durante um ano ou mais não havia se lavado sem ajuda dos serviçais, mas o sangue coçava na pele e ele queria ficar limpo. Os problemas que o haviam enfurecido antes, naquela noite, pareciam ter ido embora, e ele caminhava com passo leve. A água estaria fria, mas ele era um homem que se banhava em rios gélidos desde pequeno. Isso enrijecia a pele e o revigorava, lembrando-o de que estava vivo.

Guyuk estava de pé, nu, numa banheira de ferro de desenho jin, com dragões se retorcendo ao redor da borda. Não ouviu a porta se abrir, enquanto levantava um balde de madeira e derramava água sobre a cabeça. O frio o fez ofegar e estremecer, e o pênis se encolheu. Quando abriu os olhos, deu um pulo ao ver a mãe parada no cômodo. Ele voltou o olhar para a pilha de roupas que tinha jogado no chão. O sangue nelas já havia se misturado com a água, de modo que o piso de madeira tinha linhas tingidas de vermelho.

Guyuk pousou o balde com cuidado. Torogene era uma mulher grande e parecia preencher o pequeno cômodo.

— Se deseja me ver, mãe, estarei limpo e vestido num instante.

Viu o olhar dela pousar sobre o redemoinho de água com sangue no chão e desviou o rosto, pegando o balde e enchendo-o de novo com a água rosada da banheira. O palácio tinha seus próprios drenos, construídos especialmente com telhas endurecidas pelo fogo por especialistas jin. Quando tirasse a tampa, a água incriminadora desapareceria sob a cidade, misturando-se com excrementos e sujeira das cozinhas até que ninguém jamais pudesse saber. Um canal passava por Karakorum, e Guyuk supunha que a água se derramaria nele, ou em alguma fossa onde poderia se infiltrar. Não sabia, nem se importava, com tais detalhes.

– O que você *fez*? – perguntou Torogene. Seu rosto estava pálido quando ela se abaixou e pegou a túnica encharcada e torcida.

– O que era preciso – respondeu Guyuk. Ainda estava tremendo e sem humor para ser questionado. – Isso não tem relação com você. Mandarei queimar as roupas.

Guyuk levantou o balde outra vez, depois cansou-se do exame da mãe. Deixou-o cair de volta e saiu da banheira.

– Eu pedi roupas limpas, mãe. Já devem ter sido levadas à sala de audiências. A não ser que você prefira ficar me olhando o dia inteiro, talvez pudesse pegá-las.

Torogene não se mexeu.

– Você é meu filho, Guyuk. Eu trabalhei para protegê-lo, para conseguir aliados para você. O quanto do meu trabalho você desfez numa noite? Acha que não sei que Ochir foi convidado para vir aqui? Que não foi visto saindo? Você é idiota, Guyuk?

– Então, você andou me espionando. – Guyuk tentou se manter empertigado e despreocupado, mas os tremores pioraram.

– É minha obrigação saber o que acontece em Karakorum. Saber de cada acordo e cada discussão, cada erro, como o que você cometeu esta noite.

Guyuk desistiu do fingimento, exasperado com a desaprovação altiva da mãe.

– Ochir jamais me apoiaria, mãe. Ele não é uma perda para nós. Seu desaparecimento pode até ser uma vantagem, com o tempo.

– Você acha? Acha que tornou meu trabalho mais fácil? Então, eu criei um idiota? A família dele, os amigos saberão que ele veio até você desarmado e desapareceu.

– Eles não têm um corpo, mãe. Vão presumir...

— Vão presumir a verdade, Guyuk! Que você é um homem indigno de confiança. Que sua oferta dos direitos de hóspede é a única em toda a nação que não pode garantir segurança a um homem. Que você é um cão selvagem capaz de matar um homem que bebeu chá com você *em sua própria casa*.

Dominada pela raiva, ela deixou o cômodo. Guyuk mal tivera tempo para pensar no que a mãe havia dito quando Torogene voltou, estendendo-lhe as roupas secas.

— Durante mais de dois anos — continuou ela —, eu gastei cada dia cortejando os que poderiam apoiar você. Os tradicionalistas que poderiam ser abordados com o argumento de que você é o filho mais velho do cã e deveria governar a nação. Subornei homens com terras, ouro e escravos, Guyuk. Ameacei revelar-lhes os segredos se não recebesse seus votos numa reunião. Fiz tudo isso por honrar seu pai e tudo que ele construiu. A linhagem dele *deveria* herdar, e não os filhos de Sorhatani, ou Batu, ou qualquer outro príncipe.

Guyuk se vestiu rapidamente, colocando o dil sobre uma túnica e amarrando um cinto.

— Quer que eu agradeça? — perguntou ele. — Seus planos e suas tramas ainda não me tornaram cã, mãe. Talvez, se tivessem feito isso, eu não teria agido por conta própria. Achava que eu esperaria para sempre?

— Eu não achava que você mataria um homem bom na casa do seu pai. Você não me ajudou esta noite, filho. Estou tão perto... Ainda não sei o dano que você causou, mas, se isso for revelado...

— Não será.

— Se *for*, você terá reforçado a reivindicação de todos os outros homens da linhagem. Eles dirão que você não tem mais direito a este palácio, a esta cidade, do que Batu.

Guyuk apertou os punhos, frustrado.

— É *sempre* ele. Ouço o nome dele todo dia. Gostaria que ele estivesse aqui esta noite. Eu teria então removido uma pedra do meu caminho.

— Ele jamais viria vê-lo desarmado, Guyuk. O que quer que você tenha dito ou feito a ele na viagem de volta para casa, tornou mais difícil para mim trazer sua herança.

— Eu não fiz nada. E não é minha herança! — reagiu Guyuk, rispidamente. — Teria sido muito mais fácil se meu pai tivesse me citado no testamento. Essa é a fonte de tudo! Em vez disso, ele me deixou para me debater junto com todos os outros, como uma matilha de cães lutando por um pedaço de carne. Se você não tivesse assumido a regência, eu estaria lá nas iurtas, olhando com inveja a cidade do meu próprio pai. Mas você ainda presta honras a ele. Eu sou o primogênito do cã, mãe! No entanto, preciso barganhar e subornar para obter o que é meu por direito. Se ele fosse metade do homem que você acredita, deveria ter pensado nisso antes de morrer. Ele teve tempo suficiente para me incluir nos planos.

Torogene viu a dor no rosto do filho e cedeu, a raiva sumindo. Abraçou-o, tentando aliviar seu sofrimento sem pensar.

— Ele amava você, meu filho. Mas estava obcecado por esta cidade. E viveu com a morte à espreita por um longo tempo. Lutar contra ela o exauriu. Não duvido que ele quisesse fazer mais por você.

Guyuk pousou a cabeça no ombro dela, com pensamentos aguçados e desagradáveis. Ainda precisava da mãe. A nação aprendera a reverenciá-la nos anos de regência.

— Desculpe ter perdido a cabeça esta noite — murmurou ele. Depois forçou uma respiração a sair como um soluço e ela o apertou mais no abraço. — Eu desejo isso demais. Não posso suportar, mãe. Todo dia, vejo-os olhar para mim, imaginando quando convocaremos a reunião. Vejo-os sorrindo com o pensamento da minha derrota.

Torogene acariciou-lhe o cabelo molhado, alisando-o.

— Shh. Você não é igual a eles — acalmou-o. — Você nunca foi um homem comum, Guyuk. Como seu pai, você sonha com coisas maiores. Eu sei. Jurei torná-lo cã, e isso está mais perto do que imagina. Você já tem Mongke, o filho de Sorhatani. Você foi inteligente demais em tomar seu juramento no campo. Os irmãos dele não desobedecerão à mãe. Esse é o cerne da nossa posição. E, no ocidente, Baidur recebeu meus enviados. Tenho confiança de que, com o tempo, ele vai se declarar a seu favor. Entende como estamos perto agora? Quando Baidur e Batu disserem qual é o verdadeiro preço deles, convocaremos a nação.

Torogene sentiu-o se enrijecer quando mencionou o nome que ele aprendera a odiar.

— Acalme-se, Guyuk. Batu é apenas um homem e não saiu das terras que recebeu. Com o tempo, os príncipes que estão de olho nele perceberão que Batu está satisfeito em ser um senhor russo. Que não tem ambições para Karakorum. Então virão pedir que você os lidere. Prometo, filho. Nenhum outro homem será cã enquanto eu viver. Só você.

Ele afastou-se e fitou o rosto dela. Torogene viu que os olhos do filho estavam vermelhos.

— Quanto tempo ainda falta, mãe? Não posso esperar para sempre.

— Mandei mensageiros ao acampamento de Batu de novo. Prometi que você reconheceria as terras e os títulos dele, durante toda a vida e pelas gerações vindouras.

O rosto de Guyuk se retorceu num rosnado.

— Eu não os reconheço! O testamento do meu pai não está escrito no céu! Será que devo deixar um homem como Batu correr livre nas minhas fronteiras? Comer deliciosas comidas e cavalgar éguas brancas em paz? Devo deixar os guerreiros de sua Horda Dourada engordarem e fazerem filhos, enquanto travo guerras sem eles? Não, mãe. Ou ele está sob minha mão ou eu o verei destruído.

Torogene deu-lhe um tapa no rosto. O golpe foi forte e jogou sua cabeça para o lado. Enquanto uma mancha vermelha brotava na bochecha, ele olhou-a num choque aturdido.

— É por isso que você não corteja os príncipes sozinho, Guyuk. Eu disse para confiar em mim. Ouça. E ouça com o coração e a cabeça, não somente com os ouvidos. Quando você for cã, terá todo o poder, todos os exércitos. Sua palavra será lei. Nesse dia, as promessas que fiz por você serão poeira, se optar por ignorá-las. Entende agora? — Apesar de estarem sozinhos, a voz dela baixou até um sussurro. — Eu prometeria a *imortalidade* a Batu se achasse que isso iria trazê-lo a uma reunião. Durante dois anos ele mandou desculpas a Karakorum. Ele não ousa me recusar diretamente, mas me envia histórias de ferimentos ou doenças, dizendo que não pode viajar. O tempo todo vigia para ver o que virá da cidade branca. Ele é um homem inteligente, Guyuk, jamais se esqueça disso. Os filhos de Sorhatani não têm metade da ambição dele.

— Então você está barganhando com uma serpente, mãe. Tenha cuidado para ele não a picar.

Torogene sorriu.

— Para tudo há um preço, filho, para todos os homens. Eu só preciso descobrir o dele.

— Eu poderia tê-la aconselhado — disse Guyuk, presunçoso. — Conheço Batu. Você não estava lá quando cavalgamos no ocidente.

Torogene deu um muxoxo impaciente.

— Você não precisa saber de tudo, Guyuk, só que, se Batu concordar, ele virá para um encontro no verão. Caso ele aceite a oferta, teremos um número de príncipes suficiente para tornar você o cã. Está vendo agora por que não deveria ter agido sozinho? Está vendo o que pôs em perigo? O que é a vida do chefe de uma família em comparação a isso?

— Desculpe — respondeu Guyuk, baixando a cabeça. — Você não me manteve informado e eu estava com raiva. Deveria ter me incluído nos seus planos. Agora que sei mais, posso ajudá-la.

Torogene fitou o filho, com todas as suas fraquezas e falhas. Mesmo assim, amava-o mais do que a cidade ao redor, mais do que a própria vida.

— Tenha fé na sua mãe — pediu ela. — Você será o cã. Prometa que não haverá mais roupas ensanguentadas para queimar. Que não haverá mais erros.

— Prometo — respondeu Guyuk, com a mente já nas mudanças que faria quando fosse cã. Sua mãe o conhecia bem demais para que ele ficasse confortável perto dela. Ele lhe arranjaria alguma casinha longe da cidade, para passar os últimos dias. Sorriu com esse pensamento e ela se animou, enxergando de novo o menininho que ele já fora.

CAPÍTULO 2

Batu assobiou trotando por um campo verde em direção à pequena iurta na dobra dos morros. Enquanto cavalgava, mantinha os olhos em movimento, procurando vigias ou batedores. Não havia anunciado a visita à pátria dos mongóis e podia citar alguns que ficariam muito interessados em sua presença. Sorhatani herdara do marido o local de nascimento de Gêngis Khan, anos antes. Havia trazido *tumans* de volta às planícies abertas, dezenas de milhares de famílias que só queriam viver como sempre tinham vivido, à sombra das montanhas, no território aberto.

Não havia nada que provocasse suspeita ao redor da iurta de Tsubodai. O velho havia se aposentado sem qualquer adereço do poder, rejeitando todas as honras que Torogene tentara obrigá-lo a aceitar. Batu ficou satisfeito em simplesmente encontrá-lo, mas o orlok aposentado não se movimentava tanto quanto outras pessoas. Não havia trazido um grande rebanho que precisasse encontrar capim novo a intervalos de poucos meses. À medida que chegava mais perto, Batu podia ver apenas algumas dezenas de ovelhas e cabras, soltas e despreocupadas enquanto pastavam. Tsubodai havia escolhido um bom local perto de um leito de riacho, no que parecia uma antiga planície aluvial, alisada e achatada pela passagem dos milênios. O sol brilhava, e Batu se pegou admirando o sujeito de novo. Tsubodai havia comandado o maior exército da nação, mais de 100 mil guerreiros que lutaram até chegar às montanhas ao norte da Itália. Se o cã não tivesse morrido e os trazido de volta para casa, Batu achava que teriam formado um império que iria de um mar ao outro. Fez uma careta diante das lembranças, envergonhado por ter gostado do fracasso do velho. Isso fora quando Batu pensava que sua geração poderia pôr de lado a política mesquinha e as brigas que manchavam o mundo que ele conhecia.

Continuou aproximando-se devagar, sabendo que não seria uma boa ideia surpreender Tsubodai. Os dois não eram exatamente amigos, mas seu respeito só havia crescido nos anos desde a Grande Jornada. Mesmo assim, Batu precisava do conselho de alguém que não fizesse mais parte dos jogos de poder, alguém em cuja palavra ele pudesse confiar.

Ainda longe, ouviu um cão latindo. Seu coração se encolheu quando um enorme animal preto saiu de trás da iurta e parou, levantando a cabeça. Batu gritou, para que alguém segurasse a fera:

— *Nokhoi Khor!*

Mas não havia sinal de Tsubodai nem de sua esposa. O cão farejou o ar, virando a cabeça para um lado e para o outro. Ele o encarava da outra ponta do campo, então rosnou e partiu em disparada, roçando o capim. A cara balançava enquanto corria, de modo que Batu podia ver os dentes brancos e os olhos. À medida que o cão se aproximava, a mão de Batu baixou para o arco, mas ele não o pegou. Suas chances de ter uma recepção amigável diminuiriam um bocado se ele matasse o cachorro de Tsubodai.

Seu pônei deu alguns passos de lado, e Batu gritou feito louco com o cão, tentando diferentes palavras de comando. O animal enorme continuou vindo, e Batu foi obrigado a bater os calcanhares e fazer um grande círculo a meio-galope, com o cão seguindo-o. Podia ver a espuma branca na boca do bicho, que rosnava e uivava, não mais em silêncio agora que o via escapando.

Com o canto do olho, Batu viu uma mulher sair da iurta. Ela parecia se divertir com suas dificuldades e se dobrou ao meio, gargalhando. Ele só podia cavalgar em círculos, evitando as mandíbulas.

— *Nokhoi Khor!* — gritou de novo, e ela se levantou, olhando-o com a cabeça inclinada de lado. Depois de um tempo, a mulher deu de ombros e levou a mão à boca, emitindo dois assobios agudos. O cão se abaixou no capim imediatamente, com os olhos escuros ainda focalizados no cavaleiro que ousara entrar em seu território.

— Parado — disse Batu ao animal, passando longe dele. Jamais vira um cachorro daquele tamanho, e se perguntou onde Tsubodai o teria encontrado. O bicho observou-o por todo o caminho, e Batu tinha plena consciência dele ao apear lentamente, sem movimentos bruscos. — Estou procurando o orlok Tsubodai — disse Batu.

Pôde ouvir um rosnado grave às costas e foi difícil não olhar para trás. Um sorriso repuxou a boca da mulher que o observava.

— Talvez ele não queira vê-lo, homem sem nome — respondeu ela, animada.

Batu ficou vermelho.

— Ele me conhece bem. Estive com ele no ocidente. Meu nome é Batu, filho de Jochi.

Uma sombra passou pelo rosto dela ao ouvir o nome, como se o tivesse escutado muitas vezes. A mulher olhou-o no fundo dos olhos, procurando alguma coisa.

— Eu não tocaria numa arma, se fosse você. O cachorro vai rasgar sua garganta.

— Não estou aqui por vingança. Fiz as pazes há muito tempo.

— Fico feliz por um de vocês ter feito — disse ela.

Seus olhos se moveram para algo atrás dele, e Batu se virou, convencido de que o cão estava se esgueirando para perto. Em vez disso, viu Tsubodai puxando a pé um cavalo, saindo de um pequeno bosque não muito longe. Ficou surpreso com o sentimento de alívio que o dominou. Um dia odiara aquele homem, mas fora uma época em que odiara muitos. Batu não examinava os próprios sentimentos muito detalhadamente, mas em muitos sentidos pensava em Tsubodai como um pai. Não era algo que alguma vez tivesse dito. Simplesmente ver Tsubodai vivo e, aparentemente, em boa saúde era um raio de luz em seu humor atual. Nada parecia muito difícil se Tsubodai estivesse do seu lado. Se isso fosse verdade, claro. Batu ainda não tinha certeza de como seria recebido.

Esses pensamentos lhe passaram rapidamente pela cabeça enquanto Tsubodai se aproximava. O velho assobiou para o cão e Batu viu o animal selvagem se levantar e correr até ele, subitamente parecendo um filhote entusiasmado, balançando o corpo inteiro em vez de somente o cotoco de rabo. Tsubodai andava com uma das mãos enrolada frouxamente numa rédea e a outra estendida para acariciar a cabeçorra do cachorro. Não estava sorrindo quando olhou para Batu e para a esposa.

— Você ofereceu chá a ele?

— Ainda não — respondeu a mulher. — Pensei em deixar isso para você.

— Bom. Então pode seguir viagem, Batu. Não tenho nada para lhe dizer.

Batu esperou, mas para Tsubodai a conversa havia claramente terminado. Tsubodai passou por ele, estalando a língua para manter o cão perto.

— Percorri um longo caminho para vê-lo, orlok.

— Deixei títulos como esse para trás — respondeu Tsubodai por cima do ombro. — Estou aposentado.

— Não vim aqui pedir que você comande, velho, só desejo seu conselho.

Tsubodai parou no momento em que se abaixava para entrar na iurta.

— Adeus — disse, sem levantar a cabeça.

Frustrado, Batu olhou Tsubodai sumir no interior escuro, levando o cão. Virou-se desamparado para a mulher de Tsubodai, ainda parada com o mesmo sorriso oblíquo. Seus anos de cuidar de crianças certamente já haviam ficado para trás, mas ela parecia vagamente maternal enquanto olhava o rapaz desapontado.

— Não gosto de ver uma visita ser mandada embora sem nada — disse. — Quer chá salgado?

Batu ouviu um resmungo de irritação dentro da iurta. As paredes eram suficientemente finas para Tsubodai ouvir cada palavra.

— Seria uma honra — respondeu Batu.

Ele ainda estava lá quando a noite chegou. Tsubodai não parecia muito incomodado com sua presença. O velho havia se contentado com um olhar irado, mas silencioso, consertando um arco enquanto Batu permanecia sentado, conversando educadamente durante algumas horas. Descobrira ao menos o nome da mulher de Tsubodai. Ariuna era uma mulher agradável, e, uma vez relaxada, ficou fascinada com as notícias que ele trazia. Até mesmo Tsubodai fungou quando Batu falou das terras que recebera no testamento de Ogedai. Com um movimento de sua pena, Ogedai lhe concedera um vasto feudo na Rússia. Sabendo que Tsubodai escutava com atenção, Batu contou a Ariuna que parte daquele território já fora de seu pai, depois de deixar Gêngis para trás. Nesse momento, sentira o olhar de Tsubodai, sabendo que as lembranças do velho ainda seriam nítidas. Batu não havia levantado os olhos, e, depois de um tempo, Tsubodai retornou aos seus potes de água fervente, chifre e cola.

À medida que o sol se punha, Tsubodai se levantou, esticando as costas com um gemido.

— Preciso olhar os animais — disse à esposa.

Batu olhou para os pés, e só quando Ariuna disse "Então vá atrás dele!" o rapaz se levantou com um riso e saiu. Às vezes, as mulheres eram vitais quando se tratava de fazer os homens conversarem.

Encontrou Tsubodai com o cachorro, que se virou e arreganhou os dentes até Tsubodai contê-lo com uma palavra. Juntos, ele e Batu testaram as amarras que prendiam um pequeno curral, antes de irem sentir o útero de uma cabra que estava prestes a parir. O silêncio entre os dois era confortável, muito melhor do que quando Batu estivera sentado na casa de Tsubodai como um hóspede indesejado. Do lado de fora, o velho pareceu relaxar um pouco e fez um gesto para Batu examinar a cabra. Batu assentiu enquanto apertava os dedos em volta da forma não nascida.

— Agora não falta muito. — Foi seu veredicto. — Ela parece bastante feliz.

— Está mesmo — disse Tsubodai, levantando-se. — E eu também. A vida é dura, Batu, mas pelo menos pode ser simples. É mais simples aqui.

A idade o deixara mais magro do que Batu se lembrava, mas ainda havia uma presença nele. Ninguém jamais confundiria Tsubodai com um pastor, não importando onde ele estivesse. Seus olhos tinham visto impérios ascender e cair. Tinham visto Gêngis na juventude.

Batu não respondeu. Depois de um tempo, Tsubodai suspirou e pôs as mãos na barra de madeira do curral.

— Então diga o que o trouxe por tantos quilômetros. Vou avisando: não sei nada sobre a política de Karakorum. Não tenho mais uma rede de espiões, se é isso que você está esperando.

— Não é. Só quero o conselho de alguém em quem confio.

Como Ariuna fizera antes, Tsubodai perscrutou seus olhos e cedeu, com a tensão se esvaindo.

— Pergunte, garoto. Não sei se vai gostar da resposta.

Batu respirou fundo.

— Você conhece Guyuk melhor do que ninguém. — Como Tsubodai permaneceu quieto, Batu continuou: — Sabe que o novo cã ainda não foi escolhido?

O velho confirmou.

— Não estou num deserto. Isso, pelo menos, eu ouvi.

— Tem de ser Guyuk, Mongke, Baidur... ou eu. Somos os únicos quatro ao alcance, e Mongke fez o juramento há anos, quando ouviu dizer que Ogedai havia morrido. Ele vai apoiar Guyuk.

Tsubodai coçou a lateral do queixo.

— Então está feito. Junte-se a Mongke e Guyuk. Baidur irá atrás, assim que souber que vocês estão juntos. Guyuk será cã e eu serei deixado em paz.

— É isso que você faria? — perguntou Batu, sério.

Tsubodai gargalhou, um som desagradável e amargo.

— Eu? Não. Mas não sou você, e todas as minhas escolhas já foram feitas, as boas e as ruins.

— Então por que deseja que eu o apoie? No meu lugar, o que você faria?

Tsubodai não respondeu imediatamente. Virou-se para os campos que iam escurecendo, o olhar percorrendo o riacho e os morros distantes. Batu esperou.

— Não estou no seu lugar — disse Tsubodai, enfim. — Não sei o que o impulsiona. Se você quer a melhor barganha, espere o máximo que puder e avalie o momento em que os presentes dele provavelmente se transformarão em ameaças. Garanta suas terras e talvez você sobreviva por tempo suficiente para desfrutá-las.

— E se eu não me importar com a melhor barganha? — perguntou Batu, ofendido. — E se eu pensar que Guyuk não deveria comandar a nação?

— Então não posso ajudá-lo. Se você ficar no caminho dele, será destruído, sem dúvida. — O velho parecia prestes a dizer outra coisa, mas fechou a boca com firmeza.

— O que é? Você fala por enigmas, velho. Diz que não o seguiria, mas que eu serei destruído se não seguir. Que tipo de escolha é essa?

— Uma escolha simples — respondeu Tsubodai com um sorriso. Em seguida, voltou-se de verdade para Batu pela primeira vez. — Você não veio me procurar em busca de respostas. Você sabe tudo que precisa saber. Está perturbado pelos que compartilham a cama de Guyuk? É isso? Os companheiros dele o enchem de raiva, ou será inveja? — Tsubodai gargalhou.

— Por mim, ele poderia levar bodes mortos para a cama — replicou Batu com expressão enojada. — O que importa é que ele é um homem pequeno, um homem sem qualquer tipo de sonho. Tem somente esperteza, enquanto a nação precisa de inteligência. Você não pode me dizer que ele daria um bom cã.

— Ele seria um cã terrível. Sob o comando de Guyuk, veremos a nação murchar ou se partir. Mas, se você não se posicionar contra ele, quem o fará? De qualquer modo, é tarde demais. Você já está a caminho de um encontro da nação. Fará juramento a Guyuk e ele será cã.

Batu piscou, surpreso. Seus guerreiros o esperavam num vale a mais de um dia de cavalgada. Tsubodai não poderia saber, a não ser que estivesse mentindo com relação a não ter mais fontes de informações. Talvez houvesse alguns velhos que ainda viessem compartilhar chá e notícias com o orlok, afinal de contas.

— Você sabe algumas coisas, para um homem que afirma não passar de um simples pastor — acusou Batu.

— As pessoas falam. Como você. Vivem falando, como se não houvesse coisa melhor a fazer. Você queria que eu dissesse que está fazendo a escolha certa? Talvez esteja. Agora me deixe em paz.

Batu conteve a irritação.

— Vim perguntar o que Gêngis teria feito. Você o conhecia.

Tsubodai riu, mostrando os dentes. Faltavam dois na lateral da boca, de modo que a bochecha era funda naquele ponto. Era fácil ver a forma de seu crânio, a pele esticada sobre o osso.

— Seu avô era um homem sem compromissos. Entende o que significa? Há muitos que dizem "eu acredito nisso", mas será que manteriam tais crenças se seus filhos fossem ameaçados? Não. Mas Gêngis manteria. Se você dissesse que mataria os filhos dele, ele lhe diria para ir em frente, mas que percebesse que o custo seria infinito, pois ele despedaçaria cidades e nações, e o preço *jamais* seria pago. Ele não mentia, e seus inimigos sabiam. Sua palavra era ferro. Então, diga-me você se Gêngis apoiaria um homem como Guyuk como cã.

— Não — murmurou Batu.

— Nem em mil anos, garoto. Guyuk é um seguidor, não um líder. Houve um tempo em que até você o tinha trotando ao seu redor. Isso não é uma fraqueza para um carpinteiro ou alguém que faça telhas para um telhado. O mundo não pode ser cheio de cães líderes, caso contrário a matilha iria se despedaçar. — Tsubodai coçou atrás das orelhas do cão, e o animal grunhiu e babou para ele. — Não é, Temujin? — falou ao animal. — Nem todos podem ser como você, não é? — O cão se acomodou sobre a barriga com um grunhido, estendendo as patas da frente.

— Você deu o nome de Gêngis ao seu cachorro? — perguntou Batu, incrédulo.

Tsubodai deu um risinho.

— Por que não? Isso me agradou. — O velho ergueu os olhos de novo. — Um homem como Guyuk não pode mudar. Ele não pode simplesmente decidir um dia que vai liderar e ser bom nisso. Não está na natureza dele.

Batu pousou as mãos na barra de madeira. O sol havia começado a se pôr enquanto eles conversavam, as sombras se adensando e se fundindo ao redor.

— Mas se eu resistir a ele serei destruído — disse baixinho.

Tsubodai deu de ombros no escuro.

— Talvez. Nada é garantido. Isso não impediu seu pai de tirar os homens dele da nação. Para ele não havia um caminho do meio. Ele também era feito do mesmo molde.

Batu fitou o velho, porém mal conseguia ver suas feições no escuro.

— Isso não deu muito certo.

— Você é novo demais para entender.

— Experimente — disse Batu. Podia sentir o olhar do velho fixo nele.

— As pessoas sempre têm medo, garoto. Talvez seja preciso viver muito tempo para compreender isso. Às vezes acho que vivi tempo demais. Todos nós morremos. Minha mulher vai morrer. Eu vou, você, Guyuk, todo mundo que você já conheceu. Outros caminharão sobre nossas sepulturas e jamais saberão que rimos ou amamos, ou que odiamos uns aos outros. Você acha que eles vão se importar com isso? Não, eles terão sua própria vida cega e curta para viver.

— Não entendo — respondeu Batu, frustrado.

— Porque você é jovem demais. — Tsubodai deu de ombros, e Batu escutou o velho suspirando sozinho. — Há uma boa chance de haver ossos neste vale, de homens e mulheres que um dia se acharam importantes. Nós pensamos neles? Compartilhamos seus temores e sonhos? Claro que não. Eles não são nada para os vivos, e nós nem sabemos seus nomes. Eu achava que gostaria de ser lembrado, que as pessoas dissessem meu nome daqui a mil anos, mas não me importo, porque serei poeira e espírito. Talvez só poeira, mas ainda espero que seja espírito, também. Quando você ficar mais velho, vai perceber que a única coisa que importa, a *única* coisa, é que você teve coragem e honra. Se perder essas coisas, você não vai morrer mais depressa, mas será menos do que a terra nas suas botas. Ainda será poeira, mas terá desperdiçado seu curto tempo à luz. Seu pai fracassou, sim, mas era forte e tentou fazer o certo por seu povo. Não desperdiçou a vida. É só isso que se pode pedir. — O esforço de falar parecia ter cansado o velho. Ele pigarreou e cuspiu descuidadamente no chão. — A gente não fica muito tempo neste mundo. Estas montanhas estarão aqui depois de mim e você.

Batu ficou quieto por muito tempo antes de falar de novo.

— Não conheci meu pai. Nem mesmo estive com ele.

— Eu lamento ter conhecido — respondeu Tsubodai. — É assim que entendo a honra, garoto. Só quando a gente a perde é que percebe como ela é valiosa, mas aí já é tarde demais.

— Você é um homem honrado, se eu entendo alguma coisa.

— Já fui, talvez, mas deveria ter recusado aquela ordem do seu avô. Matar o próprio filho dele? Era loucura, mas eu era jovem e sentia um espanto reverente por ele. Deveria ter ido embora e jamais procurado Jochi nas planícies da Rússia. Você não entenderia. Já matou algum homem?

— Você sabe que já!

— Não em batalha; de perto, devagar, podendo olhar nos olhos dele.

Batu fez que sim lentamente. Tsubodai resmungou, praticamente incapaz de ver o movimento.

— Estava certo em fazer isso? Em arrancar todos os anos que ele viveria?

— Foi o que pensei na ocasião — replicou Batu, desconfortável.

— Você ainda é novo demais. Um dia pensei que poderia transformar meu erro numa coisa boa. Que minha culpa poderia ser a força que me tornaria melhor do que outros homens. Achava, nos anos em que era forte, que aprenderia com isso. Mas, não importando o que eu fizesse, aquilo estava sempre ali. Eu não podia voltar atrás, Batu. Não podia desfazer meu pecado. Conhece essa palavra? Os cristãos falam sobre uma mancha na alma. É bem adequado.

— Também dizem que a gente pode removê-la confessando.

— Não, não é verdade. Que tipo de homem eu seria se pudesse simplesmente apagar os erros através de palavras? O homem precisa viver com seus erros e seguir em frente. Talvez seja esse o seu castigo. — Então ele deu um risinho, por uma lembrança antiga. — Sabe, o seu avô simplesmente se esquecia dos dias ruins, como se jamais tivessem acontecido. Eu o invejava por causa disso. Ainda invejo, às vezes. — Tsubodai viu Batu encarando-o e suspirou. — Apenas mantenha a palavra, garoto, é só isso que tenho para você.

Tsubodai estremeceu enquanto uma brisa passava por eles.

— Se é você, Gêngis, não estou interessado — murmurou, tão baixo que Batu mal conseguiu escutar. — O garoto pode cuidar de si mesmo.

O velho apertou seu velho dil em volta do corpo.

— É muito tarde para cavalgar de volta aos seus homens — falou um pouco mais alto. — Você tem direitos de hóspede aqui, e vou mandá-lo de volta de manhã, depois do desjejum. Vem?

Não esperou a resposta de Batu. A lua estava aparecendo sobre o horizonte, e Batu olhou o velho caminhar de volta à iurta. Ficou satisfeito por ter vindo e achou que sabia o que precisava fazer.

O posto do yam era uma construção surpreendente de se ver no meio de lugar nenhum. Quatrocentos e oitenta quilômetros ao norte de Karakorum, tinha um único propósito: funcionar como um elo nas correntes de mensageiros que se estendiam até as terras dos jin, ia para o ocidente penetrando na Rússia e para o sul até Cabul. Suprimentos e equipamentos vinham pela mesma rota, em carroças mais lentas, de modo que o posto pudesse prosperar. Onde antes ficava uma única iurta com umas poucas montarias de reserva, agora havia uma construção de pedra cinza com telhado de barro vermelho. Iurtas ainda cercavam-na, presumivelmente para as famílias dos cavaleiros e os poucos soldados mutilados que haviam se retirado para ali. Batu imaginou, preguiçosamente, se algum dia aquilo se transformaria num povoado em meio ao ermo. Os cavaleiros do yam não podiam se mover junto com as estações, como seus ancestrais haviam feito.

Tinha evitado os postos do caminho na viagem desde suas terras recentes. A simples visão de seu *tuman* faria um cavaleiro galopar ao longo da linha. Ninguém viajava mais depressa do que os cavaleiros do yam em terreno difícil, e a notícia de seus movimentos chegaria a Karakorum dias antes dele. Mesmo para essa mensagem, ele havia deixado guerreiros numa floresta de pinheiros e bétulas, longe demais para serem descobertos. Havia cavalgado adiante com apenas dois batedores até chegarem a uma crista de morro onde ele pôde amarrar seu cavalo e mandá-los sem ele.

Batu estava deitado de bruços ao sol, olhando o progresso dos batedores em direção ao posto do yam. Havia fumaça saindo da chaminé, e, a distância, dava para ver as figuras minúsculas de cavalos pastando. Quando viu seus batedores entrarem na construção, virou-se de barriga para cima e encarou o céu azul.

Houvera um tempo em que desejara ser cã. Se isso lhe fosse oferecido naquela época, teria agarrado o touro à unha. Na ocasião a vida era mais simples, enquanto cavalgava para o ocidente com Tsubodai. A morte de Ogedai fizera mais do que interromper a Grande Jornada rumo às nações ocidentais. O cã fizera questão de tirar Batu da pobreza, abrindo-lhe o caminho através de promoções, até que ele estivesse dando ordens para 10 mil homens escolhidos. Não deveria ter sido surpresa que Ogedai o incluísse no testamento, mas foi. Batu não esperava nada. Quando cavalgou para suas terras novas, havia encontrado traços de um acampamento mongol, com iurtas desmoronando e construções rústicas de madeira. Tinha revistado tudo, e numa iurta encontrou uma sela apodrecida, gravada com a marca do *tuman* de seu pai. Ogedai lhe dera as terras que seu pai havia escolhido ao fugir de Gêngis. Batu segurou a sela e chorou por um homem que jamais conhecera. Nesse momento, soube que algo havia mudado nele. Enquanto olhava para o azul perfeito, examinou-se em busca da pontada de desejo, de ambição, mas não havia nada. Ele não seria cã. Seu único propósito era garantir que o melhor deles assumisse o comando da nação. Enfiou a mão no chão onde se assentava e arrancou um punhado de capim e terra. Na paz de um dia quente, esfarelou-a em poeira e deixou que a brisa a levasse.

Acima, um falcão distante girou e depois pairou, talvez interessado no homem deitado de barriga para cima no capim da planície. Batu levantou uma das mãos para ele, sabendo que a ave podia ver cada detalhe, mesmo daquela altitude.

O sol havia se movido no céu quando seus batedores retornaram. Bem-treinados, não deram qualquer sinal de que o viram ao chegar à crista do morro, até estarem fora da vista de qualquer pessoa que observasse do posto. Passaram por ele com os pôneis, e Batu foi em seguida, olhando ocasionalmente para trás. Não precisava perguntar se a mensagem fora mandada. Os postos do yam eram famosos pela eficiência. Um cavaleiro já estaria galopando em direção ao próximo, cerca de 40 quilômetros na direção de Karakorum. Torogene teria sua carta lacrada nas mãos em apenas três dias.

Batu estava pensativo enquanto trotava pelo capim luxuriante. Sabia que Guyuk perderia prestígio quando a reunião desmoronasse. A outra mensagem de Batu chegaria a Baidur mais ou menos ao mesmo tempo, e, se ele agisse a partir da promessa de apoio, muitas coisas mudariam. Baidur seria um cã melhor do que Guyuk, Batu tinha certeza. Por um instante, ouviu um sussurro da antiga voz, dizendo que *ele* também seria um bom cã, o primogênito do primogênito de Gêngis. Seria adequado, como se a nação fosse puxada de volta ao caminho certo depois de esperar demais. Balançou a cabeça, esmagando a voz que lhe falava por dentro. Seu pai quisera encontrar um caminho próprio, longe dos cãs e dos rebanhos. A conversa com Tsubodai dera a Batu um sentimento de uma enorme vastidão de tempo, um vislumbre de décadas, até mesmo de séculos, através dos olhos do velho. Batu lutou para se agarrar àquilo.

Tentou pensar em todos os futuros possíveis, depois desistiu. Ninguém poderia planejar tudo. Imaginou se seu pônei cavalgava sobre os ossos de homens mortos muito antes e arrepiou ligeiramente, apesar do calor do sol.

CAPÍTULO 3

Karakorum não presenciava uma reunião assim havia muitos anos. Até onde a vista alcançava, a terra estava coberta de iurtas e cavalos. As famílias da nação tinham vindo assistir ao juramento para o novo cã. Baidur trouxera dois *tumans* de guerreiros do ocidente, 20 mil homens que fizeram acampamento perto do rio Orkhon e mantinham suas fronteiras seguras. O acampamento dos quatro filhos de Sorhatani ficava perto, com mais 30 mil famílias. A planície verde era escondida por elas, iurtas se empoleiravam altas nos morros à medida que os retardatários procuravam terreno bom.

Não havia a possibilidade de silêncio numa multidão assim. Grandes rebanhos de ovelhas balindo, cabras, camelos e iaques andavam ao redor da cidade, saindo a cada manhã para o terreno aberto onde poderiam pastar e beber à vontade. Nas semanas anteriores, as margens do rio tinham sido amassadas até virarem lama marrom, e as rotinas se estabeleceram. Já houvera brigas e até assassinatos. Era impossível juntar tantas pessoas num só lugar e ninguém desembainhar uma espada. Mesmo assim, os dias passavam em relativa paz, e todos esperavam com paciência, entendendo que o mundo era grande. Alguns dos homens mais importantes da nação vinham de lugares distantes, como Koryo, a leste do território jin. Outros haviam cavalgado de novos povoamentos na Pérsia, atraídos pela convocação de Karakorum. Dos primeiros aos últimos a chegarem, o quiriltai demoraria quase três meses para ser formado. Até o dia do juramento, a nação se contentava em viver da comida que fluía da cidade para alimentá-la.

Torogene mal podia se lembrar de quando havia dormido pela última vez. Tinha cochilado algumas horas na véspera, ou talvez no dia anterior. Seus pensamentos estavam vagarosos, e o corpo doía em todas as juntas. Sabia que teria de dormir logo, caso contrário se tornaria inútil. Às vezes, achava que apenas a empolgação a mantinha de pé. Anos de trabalho tinham sido postos naquela reunião, e, no entanto, ainda havia milhares de coisas a fazer. Simplesmente alimentar a nação a partir de depósitos enormes exigia um exército de serviçais. Grãos e carne-seca eram distribuídos a cada príncipe ou líder de família, e eles passavam de quatrocentos.

Passou a mão na testa, fitando Guyuk com carinho, que olhava pela janela aberta. As muralhas da cidade eram mais altas do que antigamente, mas ele podia ver o mar de iurtas que se estendia até a distância turva.

— São *tantas* — murmurou ele consigo mesmo.

Torogene assentiu.

— Agora só vamos esperar umas poucas mais. Chulgetei ainda não chegou, mas acho que ele tinha a maior distância para viajar. Batu não pode estar longe. Talvez uma dúzia de nomes menos importantes ainda esteja vindo, filho. Mandei batedores para os apressarem.

— Houve ocasiões em que pensei que isso jamais aconteceria. Não deveria ter duvidado de você.

Torogene sorriu, com afeto e indulgência iluminando-lhe o rosto.

— Bom, você aprendeu a ter um pouco de paciência. É uma boa qualidade para um cã.

Torogene sentiu uma onda de tontura e percebeu que ainda não havia comido. Mandou serviçais buscarem correndo algo para lhe quebrar o jejum.

— Baidur é a chave — disse Guyuk. — Tenho certeza de que foi a presença dele que mudou o pensamento de Batu. Vai me dizer agora o que prometeu aos meus queridos primos?

Torogene pensou um momento, mas então fez que sim.

— Quando você for cã, terá de saber tudo — falou ela. — Ofereci a Baidur 10 mil barras de prata.

Guyuk se virou para ela, com os olhos arregalados. Uma quantia dessas representava toda a produção das minas das quais ele tinha conhecimento, possivelmente durante anos.

— Você me deixou com alguma coisa? — perguntou ele.

Torogene deu de ombros.

— O que importa? A prata continuará saindo da terra. Ela não tem utilidade trancada em salas embaixo do palácio.

— Mas 10 mil barras! Eu não sabia que existia tanta prata no mundo.

— Então seja educado quando ele fizer o juramento, Guyuk — respondeu ela com um sorriso cansado. — Ele é um homem mais rico do que você.

— E Batu? Se as salas do tesouro estiverem vazias, o que ele vai querer para comprar seu precioso juramento?

Torogene viu a expressão de desprezo no rosto do filho e franziu a testa.

— Você precisará ter dignidade quando se encontrar com ele, também — afirmou ela. — Não deixe que ele veja nada em seus olhos, filho. Um cã não mostra aos homens pequenos que eles representam alguma coisa para ele.

Ela suspirou enquanto o filho continuava a encará-la, esperando. Então, prosseguiu:

— Nós trocamos cartas através dos cavaleiros do yam. Ele não pôde recusar quando eu disse que Baidur havia prometido prestar juramento a você. Não precisei oferecer nada, acho. Só fiz isso para preservar o orgulho dele.

— Ele tem orgulho demais, mas não importa. Vou vê-lo ser derrubado diante da nação.

Torogene ergueu os olhos para o teto, subitamente frustrada. Quantas vezes teria de explicar ao filho, antes que ele começasse a entender?

— Se você fizer isso, terá um súdito e um inimigo. — Ela segurou-o pelo ombro enquanto ele começava a lhe dar as costas. — Você precisa entender, a não ser que ache que eu governei Karakorum somente com a ajuda da sorte. Quando for cã, deve cortejar os homens poderosos. Se derrubar um, mas deixá-lo vivo, ele irá odiá-lo até o fim dos dias. Se roubar seu orgulho, ele não perderá a chance de se vingar quando puder.

— Gêngis não se importava com esse tipo de política — respondeu Guyuk.

— Seu pai se importava. Ele sabia muito melhor do que Gêngis como governar uma nação. Gêngis só poderia obter um império. Jamais seria a mão segura, assim que o império estivesse formado. Eu fui essa mão, Guyuk. Não descarte tão facilmente o que digo.

Seu filho olhou-a com surpresa. Torogene havia governado a nação por mais de cinco anos, desde a morte do pai dele. Durante dois deles, ela estivera quase sozinha com Sorhatani, enquanto o exército permanecia em terras distantes. Ele não havia pensado muito no esforço da mãe.

— Estou ouvindo — disse Guyuk. — Presumo que tenha prometido de novo que eu respeitaria o território dado a Batu, ou será que ofereceu a ele o posto de orlok do exército?

— Ofereci ambas as coisas, mas ele recusou a segunda. Então eu soube que ele não seria cã. Batu não arde com ambição, filho, motivo pelo qual não é ameaça para nós. Não sei se é por fraqueza ou covardia, mas não importa. Quando você tiver o juramento dele, pode mandá-lo de volta com presentes caros. Não teremos notícias dele de novo.

— Ele é o único que temo — admitiu Guyuk, quase para si mesmo. Foi um momento de rara honestidade, e a mãe apertou seu ombro.

— Ele é da linhagem direta de Gêngis, o primogênito do primogênito. Você está certo em temê-lo, mas não mais, entendeu? Quando o último chegar, você convocará os príncipes e os generais para a sua tenda na planície, Batu entre eles. Receberá o juramento deles e, na semana seguinte, visitará cada acampamento e deixará que todos se ajoelhem diante de você. Há meio milhão de pessoas que irão vê-lo, então. Um número grande demais para trazer para dentro da cidade. Foi isso que eu lhe dei, filho. Foi isso que você ganhou com sua paciência.

Sorhatani desceu da sela com cuidado, atrás do filho mais velho. Mongke estendeu o braço para baixo, ajudando-a, e ela lhe sorriu. Era bom ver Karakorum de novo. Seu lar nas montanhas Altai ficava longe do assento do poder, mas isso não significava que ela não tivesse acompanhado cada reviravolta enquanto Torogene e Guyuk barganhavam o poder. Quando olhava para Mongke, começava a desejar que ele não tivesse feito o juramento tão cedo, mas o rio havia seguido seu curso. O filho mais velho tinha visto o pai, Tolui, manter a palavra, ainda que isso significasse a sua morte. Depois disso, Mongke não podia quebrar um juramento; isso não estava nele. Ela olhou-o apear com dignidade, vendo de novo o tradicional guerreiro mongol em tudo que ele fazia. Mongke tinha a aparência certa para o papel, com o rosto largo e ombros pesados. Vestia uma armadura simples e já era conhecido como alguém que não tinha paciência para as coisas dos jin. Não haveria comidas saborosas nas iurtas naquela noite, pensou Sorhatani, pesarosa. Seu filho tinha a simplicidade como fetiche, vendo nisso uma nobreza que ela não conseguia entender. A ironia era haver muitos na nação que seguiriam alguém assim, especialmente os generais mais velhos. Alguns sussurravam que Guyuk não era um homem entre os homens, que ele agia como mulher no palácio do pai. Outros ainda falavam com nojo do modo como Guyuk continuava a prática do pai, cercando-se de perfumados eruditos jin e seus rabiscos incompreensíveis. Se Mongke tivesse levantado a mão, poderia ter metade da nação sob seus estandartes antes que Guyuk sequer soubesse estar sendo ameaçado. No entanto, as palavras do filho de Sorhatani eram de ferro, e seu juramento fora dado anos antes. Ele nem mesmo discutia mais a questão com a mãe.

Sorhatani virou-se ao escutar um grito de júbilo e estendeu os braços enquanto os outros filhos se aproximavam cavalgando. Kublai a alcançou primeiro, e ela riu quando ele saltou do pônei e abraçou-a, fazendo-a girar. Era estranho ver os filhos como homens crescidos, embora Hulegu e Arik-Boke ainda fossem jovens guerreiros.

Sentiu um delicado perfume de maçãs vindo de Kublai enquanto ele a colocava no chão e recuava para que ela abraçasse os irmãos. Era mais um sinal da influência jin sobre ele, e o contraste com Mongke não poderia ser maior. Kublai era mais alto e magro, mas seus ombros haviam se alargado nos últimos meses. Usava o cabelo ao estilo jin, com uma trança comprida atrás e o resto do couro cabeludo raspado. A trança balançava para um lado e para o outro quando ele se movia, como a cauda de um gato raivoso. Ao menos, vestia um dil simples, mas ninguém que olhasse Kublai e Mongke acharia que eram irmãos.

Sorhatani deu um passo atrás, com o orgulho inflando diante dos quatro rapazes, cada um amado de modo diferente. Viu como Kublai acenou para Mongke e o filho mais velho mal reconheceu o gesto. Mongke não aprovava os modos de Kublai, mas isso era provavelmente verdadeiro para todos os irmãos de idade parecida. Por sua vez, Kublai se ressentia da suposição de Mongke de que, como mais velho, tinha autoridade sobre os três. Ela suspirou, com o bom humor evaporando ao sol.

— Há uma iurta pronta para você, mãe — disse Mongke, erguendo um braço para levá-la até lá.

Sorhatani sorriu para ele.

— Mais tarde, Mongke. Fiz uma longa viagem para ver esse juramento, mas ainda não estou cansada. Diga como vão as coisas nos acampamentos.

Mongke parou antes de falar, medindo as palavras. Enquanto isso, Kublai respondeu:

— Baidur está aqui, cheio de rigidez e formalidade cuidadosa. Segundo os boatos, ele dará o juramento a Guyuk. A maioria dos príncipes está de boca fechada com relação às próprias intenções, mas o sentimento é de que Guyuk e Torogene fizeram o suficiente. Quando Batu e os outros chegarem, acho que teremos um novo cã.

Mongke olhou irritado para o irmão por ter falado primeiro, mas Kublai pareceu não notar.

— E você, Kublai? — perguntou a mãe. — Dará seu juramento a ele?

Kublai franziu a boca, enojado.

— Como você ordenou, mãe. Não porque ache certo, mas porque não quero ficar sozinho contra ele. Seguirei seus desejos.

— Você deve — disse Sorhatani rapidamente, sem qualquer leveza na voz. — Um cã não esquecerá os que ficaram com ele, nem contra ele. Ele tem o seu irmão. Se Batu e Baidur se ajoelharem diante dele, darei meu juramento também, pelas terras do seu pai. Você não deve ser uma voz solitária. Isso seria... perigoso. Se o que você diz é verdade, suspeito que não haverá um desafio sério. A nação irá se unir na escolha.

— Uma pena Mongke ter jurado segui-lo durante a Grande Jornada — falou Kublai, olhando de relance para o irmão. — Foi a primeira pedra de uma avalanche. — Percebeu que Mongke o fitava sombriamente. — Ora, irmão! Você não pode estar satisfeito com seu homem! Você pulou cedo demais, assim que ouviu dizer que o antigo cã havia morrido. Todos entendemos isso. Mas seja honesto: você o escolheria se estivesse livre?

— Ele é o filho do cã — respondeu Mongke. E desviou os olhos austeramente, como se o assunto estivesse encerrado.

— Um cã que nem ao menos colocou o filho como herdeiro no testamento — disse Kublai instantaneamente. — Isso diz muito, não acha? Juro, Mongke, foi você que trouxe todos nós para cá hoje. Você deu seu juramento sem pensar, antes que algum de nós soubesse de qualquer coisa. Guyuk começou essa corrida antes de todos por sua causa. Espero que você esteja satisfeito. Qualquer postura que Guyuk tiver como cã, a responsabilidade será sua.

Mongke lutou com a própria dignidade, tentando decidir se não estava abaixo dele discutir tal questão. Como sempre, Kublai era capaz de provocá-lo.

— Talvez, se você tivesse comandado uma batalha algum dia, irmãozinho, saberia a importância da autoridade e do posto. Guyuk é o primogênito de Ogedai. Ele *é* o herdeiro do canato. Não preciso de um dos seus documentos jin para dizer isso.

Esse era um ponto sensível entre os dois, e Mongke não podia deixar de pôr o dedo na ferida. Enquanto lutava junto de Tsubodai, Batu, Guyuk e o resto, Kublai estivera aprendendo diplomacia e línguas na cidade. Eram homens muito diferentes, e Mongke zombava das habilidades do irmão.

— E o pai dele também era o primogênito, esse posto tão importante? — respondeu Kublai. — Não, Mongke, ele era o terceiro na linhagem. Você fará um juramento por algo que o resto de nós nem mesmo reconhece. Por quê? Porque você é o primogênito desta família? Acha que isso o torna pai do resto de nós?

Mongke ficou vermelho.

— Se tiver de ser, sim. Você nem estava lá quando nosso pai deu a vida.

A essa altura os dois se encaravam, com raiva crescente.

— E nosso pai incumbiu-o de comandar nossa pequena família, Mongke? Ele disse a você "pegue seus irmãos pela mão, meu filho"? Você não mencionou isso antes.

— Ele me deu suas demais esposas — respondeu Mongke rigidamente. — Acho que está claro...

— *Não* está claro, seu idiota — reagiu Kublai rispidamente. — Nada é tão simples como você.

Mongke poderia ter batido nele nesse momento. Sua mão estremeceu com a espada na cintura, e Kublai se retesou, os olhos brilhando em desafio. Eles haviam brigado mil vezes na infância, mas os anos haviam mudado ambos. Se acontecessem socos de novo, havia a chance de isso significar mais do que hematomas.

— Parem com isso agora — ordenou Sorhatani. — Querem brigar diante dos olhos da nação? Vocês envergonhariam seu pai, o nome dele? Para trás! Os dois.

Houve um momento de imobilidade, então Mongke saltou, levantando o braço direito para derrubar Kublai. Kublai avaliou a distância e chutou o irmão na virilha com o máximo de força que pôde. Não havia armadura ali, e Kublai desmoronou sem emitir um som, batendo no chão com violência. Tinha sido um golpe sólido, e o silêncio caiu ao redor deles. Enquanto Sorhatani se virava para ele com fúria, os olhos de Kublai se arregalaram. Mongke soltou um grunhido e começou a se levantar. A dor devia ser extraordinária, mas a fúria de seu irmão estava ardendo. As pernas estremeceram em agonia enquanto ele se esforçava para ficar de pé. Kublai engoliu em seco, nervoso, enquanto Mongke cambaleava um passo em sua direção, a mão baixando para o punho da espada.

Sorhatani se colocou entre eles, pondo as mãos nuas sobre o peito coberto de armadura de Mongke. Por um instante, ele quase a empurrou de lado. Sua grande mão esquerda foi até a gola da roupa dela e segurou o tecido, mas não conseguiu empurrá-la, mesmo com toda a dor. Ofegando, fuzilou Kublai, por cima da cabeça da mãe, com um olhar injetado e úmido.

— Eu mandei parar — disse Sorhatani baixinho. — Vai me derrubar para atacar o seu irmão? Você não ouve mais a sua mãe?

Os olhos de Mongke começaram a clarear e ele a encarou, depois olhou de volta para Kublai, que estava pronto para ser atacado. A boca de Mongke se retorceu em desdém ao reconhecer a postura de luta jin, ensinada aos garotos pelo antigo chanceler do cã. Sua mão soltou a gola de Sorhatani enquanto ela lhe segurava o rosto, exigindo atenção.

— Vocês *não* vão lutar, Mongke. Vocês todos são meus filhos. Que tipo de exemplo isso dará a Hulegu e Arik-Boke? Veja como eles estão olhando para vocês.

O olhar duro de Mongke foi até os dois irmãos, parados boquiabertos. Ele resmungou de novo e deu um passo atrás, controlando-se.

— Guyuk será o cã — disse. Sua voz estava rouca, mas chegava longe. — O pai dele governou bem e a mãe manteve a nação unida. Ninguém mais pode dizer o mesmo. Você é um idiota, Kublai, se acha que outro deveria governar.

Kublai optou por não responder. Seu irmão tinha a força de um touro louco. Não queria irritá-lo de novo. Em vez disso, deu de ombros e se afastou. Assim que ele os deixou, Mongke afrouxou o corpo, quase caindo. Tentou ficar ereto, mas a dor se espalhou em ondas da virilha até a barriga, dando-lhe vontade de vomitar. Só a presença da mãe o impedia de se enrolar como uma criança pequena.

— Às vezes desanimo — disse Sorhatani com tristeza. — Acha que viverei para sempre? Haverá um tempo em que tudo que você terá serão seus irmãos, Mongke. Eles serão os únicos homens em quem você poderá confiar sem reservas.

— Ele age e se veste como uma prostituta jin — cuspiu Mongke. — Como posso confiar num homem assim?

— Kublai é seu irmão, tem o seu sangue. Seu pai está nele, Mongke, assim como está em você.

— Ele me provoca sempre que pode. Não sou idiota, mãe, só porque não conheço os 27 passos dos rituais jin sem sentido.

— Claro que não é idiota! Vocês dois se conhecem suficientemente bem para se machucarem bastante quando estão com raiva, só isso. Você e ele vão comer juntos esta noite e compartilhar uma taça de *airag*. Por sua mãe, serão amigos de novo.

Mongke se encolheu, mas não respondeu, por isso ela prosseguiu:

— Porque me dói pensar nos meus filhos sentindo tanta raiva um do outro. Vou achar que fracassei como mãe. Faça as pazes com ele, Mongke, se gosta um pouco de mim.

— Claro que gosto. — Mongke sabia muito bem que ela estava manipulando-o, mas mesmo assim cedeu. — Certo, mas você pode dizer a ele...

— Nada de ameaças nem fanfarronadas, Mongke. Se você me ama, fará as pazes com ele. Dentro de alguns dias ou semanas, você terá o cã que deseja. Kublai só pode abaixar a cabeça diante de tal necessidade. Seja digno em sua vitória.

A expressão de Mongke se aliviou enquanto pensava nisso. Ele podia ser magnânimo.

— Ele me culpa pela ascensão de Guyuk — murmurou.

— E outros homens irão honrar você. Quando Guyuk for cã, sem dúvida vai recompensá-lo por ter sido o primeiro a ir para os estandartes dele. Pense nisso na próxima vez em que você e Kublai ficarem de picuinha como dois moleques.

Mongke sorriu, estremecendo ligeiramente enquanto a dor na virilha se assentava como um enjoo forte.

— Certo, mãe. Terá o que deseja, como sempre.

— Bom. Talvez você devesse mostrar onde fica a minha iurta. Acho que estou cansada, afinal de contas.

O cavaleiro do yam estava pesado de poeira. Enquanto seguia um serviçal através dos corredores do palácio, podia sentir o peso dela em cada fenda e costura das roupas, até na pele. Tropeçou ligeiramente ao virarem uma esquina, com a força se esvaindo no cansaço. Tinha cavalgado intensamente o dia todo, e suas costas doíam. Imaginou se teria permissão de se lavar numa das salas de banho do palácio. Durante alguns passos, cedeu à fantasia de água quente e jovens serviçais enxugando-o, mas isso continuaria como fantasia. Os cavaleiros das linhas do yam podiam entrar onde quisessem. Se dissessem que tinham uma mensagem pessoal para o próprio cã, seriam levados a ele até mesmo no meio de uma batalha. No entanto, o cavaleiro tinha certeza de que iria se banhar no rio naquela tarde, antes de se acomodar num acampamento espartano diante de uma pequena fogueira feita por ele próprio. Os cavaleiros do yam não carregavam tendas, iurtas simples, nem qualquer peso que pudesse diminuir sua velocidade. Ele se deitaria de costas sob as estrelas e enfiaria os braços dentro das mangas largas de seu dil. Dentro de cerca de vinte anos, segundo afirmavam os cavaleiros mais velhos, suas juntas ficariam doloridas nos dias úmidos. Em particular, ele pensava que isso não lhe aconteceria. Era jovem e estava em ótima forma, com a vida se estendendo adiante. No decorrer das viagens, vira bastante comércio entre as pessoas para saber que itens elas desejavam. Em apenas alguns anos, achava que teria economizado dinheiro suficiente para comprar uma carga numa caravana para Bucara. Para ele não haveria juntas doloridas. Faria fortuna. Tremeu ligeiramente enquanto andava, observando o teto em arco sobre a cabeça. Não sonhava possuir um palácio. Talvez uma casa na cidade seria de seu gosto, com uma esposa cozinhando para ele, alguns filhos e um estábulo com bons cavalos para treiná-los para o yam. Não era uma vida ruim.

O serviçal parou diante de uma porta de cobre reluzente. Dois Guardas do Dia, do regimento do antigo cã, estavam ali, impassíveis com a armadura em vermelho e preto, como insetos coloridos.

— Mensagem do yam para a regente — anunciou o serviçal.

Um dos guardas interrompeu sua imobilidade perfeita, virando a cabeça para olhar o jovem cavaleiro empoeirado, ainda fedendo a cavalo e suor velho. Revistaram-no asperamente, tirando o estojo de pederneira e uma faca pequena. Quando tentaram pegar seu pacote de papéis, ele puxou-o com um palavrão murmurado. A mensagem que havia ali não era para os olhos deles.

— Quero o resto de volta quando eu sair — disse.

O guarda apenas olhou-o, levando os itens enquanto o serviçal batia à porta e a abria, deixando um jorro de luz entrar no corredor sombreado.

No interior, havia salas dentro de salas. O cavaleiro do yam já estivera no palácio, mas jamais numa parte tão interna. Notou que cada sala externa tinha seus atendentes, um dos quais se levantava e o levava à próxima. Não demorou muito até ver uma mulher corpulenta cercada por conselheiros e escribas ocupados em redigir suas palavras. A mulher levantou os olhos quando ele entrou. Ele fez uma reverência profunda, deixando o último guia para trás e se aproximando. Para sua surpresa, viu no grupo dois homens que reconheceu, cavaleiros do yam como ele. Ambos o encararam e acenaram brevemente.

Outro serviçal estendeu a mão para o pacote de papéis.

— Isto é para a mão da regente — disse o cavaleiro, repetindo sua instrução.

O serviçal franziu a boca como se tivesse provado alguma coisa amarga, mas recuou. Ninguém impedia um cavaleiro do yam.

Torogene havia retomado a conversa, mas parou ao ouvir as palavras e aceitou o embrulho. Era um pacote fino, dobrado em couro. Desfez os nós rapidamente e tirou uma folha única. O cavaleiro espiou enquanto os olhos dela saltavam de um lado e para o outro, lendo. Poderia ter saído imediatamente, mas estava curioso. A maldição de seu trabalho era carregar notícias interessantes, mas quase nunca saber do que tratavam.

Para sua consternação, viu o rosto de Torogene perder a cor. Ela ergueu os olhos, subitamente irritada ao ver o rapaz parado, cheio de expectativa, como se ela fosse compartilhar a notícia com ele.

— Chega por hoje — disse ela ao grupo. — Deixem-me, todos vocês. Mandem meu filho vir falar comigo. Acordem-no se for preciso.

Ela bateu com os dedos de uma das mãos na outra e amassou o papel que ele havia trazido.

CAPÍTULO 4

A LUA APARECERA NA NOITE SEM NUVENS, DE MODO QUE A LUZ CAÍA SOBRE A vasta multidão diante de Karakorum. Já havia um zum-zum de interesse nas iurtas; boatos voando, vozes chamando e sussurrando como uma brisa. Os portões da cidade se abriram no escuro, com uma tropa de cavaleiros saindo depressa pela estrada do oeste. Seguravam tochas, de modo que se moviam num poço de luz através de uma paisagem tremeluzente, captando vislumbres de rostos que olhavam e iurtas sujas aos milhares, enquanto abriam caminho. Guyuk cavalgava no centro, usando uma armadura ornamentada, uma figura brilhante com uma espada com cabeça de lobo à cintura. O mais surpreendente para os que assistiam era Torogene cavalgando ao lado dele. Ela montava como homem, com as costas rígidas, o cabelo comprido preso num rabo de cavalo grosso. O olho dourado iluminado pelas tochas galopou 1,5 quilômetro antes que Torogene sinalizasse aos guardas. Eles giraram para a esquerda, saindo da estrada principal, mergulhando na planície coberta de capim entre as iurtas. Cavalgar à noite era sempre perigoso, e os rebanhos se espalhavam em pânico à medida que os cavaleiros passavam a meio-galope. Balindo, vários animais foram esmagados sob cascos ou derrubados. Vozes gritavam em alarme e tochas brotavam em todos os morros ao redor, criando pontos de luz à medida que mais e mais membros da nação rolavam das camas segurando espadas.

Guyuk deu um assobio forte, indicando um enclave sombreado marcado com os estandartes de Sorhatani e seus filhos. Três dos Guardas da Noite puxaram as rédeas e partiram numa nova direção. O restante continuou, seguindo os caminhos através das iurtas do povo, que se dobravam e serpenteavam para impedir exatamente o tipo de manobra que tentavam fazer. Não havia estradas retas na planície de iurtas. Guyuk forçou a vista procurando os estandartes que desejava. Conhecia os contornos da nação reunida, mas na escuridão era difícil achar o caminho.

Os cavaleiros xingaram ao chegar numa área aberta que ninguém reconhecia, mas no mesmo instante um dos Guardas gritou, apontando. Eles giraram e pararam bruscamente no acampamento de iurtas de Baidur. Os estandartes dele balançavam ao vento noturno acima das cabeças, iluminados por tochas. Enquanto Guyuk ajudava a mãe a apear, viu quantos homens haviam se reunido para ver o que acontecia. Fileiras e mais fileiras esperavam com armas desembainhadas. Guyuk se lembrou que o pai de Baidur, Chagatai, havia tentado dar um golpe em Karakorum anos antes, numa noite como aquela. Dentre todos os homens, Baidur seria o maior suspeito de traição.

Guyuk viu o sujeito que um dia havia chamado de amigo, distanciado pelas marés da nação e pelo assassinato do próprio pai. Baidur estava parado como se esperasse um ataque, a espada na mão, erguida sobre o ombro. Seus olhos amarelos eram frios à luz das tochas, e Guyuk mostrou as palmas vazias, mas não desafivelaria a espada com cabeça de lobo que usava para homem algum. Baidur era cã de uma vasta região a oeste, e Guyuk engoliu em seco, amargo, ao perceber que tinha de falar primeiro, como suplicante. Não importava que ele fosse o indicado para se tornar o gur-cã, acima de todos os canatos inferiores. Naquela noite, era meramente um herdeiro.

— Vim com as mãos vazias, Baidur. Ainda me lembro de nossa amizade, quando éramos pouco mais do que garotos com espadas.

— Achei que todas as negociações estavam feitas — respondeu Baidur, com a voz áspera. — Por que veio perturbar meu sono, colocar meu povo em desordem?

Guyuk piscou, revisando a opinião sobre o homem à frente. Quase se virou para a mãe em busca de orientação, mas sabia que isso o faria parecer fraco. Tinha visto Baidur pela última vez cavalgando para casa com seu *tuman*, sério com o conhecimento de que seu pai era considerado traidor. Houvera um tempo em que Baidur poderia ter sido cã em Karakorum, se o Pai Céu tivesse desejado uma sorte diferente para a família dele. Em vez disso, havia herdado o canato ocidental e vivia calmamente naquele lugar. Guyuk mal pensava nele como ameaça, mas a autoridade havia mudado Baidur. Ele falava como alguém acostumado a ver os outros saltarem para cumprir suas ordens, como se não houvesse alternativa possível. Guyuk imaginou se ele também teria esse ar. Na semiescuridão, fez uma careta sozinho, atacado pela dúvida.

— Pedi para Mongke se juntar a nós... senhor.

Guyuk mordeu o lábio. Viu que Baidur havia notado a hesitação, mas eles estavam diante de Karakorum! Era quase doloroso anunciar os títulos do sujeito quando Guyuk não possuía nenhum. Sentiu a mãe se remexer ao lado, e lembrou-se das palavras dela. Ele ainda não era o cã. Até lá, seria humilde.

Em vez de responder, Baidur também reagiu ao movimento. Fez uma reverência profunda a Torogene.

— Minhas desculpas, senhora. Não esperava que a senhora fizesse parte de um grupo de cavalgada noturna. Todos são bem-vindos em meu lar. O chá está frio, mas mandarei ferver novas folhas.

Guyuk fumegou. O modo como a mãe era recebida simplesmente enfatizava a falta de prestígio dele. Imaginou se Baidur o havia ignorado deliberadamente, ou se era um respeito genuíno pela mulher mais importante da nação. Acompanhou a mãe até a iurta de Baidur e observou, impaciente, enquanto ela baixava a cabeça para entrar. Os soldados de Baidur encaravam-no. Não, não era ele, e sim a espada em sua cintura. Guyuk se eriçou diante da tentativa de intimidá-lo. Como se fosse idiota a ponto de desembainhar uma arma com a própria mãe dentro da iurta.

Para sua perplexidade, um dos guardas de Baidur chegou perto e fez-lhe uma reverência profunda. Os homens de Guyuk se juntaram ao redor, diante da ameaça, mas ele sinalizou para se afastarem.

— O que é? — perguntou, com um traço da irritação ainda evidente.

— Senhor, eu gostaria de saber se posso tocar na espada que o senhor usa, só no cabo. Seria algo para contar aos meus filhos um dia.

Guyuk entendeu subitamente o olhar fixo dos guerreiros de Baidur e sorriu de modo paternalista. A espada com cabeça de lobo fora carregada por seu pai, Ogedai, e também por Gêngis. Ele vira outros homens olhando-a antes, com espanto reverente. Mas não queria que ela fosse tocada por guerreiros comuns. A ideia o fazia estremecer.

— Tenho muito a discutir com o seu senhor... — começou.

Para sua raiva, o guerreiro estendeu a mão, olhando em transe para o punho da espada, como se fosse uma relíquia dos cristãos. Guyuk deu um passo atrás. Imaginou-se cortando-lhe a mão para mostrar a impertinência do sujeito, mas tinha muita consciência dos rostos encarando ao redor, a maioria leal a Baidur, e não a ele.

— Em outra ocasião — disse com rispidez, entrando na iurta de Baidur antes que o guerreiro pudesse pressionar mais.

Na iurta, Baidur e Torogene estavam sentados juntos. Fazia algum tempo que Guyuk não via o interior de uma das casas de feltro e vime. Sentiu-se apertado e viu, com novos sentidos, como aquilo era pequeno, como fedia a cobertores de lã úmida e carne de cordeiro. Uma chaleira velha sibilava no meio do espaço, cuidada por uma jovem serviçal que remexia as tigelas e as fazia tilintar de nervosismo. Havia pouco espaço para os atavios da riqueza e do poder numa iurta. Era mais fácil viver com simplicidade em vez de tropeçar em algum caro pote jin em cada canto. Guyuk lutou consigo mesmo por um instante. Era como uma intromissão sentar-se do outro lado de Baidur, mas, se ocupasse um lugar perto da mãe, estaria sempre como subordinado na conversa. De má vontade, sentou-se na cama junto dela.

— Isso não muda nada — dizia Torogene em voz baixa. — Toda a nação veio a Karakorum, *cada* homem e mulher de poder, menos um. Temos o suficiente para um juramento.

— Se vocês forem em frente, será um risco — respondeu Baidur. — Conheço Batu, Torogene. Não ouse deixá-lo fora da nação.

O rosto dele estava pensativo, perturbado. Guyuk olhou-o atentamente, mas não viu qualquer sinal de deleite ou traição.

Todos ouviram o som de cavalos se aproximando, e Baidur ficou de pé. Olhou para a chaleira que começava a ferver.

— Fiquem aqui. Sirva o chá salgado a eles, Erden.

Baidur deixou-os a sós, mas Guyuk não era ingênuo a ponto de acreditar que não poderiam ser entreouvidos. Ficou em silêncio, pegando uma tigela de chá com a jovem. Ela entregou-a na postura de uma escrava, com a cabeça baixa entre os braços estendidos. Guyuk quase pegou-a, antes de perceber que a tigela era estendida para sua mãe. Apertou o maxilar enquanto esperava a própria. Prestígio, de novo. Bom, tudo isso mudaria logo. Não deixaria Batu arruinar sua chance de se tornar cã, não importando o que o restante deles planejasse.

Baidur entrou com Mongke, e Guyuk se levantou para recebê-los. Torogene ficou onde estava, tomando o chá. A iurta já estava apinhada, mas a presença de Mongke a tornava sufocante. Ele tinha ombros enormes e, de algum modo, arranjara tempo para vestir a armadura. Guyuk imaginou se ele dormia sempre com ela. Nada o surpreenderia naquela noite.

Mongke cumprimentou Torogene primeiro e Guyuk depois, com uma reverência profunda e adequada, como alguém que fizera juramento ao seu senhor. O gesto não passaria despercebido a Baidur, e Guyuk sentiu o ânimo crescer em reação a isso. Abriu a boca para falar, e, para sua irritação, a mãe começou enquanto ele ainda estava pegando o fôlego.

— Batu não virá para esta reunião, Mongke — disse ela. — Recebi notícias dele.

— Que justificativa ele deu? — perguntou Baidur, diante do silêncio atônito de Mongke.

— Isso importa? Ele diz que tem um ferimento de caça impossibilitando a viagem. Isso não muda nada.

— Isso muda tudo — replicou Mongke. Sua voz saía lenta e deliberada. Guyuk se pegou inclinado adiante, para captar cada palavra. — Significa que o encontro está terminado. O que mais podemos fazer? Batu não é o chefe de alguma família de menor importância. Ele é uma voz poderosa na nação, mesmo que não use tal influência. Se Guyuk for feito cã sem ele, isso pode levar a uma guerra civil no futuro. Nenhum de nós quer isso. Voltarei aos meus *tumans*, às minhas famílias. Direi que não será este ano. — Mongke se virou para Guyuk. — Meu juramento é seu, meu senhor, não o esqueci. Mas o senhor precisará de mais tempo para trazer Batu de volta ao rebanho, antes de prosseguirmos.

— Eu não preciso de mais tempo! — disse Guyuk rispidamente. — Todos vocês prometeram fazer o juramento a mim. Bom, vou invocá-lo agora.

Honrem sua palavra e eu cuidarei de Batu mais tarde. Não podemos permitir que um homem provoque o caos na nação, não importa sua linhagem sanguínea ou seu nome.

Vendo que o filho estava a ponto de ordenar que eles obedecessem, Torogene falou rapidamente, antes que Guyuk pudesse ofender um dos homens poderosos dentro da iurta:

— Todos trabalhamos muito para que os juramentos não fossem questionados, para fazer com que um homem fosse cã sem oposição. Isso não é mais possível, mas preciso concordar com Guyuk. A nação está pronta para um novo cã. Faz quase cinco anos desde a morte do meu marido. Quantas terras novas foram tomadas nestes anos? Nenhuma. A nação espera, e o tempo todo nossos inimigos se fortalecem de novo. Já perdemos demais em influência e poder. Que o juramento prossiga, faltando apenas um nome na lista. Assim que houver um cã, Batu pode ser convocado para prestar juramento sozinho, ordenado pela única autoridade verdadeira da nação.

Mongke assentiu lentamente, mas Baidur desviou o olhar, coçando uma mancha escura de suor na axila. Ninguém mais na iurta sabia que ele recebera uma mensagem particular pelo yam. Se revelasse que Batu prometera apoiá-lo como cã, isso significaria a sentença de morte para seu velho amigo, tinha quase certeza. A não ser que o próprio Baidur se lançasse na luta. Somente por aquela noite, Guyuk, Torogene e Mongke estavam à sua mercê, cercados por seus guerreiros. Ele poderia tomar tudo, como Batu obviamente esperava.

Baidur apertou os punhos por um instante, depois afrouxou as mãos. Seu pai, Chagatai, não teria hesitado, pensou. O sangue de Gêngis corria em todos eles, mas Baidur vira muita dor e sangue como resultado da ambição implacável. Balançou a cabeça, chegando a uma decisão.

— Muito bem. Convoquem o juramento na lua nova, daqui a quatro dias. A nação precisa de um cã, e eu honrarei minhas promessas.

A tensão na iurta apertada era quase dolorosa quando Guyuk se virou para Mongke. O grandalhão assentiu, inclinando a cabeça.

Guyuk não pôde deixar de sorrir aliviado. Afora os que estavam na iurta e o próprio Batu, não havia quem mais pudesse desafiá-lo. Depois de tantos anos de espera, estava finalmente ao alcance dos títulos de seu pai. A voz da mãe mal era percebida por seus ouvidos, alguma promessa débil de que Batu poderia ser trazido à cidade quando a nação tivesse falado. Imaginou se eles acreditavam mesmo que ele receberia Batu como amigo depois de tudo isso. Talvez sua mãe esperasse que ele bancasse o grande senhor, que demonstrasse misericórdia com os que haviam tentado arruiná-lo e falharam.

A tensão se desvaneceu em risos e Baidur trouxe um odre de *airag* e um conjunto de taças. Mongke deu-lhe um tapa nas costas, parabenizando-o, e Guyuk soltou um risinho, tonto com a súbita mudança na sorte. Batu quase destruíra anos de trabalho, mas havia falhado no que quer que pretendera. Guyuk fez um brinde com os demais, desfrutando da ardência do álcool frio na garganta. Haveria contas a acertar com Batu. Esse era um juramento que ele podia fazer com certeza, no silêncio de seus pensamentos.

Às primeiras luzes do amanhecer a nação estava pronta. Tinham passado muitas semanas preparando-se para o juramento, desde coletar enormes quantidades de comida e bebida até remendar, consertar e polir cada item de roupas e armaduras. Os guerreiros estavam arrumados em quadrados perfeitos, parados em silêncio enquanto os portões de Karakorum se abriam. Não havia sinal da pressa e do pânico de quatro dias antes. Guyuk saiu cavalgando à frente de uma coluna, montado em seu cavalo com dignidade. Usava um dil verde e azul-escuro, escolhendo deliberadamente a simplicidade em vez de algo espalhafatoso e estrangeiro.

Houvera tão poucas reuniões do povo desde a primeira convocada por Gêngis que praticamente não havia tradições a seguir. Um grande pavilhão fora erguido diante da cidade, e, à medida que o sol clareava os morros do leste, Guyuk apeou ali e entregou as rédeas a um serviçal. Caminhou até o seu lugar e ficou de pé diante da tenda de seda enquanto o primeiro grupo se aproximava. A não ser que sua bexiga se enchesse ao ponto de explodir, não entraria no pavilhão naquele dia nem iria se sentar, não importando o quanto o sol esquentasse. A nação precisava vê-lo tornar-se cã.

Baidur e Mongke eram facilmente visíveis nesse primeiro grupo, além de Sorhatani, Kublai e seus outros filhos. Os primeiros quatrocentos que se aproximaram eram os chefes de todas as famílias principais, pela primeira vez privados de seus guardas, serviçais e escravos. A maioria vestia sedas coloridas ou armaduras mais simples, dependendo de como sentiam a ocasião. Até os estandartes de posto lhes haviam sido negados. Iriam se aproximar de Guyuk em completa humildade, dobrar o joelho e fazer o juramento.

Mesmo dentro desse grupo havia uma hierarquia. Torogene vinha primeiro, depois Sorhatani. As duas haviam governado a nação sozinhas, mantendo-a intacta após a morte de Ogedai Khan. Guyuk viu apenas satisfação no rosto da mãe ajoelhada diante dele. Mal deixou-a tocar o chão antes de levantá-la e abraçá-la.

Não foi tão rápido com Sorhatani. Ainda que o juramento dela selasse a lealdade, Guyuk jamais se sentira confortável com a mulher que controlava a terra natal. Com o tempo, achava que daria os títulos dela a Mongke, como seu pai deveria ter feito. Ela havia sobrevivido, por isso tivera sorte, mas as mulheres eram volúveis demais, tinham muitas chances de cometer algum erro fatal. Mongke jamais saltaria sem pensar, Guyuk tinha certeza. Observou com prazer Mongke vir em seguida e repetir o juramento que fizera numa terra distante, a primeira pedra caindo para trazê-los àquele local.

Kublai veio em seguida, e Guyuk ficou pasmo com a inteligência aguçada que via nos olhos do rapaz enquanto este se ajoelhava e falava as palavras de iurtas, cavalos, sal e sangue. Com o tempo ele também precisaria de algum posto de autoridade. Guyuk começou a se regozijar com essas decisões, finalmente capaz de pensar em si mesmo como cã, e não simplesmente sonhar.

O dia foi passando, um desfile de rostos até ele mal conseguir distingui-los. Milhares chegaram ao pavilhão: chefes de famílias, governantes de terras separados por milhares de quilômetros. Alguns já mostravam sinais de casamentos cruzados, de modo que os filhos mais velhos de Chulgetei tinham as feições de Koryo. Guyuk teve a ideia de ordenar que todos se reproduzissem com o critério de manter a linhagem mongol pura, antes que ela fosse engolida na inundação das raças menores. O simples pensamento em exercer esse poder era como *airag* em seu sangue, fazendo o coração martelar. Depois desse dia, sua palavra seria lei para 1 milhão de pessoas – e para outros milhões sob o domínio delas. A nação havia crescido além de qualquer coisa que Gêngis poderia ter imaginado.

À medida que a noite chegava, Guyuk percorreu os grandes acampamentos. Não houve um momento específico em que ele se tornou cã diante da aclamação universal. Em vez disso, cavalgou de um lugar a outro, permitindo que milhares de pessoas de seu povo se ajoelhassem e entoassem os juramentos. Guyuk tinha guerreiros prontos para derrubar qualquer um que recusasse, mas suas preocupações foram afastadas à medida que a luz começava a se desbotar e tochas eram acesas. Ele comeu e retornou ao palácio por um tempo, para trocar de roupa e aliviar as tripas e a bexiga dolorida. Antes do amanhecer, estava fora de novo, viajando até os últimos que ele governaria: as famílias dos curtidores e uma enorme quantidade de trabalhadores de muitas nações. Eles gritaram com espanto diante da única chance de ver o rosto do cã, esforçando-se à luz do alvorecer por um único vislumbre de que recordariam para sempre.

À medida que o sol nascia de novo, Guyuk sentiu-se inundado em sua luz, erguido por ela e suavizado. Era cã, e a nação já estava se acomodando nos dias de festa que viriam. Até mesmo o pensamento de Batu em seu feudo russo havia se tornado uma irritação distante. Este dia era de Guyuk. A nação era sua, finalmente. Pensou com empolgação cada vez maior nas comemorações que viriam. O palácio seria o centro delas: uma nova geração de juventude, gente alta e bonita, soprando para longe as cinzas do passado.

CAPÍTULO 5

Torogene sentou-se no banco do pavilhão do jardim, sentindo o espírito do marido envolvê-la. O verão havia se estendido por muito tempo, de modo que a cidade estava sufocante. Durante meses, o calor incomum gerava tempestades, que então eram liberadas em um ou dois dias de doce frescor antes de tudo secar e o processo recomeçar. O próprio ar ficava pesado nessas ocasiões, denso com a promessa de chuva. Cães deitavam ofegantes nas esquinas, e a cada alvorecer encontravam-se um ou dois corpos a serem levados, ou uma mulher chorando. Torogene já sentia falta dos poderes que conhecia. Antes de Guyuk ser feito cã, ela poderia enviar os Guardas do Dia para espancar dúzias de testemunhas em busca de confissões, ou expulsar uma família de ladrões, jogando todos nas estradas fora da cidade. De um dia para o outro, ela não mais os comandava e só podia fazer uma petição ao filho, junto com milhares de outras pessoas.

Sentada entre montes de folhas caídas, procurou algum sentimento de paz, mas não pôde encontrar, nem mesmo na companhia de Sorhatani.

— Você não pode me dizer que está feliz por deixar a cidade — falou Sorhatani.

Torogene deu um tapinha no banco ao seu lado, mas a amiga não queria sentar-se.

— Nenhum jovem cã deveria ter a mãe observando cada movimento dele, cada erro. Aparentemente, o velho deve abrir caminho para o novo. — Torogene dizia as palavras com relutância, ecoando o discurso pomposo que Guyuk lhe dirigira, naquela manhã mesmo. — Ogedai mandou construir um belo palácio para mim. Vou ficar confortável na minha aposentadoria. E *estou* velha. Mal consigo acreditar em como me sinto cansada em alguns dias.

— Ele está se livrando de você — falou Sorhatani. Ela pegou um ramo fino caído no chão. Devia ter caído naquela manhã, caso contrário os jardineiros jin já o teriam retirado. Ele se flexionou em sua mão como um chicote. — Um filho deveria honrar o que você realizou, mantendo a nação unida quando ela ameaçava se despedaçar.

— Mesmo assim, ele é o cã. Trabalhei anos para isso. Será que devo reclamar, agora que realizei meu desejo? Que tipo de idiota eu seria?

— Uma mãe — respondeu Sorhatani. — Todas somos idiotas com nossos filhos. Nós os limpamos, damos de mamar, e só esperamos que eles agradeçam até o fim de seus dias.

Ela deu um risinho, com o humor mudando num instante. Torogene sorriu com ela, mas na verdade estava magoada com as ordens do filho.

— Ele não ameaçou mandar *você* embora, Sorhatani.

— Não, porque ainda dedica toda a atenção a Mongke. Orlok dos exércitos. É mais do que meu filho jamais desejou. Juro que nunca planejamos isso, nunca.

— Eu sei. Guyuk seguiu meu conselho pelo menos uma vez. Mongke tem a linhagem sanguínea de Gêngis, e os *tumans* vão segui-lo. Meu filho confia totalmente nele, Sorhatani. Isso é importante.

Sorhatani manteve o silêncio. Era verdade que Mongke havia ascendido logo na primeira fase de Guyuk como cã, da maneira como ela previra. Mas Kublai jamais comandaria exércitos sob o poder de Guyuk. Algo nos dois trazia o que havia de pior em cada um. Por duas vezes ela mandara Kublai para longe com alguma tarefa antes que ele se arruinasse na presença de Guyuk. Cada um irritava o outro como dois gatos, e nem ela nem Kublai conseguiam explicar isso satisfatoriamente. Havia ocasiões em que ela desejava que Guyuk a mandasse de volta para a terra natal, para longe do calor, dos cheiros e das multidões da cidade, para longe da política que arruinava cada dia pacífico. Mesmo com relação a isso, ela tinha suspeitas. Não achava que Guyuk a valorizasse como conselheira, e uma lembrança do pai dele ainda a perturbava. Anos antes, Ogedai pedira que ela se casasse com o filho dele. A ideia ainda a fazia estremecer. Ogedai era um homem bom demais para obrigá-la, mas Guyuk não teria pruridos desse tipo. Como as coisas estavam, a pátria original de Gêngis passaria a Mongke depois da morte dela, ou talvez a um dos seus outros filhos, se ela escrevesse um testamento e ele fosse honrado. Só podia esperar que Guyuk se contentasse em governar os canatos separados. Mas ele não parecia ter esse tipo de visão. De fato, ele lhe parecia exatamente o tipo de idiota ganancioso que tentaria tomar tudo para si. Partia o coração ver um rapaz tão bonito com tantas sombras por dentro. Em alguns homens, o poder despertava o que havia de melhor, mas Guyuk não mostrava qualquer sinal desse tipo de crescimento.

Essa era outra coisa que ela não podia discutir com Torogene. A mulher ainda lamentava a morte do marido e tinha posto o filho para governar a nação. Sorhatani não tinha o direito de colocar diante dela as fraquezas do rapaz. Apenas uma semana antes, Guyuk havia se recusado a receber uma delegação de príncipes de Koryo, preferindo caçar com seus companheiros. Sorhatani franziu a testa inconscientemente enquanto se lembrava da reunião tensa com os homens de Koryo. Havia tentado aliviar o insulto da ausência dele com palavras e presentes, mas podia ver a raiva nos olhares silenciosos que os emissários trocavam entre si. Quando Guyuk retornou, dias depois, mandou seu chanceler, Yao Shu, ouvir os pedidos deles. Ela mesma poderia ter feito isso se Guyuk lhe concedesse alguma autoridade.

A lembrança trouxe uma cor raivosa às suas bochechas. Pela primeira vez, havia ignorado os agitados serviçais dele, forçando caminho até sua presença. Tinha esperado ser capaz de fazê-lo ver que sua vida não podia ser uma longa festa ou uma caçada interminável com os amigos. Um cã precisava governar dia a dia, tomar as decisões que não poderiam ser tomadas sem ele.

Não houvera contrição da parte de Guyuk quando ela dissera isso. Pelo contrário, ele gargalhou, mandando-a embora de um modo calculado para parecer um insulto. Isso tampouco ela mencionaria a Torogene, não agora que a mulher estava indo embora, depois de terminar o trabalho de sua vida. Sorhatani percebeu que sentiria falta da amiga, mas sempre houvera assuntos que ela não ousava abordar.

Se Sorhatani não tivesse Kublai, achava que enlouqueceria, cercada por uma rede de idiotas, mentiras e alianças. Pelo menos seu filho escutava. Ele bebia as informações novas, dono de uma inteligência que ainda a deixava atônita. Kublai parecia saber tudo que acontecia na cidade, até que ela suspeitou que ele possuía um círculo de espiões tão bom quanto o seu. Mas, nos últimos dias, até mesmo Kublai parecia perturbado. Guyuk estava planejando alguma coisa, e ordens iam e vinham entre o palácio e seus *tumans*. Seus guerreiros faziam exercícios nas planícies diariamente, treinando com canhões até que toda a cidade fedesse a pólvora. Sorhatani tinha um homem disposto a ler as mensagens no yam, mas elas estavam frequentemente lacradas. Ele as abriria se ela exigisse, mas isso significaria um risco de vida, e ela não iria jogá-lo fora com tanta facilidade. O simples fato de algo ser segredo deveria lhe dizer muita coisa, mas ela sentia como se estivesse numa névoa densa. Kublai devia ter descoberto alguma coisa, pensou, ou pelo menos teria capacidade de adivinhar. Decidiu falar com ele naquela tarde.

Sorhatani e Torogene levantaram os olhos ao ouvir os passos dos Guardas do Dia de Guyuk. Torogene se levantou com um suspiro, olhando a distância como se pudesse levar as lembranças da cidade. Enquanto os guardas permaneciam parados, impassíveis, ela e Sorhatani se abraçaram. Carroças, cavalos e serviçais esperavam para levá-la ao palácio distante no rio Orkhon. O verão também estava passando, e Sorhatani não acreditava que a amiga tivesse permissão de retornar. Guyuk não conseguia esconder o prazer ao dar as ordens, apesar de acolchoá-las em belas palavras e elogios.

— Vou visitar você — disse Sorhatani, lutando com as emoções.

Não podia prometer que manteria Torogene informada, principalmente com homens ouvindo, homens que relatariam qualquer palavra trocada entre as duas. Torogene sorriu, mas seus olhos brilhavam com lágrimas. Tinha alçado o filho ao posto de cã e a recompensa era o exílio, não importando como Guyuk chamasse. Mentiras e alianças, isso era tudo que a cidade parecia gerar em suas pedras áridas. Sorhatani olhou Torogene se afastar com os homens, uma figura frágil e encurvada diante da juventude e da força deles. Teve um medo súbito de que uma de suas protetoras tivesse sido afastada. Apesar de todas as caçadas e orgias, Guyuk estava decidido a consolidar o poder. Ela não conseguia encontrar a paz quando pensava no futuro. Sequer podia voltar à terra natal, a não ser que Guyuk desse a permissão. Era como se dormisse com um tigre faminto no mesmo quarto, jamais sabendo quando ele saltaria para despedaçá-la.

A distância, ouviu os estrondos de canhões disparando e levou um breve susto. Mongke estaria lá no campo, supervisionando seus homens que treinavam as habilidades da guerra. Sorhatani fez uma oração silenciosa pela segurança dos filhos sob esse novo cã.

Guyuk caminhava pelos corredores vazios. Sabia que estava aterrorizando os serviçais do palácio com a ordem de ficarem fora de suas vistas. Dias antes, havia tropeçado numa jovem que demorou demais para sair do caminho. Deu a ordem sem pensar. Os serviçais estavam acostumados demais à caminhada majestosa: o passo dos antigos e, particularmente, de seu pai. Ele pretendera deixar que suas ordens valessem apenas por alguns dias, até que os criados aprendessem a pular quando ele aparecesse. Em vez disso, descobriu que se divertia um bocado ao ver homens e mulheres correndo para longe a cada virada dos corredores, convencidos de que estariam com a vida em risco se ele simplesmente os vislumbrasse.

Apressou o passo, rindo enquanto serviçais corriam para cômodos laterais muito à frente, com a notícia da ronda do cã sendo passada depressa. Sem parar, empurrou as portas de cobre e entrou na sala de audiências.

Sorhatani estava ali, além de Yao Shu, o antigo chanceler de seu pai. Uma dúzia de outros aguardava sua vez, tentando não demonstrar que haviam esperado ali durante metade de um dia antes que o cã se incomodasse em aparecer. Guyuk ignorou todos e foi pelo piso de pedras até uma cadeira dourada, incrustada com pedras de lápis-lazúli, de modo que brilhava à luz das janelas. Pelo menos o ar era refrescado por uma brisa vinda de fora. Ele havia se acostumado aos hábitos jin de se banhar, e o fedor da carne não lavada podia lhe dar ânsia de vômito em aposentos fechados.

Sorhatani observou cada detalhe da entrada dele, controlando a expressão cuidadosamente. Ela poderia ter falado primeiro, mas tinha combinado uma ordem com Yao Shu, nas horas em que haviam esperado. Mais uma vez, sentiu a pontada do insulto, como se não tivesse outra coisa a fazer além de esperar Guyuk enquanto ele brincava com os serviçais. Nada disso poderia ser visível. Precisava lembrar que a palavra dele era lei, que ele podia lhe arrancar as terras ou a vida ao primeiro sinal de raiva em seu rosto. Talvez fosse melhor que Yao Shu abrisse os procedimentos. O velho havia aperfeiçoado seus modos da corte, e era raro ela enxergar qualquer emoção sob eles.

— Senhor cã — começou Yao Shu, aproximando-se de Guyuk e fazendo uma reverência profunda. Em seguida, estendeu um maço de pergaminhos, e Guyuk olhou-os com nojo. — Há um grande número de coisas que só o cã pode decidir. — Guyuk pareceu em vias de responder, mas Yao Shu continuou sem parar, antes que ele pudesse falar. — O governador de Koryo oriental pede que seja mandado um *tuman* para repelir os ladrões do mar que estão atacando seu litoral. Esta é a terceira vez que ele envia emissários a Karakorum. — Yao Shu parou para respirar, mas Guyuk apenas se acomodou mais confortavelmente no assento.

— Continue, Yao Shu, o que mais? — perguntou Guyuk em tom agradável.

— Temos *tumans* nos territórios jin, senhor. Devo mandar um comunicado pelo yam de que eles podem ir ajudá-lo?

Guyuk balançou a mão.

— Muito bem, mande dois. O que mais?

Yao Shu piscou ao ver Guyuk com esse humor estranho. Continuou rapidamente, decidido a aproveitar enquanto podia.

— O... é... o governador xixia afirma que os impostos para a região dele foram estabelecidos altos demais. Houve uma praga no interior e ele perdeu talvez metade dos trabalhadores do campo. Pede um ano sem impostos para reconstruir.

— Não, ele é meu vassalo.

— Senhor, se pudermos fazer um gesto, ele seria um aliado mais forte no futuro.

— E, em resultado, eu teria cada homem insignificante chorando à minha porta. Eu disse que não, chanceler. Passe para o próximo.

Yao Shu assentiu, folheando os papéis rapidamente.
— Tenho mais de oitenta pedidos de casamento aqui, senhor.
— Ponha-os de lado. Vou lê-los em meus aposentos. Há algum especial?
— Não, senhor.
— Então continue.

Yao Shu estava ficando agitado, Sorhatani podia ver. No passado, Guyuk fora preguiçoso, praticamente incapaz de mascarar a impaciência enquanto seus conselheiros falavam. Tomar decisões nessa velocidade era tão incomum que ela só podia imaginar o que o cã estaria tentando demonstrar. A repulsa por Guyuk fazia seu estômago se contrair. O pai dele não teria ignorado tão facilmente a notícia de uma peste em suas terras, como se os milhares de mortos não importassem, como se ela não pudesse se espalhar. Ouviu Yao Shu falando sobre a necessidade de construir navios e o tom de zombaria enquanto Guyuk se recusava a gastar a verba necessária. Mas eles possuíam um litoral nas terras jin e havia nações além-mar que cavalgavam as ondas com habilidades que os mongóis mal podiam imaginar.

Yao Shu abordou dezenas de assuntos, e todas as vezes recebeu respostas rápidas. Sorhatani gemeu por dentro ao ouvir algumas delas, mas pelo menos isso era melhor do que a estagnação dos dias anteriores. O mundo não ficaria parado enquanto Guyuk caçava com seus belos pássaros. A luz mudou lá fora, e Guyuk mandou trazerem comida e bebida para ele, mas ignorou a necessidade dos outros presentes. Por fim, depois de horas, Yao Shu recuou e ela estava livre para falar.

Enquanto avançava, Sorhatani viu Guyuk suprimir um bocejo.
— Acho que por hoje basta — disse ele. — Você será a primeira amanhã, Sorhatani.
— *Senhor* — falou ela, pasma enquanto uma onda de descontentamento se espalhava na sala apinhada. Havia outros ali que ele não poderia se dar ao luxo de ignorar, homens importantes que tinham viajado de longe para vê-lo. Ela se esforçou para continuar. — Senhor, o dia ainda é jovem. Pode ao menos dizer se Batu respondeu à convocação? Ele vem a Karakorum, senhor, fazer o juramento?

Guyuk parou antes de sair e se virou para ela.
— Isso não é da conta dos meus conselheiros, Sorhatani — disse em tom de reprovação. — Tenho esse assunto nas mãos.

Seu sorriso era desagradável, e Sorhatani se perguntou, pela primeira vez, se ele ao menos mandara a ordem a Batu.

— Continue com o seu trabalho — gritou Guyuk por cima do ombro quando chegou à porta. — A nação não dorme.

No amanhecer seguinte, Sorhatani foi acordada por seus serviçais. Ainda tinha sua suíte de aposentos no palácio, que lhe havia sido concedida quando ela ajudou Torogene nos anos de crise após a morte de Ogedai. Guyuk ainda não tivera coragem de tirá-los dela, mas achava que isso aconteceria com o tempo, à medida que ele consolidasse o poder. Sentou-se na cama enquanto seu camareiro batia à porta, com a cabeça abaixada de modo que não captasse um vislumbre sequer da senhora. Ninguém na nação dormia nu, mas Sorhatani adquirira o hábito jin de usar apenas uma levíssima camisola de seda na cama, e houvera cenas embaraçosas antes que os serviçais aprendessem seus costumes.

Sabia que algo estava errado assim que viu o homem ali parado, em vez de uma das jovens que a ajudavam a se banhar e se vestir a cada manhã.

— O que é? — perguntou sonolenta.

— O seu filho Kublai, senhora. Ele diz que precisa falar com a senhora. Eu lhe disse para voltar quando a senhora estivesse vestida, mas ele não quis sair.

Sorhatani conteve um sorriso diante da irritação maldisfarçada do sujeito. Kublai era capaz de provocar esse efeito nas pessoas. Só a presença de seus guardas pessoais pudera impedi-lo de entrar intempestivamente.

Vestiu um roupão mais pesado, amarrando-o na cintura enquanto saía para uma sala iluminada pelo cinza suave do alvorecer. Estremeceu ao ver Kublai ali, vestindo seda azul-escura. Ele ergueu os olhos enquanto ela entrava e olhava pela janela para o sol nascente.

— Até que enfim, mãe! — disse ele, mas sorriu ao vê-la desgrenhada e ainda sonolenta. — O cã está levando os *tumans* para fora da cidade.

Fez um gesto para a janela e Sorhatani o acompanhou, olhando para a planície. Seus aposentos ficavam suficientemente elevados para enxergar ao longe, e ela podia identificar as massas escuras de cavaleiros andando em formação. Pensou em como as sombras das nuvens deslizavam pela terra no verão, mas sua boca se apertou e os pensamentos se clearearam subitamente.

— Guyuk disse a você que ia levá-los? — perguntou Kublai.

A mãe balançou a cabeça, ainda que doesse admitir que não recebera a informação.

— Isso é... estranho — disse Kublai, em voz baixa.

Sorhatani o encarou e, com um gesto, mandou os criados saírem para fazerem chá. Juntos, olharam-nos partir, e Kublai relaxou sutilmente quando os dois ficaram sozinhos.

— Se ele está dando alguma demonstração de poder, ou mesmo treinando-os, acho que você ficaria sabendo — continuou Kublai. — Ele sabe que metade da cidade sairá de suas camas quentes para olhá-los partir. Não há como mover o exército em segredo. Guyuk sabe disso.

— Então diga: *o que* ele está fazendo?

— Os boatos são de que ele vai para o oeste testar os homens novos, para pô-los à prova nas montanhas, com marchas duras e testes de resistência. Todos os comerciantes do mercado ouviram a mesma coisa, o que me faz suspeitar. Parece uma história que alguém plantou, uma boa história.

Sorhatani conteve a impaciência enquanto seu filho pensava em todas as possibilidades antes de se fixar em uma. Conhecia-o o suficiente para ter certeza de seu julgamento.

— Batu — falou ele, enfim. — Tem de ser ele. Um golpe rápido para remover o único homem que não prestou juramento ao cã.

Sorhatani fechou os olhos por um momento. Os dois ainda estavam a sós, mas sempre existiam ouvidos para escutar, e ela chegou bem perto do filho, baixando a voz até apenas um sussurro.

— Eu poderia alertá-lo.

Kublai se afastou dela, examinando seus olhos.

— Você arriscaria a vida de todos nós — disse, baixando a cabeça para a dela como se confortasse a mãe. Nem mesmo um observador escondido poderia ter certeza de que os dois conversavam, enquanto ele murmurava em seu cabelo, respirando seu perfume.

— Não devo fazer nada e ver seu primo ser morto? — replicou ela.

— Se for a vontade do cã, que escolha tem?

— Não posso ficar parada sem dar a ele a chance de fugir. Os cavaleiros do yam podem ultrapassar o exército.

Kublai balançou a cabeça.

— Seria perigoso. Os cavaleiros iriam se lembrar de ter levado a mensagem. Se Batu escapar, Guyuk vai investigar todos os elos até chegar a você. Não posso permitir que faça isso, mãe.

— Posso mandar um serviçal levar a mensagem aos estábulos na cidade.

— Em quem você confiaria quando o cã chegar furioso, procurando a fonte? Serviçais podem ser comprados ou torturados até falar. — Ele parou durante um tempo, com os olhos distantes. — Isso poderia ser feito por um cavaleiro disposto a usar cavalos do yam sem ser um deles. Nada mais teria a velocidade para avisar Batu a tempo. Se você tiver certeza de que é isso que deseja fazer.

— Ele deveria ter sido o cã, Kublai.

Kublai apertou os braços dela, quase dolorosamente.

— Mãe, você não deve dizer isso, nem para mim. O palácio não é mais um lugar seguro.

— Exato, Kublai. Agora há espiões em toda parte. Há apenas um ano eu não precisava cuidar das palavras com medo de algum cortesão perfumado correr para sussurrar no ouvido do cã. Ele mandou Torogene embora. Não vou durar muito tempo, com o olhar dele em mim. Deixe-me atrapalhá-lo, meu filho. Faça isso acontecer.

— Vou levar a mensagem — disse ele. — Assim não haverá papéis nem registros.

Kublai havia esperado que ela questionasse, mas Sorhatani sabia que não havia mais ninguém, então concordou, afastando-se. Seus olhos estavam cheios de orgulho enquanto levantava a voz para o nível normal.

— Muito bem, Kublai. Vá para a planície olhá-los partir. Conte tudo quando voltar hoje à tarde. Quero saber de tudo. — Um ouvinte não ficaria sabendo de nada alarmante, mas os dois sabiam que ele não retornaria.

— Mongke estará com o cã — disse Kublai. — Como eu o invejo!

— Ele é o orlok do cã, seu seguidor mais leal — respondeu ela.

O aviso não precisava ser dito. Mongke jamais saberia que eles haviam agido para salvar Batu. O irmão mais velho não poderia ficar a par do segredo.

CAPÍTULO 6

GUYUK SABIA QUE PARECIA UMA BELA FIGURA MONTADO EM SEU CAVALO, UM garanhão branco do rebanho do canato que ele herdara. Apesar das festas de todas as noites com vinho e comidas deliciosas, sua juventude o mantinha esguio, queimando os excessos. Não havia trazido a vasta panóplia de carroças e materiais que seu exército exigia para uma campanha longa, disposto a manter a versão de um exercício nas montanhas pelo maior tempo que pudesse. Mesmo assim, cada um dos seus guerreiros tinha duas ou três montarias de reserva. No total, Guyuk levava suprimentos e confortos suficientes para tornar a viagem mais um prazer do que uma tarefa árdua.

Era fácil imaginar seu avô cavalgando nas mesmas terras, com batedores adiante e um exército atrás. Guyuk tinha suas lembranças da Grande Jornada para o ocidente com Tsubodai, e era quase nostálgico estar com um exército de novo. Era verdade que estava partindo no meio da manhã, e não ao alvorecer, já que demorou até que sua cabeça parasse de martelar e o estômago se acomodasse. Ele cavalgava com os olhos injetados, mas o esforço limpou-lhe a mente, e logo estava com fome de novo. Pôs a mão na cintura enquanto cavalgava, morrendo de medo da primeira sensação de densidade ali. Sem dúvida cavalgar 3 mil quilômetros iria mantê-lo em forma e reforçar os músculos da barriga.

O humor de Guyuk acabou quando forçou o olhar de volta para as planícies adiante. Precisava ser discreto, mas às vezes achava que todos os generais conheciam seus segredos. No entanto, continha-se para não ser totalmente honesto, por mais que desejasse. Mongke estava atrás dele, não muito longe, junto aos *tumans*, e, naquele rosto sério e que jamais sorria, Guyuk via todos os demais que poderiam condená-lo por seus apetites. Pensou de novo na mãe de Mongke, a bruxa sorridente que havia dominado a vontade de seu pai. Guyuk desejava que ela fosse embora, mas não podia banir a mãe de um homem tão importante. Sua mente trabalhava enquanto ele cavalgava, afundando em fantasias nas quais sussurraria suas vontades a algum guerreiro de confiança e Sorhatani simplesmente desapareceria. Havia aqueles que não questionariam a palavra do cã, ainda que isso lhes custasse a vida. Era um poder inebriante, mas ainda mantinha a cautela. Preservava a língua o máximo que podia, até que a tensão se tornasse insuportável.

Saltou de seu devaneio quando ouviu as trombetas de batalha soando à esquerda. Levantou os olhos e viu dois *tumans* praticando com lanças, como já haviam feito uma dúzia de vezes naquela manhã. Cavalgavam intensamente por 3 a 5 quilômetros e depois deixavam as montarias pastar enquanto os outros os alcançavam. Esse era o rosto público das manobras, e ele não podia reclamar por achar irritantes os gritos e ruídos. Sempre que paravam, milhares de guerreiros armavam alvos e treinavam tiros com arco a pleno galope, disparando e recolhendo milhares de flechas. Eram impressionantes, e a princípio Guyuk se empolgou vendo tamanho poder sob seu comando. Depois da primeira semana, aquilo começou a desinteressá-lo, mas ele passava o tempo imaginando Batu amarrado num alvo.

Mesmo esse pensamento provocava um rubor em seu rosto. Guyuk havia montado uma rede de espiões inimaginavelmente maior do que tudo que seu pai jamais controlara. Na cidade, mil conversas eram informadas através de uma corrente de homens, recolhidas no fim de cada dia por um mestre espião, depois levadas a Guyuk. Mesmo nos *tumans*, homens que eram idiotas a ponto de criticar o cã viam-se arrastados diante dele para responder por suas palavras tolas. No entanto, não houvera críticas a Batu. Ele fora o favorito de Tsubodai, diziam, um neto de Gêngis que não sujava as mãos com política e acordos. Guyuk fumegava relembrando os detalhes. Os guerreiros comuns haviam aprendido a controlar a fala, mesmo entre amigos. As informações que chegavam haviam se reduzido a um fiapo depois dos primeiros exemplos, mas Guyuk continuava escutando. Mandara que homens fossem amarrados num poste e espancados até sangrar. Tinha ordenado que dois fossem mortos, acusados de falarem de insurreição e deslealdade para com o cã. Guyuk assistira à língua de um homem ser arrancada com uma pinça de ferro antes de ele ser morto. Sorriu ligeiramente com a lembrança. Não haveria mais aquele tipo de conversa.

Tinha certeza de que esses acontecimentos não prejudicariam sua autoridade. No mínimo, achava que os exemplos iriam aumentá-la. Não fazia mal os homens saberem que seu cã imporia o domínio com a mesma implacabilidade de Gêngis. Os guerreiros iam em frente por medo dele, e isso era certo. Eles não fugiriam de um inimigo com Guyuk observando-os.

Cavalgou para o oeste com o exército por 150 quilômetros ou mais, parando durante dois dias para treinar formações e ataques. Na terceira manhã, girou o exército para o norte, cavalgando em direção às terras russas que seu pai dera, tão tolamente, a um inimigo. Era uma linhagem manchada, percebera ele. O pai de Batu fora um traidor e suas falhas haviam passado ao filho. Jamais poderia haver confiança entre eles, mesmo que Guyuk tivesse convocado Batu a Karakorum e recebido seu juramento. Uma linhagem daquelas envenenaria a nova nação e deveria ser cortada e queimada até a raiz. Pensou em sua mãe e em Sorhatani, irmãs na manipulação. Nenhuma das duas entenderia a necessidade de remover os inimigos. Deixar Batu em paz não era o ato de um grande cã, mas sim de um fraco, temeroso demais para entrar em batalha. Guyuk sorriu sozinho. Daria um exemplo que iluminaria o caminho adiante, uma demonstração a todos os outros que buscassem testar a força do novo cã. Que vissem! Desde os príncipes de Koryo até os árabes e as nações do ocidente. Que ouvissem falar da morte de Batu e hesitassem ao pensar em resistir à nação mongol. O destino de Batu seria público e terrível. Passaria de bocas a ouvidos por todo o deserto, pelas montanhas e pelas grandes planícies. Batu poderia ser a fogueira de Guyuk no topo da montanha, sua mensagem a todos os estados vassalos. Nesse sentido, Batu serviria bem ao seu cã.

A 3 quilômetros de distância, Kublai viu o exército passando, uma vasta coluna poeirenta de homens e cavalos. Era perigoso ser visto por eles, mas conhecia os padrões dos batedores melhor do que a maioria das pessoas vivas e passava ao largo deles, seguindo como sombra as forças do cã. Ajudava o fato de ele não ser o único homem nas planícies. O movimento de tantos guerreiros e cavalos atraía os pastores de cabras e as famílias pobres para fora de casa, de modo que frequentemente podiam ser vistos nos arredores, saindo rapidamente do caminho do cã. O próprio Kublai vestia um dil velho e sujo, com o rosto e as mãos quase pretos de fuligem. Esperava ser capaz de se passar por um deles, caso fosse descoberto.

Deitado no capim comprido, passou a mão pelo focinho escuro e pela boca do cavalo. O animal estava totalmente estirado, a lateral da cara tocando o chão como fora treinado. Mesmo assim ele precisava de seu toque para permanecer numa posição tão pouco natural. Os olhos castanhos e líquidos fitavam-no, e ele não podia impedir que a cauda espantasse as moscas, atrapalhando o disfarce. Nada ficava completamente a salvo à vista dos *tumans* e seus batedores, mas ele precisava saber. A mensagem que havia memorizado significaria a morte de muitos caso o cã descobrisse. Kublai sabia que tinha de se certificar de que ela fosse necessária. Se o cã marchasse com o exército para longe das terras de Batu, Kublai poderia simplesmente se esgueirar de volta a Karakorum. Aquilo jamais seria mencionado de novo.

Naquela manhã, os *tumans* haviam girado para o norte. Karakorum ficava longe, atrás deles, e Kublai olhava com raiva crescente, certo de que via finalmente o verdadeiro objetivo do cã. Mesmo assim, havia esperado, observando para ter certeza de que eles não dariam meia-volta ou parariam em algum lago para dar água aos animais. Ele tinha leite desidratado e carne-seca nas bolsas da sela e podia cobrir quase o dobro da distância do exército a cada dia, se fosse necessário. Na melhor das hipóteses, o exército do cã cobria 60 quilômetros, dificilmente começando antes do meio-dia e cavalgando sem pressa. Kublai ficava de olho, desejando estar errado até não poder mais negar a verdade. Quando as últimas fileiras se foram, deu um tapinha no focinho do cavalo, fazendo-o saltar de pé. Havia descansado o dia inteiro, mas não poderia cavalgar feito louco durante a noite. Se a montaria quebrasse a perna no terreno escuro, ele não iria alcançá-los de novo e Batu jamais receberia o aviso.

O amanhecer seguinte o encontrou a apenas 25 quilômetros ao norte do exército, aproximando-se de um pequeno povoado junto a um riacho na dobra de morros pequenos. A água de Kublai estava acabando, e ele tomou a decisão de parar e comprar suprimentos. Os morros ao redor estavam livres, e ele sabia que cavalgaria intensamente o dia todo.

Trouxe o cavalo devagar, certificando-se de que os pastores pudessem ver que estava sozinho. Havia apenas quatro iurtas pequenas, reconstruídas com madeira para virar algo mais permanente. Passou por uma fossa fedorenta e assentiu, percebendo que as famílias eram pobres, mas limpas.

Sua presença fez um rebanho de cabras se espalhar à frente, com os balidos nervosos servindo para alertar os moradores tão bem quanto qualquer cão de guarda. Passaram-se poucos instantes até que dois homens o encarassem com os arcos retesados.

— Eu pago por comida e para encher um odre com a água do seu riacho — disse ele.

Os homens se entreolharam, e um deles concordou com relutância. Kublai bateu num saquinho de moedas de prata à cintura, atraindo o olhar deles para a espada que usava ali. Os dois espiaram a arma e ele se perguntou se já teriam visto antes uma espada longa. A cobiça apareceu em seus olhos, e ele leu os olhares que os dois trocaram, com um sentimento sinistro. Era provável que aqueles homens ganhassem algumas moedas roubando qualquer um que fosse idiota a ponto de passar pela estrada. Ainda estavam segurando os arcos enquanto o dele permanecia às costas. Decidiu não apear, para a hipótese de eles atacarem.

— Tragam o bastante para alguns dias e eu deixo vocês — disse.

Enfiou a mão na bolsa e pegou duas moedas de prata. Os homens baixaram os arcos, e um avançou para pegar as moedas enquanto o outro olhava com atenção, ainda cheio de suspeita.

Kublai tirou os pés dos estribos enquanto permanecia montado e estendia a mão com as moedas. Ainda que não totalmente surpreso, ficou chocado quando o homem agarrou sua manga comprida e tentou puxá-lo da sela. Chutou com força, acertando o sujeito com a bota sob o queixo e mandando-o para longe, com a boca subitamente cheia de sangue da língua mordida. O outro ofegou e levantou o arco, mas Kublai instigou a montaria para a frente, desembainhando a espada e encostando a ponta na garganta do sujeito.

Nesse momento, Kublai escutou outra voz, fazendo uma pergunta. Ousou levantar os olhos para longe do sujeito aterrorizado na ponta da espada e seu coração se encolheu. Dois batedores de Guyuk haviam se aproximado do pequeno conjunto de casas pelo outro lado, trazendo os cavalos caminhando enquanto ele estava distraído.

Kublai embainhou a espada e apeou imediatamente do lado oposto da montaria, com a mente disparando. Não poderia correr mais do que aqueles homens. Eles eram mais acostumados a percorrer longas distâncias do que ele jamais seria capaz, e iriam alcançá-lo antes que o dia terminasse. Xingou-se pelo erro, depois afastou o pensamento, encontrando uma calma absoluta que aprendera ao pé do chanceler do cã, anos antes. Não havia lucro no pânico, e tomou decisões rápidas esperando que eles chegassem mais perto.

Os batedores estavam cautelosos, mas só viam três homens numa discussão, um com sangue escorrendo da boca. Trotaram até mais perto e Kublai baixou os ombros ligeiramente, disfarçando o peso com as costas curvas enquanto mexia no cavalo. Estava tão imundo quanto os outros dois, com a roupa tão maltrapilha quanto as deles. Só a espada o destacava, e ele esperava que os batedores não a olhassem com muita atenção. Os dois ladrões fizeram uma reverência profunda para os homens do cã e ele os imitou, parecendo espantado por encontrar pessoas tão importantes.

— De pé — disse um dos batedores rispidamente.

Ele foi para perto deles — Kublai achou que esse seria o mais antigo dos dois, acostumado à autoridade de ser um homem do cã —, e seu companheiro ficou alguns passos atrás.

— Então... o que é isso? — perguntou o batedor. Ele parecia mais velho do que Kublai esperava, mas era magro como um chicote, apesar da idade.

Kublai respondeu depressa:

— Foi só um desacordo, senhor — disse baixando a cabeça. — Uma discussão por causa de umas cabras que eu estava comprando.

Com o canto do olho, viu o pastor ferido olhá-lo boquiaberto. Um batedor poderia sentir-se tentado a dar exemplo com um ladrão da estrada, até mesmo levar todos para a justiça do cã. Não teria interesse em resolver alguma disputa local. Kublai só esperava que os homens mantivessem a boca fechada e o deixassem livrar-se.

— Eu marco as orelhas dos meus animais, dois cortes, como o senhor pode ver ali — continuou Kublai, apontando. O batedor não olhou em volta, era experiente demais para ser distraído. — Meus primos fazem o mesmo, e eu disse que isso levaria a... bom... a desentendimentos como esse, senhor. Os animais são meus, eu poderia reconhecê-los em qualquer lugar. O senhor é um homem do cã. Se puder julgar isso, eu agradeceria.

Ele continuou falando e o batedor relaxou, virando-se para sorrir para o companheiro.

O pastor com a boca sangrenta tentou falar, e Kublai se virou para ele.

— Cale a boca, Hakhan, isso tudo é culpa sua. Eu conheço aquela cabra marrom como se fosse minha filha.

Os dois pastores ficaram olhando espantados o louco que falava com eles daquele jeito, mas os batedores já estavam perdendo o interesse. Ele manteve o olhar baixo e continuou falando, representando o papel com todo o empenho do mundo.

— Senhor, se puder ficar enquanto eu recolho as minhas cabras, enviarei cem orações ao Pai Céu pelo senhor. Minha mulher está grávida outra vez. Nós não temos muito e não posso me dar ao luxo de perder as melhores parideiras agora.

— Venha — disse o batedor mais velho ao companheiro. Tinha perdido o interesse nos três homens sujos que estavam discutindo na estrada.

Kublai continuou implorando enquanto eles se viravam para ir embora, mas o alívio o dominou. Por fim, estava de novo sozinho com os dois pastores. Ambos o encaravam como se ele fosse um cão louco. O da boca sangrenta cuspiu vermelho no chão e falou, ainda que o esforço lhe custasse muito.

— Quem é você? — conseguiu dizer.

— Só um viajante — respondeu Kublai. Seus músculos estiveram tensos demais durante muito tempo e as mãos tremeram enquanto ele relaxava.

— Preciso de comida e água, como eu disse. Agora, se ainda têm vontade de me roubar, não serei misericordioso na segunda vez. Bastaria um grito para trazê-los de volta.

Os pastores olharam instintivamente para onde os batedores haviam cavalgado, e ambos pareceram não gostar daquele pensamento. Havia pouca justiça nas planícies. Até mesmo a presença distante dos homens do cã bastaria para lançar o terror no coração deles.

Em vez de dar as costas ao par, Kublai montou de novo e foi trotando atrás deles, enquanto os dois enchiam seu odre e pegavam um pequeno embrulho com carne de cordeiro recém-cozida e pão de farinha moída na pedra. O cheiro era delicioso, mas ele não quebraria o jejum até o exército do cã estar muito para trás. A terra de Batu ficava a mais de 1.500 quilômetros ao norte, mas não bastava alcançá-lo pouco à frente dos exércitos do cã. Kublai estava sério enquanto partia de novo, alerta a qualquer sinal dos batedores a distância. Para fugir, Batu precisaria de todo o tempo que Kublai pudesse lhe conceder.

CAPÍTULO 7

Em três dias cavalgando intensamente, Kublai levara seu cavalo à exaustão completa. O animal pastava dormindo, mas jamais havia tempo suficiente para se recuperar antes que ele tivesse de montar novamente. Kublai sentia dor ao subir na sela no quarto dia. Não tinha os calos dos batedores, e grandes pedaços de pele haviam se soltado das nádegas e da parte inferior das costas. Cada manhã era uma agonia até que as cascas de ferida se partiam e criavam uma dor entorpecente que durava o dia inteiro. Ele não sabia exatamente o quanto havia viajado, só que o exército do cã estava longe, bem atrás. Batu havia mantido um *tuman* inteiro de guerreiros e suas famílias ao viajar para as novas terras. Eles deviam ter aumentado em número, e uma quantidade tão grande de pessoas e animais não poderia ser escondida com facilidade. Kublai esperava encontrar sinais deles, mas isso seria um desafio para outro dia.

Seu problema imediato era que o cavalo havia perdido peso de modo alarmante e estava suando e mastigando uma saliva amarela. Era hora de testar as linhas do yam num plano que parecera simples em Karakorum. Num alforje, Kublai pegou um conjunto de sininhos costurados em tecido. Pendurou-os na sela e se orientou de novo, pelos morros ao redor. Não havia qualquer posto do yam à vista, mas ele vira um cerca de 30 quilômetros atrás e se alinhou com o caminho marcado pelos cavaleiros.

Firmou o pensamento pela última vez e estremeceu de cansaço. Nenhum cavaleiro do yam cavalgava com bagagem na montaria. O peso era tudo. Com uma careta, abriu as fivelas e deixou as provisões caírem. Seu arco foi em seguida, e ele segurou a espada durante um longo momento antes de colocá-la em cima da pequena pilha de couro e pano. Sem ela, em território hostil, sentia-se impotente como um recém-nascido, mas não tinha alternativa. Manteve apenas uma pequena bolsa de couro que podia amarrar às costas, exatamente o tipo de coisa que os cavaleiros do yam levavam. Havia até mesmo escrito uma carta inócua com nome falso, pronta para ser mostrada caso fosse parado e revistado, mas isso não era provável. Ninguém interferia com um cavaleiro do yam.

Num capricho, cortou as bolsas em tiras, depois enrolou com cuidado a espada embainhada, fazendo um pacote que poderia esconder. A arma era valiosa, e, mesmo duvidando que fosse vê-la de novo, não poderia simplesmente deixá-la na poeira para os rapineiros ou, pior, para os batedores do cã que viessem cavalgando atrás.

Levou o cavalo até algumas árvores e se acomodou, esperando o crepúsculo. Só poderiam faltar alguns quilômetros, e ele queria chegar ao posto do yam ao pôr do sol, ou mesmo à noite. Fora o próprio Gêngis que estabelecera a distância entre os postos do yam em 40 quilômetros. Alguns estavam em operação havia tanto tempo que estradas largas se estendiam entre eles e famílias haviam construído casas de tijolo e barro. Deitou-se encostado num tronco de árvore, com as rédeas enroladas na mão.

Acordou e viu que as árvores estavam escuras ao redor. Não fazia ideia de quanto tempo havia se passado e xingou enquanto se levantava e estendia a mão para a sela. O cavalo relinchou, afastando-se, e ele teve de dar um tapa na cara do animal para que ficasse parado.

Em instantes estava de volta à estrada, trotando e atento a sinais de vida. A lua mal havia nascido e Kublai agradeceu por a noite continuar com ele. Não se passou muito tempo até ver luzes adiante, e forçou a montaria de novo a galope. Os sinos em sua sela tilintavam a cada passo, ruidosos na escuridão.

O posto do yam era pequeno, feito de sílex e calcário no ermo, com pouco mais do que algumas construções externas e um pátio calçado de pedras. Tochas tinham sido acesas quando o ouviram se aproximar, e

Kublai chegou confiante, vendo dois homens à espera. Um deles carregava um gordo odre d'água, e o outro, um prato de carne fumegante, ainda pingando água da panela de fervura lá dentro. Outro cavalo já estava sendo tirado dos estábulos, preparado enquanto ele apeava.

— Quem é você? — perguntou subitamente o homem com o prato.

— Vim de Karakorum com uma mensagem urgente — respondeu Kublai com rispidez. — Quem é *você*?

— Desculpe — respondeu o homem. Continuava parecendo desconfiado, e Kublai viu o olhar do sujeito pousar no cavalo que ele havia trazido. Kublai não era o primeiro a pensar em roubar um pônei do yam desse modo, mas a qualidade das montarias que os ladrões traziam geralmente os denunciava. Viu o homem assentindo de má vontade. Mesmo assim, ele falou de novo enquanto Kublai pegava dois punhados de tiras de cordeiro úmido e mastigava. — Se você é de Karakorum, deve conhecer o chefe do yam de lá.

— Teriden? — perguntou Kublai com a boca cheia. — Um cristão grande com barba ruiva? Conheço bem.

Era um teste fácil para um rapaz que havia crescido na cidade, mas seu coração martelava no peito enquanto pensava na hipótese de ser descoberto. Tentando esconder a rigidez devido aos ferimentos da sela, montou no cavalo descansado, ajustando a pequena mochila nos ombros enquanto aceitava o odre e tomava um gole de *airag* misturado com água. A bebida era barata e azeda, mas esquentou-o e ele ofegou enquanto jogava o odre de volta. A partir desse ponto, seu único sustento viria dos postos do yam.

— Vou informá-lo de que você mantém uma boa casa aqui — disse, enquanto pegava as rédeas e trotava até o portão de pedra.

O pessoal do yam já estava ocupado tirando a sela de seu último cavalo e escovando-o. O animal soltava vapor à luz das tochas, e ninguém se incomodou em responder. Kublai sorriu e bateu os calcanhares, afastando-se ruidosamente pela estrada do norte. O ardil dera certo e daria certo de novo. Tinha de dar, se ele quisesse permanecer à frente do exército do cã. Nenhuma mensagem poderia andar mais depressa do que aqueles cavaleiros. Até que falasse com o próprio Batu, este não saberia absolutamente nada sobre a ameaça contra ele.

Enquanto Kublai se afastava, o empregado do yam olhou pensativamente para ele. Nunca vira olhos amarelos como aqueles. Diziam que Gêngis tinha olhos assim. O sujeito coçou uma picada de pulga na bochecha, perdido em pensamentos. Depois de algum tempo, deu de ombros e voltou ao trabalho.

Os quatro homens tinham vigiado a trilha durante três dias, caçando em pares, de modo que sempre houvesse coelhos para o cozido a cada noite. Havia uma coelheira enorme ali perto, e era bastante fácil colocar armadilhas de estrangulamento nos buracos. Eles tinham uma boa visão da estrada entre as montanhas e passavam o tempo conversando, jogando alguergue com falanges ou simplesmente consertando instrumentos velhos. Sabiam que deveriam ser substituídos dentro de dois dias e estavam chegando ao fim do tempo passado ali. Houvera pouca agitação. Só uma família de mascates passara por lá e os homens não estavam interessados nas mercadorias baratas que eles levavam na pequena carroça puxada por um pônei velhíssimo com um olho branco. Com risos ásperos e um chute, tinham-nos mandado embora.

— Tem alguém vindo — disse Parikh, o mais novo.

Os outros três arrastaram os pés até a borda do pequeno acampamento, olhando a trilha abaixo ao mesmo tempo que tomavam cuidado para não mostrar as cabeças. Os arcos estavam bem enrolados para proteger da umidade, sem as cordas para que não se esticassem. Mesmo assim, cada homem tinha as armas ao alcance. Podiam estar com uma flecha pronta para voar em instantes. Espiaram para baixo, amaldiçoando a névoa da manhã que turvava o ar, parecendo vir das próprias pedras antes de se dissipar.

Apesar da névoa, puderam ver um homem solitário andando lentamente e puxando um cavalo manco. Sua cabeça estava abaixada e ele parecia um guerreiro pobre qualquer, cambaleando para casa depois de muitas noites de caçada ou procurando um animal perdido. Mesmo assim, os vigias tinham sido postos naquela estrada como a primeira linha de defesa e eram cautelosos com qualquer pessoa. O mais velho, Tarrial, vira um bom número de emboscadas e batalhas. Só ele tinha cicatrizes nos antebraços, e os outros o olhavam, esperando decisões. O som ia longe nas montanhas, e, com um gesto silencioso, Tarrial mandou Parikh ir sozinho ao longo da crista. O garoto tentaria ver se havia mais alguém se esgueirando para perto deles, além de fornecer um segundo ponto de disparo, escondido, caso algo desse errado. Os demais esperaram até que Parikh chegasse a um lugar de onde poderia enxergar 800 metros ao longo da trilha de chegada. O rapaz levantou a palma da mão para eles, visível a distância. Tudo limpo.

Tarrial relaxou.

— É só um homem. Fiquem aqui e *não* roubem minha comida. Vou descer até ele.

Não fez qualquer tentativa de se esconder enquanto descia pela encosta rochosa. Na verdade, fazia o máximo de barulho possível, para não deixar o estranho nervoso. Anos antes, Tarrial vira seu oficial de *jagun* ser morto numa patrulha em Samarkand. O oficial se mantivera nas sombras enquanto ladrões roubavam um depósito. Quando um deles passou, ele saiu e pôs a mão com força em seu ombro, esperando que o ladrão ficasse apavorado, mas o sujeito cravou uma adaga em suas costelas, num reflexo assustado. Tarrial sorriu com prazer diante da lembrança do rosto do oficial.

Quando chegou à trilha, o estranho estava suficientemente perto para Tarrial ver suas feições. Era alto, de uma estatura incomum. O homem parecia exausto, os pés mal se levantando a cada passo. O pônei estava tão coberto de poeira quanto ele e mancava com a perna dianteira direita.

Kublai sentiu o olhar de Tarrial e levantou a cabeça bruscamente. Sua mão foi até o quadril, mas não havia espada ali, e, com uma careta, ele levantou a mão livre para mostrar que estava desarmado.

— Cavaleiro do yam? — gritou Tarrial.

— Sim — respondeu Kublai.

Estava furioso consigo mesmo por andar tão às cegas nos morros. Tinha perdido a noção dos dias, até mesmo dos cavalos que havia trocado em estações do yam ao longo do caminho. Agora tudo que havia alcançado poderia ser desfeito por alguns ladrões. Não pela primeira vez, arrependeu-se de ter deixado as armas para trás.

— Para quem é a mensagem? — perguntou Tarrial.

Havia algo naquele sujeito que deixava seus instintos eriçados, mas ele não sabia dizer o que era. Através de todas as camadas de sujeira que o cobriam, olhos amarelo-claros observavam Tarrial com fúria, e mais de uma vez a mão do estranho baixou ao quadril, como se estivesse acostumado a carregar uma espada. Curioso para um simples cavaleiro do yam que andava sempre desarmado.

— Ninguém impede o yam — disse Kublai, sério. — A mensagem não é para você, quem quer que você seja.

Tarrial deu uma risada. O sujeito não podia ser muito mais velho do que Parikh, mas falava como se fosse acostumado à autoridade. De novo, era uma coisa estranha para um cavaleiro do yam. Não pôde resistir a cutucar mais um pouco, só para obter uma reação.

— Mas me parece que um espião diria a mesma coisa — falou.

Kublai levantou os olhos para o céu por um momento.

— Um espião num cavalo do yam, com uma bolsa de couro? Sem levar nada de valor, devo acrescentar.

— Ah, nós não somos ladrões, garoto. Somos soldados. Há uma diferença. Nem sempre, admito, mas geralmente há.

Para sua surpresa, Kublai se empertigou sutilmente, com o olhar ficando afiado.

— Quem é seu oficial de *minghaan*? — disse peremptoriamente.

— Ele está a uns 150 quilômetros daqui, garoto, portanto não acho que vou incomodá-lo com você, pelo menos não hoje.

— O *nome* dele — reagiu Kublai rispidamente. Só havia dez *minghaans* em cada *tuman*. Ele sabia o nome de praticamente todos os homens que tinham esse posto na nação.

Tarrial se eriçou diante daquele tom, ainda que se perguntasse o motivo disso. O sujeito estava sozinho, desarmado, a centenas de quilômetros de qualquer lugar, e ainda assim tinha um ar que fez Tarrial reconsiderar suas primeiras palavras.

— Você não é como os cavaleiros do yam que já vi — disse com cautela.

— Não tenho tempo para isso — respondeu Kublai, perdendo a paciência. — Diga o nome dele ou saia do meu caminho.

Antes que Tarrial pudesse responder, ele puxou as rédeas e recomeçou a andar, seguindo diretamente para o guerreiro.

Tarrial hesitou. Sentiu-se tentado a derrubar o cavaleiro de costas. Ninguém iria culpá-lo, mas algum instinto de sobrevivência conteve seus punhos. Tudo estava errado naquele encontro, desde as primeiras palavras.

— O nome dele é Khuyildar — falou. Se o cavaleiro tentasse passar por ele à força, Tarrial tinha confiança de que poderia derrubá-lo. Em vez disso, o sujeito parou e fechou os olhos por um momento, assentindo.

— Então a mensagem é para o senhor dele, Batu dos Borjigin. Somente para os ouvidos dele, e é urgente. É melhor me levar até lá.

— Você só precisava dizer, garoto — respondeu Tarrial, ainda franzindo a testa.

— Agora.

CAPÍTULO 8

Não houve muita conversa enquanto Tarrial e Parikh levavam Kublai pelas montanhas. Haviam deixado apenas um homem para trás, vigiando a estrada, enquanto o restante dos quatro cavalgava de volta para informar ao seu oficial. O cavalo manco de Kublai ficou descansando com as demais montarias enquanto ele recebia o menor pônei dos batedores, um animal irritadiço que tentava morder sempre que via um dedo.

Parikh dividiu seu odre d'água com o estranho cavaleiro do yam, mas nem Kublai nem Tarrial pareciam estar com humor para conversar, e seus primeiros esforços foram ignorados. Com Tarrial na frente, seguiram por um caminho largo que serpenteava subindo os morros. Kublai podia ver montanhas a distância, mas tinha apenas uma vaga ideia de onde estava, mesmo com os mapas que memorizara. O ar era limpo e frio, e ele conseguia enxergar a quilômetros enquanto as montarias seguiam a passo ou trote.

— Já perdi um dia com aquele cavalo manco — disse Kublai depois de um tempo. — Precisamos ir mais depressa.

— Por quê? — perguntou Tarrial imediatamente.

Olhou irritado para o cavaleiro misterioso que dava ordens como se os homens fossem seus serviçais. Tarrial mal podia acreditar em como Parikh quase ficava em posição de sentido toda vez que o estranho o olhava. Nenhum cavaleiro do yam exercia tal autoridade. Tarrial sabia que ele devia ser algum tipo de oficial, talvez numa tarefa pessoal e usando as linhas do yam sem permissão. Achou que Kublai não ia responder, até que ele o fez, de má vontade.

— Há um exército atrás de mim. Uma semana, talvez dez dias, e eles estarão aqui. O seu senhor vai querer todo o tempo de aviso que eu puder lhe dar.

Parikh ficou boquiaberto e Tarrial perdeu o franzido da testa, subitamente preocupado.

— Qual o tamanho do exército?

Em resposta, Kublai bateu os calcanhares no flanco do cavalo, instigando-o.

— Descubra quando eu der minha mensagem ao seu senhor — gritou por cima do ombro.

Tarrial e Parikh se entreolharam por um momento, depois partiram a meio-galope para alcançá-lo e ultrapassá-lo.

Enquanto cavalgava, Kublai tentou avaliar as qualidades defensivas do terreno ao redor. Parecia que Batu fizera um acampamento nos vales da cordilheira, a não ser que os batedores estivessem mentindo com relação às distâncias. Pensou nos relatos que lera na biblioteca de Karakorum. Sob o domínio de Gêngis, os *tumans* haviam destruído uma fortaleza dos Assassinos, derrubando-a pedra por pedra. Nenhuma fortaleza que Batu tivesse construído suportaria mais tempo do que aquela. Kublai trazia as piores notícias possíveis: Batu precisava tirar seu povo de onde estava. Com o exército do cã chegando, ele precisava fugir e continuar fugindo, com apenas uma pequena chance de não ser apanhado e trucidado.

Num ritmo melhor, os batedores o levaram por uma série de cristas e vales que vinham em seguida. A maioria era densa de árvores. Havia pequenos caminhos de animais, e eles os seguiram, mas as florestas retardariam o exército de Guyuk e iriam obrigá-lo a seguir em fila única. Esperariam por emboscadas e armadilhas e, em resultado, perderiam dias. Kublai balançou a cabeça trotando pela semiescuridão, com a cúpula de galhos bloqueando o sol. Perdeu a noção de tempo e distância, mas o sol estava se pondo quando eles chegaram a um círculo interno de acampamentos de batedores e Tarrial parou para encher seu odre de água, esvaziar a bexiga e trocar de cavalos. Kublai apeou para fazer o mesmo, com os ossos estalando. Podia sentir os olhares hostis dos guerreiros de Batu enquanto assentiam para Tarrial e Parikh. Cerca de uma dúzia de homens devia viver naquele lugar úmido, fazendo rodízios para manter vigilância constante. Kublai duvidou que alguém pudesse se aproximar de Batu sem que ele ficasse sabendo, mas isso não iria ajudá-lo.

Cansado, montou em seu novo pônei e seguiu Tarrial e Parikh, deixando o acampamento interno para trás. Em seguida, a escuridão veio rapidamente e ele ficou totalmente perdido. Se Tarrial não estivesse guiando, Kublai sabia que jamais poderia encontrar o caminho. A floresta parecia interminável, e ele suspeitou que Tarrial estivesse deliberadamente levando-o por uma rota sinuosa, para que ele não pudesse encontrar o caminho de volta nem guiar ninguém até lá.

Cavalgaram durante a noite toda, até Kublai cochilar sobre o cavalo, a cabeça balançando no ritmo dos passos. Nunca se sentira tão exausto. Os últimos caminhos haviam desaparecido, e Kublai começou a imaginar se Tarrial estaria tão perdido quanto ele. Não podiam ver as estrelas para guiá-los e tudo parecia um sonho acordado, enquanto os cavalos passavam por obstáculos invisíveis e abriam caminho entre arbustos, instigados por ordens ríspidas dos três homens. Galhos e espinhos os arranhavam enquanto forçavam a passagem.

O amanhecer veio lentamente, a luz cinza trazendo a floresta de volta à realidade. Kublai estava encharcado em suor azedo e mal conseguia levantar a cabeça. Suas costas doíam terrivelmente e ele se empertigava e afrouxava o corpo a intervalos, tentando aliviar as pontadas de dor. Tarrial olhava-o com um desprezo maldisfarçado, mas o batedor não havia cavalgado intensamente durante um mês antes daquilo, exaurindo as reservas e comendo pouco até que os ossos do crânio aparecessem. Kublai havia chegado ao ponto de se ressentir amargamente de Batu, sem motivo. Sabia que o sujeito jamais avaliaria tudo que ele havia passado para trazer a notícia à frente do exército de Guyuk, e seu mau humor cresceu com a luz do dia. Às vezes, o mau humor era tudo que o sustentava.

À medida que o sol ia subindo, Kublai teve a sensação de que as árvores estavam mais esparsas do que o emaranhado impossível da noite anterior. Aquilo já ia se transformando numa lembrança estranha, em clarões incoerentes. Levantou o rosto para o sol quando ficou mais quente, abrindo os olhos injetados e vendo que finalmente haviam saído do meio das árvores.

Um vale suave ficava do outro lado da floresta. Kublai forçou a vista a distância e viu a parede de árvores recomeçar. Não era uma campina natural, e sim o trabalho de anos e milhares de homens, limpando a terra onde as famílias de Batu pudessem se estabelecer em paz. Ao redor, a floresta se estendia por muitos quilômetros em todas as direções. Pela primeira vez, Kublai se perguntou como Guyuk encontraria um lugar assim. Em meio aos carvalhos e bétulas, não havia sequer sentido o cheiro da fumaça das fogueiras.

A chegada não passara despercebida. Nem bem os três homens saíram das árvores e gritos ecoaram ao longe. No meio das casas e iurtas amontoadas, guerreiros se reuniram e depois cavalgaram na direção deles. Kublai sacudiu o cansaço, sabendo que precisava permanecer alerta para a reunião que viria. Pegou seu odre e espremeu um jato de água quente no rosto, esfregando com força os fios crescidos sobre os lábios e o queixo. Só conseguia imaginar como estava maltrapilho e sujo. Seu disfarce de pobre cavaleiro do yam havia se transformado em realidade.

Os guerreiros chegaram em montarias descansadas, parecendo repulsivamente alertas. Kublai massageou os olhos enquanto eles se aproximavam, tentando aliviar a dor de cabeça. Sabia que precisaria de comida logo, caso contrário desmaiaria em algum momento daquela tarde.

Enquanto o oficial do *jagun* abria a boca, Kublai levantou a mão.

— Meu nome é Kublai dos Borjigin, primo de Batu e príncipe da nação.

Ele percebeu Tarrial e Parikh girando bruscamente nas selas. Kublai não lhes havia dito seu nome.

— Leve-me ao seu senhor imediatamente — prosseguiu. — Ele vai querer ouvir o que tenho a dizer.

O oficial cerrou a boca com um estalo dos dentes, tentando reconciliar a ideia de um príncipe com o mendigo imundo que via à frente. Os olhos amarelos espiavam irados através da sujeira, e o oficial se lembrou das descrições de Gêngis que tinha ouvido. Assentiu.

— Venha comigo — disse, girando sua montaria.

— E comida — murmurou Kublai tarde demais. — Eu gostaria de comida e talvez um pouco de *airag* ou vinho.

Os guerreiros não responderam, e ele cavalgou atrás deles. Tarrial e Parikh olharam-no partir, com olhos arregalados. Sentiam-se responsáveis pelo sujeito e estavam relutantes em deixá-lo para voltar ao posto solitário nos morros.

Depois de um tempo, Tarrial suspirou irritado.

— Seria uma boa ideia ficar aqui e descobrir o que está acontecendo — falou ele. — A gente deveria molhar a garganta antes de se apresentar, pelo menos.

Enquanto entrava no acampamento propriamente dito, Kublai viu que existiam estradas de terra passando pelas casas. Algumas eram iurtas no estilo que ele conhecia, mas muitas outras tinham sido construídas de madeira, talvez até com os grandes troncos cortados para formar a clareira aberta. Havia milhares delas. As 10 mil famílias originais de Batu haviam criado filhos nos anos em que viviam naquele ermo. Kublai esperava um acampamento solitário, mas o que viu foi o nascimento de uma nação. A madeira era farta, e as construções, altas e fortes. Olhou com interesse para as de dois andares e imaginou como os ocupantes escapariam no caso de um incêndio. Pedras eram raras ali, e todo o acampamento cheirava a pinho e carvalho. Percebeu que seus pensamentos cansados estavam se desviando quando o oficial parou diante de uma casa grande, mais ou menos no centro do acampamento. Com um alívio feroz, viu Batu parado diante da porta de carvalho, encostado a um poste de madeira com os braços levemente cruzados sobre o peito. Dois cães grandes puseram a cabeça para fora, para ver o estranho, e um deles rosnou antes que Batu se abaixasse e coçasse suas orelhas.

— Você mal passava de um garoto quando eu o vi pela última vez, Kublai — disse Batu, os olhos se estreitando, com um sorriso. — Bem-vindo à minha casa. Dou-lhe direitos de hóspede.

Kublai quase caiu enquanto apeava, com as pernas se dobrando. Braços fortes seguraram-no, e ele murmurou agradecimentos a algum estranho.

— Tragam-no antes que ele despenque — ouviu Batu dizer.

A casa de Batu era maior do que parecia por fora, talvez porque houvesse pouquíssimas divisões. A maior parte era espaço aberto, com uma escada de madeira levando a uma plataforma para dormir, numa das extremidades, quase como um jirau sobre a cabeça deles. O piso era atulhado de divãs, mesas e cadeiras, tudo espalhado ao acaso. Kublai entrou na frente de dois guerreiros, parando na soleira para deixar os cachorros cheirarem sua mão. Pareceram aceitar sua presença, mas um deles o observou tão atentamente quanto os dois homens às suas costas. Kublai ficou parado pacientemente enquanto eles o revistavam procurando armas, sabendo que não encontrariam nada. Enquanto esperava, viu cabeças de crianças espiando do segundo andar. Sorriu para elas, que sumiram.

— Você parece exausto — disse Batu quando os guerreiros ficaram satisfeitos.

Batu usava uma faca comprida no quadril, e Kublai notou que ele estivera pronto para sacá-la ao primeiro sinal de luta. Batu jamais fora idiota, e havia uma lenda na nação de que certa vez Gêngis matara um homem com uma escama afiada de armadura, quando todos achavam que ele estava desarmado. Não havia muita ameaça num dil que fedia a urina e suor.

— Isso não é importante — respondeu Kublai. — Trago uma mensagem de Karakorum. De minha mãe para você. — Era um alívio dizer as palavras que escondera durante tanto tempo. — Posso me sentar?

Batu ficou ligeiramente vermelho.

— Claro. Aqui.

Ele deu ordens para servirem chá e comida, e um dos guerreiros saiu correndo para providenciar. O outro era um homem pequeno e magro, com feições jin e um olho branco, cego. Ele ocupou um lugar junto à porta, e Kublai viu como o sujeito piscou o olho morto para as crianças acima, antes de olhar adiante.

— Obrigado — disse Kublai. — Foi uma longa viagem. Só gostaria que as notícias fossem melhores. Minha mãe pediu que eu lhe avisasse que Guyuk está vindo. Ele tirou o exército da cidade. Eu os segui por alguns dias até ter certeza de que vinham para o norte. Fiquei à frente deles, mas não podem estar a mais de uma semana atrás de mim. Sinto muito.

— Quantos *tumans* ele tem?

— Dez, com duas ou três montarias de reserva para cada homem.

— Catapultas? Canhões?

— Não. Eles cavalgam como um bando em grande escala. Todos os suprimentos estavam em cavalos de reserva, pelo menos foi o que eu vi. Primo, minha mãe arriscou muita coisa ao me mandar. Se ficarem sabendo...

— Não saberão por mim, tem a minha palavra.

Os olhos de Batu estavam distantes, como se pensasse no que acabara de ouvir. Sob a pressão silenciosa do olhar de Kublai, ele voltou e entrou em foco.

— Obrigado, Kublai. Não vou me esquecer disso. Posso desejar que tivesse mais de uma semana para me preparar, mas terá de ser suficiente.

Kublai piscou.

— Ele tem 100 mil guerreiros — argumentou. — Você não está pensando em lutar, está?

Batu sorriu.

— Acho que eu não deveria discutir isso com você, primo. Descanse aqui por alguns dias, coma e fique forte, antes de cavalgar de volta à cidade. Se eu viver, mostrarei minha gratidão. Dê minhas lembranças à sua mãe.

— Meu irmão Mongke está com o cã — continuou Kublai. — Ele é o orlok dos exércitos de Guyuk, e você sabe que ele não é idiota. Tenha bom-senso, Batu! Eu lhe trouxe o aviso para que pudesse fugir.

Batu olhou-o, vendo o cansaço terrível no modo como Kublai afrouxava o corpo de encontro à mesa.

— Se eu discutir isso com você, não poderei deixá-lo ir, entende? Se os batedores de Guyuk o capturarem, você já tem informação demais.

— Eles não ousariam me torturar.

Batu apenas balançou a cabeça. Falou:

— Se Guyuk ordenasse? Você tem uma ideia muito elevada de si mesmo, amigo. Imagino que sua mãe ainda vive porque Mongke apoiou Guyuk com tanta lealdade. E só existe espaço para um naquela garupa específica.

Kublai tomou a decisão, em parte porque não conseguia se imaginar montando de novo pelo modo como se sentia naquele momento.

— Vou ficar até que seja seguro ir embora — disse ele. — Agora diga que você não está pensando em atacar o exército do cã, o exército que tomou Yenking, derrubou a fortaleza dos Assassinos e humilhou as tribos afegãs! O que você tem, 12 mil guerreiros no máximo? Alguns ainda são garotos sem treino. Seria um massacre.

O chá e a comida chegaram, e Kublai mergulhou com empenho, a fome afastando todas as outras preocupações. Batu bebericou uma taça, observando-o atentamente. Kublai era conhecido pela inteligência. Até mesmo Gêngis havia observado aquele prodígio e dizia aos irmãos para procurá-lo em busca de soluções. Batu não poderia ignorar a opinião de Kublai quando ela estava tão completamente contra ele.

— Se eu fugir, vou fugir para sempre — disse. — Eu estive na Hungria, Kublai, a 8 *mil* quilômetros de casa. Não existem muitas pessoas vivas que saibam tão bem quanto eu que não é possível fugir do cã. Guyuk me caçaria até o fim do mundo e nem pensaria a respeito.

— Então mande seu povo se espalhar em cem direções. Que cavalguem para o fundo das estepes russas como pastores. Diga para enterrarem as armaduras e as espadas, que pelo menos poderão sobreviver. Você não pode ficar, Batu.

— A floresta é vasta... — começou Batu.

Kublai havia se reanimado com o chá salgado e bateu com o punho na mesa enquanto interrompia.

— A floresta só vai retardá-los, e não pará-los. Gêngis escalou montanhas ao redor da muralha jin com homens iguais a esses. Você diz que conhece o exército. Pense, então. É hora de fugir. Eu lhe garanti alguns dias, o bastante para ficar à frente deles. Nem mesmo isso... Bom, é tudo que você tem.

— E eu agradeço, Kublai. Já falei. Mas, se eu fugir, quantas pessoas que estão neste vale continuarão vivas daqui a um ano? Alguns milhares? Algumas centenas, ao menos? A vida delas é dedicada a mim. Estas terras são minhas, dadas por Ogedai Khan. Ninguém tem o direito de tirá-las de mim.

— Por que você não foi a Karakorum? Se tivesse dobrado o joelho, se tivesse feito o juramento, não haveria um exército vindo para cá.

Batu suspirou e coçou o rosto. Por um momento parecia quase tão cansado quanto Kublai.

— Eu só queria ser deixado em paz. Não queria que meus guerreiros fossem levados por Guyuk para alguma guerra sem sentido. Eu apoiei Baidur, o filho de Chagatai, mas no fim ele optou por não lutar pelo canato. Não posso dizer que o culpo. Eu não esperava que a reunião fosse em frente sem mim, mas aí está. Pode chamar de vaidade, talvez, ou simplesmente de erro. Poderia ter acontecido de outro modo.

— Mas e depois disso? Quando Guyuk foi feito cã, você ainda poderia ter ido.

O rosto de Batu ficou frio.

— Para salvar meu povo eu teria feito até mesmo isso. Teria me ajoelhado diante daquele sapo perfumado e feito o juramento, mesmo perdendo a honra.

— Mas não o fez — disse Kublai, perturbado pela extensão da fúria fervente do outro.

— Ele não pediu, Kublai. Você é a primeira pessoa de Karakorum que vejo desde que Guyuk foi feito cã. Durante um tempo, cheguei a pensar que você tinha vindo para me convocar a um juramento. Eu estava pronto para isso. — Ele balançou um braço, abarcando todo o acampamento ao redor, além dos cães e das crianças, das famílias. — Isso é tudo que eu quero. O velho cã escolheu bem quando me concedeu estas terras, sabia?

Kublai balançou a cabeça em silêncio.

— Quando cheguei aqui — continuou Batu —, encontrei algumas iurtas apodrecidas e casas de madeira no fundo da floresta. Fiquei pasmo. O que aquelas coisas da nação estavam fazendo tão longe de casa? Então encontrei uma sela quebrada, ainda marcada com o símbolo do meu pai. Estas são as terras em que Jochi se estabeleceu quando fugiu de Gêngis, Kublai. As terras escolhidas pelo primogênito do grande cã. O espírito do meu pai está aqui, e, ainda que Guyuk jamais entenda, este é o meu lar. Se ele simplesmente ficasse longe, eu *jamais* seria uma ameaça.

— Mas ele vem. Ele vai queimar este acampamento inteiro — disse Kublai, baixinho.

— É por isso que preciso enfrentá-lo. — Batu assentiu consigo mesmo. — Talvez ele aceite um desafio pessoal, entre dois netos de Gêngis. Acho que ele pode gostar de um drama desses.

— Ele mandaria derrubá-lo com flechas antes que você pudesse falar. Não gosto de dizer essas coisas, Batu. Mas você precisa saber que ele jamais arriscaria a própria vida. Ponha de lado esses planos loucos. Você fala por desespero, eu entendo! Mas você não tem opção...

Kublai parou, tendo um pensamento enquanto falava. Batu percebeu sua atenção se fixar num ponto interno e estendeu a mão subitamente, segurando-lhe o braço.

— O que é? O que você acabou de pensar?
— Não, não é nada — disse Kublai, soltando-se.
— Deixe que eu avalie.
Kublai se levantou de repente, fazendo um dos cães rosnar para ele.
— Não. Não serei apressado. Dê-me tempo para pensar direito.
Começou a andar de um lado para o outro. A ideia que lhe viera era monstruosa. Sabia que estava acostumado demais a resolver problemas nos confins seguros da cidade, sem ter de considerar as consequências. Se falasse em voz alta, o mundo mudaria. Preservou a boca fechada, recusando-se a dizer mais uma palavra até estar preparado.

Batu olhava-o andar, mal ousando ter esperanças. Quando era um garotinho, Kublai fora o aluno predileto do chanceler do cã. Quando ele falava, até os grandes homens paravam para ouvir. Batu esperou em silêncio, apenas franzindo a testa para um de seus filhos quando o garoto se esgueirou embaixo da mesa e se enrolou em volta de sua perna. O menino olhava-o com expressão confiante, convencido de que o pai era o homem mais forte e corajoso do mundo. Batu só podia desejar que fosse verdade.

Achando difícil pensar tendo as esperanças e as necessidades de Batu pressionando-o, Kublai saiu da casa sem dizer uma palavra. O guerreiro de olho branco veio atrás dele e ficou perto, observando. Kublai ignorou o olhar e foi para a rua, parando no centro e deixando as pessoas se movimentarem ao redor. O acampamento era organizado como uma cidade, com ruas sinuosas passando em todas as direções. Sorriu ao perceber que nenhuma era reta de modo que pudesse ser usada para uma carga inimiga. Como acontecia com os acampamentos de iurtas, as trilhas serpenteavam e voltavam na direção anterior, para confundir os atacantes. Havia certa energia naquele lugar, desde vozes anunciando mercadorias até sons de construção. Enquanto permanecia parado, Kublai viu dois homens carregando uma tora de madeira para algum destino desconhecido, arrastando os pés com um peso quase demasiado para eles. Crianças corriam ao seu redor, moleques sujos, ainda abençoadamente desapercebidos do mundo adulto.

Se ele não fizesse nada, Batu atacaria e seria destruído ou fugiria e seria caçado. Será que Kublai havia mesmo percorrido tantas centenas de quilômetros só para ver a aniquilação das famílias de Batu? No entanto, ele havia prestado juramento ao cã. Tinha jurado servi-lo com iurtas, cavalos, sal e sangue. Sua palavra era ferro, e ele estava preso entre o juramento e a necessidade.

Subitamente furioso, chutou uma pedra na estrada, mandando-a longe. Uma criança gritou, surpresa, olhando-o irritada enquanto coçava um ponto na perna. Kublai nem viu o menino. Já havia passado ao largo de seu juramento ao avisar Batu, mas poderia viver com isso. O que contemplava era muito pior.

Quando finalmente voltou, viu Batu parado com o guerreiro de olho branco junto à porta, os cães deitados aos seus pés.

— Muito bem, Batu. Tenho mais uma coisa a dizer.

CAPÍTULO 9

GUYUK ADORAVA AS LONGAS TARDES DE VERÃO, QUANDO O MUNDO PAIRAVA durante uma era, suspenso em luz cinzenta. O ar era claro e quente, e ele sentia-se em paz olhando o sol que começava a baixar na direção do oeste, pintando o céu com mil tons de vermelho, laranja e roxo. Parou junto à pequena porta da iurta, olhando o acampamento de seus *tumans*. Era sempre igual, o modo como faziam uma cidade brotar no ermo. Tudo de que precisavam era levado nas costas dos cavalos de reserva. Podia sentir cheiro de carne e temperos no ar, e respirou fundo, sentindo-se forte. A luz ainda iria durar muito tempo, e a fome era grande. Tentou zombar da própria cautela. Ele era o cã; as leis de Gêngis não iriam segurá-lo.

Saltou nas costas do pônei, desfrutando da própria energia e juventude. Seu rosto estava vermelho. Dois de seus oficiais de *minghaan* estavam perto, esforçando-se ao máximo para olhar em qualquer direção, menos para ele. Fez um gesto para o serviçal que esperava, e Anar avançou com sua águia caçadora, a ave e o rapaz quietos pela tensão. Guyuk levantou o antebraço direito, onde usava uma longa manga de couro que ia dos dedos até acima do cotovelo. Aceitou o peso da ave e amarrou a peia. Diferentemente de seus falcões, a águia sempre havia lutado contra o capuz. Estava com a cabeça nua, os olhos afiados de empolgação. Por um momento agitou-se furiosamente, revelando as penas brancas embaixo das asas que se abriam e batiam. Guyuk afastou o rosto daquele vento furioso até que ela começou a se acomodar, tremendo. Acariciou a cabeça dela, cauteloso com o grande bico curvo, capaz de rasgar a garganta de um lobo.

Quando o pássaro estava calmo, Guyuk deu um assobio baixo e um dos oficiais de *minghaan* se aproximou de cabeça baixa. Era como se o homem não quisesse ver nada, nem saber de nada do que acontecia. Guyuk sorriu da cautela dele, entendendo-a. A vida do sujeito estava em suas mãos e correndo risco por um único olhar ou uma palavra mal-escolhida.

— Vou caçar no leste esta tarde — disse. — Você trouxe os batedores?

Seu coração estava martelando e a voz parecia engasgada, mas o *minghaan* meramente assentiu em resposta, sem dizer nada. Por sete vezes, em um mês de cavalgada, Guyuk fizera a mesma coisa, levado por paixões que jamais sentia com sua jovem esposa em Karakorum.

— Se precisarem de mim — prosseguiu ele —, mande homens diretamente para o leste.

O *minghaan* reverenciou-o sem erguer os olhos. Guyuk aprovou a discrição. Sem outra palavra, o cã assentiu para Anar, e os dois começaram a trotar para fora do acampamento. Guyuk segurava a águia com leveza, e a ave parecia ansiosa.

Sempre que passavam por guerreiros ele via cabeças baixas. Guyuk cavalgava de cabeça erguida, entrando nas pastagens de capim alto. Montarias de reserva pastavam ali às dezenas de milhares, um rebanho tão vasto que cobria a terra como uma sombra e pastava o longo capim da planície até não sobrar nada a cada noite. Também havia guerreiros ali, passando a noite em vigília com os animais. Um ou dois deles o viram a distância e trotaram para perto, até perceberem que era o cã. Nesse ponto se tornavam cegos e surdos, virando-se como se não tivessem visto nada.

A luz da tarde estava começando a se desbotar em sombras suaves quando Guyuk ultrapassou os rebanhos. A cada quilômetro sentia parte de seu fardo ser tirada e sentava-se mais empertigado na sela. Viu as sombras se alongando adiante e, enquanto seu humor melhorava, sentiu-se tentado a persegui-las, como um menino. Era bom poder deixar de lado a seriedade da vida, só por um tempo. Isso também era algo cuja falta sentia quando retornava aos acampamentos. Nessas ocasiões, sempre podia sentir as responsabilidades baixando sobre ele como um manto pesado. Os dias eram preenchidos com discussões táticas, informes e castigos. Guyuk suspirou, pensando. Vivia pelos momentos dourados que desfrutava longe de tudo aquilo, onde podia ser ele próprio, pelo menos por um tempo.

Cerca de 9 quilômetros a leste do acampamento ele e Anar encontraram um riacho serpenteando na planície, correndo quase seco. Havia algumas árvores perto das margens e Guyuk escolheu um lugar onde as sombras se juntavam, desfrutando da paz e do isolamento completos. Essas coisas eram preciosas para um cã. Guyuk estava sempre cercado de homens e mulheres, desde os primeiros momentos em que acordava até as últimas reuniões à luz de tochas antes de ir para a cama. Ficar apenas parado, ouvindo o riacho e a brisa, era um júbilo simples.

Soltou a peia que prendia as pernas da águia e esperou até que ela estivesse pronta, antes de levantar o braço e lançá-la no ar. Ela subiu rapidamente usando as asas poderosas, fazendo círculos dezenas de metros acima. Era tarde demais para caçar, e ele achou que ela não iria muito longe. Guyuk desamarrou a isca e girou a corda, olhando a ave com orgulho. As penas escuras eram tingidas de vermelho, e ela era de uma estirpe tão fina quanto a dele, descendendo de um pássaro que o próprio Gêngis apanhara quando menino.

Começou a girar a isca ao redor, a corda ficando invisível enquanto ele fazia o peso circular cada vez mais rápido. Acima de sua cabeça, viu a águia fazer uma curva e mergulhar, desaparecendo por um momento atrás de um morro. Sorriu, conhecendo a tática da ave. Mesmo assim ela o surpreendeu, vindo pela lateral, e não da direção para onde ele estava olhando. Guyuk teve tempo de ver um borrão que freou com as asas estendidas enquanto ela mergulhava para a isca e a derrubava com um guincho alto. Guyuk bradou, elogiando a ave, que segurava a isca no chão. Deu-lhe um pedaço de carne usando a mão coberta de couro, e ela engoliu faminta, enquanto ele amarrava de novo a peia e a levantava. Se houvesse mais luz, poderia ter cavalgado com ela para apanhar uma raposa ou uma lebre, mas a noite estava chegando. Deixou-a amarrada ao arção da sela, silenciosa e atenta.

Enquanto Guyuk exercitava o pássaro, Anar havia estendido grossos cobertores de cavalo no chão macio. O rapaz estava nervoso, como aprendera a ficar. Guyuk tirou a rígida luva de couro e ficou parado um tempo, olhando-o. Quando o cã mostrou os dentes, foi o sorriso lento de um predador.

A expressão foi varrida de seu rosto com o som de cascos distantes e sinos tilintando, fracos. Guyuk levantou os olhos, furioso porque alguém ousava se aproximar. Até mesmo um cavaleiro do yam deveria ter sido avisado para não o interromper naquele fim de tarde. Com os punhos fechados, ficou parado sem jeito, esperando o recém-chegado. Qualquer que fosse o assunto, mandaria o sujeito de volta ao acampamento para esperar a manhã. Por um instante, imaginou se algum idiota teria gostado do pensamento de perturbar o cã. Era o tipo de malícia simples que agradava aos homens comuns, e ele prometeu tomar nota do nome do cavaleiro do yam. Gostaria de administrar a punição pela brincadeira de mau gosto.

A princípio não reconheceu Batu no crepúsculo que ia escurecendo. Guyuk não o via desde que tinham voltado da Grande Jornada para o ocidente, e o cavaleiro se aproximou de cabeça baixa, praticamente sem trotar. Quando Batu levantou a cabeça, os olhos de Guyuk se arregalaram. Nesse instante, soube que estava mais sozinho do que se sentira em anos. Seu precioso exército estava fora do alcance, longe demais para ser chamado. Viu Batu dar um sorriso sério e apear. Anar gritou alguma pergunta, mas Guyuk não escutou enquanto corria até seu cavalo e desembainhava a espada presa à sela. Sua águia estava agitada, perturbada pelo estranho. Num impulso, Guyuk soltou a corda que prendia as pernas dela antes de se afastar, ganhando espaço.

— Não precisa ter pressa, meu senhor — gritou Batu. Ele esperou até ver que Guyuk não tentaria cavalgar para longe, depois apeou. — Isso era para ter acontecido há muito tempo. Alguns instantes a mais não farão diferença.

Consternado, Guyuk viu que Batu usava uma espada presa à cintura. Enquanto o outro observava, Batu desembainhou a lâmina e examinou o gume.

Guyuk segurou a espada com cabeça de lobo que havia herdado, uma lâmina de aço azul com punho esculpido. Estava na sua família havia gerações, passando de um cã a outro. Sentiu-se mais forte com a arma na mão, enquanto jogava a bainha longe no capim.

Batu se aproximou devagar, perfeitamente equilibrado e com cada passo cheio de segurança no chão. A luz era fraca e a escuridão vinha rapidamente, porém Guyuk podia ver os olhos dele brilharem. Rosnou, atirando o medo para longe. Era mais novo do que Batu e fora treinado por mestres da espada. Girou os dedos com leveza, sentindo o primeiro suor leve brotar na testa enquanto os batimentos cardíacos aceleravam. Ele não era um cordeiro que seria morto sem luta. Batu pareceu sentir sua confiança e fez uma pausa, o olhar saltando rapidamente para Anar. O companheiro de Guyuk estava em choque a 12 passos de distância, a boca aberta como uma ave sedenta. Guyuk percebeu com uma pontada que ele também seria morto se Batu tivesse sucesso em sua loucura. Firmou o maxilar e levantou a espada.

— Você atacaria o cã da nação? Seu próprio primo?

— Não é o meu cã — respondeu Batu, avançando mais um passo. — Você não recebeu um juramento meu.

— Eu estava indo até você para aceitar seu juramento, Batu.

Batu parou de novo, e Guyuk ficou satisfeito ao ver que o havia preocupado. Qualquer pequena vantagem serviria. Para homens sem armadura, ambos sabiam que uma luta poderia durar apenas alguns instantes. Talvez dois mestres pudessem sustentar-se mutuamente durante um tempo, mas, para os guerreiros comuns, as lâminas de aço afiado que seguravam eram demasiadamente mortais. Um único talho poderia atingir o osso ou arrancar um membro.

Batu passou pelo pônei de Guyuk, que rosnou um comando:

— Ataque!

Batu se afastou bruscamente do animal, esperando que ele escoiceasse. Os dois tinham visto os cavalos da cavalaria cristã, treinados para servir como armas na batalha. O pônei de Guyuk não fez nada, mas a águia que estava em suas costas lançou-se com uma enorme envergadura de asas. Ao mesmo tempo, Guyuk saltou para a frente, rugindo a plenos pulmões.

Temeroso, Batu golpeou a ave, a espada baixando e atravessando-a antes que as garras pudessem alcançá-lo. As asas impediram que Guyuk visse o ferimento, mas ela guinchou e caiu quase aos seus pés. Ele tentou acertar o peito de Batu e experimentou um momento de exultação ao ver que a lâmina do adversário estava baixa demais para bloquear o golpe.

Batu deu um passo para o lado, retirando a espada da ave mutilada. O bicho havia caído de costas, com as garras ainda rasgando o ar e a cabeça tentando alcançá-lo. Por um instante, o braço de Batu estava longe do corpo, esticado. Guyuk havia posto tudo naquela estocada e mal pôde recuperar o equilíbrio, mas levantou a lâmina bruscamente e pegou Batu ao longo das costelas com o gume, enquanto puxava a espada para dar outro golpe. O dil leve se abriu num talho e o sangue apareceu por baixo. Batu xingou e continuou desviando, para longe da ave e do dono.

Guyuk sorriu, mas por dentro estava furioso com o dano causado à águia. Não ousava olhar, mas os gritos dela já estavam enfraquecendo.

— Você achou que isso seria fácil? — provocou Guyuk. — Sou o cã da nação, primo. Carrego o espírito e a espada de Gêngis. Ele não deixará que eu caia diante de um traidor que só serve para se tornar comida de cachorro.

Sem afastar o olhar de Batu, Guyuk gritou por cima do ombro:

— Anar! Pegue o seu cavalo e volte ao acampamento. Traga meus homens de confiança. Vou terminar com esse rapineiro enquanto espero.

Se esperava provocar Batu para um ataque, Guyuk teve o que queria. Quando Anar se moveu em direção à sua égua branca, Batu avançou, com a espada viva na mão. Guyuk baixou a lâmina para bloquear e grunhiu ao sentir a força do outro por trás do golpe. Sua confiança foi abalada, e ele deu um passo atrás antes de firmar terreno. Uma lembrança de suas lições antigas relampejou: uma vez que você começa a recuar, é difícil parar.

A lâmina de Batu era rápida demais para ser vista e somente o treino na infância salvou Guyuk ao aparar dois golpes por instinto. As lâminas ressoaram juntas e ele sentiu uma ardência aguda no antebraço. Para seu desagrado, já estava ofegando enquanto Batu trabalhava de boca fechada, golpeando sem parar. Guyuk impediu mais um ataque que o teria aberto como um cabrito, mas seus pulmões estavam doendo e Batu parecia incansável, ficando cada vez mais rápido. Guyuk sentiu outra ardência na perna quando a ponta da espada de Batu pegou-o e abriu um corte fundo no músculo. Deu outro passo atrás e quase caiu quando a perna se dobrou. Não podia se virar para ver Anar e não podia ouvir nada além da própria respiração e do choque das espadas. Esperava que o serviçal tivesse fugido. Guyuk começara a pensar que não podia vencer esse homem que usava uma espada com toda a força casual de um lenhador cortando árvores. Continuou a se defender desesperadamente, sentindo o sangue quente escorrer pela perna enquanto procurava por uma chance.

Não viu Anar chegar correndo pela lateral. A reação de Guyuk a uma estocada pusera sua lâmina para o lado, deixando-o vulnerável. Nesse momento, Anar se chocou contra Batu, fazendo-o rolar no capim. Guyuk podia ouvir seu próprio coração martelando, como se o mundo tivesse parado.

Anar estava desarmado, mas tentou segurar Batu, que saltou de pé, dando a chance a Guyuk. Batu mandou a espada contra a lateral do corpo de Anar, dois golpes fortes que arrancaram o ar e a vida de dentro dele. Mesmo assim, as mãos do rapaz agarraram o dil de Batu, desequilibrando-o. Guyuk avançou furioso. Seu primeiro golpe foi desperdiçado quando Batu girou Anar como um escudo, deixando-o cair em seguida. Guyuk estocou buscando o coração, mas foi lento demais. A espada de Batu se cravou em Guyuk antes que ele pudesse acertar o golpe. Guyuk percebeu cada centímetro de metal penetrando em seu peito entre as costelas. Virou-se junto com ela, sua fúria dando-lhe força para tentar prender a lâmina. Ofegou enquanto a espada o rasgava por dentro, mas Batu não conseguiu soltá-la. Os dois ficaram quase abraçados, perto demais para Guyuk usar a própria espada. Em vez disso, acertou o cabo da arma no rosto de Batu, quebrando seu nariz e esmagando-lhe os lábios. Guyuk podia sentir a força desvanecendo feito água derramando-se dele, e seus golpes ficaram fracos até mal poder levantar as mãos.

A espada caiu de seus dedos e ele sentou-se de repente, com as pernas inúteis. A espada de Batu veio junto, ainda cravada no peito. Anar estava caído no chão, sufocando e tentando sugar o ar sangrento. Os olhares dos dois se encontraram, e Guyuk virou a cabeça para outro lado, não se importando com o destino de um serviçal.

A escuridão atravessou sua visão. Sentiu Batu puxando o punho da espada como uma pressão distante, quase indolor. Quando ela finalmente saiu, Guyuk sentiu as tripas e a bexiga se soltarem. Não foi um fim rápido e ele aguardou, ofegando insensato por um tempo até que os pulmões se esvaziaram.

Batu permaneceu de pé, espiando o primo morto através dos olhos inchados. O companheiro dele durou um longo tempo e Batu não disse nada enquanto esperava que os sons sufocados parassem, que os olhos desesperados ficassem imóveis. Quando os dois haviam partido, ele se deixou apoiar num dos joelhos, pondo a espada no chão ao lado e levando uma das mãos ao rosto para avaliar os ferimentos. O sangue corria num jorro pegajoso do nariz, e ele cuspiu no capim enquanto o líquido escorria pelo pescoço. Seu olhar pousou na espada de Guyuk, com o punho em forma da mandíbula de um lobo rosnando. Balançou a cabeça diante da própria cobiça e olhou em volta procurando a bainha no capim. Movendo-se rigidamente, limpou a lâmina antes de embainhá-la de novo e colocá-la no peito de Guyuk. Nesse ponto, o dil do cã já estava pesado, encharcado com o sangue que ia esfriando. A espada poderia ser de Batu, mas ele não conseguiu tomá-la.

— Meu inimigo, o cã, está morto — murmurou Batu consigo mesmo, olhando o rosto imóvel de Guyuk.

Com a informação dada por Kublai, ele soubera que Guyuk deixaria seus guardas e a segurança do acampamento. Havia esperado durante três dias preciosos, arriscando-se a ser descoberto pelos batedores enquanto ficava deitado vigiando. Dúvidas o assaltavam o tempo todo, piores do que a sede. E se Kublai estivesse errado? E se ele estivesse jogando fora os dias de que precisava para levar seu povo à segurança? Batu estava à beira do desespero quando finalmente viu Guyuk se afastar a cavalo.

Levantou-se, ainda olhando para baixo. A escuridão de verão havia chegado, mas ele tinha certeza de que os dois tinham lutado por pouco tempo. Olhou a águia morta e sentiu uma pontada de pesar, sabendo que a linhagem de sangue do pássaro vinha do próprio Gêngis. Esticou as costas e se empertigou mais, respirando o ar limpo e começando a perceber as dores e os ferimentos. Não eram sérios, e ele sentia-se forte. Podia sentir a vida nas veias e respirou fundo, desfrutando da sensação. Não lamentou a decisão de enfrentar o cã com uma espada. Tinha um arco e poderia ter matado os dois antes mesmo que soubessem que estavam sob ataque. Em vez disso, os matara com honra. De repente gargalhou, contente por estar vivo depois da luta. Não sabia como a nação iria se virar sem Guyuk. Para ele isso não importava. *Seu* povo sobreviveria. Ainda rindo, enxugou sua espada numa parte limpa da túnica do serviçal e embainhou-a antes de voltar ao cavalo.

Os guerreiros pararam ao lado do corpo de seu cã, atônitos e silenciosos enquanto Mongke se aproximava a cavalo. Corvos gritavam nas árvores ao redor enquanto o sol nascia. Os galhos mais baixos pareciam cheios de aves pretas, e mais de uma saltitava no chão, abrindo as asas e olhando a carne morta. Enquanto Mongke apeava, um dos guerreiros tentou chutar um corvo, irritado, mas o pássaro levantou voo antes que o chute o acertasse.

Guyuk estava onde havia caído, com a espada do pai sobre o peito. Mongke andou entre seus homens e parou junto ao corpo do cã, com as emoções escondidas por trás do rosto frio que cada guerreiro precisava aprender a sustentar. Ficou parado por um longo período, e ninguém ousou falar.

— Ladrões teriam levado a espada — disse finalmente. Sua voz profunda soou áspera de raiva. Ele abaixou a mão e pegou a arma, puxando um trecho do aço e percebendo que havia sido limpa. Seu olhar examinou os corpos, pousando nas manchas que marcavam a túnica do serviçal do cã. — Você não viu ninguém? — perguntou Mongke subitamente, girando para o batedor mais próximo. O homem tremeu enquanto respondia.

— Ninguém, senhor — respondeu o guerreiro, balançando a cabeça. — Quando o cã não retornou fui procurá-lo... e depois fui encontrar o senhor.

Os olhos de Mongke ardiam fixos nele, e o batedor desviou o olhar, aterrorizado.

— Era sua tarefa examinar a terra a leste — disse Mongke, baixinho.

— Senhor, o cã deu ordens para levar os batedores para o acampamento — respondeu o homem, sem ousar levantar os olhos. Estava suando visivelmente, com o que parecia uma lágrima escorrendo pela bochecha. Ele se encolheu quando Mongke desembainhou a espada da cabeça de lobo, mas não recuou e simplesmente ficou de cabeça baixa.

O rosto de Mongke estava calmo enquanto ele se movia. Baixou o gume da espada no pescoço do sujeito com toda a força, decepando a cabeça. O corpo caiu para a frente, subitamente frouxo enquanto Mongke se virava de volta para os cadáveres. Desejou que Kublai estivesse ali. Apesar de toda a aversão que sentia pelas roupas e pelos modos jin do irmão, Mongke sabia que Kublai teria oferecido um bom conselho. Sentiu-se perdido. Matar o batedor nem começara a aplacar a raiva e a frustração que sentia. O cã estava morto. Como orlok do exército, a responsabilidade só podia ser dele. Ficou em silêncio por um longo tempo, então respirou fundo e lentamente. Seu pai, Tolui, dera a vida para salvar Ogedai Khan. Mongke estivera com ele no final. Mais do que qualquer outro, entendia a honra e as exigências de seu cargo. Não poderia fazer menos do que o pai.

— Fracassei em proteger meu senhor jurado — murmurou. — Minha vida está acabada.

Um dos seus generais chegara perto enquanto ele permanecia junto ao corpo do cã. Ilugei era um soldado de campanhas antigas, um veterano da Grande Jornada de Tsubodai para o ocidente. Conhecia Mongke havia muitos anos, e balançou a cabeça imediatamente ao ouvir aquelas palavras.

— Sua morte não o traria de volta — disse.

Mongke se virou para ele, com a raiva ruborizando a pele.

— A responsabilidade é minha — reagiu rispidamente.

Ilugei baixou a cabeça em vez de encarar aqueles olhos. Viu a espada se mexer na mão de Mongke e se empertigou, chegando mais perto sem qualquer sinal de medo.

— Vai cortar minha cabeça também? O senhor deve pôr a raiva de lado. Escolher a morte não é possível para o senhor, pelo menos hoje. O exército não tem outro homem para liderá-lo. Se o senhor cair, quem vai nos comandar? Para onde iremos? Em frente? Desafiar um neto de Gêngis? Para casa? O senhor deve nos comandar, orlok. O cã está morto, a nação está sem líder. Está indefesa, com cães selvagens a toda volta. Haverá caos, guerra civil?

Relutante, Mongke se obrigou a pensar para além dos corpos imóveis na campina. Guyuk não vivera o suficiente para dar um herdeiro. Havia uma esposa em Karakorum, ele sabia. Mongke se recordava vagamente de ter conhecido a jovem, mas não conseguia trazer o nome dela à mente. Isso não importava mais, percebeu. Pensou em sua mãe, Sorhatani, e foi como se escutasse a voz dela. Nem Batu nem Baidur tinham o apoio do exército. Como orlok, Mongke estava no local perfeito para comandar a nação. Seu coração bateu mais rápido no peito ao pensar nisso, e seu rosto ficou vermelho como se os homens ao redor pudessem ouvi-lo. Não tinha sonhado com isso, mas a realidade fora atirada sobre ele pelos corpos esparramados aos seus pés. Olhou o rosto de Guyuk, tão frouxo e pálido sem o sangue.

— Eu fui leal — sussurrou ao cadáver.

Pensou nas festas loucas de Guyuk na cidade e em como elas o deixavam nauseado. Conhecendo os gostos do sujeito, Mongke jamais se sentira totalmente confortável com Guyuk, mas tudo ficara para trás. Lutou com uma visão do futuro, tentando imaginá-lo. De novo, desejou que Kublai estivesse ali, em vez de a 1.500 quilômetros, em Karakorum. Kublai saberia o que fazer, o que dizer aos homens.

— Vou pensar nisso — disse Mongke a Ilugei. — Mande enrolar o corpo do cã e prepará-lo para a viagem.

Em seguida, olhou o corpo infortunado do serviçal de Guyuk, notando a mancha de sangue seco que brotara de sua boca. A inspiração lhe veio, e ele falou de novo:

— O cã morreu corajosamente, lutando contra seu assassino. Que os homens saibam disso.

— Devo deixar o corpo do assassino? — perguntou Ilugei, com os olhos reluzindo.

Ninguém adorava uma mentira tanto quanto um guerreiro mongol. Aquilo até poderia ser verdade, mas ele imaginou como a espada de Guyuk teria sido limpa e colocada com tanto cuidado por um homem agonizante.

Mongke pensou durante um tempo antes de balançar a cabeça.

— Não — falou, finalmente. — Que ele seja esquartejado e as peças jogadas numa das fossas noturnas. Que as moscas e o sol se refestelem.

Ilugei fez uma reverência solene diante da ordem. Pensou ter visto a luz da ambição brilhar nos olhos de Mongke. Tinha certeza de que o sujeito não recusaria o direito de ser cã, não importando como tudo acontecera. Ilugei havia desprezado Guyuk, e era um alívio pensar em Mongke comandando a nação. Mongke não tinha tempo para as insidiosas influências jin que haviam se tornado uma parte tão importante da cultura da nação. Mongke governaria como Gêngis, um tradicional cã mongol. Ilugei lutou para não sorrir, mas seu coração se regozijava.

— A sua vontade, senhor — disse com a voz firme.

CAPÍTULO 10

Demorou um mês para trazer o exército para casa em Karakorum, quase metade do tempo da viagem de ida. Livre do comando de Guyuk, Mongke acordava os homens antes do alvorecer a cada manhã, movendo-se num ritmo intenso e se ressentindo de cada parada para apanhar comida ou dormir.

Quando viram os pálidos muros da cidade, o humor dos homens era difícil de ser definido. Eles carregavam o corpo do cã, e havia muitos que sentiam vergonha por fracassar nos deveres para com Guyuk. No entanto, Mongke cavalgava ereto, seguro de sua autoridade. Guyuk não fora um cã popular. Muitos guerreiros imitavam Mongke e não baixavam a cabeça.

A notícia havia chegado antes deles, através dos cavaleiros do yam. Em resultado, Sorhatani tivera tempo de preparar a cidade para os dias de luto. Braseiros cheios de lascas de cedro e aloé haviam sido acesos durante a madrugada, com a aproximação do exército. Uma fumaça cinza subia no ar sobre Karakorum, envolvendo a cidade em névoa e perfumes intensos. Pela primeira vez, o fedor de esgotos entupidos foi mascarado.

Com os Guardas do Dia usando suas melhores armaduras, Sorhatani esperava junto ao portão da cidade, olhando o exército de seu filho, que voltava para casa. Kublai mal conseguira chegar de volta antes do irmão, e só fora capaz disso retomando seu disfarce de cavaleiro do yam. Um dos Guardas pigarreou e em seguida teve um espasmo de tosse que não conseguia controlar. Sorhatani espiou-o, os olhos alertando-o para ficar quieto. Mongke ainda estava a uma certa distância, e ela deu um passo em direção ao guerreiro, pondo a mão em sua testa. Estava ardendo, e Sorhatani ficou séria. O guerreiro de rosto vermelho não conseguia responder às suas perguntas. Enquanto ela falava, ele ergueu a mão, impotente, e ela o afastou da fila, irritada.

Sorhatani sentiu uma coceira na garganta e engoliu em seco para controlá-la, antes de passar vergonha. Dois de seus serviçais estavam de cama com a mesma febre, mas ela não podia pensar nisso agora, com Mongke chegando em casa.

Seus pensamentos foram até o marido, morto tantos anos antes. Ele dera a vida por Ogedai Khan e jamais ousaria sonhar que um dos seus filhos ascendesse. Mas quem mais poderia ser o cã, agora que Guyuk estava morto? Batu devia tudo a ela, não somente a vida. Kublai tinha certeza de que ele não seria obstáculo para a família. Ela fez uma oração silenciosa ao espírito do marido, agradecendo pelo sacrifício original que tornara tudo aquilo possível.

O exército parou e se acomodou ao redor da cidade, tirando os fardos dos cavalos e deixando-os soltos para pastar o capim que crescera luxuriante em sua ausência. Não demoraria muito até que a planície de Karakorum fosse de terra nua outra vez, pensou Sorhatani. Observou Mongke se aproximar cavalgando com seus oficiais de *minghaans*, imaginando se algum dia poderia revelar o papel que representara na morte de Guyuk. A coisa não acontecera como ela e Kublai haviam planejado. Tudo que pretendera era que Batu fosse salvo. No entanto, não conseguia se arrepender pela morte do cã. Já vira alguns dos favoritos dele serem reduzidos a um horror trêmulo ao ouvirem que seu protetor se fora. Tinha sido difícil para ela não desfrutar dessa perturbação, depois de suportar por tanto tempo seu domínio mesquinho. Havia dispensado os guardas que Guyuk pusera vigiando-a. Não tinha autoridade verdadeira para isso, mas eles também podiam sentir os ventos mudando. Haviam deixado seus aposentos numa velocidade pouco digna.

Mongke chegou perto e apeou, abraçando-a com formalidade desajeitada. Sorhatani observou que ele usava a espada com cabeça de lobo no quadril esquerdo, um símbolo poderoso. Não deu sinal de ter notado. Mongke ainda não era cã e precisaria percorrer um caminho difícil nos dias seguintes, até que Guyuk fosse enterrado ou queimado.

— Eu gostaria de ter voltado com notícias melhores, mãe. — As palavras ainda precisavam ser ditas. — O cã foi morto por seu serviçal, assassinado enquanto caçava.

— É um dia sombrio para a nação — respondeu Sorhatani com formalidade, abaixando a cabeça. Seu peito se apertou quando uma tosse ameaçou sair, e ela engoliu a saliva rapidamente. — Terá de haver outro quiriltai, outra reunião dos príncipes. Mandarei os cavaleiros do yam pedindo que venham à cidade na próxima primavera. A nação precisa ter um cã, *meu filho*.

Mongke olhou-a incisivamente. Talvez só ele pudesse ouvir a ênfase sutil nas últimas palavras, mas os olhos dela reluziam. Ele assentiu apenas de leve, em resposta. Entre os generais, já se aceitava que Mongke seria o cã. Ele só precisava se declarar. Respirou fundo, olhando a guarda de honra que Sorhatani havia reunido. Quando falou, foi com uma certeza calma.

— Não à cidade, mãe, não a este lugar de pedra fria. Sou o futuro cã, neto de Gêngis Khan. A decisão é minha. Vou convocar a nação à planície de Avraga, onde Gêngis a reuniu pela primeira vez.

Libertadas, lágrimas de orgulho vieram aos olhos de Sorhatani. Ela abaixou a cabeça, em silêncio.

— A nação se afastou muito dos princípios do meu avô — disse Mongke, levantando a voz para alcançar os oficiais e os Guardas. — Vou arrastá-la de volta ao caminho certo.

Olhou pelo portão aberto, para a cidade do outro lado, onde dezenas de milhares trabalhavam para administrar o império, desde os impostos mais insignificantes até os rendimentos e palácios dos reis. Seu rosto mostrou o desdém, e, pela primeira vez desde que ficara sabendo da morte de Guyuk, Sorhatani sentiu um sussurro de preocupação. Tinha pensado que Mongke precisaria de sua orientação enquanto assumia o controle da cidade. Em vez disso, ele parecia olhar através de Karakorum, para algo em sua mente, como se não visse a cidade.

Quando ele falou de novo, foi para confirmar seus temores.

— Você deve se retirar para seus aposentos, mãe. Pelo menos durante alguns dias. Eu trouxe um galho aceso de volta a Karakorum. Farei com que esta cidade imunda seja limpa antes de me tornar o cã.

Sorhatani recuou um passo enquanto ele montava de novo e cavalgava pelo portão, seguindo até o palácio. Seus homens estavam todos armados, e ela viu os rostos sérios sob uma nova luz, enquanto eles seguiam o senhor para dentro de Karakorum. Começou a tossir na poeira da passagem deles, até se formarem novas lágrimas em seus olhos.

À tarde, os braseiros perfumados haviam queimado em fogo baixo e a cidade começava o período formal de luto por Guyuk Khan. Seu corpo estava no fresco porão do palácio, pronto para ser limpo e vestido para a pira de cremação.

Mongke entrou na sala de audiências passando pela porta de cobre polido. Os altos funcionários de Karakorum haviam se reunido por ordem sua e se ajoelharam enquanto ele entrava, encostando a cabeça no piso de madeira. Guyuk sentia-se confortável com esse tipo de coisa, mas era um erro.

— Levantem-se — disse Mongke rispidamente enquanto passava. — Baixem a cabeça se for necessário, mas não vou suportar essa prostração jin na minha presença.

Acomodou-se no ornamentado trono de Guyuk com uma expressão de nojo. Os funcionários se levantaram hesitantes, e Mongke franziu a testa enquanto os observava com atenção. Não havia um único mongol verdadeiro na sala, legado dos poucos anos de Guyuk como cã, além de seu pai, antes dele. De que havia adiantado conquistar uma nação se o canato era tomado de dentro para fora? O sangue vinha primeiro, mas essa verdade simples fora perdida para homens como Guyuk e Ogedai. Os homens que estavam naquela sala governavam o império, estabeleciam impostos e ficavam ricos, enquanto seus conquistadores ainda viviam em uma pobreza simples. Mongke mostrou os dentes ao pensar nisso, amedrontando-os ainda mais. Seu olhar pousou em Yao Shu, o chanceler do cã. Examinou-o durante um tempo, lembrando-se de antigas lições com o monge jin. Com Yao Shu aprendera budismo, árabe e mandarim. Mesmo que desdenhasse de boa parte do que aprendera, Mongke ainda admirava o velho. Yao Shu provavelmente era indispensável. Mongke se levantou do trono e andou ao longo das filas de homens, indicando os mais importantes pousando a mão brevemente em seus ombros.

— Fiquem perto do trono — disse, indo em frente enquanto eles corriam para obedecer. No fim, escolheu seis e parou diante de Yao Shu. O chanceler ainda tinha as costas retas, mas era de longe o homem mais velho na sala. Ele conhecera Gêngis na juventude e Mongke poderia honrá-lo, ao menos por isso. — Pode ter estes como seus funcionários, chanceler. O resto virá da nação, dos que têm apenas sangue mongol. Treine-os para assumirem os postos depois de você. Não admitirei que minha cidade seja governada por estrangeiros.

Yao Shu empalideceu, mas só pôde baixar a cabeça em resposta.

Mongke sorriu. Estava usando armadura completa, sinal para ele de que os dias de seda estavam acabando. A nação fora criada na guerra, depois comandada por cortesãos jin. Isso não estava certo. Mongke foi até um dos seus guardas e murmurou uma ordem no ouvido dele. O homem partiu correndo e os escribas e cortesãos esperaram nervosos enquanto Mongke ficava diante deles, ainda sorrindo ligeiramente e olhando a cidade através da janela aberta.

Quando o guerreiro voltou, trazia um cajado fino com uma tira de couro na ponta. Mongke pegou-o e girou os ombros.

— Vocês engordaram numa cidade que não precisa de vocês — falou aos homens, cortando o ar com o chicote. — Chega. Saiam da minha casa.

Por um instante, os homens reunidos permaneceram imóveis, em choque diante das palavras. Essa hesitação era tudo de que ele precisava.

— E vocês ficaram *lentos* sob o comando de Guyuk e Ogedai. Quando um homem, *qualquer* homem, da nação lhes der uma ordem, vocês se mexam!

Acertou o chicote no rosto do escriba mais próximo, certificando-se de golpear com o cajado de madeira. O homem caiu para trás com um grito, e Mongke começou a dar golpes amplos ao redor. Gritos de pânico soaram enquanto eles lutavam para se afastar. Mongke sorriu abertamente, batendo e batendo de novo, às vezes tirando sangue. Os funcionários correram para fora da sala e ele os perseguiu num frenesi, chicoteando as pernas e os rostos, onde quer que pudesse acertar.

Impeliu-os pelos claustros até o pátio de formatura do palácio, onde a árvore de prata reluzia ao sol. Alguns caíam e Mongke os levantava com chutes, fazendo-os tropeçar com as costelas doloridas. Era um guerreiro no meio de ovelhas, e usou o chicote para colocá-los de volta num grupo, como faria com cordeiros arrebanhados. Os homens continuaram tropeçando até que surgiu o portão da cidade, com Guardas olhando das torres e achando divertido. Mongke não parou, mesmo com o suor escorrendo. Chutava, empurrava e batia até que o último homem estava do lado de fora da muralha. Só então parou, ofegando, com a sombra do portão caindo sobre ele.

— Vocês já tiveram o suficiente da nação — gritou. — É hora de trabalharem por sua comida como homens honestos, ou passar fome. Se entrarem na minha cidade de novo, eu cortarei suas cabeças.

Um grande gemido de perturbação e raiva brotou no grupo, e por um momento Mongke chegou a pensar que eles poderiam atacá-lo. Muitos ainda tinham mulheres e filhos na cidade, mas ele não se importava. O desejo de castigar era forte e Mongke quase desejou que eles ousassem atacar, para poder desembainhar a espada. Não temia eruditos e escribas. Eles eram jin e, apesar de toda a fúria e esperteza, não podiam fazer nada.

Quando o grupo se reduziu a murmúrios impotentes, Mongke olhou para os guardas acima de sua cabeça.

— Fechem o portão — ordenou. — Memorizem os rostos deles. Se virem ao menos um dentro da muralha, têm minha permissão de cravar-lhe uma flecha.

Então gargalhou diante do despeito e do horror que viu na turba de cortesãos espancados e feridos. Nenhum tivera coragem de questionar suas ordens. Esperou enquanto os portões eram fechados, com a linha de visão da planície se reduzindo a uma fresta e depois a nada. Lá fora, eles gemiam e choravam enquanto Mongke assentia para os Guardas do Dia e finalmente jogava no chão o chicote ensanguentado, voltando sozinho para o palácio. Enquanto andava, viu milhares de rostos jin espiando das casas para o homem que seria cã na primavera. Fez uma careta, lembrando-se de novo de que a cidade havia se afastado de suas origens. Bom, ele não era nenhum Guyuk para ser estorvado durante anos em sua ambição. A nação era dele.

O cheiro de aloé havia diminuído desde a manhã. A cidade fedia de novo, fazendo Mongke pensar numa tenda de cura depois de uma batalha. Pensou com mal-estar em alguns ferimentos infeccionados que tinha visto, gordos e brilhantes de pus. Era preciso coragem e mão firme para drenar um ferimento daqueles: um talho e uma dor aguda para que a cura tivesse início. Sorriu enquanto caminhava. Ele seria essa mão.

Toda a cidade estava em tumulto quando a escuridão chegou. Por ordens de Mongke, guerreiros haviam entrado com força total em Karakorum, grupos de dez ou vinte andando por todas as ruas e examinando as posses de milhares de famílias. À primeira sugestão de resistência, arrastavam os donos para a rua e os espancavam publicamente, deixando-os nas pedras do calçamento até que seus parentes ousassem sair para levá-los de volta. Alguns ficaram a noite toda onde haviam sido jogados.

Até leitos de doentes foram revistados em busca de ouro ou prata escondidos, com os ocupantes sendo jogados de lado junto com as cobertas e obrigados a ficar de pé no frio até que os guerreiros se satisfizessem. Havia muitos assim, tossindo desatentos e ainda febris, de pé com olhos vazios. As famílias jin sofreram mais do que os demais grupos, embora os joalheiros muçulmanos tivessem perdido todo o estoque numa única noite, desde matérias-primas até itens acabados, prontos para a venda. Em teoria, todas as coisas seriam contabilizadas, mas a realidade era que qualquer coisa de valor desaparecia nos dils que os guerreiros usavam sobre as armaduras.

O amanhecer não trouxe folga e só revelou a destruição. Havia no mínimo um corpo caído em cada rua, e o choro de mulheres e crianças podia ser ouvido por toda Karakorum.

O palácio era o centro de tudo, começando com uma busca nas salas suntuosas que haviam pertencido aos altos funcionários e aos favoritos do cã. Esposas eram reivindicadas pelos oficiais de Mongke ou postas do lado de fora das muralhas para se juntar aos maridos. Os atavios do prestígio foram arrancados, desde tapeçarias até estátuas budistas. Ali, pelo menos, o olhar de Mongke podia ser sentido e os tesouros encontrados eram devidamente recolhidos e empilhados nos depósitos abaixo. Outras coisas eram queimadas em grandes fogueiras nas ruas.

À medida que a tarde do segundo dia caía sobre a cidade, Mongke convocou seus generais de maior confiança à sala de audiências do palácio. Ilugei e Noyan eram totalmente mongóis, homens fortes que haviam crescido com um arco nas mãos. Nenhum dos dois mostrava quaisquer traços da cultura jin, e os que os possuíam estavam raspando a cabeça e se livrando dos artefatos daquela nação. A vontade do orlok fora deixada suficientemente clara quando ele expulsara os escribas jin a chicotadas.

Simplesmente se reunir com seus oficiais sem a presença de escribas jin para registrar o encontro era um afastamento da corte de Guyuk. Mongke sabia que Yao Shu estava do lado de fora, mas deixaria o velho esperar até que os negócios de verdade estivessem concluídos. Não se sentia empolgado com a necessidade de enfrentar as dívidas de Guyuk. Só o Pai Céu sabia como o cã conseguira pegar tantos empréstimos lastreados num tesouro vazio. Já houvera delegações de mercadores nervosos vindo ao palácio recolher ouro em troca de seus papéis. Mongke fez uma careta diante desse pensamento. Com a riqueza que havia arrancado dos estrangeiros em Karakorum, poderia saldar a maioria das promessas de Guyuk em papel, mas isso o deixaria sem verbas durante meses. A honra exigia que ele assim fizesse, bem como a consideração prática de que precisava da boa vontade dos mercadores e de seu comércio. Parecia que o papel de um cã era mais do que vencer batalhas.

Ainda não tinha toda a certeza se agira corretamente ao remover os funcionários do palácio de seus cargos indolentes. Parte dele suspeitava que Yao Shu lhe trazia cada problema pequeno como um modo de criticar o que ele fizera. Mesmo assim, a lembrança de expulsá-los a chicotadas era imensamente satisfatória. Ele precisara provar que não era igual a Guyuk, que a cidade seria comandada segundo diretrizes mongóis.

— Você mandou homens para Torogene? — perguntou a Noyan.

O general estava diante dele, orgulhoso num dil tradicional, a pele brilhante com gordura fresca de cordeiro. Não usava armadura, mas Mongke lhe permitira manter a espada durante a reunião. Ele não temeria seus próprios homens, como acontecera com Guyuk e Ogedai.

— Sim, senhor. Eles irão prestar contas diretamente a mim quando tiverem terminado.

— E a esposa de Guyuk, Oghul Khaimish? — perguntou Mongke, com o olhar pousando em Ilugei.

Ele apertou a boca antes de responder.

— Isso não foi... resolvido, senhor. Mandei homens aos aposentos dela, mas as portas estavam trancadas e achei que o senhor gostaria que isso fosse feito discretamente. Ela terá de sair amanhã.

Mongke ficou imóvel e Ilugei começou a suar sob aquele olhar amarelo. Finalmente o orlok assentiu.

— O modo como você cumpre minhas ordens é problema seu, Ilugei. Traga-me a notícia quando a tiver.

— Sim, senhor — respondeu Ilugei, soltando o ar com alívio. Enquanto Mongke olhava para outro lado, Ilugei falou de novo: — Ela é... popular na cidade, senhor. A notícia da gravidez está em toda parte. Pode haver inquietação.

Mongke olhou irritado para o sujeito coberto de suor.

— Então pegue-a à noite. Faça-a desaparecer, Ilugei. Você tem suas ordens.

— Sim, senhor. — Ilugei mordeu o lábio enquanto pensava. — Ela jamais está sem suas duas companheiras, senhor. Ouvi boatos de que a velha conhece ervas e ritos antigos. Imagino se ela teria contaminado Oghul Khaimish com feitiços e palavras?

— Não ouvi dizer nada disso... — Mongke parou. — Sim, Ilugei. Isso servirá. Descubra a verdade.

Ser acusada de feitiçaria implicava uma pena terrível. Não haveria ninguém disposto a defender Oghul Khaimish a partir do momento em que a suspeita existisse.

Mongke sentiu-se cansado quando dispensou os oficiais e deixou que Yao Shu entrasse. Os dias eram longos para alguém que seria cã, mas ele encontrara seu propósito. O ferimento seria cortado e sangraria até limpar. Em apenas alguns meses ele governaria um império mongol sem a corrupção dos jin no coração. Era um belo sonho, e seus olhos estavam brilhantes de satisfação quando Yao Shu fez uma reverência à sua frente.

CAPÍTULO 11

No palácio de verão de seu marido, Torogene estava sentada num salão silencioso, iluminado por um único lampião que chiava baixinho. Estava bem-vestida, com um dil branco e sapatos novos, de linho branco costurado. O cabelo grisalho estava bem preso atrás, de modo que nem um fio escapasse das duas presilhas. Não usava joias, já que se desfizera de todas. Num momento assim, era difícil olhar para trás e examinar a própria vida, mas não conseguia se concentrar no presente. Ainda que os olhos continuassem inchados de chorar por Guyuk, havia encontrado algo semelhante à calma. Todos os seus serviçais tinham partido. Quando o primeiro informou que soldados vinham pela estrada de Karakorum, ela sentiu o coração falhar no peito. Doze serviçais, alguns que estavam com ela havia décadas. Com lágrimas, dera a eles toda a prata e o ouro que pôde encontrar e os mandou embora. Eles simplesmente teriam sido mortos quando os soldados chegassem, tinha certeza. A notícia das listas de mortes ordenadas por Mongke já havia chegado até ela, com alguns detalhes das execuções na cidade. Mongke estava tirando do caminho qualquer um que tivesse apoiado Guyuk como cã, e Torogene não ficou surpresa por ele ter mandado soldados até ela. Sentia-se apenas cansada.

Quando o último serviçal havia partido, Torogene encontrou um lugar calmo no palácio de verão, para ver o sol se pôr. Estava velha demais para fugir, mesmo se pensasse que poderia despistar os perseguidores. Era estranho ver a morte como finalmente inevitável, mas descobriu que podia colocar de lado todo o medo e a raiva. O sofrimento por seu filho amado ainda estava recente, talvez grande demais para permitir qualquer tristeza por si mesma. Estava totalmente exaurida, como alguém que sobrevivera a uma tempestade e estivesse esparramada em pedras, tonta demais para fazer mais do que respirar e ficar de olhos abertos.

Na escuridão lá fora escutou vozes quando os homens de Mongke chegaram e apearam. Podia ouvir cada sussurro de som, desde o raspar dos pés nas pedras até o tilintar dos arreios e armaduras. Levantou a cabeça, pensando nos anos melhores. Seu marido Ogedai fora um bom homem, um bom cã, derrubado cedo demais por um destino vingativo. Se tivesse vivido... Ela suspirou. Se ele tivesse vivido, ela não estaria sozinha esperando a morte num palácio que já fora um lar feliz. Pensou de repente nas roseiras que Ogedai lhe dera. Elas ficariam selvagens no jardim sem alguém para cuidar. Sua mente saltava de uma coisa para outra, sempre ouvindo os passos se aproximando.

Não sabia se Ogedai teria sentido orgulho de Guyuk, no fim. O filho não fora um grande homem. Com todo o seu futuro lhe arrancado, ela via o passado com mais clareza, e havia muitos arrependimentos, muitos caminhos que desejava não ter tomado. Era tolice olhar para trás e desejar que as coisas tivessem sido diferentes, mas não conseguia evitar.

Quando ouviu uma bota raspar junto à porta do salão, seus pensamentos se esgarçaram e ela levantou a cabeça, subitamente assustada. Suas mãos se torceram juntas no colo enquanto os guerreiros entravam na sala, um depois do outro. Andavam com passo leve, armas a postos, para o caso de serem atacados. Ela quase podia rir dessa cautela. Levantou-se devagar, sentindo os joelhos e as costas protestarem.

O oficial veio até ela, olhando em seus olhos com expressão perplexa.
— Está sozinha, senhora? — perguntou.
Por um momento os olhos dela brilharam.
— Não estou sozinha. Você não vê? Meu marido, Ogedai Khan, está do lado direito. Meu filho, Guyuk Khan, está à esquerda. Não está vendo esses homens olharem o que vocês fazem?

O oficial empalideceu ligeiramente, os olhos se virando para a esquerda e para a direita, como se pudesse ver os espíritos que a vigiavam. Fez uma careta, cônscio de que seus companheiros estariam ouvindo e que cada palavra seria informada a Mongke.

— Tenho minhas ordens, senhora — disse ele, quase como se pedisse desculpas.

Torogene levantou a cabeça mais ainda, mantendo-se o mais ereta possível.

— Sou derrubada por cães — murmurou, com o desprezo banindo o medo. Sua voz era forte quando falou de novo. — Para tudo existe um preço, soldado. — E olhou para cima, como se pudesse ver através do teto de pedras sobre a cabeça. — Mongke Khan *vai* cair. Os olhos dele vão se encher de sangue e ele não conhecerá o descanso, o sono ou a paz. Ele viverá em dor e doença, e no final...

O oficial desembainhou a espada e passou-a pela garganta de Torogene num movimento rápido. Ela caiu com um gemido, subitamente frouxa enquanto o sangue jorrava e espirrava nas botas dele. Os homens que olhavam não disseram nada, esperando-a morrer. Quando tudo acabou, saíram sem falar nada, nervosos com o silêncio. Não olharam uns para os outros enquanto montavam e iam embora.

Ao encarar Mongke, o general Ilugei se pegou estranhamente perturbado, uma emoção incomum para ele. Sabia que era uma tática boa para um novo líder varrer todos que haviam apoiado seu predecessor. Além disso, era simplesmente bom-senso remover qualquer um que tivesse ligação de sangue com o regime anterior. Não haveria rebeliões no futuro, já que crianças esquecidas cresciam para ficar adultas e aprendiam a odiar. As lições da própria vida de Gêngis tinham sido aprendidas por seus descendentes.

Ilugei sentira um prazer especial em colocar seus próprios inimigos nas listas que preparara para Mongke, um nível de poder de que ele jamais desfrutara até então. Simplesmente falava um nome a um escriba e, dentro de um dia, os leais guardas do cã encontravam o sujeito e cumpriam a execução. Não havia apelo diante das listas.

No entanto, o que Ilugei vira naquela manhã o deixara irritado, arruinando sua compostura usual. Ele já soubera sobre crianças natimortas. Suas próprias esposas haviam dado à luz quatro delas no correr dos anos.

Talvez por causa disso a visão do corpo minúsculo e frouxo o tivesse enjoado. Suspeitou que Mongke consideraria aquilo uma fraqueza de sua parte, por isso manteve a voz calma, soando absolutamente indiferente enquanto informava:

— Acho que a mulher de Guyuk pode ter perdido a cabeça, senhor — disse a Mongke. — Ela falava e chorava feito uma criança. O tempo todo aninhava o bebê morto como se ainda estivesse vivo.

Mongke mordeu o lábio inferior, pensativo, irritado por uma coisa tão simples ficar tão complicada. O herdeiro havia sido uma ameaça. Sem um filho, ele poderia mandar Oghul Khaimish de volta à sua família. Ele era cã em tudo, menos no nome, lembrou-se. Mas sua nova autoridade só ia até certo ponto. Em silêncio, xingou os homens de Ilugei por entrar em tamanhos detalhes sobre os crimes da mulher. Uma acusação pública de feitiçaria não podia ser ignorada. Fechou os punhos, pensando em mil outras coisas que precisava fazer naquele dia. Quarenta e três dos seguidores mais próximos de Guyuk tinham sido executados em apenas alguns dias, o sangue deles ainda estava úmido na área de treino da cidade. Outros os seguiriam nos próximos dias, enquanto ele lancetava o tumor de Karakorum.

— Deixe para lá — disse finalmente. — Acrescente o nome dela à lista e que tudo termine.

Ilugei baixou a cabeça, escondendo seu desapontamento obscuro.

— A sua vontade, senhor.

CAPÍTULO 12

Oghul Khaimish estava parada à margem do rio Orkhon, observando as águas escuras passarem. Suas mãos estavam presas atrás do corpo, inchadas e entorpecidas nas amarras. Dois homens permaneciam ao seu lado para impedir que ela se lançasse no rio antes da hora. No frio do alvorecer, ela tremia ligeiramente, tentando controlar o terror que ameaçava roubar sua dignidade.

Mongke estava ali, parado junto de alguns de seus favoritos. Ela o viu sorrir de alguma coisa dita por um oficial. Longe iam os dias em que eles representariam uma cena colorida e animada. Absolutamente todos os guerreiros e comandantes vestiam dils simples, sem enfeites além de pespontos. A maioria usava o estilo de cabelo tradicional mongol, com o escalpo raspado e um coque no topo. Os rostos brilhavam como banha de cordeiro fresca. Só Yao Shu e os poucos escribas jin restantes estavam desarmados. O resto usava espadas longas que chegavam quase aos tornozelos, pesadas lâminas de cavalaria destinadas a cortar de cima para baixo. Karakorum tinha suas próprias fundições, onde armeiros suavam o dia todo diante dos fogos. Não era segredo que Mongke estava se preparando para a guerra assim que tivesse acabado de trucidar os últimos seguidores e amigos de Guyuk.

Os seguidores e amigos do *marido* dela. Oghul não conseguia sentir nada naquele dia, como se um manto protetor tivesse descido sobre seu coração. Tinha perdido demais em pouquíssimo tempo e ainda sentia repulsa por tudo que acontecera. Não suportava olhar para sua antiga serviçal Bayarmaa, amarrada com uma dúzia de outros enquanto esperavam num silêncio carrancudo que Mongke ordenasse as mortes.

O orlok não parecia ter pressa. Era uma figura sólida no meio dos demais, com quase o dobro da largura do maior guerreiro de seu séquito. A despeito da constituição, ele se movia com agilidade, um homem seguro de sua força e ainda suficientemente jovem para desfrutá-la. Oghul ficou parada e sonhou vê-lo ser morto na frente de todos, mas era somente uma fantasia. Mongke não percebia o sofrimento dos prisioneiros amontoados. Enquanto ela observava, ele aceitou uma taça de *airag* dada por um serviçal, rindo com os amigos. De algum modo, isso ardeu mais do que todo o resto: o fato de ele se importar tão pouco com o destino de todos que estavam no último dia de vida. Oghul viu que um dos homens amarrados havia perdido o controle da bexiga, de modo que um fio fino de urina escurecia a calça e se empoçava aos pés. Ele não parecia notar, com os olhos já vazios. Ela desviou o olhar, tentando encontrar coragem. Tudo que aquele homem poderia temer era uma faca. Para ela, tudo aconteceria devagar.

Não era uma bênção Mongke ter concordado que a esposa de um cã tinha sangue real. Ela olhou para o canal escuro que Ogedai havia construído e tremeu de novo. Sentia ânsia de esvaziar a própria bexiga, mas tivera o cuidado de não beber nada pela manhã. O rosto e as mãos estavam frios enquanto o sangue sumia e os batimentos cardíacos aumentavam. Mesmo assim, suava, e o tecido nas axilas já estava encharcado. Concentrou-se nas pequenas mudanças no corpo enquanto esperava, tentando desesperadamente se distrair.

Mongke terminou de tomar seu *airag* e jogou a taça de volta ao serviçal. Assentiu para um dos seus oficiais e o sujeito gritou uma ordem para ficarem em posição de sentido. Todos os homens se empertigaram, até alguns prisioneiros, permanecendo o mais eretos possível nas amarras. Oghul balançou a cabeça para os pobres idiotas. Será que esperavam impressionar os atormentadores e ganhar misericórdia? Não haveria misericórdia alguma.

Yao Shu estava presente, e Oghul pensou que via sinais de grande tensão no velho. Ouvira dizer que o chanceler não havia presenciado as primeiras execuções, afirmando estar doente. Com um delicado sentimento de crueldade, Mongke havia percebido o desconforto dele. Agora Yao Shu representava um papel em todas as mortes. Oghul ouviu a lista ser recitada, observando triste enquanto cada prisioneiro levantava ligeiramente a cabeça ao ouvir o próprio nome.

Depois da espera interminável, o procedimento começou subitamente a andar depressa. Os prisioneiros foram chutados para ficar de joelhos e um guerreiro muito jovem se afastou do grupo de Mongke, desembainhando uma espada longa. Oghul sabia que ele devia ter ganhado aquela tarefa como recompensa por algum serviço prestado a Mongke. Muitos guerreiros desejavam isso, caso não tivessem tido o batismo de sangue em batalha. Oghul se lembrou de que Gêngis havia chacinado dezenas de milhares de pessoas numa cidade estrangeira com o único objetivo de treinar seus homens na realidade da matança.

Não escutou a voz trêmula de Yao Shu anunciando as acusações, lendo-as na página que segurava. O carrasco se preparou junto à primeira figura ajoelhada, decidido a impressionar Mongke.

Oghul olhou para o rio enquanto as mortes começavam, ignorando os gritos de aprovação e as gargalhadas no grupo de Mongke. Bayarmaa era a quarta na fila, e Oghul teve de se obrigar a olhar quando chegou a vez da velha. Seu crime era somente ter associação com Oghul Khaimish, citada como a pessoa que havia corrompido a mulher do cã para se ligar à magia negra.

Bayarmaa não havia baixado a cabeça nem esticado o pescoço, e o carrasco falou asperamente com ela. Ela o ignorou, olhando para o lugar onde Oghul estava. As duas compartilharam um olhar, e Bayarmaa sorriu antes de ser morta com dois golpes fortes.

Oghul olhou de novo para as águas escuras até que tudo acabasse. Quando o último serviçal estava morto, ela se virou e viu o jovem guerreiro examinando a própria espada com expressão abalada. Sem dúvida, ela havia se lascado num osso. Mongke avançou e lhe deu um tapa nas costas, entregando-lhe uma taça de *airag* enquanto Oghul observava com ódio carrancudo. Quando Mongke olhou-a, ela sentiu o coração se apertar em pânico, e as mãos entorpecidas se retorceram na corda.

Yao Shu falou o nome dela. Desta vez havia definitivamente um tremor em sua voz, e até Mongke franziu a testa para ele. Gêngis havia decretado que o sangue real jamais fosse derramado por seu povo, mas a alternativa enchia Oghul de terror.

— Oghul Khaimish, que trouxe infâmia ao nome do cã com feitiçaria e práticas imundas, chegando a ponto de... matar o próprio filho.

Os punhos de Oghul se fecharam ao ouvir isso, tentando se agarrar à frieza interior para se manter de pé.

Quando Yao Shu terminou de ler as acusações, perguntou se alguém se apresentaria para falar em defesa dela. O cheiro de sangue pairava forte no ar, e ninguém se mexeu. Mongke assentiu para os guerreiros que estavam parados junto da jovem.

Oghul ficou trêmula enquanto era levantada do chão e posta num grosso cobertor de feltro. Sentiu músculos estremecendo nas pernas, fora de controle. Seu corpo queria fugir e não podia. De repente, Yao Shu começou a entoar uma oração por ela, com a voz embargada. Mongke fitou-o irritado, mas o velho continuou falando.

Os guerreiros rolaram-na sobre o feltro, fazendo o material mofado se comprimir contra seu rosto e enchendo seus pulmões de poeira. O pânico cresceu por dentro e ela gritou, com a respiração ofegante soando abafada no tecido. Sentiu o movimento repuxado quando eles amarraram o rolo de feltro em rédeas de couro, puxando as fivelas com força. Não gritaria por socorro com Mongke ouvindo, mas não conseguiu conter um gemido de medo, arrancado dela como um animal numa armadilha. O silêncio pareceu continuar para sempre. Podia ouvir o coração martelando no peito e nos ouvidos, um tambor pulsando. De repente estava em movimento, sendo rolada lentamente na direção do canal.

A água congelada veio como uma inundação, e nesse momento Oghul se agitou loucamente, vendo bolhas prateadas irromperem em volta. O rolo de feltro afundou depressa. Ela prendeu o fôlego pelo máximo de tempo que pôde.

Sorhatani estava deitada, coberta com apenas um lençol, apesar de a noite estar fria. Kublai permanecia ajoelhado ao lado, e, quando segurou sua mão, quase se encolheu com o calor que emanava dela. A febre tinha aberto um caminho ardente através de Karakorum e a cada dia havia menos casos novos informados. Todo verão era a mesma coisa. Algumas dezenas ou centenas sucumbiam diante de algum tipo de pestilência. Frequentemente eram os que haviam sobrevivido à última, ainda fracos e magros.

Kublai sentiu lágrimas ardendo nos olhos enquanto sua mãe tossia, o som crescendo até ela sufocar, as costas arqueadas e os músculos se destacando em linhas estreitas. Esperou até que ela, tremulamente, conseguisse respirar. A mãe parecia constrangida por ele vê-la em estado tão deplorável, e deu-lhe um sorriso débil, com os olhos vítreos de febre.

— Continue — disse ela.

— Yao Shu se trancou em seus aposentos. Nunca o vi tão abalado. Não foi uma boa morte.

— Não existe tal coisa — observou Sorhatani, com a respiração chiando. — A morte nunca é gentil, Kublai. Tudo que podemos fazer é ignorá-la até que chegue a hora.

O esforço de falar era enorme e ele tentou impedi-la, mas ela descartou suas objeções. Prosseguiu:

— As pessoas fazem isso muito bem, Kublai. Vivem sabendo que vão morrer, mas, não importa quantas vezes digam as palavras, não acreditam de verdade. Acham, de algum modo, que não serão percebidas pela morte, que viverão, viverão e jamais envelhecerão.

Ela tossiu de novo e Kublai se encolheu diante daquele som, esperando paciente até que a mãe pudesse respirar mais uma vez.

— Mesmo agora, eu espero... viver, Kublai. Sou uma velha boba.

— Não é boba, nem velha — disse ele baixinho. — E ainda preciso de você. O que eu faria sem ter você para conversar?

Ele a viu sorrir de novo, mas a pele de Sorhatani se enrugou como tecido antigo.

— Não planejo... me juntar ao seu pai esta noite. Gostaria de dizer a Mongke o que acho de suas listas de mortes.

A expressão de Kublai ficou fechada.

— Pelo que ouvi dizer, ele impressionou os príncipes e os generais. São do tipo de homens que admiram as carnificinas. Estão dizendo que ele é um novo Gêngis, mãe.

— Talvez... seja — falou ela, tossindo. Kublai pôs um copo de suco de maçã em suas mãos e ela bebericou de olhos fechados.

— Ele poderia ter banido Oghul Khaimish e a velha serviçal.

Kublai havia estudado a vida de seu avô Gêngis e suspeitava que a mãe estivesse certa, mas isso não afastava o gosto amargo. Seu irmão havia alcançado uma reputação de ser implacável com menos de uma centena de mortes. Isso certamente não o prejudicava dentro da nação. O povo enxergava-o como alguém que traria uma nova era de conquistas e expansões. Apesar de todas as dúvidas e da aversão pessoal, Kublai achava que talvez as pessoas estivessem certas.

— Ele será cã, Kublai. Você não deve questionar o que ele faz. Ele não é nenhum Guyuk, lembre-se. Mongke é forte.

— E idiota — murmurou ele.

Sua mãe riu, e o ataque de tosse que veio em seguida foi o pior que ele já vira. Continuou e continuou, e quando ela enxugou a boca com o lençol ele viu uma mancha de sangue no tecido. Não conseguia afastar o olhar daquilo.

Quando a crise terminou, ela balançou a cabeça, a voz mal passando de um sussurro.

— Mongke não é idiota, Kublai. Ele entende muito mais do que você imagina. Os homens dos vastos exércitos do cã não podem voltar a ser pastores, não mais. Agora ele está cavalgando o tigre, filho. Não ousa apear.

Kublai franziu a testa, irritado porque a mãe parecia apoiar Mongke em tudo. Quisera compartilhar sua raiva com ela, e não a ver perdoar os atos do irmão. Antes de falar de novo, a compreensão lhe veio. Sorhatani fora sua amiga tanto quanto sua mãe, mas jamais enxergaria com clareza em relação aos filhos. Esse era um ponto fraco nela. Com tristeza, soube que tudo que conseguiria seria magoá-la. Trancou na boca todos os argumentos que poderia usar e ficou em silêncio.

— Vou pensar nisso — disse. — Agora fique boa, mãe. Você vai querer estar presente para ver Mongke tornar-se cã.

Sorhatani assentiu debilmente essas palavras, e ele enxugou o suor do rosto da mãe antes de deixá-la.

O corpo de Guyuk foi queimado numa pira funerária do lado de fora de Karakorum, e os dias de luto chegaram ao clímax. Mesmo no fresco porão do palácio, o corpo começara a apodrecer e a pira estava densa com o cheiro de óleos perfumados. Mongke olhou a edificação desmoronar num jorro de chamas. Metade da nação estava bêbada, claro, precisando de pouca desculpa enquanto mantinha a vigília para ver o espírito do cã partir para o outro mundo. Aos milhares, homens chegavam bêbados junto da grande fogueira, salpicando gotas de *airag* dos dedos ou soprando-as da boca. Mais de um se aventurou perto demais e caiu para trás, gritando enquanto a roupa pegava fogo que precisava ser apagado a pisadas. No escuro, mariposas e insetos que picavam estalavam nas chamas, atraídos da cidade e das iurtas pela luz. Morriam aos milhões, pontos pretos que teciam trilhas acima da pira e caíam nas chamas. Mongke pensou nas jovens, nos serviçais e nos guerreiros que tinham sido enterrados com Gêngis. Sorriu ao pensar que Guyuk tinha somente moscas para servi-lo na morte.

Quando a grande pira se reduziu a um monte reluzente, ainda mais alta do que um homem, Mongke mandou chamar seus irmãos. Kublai, Hulegu e Arik-Boke acertaram o passo ao lado dele e o pequeno grupo voltou andando pela cidade silenciosa, deixando que a nação continuasse comemorando. Crianças nasceriam depois daquela noite. Homens e mulheres seriam mortos bêbados em brigas, mas as coisas eram assim: a vida e a morte entrelaçadas para sempre. Era adequado.

A cidade parecia vazia enquanto eles andavam juntos. Quase inconscientemente, Mongke e Kublai lideravam o grupo, opostos fisicamente e nos pontos de vista. Atrás deles, Hulegu tinha a mesma testa larga e o corpo pesado de Mongke, enquanto Arik-Boke era o mais baixo, com olhos que iam de um homem ao outro enquanto andava. Uma cicatriz antiga desfigurava o irmão mais novo, uma linha grossa atravessava o rosto de Arik-Boke, variando de um rosa-escuro até o amarelo de um calo. Um acidente anos antes lhe tirara o osso do nariz, por isso ele podia ser ouvido respirando pela boca enquanto andavam. Qualquer estranho saberia que eram irmãos, mas havia mais tensão do que amizade no pequeno grupo. Mantinham o silêncio, esperando para ver o que Mongke planejava para eles.

Kublai sentia a tensão mais do que os demais. Só ele havia se recusado a abrir mão do estilo jin, desde o corte do cabelo até a fina seda de suas roupas. Era uma pequena rebelião, mas por enquanto Mongke optara por não forçar o assunto.

Havia Guardas da Noite no palácio, mantendo a vigília silenciosa em posição de sentido sob a luz dos lampiões. Diante da aproximação de

Mongke, eles se mantiveram como estátuas. Mongke não pareceu notar, tão imerso estava em pensamentos. Passou pelo pátio externo, e Arik-Boke teve de correr para acompanhar os outros, passando pelos claustros e entrando na principal sala de audiências.

Outros Guardas do cã estavam ali, junto à porta dupla, de cobre polido. Nenhum sinal de verde aparecia nas folhas brilhantes e havia um cheiro de cera de piso e verniz forte no ar. Mongke podia ainda não ser cã, mas suas ordens eram lei na cidade, e ele fazia todos trabalharem duro.

Kublai ficou observando com irritação oculta enquanto Mongke entrava e fechava a sala, tirando um pano de cima de uma jarra de vinho e servindo-se numa taça que ele esvaziou em goles rápidos. Não havia onde sentar-se. A sala estava quase vazia, a não ser por uma mesa comprida coberta com pergaminhos e mapas largados descuidadamente, alguns deles amarrados com fios coloridos. O trono reluzente de Guyuk e Ogedai havia desaparecido, sem dúvida para ficar esquecido em algum depósito pelo século seguinte.

— Bebam, se quiserem — disse Mongke.

Hulegu e Arik-Boke foram até a mesa com ele, deixando Kublai sozinho e esperando para saber por que estavam ali.

A resposta não demorou a chegar.

— Serei cã na primavera — disse Mongke. Falava sem triunfo, declarando isso como se fosse um fato simples. — Sou orlok do exército e neto de Gêngis. Baidur não vai me desafiar, e Batu escreveu dizendo que tenho seu apoio.

Ele parou enquanto Kublai se remexia ligeiramente. Os dois príncipes mais importantes da nação tinham recebido vastas terras no testamento de Ogedai. Eles não desafiariam seu irmão. Apesar de toda a argumentação perseverante de Mongke, ele ascendera acima de todos. Considerava sua posição como algo garantido, mas na verdade era o único homem que os *tumans* aceitariam.

— Então você será cã, irmão — disse Kublai, aceitando a avaliação de Mongke. — Nosso pai ficaria orgulhoso ao ver um dos seus filhos ascender tanto.

Mongke encarou-o, procurando alguma zombaria. Não encontrou nenhuma e resmungou, satisfeito com o próprio domínio.

— Mesmo assim, não deixarei vocês para trás — falou Mongke aos irmãos. Kublai notou que ele se dirigia a Hulegu e Arik-Boke, mas mesmo assim assentiu enquanto Mongke prosseguia. — Vocês ascenderão comigo, como nosso pai desejaria. Esta noite discutiremos o futuro da nossa família.

Kublai duvidou que haveria muita discussão. Mongke sentia-se confiante em sua nova autoridade, distribuindo sabedoria como um pai para os filhos, e não como irmão. Deu um tapa no ombro de Hulegu, e Kublai pensou em como eles eram parecidos. Ainda que Mongke tivesse os ombros ligeiramente mais largos, Hulegu tinha os mesmos olhos frios.

— Não esperarei a primavera para começar as campanhas — disse Mongke. — O mundo esperou demais para que um cã fraco perecesse. Nossos inimigos ficaram fortes sem ter uma mão em sua garganta, uma faca no pescoço daqueles que amam. É hora de lembrar quem são os senhores.

Hulegu fez um ruído de apreciação enquanto tomava outra taça do vinho tinto e estalava os lábios. Mongke olhou-o com satisfação, vendo as mesmas qualidades que Kublai enxergava.

— Hulegu, escrevi ordens para que você comande o exército de Baidur no ocidente, com mais três *tumans* de Karakorum. Tornei-o orlok de 100 mil e lhe dei três dos meus melhores homens: Baiju, Ilugei e Kitbuqa.

Para embaraço de Kublai, Hulegu se ajoelhou e baixou a cabeça.

— Obrigado, irmão — disse ele, levantando-se de novo. — É uma grande honra.

— Você arrasará o território a sul e oeste, usando Samarkand como cidade base. Baidur não vai se opor às minhas ordens. Termine o trabalho que nosso avô começou, Hulegu. Vá mais longe do que ele jamais foi. É meu objetivo que escave um novo canato para você, cheio de riquezas.

Mongke entregou um rolo de pergaminho a Hulegu e observou o irmão desenrolar um mapa da região, copiado com grande cuidado e marcado com as linhas curvas e os pontos de algum desenhista persa morto havia muito tempo. Kublai olhou o mapa fascinado, chegando perto mesmo contra a vontade. A biblioteca de Karakorum tinha muitas maravilhas que ele ainda não vira.

Hulegu abriu o mapa na mesa, segurando-o com taças de vinho nas bordas. Seus olhos reluziram enquanto ele olhava as terras representadas ali. Mongke deu-lhe um tapinha nas costas enquanto se inclinava, apontando com a mão livre.

— A maior cidade fica aqui, irmão, nas margens do rio Tigre. Nem mesmo o próprio Gêngis chegou tão longe. É o centro da fé que eles chamam de islã. Você fala o suficiente da língua, Hulegu. Se tiver sucesso, este será o coração de seu novo canato.

— Que assim seja, irmão — disse Hulegu, emocionado.

Mongke viu o prazer dele e sorriu, enchendo de novo uma taça e entregando-a.

— A linhagem de Tolui chegou para governar — falou, fitando Kublai. — Não deixaremos que isso seja retirado, agora não. Deve ser o destino, irmãos. Nosso pai deu a vida por um cã, nossa mãe sustentou a cidade e a terra natal quando tudo poderia ser destruído. — Seus olhos brilharam com uma visão do futuro. — *Tudo* que aconteceu antes foi para preparar nossa linhagem para este momento, aqui. Quatro irmãos numa sala, com o mundo como uma doce virgem, esperando por nós.

Kublai observou em silêncio enquanto Hulegu e Arik-Boke riam, levados pelas palavras grandiosas de Mongke. Não conseguia ficar confortável separado deles, e num impulso encheu a última taça com vinho e bebeu. Seus irmãos mais novos se moveram para deixá-lo alcançar a jarra, mas Mongke franziu ligeiramente a testa. Enquanto bebia, Kublai viu com um sentimento agoniado que Arik-Boke estava praticamente tremendo para saber seu próprio destino, com a cicatriz de um rosa-escuro, quase vermelho.

Mongke escolheu esse momento para segurar o braço do irmão mais novo.

— Arik, eu conversei com nossa mãe e ela concordou comigo.

Kublai levantou os olhos rapidamente ao ouvir isso. Não achava que Sorhatani estivesse suficientemente bem para discutir qualquer coisa.

Mongke foi em frente, sem perceber as suspeitas de Kublai.

— Ela e eu concordamos que você herdará o canato da terra natal, tudo menos a própria Karakorum, que permanecerá como propriedade do cã. Não quero este lugar de pestilência, mas disseram-me que a cidade se tornou um símbolo para o povo. O resto é seu, para governar em meu nome.

Arik-Boke quase derramou o vinho quando também se ajoelhou e baixou a cabeça com fidelidade. Quando ele se levantou, Mongke segurou-o pela nuca e o sacudiu afetuosamente.

— Essas terras eram do nosso pai, Arik — continuou ele —, e antes disso pertenceram a Gêngis. Cuide delas. Torne-as verdes e cheias de rebanhos.

— Farei isso, irmão, juro — respondeu Arik-Boke. Com apenas algumas palavras, recebera uma riqueza inimaginável. Rebanhos e cavalos aos milhões o esperavam, além de grande prestígio dentro da nação. Num fôlego, Mongke o tornara um homem de poder.

— Falarei mais com vocês dois amanhã — continuou Mongke. — Voltem ao alvorecer e eu contarei tudo que planejei.

Em seguida se virou para Kublai, e os irmãos mais novos ficaram imóveis, entendendo a tensão que sempre estivera presente entre os dois. Em cada centímetro, Mongke parecia o típico guerreiro mongol no auge. Kublai era mais alto, com o manto jin num nítido contraste.

— Deixem-nos agora, Hulegu, Arik — disse Mongke baixinho. — Trocarei uma palavra em particular com nosso irmão.

Nenhum dos dois rapazes olhou para Kublai ao sair. Ambos caminhavam com passo leve, lançados subitamente em suas maiores ambições. Kublai quase podia invejar a confiança deles e o modo fácil como ela lhes fora concedida.

Quando estavam a sós, Mongke encheu as taças de novo, cuidadosamente, e entregou uma a Kublai. Disse, então:

— E o que farei com você, irmão?

— Você parece ter planejado tudo. Por que não me diz?

— Você praticamente não saiu da cidade durante toda a vida, Kublai. Enquanto eu cavalgava com Tsubodai no ocidente, você estava aqui, brincando com livros e penas. Quando eu estava tomando Kiev, você aprendia a se vestir como uma mulher jin e a tomar banho duas vezes por dia. — Mongke se inclinou para perto do irmão e farejou o ar, franzindo a testa diante do perfume delicado ao redor de Kublai. — Talvez um posto na biblioteca da cidade seria adequado para um homem com seus... gostos.

Kublai se enrijeceu, cônscio de que Mongke o estava provocando deliberadamente. Mesmo assim, sentiu as bochechas se ruborizando com os insultos.

— Não há vergonha na sabedoria — disse através dos dentes trincados. — Se você vai ser o cã, talvez eu *realmente* fique mais feliz aqui na cidade.

Mongke tomou seu vinho pensativamente, mas Kublai suspeitava que ele já havia tomado uma decisão, muito antes de se reunirem. Seu irmão não tinha grande inteligência, mas era meticuloso e paciente. Essas qualidades podiam ser quase igualmente úteis.

— Mas eu prometi ao nosso pai que cuidaria da família, Kublai. Duvido que ele quisesse que eu o deixasse com pergaminhos poeirentos e os dedos sujos de tinta. — Kublai se recusou a olhar para as mãos, embora isso fosse bem verdade. — Ele queria filhos guerreiros, Kublai, e não escribas jin.

Mesmo contra a vontade, Kublai sentiu-se provocado a responder.

— Quando éramos novos, irmão, o próprio Gêngis dizia para seus homens me procurarem quando tivessem um problema. Dizia a eles que eu podia enxergar através do espinheiro mais denso. Está perguntando o que quero de você?

Mongke deu um sorriso lento.

— Não, Kublai. Estou dizendo o que *eu* quero. Hulegu vai derrubar as fortalezas do islã, Arik-Boke vai manter a terra natal em segurança. Tenho uma centena de outros ferros no fogo, irmão, chegando até mesmo a Koryo. Todo dia me apresentam enviados e embaixadores de uma dúzia de nações pequenas. Sou o futuro cã, o coração da nação. Mas você tem outro caminho a percorrer, o trabalho de Ogedai e Gêngis que ficou inacabado.

A mente de Kublai saltou à conclusão, e ele engoliu em seco, desconfortável.

— Os sung — murmurou.

— Os sung, Kublai. Dezenas de cidades, milhões de camponeses. Será o trabalho da sua vida. Em meu nome, você terminará o que Gêngis começou.

— E como você gostaria que eu realizasse o seu sonho grandioso? — perguntou Kublai, em voz baixa, escondendo o nervosismo com um gole de vinho.

— Gêngis começou a conquista dos jin com a região de Xixia. Meus conselheiros encontraram outro portão para a terra dos sung. Eu gostaria que você levasse um exército ao longo da fronteira sudoeste, Kublai, para a região de Yunnan. Só existe uma cidade lá, mas ela pode convocar um exército equivalente ao meu. Mesmo assim, acho que não será uma tarefa grande demais, mesmo para um homem que não teve o batismo de sangue. — Ele sorriu para tirar o gume da condescendência. — Eu transformaria você no neto que Gêngis gostaria, Kublai, um conquistador mongol. Acho que tenho os meios e a vontade para mudar sua vida. Faça um juramento a mim hoje e eu lhe darei a autoridade para comandar *tumans*. Irei torná-lo o terror da corte sung, um nome que eles não ousem falar em voz alta.

Kublai esvaziou sua taça e estremeceu, sentindo um arrepio nos braços. Precisava verbalizar sua primeira suspeita, caso contrário ela ficaria incomodando-o para sempre.

— Está esperando que eu seja morto, irmão, ao me mandar contra um inimigo desses? É o seu plano?

— Ainda procura jogos e tramas? — respondeu Mongke com uma gargalhada. — Acho que você ficou tempo demais aos cuidados de Yao Shu, irmão. Às vezes as coisas são simples, como deveriam. Eu perderia canhões valiosos e meu melhor general com você. Será que mandaria Uriang-Khadai para a morte? Tranquilize a mente, irmão. Dentro de alguns meses serei o cã. Você tem alguma ideia do que isso significa para mim? Eu me lembro de *Gêngis*. Ficar no lugar dele... vale mais do que posso explicar. Não preciso fazer jogos ou criar tramas complicadas. Os sung já atacaram o território jin em mais de uma frente. A não ser que eu responda logo e com força, eles vão lentamente retomar o que Gêngis conquistou. Esse é o meu único plano, irmão. Meu único objetivo.

Kublai viu a verdade simples no olhar de Mongke e assentiu. Numa revelação, percebeu que o irmão estava tentando se encaixar no papel que havia ganhado. Um cã precisava de visão ampla, ser capaz de se erguer acima das mesquinharias de família e nação. Mongke estava lutando para fazer isso. Era impressionante, e com um esforço Kublai afastou as dúvidas.

— Que juramento você deseja? — perguntou enfim. Mongke estava observando-o atentamente, com as emoções bem escondidas.

— Jure a mim que deixará de lado seus costumes jin, que na campanha vai se vestir e agir como um guerreiro mongol, que treinará com espada e arco todas as manhãs até ficar exausto. Jure que não vai ler nenhum livro erudito durante todo o tempo em que estiver em campanha, *nenhum*, e eu lhe darei um exército hoje. Eu lhe darei Uriang-Khadai, mas o comando será seu. — Por um momento, um riso de desprezo tocou seus lábios. — Se for demais, você pode retornar às bibliotecas daqui e esperar os anos vindouros, sempre imaginando o que poderia ter sido, o que poderia ter feito com sua vida.

Os pensamentos de Kublai entraram num redemoinho. Mongke estava tentando ser cã. Parecia achar que uma mudança semelhante poderia ser feita no irmão. Era quase cativante ver aquele brutamontes tão sério. Kublai pensou em Yao Shu e nos anos pacíficos que passara em Karakorum. Havia amado os silêncios do estudo, as glórias do pensamento. Mas parte dele sempre sonhara em comandar homens na guerra. O sangue de seu avô corria nele tanto quanto em Mongke.

— Você prometeu um canato a Hulegu se ele tomasse Bagdá — falou, depois do que pareceram séculos.

Mongke gargalhou, com o som ecoando. Tinha começado a se preocupar com a possibilidade de o irmão erudito recusar a proposta. Sentia-se quase inebriado com a própria previsão enquanto estendia a mão para a pilha de mapas e documentos.

Seu dedo pousou nas terras vastas do norte da China, e em seguida bateu com ele.

— Há duas áreas aqui, irmão. Nan-ching e Ching-chao. São minhas e posso dá-las. Escolha qualquer uma, com minha bênção. Você terá uma posição nas terras jin, suas propriedades. Se concordar em fazer isso, poderá visitá-las. Antes que eu prometa mais, deixe-me ver se pode vencer batalhas para mim. — Seu sorriso permaneceu enquanto ele via Kublai examinar os mapas minuciosamente, fascinado. — Estamos combinados, então?

— Dê-me Yao Shu como conselheiro e estamos combinados — respondeu Kublai, deixando as palavras saírem antes que pudesse pensar demais nas opções. Havia ocasiões em que uma decisão precisava ser tomada rapidamente, e parte dele ficou cheia da mesma empolgação que vira nos irmãos mais novos.

— Você o tem — disse Mongke imediatamente. — Pelo Pai Céu, você pode ter todos os eruditos jin que restam em Karakorum, se disser sim! Verei minha família ascender, Kublai. O mundo conhecerá nossos nomes, juro!

Kublai estivera olhando os mapas com atenção. Nan-ching ficava perto do rio Amarelo, e ele se lembrou de que a planície costumava ser inundada. A área era populosa e Mongke certamente esperaria que ele a escolhesse. Ching-chao ficava mais ao norte de Yenking, na fronteira da terra natal dos mongóis. Praticamente não tinha nenhuma cidade marcada. Desejou que Yao Shu estivesse ali para dar sua opinião.

— Com sua permissão, ficarei com Ching-chao — declarou finalmente.

— A pequena? Não basta. Eu lhe darei... — Mongke traçou uma linha no mapa enquanto o examinava — ... Huai-meng também. Propriedades tão vastas que são quase um canato, irmão. Outras virão, se você tiver sucesso. Não pode dizer que não fui generoso.

— Você me deu mais do que eu esperava — respondeu Kublai com honestidade. — Muito bem, irmão. Você tem o meu juramento. Tentarei ser o homem que você deseja.

Ele estendeu a mão e Mongke apertou-a com orgulho e satisfação. Cada qual ficou surpreso com a força do outro.

Na primavera, a nação se reuniu na planície de Avraga, no interior da terra ancestral. Os homens e as mulheres mais velhos ainda podiam se lembrar de quando Gêngis unira as tribos ali, substituindo os estandartes individuais por apenas um cajado com rabos de cavalo descoloridos até ficarem brancos. A planície era vasta e quase lisa, de modo que era possível enxergar por quilômetros em todas as direções. Um único riacho corria por uma parte dela, e Mongke fez questão de beber a água, onde Gêngis teria estado tantos anos antes.

Batu havia deixado suas propriedades na Rússia para vir com guardas de honra, a própria imagem de seu pai, Jochi. Ficara visivelmente perturbado ao encontrar Sorhatani tão devastada e magra, abalada com uma doença e ataques de tosse que pioravam a cada dia. As febres vinham e iam, e havia ocasiões em que Kublai acreditava que ela só se agarrava à vida para ver Mongke como cã.

Do ocidente veio Baidur, o filho de Chagatai. Sua riqueza era óbvia no ouro que usava e nos belos cavalos de mil guardas. Como cã da terra natal, Arik-Boke havia organizado tudo, de modo que eles chegaram no decorrer de dois meses. Um a um, os príncipes e generais vieram e montaram acampamento, até que a planície aberta estivesse negra de tantas pessoas e animais. Monges cristãos vinham até de Roma e da França, e os príncipes de Koryo tinham viajado muitos milhares de quilômetros para se apresentarem diante do homem que iria governá-los. Até que os últimos chegassem, as pessoas comerciavam e trocavam mercadorias e cavalos, fazendo acordos que tornariam alguns ricos e outros pobres durante uma geração. *Airag* e vinho corriam livremente, e animais eram mortos às dezenas de milhares para que todos se refestelassem.

Quando chegou a hora, Mongke cavalgou em meio à horda e todos se ajoelharam à sua frente, fazendo o juramento. Ninguém o desafiou. Ele era neto de Gêngis Khan e havia provado sua linhagem de sangue, seu direito de comandar. Os anos amargos sob o domínio de Guyuk foram postos firmemente para trás. Kublai se ajoelhou com os demais, pensando no exército que deveria levar às terras dos sung. Imaginou se Mongke entendia realmente o desafio que havia proposto. Kublai havia passado a maior parte da vida na cidade. Afiara a mente com as grandes filosofias de Lao Tsé, Confúcio e de Buda, mas tudo isso ficava para trás. Enquanto Mongke se tornava cã sob um rugido de aclamação, Kublai estremecia, dizendo a si mesmo que era ansiedade, e não medo.

SEGUNDA PARTE

"O FOGO É O TESTE DO OURO; A ADVERSIDADE
É O DOS HOMENS FORTES."

— Sêneca

CAPÍTULO 13

Suleiman era velho, mas as montanhas e os desertos haviam endurecido sua carne, de modo que os tendões e os músculos podiam ser vistos roçando uns nos outros por baixo da pele. Aos 60 anos, sua vontade permanecia forte, cozida até a dureza de um diamante pela vida que ele levara. Quando falou, sua voz tinha uma reprovação suave.

— Não foi isso que eu perguntei, Hasan, foi? Eu perguntei se você *sabia* quem tinha roubado a comida da cozinha, não se você havia roubado.

Tremendo visivelmente, Hasan murmurou uma resposta ininteligível. Ajoelhou-se no chão de pedra diante do grande trono de Suleiman. Seu senhor vestia mantos pesados por causa do frio antes do alvorecer, enquanto Hasan usava apenas um roupa leve, de linho. À sombra do monte Haudegan, a sala via o sol apenas durante a tarde. Até lá, ela poderia ser usada para impedir que carne apodrecesse.

— Chegue mais perto, Hasan — disse Suleiman, com um risinho.

Esperou que o sujeito arrastasse os joelhos até o pé do trono, então estendeu o braço rapidamente, dando-lhe um tapa no rosto com as costas da mão. Hasan tombou, puxando as pernas e escondendo a cabeça nas mãos. Sangue pingou de seu nariz, e ele ficou olhando num silêncio aterrorizado para as gotas brilhantes. Enquanto Suleiman olhava, o rapaz estendeu um dedo e riscou uma linha vermelha nas pedras. Seus olhos se encheram de lágrimas, e Suleiman riu alto.

— Alguns bolos roubados, Hasan. Valeram a pena?

Hasan se imobilizou, sem saber se a pergunta guardava uma armadilha para ele ou não. Assentiu lentamente, e Suleiman estalou a língua nos dentes, em desaprovação.

— Eu gostaria que todos os homens mentissem tão mal quanto você, Hasan. O mundo seria menos interessante, mas muitos problemas simplesmente desapareceriam. Há alguma coisa nessa sua cabeça que entenda que não deve roubar de mim? Que sempre vou descobrir e castigá-lo? E mesmo assim você faz. Pegue minha bengala, Hasan.

O rapaz olhou para o senhor num sofrimento abjeto. Balançou a cabeça, mas havia aprendido que a coisa só ficaria pior caso recusasse. Com Suleiman olhando e achando graça, cambaleou de pé e atravessou a sala gelada, sentindo o corpo dolorido protestar. Havia poucos dias em que não era espancado. Não entendia por que o senhor o machucava. Desejava ter resistido aos bolos de mel, mas o cheiro o levara praticamente à loucura. Com o passar dos anos, Suleiman havia quebrado muitos dos seus dentes, tornando impossível comer sem sentir dor, e os bolos de mel eram macios, dissolvendo-se na boca com algo que parecia o êxtase.

Suleiman deu um tapinha na mão do jovem enquanto Hasan lhe entregava a bengala. Era uma bengala com um peso na ponta e uma lâmina de adaga escondida no cabo, adequada em todos os sentidos para alguém que comandava o clã dos Assassinos ismaelitas em Alamut. Viu que Hasan estava chorando e pôs o braço magro em volta dos ombros dele enquanto se levantava.

— Quieto, garoto. É a bengala que você teme? — Seu tom estava gentil.

Hasan assentiu, arrasado.

— Entendo. Você não quer apanhar. Mas, se eu não bater, você vai roubar de novo, não vai?

Hasan não entendeu e olhou com expressão vazia para o velho de olhos pretos e cruéis e rosto magro. Hasan era mais novo e corpulento do que Suleiman, com ombros tornados poderosos pelo trabalho interminável no jardim. Mesmo assim, encolheu-se quando o velho beijou sua bochecha.

— É melhor você aceitar o castigo como um bom garoto. Pode fazer isso por mim? Pode ser corajoso?

Hasan baixou a cabeça, com lágrimas escorrendo dos olhos.

— É isso. Cães, garotos e mulheres, Hasan. Todos precisam ser espancados, caso contrário se estragam.

Suleiman girou a bengala com um movimento súbito, estalando-a no crânio de Hasan. O rapaz gritou e caiu para trás enquanto Suleiman chegava mais perto, desferindo uma chuva de golpes contra ele. Em desespero, Hasan cobriu o rosto e Suleiman o acertou imediatamente no peito com o punho ossudo, no ponto logo acima do estômago e abaixo do esterno. Hasan dobrou-se no chão com um gemido, esforçando-se para respirar.

Suleiman olhou-o com afeto, surpreso ao perceber-se ofegando ligeiramente. A velhice era uma praga. Poderia ter continuado a castigar aquele simplório caso seu filho não tivesse escolhido esse momento para subir ruidosamente a escada para a sala. Rukn-al-Din mal olhou para Hasan enquanto entrava.

— Eles mandaram uma resposta, pai.

O humor de Suleiman acabou ao ouvir as palavras e ele se levantou pensando, limpando com o polegar uma mancha de sangue na bengala.

— E o que dizem, filho? Vai me manter esperando?

Rukn ficou vermelho.

— Eles mandaram nosso homem de volta incólume, mas a mensagem é para abandonarmos nossa fortaleza.

Suleiman fez um gesto para Hasan se levantar e entregou-lhe a bengala para ser guardada. Era estranho, mas às vezes preferia a companhia do rapaz simplório à do filho, como se ele fosse um cão predileto. Talvez porque Hasan jamais poderia ser um desapontamento, já que Suleiman esperava pouco dele.

— Mais nada? — perguntou. — Nenhuma negociação, nenhuma contra-oferta? Esse irmão do cã, o tal de Hulegu, não me deu *nada* em troca das dores que senti?

— Não, pai, sinto muito.

Suleiman não xingou nem demonstrou qualquer reação. Considerava essas demonstrações inúteis em última circunstância, ou, pior, uma vantagem para os inimigos. Mesmo depois de esquentar por espancar Hasan, ainda podia falar com calma e gentileza. Enquanto pensava, detectou um tilintar distante de xícaras de porcelana vindo pela escada sinuosa até a torre. Sorriu em antecipação.

— É quase hora do meu chá matinal, Rukn. Quer me acompanhar?

– Claro, pai.

Rukn não ouvira a mulher se aproximando e seu olhar girou com surpresa quando ela entrou segurando uma bandeja pesada. Às vezes, os talentos de seu pai pareciam chegar às raias de algo místico. Certamente ele sabia de tudo que acontecia na fortaleza, desde o menor sussurro até as habilidades e treinos de cada homem.

Hasan virou-se rapidamente ao ouvir os passos da jovem. Kameela significava "perfeitíssima" em árabe, e ela era tão linda quanto o nome sugeria, com cabelo preto e pele azeitonada e lisa. Os quadris oscilavam ao andar, e Hasan não conseguia afastar os olhos deles.

Suleiman deu um risinho ao ver Hasan em tamanho transe. Fora um capricho, dois anos antes, dá-la como esposa a Hasan. Suleiman gostara da confusão e do terror no idiota enquanto ele entendia o presente. Hasan nunca estivera com uma mulher, e isso divertiu Suleiman tremendamente. Se ele possuía uma área de conhecimento especializado, era em descobrir os pontos fracos dos outros homens. Hasan poderia ser levado a fazer qualquer coisa por medo de que Kameela fosse machucada. Às vezes, Suleiman conseguia tratar sua dor quase com arte, tendo o idiota como uma tela. Registrava boa parte do que acontecia entre eles, para a edificação e instrução de futuros mestres da ordem. Havia poucos registros tão detalhados como aqueles, e lhe agradava aumentar o conhecimento do mundo.

Kameela serviu-lhe o chá sem olhar ao menos uma vez para o marido. Suleiman observava, deliciado, o autocontrole da mulher. Um cão só poderia aprender truques simples, mas as pessoas eram maravilhosamente sutis e complexas. Sabia que ela não ousava reconhecer Hasan em sua presença. Suleiman havia tirado sangue do rapaz aos pés dela, em várias ocasiões, apenas por causa de uma palavra ou um sorriso. Sabia que o idiota iria se apaixonar pela jovem linda, mas o milagre fora ela aparentemente devolver o afeto. Suleiman aninhou o chá nas mãos magras, olhando por cima da borda enquanto inalava o perfume delicado. Se ao menos pudesse fazer os generais mongóis dançarem com tanta facilidade quanto seus serviçais!

Quando Kameela baixou a cabeça, Suleiman estendeu a mão e passou um dedo lentamente por seu maxilar.

– Você é muito linda – disse.

– O senhor me honra – respondeu ela, de cabeça ainda baixa.

— É. — Suleiman mostrou os dentes amarelos enquanto terminava de beber o chá. — Leve Hasan, minha flor. Preciso falar com meu filho.

Kameela fez uma reverência e Suleiman observou Hasan andando atabalhoadamente atrás dela, com as mãos trêmulas. Sentiu-se tentado a chamá-los de volta, na verdade pretendera fazer isso, mas Rukn-al-Din começou a falar antes que ele pudesse agir. Os olhos de seu filho estavam irritados.

— A fortaleza de Shirat pode ser derrubada, como prova de nossa decisão. O lugar já é inseguro, cheio de lagartos e pedras quebradas. Se fizermos uma demonstração destruindo Shirat, isso nos garantiria pelo menos mais um ano. Talvez até lá os exércitos mongóis tenham ido embora.

Suleiman considerou o filho, desejando mais uma vez ter gerado um homem inteligente. Durante anos tivera esperança de ter um herdeiro à sua imagem, mas essas expectativas e sonhos tinham virado cinza havia muito tempo.

— Você não pode aplacar um tigre dando sua própria carne para ele comer — reagiu rispidamente. Hasan e Kameela haviam saído e ele estava com raiva de Rukn por interromper seus prazeres. — Se uma abominação dessas for o meu legado, ele terá de arrancá-la de nós. Devemos descobrir o que esse general quer e rezar para que ele não seja como o avô Gêngis. Acho que não. Homens assim são raros.

— Não entendo.

— Não entende porque é um homem cheio de fraquezas, combinadas com apetites, motivo pelo qual tem uma barriga e precisa visitar meus médicos para queimar as verrugas que nascem na sua masculinidade.

Suleiman parou um instante, esperando para ver se o filho ousaria responder aos insultos. Rukn-al-Din permaneceu em silêncio, e Suleiman fez um ruído de desprezo antes de continuar.

— Quando Gêngis veio à casa do meu pai, desejava apenas destruição. O cã não se importava nem um pouco com riquezas e olhava para si mesmo em busca de poder e títulos. Sinta-se grato porque o mundo não viu muitos homens como ele, filho! Para o resto, sempre há alguma coisa. Você ofereceu paz a esse tal de Hulegu e ela foi recusada. Ofereça ouro agora e veja o que ele diz.

— Quanto ouro devo levar a ele?

Seu pai suspirou.

— Nem uma moeda. Se você retornar a ele com carroças de joias, ele vai se perguntar quanto nós guardamos. Vai lutar mais ainda para derrubar nossa fortaleza. Até mesmo Gêngis aceitava tributo das cidades, porque os que estavam ao redor dele gostavam do brilho de belos metais e rubis. Ofereça... exatamente metade de tudo que há no tesouro, de modo que possamos dobrar a oferta quando ele recusar.

— O senhor iria querer que eu desse tudo a ele? — perguntou Rukn, pasmo.

Seu pai lhe deu um tapa violento no rosto, fazendo-o recuar com dor e choque. A voz de Suleiman estava absolutamente calma enquanto continuava a falar.

— Que conforto será o ouro em nossas bolsas se Alamut e Shirat não existirem mais? Em todo o mundo ninguém ousa nos ameaçar, a não ser eles. Os mongóis não devem chegar aqui, meu filho. Nenhuma fortaleza fica de pé para sempre, nem mesmo Alamut. Eu ofereceria as roupas do corpo se achasse, ao menos por um instante, que ele nos deixaria em paz. Talvez possa ser comprado com ouro. Vamos descobrir.

— E então? E se ele recusar? — A bochecha de Rukn estava pegando fogo por causa do tapa.

— Se ele recusar ouro, transformaremos Shirat, que já foi uma joia das nossas posses, em entulho. Sabia que eu nasci lá, meu filho? No entanto, eu abriria mão dela se isso salvasse o resto. — Ele balançou a cabeça, num cinismo cansado. — Se o príncipe mongol exigir mais ainda, não terei opção a não ser mandar nossos melhores homens para envenenar sua comida e seu vinho, golpear seus oficiais e assassiná-lo enquanto dorme. Tentei evitar esse caminho, filho. Não quero enfurecer esse destruidor de cidades, esse exterminador de mulheres e crianças.

Suleiman apertou os punhos por um momento. Seu pai havia mandado homens contra o grande cã e eles haviam fracassado. O resultado foi um redemoinho de destruição que deixou cidades arruinadas e um cobertor de morte sobre a região. Por onde Gêngis havia passado, ainda existiam desertos.

— Se ele não nos der outra chance, irei tirar-lhe a vida. O homem que ameaça nossa existência não é maior do que os pastores que cuidam do meu rebanho. Todos podem morrer.

***

Hulegu olhava os corpos balançando suavemente na brisa. Mongke teria orgulho dele, tinha certeza. Não havia demonstrado misericórdia enquanto ia para o sudoeste de Samarkand. O mundo saberia da existência de um novo cã e que ele devia ser temido. Hulegu entendia sua tarefa e adorava ser merecedor da aprovação do irmão mais velho. Permaneceram apenas nove rapazes da cidade depois de seus guerreiros trucidarem todas as demais coisas vivas. O rio corria vermelho enquanto os corpos na água eram arrastados pela correnteza. Hulegu sentiu-se satisfeito com a visão, imaginando que a cor seria carregada por mais de 100 quilômetros, levando o medo para todos que a vissem. Não haveria mais portões fechados para ele enquanto marchasse.

Havia queimado três cidades pequenas e uma dúzia de povoados enquanto seguia para o oeste, matando poucos, mas deixando os habitantes desprovidos e famintos, com cada pão e cada jarra de óleo ou sal sendo tomados para seus homens. Não sabia o nome da cidade murada que tentara resistir, trancando os portões com ferro e se retirando para os porões enquanto os soldados sustentavam as muralhas.

Ela havia caído em apenas um dia. Ainda que Hulegu não tivesse o número de guerreiros e canhões que Mongke dera a Kublai, eles eram suficientes. Numa linha de oitenta, as balas de pedra polida arrebentaram o portão com dois golpes, mas ele não havia parado para invadir a cidade. Em vez disso, ordenou que os canhões continuassem disparando, arrebentando as pedras e mandando os defensores pelos ares, com jorros de sangue. Os *tumans* observaram com indiferença, esperando ordens.

Só o pensamento de que não deveria desperdiçar o suprimento de pólvora negra fizera Hulegu ordenar que parassem. Gostava do trovão que podia produzir com apenas um gesto. Era inebriante dizer "Caia" e ver uma muralha de cidade ser despedaçada diante dos olhos. Naquela tarde mandou seus homens para dentro, correndo a pé para serem os primeiros a saqueá-la.

Jovens foram estupradas, depois amarradas juntas em grupos que choravam, prontas para os jogos e as barganhas que se seguiriam. As crianças e os idosos foram mortos onde eram encontrados. Assim como os homens abatidos pela cidade, eles não tinham valor. Os itens de ouro e prata foram retirados de cada casa e empilhados na praça central para que fossem pesados e avaliados. Hulegu levava suas próprias forjas.

Tinha o hábito de derreter os metais preciosos, separando as impurezas e as ligas que subiam à superfície do ouro mais denso. Químicos persas orientavam o serviço, colocando itens antigos para alimentar as chamas. Os metalúrgicos tinham permissão de manter uma parcela do que coletavam, uma parte em mil para dividir entre eles. Já eram ricos, e Hulegu fora obrigado a cortar centenas de árvores e esperar enquanto a madeira nova era transformada em carroças para carregar a riqueza.

Muitos defensores haviam tombado enquanto as muralhas desmoronavam, tossindo e engasgando no pó. Alguns tentaram se render, e, para esses, Hulegu guardava apenas desprezo. Olhou com prazer os corpos balançando. Não os pendurou pelo pescoço, para morrerem depressa. Alguns eram pendurados pelos pés, mas a maioria estava sustentada por cordas passadas sob as axilas e tinha talhos na barriga para sangrar até a morte. Demoravam um longo tempo e seus gritos podiam ser ouvidos através dos morros.

Quando a cidade estava pegando fogo, Hulegu sinalizou para o general Ilugei cortar as cordas que seguravam os prisioneiros. Todos eram homens que haviam lutado com coragem e sido derrotados. Para uma cidade de 10 mil habitantes, era um número risivelmente pequeno, mas pelo menos ele teria um vislumbre de respeito por aqueles poucos. Olhou em silêncio sério enquanto eles esfregavam os pulsos. Dois dos nove estavam soluçando, e o resto encarava-o num horror mudo e numa fúria impotente. Sentiu aquilo como um vinho bom na boca, fortalecendo-o.

Não falava a língua local, por isso teve suas palavras repetidas por um dos químicos, um muçulmano de turbante chamado Abu-Karim.

— Vou lhes dar cavalos — disse Hulegu. — Vocês irão à frente de meus guerreiros, minhas carroças e meus canhões. Cavalguem para o oeste e o sul e contem que estou chegando. Digam a cada homem que encontrarem que ele deve abrir as portas para mim, que deve me dar suas esposas e filhas, que serão minhas, e sua riqueza, que também será minha. Ele pode manter a vida. Diga que se uma cidade, um povoado, ou uma só casa fechar a porta para mim, levarei a destruição a todos, até que a própria terra chore de dor.

Então ele se virou, sem se incomodar em esperar até que o tradutor terminasse. Bagdá ficava a sudoeste e o califa de lá havia mandado mais ameaças espalhafatosas e mentiras. Ao norte, Hulegu sentia a atração das fortalezas dos Assassinos. Resmungou, irritado por ser apanhado entre os dois desejos.

CAPÍTULO 14

Kublai podia ver uma multidão ao redor, desde os que cavavam fossas sépticas até guerreiros que guiavam cavalos e mulheres cuidando dos fogos de cozinhar para os maridos e os filhos. Nunca conhecera a vida de uma tribo em movimento, mas algo nele encontrava paz nisso. Olhando a distância, pensou de novo na verdadeira nação que trouxera para o sul. Devia haver meio milhão de almas na coluna que cavalgava pela fronteira das terras dos sung. Nem tinha certeza do número verdadeiro.

Esticou as costas com um gemido baixo enquanto sua mulher e seu filho preparavam a iurta para ele. Não que o pequeno Zhenjin fosse de grande utilidade, notou. As ordens de Mongke não haviam se estendido à sua família, e o garoto de 10 anos ainda usava uma túnica e calça de seda jin, além de um par de botas macias de pele de ovelha. O coque de cabelo preto no cocuruto balançava para trás e para a frente a cada movimento. Kublai tentou não rir ao ver o garoto pegar disfarçadamente um punhado de lascas de carne fumegante numa pilha que Chabi estava enfiando em pequenas bolsas. Ela só havia afastado o olhar por um momento, mas o garoto tinha mãos rápidas. Zhenjin estava com as bochechas estufadas antes que ela se virasse de volta. Era um azar sua mãe ter escolhido aquele momento para fazer uma pergunta, ou talvez não. Chabi adorava e mimava o primogênito, mas isso não significava que seus instintos fossem obtusos. Enquanto Zhenjin lutava para responder com a boca cheia de carne, ela cutucou-o na barriga e ele espirrou pedaços de carne, rindo.

Kublai sorriu. Ainda podia ficar surpreso com a força de suas emoções quando olhava para a família. Não só porque o menino o deliciava, mas um momento com sua família podia trazer uma compreensão súbita de seus próprios pais. O pai dera a vida para salvar um cã, e Kublai finalmente avaliava a escala desse sacrifício. O sujeito havia agido pela nação, sabendo que jamais veria os filhos ou a mulher de novo. De um modo estranho, isso deixava uma dívida a ser paga por todos eles, além de um sentimento de que, independentemente de como vivessem a vida, jamais poderiam se igualar ao último ato do pai. Kublai sentiu que Mongke lutava com o mesmo fardo. Seu irmão mais velho estava tentando se encaixar num ideal, mas jamais conheceria a paz procurando a aprovação dos mortos.

Pelo menos Mongke não havia regateado homens ou suprimentos. Com Uriang-Khadai como orlok e Bayar como seu general principal, Kublai viajava com duzentos canhões de ferro e milhares de carroças cheias de pólvora e equipamentos sob lonas pesadas. Tinha uma equipe de 94 homens e mulheres para cuidar da nação em movimento. Parado em seu devaneio, podia ver alguns ali perto. Quando tivesse acabado de comer, eles viriam com os detalhes, as queixas e os problemas de um número grande demais de pessoas. Suspirou ao pensar nisso, mas as tarefas não estavam acima de sua capacidade, ainda não. Ele caía no sono a cada noite, mas mesmo assim acordava antes do alvorecer e treinava com a espada e o arco. Quando a armadura começou a parecer leve, Kublai pôde até mesmo imaginar-se agradecendo a Mongke as mudanças que havia provocado. O cã sabia mais sobre ser guerreiro do que o irmão. Infelizmente, era tudo o que sabia ser.

Sentiu uma coceira na axila e enfiou o polegar por baixo das escamas de ferro para coçar as feridas, grunhindo com o pequeno prazer. A vida era boa. Ele vira suas propriedades jin, e, em sua mente, brotos verdes cresciam rapidamente na terra preta. O simples ato de cravar alguns mastros pintados na terra macia havia marcado um empreendimento novo e grandioso em sua vida. Yao Shu havia acertado o aluguel de milhares de lotes, que seria pago com as primeiras colheitas. Se os fazendeiros jin prosperassem, dois quintos seriam de Kublai, e o dinheiro serviria para fazer uma cidade no norte.

Era um sonho que valia a pena, algo que ia além da massa de guerreiros e soldados que enchiam sua visão até os horizontes. Ainda que fosse pouco mais do que um vasto quadrado marcado na terra coberta de capim, seus homens já haviam começado a chamá-la de Shang-du, a "Capital de Cima". Os que não falavam as línguas jin chamavam de Xanadu. Ele sussurrou a palavra.

Com um suspiro, Chabi passou a mão pela testa e disse a Zhenjin para carregar o prato para o fogão, lá dentro. A boca de Kublai se encheu de saliva. Ultimamente estava sempre com fome. Sua mulher se levantou e esticou as costas. Ele se virou para ela, e os olhares dos dois se encontraram, unidos no cansaço. A mente de Kublai se encheu com visões de palácios, e seu estômago roncou.

— Você pegou um odre de vinho para mim? — perguntou ele.

— Claro — respondeu ela —, mas espero que você não o esvazie de novo e amanhã reclame que a cabeça está estourando. Não vai ganhar simpatia da minha parte.

— Eu nunca reclamo! — reagiu ele, magoado. — Sou como uma pedra, sempre em silêncio.

— Então havia algum outro homem tropeçando pela iurta hoje de manhã? Xingando e exigindo saber quem havia roubado seu chapéu? Achei que era você. Na verdade, espero que tenha sido você, porque ele foi muito ativo ontem à noite, quem quer que fosse.

— Você estava sonhando, mulher.

Ela sorriu para ele e afastou o cabelo preto e comprido do rosto, trabalhando rapidamente com as mãos para amarrá-lo. Kublai olhou deliberadamente para os seios que se moviam sob o tecido, e ela fungou.

— Há um balde de água limpa junto à porta para você se lavar, seu bode velho. Não fique aí sonhando, ou a comida vai esfriar. Sei que você vai reclamar de qualquer jeito, mas vou ignorá-lo.

Ela entrou, e Kublai pôde ouvi-la dando uma bronca em Zhenjin por roubar algumas das bolsas de carne. Kublai riu sozinho. Quando havia partido de Karakorum, não soubera quanto tempo demoraria para chegar às terras sung. Fazia quase dois anos desde que Mongke se tornara cã, e Kublai havia passado um desses ano simplesmente viajando, movendo sua grande hoste para o sul, dia após dia. Seus *tumans* estavam com as famílias, e não havia sentimento de impaciência nas fileiras. Eles não precisavam parar para viver. Para eles, a jornada era tanto sua vida quanto chegar ao destino. À noite, brincavam com os filhos, cantavam, jogavam, faziam amor, cuidavam dos animais ou faziam mil outras coisas pequenas que poderiam fazer em qualquer lugar. Para alguém que passara a maior parte da vida em Karakorum, era uma coisa estranha de ver.

Kublai havia mantido o juramento feito a Mongke e não abriu um único pergaminho ou livro desde que saíra da cidade. A princípio, isso fora tremendamente difícil, e ele havia dormido mal, sonhando com textos antigos. Nas fronteiras das terras sung havia muitos sinais dessa cultura antiga. Eles já haviam passado por centenas de cidadezinhas e povoados, e Kublai não pudera resistir a pegar obras escritas quando as encontrava. Sua coleção cada vez maior viajava com ele como uma coceira no fundo da mente.

Foi Yao Shu que se ofereceu para ler para ele nas noites. Ainda que Kublai se sentisse desconfortável por driblar o juramento, não podia negar que fosse um conforto. Seu filho Zhenjin parecia gostar da voz monótona e ficava sentado até tarde, ouvindo cada palavra, quando deveria estar dormindo. A mente de Kublai havia sofrido como um deserto em tempo de seca, e as ideias jorravam para dentro, fazendo-o reviver.

Seu corpo também havia se fortalecido nos meses de viagem. As feridas da sela eram apenas uma lembrança dolorosa. Como os guerreiros experientes, ele havia desenvolvido uma camada de calo amarelo-escuro na parte inferior da coluna, mais ou menos da largura da mão de um homem. Levou a mão atrás para coçá-lo, franzindo o cenho ao sentir a camada escorregadia de suor que ficava na pele, não importando o quanto ele se banhasse. Pelo menos, Mongke não podia questioná-lo por ser limpo. Mesmo usando a armadura de escamas, Kublai sofria menos com erupções e podridão da pele do que seus homens. No verão úmido, um cheiro de carne estragada se sobrepunha até mesmo ao odor de lã molhada e cavalos. Kublai ainda sentia falta dos macios mantos jin que havia aprendido a amar.

O orlok de seus *tumans* tinha uma iurta à vista da de Kublai, com três mulheres e uma hoste de serviçais que cuidavam de todas as suas necessidades. Kublai forçou a vista para ver Uriang-Khadai parado junto a um deles, dando alguma instrução sobre o melhor modo de costurar uma sela. As costas do orlok estavam retas como uma flecha, como sempre. Kublai fungou. Já havia decidido que Uriang-Khadai era um homem de Mongke, os olhos do cã na expedição. O orlok era um oficial experiente, do tipo que sem dúvida impressionaria seu irmão. Havia até mesmo produzido cicatrizes no rosto para impedir que a barba crescesse. As cristas de queloide proclamavam que ele punha o dever acima do próprio eu, mas Kublai via o gesto como uma espécie de vaidade deturpada.

Enquanto Kublai observava, Uriang-Khadai sentiu a atenção em si e se virou rapidamente para ele. Apanhado encarando-o, Kublai levantou a mão como se cumprimentasse, mas o orlok fingiu que não viu e se virou para a própria iurta, seu próprio mundinho dentro do acampamento. Kublai suspeitava que o sujeito o via como um mero erudito, que recebera autoridade do irmão sem grande merecimento. Quando se encontravam a cada dia, ele podia ver a sutil diversão de Uriang-Khadai quando Kublai estabelecia as estratégias. Havia pouco apreço entre eles, mas isso não importava de fato, desde que o orlok continuasse a obedecer. Kublai bocejou de novo. Podia sentir o cheiro da comida na brisa, e sua boca ansiava por vinho para diminuir a intensidade dos pensamentos. Era o único modo de aliviar a mente, de impedir que ela partisse cada ideia em pedaços e depois fizesse coisas novas com os retalhos. Com uma última olhadela em volta, percebeu que podia relaxar. Parte da tensão desapareceu dos ombros e das costas quando ele entrou na iurta e foi emboscado imediatamente por Zhenjin, que o esperara com paciência.

Os *tumans* jamais ficavam totalmente sozinhos enquanto seguiam para o sul. Com um grupo tão vasto e lento, não poderiam surpreender a nação sung. Sempre havia batedores observando dos morros mais próximos. A notícia correra adiante. Todos os povoados mais recentes haviam sido abandonados, alguns com estranhas marcas de sangue na estrada. Kublai imaginou se os habitantes teriam sido trucidados para não ajudar o inimigo. Podia acreditar nisso. Apesar de amar a cultura, não tinha ilusão quanto à brutalidade deles ou o tipo de exército que seus homens enfrentariam. Ultrapassavam as tropas de Kublai numa proporção de centenas para um. Os sung possuíam cidades com muralhas, canhões e armas de fogo, bom aço, bestas e disciplina excelente. Enquanto trotava, fazia uma lista de seus pontos fortes e fracos, como fizera mil vezes antes. Os pontos fortes eram intimidantes, impossíveis. Os únicos pontos fracos em que pudera pensar era que eles possuíam uma cavalaria pequena e que escolhiam os oficiais pela nobreza de nascimento, ou através de provas escritas feitas em suas cidades. Comparados com homens como Uriang-Khadai e Bayar, Kublai esperava que os generais sung também fossem considerados eruditos efeminados. Ele podia *vencer* eruditos.

Com o canto do olho, viu um dos seus batedores cavalgar até Uriang-Khadai e fazer um informe. Kublai continuou olhando para a frente, mas sentiu o coração bater mais depressa, em antecipação. Quatro dias antes, a coluna mongol havia atravessado a fronteira sung e começado a se mover para o leste. Independentemente do que os exércitos sung tivessem feito durante os meses de sua aproximação, eles teriam de reagir. Kublai estivera esperando um contato. Fizera tudo que podia com formações e planos de batalha, mas a situação mudaria completamente quando finalmente encontrasse o inimigo. Sorriu enquanto a lembrança de um livro relampejava em sua mente. Não precisava ler de novo para saber cada frase. Havia memorizado muitos anos antes a obra de Sun Tzu. A ironia de um livro sobre a arte da guerra escrito por um general jin não lhe passou despercebida. Os sung também deviam conhecê-lo.

Uriang-Khadai cavalgou lentamente até ele, deliberadamente sem pressa, ainda que milhares de olhos interessados acompanhassem o progresso do orlok. Ele alcançou Kublai e baixou a cabeça com formalidade.

— Os inimigos estão no campo, senhor — disse ele, com a voz nítida e seca, como se estivesse falando de rações. — Assumiram posição do outro lado de um rio, cerca de 30 quilômetros a sudeste. Meus batedores informam sobre 200 mil soldados de infantaria e cerca de 10 mil cavaleiros.

Sua voz estava deliberadamente pouco impressionada, mas Kublai sentiu o suor brotar nas axilas, ardendo nas cascas de ferida que havia ali. Os números eram aterrorizantes. Não achava que Gêngis jamais tivesse enfrentado tantos, a não ser talvez na Boca do Texugo, muito ao norte.

— Posso dizer uma coisa, senhor? — perguntou Uriang-Khadai após um silêncio.

Kublai assentiu, contendo a irritação diante do tom pomposo do sujeito.

— Eles poderiam nos atacar depois de atravessarmos o rio — prosseguiu o orlok —, mas com ele ainda entre nós sugiro que continuemos cavalgando. Podemos forçá-los para longe de qualquer armadilha ou trincheira que tenham cavado. A cidade de Ta-li, em Yunnan, fica a apenas 150 quilômetros ao sul. Se continuarmos seguindo para lá, eles não terão opção a não ser nos seguir.

Uriang-Khadai esperou paciente enquanto Kublai pensava. O orlok não havia se incomodado com a interferência interminável de Kublai a respeito de suprimentos e formações. Era de se esperar esse tipo de coisas de um homem novo. Mas as batalhas eram responsabilidade do orlok. O próprio Mongke deixara isso claro antes de eles partirem.

— Cuide dele — dissera o cã. — Não deixe meu irmão mais novo ser morto enquanto vive num sonho.

Os dois velhos companheiros haviam compartilhado um sorriso de compreensão, e depois Uriang-Khadai partiu. Agora a hora havia chegado, e ele estava preparado para guiar Kublai através de seu primeiro teste de guerra.

Enquanto esperava, Uriang-Khadai coçou os fios ressaltados nas bochechas. Havia alguns pelos teimosos que, de algum modo, sobreviveram aos anos de arranhões. Ele jamais tinha certeza se deveria se cortar de novo ou simplesmente arrancar aquelas coisas quando cresciam por tempo suficiente. Enquanto Kublai pensava, Uriang-Khadai enrolou um fio comprido no dedo e arrancou-o.

— Devemos atravessar o rio Chin-sha Chiang — disse Kublai subitamente.

Tinha mapas visualizados na imaginação, com lembrança quase perfeita. Uriang-Khadai piscou com surpresa, e Kublai assentiu, tomando a decisão.

— Esse é o nome do rio que você mencionou, orlok — prosseguiu Kublai. — Ele fica entre nós e a cidade que recebi ordem de tomar. Devemos atravessá-lo em algum ponto. Eles conhecem o terreno, motivo pelo qual se reuniram daquele lado. Estão contentes em defendê-lo onde quer que optemos por atravessar. Se acharmos um vau, eles vão nos trucidar nas águas, reduzindo-nos às fileiras estreitas que pudermos colocar na passagem.

Uriang-Khadai balançou a cabeça, lutando para encontrar as palavras certas que convencessem o acadêmico protegido que mal havia saído de Karakorum durante a vida.

— Senhor, eles já têm todas as vantagens. Não podemos lhes dar também a escolha do terreno, para não nos arriscarmos à aniquilação. Deixe-me atraí-los ao longo das margens por 50 quilômetros. Mandarei batedores procurarem pontos de travessia. Deve haver mais de um. Podemos colocar arqueiros para cobrir esses pontos e então os seguiremos.

Kublai podia sentir a pressão silenciosa de Uriang-Khadai, esperando que ele cedesse. O sujeito era óbvio demais, e isso o irritava.

— Como você disse, orlok, eles escolheram o terreno com cuidado. Vão esperar que atravessemos o rio correndo, como selvagens tribais que acham que somos, e que morramos aos milhares. — Ele pensou de repente em um modo de atravessar homens rapidamente e sorriu. — Não. Vamos pegá-los aqui, orlok. Vamos surpreendê-los.

Uriang-Khadai gaguejou por um instante:

— Senhor, devo aconselhá-lo contra essa decisão. Eu...

— Mande-me o general Bayar, Uriang-Khadai. Retorne aos *tumans*.

O orlok baixou a cabeça instantaneamente, com todos os sinais da raiva sumindo como uma vela soprada.

— A sua vontade, senhor.

Cavalgou para longe com as costas mais eretas ainda. Kublai olhou-o com azedume. Não se passou muito tempo até que Bayar estivesse no lugar do orlok, parecendo preocupado. Era relativamente jovem para sua autoridade, com 30 e poucos anos. Diferentemente de Uriang-Khadai, tinha o rosto liso, a não ser por alguns fiapos no queixo. Havia um forte odor de podridão ao redor dele. Kublai havia se acostumado àquilo e aceitou o cumprimento do sujeito. Não estava com humor para aliviar as dúvidas de Bayar.

— Tenho uma tarefa para você, general. Ordeno que a cumpra sem reclamar nem discutir, entendeu?

— Sim, senhor.

— Quando eu era garoto li sobre os guerreiros de Gêngis que atravessaram um rio usando uma balsa de pele de ovelha. Já ouviu falar disso?

Bayar balançou a cabeça, ficando ligeiramente vermelho.

— Não tenho leitura, senhor.

— Não faz mal. Eu me lembro da ideia. Você precisará matar cerca de seiscentas ovelhas para o que tenho em mente. Cuide de cortá-las no alto do pescoço, de modo que a pele não se danifique quando for puxada para trás. A lã deve ser raspada, acho. Esse trabalho é delicado, Bayar, portanto dê-o a homens e mulheres cuidadosos que estejam sob seu comando.

Bayar olhou-o com expressão vazia, e Kublai suspirou.

— Não há mal em conhecer um pouco de história, general. Não deveríamos ter de aprender de novo cada habilidade a cada nova geração. Não quando o trabalho difícil já foi feito. A ideia é costurar os buracos na pele, deixando só um, perto do pescoço. Homens fortes podem soprar dentro da pele e usar alcatrão ou seiva de árvore para lacrar as aberturas. Entendeu? Mande ferver tonéis dessas duas substâncias. Não sei qual vai funcionar melhor. Quando as peles estiverem cheias de ar, elas flutuarão. Junte-as numa estrutura de paus leves e teremos balsas capazes de carregar muitos homens de cada vez.

Ele parou para realizar cálculos mentais, coisa que sempre podia fazer rapidamente.

— Com três balsas — considerou Kublai —, digamos que 1.800 peles de ovelhas, devemos ser capazes de carregar... 1.200 guerreiros para o outro lado do rio de cada vez. Em meio dia poderemos colocar cerca de 20 mil homens do lado oposto. Vou presumir mais meio dia para fazer os cavalos nadarem, usando as balsas para guiá-los. E com cordas em volta do pescoço para ajudá-los a nadar contra a corrente. Um dia no total, se não houver problemas. De quanto tempo você precisa para montar as balsas?

Os olhos de Bayar se arregalaram ao ver que o príncipe perdera o olhar reflexivo e estava de novo focalizado nele.

— Dois dias, senhor — respondeu com falsa confiança. Precisava impressionar o homem que o comandava, e Uriang-Khadai já perdera moral. Bayar não queria se juntar a ele, caindo no desprazer do irmão do cã.

Kublai inclinou a cabeça enquanto pensava.

— Muito bem. Esta é a sua única tarefa até ela estar terminada. Vou lhe dar dois dias, general. Agora dê a ordem para a coluna parar. Mande batedores de volta para onde o inimigo espera. Quero saber cada detalhe do rio: a correnteza, as margens, o terreno. Nada é trivial demais para ser trazido a mim. Que eles informem depois da refeição da noite.

– Sim, senhor.

Bayar engoliu em seco, nervoso, ao ser dispensado. Nunca ouvira falar de peles de ovelha sendo usadas assim. Precisaria de ajuda e achava que Uriang-Khadai não era o homem a ser procurado. Enquanto soavam as trompas ordenando a parada e os *tumans* começavam a apear e cuidar dos cavalos, Bayar viu a carroça que carregava o principal conselheiro de Kublai, Yao Shu. O velho monge jin saberia sobre coisas estranhas como balsas que flutuavam, Bayar tinha quase certeza.

À medida que o sol nascia no dia seguinte, Bayar se envolvia no desafio da tarefa. As primeiras peles bulbosas tinham sido preparadas na noite anterior e levadas a cavalo até o rio próximo. Com grande cerimônia, aquelas coisas balouçantes haviam sido postas na água, com voluntários para cavalgá-las. Os dois homens tinham afundado antes de chegar à metade e precisaram ser arrastados para fora com cordas presas à cintura. Parecia impossível, mas, segundo Yao Shu, isso certamente já fora feito, em escala menor. Tentaram esfregar óleo na pele logo após ser raspada, depois soprar e lacrar rapidamente, antes de deixá-las secar. Quando Bayar retornou às margens, fez uma oração silenciosa à Mãe Terra. Havia apostado que o óleo funcionaria e por isso mandara milhares de famílias prepará-las. Se o último lote também falhasse, ele não alcançaria o limite de tempo que estabelecera para si mesmo. Parado na obscuridade da madrugada, olhou para Yao Shu, absorvendo confiança da calma dele. Os dois ficaram juntos enquanto dois guerreiros amarravam cordas ao corpo e se deitavam sobre as peles flutuantes, empurrando-se para longe da margem. Nenhum dos dois sabia nadar e ambos pareciam profundamente desconfortáveis remando com os braços na água escura.

Na metade, a correnteza era forte e os que seguravam as cordas na margem se pegaram arrastando os pés rio abaixo, junto com os guerreiros que flutuavam. Mesmo assim eles continuavam espadanando, e Bayar soltou um grito de alegria ao ver um deles se levantar e erguer o braço nos baixios da margem oposta, antes de subir de novo para a viagem de volta. Essa foi muito mais rápida, com as cordas puxadas por diversas mãos dispostas.

Bayar deu um tapa nas costas de Yao Shu, sentindo os ossos por baixo do manto colorido.

— Vai funcionar — disse o general, tentando esconder o alívio.

Uriang-Khadai não estava ali. O orlok decidira não perceber o trabalho súbito e enorme que havia tomado conta do acampamento. Enquanto famílias trabalhavam com as peles, passando óleo e costurando com todo o empenho, o orlok pusera seus homens treinando com os arcos e as equipes dos canhões suando para melhorar a velocidade com as armas. Bayar não se importava. Achava o trabalho fascinante, e, na tarde do segundo dia, foi até a iurta montada para Kublai, praticamente incapaz de conter o sorriso quando recebeu permissão de entrar.

— Está feito, senhor — disse com orgulho.

Para seu alívio, Kublai sorriu, reagindo à satisfação evidente do sujeito.

— Nunca duvidei, general.

CAPÍTULO 15

Hulegu estava com calor e sede enquanto cavalgava para o norte. O grosso de seu exército continuara viajando sem ele, pronto para montar um cerco ao redor de Bagdá. O centro do islã era uma cidade poderosa no rio Tigre, e ele sabia que ela não cairia facilmente. A decisão fora difícil, mas ele havia pensado que seu desvio até a fortaleza de Alamut seria um golpe rápido, não mais oneroso do que esmagar a cabeça de uma cobra sob o calcanhar antes de prosseguir com o serviço de verdade. Em vez disso, sofreu por centenas de quilômetros no território mais hostil que já vira. O sol alimentava uma fúria fervente que parecia estar com ele havia semanas. Abrigou os olhos enquanto olhava para as montanhas, vendo neve no pico da que era conhecida como Assento de Salomão. Em algum lugar naqueles penhascos remotos ficava a mais poderosa fortaleza dos Assassinos ismaelitas.

Os últimos povoados e cidades tinham ficado muito atrás. Seus guerreiros cavalgavam numa planície ardente, numa superfície de pedras soltas e seixos que estropiavam muitos cavalos. Não havia pastagem num lugar assim, e Hulegu havia perdido tempo garantindo grãos e água para homens e animais. Três *tumans* tinham vindo originalmente para o norte com ele, mas Hulegu mandara um de volta a Bagdá e outro para atuar transportando água quando percebeu a desolação do terreno.

Mas Hulegu não se sentiu tolhido pelas dificuldades. No mínimo, elas o tranquilizaram. Nenhum objetivo digno viria facilmente, disse a si mesmo. O sofrimento criava o valor.

Em outra época, Gêngis havia prometido aniquilar o culto dos Assassinos. O grande cã podia até ter pensado que fizera isso, mas eles haviam sobrevivido como ervas daninhas na pedra. Enquanto olhava para o único *tuman*, Hulegu se empertigou mais na sela, com o orgulho óbvio para todos os homens. Havia crescido com histórias de Gêngis. Encontrar um dos antigos inimigos no campo era mais do que satisfatório. Ele daria ordens para que as preciosas fortalezas fossem derrubadas e deixadas nos vales como blocos de pedra enegrecidos pelo fogo. Somente cobras e lagartos iriam se arrastar onde os Assassinos haviam andado, prometeu a si mesmo. Mongke não questionaria o tempo que ele havia perdido, Hulegu tinha certeza. Bagdá não cairia na próxima estação. Ele tinha tempo para terminar a questão pessoal entre sua família e os muçulmanos que habitavam Alamut.

Três guias levavam o *tuman* pela planície, recrutados à ponta de faca na última cidade por onde haviam passado. Hulegu tinha batedores e espiões por todo o país, fornecendo-lhe informações, mas nenhum pudera dizer a localização exata da fortaleza. Até as cartas trocadas com os Assassinos haviam sido enviadas através de importantes mercadores nas cidades, passadas adiante por seus próprios cavaleiros. Suas melhores informações diziam respeito à cordilheira e nada mais. Até mesmo isso lhe custara uma fortuna em prata e um dia torturando um homem entregue pelos amigos. Não importava. Hulegu sempre soubera que chegaria à área e iria caçá-los. Interrogava os guias constantemente, mas eles apenas discutiam uns com os outros em árabe e davam de ombros, sempre apontando para as montanhas. Ele não via uma alma viva há um longo tempo quando seus batedores chegaram com os cavalos cobertos por um suor espumoso.

Hulegu franziu a testa ao vê-los se aproximando ao longo das fileiras. A distância, podia ver a urgência no modo como eles montavam e se obrigou a manter o rosto frio, por uma questão de hábito.

— Senhor, há homens à frente — disse o primeiro batedor. Ele encostou a mão direita na testa, nos lábios e no coração, num gesto de respeito. —

Vinte quilômetros ou pouco mais. Só vi oito cavalos e um toldo de seda, por isso cheguei mais perto, enquanto meu companheiro ficava fora do alcance, pronto para cavalgar de volta para o senhor.

— Você falou com eles? — perguntou Hulegu. O suor estava escorrendo pelas suas costas por baixo da armadura e seu humor melhorou ao pensar que devia estar perto, já que havia estranhos reunidos ao pé das montanhas para esperá-lo. O batedor assentiu.

— O líder disse que era Rukn-al-Din, senhor. Afirmou ter autoridade para falar pelos ismaelitas. Pediu para dizer que preparou uma tenda fresca e bebidas para o senhor.

Hulegu pensou, franzindo a testa. Não tinha um desejo particular de sentar-se com homens que lidavam com a morte. Certamente não poderia comer ou beber com eles. Da mesma maneira, não poderia deixar seus guerreiros verem que sentia medo de tão poucos.

— Diga a eles que irei — respondeu.

O batedor partiu a meio-galope ao longo das fileiras para pegar um cavalo descansado. Hulegu chamou o general Ilugei, assentindo enquanto ele se aproximava.

— Eles prepararam um local de encontro, general. Quero cercá-lo para que eles entendam as consequências da traição. Vou entrar, mas, se eu não sair, quero que mande a destruição para eles. Se eu cair, Ilugei, você deixará uma marca nas histórias deles para mostrar o erro que cometeram. Entendeu? Não para mim, mas para os que vierem depois de mim.

Ilugei baixou a cabeça.

— A sua vontade, senhor, mas eles não conhecem o seu rosto. Deixe-me ir em seu lugar para saber o que pretendem. Se eles planejam matar, deixe que seja eu a atraí-los.

Hulegu pensou na possibilidade por um momento, mas depois balançou a cabeça. Sentiu um verme de medo no estômago, e isso fez a raiva subir como o calor do dia. Não podia impedir o medo, mas podia forçá-lo a ficar oculto.

— Não desta vez, Ilugei. Eles contam com o medo que criam. O medo é parte do poder deles, talvez até mesmo o coração desse poder. Com apenas umas poucas mortes a cada ano eles criam o terror em todos os homens. Não lhes darei isso.

***

Rukn-al-Din estava sentado com roupas leves e tomava uma bebida refrescada com gelo. Se o general mongol não aparecesse logo, o precioso estoque trazido dos picos iria derreter totalmente. Olhou para o bloco branco num balde de madeira, pingando, e fez um gesto para colocarem mais algumas raspas na sua bebida. Pelo menos podia desfrutar daquele luxo enquanto esperava.

Ao redor de seu pequeno grupo, os mongóis continuavam cavalgando, uma parede de homens e cavalos em movimento. Durante meio dia, eles haviam se divertido com gritos e zombarias enquanto os homens de Rukn os ignoravam completamente. Demorou para 10 mil guerreiros se posicionarem, e Rukn se perguntou se veria o irmão do cã antes do pôr do sol. Não havia forças ocultas para os mongóis descobrirem, mas ele não duvidava que eles desperdiçavam as energias revistando os morros ao redor. Pela milésima vez, pensou nas ofertas que poderia fazer em nome do pai. Não era uma lista longa. Ouro e possivelmente uma fortaleza, oferecidos de modo a parecer que tinham sido arrancados dele. Rukn franziu a testa, desejando que seu pai estivesse ali para conduzir a negociação. O velho era capaz de vender a própria sombra ao meiodia, mas Rukn sabia que havia uma chance de ele não sobreviver ao encontro. Os mongóis eram imprevisíveis, como crianças raivosas com espadas. Poderiam tratá-lo com honra e cortesia ou simplesmente cortar sua garganta e ir em frente com indiferença total. Apesar da brisa da tarde e da bebida fresca, Rukn descobriu que estava suando. Não sabia o que fazer se as ofertas fossem recusadas. Ninguém havia esperado que os mongóis aparecessem na área, quando boas fontes indicavam que eles iam para Bagdá, a centenas de quilômetros dali. Até mesmo a barreira natural da planície seca mal parecia tê-los retardado, e Rukn percebeu que estava com medo. Antes do pôr do sol, ele poderia ser apenas mais um corpo reivindicado pelo pó.

A princípio, não percebeu que Hulegu tinha chegado. Rukn-al-Din estava acostumado à grandiosidade dos califas e esperava pelo menos algum tipo de séquito, alguma fanfarra. Em vez disso, um guerreiro empoeirado em meio a tantos outros apeou. Rukn observou-o preguiçosamente, notando a largura extraordinária dos ombros do sujeito que parara para falar com dois ou três outros ao redor. Os mongóis adoravam luta livre, uma das poucas coisas civilizadas neles. Rukn-al-Din estava imaginando se poderia convencer o irmão do cã a desafiar um de seus homens quando viu o sujeito vindo na direção da tenda. Levantou-se, pousando a bebida.

– Salaam Aleikum. O senhor é muito bem-vindo. Presumo que seja o príncipe Hulegu, irmão de Mongke Khan. Sou Rukn-al-Din, filho de Suleiman-al-Diln.

Seu intérprete traduziu o árabe para a língua áspera do general, fazendo Hulegu olhar para ele. Rukn escolheu o momento para fazer uma reverência profunda. Seu pai havia ordenado isso, mas Rukn se ressentia até mesmo da ideia. O guerreiro fitou-o com frieza e Rukn ficou observando seu olhar percorrer o interior da tenda, absorvendo cada detalhe. Hulegu ainda não entrara no toldo sombreado. Estava na soleira, olhando para dentro, enquanto seus 10 mil homens continuavam a fazer uma balbúrdia espantosa ao redor. A poeira pairava no ar, visível à luz do sol poente. Rukn lutou para permanecer calmo.

– O senhor deve estar com sede – continuou, esperando não estar exagerando nos títulos e nas honras. – Por favor, sente-se à sombra. Meus homens trouxeram gelo para nos manter frescos.

Hulegu resmungou. Não confiava no sujeito de rosto fraco que estava à sua frente, a ponto de nem mesmo revelar que entendia a língua dele. Pensou na oferta de Ilugei, de ir à reunião em seu lugar, e imaginou se o estranho era quem afirmava ser. Sob a pressão do gesto de mão aberta de Rukn, Hulegu se abriu o suficiente para entrar. Franziu a testa ao ver uma cadeira com as costas viradas para os serviçais de Rukn e deu uma ordem aos seus homens. Um dos oficiais mongóis entrou na tenda atrás dele, irradiando perigo a cada movimento. Rukn permaneceu imóvel enquanto a cadeira era arrastada pelo chão atapetado até encostar na parede de seda. Por fim Hulegu sentou-se, dispensando seu homem e o serviçal que trazia uma bandeja com copos altos.

– Mandei vocês destruírem suas fortalezas – disse Hulegu. Em seguida pôs as mãos nos joelhos, sentado ereto e pronto para ficar de pé. – Isso foi feito?

Rukn pigarreou e tomou um gole da bebida enquanto seu intérprete falava. Não estava acostumado a negócios serem discutidos tão depressa, e isso o irritava. Esperara começar uma negociação que demoraria a noite toda e talvez a maior parte do dia seguinte, mas, sob aquele olhar cruel, pegou-se balbuciando parte das promessas num jorro, com os alertas do pai se dissolvendo como o gelo da sua bebida.

— Disseram-me, senhor, que começaremos o trabalho no castelo de Shirat na próxima primavera. No fim do ano que vem ele terá sumido e o senhor poderá dizer ao seu cã que nós obedecemos.

Ele parou para a tradução, mas no fim Hulegu não falou. Rukn lutou para encontrar palavras e prosseguir. Seu pai lhe dissera para explicar aos mongóis que demorava meses para derrubar milhares de toneladas de alvenaria de pedra. Se aceitassem a oferta, o trabalho seria adiado repetidamente. Haveria grande energia e esforço, mas o castelo demoraria anos para ser demolido. Talvez até lá, o cã distante quebrasse o pescoço, ou o grande exército de Hulegu tivesse partido em busca de outros alvos para sua bile.

— Shirat fica no alto das montanhas, senhor. Não é fácil derrubar uma coisa que está de pé há milênios. No entanto, sabemos que o senhor quererá informar o sucesso ao cã, seu irmão. Preparamos presentes para ele, ouro e joias capazes de encher uma cidade.

Pela primeira vez, Rukn viu uma fagulha de interesse nos olhos de Hulegu e sentiu-se parcialmente tranquilizado.

— Mostre — disse Hulegu, tendo as palavras traduzidas num único som pelo intérprete.

— Eles não estão aqui. O senhor e eu prestamos contas a homens mais poderosos. Sou apenas um emissário do meu pai, assim como o senhor fala por seu cã. Mas foi-me dito para oferecer 4 mil barras de ouro da grossura de um dedo, além de moedas de dinares capazes de encher dois baús.

Simplesmente dizer essas palavras fez um novo suor brotar em Rukn-al-Din. As quantias eram grandes, o suficiente para fundar uma pequena cidade. O mongol apenas encarou-o enquanto o intérprete arengava.

— O senhor aceita tributo de seus aliados? — perguntou Rukn, pressionando. Hulegu esperou pacientemente que a tradução terminasse.

— Não. Aceitamos tributos daqueles que nos servem — respondeu Hulegu. — Você falou, Rukn-al-Din. Disse o que foi mandado dizer. Agora escute. — Ele fez uma pausa enquanto o intérprete o alcançava, observando Rukn atentamente o tempo todo. — Minha preocupação é o centro do islã, a cidade de Bagdá. Eu tomarei aquele lugar, entende?

Rukn assentiu desconfortável ao ouvir as palavras.

— Em comparação com aquilo, seu pai e sua seita significam pouco para mim — prosseguiu Hulegu. — Pela honra do meu avô, eu me contentaria em transformá-los em cinzas, mas você me ofereceu ouro e amizade. Muito bem, aceitarei o dobro da quantia em ouro e a destruição de duas das suas fortalezas. Aceitarei um juramento de aliança a mim e à minha família. — Ele deixou o tradutor chegar ao final, para que pudesse observar a reação de Rukn-al-Din. — Mas não vou lhe dar minha palavra. Como você diz, nós dois temos a quem prestar contas. Quando eu retornar ao meu irmão, ele perguntará se falei com esse tal de Suleiman. Nada mais servirá, entende? Não pode haver paz entre nossas famílias, a não ser quando eu tiver falado com Suleiman. Leve-me a Alamut, para que eu possa me encontrar com ele.

Rukn lutou para não demonstrar deleite. Estivera com medo de que o mongol recusasse tudo que oferecia, talvez a ponto de matá-lo em sua tenda. Em seu prazer, penetrou um fiapo de suspeita. O líder mongol poderia ver uma vantagem em levar seu exército para perto da antiga fortaleza. Rukn não sabia se os guias do sujeito sequer poderiam encontrá-la sozinhos. Pensou na fortaleza inexpugnável, com seu caminho único pela face íngreme da rocha. Que eles seguissem em frente e olhassem para ela. Suas catapultas e seus canhões não alcançariam aquela altura. Eles poderiam rugir e cantar vantagem por uma centena de anos ao pé do pico e jamais entrar.

— Farei o que o senhor diz. Mandarei notícia adiante e o senhor será recebido como amigo e aliado. — Seus olhos ficaram afiados enquanto ele balançava a cabeça, pesaroso. — Quanto ao ouro, não creio que exista tanto em todo o mundo. Se aceitar a primeira parte como presente, tenho certeza de que o restante poderá ser levado ao senhor a cada ano, como tributo.

Hulegu sorriu pela primeira vez. Não achava que o rapaz tivesse percebido que a vida dele estava em suas mãos.

Suleiman respirou fundo, desfrutando do cheiro de esterco de ovelhas no ar alto e límpido. A campina minúscula no lado mais distante de Alamut era um milagre de invenção rara, prova da habilidade e da antevisão de seus ancestrais. Árvores pequenas davam sombra ao rebanho, e Suleiman frequentemente ia ali quando precisava pensar em paz. A campina tinha menos de 1 hectare no total, o suficiente para sustentar apenas uma dúzia de ovelhas e seis cabras. Eram animais gordos e reluziam ao sol, e os balidos constantes eram um bálsamo para sua alma. Algumas chegaram perto ao vê-lo, destemidas enquanto esperavam comida. Ele sorriu, mostrando as mãos vazias. No fundo, sempre pensara em si mesmo como um pastor, um pastor de homens, além de animais.

Caminhou pelo capim denso até chegar à rocha íngreme num dos lados e passou seu dedo por ela. Ali havia uma pequena cabana com sacos de alimento para o inverno e blocos cinza de sal para os animais lamberem. Verificou os sacos cuidadosamente, cauteloso com o mofo, que poderia ser um veneno para seu rebanho precioso. Durante um tempo, distraiu-se carregando os sacos para a luz e verificando o conteúdo. Num lugar assim era difícil acreditar que estava diante da aniquilação absoluta de seu clã.

Era difícil barganhar com quem parecia desejar apenas sua destruição. Suleiman esperava que o filho voltasse com alguma coisa, mas duvidava. O líder mongol insistiria em ver Alamut, e, assim que tivesse descoberto o caminho pelo labirinto de vales e trilhas, iniciaria o cerco e os iria levar à fome. Suleiman olhou pesaroso para o pequeno campo. Os animais não sustentariam seu povo por muito tempo. Raramente havia mais de sessenta ou setenta homens na fortaleza de Alamut, talvez um número igual de serviçais. Sempre fora uma comunidade pequena, incapaz de sobreviver sem os pagamentos em ouro por seu trabalho. Ele não poderia resistir aos mongóis usando força, assim como seu pai não pudera resistir a Gêngis. Suleiman fez uma careta enquanto percebia que não restavam opções. Três de seus homens estavam lá fora no mundo, esperando pagamentos. Em silêncio, listou os mercadores que deveriam matar. Não teria notícias deles até que o trabalho estivesse feito. Dezoito outros estavam no auge da forma física em Alamut, treinados nos métodos do assassinato silencioso. Era tentador mandar todos para fora, mas a realidade era que só iriam atrapalhar uns aos outros. Seu treinamento nunca os havia preparado para qualquer tipo de ataque em massa. Tudo que tinham aprendido era a se concentrar numa abordagem sem ser vistos e num golpe único, com a mão ou uma arma. Em seus dias de juventude, Suleiman havia despachado um mercador rico simplesmente drogando seu vinho, depois apertando sua boca e seu nariz enquanto ele dormia. Não houvera marca no corpo, e esse ainda era considerado um exemplo quase perfeito da arte. Suspirou lembrando tempos mais felizes. Os mongóis não tinham respeito pela tradição e pareciam não ter medo da vingança que poderiam enfrentar. Seus Assassinos teriam de ser mandados contra o próprio cã, talvez enquanto Alamut suportasse o cerco que viria. Suleiman não duvidava da raiva do cã caso seu próprio irmão caísse, não importando como eles fizessem isso parecer. O velho calculou tempos de viagem na cabeça tentando deduzir o melhor arranjo para derrubar os dois. Ainda esperava que pudessem ser subornados ou enganados, mas seu papel como pastor do rebanho significava ter de se planejar para todas as possibilidades.

Perdido em pensamentos, não viu Hasan se destacar da sombra da pequena cabana. Estava olhando para a campina, abrigando os olhos por causa da luz do sol. O rapaz saltou de repente e golpeou a lateral de sua cabeça com uma pedra chata. Ela acertou com um estalo, e Suleiman gritou de surpresa e dor. Cambaleou de lado, tombando até quase se agachar enquanto a visão ficava turva. Pensou que uma pedra devia ter caído do penhasco acima e estava tateando o rosto, tonto, em busca de sangue, quando Hasan atacou de novo, derrubando-o.

Suleiman sentiu o gosto do sangue escorrendo na garganta vindo da boca partida. Levantou os olhos atordoado, incapaz de entender o que acontecia. Quando reconheceu Hasan ali parado, seu olhar baixou para a pedra manchada de sangue que o rapaz ainda segurava.

— Por que, meu filho? Por que fez isso? Não tenho sido um pai para você? — falou, meio engasgando.

Viu que Hasan estava sob a influência de emoções fortes, ofegando como um cão deixado ao sol. Parecia pasmo com o que havia feito, e, à medida que o mundo parava de girar, Suleiman levantou a mão para ele.

— Ajude-me a ficar de pé, Hasan — disse com gentileza.

O rapaz avançou e por um momento Suleiman pensou que ele obedeceria. No último instante, Hasan levantou a pedra de novo e baixou-a num golpe forte sobre a testa de Suleiman, partindo o topo do crânio. O velho não soube de mais nada e não ouviu o idiota correr chorando de volta para a fortaleza.

Hulegu teve de admitir que estava impressionado com Alamut. A fortaleza era construída com um tipo de pedra diferente das montanhas ao redor. Mal podia imaginar o trabalho envolvido em transportar cada bloco até a fenda original nas rochas, alargando aquele lugar com marretas e cinzéis, depois colocando pedra sobre pedra até que a construção parecesse ter brotado na paisagem.

    Levantou a cabeça para absorver tudo, depois inclinou o pescoço mais e mais para trás. Com a melhor elevação possível, seus canhões meramente raspariam a superfície, fazendo os projéteis mortais ricochetear nas paredes, sem força. Não tinha mais nada que ao menos pudesse alcançar a fortaleza a partir do piso do vale, e seus olhos captaram uma única trilha subindo pela face do penhasco. Não haveria assalto aos portões. Duvidava que mais de dois homens pudessem ficar diante deles sem que alguém despencasse para a morte centenas de metros abaixo.

    Haviam demorado muitos dias para chegar à fortaleza, e Hulegu sabia que teria tido enorme dificuldade para encontrá-la sem Rukn-al-Din. Seus 10 mil guerreiros presumivelmente poderiam cobrir cada vale e beco sem saída na cordilheira, mas isso demoraria meses. Os três guias pareciam tão pasmos quanto os mongóis, e Hulegu suspeitou que apenas o terror fizera com que eles tivessem prometido mostrar uma entrada.

    Houvera um ligeiro desacordo com Rukn-al-Din desde o primeiro encontro. O rapaz havia pressionado para que apenas uma guarda de honra acompanhasse Hulegu no último trecho. Hulegu sorriu de novo diante daquele pensamento. Para barganhar era preciso possuir alguma vantagem, e Rukn não tinha nenhuma. Hulegu meramente descrevera os muitos modos pelos quais um homem podia ser torturado em busca da informação de que ele precisava, e Rukn ficou em silêncio. Não mais cavalgava com orgulho, conversando com os homens ao redor. Ele e seus companheiros haviam descoberto que eram pouco mais do que prisioneiros, apesar de todas as belas promessas feitas.

    No entanto Alamut minou a confiança de Hulegu pela primeira vez. Com seu exército do sul partindo para Bagdá, ele não queria fazer um cerco que poderia durar dois anos ou mais. Quando chegou ao pé do caminho, pôde ver que havia homens descendo em sua direção, presumivelmente trazendo mensagens do pai de Rukn. Hulegu olhou com irritação os degraus íngremes e, num impulso, mandou um de seus homens subir montado. Tinha uma vaga esperança de que os pequenos pôneis mongóis poderiam se equilibrar. Eles haviam conhecido montanhas na terra natal e eram animais ágeis.

Observou com interesse enquanto o cavaleiro solitário levava a montaria até a primeira curva, dezenas de metros acima de sua cabeça. Ouviu seus oficiais sussurrando apostas uns para os outros. Então um deles xingou e Hulegu protegeu os olhos com as mãos para espiar.

Cavaleiro e cavalo bateram no chão instantes depois, com o estrondo ecoando nos morros ao redor. Nenhum dos dois sobreviveu à queda, e Hulegu xingou baixinho enquanto Ilugei, alegre, recolhia moedas de prata dos outros oficiais.

Os homens que vinham descendo tinham parado, espiando pela borda e gesticulando uns para os outros antes de continuar. Quando finalmente chegaram ao terreno plano, ambos estavam manchados de suor e poeira. Fizeram reverências apressadas aos oficiais mongóis, com os olhos procurando Rukn-al-Din. Hulegu apeou e se aproximou enquanto eles faziam reverências.

— Senhor, o seu pai morreu. — Ouviu um deles dizer. Rukn deu um grande grito de dor e tristeza, e Hulegu soltou um risinho.

— Parece que tenho o novo senhor de Alamut para me levar pelo caminho, Rukn-al-Din. Meus homens irão na frente. Fique perto de mim. Não quero que você caia para a morte nessa hora de sofrimento.

Rukn-al-Din encarou-o boquiaberto, com os olhos opacos de desespero. Seus ombros se afrouxaram ao ouvir as palavras de Hulegu, e ele caminhou quase atordoado, seguindo os primeiros homens que subiriam pelo caminho até a fortaleza no alto.

CAPÍTULO 16

O SOL SE PUNHA EM RISCAS DE OURO E VERMELHO ENQUANTO KUBLAI PARAVA seu grande exército à margem do rio. Havia mandado batedores examinarem a área e sinalizou ao ver o vau que estava em seus mapas. Do outro lado do largo trecho de água escura, o comandante sung aguardava cheio de expectativa. O sujeito sabia que Kublai teria de atravessar o rio em algum ponto, talvez até mesmo naquela noite. Na semiescuridão do fim de tarde, Kublai riu ao ver as colunas sung manobrando sutilmente mais para perto do vau, prontas para qualquer ataque que ele planejasse. Os dois enormes exércitos se encaravam por cima da barreira de água. Kublai podia imaginar a confusão nas tendas de comando deles quando os *tumans* mongóis não atacassem. Duvidava que estivessem dormindo muito.

Antes que as últimas luzes se fossem, as equipes de canhões de Kublai terminaram seus preparativos, marcando locais e prendendo lampiões encobertos em mastros. À noite, antes que a lua nascesse, os canhões foram levados para a frente até as posições marcadas, empurrados em silêncio por dezenas de voluntários que se esforçavam. Ao mesmo tempo, a força principal movia-se mais para trás, afastando-se do rio. Kublai não vira qualquer sinal de trabalho semelhante acontecendo no acampamento sung, mas não queria ser surpreendido por algum oficial empreendedor que tivesse a mesma ideia. Pela primeira vez, seus guerreiros passariam a noite na sela ou no capim junto aos cavalos. As famílias estavam 1,5 quilômetro mais distantes do rio, bem longe do perigo. Kublai imaginou o que Chabi estaria fazendo naquela hora. Ela sabia que esta noite seria perigosa para ele, mas não havia demonstrado nenhum medo, como se não houvesse um homem vivo capaz de perturbar seu marido. Ele a conhecia suficientemente bem para sentir a atuação que havia naquilo, mas mesmo assim achou a postura estranhamente tranquilizadora. O pensamento de ter de dizer à esposa e ao filho que havia fracassado era uma motivação melhor do que qualquer coisa que Mongke pudesse fazer com ele.

A lua nasceu lentamente, e Kublai se levantou olhando-a, esfregando as palmas úmidas na armadura e desejando usar uma roupa mais leve. Até as noites eram quentes tão ao sul, e ele jamais se sentia confortável. Seus canhões estavam cobertos por galhos soltos para confundir as formas, e Kublai não achava que o inimigo seria capaz de ver o que ele havia feito. Por si só, isso seria na melhor das hipóteses um gesto, um breve gosto do medo na noite antes de eles recuarem e restaurarem a ordem. Um jovem comandante poderia ter tomado essa decisão, pretendendo matar uns poucos e fazer o inimigo correr atarantado por um tempo. Kublai riu sozinho. Esperava mais. O sentido de tempo seria importante, e ele forçava os olhos na escuridão, procurando um sinal. Não falava com o orlok havia alguns dias, nada além das cortesias mais básicas. O sujeito se ressentia nitidamente da autoridade que Kublai exercia sobre ele, e que subitamente era mais uma realidade do que uma formalidade vazia. Kublai sentia que Uriang-Khadai estava se controlando, esperando algum erro de sua parte. A batalha vindoura era importante em muitos sentidos e os riscos o preocupavam. Não somente ele precisava derrotar o exército sung que o enfrentava, mas também precisava mostrar aos seus generais que tinha condições de comandar. Sentiu uma dor de cabeça começando por trás dos olhos e pensou em visitar um xamã para tomar pó de casca de salgueiro ou folhas de murta. Não, não ousaria estar fora da posição quando chegasse a hora.

Bayar olhou a lua nascer e começou um trote lento. Segundo sua avaliação, estava a menos de 16 quilômetros ao norte do exército sung, do outro lado do rio. No fim, ele e Kublai haviam concordado em gastar mais dois dias para transportar homens suficientes com as balsas de pele de ovelha. Três *tumans* haviam feito a travessia, com os cavalos e as armas tomando a maior parte do tempo. As balsas funcionaram, e Bayar sentia a ansiedade nas fileiras. Com apenas um pouco de sorte, os sung não teriam sequer ideia de que eles haviam se afastado do exército de Kublai. Bayar apressou o passo, avaliando o ritmo necessário para cobrir o terreno e ainda manter os cavalos descansados. Dezesseis quilômetros não eram muito para os pôneis mongóis. Poderiam cobrir essa distância antes que a lua chegasse ao zênite, e no fim ele ainda poderia ordenar um galope e ser atendido.

Longe do rio o terreno era firme e havia poucos obstáculos, se bem que nenhum cavaleiro gostava de montar à noite, independentemente das condições. Haveria quedas e baixas, mas Bayar tinha suas ordens e estava animado. A simples ideia o enchia de júbilo. Não era ruim o fato de Uriang-Khadai ainda estar do outro lado do rio, com Kublai. O orlok havia zombado das grandes balsas e Bayar sentia-se satisfeito por estar pela primeira vez longe de seu olhar malévolo. Sentia uma camaradagem com Kublai que não havia esperado. O irmão do cã estava sendo testado em muitos sentidos, enfrentando um dos inimigos mais poderosos da história da nação. Bayar sorriu cavalgando. Não pretendia deixá-lo na mão.

A distância, Kublai viu uma fagulha brilhante riscar uma trilha no céu. Vista de tão longe, era pouco mais do que uma agulha de luz que desapareceu quase imediatamente depois de aparecer. Temera não ver o sinal e tentou relaxar os músculos com cãibra, retesados por tempo demais. Bayar estava lá, com um fogo de artifício jin que havia acendido e jogado no ar a partir de uma sela. Enquanto Kublai se virava para dar as ordens, outra fagulha apareceu, para o caso de a primeira não ter sido notada. Vozes agudas começaram a berrar ordens confusas do outro lado do rio.

— Comecem a disparar ao meu sinal — gritou Kublai.

Em seguida apeou para usar seu próprio instrumento, um longo tubo de pólvora preta repousando num suporte de ferro. Aproximou um lampião protegido e acendeu o pavio, recuando enquanto ele chiava e soltava fagulhas antes de subir num grande jato de luz.

As equipes de canhões haviam esperado pacientemente o momento, e, ao verem o sinal, as grandes armas de ferro começaram a soar, trovejando por cima do rio. Os clarões iluminavam as duas margens por instantes brevíssimos, deixando fantasmas na visão de todos que olhavam para o negrume. Eles não podiam ver onde as balas caíam, mas gritos distantes faziam as equipes dos canhões rirem enquanto limpavam os canos e recarregavam, socando sacos de pólvora negra e enfiando os juncos ocos nos bota-fogos. As bocas dos canhões irrompiam em arrotos de chamas, mas as balas eram invisíveis voando por cima da água. Kublai notou as melhores taxas de disparos e se perguntou como poderiam ser aperfeiçoadas. Havia um intervalo muito grande entre cada disparo, mas ele possuía quase cem canhões pesados alinhados nas margens, todos que pudera apontar contra as posições sung. O tiroteio certamente seria devastador. Podia imaginar os clarões e os estrondos a partir da perspectiva dos sung, seguidos pelo assobio das balas de pedra rasgando o acampamento. Muitas balas se desintegravam no momento do disparo, o que reduzia o alcance, mas lançando lascas afiadas pelo caminho do tiro.

Em qualquer outra noite, os soldados sung teriam recuado rapidamente. Kublai desejou ser capaz de ouvir os *tumans* de Bayar, mas o barulho era alto demais enquanto os disparos continuavam ondulando. Esperou o máximo que ousou, depois mandou um segundo foguete pelo céu noturno. O trovão morreu enquanto as equipes o viam, mas alguns últimos estalos soaram enquanto elas davam um disparo final. Depois do ruído, a noite ficou subitamente silenciosa, e a escuridão, absoluta. Kublai se esforçou para ouvir. Ao longe, houve um ruído novo, crescendo cada vez mais. Gargalhou ao reconhecer o som dos meninos mongóis tocadores de tambor, batendo seu próprio trovão na escuridão do outro lado do rio.

Bayar jamais conhecera uma batalha noturna. Tinha visto o foguete sinalizador e depois olhou com espanto o rio ser iluminado por clarões de ouro, uma onda de destruição. Uma vez vira uma tempestade de raios sem chuva, com o ar denso iluminado a intervalos por clarões. Isso era parecido, mas cada estalo de luz e som revelava o caos no acampamento sung. Precisava confiar que Kublai interromperia os disparos antes que os guerreiros de Bayar estivessem no meio deles. Os picos de luz lhe davam o alcance das flechas, e ele começou a esvaziar sua aljava de trinta setas, tirando-as e pondo na corda quase sem pensar. Não podia mirar tendo apenas os clarões para guiá-lo, mas possuía uma ampla linha de carga composta por milhares de homens, e as flechas jorravam deles. Perdeu a conta dos disparos que havia feito, e só quando seus dedos se fecharam no nada ele xingou e pendurou o arco na sela. Desembainhou a espada, e a ação foi copiada por toda a linha.

Os sung os tinham ouvido chegar, porém havia homens mortos em toda parte, no meio das fileiras comprimidas. Kublai fora muito mais bem-sucedido do que soubera. Os soldados sung haviam se amontoado nas margens do rio, comprimidos para repelir a travessia noturna que esperavam. Naquela massa de homens que aguardavam, as balas de canhão haviam rasgado trilhas vermelhas. Milhares tinham sido mortos. As linhas de soldados em formação se dissolveram em puro pânico enquanto homens corriam para longe da terrível morte invisível que ainda cortava seu acampamento. Corriam para sair do alcance, alguns largando escudos e espadas e fugindo.

Vindas da escuridão, as flechas dos *tumans* de Bayar chegavam cortando e se cravando neles. Os soldados sung haviam sido apanhados entre mandíbulas e se empurravam e giravam num grande esmagamento, tentando encontrar um caminho livre para longe da destruição. As primeiras linhas de Bayar encontraram uma turba de soldados, cortando-a a toda velocidade. Cavalos e homens se chocaram, e a própria montaria de Bayar caiu ao bater num amontoado de soldados, esmagando-os. Ele caiu com força e rolou por cima de alguém que gritou em seu ouvido. Nesse momento, os tiros de canhão cessaram, e na escuridão Bayar se pegou lutando com um homem que ele não podia ver. Tinha perdido a espada, mas seus punhos eram cobertos pela armadura até os dedos e ele socou a figura escura até ela se imobilizar.

O exército sung estava em completa desorganização. Bayar xingou quando mais alguém trombou contra ele, mas o sujeito se levantou e saiu correndo. Os homens não tinham ideia do tamanho da força que se lançava contra eles vinda da noite escura e os oficiais sung haviam perdido o controle. Os *tumans* permaneceram unidos em suas fileiras, avançando com os cavalos juntos e matando tudo no caminho.

À luz da lua, Bayar viu um pônei com cavaleiro surgir à frente. Gritou antes que a espada erguida pudesse abaixar:

— Dê-me seu cavalo! E, se me cortar, vou arrancar suas orelhas.

O guerreiro apeou imediatamente, entregando as rédeas. Outra fileira já estava em cima deles, e de novo Bayar teve de gritar para ser reconhecido. Percebeu que não poderia deixar o guerreiro para ser morto por seus próprios homens, por isso mandou que ele saltasse na garupa. O pônei fungou com o peso extra, e Bayar acalmou-o esfregando suas orelhas antes de trotar até a fileira adiante. Os mongóis se espalhavam pelo acampamento sung, e Bayar viu que alguns homens haviam pegado lampiões nos postes das sentinelas e os usavam para incendiar as tendas e as carroças. A luz das chamas começou a restaurar sua percepção do campo de batalha, e o que ele viu o espantou e deliciou. O exército sung estava fugindo, e ele cavalgava sobre um tapete de mortos, milhares e milhares. As fileiras adiante continuavam matando, e foi mais para dar um batismo de sangue aos que vinham atrás do que para poupar os braços com espadas que ele gritou ordens para substituir as primeiras fileiras.

Suas ordens foram repetidas instantaneamente por trombetas de sinalização. As primeiras cinco fileiras pararam e as próximas avançaram, com Bayar no meio. Passou por homens que ofegavam, cobertos de sangue inimigo. Eles afrouxavam o corpo sobre a frente das selas, repousando os braços cansados no alto arção. Muitos gritavam para as fileiras que passavam, perguntando onde eles estavam quando o trabalho de verdade era feito. Seus ânimos estavam elevados, e Bayar deu um risinho, avançando. A luz das chamas aumentava à medida que mais e mais tendas eram incendiadas. Adiante, podia ver uma massa de homens esforçando-se desesperadamente para se afastar da escura linha de cavalos. Bayar viu um pônei sem cavaleiro e parou brevemente para deixar seu companheiro desconhecido pegar a montaria. Havia um corpo ali perto, e ele adorou encontrar uma aljava com meia dúzia de flechas. Apeou brevemente, virou o corpo e pegou uma faca comprida no chão, mas não conseguiu encontrar uma espada. Sua fileira havia prosseguido sem ele, então trotou para alcançá-la enquanto a matança recomeçava.

Kublai esperava numa agonia de suspense. Podia ouvir os sons da batalha na escuridão, o entrechoque e os gritos de homens e animais sendo mortos. Não tinha modo de saber como Bayar se saía e desejou ter luz como jamais desejara alguma coisa. Imaginou se os foguetes poderiam ser disparados juntos para iluminar um campo de batalha, mas tinha apenas um pequeno estoque. A ideia era tentadora, contudo. Era mais uma coisa para lembrar no futuro.

— Já se passou tempo suficiente — disse quase para si mesmo.

Pegou outro foguete num rolo de tecido impermeável e colocou no suporte, apontando para o céu. Ao subir, o foguete soltou um assobio agudo, semelhante ao da ponta de flecha especial que os mongóis usavam às vezes. Os *tumans* de seu lado do rio estavam preparados para o sinal e começaram a cavalgar em direção ao vau. Se os sung ainda sustentassem o seu lado, os *tumans* estariam atravessando sem cobertura adequada. Seus arqueiros mandariam uma saraivada por cima das margens, mas na escuridão seria impossível mirar. Kublai desembainhou a espada, preferindo ter seu peso reconfortante na mão.

Seu cavalo chegou às águas do ponto de travessia em meio a milhares de outros, todos tentando cruzar a meio-galope. Kublai sentiu o animal estremecer num buraco e rapidamente embainhou a espada de novo para não perdê-la. Precisava das duas mãos e sentiu as bochechas esquentarem, sem graça, enquanto balançava os braços.

O cavalo estava fungando e relinchando enquanto subia a margem oposta e prosseguia com os demais. Kublai não poderia ter controlado o animal nem se quisesse, e pegou-se partindo na direção dos sons da batalha. Todos os planos que havia feito se dissolveram na confusão enquanto ele perdia a noção de onde os *tumans* estavam, ou mesmo de para onde ia. Na claridade das tendas em chamas, pôde ver uma grande massa de homens. Só esperava que não estivesse a ponto de atacar os *tumans* de Bayar. Não havia sentido em tentar ouvir vozes mongóis ou mesmo os meninos dos tambores. O som dos cavalos ao redor abafava tudo, e, de alguma maneira, ele conseguira ficar com água no ouvido durante a travessia, de modo que estava surdo de um lado.

Duzentos metros à frente, as primeiras fileiras a sair do rio encontraram os soldados sung se afastando dos *tumans* de Bayar. Os guerreiros mongóis não haviam encordoado os arcos para a travessia e mal tiveram tempo de desembainhar as espadas antes que as forças se chocassem. Kublai não pôde parar nem se desviar. Preso na confusão de cavalos em movimento, foi levado inexoravelmente adiante. Bateu na lateral da cabeça para limpar o ouvido e sentiu um forte cheiro de sangue no ar. Estava começando a perceber que, apesar de todos os benefícios de um ataque surpresa à noite, o perigo era o caos completo para ambos os lados. Escutou vozes altas adiante e o som inconfundível de guerreiros mongóis gritando em triunfo. Tentou avaliar o quanto da noite ainda restava pela posição da lua e se perguntou vagamente para onde Uriang-Khadai teria ido. Não vira seu orlok desde os primeiros disparos de canhão. Os gritos de comemoração se intensificaram, e ele foi para lá, ajudado pela luz das tendas tomadas pelo fogo que começava a se espalhar pela planície do rio.

Parou à luz de três carroças em chamas, encostadas umas nas outras. Com um jorro de alívio, viu Bayar gritando ordens e trazendo algum sentimento de organização. Quando viu Kublai, Bayar sorriu e cavalgou até ele.

— Metade, pelo menos, se rendeu — disse Bayar.

Estava fedendo a sangue e fogo, mas em júbilo. Kublai forçou o rosto frio, lembrando-se subitamente de que deveria ser uma figura de autoridade distante e aterrorizadora. Bayar não pareceu notar.

— Nós quebramos a espinha dos melhores regimentos deles — continuou Bayar. — E os que não fugiram largaram as armas. Até o sol nascer não saberei dos detalhes, mas não acho que vão contra-atacar esta noite. O senhor tem a vitória.

Kublai embainhou a espada, ainda sem sangue. Teve um sentimento de irrealidade enquanto olhava as pilhas de mortos ao redor. O ataque tinha dado certo, mas sua mente se enchia com uma dúzia de coisas que eles poderiam ter feito de modo diferente.

— Quero que você estude o uso de foguetes de sinalização para iluminar um campo de batalha — falou.

Bayar olhou-o estranhamente. Viu um rapaz montado com as mãos relaxadas no arção, as calças encharcadas. Enquanto Kublai olhava ao redor, interessado, Bayar assentiu.

— Muito bem, senhor. Vou começar a testar amanhã. Eu deveria terminar de arrebanhar os prisioneiros. Estamos tendo de usar as roupas deles rasgadas em tiras para amarrá-los.

— Sim, sim, claro — respondeu Kublai. Em seguida olhou para o leste, mas não havia sinal do alvorecer.

Um pensamento lhe ocorreu, e ele sorriu com antecipação enquanto falava de novo:

— Mande o orlok Uriang-Khadai até mim. Eu gostaria de ouvir sua avaliação da vitória.

Bayar escondeu o próprio sorriso enquanto baixava a cabeça.

— A sua vontade, senhor. Vou mandá-lo assim que o encontrar.

O sol nasceu sobre uma cena de devastação completa. Em sua imaginação, Kublai só podia compará-la à descrição que lera sobre a batalha na Boca do Texugo nas terras jin ao norte. Moscas tinham se juntado aos milhões, e havia soldados mortos em número demasiado para pensar em enterrá-los ou mesmo queimá-los. Só poderiam ser deixados para trás, para o sol os apodrecer e secar.

Durante um tempo, o amanhecer trouxera um pouco de empolgação enquanto os regimentos sung restantes eram caçados e as famílias mongóis atravessavam o rio com cuidado vagaroso. *Tumans* cavalgavam com aljavas novas e alcançavam o inimigo espalhado antes que o sol tivesse subido totalmente. Milhares de outros foram obrigados a retornar ao rio, despidos de armas e armaduras, para serem amarrados junto com o resto. Mulheres e crianças mongóis andavam no meio deles, querendo ver os homens temíveis que seus maridos, irmãos e pais haviam derrotado.

Yao Shu permaneceu atrás, no acampamento principal, durante a batalha. Atravessou o vau junto com as famílias quando houve luz suficiente para cavalgar sem cair. Ao meio-dia, estava na iurta de Kublai, erguida por sua ordem ao lado do campo de batalha. Chabi já estava lá, com os olhos cheios de preocupação pelo marido exausto. Ela se agitava ao redor dele, separando roupas limpas e fazendo comida suficiente para alimentar quem quer que viesse falar com Kublai. Yao Shu acenou para ela, aceitando uma tigela de algum cozido, e comeu rapidamente para não ofender. Ela ficou olhando até que ele terminasse. Yao Shu sentou-se numa cama baixa, com rolos de pergaminho esperando para serem lidos, e não pôde fazer nada, nem dizer nada, até receber permissão. Mesmo depois de uma batalha, as regras de cortesia nas iurtas eram rígidas.

Zhenjin entrou correndo, escorregando ligeiramente ao parar, com os olhos arregalados. Yao Shu sorriu para o garoto.

— Tem um monte de prisioneiros! — disse Zhenjin. — Como você derrotou eles, pai? Eu vi clarões e escutei trovões a noite toda. Não dormi nada.

— Ele dormiu — murmurou Chabi. — Ele ronca igual ao pai.

Zhenjin virou um olhar de desprezo para a mãe.

— Eu estava agitado demais para dormir. Vi um homem com a cabeça cortada fora! Como foi que a gente venceu tantos?

— Planejando — respondeu Kublai. — Planos melhores e homens melhores, Zhenjin. Pergunte a Uriang-Khadai como conseguimos. Ele vai contar.

O menininho olhou para o pai, cheio de espanto, mas balançou a cabeça.

— Ele não gosta que eu fale com ele. Diz que eu faço perguntas demais.

— Faz mesmo — disse Chabi. — Pegue uma tigela e arranje outro lugar para comer. Seu pai precisa falar com muitos homens.

— Eu quero ouvir. — O menino quase gemeu. — Vou ficar quieto, prometo.

Chabi deu um cascudo na cabeça dele e pôs uma tigela em sua mão. Zhenjin saiu com um olhar furioso, que ela ignorou completamente.

Kublai sentou-se e aceitou sua tigela, comendo depressa. Quando estava preparado, Yao Shu leu as contagens dos mortos e mutilados, além do saque que haviam feito, com a voz monótona no ar denso. Depois de um tempo, Kublai sinalizou para que parasse. Seus olhos pareciam cheios de areia e estavam inchados, e a voz, rouca.

— Chega, não estou absorvendo. Volte à noite, quando eu tiver descansado.

Yao Shu se levantou e fez uma reverência. Havia treinado Kublai desde a infância e não sabia ao certo como demonstrar o orgulho que sentia. Haviam destruído um exército com o dobro do tamanho do deles, em território estrangeiro. A notícia já estava retornando a Karakorum com os batedores mais rápidos. Eles cavalgariam até as linhas do yam em território jin e depois as cartas seguiriam ainda mais depressa, chegando a Karakorum em apenas algumas semanas. Yao Shu parou junto à porta da iurta.

— O orlok Uriang-Khadai está esperando sua palavra sobre os prisioneiros, senhor. Nós temos... — Ele consultou um pergaminho cheio de anotações, segurando-o com os braços totalmente estendidos para conseguir ler. — Quarenta e dois mil e setecentos, muitos deles feridos.

Kublai se encolheu ao ouvir o número e esfregou os olhos.

— Alimente-os com os suprimentos deles. Vou decidir o que fazer... — Ele parou quando Zhenjin entrou de novo na iurta. O rosto do menino estava incrivelmente pálido e ele ofegava.

— O que é? — perguntou Chabi. Zhenjin apenas olhou para ela.

— E então, garoto? — instigou Kublai.

Em seguida desgrenhou o cabelo do filho. A ação pareceu romper o transe, e Zhenjin falou como se engolisse as palavras em meio à respiração ofegante.

— Eles estão matando os prisioneiros.

Zhenjin parecia enjoado e seu olhar foi até o balde junto à porta, como se fosse precisar dele.

Kublai xingou. Não tinha dado essa ordem. Sem dizer outra palavra, passou pelo filho e saiu. O general Bayar estava ali, indo em direção à iurta. Parecia aliviado ao ver Kublai. Obedecendo a um gesto, serviçais trouxeram cavalos, e os dois montaram rapidamente, trotando pelo acampamento.

Yao Shu espiou seu cavalo, em dúvida. Nunca fora um bom cavaleiro, mas Kublai e Bayar já haviam partido. Zhenjin saiu da iurta e correu atrás deles sem olhar para trás. Suspirando, o velho gritou para um jovem guerreiro ajudá-lo a montar.

Kublai começou a passar por fileiras de prisioneiros amarrados, muito antes de ver Uriang-Khadai. Em filas que desapareciam a distância, 40 mil homens estavam ajoelhados de cabeça baixa, esperando. Alguns falavam baixo ou levantaram a cabeça quando eles passaram, mas a maioria estava com os olhos opacos, o sofrimento e a derrota nítidos no rosto.

Kublai xingou baixinho ao ver o orlok gesticulando para um grupo de jovens guerreiros. Já havia dezenas de corpos sem cabeça em fileiras bem-arrumadas, e, enquanto se aproximava, Kublai viu as espadas girando e mais homens caindo no chão. Podia ouvir um gemido baixo de terror dos que estavam mais próximos deles, e o som o encheu de fúria. Controlou-se enquanto Uriang-Khadai levantava a cabeça. Não poderia humilhar o orlok diante dos homens, não importando o quanto o desejasse.

— Não dei ordem para que os prisioneiros fossem mortos — disse. Kublai permaneceu na sela deliberadamente, para que pudesse ver o sujeito de cima.

— Eu não queria incomodá-lo com cada detalhe, senhor — respondeu Uriang-Khadai. O orlok parecia levemente perplexo, como se não entendesse por que o irmão do cã interromperia seus deveres. Kublai sentiu a raiva subir e sufocou-a de novo.

— Quarenta mil homens não são um detalhe, orlok. Eles se renderam a mim, e agora suas vidas são minhas, para que eu as proteja.

Uriang-Khadai cruzou as mãos às costas, com a boca se apertando.

— Senhor, eles são muitos. Certamente não pode deixar todos irem embora. Iremos enfrentá-los de novo...

— Eu lhe disse qual é minha decisão, orlok. Faça com que sejam alimentados, e os feridos, cuidados. Em seguida solte-os. Depois disso quero vê-lo em minha iurta. É só.

Uriang-Khadai ficou parado em silêncio enquanto digeria a notícia. Depois de um instante longo demais, baixou a cabeça, antes que Kublai retirasse sua autoridade com fúria.

— A sua vontade, senhor — disse o orlok. — Peço desculpa se o ofendi.

Kublai ignorou-o. Yao Shu e Bayar haviam chegado, e ele olhou para o velho jin antes de falar de novo. Em mandarim fluente, depois em cantonês hesitante, dirigiu-se aos prisioneiros ao alcance da audição.

— Vocês terão permissão de viver e voltar para casa. Repassem a notícia. Levem a notícia desta batalha e contem a quem ouvir que vocês foram tratados com misericórdia. Vocês são súditos do grande cã e estão sob minha proteção.

Yao Shu acenou para ele, satisfeito, enquanto Kublai virava o cavalo e batia os calcanhares. Podia sentir o olhar furioso de Uriang-Khadai às costas por um longo tempo, mas isso não importava. Tinha planos para as cidades sung, planos que não poderiam começar com uma chacina de homens desarmados.

Na volta à iurta, viu seu filho correndo junto, de cabeça baixa e bufando. Puxou as rédeas e baixou a mão. Zhenjin segurou seu braço e Kublai puxou-o para a garupa. Os dois cavalgaram juntos e depois de um tempo Kublai sentiu o filho se remexer desconfortável. Zhenjin tinha visto horrores naquele dia. Kublai levou a mão atrás e deu um tapinha na perna do garoto.

— Você fez eles pararem de matar os homens? — perguntou Zhenjin baixinho.

— Fiz, fiz. Eu os parei — respondeu Kublai. Sentiu o peso contra as suas costas aumentar enquanto o filho relaxava.

Alamut era um local de silêncio e calma. Em sua vida, Hulegu encontrara pouco amor pelas cidades, mas havia algo na fortaleza espartana que o atraía. Ficou surpreso ao ter uma pontada de pesar com a ideia de que deveria destruí-la. Parou na muralha mais alta, ao sol, e olhou para a paisagem de montanhas estendendo-se por muitos quilômetros a distância. Chegou a considerar brevemente se deixaria uma centena de famílias tomar conta do lugar para o cã, mas era só uma fantasia. Tinha visto a campina minúscula atrás das construções principais. Os animais ali não poderiam alimentar mais do que umas poucas pessoas. A fortaleza era tão completamente isolada que ele não conseguia imaginar um comércio acontecendo, ou alguma coisa que servisse como contato com o mundo. Alamut não guardava qualquer passagem, não tinha valor estratégico. Havia sido o local perfeito para os Assassinos, mas não era adequada para nada além disso.

Enquanto caminhava, Hulegu passou por cima do corpo de uma jovem, com cuidado para não pisar na poça de sangue pegajoso em volta da cabeça. Olhou para baixo e franziu a testa. Ela havia sido linda, e ele presumiu que o arqueiro que cravara uma flecha em sua garganta fizera isso a distância. Era um desperdício.

Havia demorado um dia para colocar duzentos homens na fortaleza, cada guerreiro se esforçando para subir o caminho em fila única, depois segurando a porta para o próximo. Rukn-al-Din não pudera fazer nada e não teve coragem para se jogar do penhasco. Não que eles o fossem deixar, mas teria sido uma bela coisa tentar. Os mongóis haviam se espalhado pelos cômodos e corredores de Alamut com deliberação calma, e os Assassinos ismaelitas só ficaram parados olhando, ainda procurando Rukn-al-Din em busca de autoridade. Quando a matança começou, eles se espalharam, tentando proteger as famílias. Hulegu sorriu com a lembrança. Seus guerreiros haviam revistado o castelo, sala por sala, andar por andar, esfaqueando e atirando flechas em tudo que se movesse. Durante um tempo, um grupo dos Assassinos manteve uma barricada numa sala, mas a porta caiu sob golpes de machados e eles foram dominados. Outros lutaram. Hulegu olhou por cima das ameias, vendo um pátio lá embaixo, com os corpos de seus homens arrumados. Trinta e seis tinham sido mortos, um número maior do que ele esperaria. A maior parte morrera com lâminas envenenadas, caso contrário teriam sobrevivido com um talho. Ao amanhecer, apenas Rukn-al-Din permanecia vivo, sentado no pátio, num desespero opaco.

Era hora de acabar com aquilo, percebeu Hulegu. Teria de deixar homens para trás, mas para destruir, e não para morar. Eles demorariam meses para derrubar a fortaleza, e Hulegu não podia esperar enquanto Bagdá resistia ao seu exército. Tinha sido um risco, até mesmo um luxo, procurar os Assassinos, mas ele não podia se arrepender. Durante um curto tempo, havia caminhado nos passos de Gêngis.

Demorou uma eternidade para descer a escada de pedra que corria no interior da muralha. Hulegu finalmente saiu ao sol forte, piscando por causa da claridade. Rukn-al-Din estava sentado com os joelhos encolhidos entre os braços, os olhos vermelhos. Quando Hulegu saiu, ele olhou para cima e engoliu em seco, nervoso, com a certeza de que iria morrer.

— Levante-se — ordenou Hulegu.

Um dos seus guerreiros chutou o sujeito com força, e Rukn ficou de pé, cambaleando ligeiramente de exaustão. Tinha perdido tudo.

— Vou deixar homens aqui para destruir a fortaleza, pedra por pedra — disse Hulegu. — Não posso ficar mais. Na verdade, eu não deveria ter demorado tanto tempo para vir aqui. Quando retornar, espero ter a chance de visitar as outras fortalezas que seu pai controlava. — Ele sorriu, desfrutando da derrota absoluta do inimigo sob seu poder. — Quem sabe? Só ratos vivem em Alamut, e vamos queimá-los quando ela cair.

— O senhor tem o que desejava — disse Rukn com voz rouca. — Poderia deixar que eu fosse embora.

— Nós não derramamos o sangue da realeza — respondeu Hulegu. — Era uma regra do meu avô, e eu a honro.

Ele viu um brilho de esperança surgir aos olhos de Rukn. A morte do pai o havia abalado. Rukn não dissera nada enquanto os mongóis devastavam Alamut, esperando que o poupassem. Levantou a cabeça.

— Eu vou viver? — perguntou.

Hulegu deu uma gargalhada.

— Eu não disse que honro o grande cã? Nenhuma lâmina vai cortá-lo, nenhuma flecha vai penetrar na sua carne. — Hulegu se virou para os guerreiros ao redor de Rukn-al-Din. — Segurem-no.

O rapaz gritou quando os mongóis puseram a mão sobre ele, mas eram muitos, e ele não podia resistir. Eles seguraram seus braços e suas pernas e os esticaram, de modo a deixá-lo impotente. Olhou para cima e só viu malícia brilhando no general mongol.

Hulegu chutou Rukn nas costelas com o máximo de força que pôde. Ouviu-as estalar acima do grito do rapaz. Chutou mais duas vezes, sentindo as costelas cederem.

— Você deveria ter cortado a própria garganta — disse Hulegu enquanto Rukn-al-Din ofegava em agonia. — Como posso respeitar um homem que sequer faria isso por seu povo? — Assentiu para um guerreiro, e o sujeito começou a pisotear no peito quebrado. Hulegu observou durante um tempo, depois se afastou, satisfeito.

CAPÍTULO 17

Yao Shu estava cheio de emoções estranhas enquanto balançava para trás e para a frente na carroça que o levava para o interior das terras sung. Quando era um jovem monge, conhecera Gêngis antes mesmo de ele se tornar o primeiro cã da nação mongol. Yao Shu havia posto de lado o rumo natural de sua vida para observar aquele homem extraordinário unindo as tribos e atacando o império jin. Mesmo naqueles dias de juventude, Yao Shu esperara influenciar o cã, trazer um sentimento de civilização à sua corte.

De algum modo, à medida que os anos passavam, Yao Shu perdera de vista suas primeiras ambições. Era estranho como um homem podia se esquecer de si mesmo nas milhares de tarefas de um dia. Sempre havia um problema novo a resolver, algum trabalho que precisava ser feito. Yao Shu vira sua vida escorrer entre os dedos, de modo que levantava os olhos dos detalhes cada vez menos, a cada ano que passava. Houvera um tempo em que ele poderia ter escrito suas ambições e os desejos num único pergaminho. Ainda não sabia se havia perdido a capacidade de pensar com tanta clareza ou se simplesmente fora ingênuo.

Mesmo assim, mantivera a esperança viva. Quando Gêngis havia morrido, Yao Shu trabalhara com Ogedai Khan, depois com Torogene como regente. Havia permanecido em Karakorum como chanceler durante o reinado curto e amargo de Guyuk. Ogedai havia mostrado potencial, pensou Yao Shu, olhando para trás. O terceiro filho de Gêngis fora um homem de grande visão, até que seu coração falhou e permitiu que um filho fraco governasse a nação. Yao Shu suspirou sozinho observando as fileiras em massa cavalgando ao redor. Tinha envelhecido ao serviço de cãs.

A ascensão de Mongke fora um golpe terrível. Se algum dia houvera um homem feito ao molde de Gêngis, era Mongke. Gêngis fora implacável, mas estivera cercado de inimigos desejosos de sua destruição. Fora formado no conflito e passara a vida inteira em guerra. Yao Shu sorriu pesaroso lembrando-se do velho maldito. As filosofias de Gêngis Khan teriam chocado seus professores budistas, quase ao ponto da inconsciência. Eles jamais haviam conhecido alguém como aquele alegre destruidor de cidades. Em Gêngis, todas as coisas haviam se juntado. Ele mantivera sua jovem nação em segurança trucidando seus inimigos, mas divertia-se tremendamente ao fazer isso. Yao Shu lembrou-se de como Gêngis havia se dirigido a um conselho de senhores jin, falando sobre resgates. Tinha dito solenemente que um maometano capturado só poderia comprar a liberdade pagando quarenta moedas de ouro, mas que o preço de um senhor jin era um único jumento.

Yao Shu deu um risinho. Mongke não havia herdado esse sentimento de júbilo. Aquilo atraíra homens a Gêngis porque sentiam nele uma vida vibrante que Yao Shu jamais vira em qualquer outro lugar. Certamente não no neto. Nos maiores esforços para ser um cã digno, Mongke não demonstrava a verdadeira compreensão. Pensando nas gerações anteriores, Yao Shu se preocupava imaginando que havia desperdiçado a vida, atraído como uma mariposa para a luz, jogando fora os anos de força em troca de nada.

A luz havia se apagado quando Gêngis morreu. Desde então, Yao Shu pensara muitas vezes que deveria ter ido para casa naquele momento, com o sonho terminado. Teria aconselhado um estranho a fazer exatamente isso. No entanto, havia esperado para ver o que aconteceria, assumindo tarefas até que Ogedai confiou tudo a ele.

Olhou para as fileiras de cavaleiros espalhando-se em todas as direções. Finalmente havia tomado a decisão de abandonar a corte. Não, Mongke a tomara para ele quando expulsou os eruditos jin de Karakorum a chicotadas e mostrou que aquele não era mais um lugar onde homens civilizados seriam bem-vindos. Fora quase um alívio começar os preparativos para a longa viagem para casa. Yao Shu possuía muito pouco e dera a maior parte de sua riqueza para os pobres de Karakorum. Não precisava de muita coisa e sabia que existiam mosteiros que o receberiam como um filho perdido havia muito tempo. O pensamento em regalar os monges budistas com histórias de suas aventuras era atraente. Até poderia ler a História Secreta para eles e dar um vislumbre de um mundo muito diferente. Duvidava que eles acreditassem em metade do que tinha visto.

De volta a Karakorum, Yao Shu estivera olhando triste para sua coleção de livros quando chegou um mensageiro com a notícia dos rumos de Kublai. Então o velho sorriu dos caprichos do destino. Isso havia solucionado seu problema de como viajar em segurança por milhares de quilômetros em direção ao leste. Iria com Kublai até as terras jin e uma noite iria se levantar de perto de uma fogueira e se afastar de todas as lembranças. Não era ligado por juramento a qualquer homem vivo, e havia uma espécie de equilíbrio no fato de os mongóis o levarem para casa, como um dia o haviam trazido das terras onde havia nascido.

Isso não acontecera. Nos meses de conversas e viagens, ficara fascinado de novo por Kublai, o interesse estimulado pelo jovem enquanto este percorria novas propriedades em terras jin e falava. Ah, como o sujeito falava! Yao Shu sempre soubera que Kublai era inteligente, mas suas ideias e a curiosidade ilimitada haviam incendiado a imaginação de Yao Shu. Milhares de novas fazendas tinham sido examinadas e demarcadas em apenas alguns meses. Kublai seria um senhor de terras que tomava apenas uma parte razoável e deixava seu povo prosperar. Yao Shu mal ousava acreditar que finalmente havia encontrado um descendente de Gêngis que poderia amar a cultura jin tanto quanto ele. Numa tarde de primavera, havia chegado a um ponto em que sabia que um velho mosteiro ficava a apenas 50 quilômetros fora da estrada, porém permaneceu sentado em sua carroça a noite toda e não deu um único passo naquela direção. Mais um ano não faria muita diferença em sua vida, dissera a si mesmo.

Agora estava na estrada para Ta-li, uma cidade sung, e de novo havia esperança em seu coração. Tinha visto Kublai poupar 40 mil prisioneiros e duvidava que o rapaz ao menos entendesse que acontecimento extraordinário fora aquele. O orlok, Uriang-Khadai, continuava mal-humorado em sua iurta, incapaz de entender por que tinha sido humilhado diante de seus homens. Yao Shu balançou a cabeça espantado com o pensamento, desesperado para não se desapontar de novo. Gêngis havia destruído cidades para mandar uma mensagem a quem pudesse resistir. Yao Shu perdera a esperança de encontrar alguém em sua linhagem que não seguisse o modelo do grande cã.

Agora não poderia partir. Precisava ver o que Kublai faria na cidade. Pela primeira vez em décadas, tinha um sentimento de propósito e de empolgação. Kublai era um animal diferente de seus irmãos Hulegu e Mongke. Para ele ainda havia esperança.

A região de Yunnan era uma das menos populosas das terras sung. Apenas uma cidade conectava o território distante ao resto daquela nação longínqua, sustentada por poucos milhares de fazendas e apenas uma dúzia de aldeias e cidadezinhas. Ali não houvera crescimento desde que se podia recordar, talvez por séculos, e os benefícios da paz eram óbvios. O exército de Kublai passava por milhares de hectares de terreno fértil destinado a arrozais molhados ou a plantações secas e a uma raça rara de gado de chifres longos que supostamente produzia a melhor carne num raio de mil quilômetros.

A cidade de Ta-li era cercada por altas muralhas e portões, mas um subúrbio de mercadores se grudava à área interna como musgo em pedra. Essa parte do território sung ficava a um mundo de distância das terras conquistadas por Gêngis. Ninguém ali jamais vira um guerreiro mongol ou qualquer força armada, além dos soldados de seu próprio imperador.

Kublai olhou para uma cena de silêncio e tranquilidade, onde seu vasto exército parecia deslocado. Podia ver a fumaça de mil chaminés sobre a cidade, mas todos os camponeses tinham deixado suas plantações e ido para a proteção das muralhas. Os campos e os subúrbios externos estavam abandonados, estendendo-se até onde a vista alcançava.

O terreno era seco, e eles estavam suficientemente perto da cidade para que os de dentro olhassem num silêncio aterrorizado. Kublai deu uma ordem a Bayar, ao seu lado, e ficou onde estava enquanto ela era repassada pela linha de autoridade. O exército mongol apeou e começou a montar acampamento.

Kublai ficou observando sua iurta ser montada, a começar pelas seções de treliça de madeira amarrada. Tudo era feito por um grupo de guerreiros cuja rotina os tornara rápidos. Eles ergueram uma coluna central e prenderam nela finas traves de teto, usando pedaços de tendões úmidos em bolsas para amarrá-las. Por fim, grossos cobertores de feltro foram postos em camadas e amarrados, a pequena porta foi ajustada e um fogão foi carregado para dentro. Em pouco tempo, ela era um dos milhares que apareciam na terra, impermeáveis e quentes. Chabi e Zhenjin vieram trotando no mesmo pônei, os braços do menino envolvendo a mãe. Kublai abriu os braços e Chabi guiou a montaria suficientemente perto para Zhenjin pular sobre o pai.

Kublai grunhiu e cambaleou para trás enquanto pegava o garoto.

— Você está ficando grande demais para isso — disse, segurando-o um instante antes de colocá-lo no chão. Zhenjin já dava sinais de que teria a altura do pai, e seus olhos tinham o mesmo tom de ouro claro que o marcava como sendo da linhagem de Gêngis. Zhenjin esticou-se para ficar o mais alto possível, fazendo o pai rir.

— Seu arco está aqui, Zhenjin. Pegue-o na iurta e vou ajudá-lo a treinar.

Zhenjin deu um grito de alegria e desapareceu pela porta. Kublai deixou o sorriso permanecer. Sentia agudamente a responsabilidade de ser pai. Com o tempo, Zhenjin seria dono de si. Mas nesse momento ainda era criança, de pernas compridas e desajeitado, com dois dentes crescendo na frente. Kublai estava feliz por ter trazido a família na campanha. A mulher e os filhos de Uriang-Khadai estavam em segurança em Karakorum, mas Kublai não quisera deixar Zhenjin aos cuidados de Mongke por tantos anos. Se fizesse isso, voltaria para casa e encontraria um estranho.

Assentiu para os guerreiros, que baixaram a cabeça e se apressaram para completar suas próprias moradias antes de escurecer. Enquanto Chabi apeava e lhe dava um beijo no pescoço, seus serviçais entraram com as primeiras braçadas de utensílios de cozinha e um grande pote de metal para o chá. Zhenjin podia ser ouvido perguntando a eles onde estava sua aljava. Kublai ignorou as vozes, optando por passar os últimos instantes de luz do dia olhando a cidade que deveria tomar. A sua primeira.

Chabi passou o braço pela cintura dele.

— Estou grávida — disse.

Kublai se virou e segurou-a com os braços esticados. Seu coração saltou, e ele abraçou-a. O irmão mais velho de Zhenjin havia morrido na infância e outro nascera morto. Partia seu coração ver de novo a mistura de esperança e medo nos olhos dela.

— Este vai ser forte — disse. — Vai nascer em campanha! Outro menino? Vou mandar o xamã jogar os ossos. Se for um garoto, andei pensando em nomes.

— Por enquanto, não — respondeu Chabi, com lágrimas nos olhos. — Deixe nascer primeiro e depois damos o nome. Não quero enterrar outra criança.

— Isso não vai acontecer, mulher. Aquilo foi em Karakorum, onde o pai era um simples erudito. Agora o pai é um general temível, comandando ferro e fogo. Sempre vou me lembrar de que você me contou isso antes de minha primeira cidade. Eu poderia chamá-lo de Ta-li, mas iria parecer nome de menina...

Chabi pôs a mão nos lábios dele.

— Quieto, marido. Nada de nomes. Só reze para a criança viver, e eu falarei de nomes com você o quanto quiser.

Ele a abraçou de novo e os dois ficaram juntos, com o acampamento ao redor. Chabi sentiu os pensamentos de Kublai se assentarem na cidade que ele deveria tomar para o cã.

— Você vai se sair bem — murmurou ela, pousando a cabeça em seu ombro.

Kublai assentiu, mas não respondeu. Imaginou se Gêngis algum dia sentira a mesma agitação. As muralhas de Ta-li pareciam sólidas, inexpugnáveis.

Estavam entrando na iurta quando Yao Shu se aproximou. O velho levantou a mão cumprimentando, e Kublai imitou o gesto. Conhecia Yao Shu por quase toda a vida, e o monge era sempre uma presença bem-vinda.

— Quer que eu leia para o senhor esta noite? — perguntou ele.

— Esta noite, não... a não ser, claro, que você tenha encontrado algo que valha a pena ouvir.

Kublai não podia resistir a verificar. Yao Shu tinha o talento para desenterrar textos interessantes, abordando todos os assuntos, desde cruzamento entre animais até fabricação de sabão.

O velho deu de ombros.

— Tenho alguns escritos menores sobre a organização dos serviçais numa casa nobre. Eles podem esperar até amanhã, se o senhor estiver cansado. Eu... esperava falar sobre outras questões, senhor.

Kublai havia cavalgado o dia inteiro. Ainda que a notícia de Chabi tivesse animado seu sangue, a empolgação já ia diminuindo. Ele estava caindo de cansaço, mas Yao Shu não era de incomodá-lo com detalhes desnecessários.

— Venha e coma conosco. Dou-lhe direitos de hóspede, velho amigo.

Abaixaram-se para passar pela porta, e Kublai sentou-se numa cama colocada junto à parede curva, com a armadura estalando. Sentia cheiro de cordeiro e temperos fritando numa panela grande, e sua boca se encheu de água. Ficou em silêncio até que Chabi entregou tigelas rasas com chá salgado. Zhenjin havia encontrado seu arco e sua aljava, e estava esperando com eles atravessados no joelho, remexendo-se impaciente. Kublai ignorou o olhar do filho enquanto tomava o chá sentindo o líquido quente revigorá-lo.

Yao Shu aceitou sua tigela. Sentia-se desconfortável conversando na frente da mulher e do filho de Kublai. No entanto, precisava saber. Na idade de Yao Shu, Kublai era seu último aluno. Não haveria outros.

— Por que poupou aqueles homens? — perguntou finalmente.

Kublai baixou a tigela, olhando-o com estranheza. Chabi levantou os olhos, cuidando da comida, e Zhenjin parou de se remexer, esquecendo o arco.

— Uma pergunta estranha vinda de um budista — comentou Kublai. — Você acha que eu deveria tê-los matado? Uriang-Khadai achou.

— Gêngis teria argumentado que a morte deles serviria como aviso para quem quisesse enfrentar você. Ele era um homem que entendia o poder do medo.

Kublai deu um risinho, mas sem alegria.

— Você se esquece que Mongke e eu viajamos com ele quando mal tínhamos idade para ficar sobre um cavalo. Eu vi a tenda branca ser erguida diante das cidades. — Ele fez uma careta, olhando para Zhenjin. — Vi as tendas vermelha e preta, e o que acontecia em seguida.

— Mas você poupou um exército, quando aqueles homens podem pegar em armas de novo.

Kublai deu de ombros, mas o olhar do velho não se desviou. Sob a pressão silenciosa, ele falou de novo:

— Não sou meu avô, velho. Não quero ter de lutar por cada passo nesta terra. Os jin têm pouca lealdade para com seus líderes. Espero encontrar a mesma coisa aqui.

Ele fez uma pausa, não querendo revelar muito de suas esperanças. Quando Yao Shu não falou, Kublai prosseguiu em voz baixa:

— Quando enfrentarem meus *tumans*, eles saberão que se render não é o fim. Isso vai me ajudar a vencer. Se eles largarem as armas, vou libertá-los. Com o tempo, saberão que podem confiar na minha palavra.

— E as cidades? — perguntou Yao Shu de repente. — As pessoas lá são reféns de seus líderes. Não podem se render a você, nem se quisessem.

— Então elas serão destruídas — respondeu Kublai calmamente. — Só posso chegar até certo ponto.

— Você mataria milhares devido à idiotice de apenas uns poucos homens — disse Yao Shu. Havia tristeza em sua voz, e Kublai encarou-o.

— Que opção eu tenho? Eles fecham os portões diante de mim e meu irmão está olhando.

Yao Shu se inclinou adiante, os olhos brilhando.

— Então mostre a Mongke que há outro caminho. Mande enviados a Ta-li. Prometa poupar o povo. Sua preocupação é com os exércitos sung, não com mercadores e camponeses.

Kublai deu um risinho.

— Mercadores e camponeses jamais confiarão num neto de Gêngis. Eu carrego a sombra dele. Yao Shu, você abriria seus portões para um exército mongol? Acho que eu não abriria.

— Talvez eles não abram. Mas os *próximos* abrirão. Assim como os soldados libertos vão levar a notícia de sua misericórdia pelas terras sung. — Yao Shu fez uma pausa, deixando que Kublai pensasse na questão, antes de prosseguir. — Nas histórias deles houve um general sung chamado Cao Bin, que tomou a cidade de Nanjing sem a perda de uma única vida. A próxima cidade à qual chegou abriu os portões para ele, sabendo que não haveria matança. Você tem um exército poderoso, Kublai, mas a melhor força é aquela que não precisa ser usada.

Kublai tomou seu chá, pensando. A ideia era atraente para certa parte dele, que ansiava por impressionar Mongke. Será que ficaria confortável com o tipo de matança que Mongke esperava? Estremeceu ligeiramente. Não. Percebeu que aquela ideia estivera sobre seus ombros, esmagando-o como a armadura que era obrigado a usar. A simples chance de outro caminho era como uma luz numa sala escura. Terminou de beber e pôs a tigela de lado.

— O que aconteceu com esse tal de Cao Bin no final?

Yao Shu deu de ombros.

— Acho que foi traído, envenenado por seus próprios homens, mas isso não diminui o que ele fez. Você não é seu avô. Gêngis não se importava nem um pouco com a cultura jin, ao passo que você pode ver o valor dela.

Kublai pensou nos instrumentos de tortura que havia encontrado em postos militares abandonados, nas ruas sujas de sangue e nos corpos podres dos criminosos. Pensou no suicídio em massa nas muralhas de Yenking, quando 60 mil moças se lançaram para a morte para não ver a cidade cair diante de Gêngis. Mas o mundo era um lugar duro, aonde quer que ele fosse. Os jin não eram piores do que os corpulentos monges cristãos que mantinham seus apetites satisfeitos enquanto os hereges eram estripados diante deles. Com os olhos de Yao Shu observando-o, pensou nas obras impressas que vira, nas vastas coleções de letras esculpidas em madeira e organizadas num trabalho atordoante só para espalhar as ideias das cidades jin. Pensou na comida deles, em seus fogos de artifício, no papel-moeda, na bússola com a qual ele andava e que, de algum modo, sempre apontava para a mesma direção. Eles eram um povo engenhoso, e Kublai os amava demais.

— Ele tomou uma cidade sem causar uma única morte? — perguntou baixinho.

Yao Shu sorriu e fez que sim.

— Eu posso fazer isso, velho. Posso ao menos tentar. Vou mandar enviados a Ta-li e veremos.

Na manhã seguinte, Kublai pôs seu exército ao redor da cidade murada. Os homens se aproximaram de Ta-li vindo de quatro direções, em colunas maciças, juntando-se fora do alcance dos canhões. Os que estavam dentro das muralhas veriam que não havia escapatória, e, se já não sabiam, perceberiam que o exército do imperador não viria — ou não poderia vir — em sua ajuda. Kublai pretendia que eles vissem o seu poder antes de mandar homens para negociar. Yao Shu queria participar do pequeno grupo que entraria na cidade, mas Kublai proibiu.

— Da próxima vez, velho, prometo. O povo de Ta-li pode não ter ouvido falar de Cao Bin.

A sala da administração em Ta-li era um local desnudo, sem confortos. As paredes eram de reboco pintado de branco, e o piso, de rara madeira *zitan*, com a superfície esculpida por toda a dimensão da sala, de modo que os visitantes andavam sobre um traçado de formas e padrões delicados enquanto se aproximavam do prefeito da cidade.

Meng Guang olhava para uma pequena janela nos caibros enquanto esperava. Podia ver uma leve chuva lá em cima, quase uma névoa caindo do céu cinzento, que refletia tão perfeitamente o humor da cidade. Usava os atavios de seu cargo: tecido grosso e pesado, com fios de ouro, sobre uma túnica de seda. Sentia conforto com o peso da vestimenta, sabendo que o chapéu e o manto ornamentados eram mais velhos do que ele e que tinham sido usados por homens melhores, ou pelo menos mais sortudos. De novo relanceou os olhos pela sala ampla, deixando sua paz encharcá-lo. O silêncio era outro manto, em certo sentido, o oposto exato dos mongóis com sua raiva infantil e seu barulho constante. Ouviu-os chegando desde longe, pisando forte nos corredores dos prédios do governo sem pensar na dignidade ou na idade do ambiente ao redor. Meng Guang trincou os dentes em silêncio. Sua percepção estava tão estimulada que ele sentia os guardas se esforçando para ver os intrusos, eriçando-se como cães ferozes. Não poderia mostrar os mesmos sentimentos, aconselhou-se. O exército do imperador os havia traído, deixando a cidade à mercê de estrangeiros rudes e agressivos. Havia se preparado para a morte, mas então o general mandara uma dúzia de homens a pé até a muralha da cidade.

Em vez de um tiro de canhão, Meng Guang havia recebido um educado pedido de audiência. Ainda não sabia se era zombaria, algum prazer mongol em ver sua humilhação. Ta-li não poderia resistir ao exército que a cercava em colunas pretas. O prefeito não era um homem dado a se enganar com falsas esperanças. Se os mongóis esperassem um ano, sabia que existiam exércitos que poderiam defender a província de Yunan, mas as distâncias eram grandes e o fluxo suave dos dias havia parado subitamente ao redor de sua cidade. Chegava a ser difícil ao menos expressar a fúria que sentia. Era prefeito havia 37 anos, e nesse tempo sua cidade tinha trabalhado e dormido em paz. Antes dos mongóis, Meng Guang estivera contente. Seu nome não seria lembrado na história, e a sutileza desse feito era seu principal motivo de orgulho para contar às filhas. Agora, suspeitava que teria um lugar nos arquivos, a menos que os futuros governantes mandassem os escribas retirarem seu nome do registro oficial.

Quando os enviados mongóis entraram na sala, Meng Guang conteve um gesto de repulsa ao pensar nas botas deles danificando a delicada madeira *zitan*. Ela reluzia à luz matinal, vermelho-escura e lustrosa devido a séculos de cera de abelha e trabalho. Para sua perplexidade, os mongóis traziam um fedor que dominava o cheiro de cera. Seus olhos se arregalaram quando a força daquilo atacou suas narinas, e ele mal conseguia disfarçar que havia notado. O miasma de carne podre e lã úmida era como uma força física na sala. Imaginou se eles ao menos tinham consciência daquilo, se sabiam da perturbação que sua simples presença causava.

Dentre os 12 homens, dez tinham a pele avermelhada e o corpo volumoso que ele associava aos mongóis, e dois tinham rostos mais civilizados, tornados ligeiramente ásperos pela mistura de sangue. Presumiu que fossem dos jin do norte, aqueles fracos que haviam perdido suas terras para Gêngis. Os dois baixaram a cabeça brevemente, observados com um interesse opaco por seus companheiros mongóis. Meng Guang fechou os olhos por um momento, preparando-se para suportar os insultos que sofreria. Não se importava em perder a vida. Um homem podia optar por jogá-la fora como uma taça de estanho, e o gesto encontraria reação favorável no céu. Já sua dignidade era outra coisa.

— Senhor prefeito — começou um dos jin —, o nome deste humilde mensageiro é Lee Ung. Trago as palavras de Kublai Borjigin, neto de Gêngis Khan, irmão de Mongke Khan. Meu senhor nos mandou para discutir a rendição de Ta-li ao seu exército. Diante de testemunhas, ele jurou que nenhum homem, mulher ou criança sofrerá qualquer mal se Ta-li o aceitar como seu senhor. Foi pedido que eu dissesse que o cã reivindica esta cidade e estas terras como dele. Ele não tem interesse em ver os rios correrem vermelhos. Ele busca a paz e oferece a vocês a chance de salvar a vida daqueles que os veem como líderes.

O sangue sumiu lentamente do rosto de Meng Guang enquanto Lee Ung desfiava sua insolência venenosa. Os guardas do prefeito espelhavam sua reação, apertando o punho das espadas e se inclinando adiante sem dar um passo. O pequeno grupo mongol não estava armado, e ele ansiava por colocar seus homens no meio deles, cortando sua arrogância em golpes rápidos. Viu como os mongóis olhavam ao redor, murmurando uns com os outros em sua língua bárbara. Meng Guang sentia-se sujo com a presença deles e teve de se obrigar a ficar imóvel enquanto pensava. O pequeno traidor jin estava olhando-o à espera de uma resposta, e Meng Guang pensou ver diversão nos olhos dele. Era demais.

— O que é uma cidade? — perguntou Meng Guang subitamente, dando de ombros. — Não somos *camponeses* jin idiotas, sem honra ou um lugar na roda do destino. Vivemos pela vontade do imperador. Morremos por ordem dele. Tudo que vocês veem é dele. Não posso entregar o que não é meu.

Lee Ung permaneceu totalmente imóvel, e os demais ouviram enquanto seu companheiro traduzia as palavras. Eles balançaram a cabeça e mais de um resmungou algo incompreensível. Meng Guang se levantou devagar e, ao seu olhar, os guardas desembainharam as espadas longas. Os mongóis observaram a demonstração com suprema indiferença.

— Levarei suas palavras ao meu senhor, prefeito — disse Lee Ung. — Ele ficará... desapontado ao ver que o senhor recusou sua misericórdia.

Meng Guang sentiu a raiva dominá-lo, trazendo o jorro de sangue de volta para suas bochechas pálidas. O traidor jin falava de impossibilidades, conceitos que não tinham lugar na ordem calma de sua província. Por um momento, Meng Guang sequer pôde exprimir seu desdém. Não importava que houvesse 1 *milhão* de homens esperando do lado de fora da cidade. Eles não existiam nem tinham qualquer importância no destino que ele escolhia. Se o imperador resgatasse Ta-li, Meng Guang sabia que ficaria agradecido. Mas, se o imperador optasse por deixar a cidade ser destruída, era o destino. Pensou em suas esposas e em suas filhas e soube que elas também prefeririam a morte à desonra que esse idiota achava que poderia contemplar. Não era uma opção.

— Prendam-nos e amarrem-nos — disse finalmente.

Os dois tradutores jin não tiveram tempo de repetir suas palavras, e Lee Ung apenas ficou olhando com expressão vítrea, sua boca se abrindo como a de uma carpa. Os guardas de Meng Guang estavam se movendo antes que ele parasse de falar.

Quando foram atacados, os mongóis passaram da imobilidade entediada ao tumulto violento num instante, dando socos e chutes num jorro louco de golpes, usando as botas, os cotovelos, qualquer coisa. Era mais uma prova de seus modos incultos, e Meng Guang os desprezou mais por isso. Viu um dos seus guardas cambalear para trás ao levar um soco no nariz e teve de desviar o olhar para não envergonhar o sujeito mais ainda. Meng Guang se concentrou na janela alta, com o vapor de umidade vindo da chuva. Mais guardas entraram correndo, e ele ignorou os grunhidos e gritos abafados até que os enviados ficaram em silêncio.

Quando Meng Guang baixou a cabeça, viu que três do grupo estavam inconscientes e o resto ofegando e fazendo força contra as amarras, os dentes à mostra como os animais que eram. Não sorriu. Pensou nas bibliotecas e arquivos de Ta-li que eles ameaçavam e sentiu apenas desprezo. Eles jamais entenderiam que as escolhas de um homem civilizado não poderiam incluir a rendição abjeta, não importando as consequências. O modo como morreria era sempre, e em última instância, a escolha do homem, se ele pudesse realmente enxergar isso.

— Levem-nos à praça pública — disse. — Quando eu tiver me restaurado, assistirei ao açoitamento e à execução deles.

O cheiro dos homens havia se intensificado enquanto suavam, até encher a sala. Meng Guang precisou lutar para não vomitar enquanto respirava em haustos cada vez mais curtos. Certamente precisaria trocar de roupa antes de terminar esse negócio imundo. Ordenaria que a vestimenta atual fosse queimada enquanto ele se banhava.

CAPÍTULO 18

Os PRISIONEIROS FORAM AMARRADOS PELOS PULSOS EM POSTES DE FERRO NA grande praça de Ta-li, cravados no chão muito antes, para condenar criminosos. Quando Meng Guang chegou, o sol estava alto e quente sobre a cidade e uma multidão enorme havia se reunido, preenchendo a praça em todas as direções. Uma tropa de seus guardas teve de abrir caminho com cajados de madeira para Meng Guang supervisionar o castigo, depois trouxe uma cadeira confortável para o prefeito descansar os ossos velhos. Mais homens ergueram um toldo para afastar o sol de sua cabeça, e ele tomou uma bebida fresca enquanto se acomodava. Nenhuma emoção transparecia em seu rosto.

Quando finalmente estava pronto, Meng Guang fez um gesto para os homens que estavam junto aos postes, cada um segurando um açoite pesado. As tiras eram de couro engordurado, grossas como um dedo de criança, de modo que caíam com um estalo opaco, doloroso como uma porretada. Esperava que os mongóis gritassem e se envergonhassem. Eles estavam falando uns com os outros, gritando encorajamentos, presumiu Meng Guang. Notou também que os tradutores jin falavam com a multidão. O pequenino, Lee Ung, fazia força contra as amarras enquanto arengava para o povo. Meng Guang balançou a cabeça. O traidor jamais entenderia os camponeses sung. Para eles, os nobres viviam em outro plano de existência, tão acima a ponto de se tornarem incompreensíveis. O prefeito observou seu povo dócil olhando os prisioneiros, com os rostos vazios. Um deles chegou a se abaixar para pegar uma pedra e jogou-a com força, fazendo Lee Ung se encolher. Meng Guang se permitiu um pequeno sorriso diante disso, escondido pela taça erguida.

Os primeiros golpes começaram, um ritmo de pancadas regulares. Como havia esperado, os homens jin gemiam e lutavam, fazendo força contra as amarras, arqueando as costas e puxando os postes de ferro como se achassem que poderiam arrancá-los. Os mongóis suportavam como bezerros insensatos, e Meng Guang franziu a testa. Mandou um dos seus guardas com a ordem de que trabalhassem neles com mais força e relaxou na cadeira quando o som e a velocidade se intensificaram. Eles continuaram parados, falando e gritando uns com os outros. Para sua surpresa, Meng Guang viu um deles gargalhar por causa de um comentário. Balançou a cabeça de leve, mas era um homem paciente. Havia outros chicotes, com dentes de metal afiado costurados no couro. Ele os faria cantar, com tais ferramentas.

Lee Ung servia a Kublai havia apenas um ano. Tinha entrado para o serviço do irmão do cã quando os *tumans* passaram pelas terras jin ao norte, demarcando milhares de fazendas numa vasta área. Sabia que havia riscos em qualquer empreendimento, mas o pagamento era bom e vinha regularmente, e ele sempre tivera dom para línguas. Não esperava ser agarrado e torturado pelo idiota que comandava a cidade de Ta-li.

A dor era simplesmente insuportável. Repetidamente ele chegava ao ponto em que não aguentava mais, porém aquilo continuava. Estava amarrado ao poste e não havia para onde ir, não havia como fazer com que parassem. Chorava e implorava a cada golpe, ignorando os mongóis que viravam a cabeça para longe dele, embaraçados. Alguns gritaram para ele ficar de pé, mas suas pernas não tinham força, e ele se afrouxou de encontro ao poste, seguro apenas pelas cordas nos pulsos. Ansiava por desmaiar ou enlouquecer, qualquer coisa que o levasse embora, mas seu corpo recusava e ele permanecia alerta. No mínimo, seus sentidos estavam mais nítidos e a dor se tornava pior, até que ele não conseguia acreditar que qualquer coisa pudesse doer mais.

Ouviu o prefeito dar uma ordem ríspida, e os açoites pararam na praça. Lee Ung lutou para se levantar de novo, obrigando os joelhos a se firmar. Olhou ao redor e cuspiu sangue da língua que ele havia mordido. A praça fazia parte de um antigo mercado perto da muralha. Podia ver o enorme portão que mantinha o exército de Kublai fora das vistas. Lee Ung gemeu ao pensar que seus salvadores estavam tão perto, mas não sabiam de nada. Não podia morrer. Era novo demais e nem havia arranjado uma mulher.

Viu os chicotes ensanguentados sendo lavados em baldes, depois passados a outros homens para serem lubrificados e embrulhados em tecido protetor. Com um medo crescente, viu outros rolos sendo trazidos e postos no chão. Fez força, ficando nas pontas dos pés para ver o que eles continham, enquanto os soldados puxavam a lona pesada. A multidão murmurou ansiosa, e Lee Ung gritou de novo para ela, com a voz rouca:

— Há centenas de canhões fora dessa muralha, prontos para transformá-la em entulho! Um exército enorme está diante de vocês, no entanto um príncipe nobre prometeu poupar todas as vidas em Ta-li! Ele oferece misericórdia e dignidade, mas vocês prendem esses homens e os derrubam a chicotadas. Como ele vai reagir agora, quando não nos vir retornar? O que ele vai fazer? Assim como nosso sangue é derramado, o de vocês também será, cada homem, cada mulher, cada criança da cidade. Lembrem-se então de que vocês escolheram isso. Que poderiam ter aberto os portões e vivido!

Viu seu atormentador desdobrar um chicote comprido e parou em desespero ao ver o brilho de metal nas tiras. Lee Ung tinha visto um homem ser flagelado até a morte, um estuprador apanhado pelas autoridades em sua cidade natal. Sua boca ficou seca ao lembrar-se. A bexiga iria se soltar, seu corpo iria se tornar uma coisa retorcida, espasmódica, sob aquele chicote. Não havia dignidade na morte que o esperava. Num horror doentio, viu o homem girar o chicote, soltando as tiras. Em algum lugar distante, ouviu um assobio grave. Aquilo foi ficando mais alto, e metade da multidão foi arrancada do devaneio quando algo pesado acertou o grande portão da praça, com o som ecoando por cima da cabeça.

— Ele vem! — berrou Lee Ung. — O destruidor está aqui. Derrubem os seus senhores e sobrevivam, ou então as ruas vão estar vermelhas ao pôr do sol.

Outra pancada soou, e depois mais dois artilheiros de Kublai ajustaram o alcance. Uma bala voou acima das cabeças, errando a muralha e sumindo para despedaçar um telhado do outro lado da praça. A multidão se encolheu depois que o borrão havia passado.

— Ele vem! — gritou Lee Ung de novo num alívio delirante.

Ouviu alguém gritar uma ordem, mas ainda estava esticando o pescoço para olhar o portão que tremia quando o guarda o alcançou e cortou sua garganta num movimento rápido. Os mongóis nos postes gritaram em fúria enquanto seu sangue espirrava no chão. Começaram a fazer força contra os postes, balançando-os para trás e para a frente, jogando todo o peso. Meng Guang falou de novo e mais soldados sacaram espadas enquanto o portão da cidade caía com um estrondo.

Na nuvem de poeira que se espalhou da muralha, a multidão pôde ver uma fila de cavaleiros mongóis, pretos contra a luz do sol. As pessoas começaram a se afastar, enchendo-se de medo conforme os cavaleiros entravam na cidade em fileiras perfeitas.

Meng Guang se levantou devagar enquanto a praça se esvaziava, com o rosto numa palidez que não era natural. Cambaleou ao ficar de pé, enquanto seu mundo desmoronava ao redor. Tinha dito a si mesmo que o exército do lado de fora de Ta-li não existia, que nada que o inimigo pudesse fazer iria influenciá-lo. No entanto, ele havia entrado, obrigando-o a vê-lo. Meng Guang ficou enraizado num choque tão profundo que sua mente se esvaziou por completo. Tinha uma vaga consciência de seus guardas deixando os postes ensanguentados para protegê-lo, com as espadas erguidas. Balançou a cabeça numa negação lenta, como se mesmo então pudesse recusar a entrada dos mongóis em Ta-li.

Com longos estandartes de seda balançando à esquerda e à direita, o inimigo cavalgou numa armadura reluzente que brilhava ao sol. Meng Guang ficou boquiaberto quando Kublai parou perto do grupo de homens armados, desdenhando sua ameaça. Kublai sabia que os guerreiros ao seu redor poderiam adornar o ar com flechas ao primeiro sinal de agressão, mas os guardas de Meng Guang não fizeram nada. A aproximação lenta irritava a todos, como se ele fosse invulnerável, tão acima deles em prestígio que não poderiam ameaçá-lo. Sob seu olhar, muitos soldados baixaram a cabeça, como se o próprio sol ardesse em seus olhos.

Kublai viu um velho mirrado usando roupas limpas, parado inseguro diante dele, com olhos vazios. A multidão havia fugido, e a praça estava absolutamente silenciosa.

Naquele silêncio, um dos mongóis amarrados conseguiu arrancar seu poste de ferro das pedras abaixo. Ele rugiu em triunfo, segurando-o como uma arma e avançando para Meng Guang com intenção clara. Kublai levantou a mão e o homem parou instantaneamente, com o peito subindo e descendo sob forte emoção.

— Eu disse que pouparia Ta-li — disse Kublai em mandarim perfeito. — Por que não me ouviu?

Meng Guang olhou a distância, com a mente se assentando numa massa disforme e fria, incapaz de responder. Vivera muito e fora prefeito da cidade por décadas. Tinha sido uma boa vida. Escutou a voz do inimigo como se fossem juncos sussurrando na escuridão, mas não respondeu. Eles não teriam seu reconhecimento. Preparou-se para a morte, respirando fundo e soltando o ar lentamente, de modo que seu coração acelerado se acalmou em batidas firmes.

Kublai franziu a testa diante da falta de reação. Viu medo nos soldados do prefeito e fúria no rosto de seus próprios homens, mas o prefeito permaneceu parado e olhava a cidade como se fosse o único homem que estava ali. A brisa soprou, e Kublai balançou a cabeça para quebrar o feitiço. Tinha visto o corpo de Lee Ung pendurado pelos pulsos e tomou a decisão.

— Sou de uma casa nobre — falou. — Minhas terras no norte foram um dia ligadas ao território sung sob o domínio de um imperador. Será assim novamente. Eu reivindico esta cidade como minha, como o meu *direito*. Minha proteção, minha sombra, está acima de todos vocês a partir deste momento. Rendam-se a mim e eu mostrarei misericórdia, como um pai para os filhos.

Meng Guang não disse nada, mas finalmente levantou os olhos e encontrou os de Kublai. Quase como um tremor, balançou a cabeça.

— Muito bem — disse Kublai. — Vejo que terei de desapontar um amigo. Peguem este e pendurem seu corpo nas muralhas. O resto viverá.

Observou atentamente enquanto o mongol com o poste de ferro abria caminho entre os guardas e empurrava Meng Guang até a frente. O velho foi sem protestar, e seus guardas não fizeram nada. Não ousavam olhar uns para os outros, entendendo finalmente que sua vida dependia de uma única palavra daquele príncipe estranho que falava com autoridade.

— Minha palavra é ferro — falou Kublai aos guardas enquanto Meng Guang era levado embora. — Com o tempo, seu povo saberá disso.

Hulegu ofegava ligeiramente quando parou e entregou sua águia de caça ao tratador. O pássaro guinchou e bateu asas, mas o sujeito a conhecia bem e a acalmou pondo a mão em seu pescoço.

O general Kitbuqa levava no braço direito um francelho com pintas brancas, mas tinha apenas dois pombos no cinto e sua expressão estava azeda. Hulegu riu para ele enquanto apeava e entregava um pequeno cervo com a cabeça balançando frouxa. Seu cozinheiro era persa, um homem da região que afirmava ter servido ao próprio califa. Quando o sujeito fora capturado na volta de algum mercado distante para a cidade, Hulegu ficou com ele. Agradava-lhe comer refeições que o califa deveria estar desfrutando, mas certificava-se de que elas fossem provadas antes. O homem de pele morena balançou a cabeça para cima e para baixo enquanto pegava o animal frouxo, com o olhar brilhante fixo na águia agitada. Seu povo adorava as caçadas aéreas. Falcões e francelhos eram tesouros, mas as águias enormes eram quase desconhecidas naquela região. A ave de um dourado escuro acomodada no pulso do tratador valia uma fortuna.

Hulegu olhou para Bagdá, apenas 3 quilômetros ao norte. Seus exércitos cercavam a antiga cidade murada, chegando ao ponto de bloquear o Tigre com pontes flutuantes que haviam construído em sua ausência. Em todas as direções, podia ver as manchas escuras de seus *tumans* esperando pacientemente. O califa se recusara a destruir as muralhas como expressão de boa-fé. Hulegu ainda tinha a carta em algum lugar de sua bagagem. As palavras eram bastante claras, mas aquilo ainda era um mistério para ele. O sujeito havia escrito sobre os seguidores de Maomé, com a certeza de que eles se ergueriam para defender o centro de sua crença. Hulegu se perguntou onde estavam todos eles enquanto seu exército se acomodava ao redor da cidade. Numa geração anterior, o califa poderia estar certo, mas Gêngis havia aberto caminho pela região através da matança, não uma vez, mas duas. Hulegu se divertia pensando nos sobreviventes se arrastando no entulho, só para encontrar Gêngis voltando para o território xixia em sua última campanha. Bagdá não tinha o apoio de que havia desfrutado em séculos anteriores, mas o califa parecia quase não perceber o isolamento.

    Hulegu aceitou um suco de laranja resfriado no rio durante a noite. Engoliu-o e jogou a taça para um serviçal sem olhar para ver se o sujeito havia apanhado. O povo de Bagdá não compartilhava a confiança em Deus demonstrada por seu governante. Toda noite, pessoas se penduravam em cordas, arriscando-se a quebrar ossos ao descer as muralhas ásperas. Hulegu não fazia ideia de quantas havia lá dentro, mas cada alvorecer encontrava mais uma centena sendo arrebanhada por seus homens. Aquilo havia se tornado quase um jogo para eles. Deixava seus homens treinarem tiro com arco contra os grupos, dando os homens e garotos para serem trucidados enquanto as mulheres e as meninas eram entregues a quem havia agradado aos oficiais. O califa não havia se rendido. Até que isso acontecesse, a vida deles não valia nada.

    Hulegu ouviu o chiado quando seu cozinheiro pôs bifes de cervo recém-cortados numa panela com gordura quente. O cheiro era temperado com alho, e sua boca se encheu de água com antecipação. O sujeito era uma maravilha. Os risíveis pombos de Kitbuqa não acrescentariam muita carne à refeição do general ao meio-dia, pensou, mas afinal de contas essa era a diferença entre águias e falcões. Sua águia podia derrubar até um lobo. Ela e Hulegu eram iguais, pensou cheio de complacência. Os predadores não precisavam de piedade. Ele podia invejar o pássaro em sua implacabilidade perfeita e objetiva. O bicho não tinha dúvidas nem temores, nada para incomodar uma mente dedicada apenas a matar.

    Mais uma vez, olhou para Bagdá e sua boca se apertou numa linha fina. Seus canhões mal lascavam as pedras. As muralhas da cidade tinham sido projetadas com superfícies inclinadas que faziam as balas ricochetearem para longe com poucos danos. Quando a pólvora negra acabasse, ele ficaria com catapultas de torção e trabucos pesados. Com o tempo, essas armas quebrariam a muralha, mas não com o mesmo terror explosivo, não com a mesma sensação da pólvora divina. Bagdá era conhecida por não ter pedras por quilômetros ao redor, mas seus homens haviam se planejado para isso, coletando-as em carroças enquanto seguiam para o sul. Elas por fim acabariam, e ele teria de mandar seus *tumans* coletarem mais.

Fez uma careta, cansado dos mesmos pensamentos girando na cabeça à medida que cada dia passava lento. Poderia atacar as muralhas a qualquer hora, mas elas ainda eram fortes. Defensores teimosos poderiam derrubar até quatro ou cinco de seus homens para cada um que perdessem. Esse era o propósito dos castelos e das cidades com muralhas, afinal de contas. Eles derramariam óleo de nafta e jogariam pedras em quem tentasse escalar. Seria um negócio sangrento, e ele não queria ver milhares de seus homens serem mortos por causa de uma cidade, não importando quanta riqueza supostamente estaria dentro das muralhas. Sempre seria melhor derrubar os muros ou deixar que a fome pusesse bom-senso no califa.

— Se você me fizer esperar muito mais — murmurou Hulegu olhando a cidade distante —, ela sofrerá muito, junto com você.

O general Kitbuqa levantou os olhos enquanto Hulegu falava, e este percebeu que o sujeito ainda esperava um convite para compartilhar a refeição do meio-dia. Sorriu, lembrando-se do mergulho da águia. Havia carne demais para um homem só, mas não se ofereceu para compartilhar. Falcões e águias não voavam juntos, lembrou-se. Eram criaturas muito diferentes.

O califa al-Mustasim era um homem preocupado. Seus ancestrais haviam garantido um pequeno império ao redor de Bagdá, que tinha durado cinco séculos, tendo a cidade como a joia principal. Ela sobrevivera mesmo às devastações de Gêngis, enquanto ele varria a região décadas antes. Al-Mustasim gostava de acreditar que Alá tornara o cã mongol cego para a cidade, de modo a cavalgar passando por ela sem parar. Talvez até fosse verdade. Al-Mustasim não era somente da linhagem real abássida, também era o líder da fé muçulmana no mundo, e sua cidade era uma luz para todos os fiéis. Certamente havia um exército a caminho para salvar Bagdá. Apertou as mãos com força e sentiu o suor nelas enquanto os dedos deslizavam, juntando-se e separando-se repetidamente. O califa tinha o corpo grande, com a carne amaciada por anos de luxo. Sentia o suor pegajoso nas axilas, e estalou os dedos para que as jovens escravas se aproximassem e o enxugassem com panos. Não interrompeu os pensamentos temerosos enquanto as garotas cuidavam dele, levantando seus braços e enxugando a grande pele marrom revelada sob as sedas e camadas. As jovens haviam sido escolhidas pela beleza, mas nesse dia o califa não tinha olhos para elas. Mal notou quando uma o alimentou com doces pegajosos tirados de uma tigela, apertando-os em sua boca como se engordasse um touro premiado.

Enquanto ele permanecia deitado, um grupo de crianças sorridentes entrou correndo, e ele as olhou com carinho. Elas traziam barulho e vida, o suficiente para romper o desespero que o esmagava.

— A qamara! — exigiu seu filho, olhando-o como se implorasse. As demais crianças aguardaram, com esperança de ver a maravilha, e o rosto de al-Mustasim se suavizou.

— Muito bem, só um pouquinho antes de voltarem aos estudos — disse.

Ele balançou o braço e as crianças se espalharam, gritando de empolgação. O instrumento fora construído segundo especificações do grande cientista muçulmano Ibn al-Haitham. "Qamara" era meramente uma palavra que significava "sala escura", mas o nome havia pegado. Apenas alguns serviçais o seguiram enquanto o califa andava por um corredor até a sala onde ela fora construída. As crianças corriam à frente, empolgadas, dizendo tudo o que podiam lembrar àqueles que ainda não tinham visto.

Era uma sala em si, uma grande estrutura de pano preto que do lado de dentro era escura como a noite. Al-Mustasim olhou com carinho para o cubo preto, orgulhoso como se ele próprio o tivesse inventado.

— Qual de vocês vai primeiro? — perguntou.

As crianças saltaram e gritaram seus nomes, e ele escolheu uma das suas filhas, uma menininha chamada Suri. Ela ficou parada, tremendo de prazer, enquanto ele a colocava no lugar certo. Quando a cortina caiu, mergulhando todos na escuridão, as crianças gritaram nervosas. Os serviçais trouxeram uma chama, e logo a pequena Suri foi iluminada por lampiões. Ela se envaideceu com a atenção, e ele riu ao vê-la.

— O restante de vocês passe por aquela divisória. Fechem os olhos e só abram quando eu disser.

Eles obedeceram, tateando para passar pela camada de tecido preto orientados pelo tato.

— Estão todos prontos? — perguntou.

A luz dos lampiões sobre Suri passaria por um buraco minúsculo no tecido. Ele não entendia totalmente como a luz podia carregar a imagem invertida da menina, mas ela estaria lá, dentro da sala, junto com eles em luz e sombra. Era uma maravilha, e ele sorriu quando mandou que eles abrissem os olhos.

Ouviu-os ofegar maravilhados, gritando uns com os outros para ver. Antes que al-Mustasim pudesse escolher outra criança para ficar no lugar de Suri, escutou a voz de seu vizir Ahriman falando com os serviçais do lado de fora. Al-Mustasim franziu a testa, sentindo que o momento de alegria simples fora estragado. O sujeito não iria deixá-lo em paz. Suspirou enquanto Ahriman pigarreava do lado de fora da qamara, chamando-lhe a atenção.

— Lamento perturbá-lo, califa. Tenho notícias que o senhor precisa ouvir.

Al-Mustasim deixou as crianças com suas brincadeiras, já provocando um enorme tumulto na tenda escura. Piscou ao retornar à sala clara e demorou um momento para mandar dois serviçais para dentro e garantir que os meninos não quebrassem nada.

— E então? Alguma coisa mudou desde ontem ou anteontem? Ainda estamos cercados por infiéis, por exércitos?

— Estamos, califa. Ao amanhecer eles mandaram outro jorro de flechas por cima da muralha.

O vizir estendeu uma delas com o pergaminho ainda enrolado na haste. Já havia desenrolado outro e o estendeu para ser lido. Al-Mustasim afastou o objeto com um gesto, como se o mero toque pudesse corrompê-lo.

— Outra exigência de rendição, tenho certeza. Quantos desses já vi? Ele ameaça e promete, oferece a paz e depois a aniquilação. Isso não muda nada, Ahriman.

— Nesta mensagem ele diz que aceitará tributos, califa. Não podemos continuar a ignorá-lo. Esse tal de Hulegu já é famoso pela cobiça. Em toda cidade que destrói, seus homens ficam em cima, perguntando: "Onde está o ouro? Onde estão as joias?" Ele não se importa que Bagdá seja uma cidade sagrada, apenas com o fato de ela ter salas de tesouro cheias de metal.

— Você gostaria que eu entregasse a ele a riqueza de minha linhagem?
— Ou então ver a cidade queimar? Sim, califa, gostaria. Ele não irá embora. Está com o cheiro de sangue nas narinas, e o povo sente medo. Há boatos em toda parte de que os árabes já estão negociando com ele, contando sobre modos secretos de entrar na cidade.

— Não *existem* modos secretos — rebateu rispidamente al-Mustasim. Sua voz era aguda e parecia petulante, mesmo aos próprios ouvidos. — Eu saberia, se existissem.

— Mesmo assim, é isso que discutem nos mercados. Eles esperam que guerreiros mongóis se esgueirem para dentro de Bagdá a cada noite que adiamos. Dizem que esse homem só deseja ouro. Por que o califa não dá a riqueza do mundo a ele, para que possamos viver?

— Estou esperando, Ahriman. Não tenho aliados? Nem amigos? Onde eles estão agora?

O vizir balançou a cabeça.

— Eles se lembram de Gêngis, califa. Não virão salvar Bagdá.

— Eu *não posso* me render. Sou a luz do islã! Só as bibliotecas... Minha vida não vale um único texto. Os mongóis irão destruí-los se puserem o pé na minha cidade.

O califa sentiu a raiva crescer diante da testa franzida de Ahriman e se afastou mais da qamara para que as crianças não ouvissem a discussão. Era de enfurecer. Ahriman deveria apoiar seu califa, planejar a derrota dos inimigos. No entanto, o vizir não conseguia sugerir nada além de jogar ouro para os lobos.

Ahriman observou seu senhor, frustrado. Os dois se conheciam há muito tempo, e o vizir entendia os temores do califa. Eram justificados, mas entre a sobrevivência e a destruição não havia escolha. Era uma escolha entre render-se mantendo alguma dignidade ou arriscar-se à ira da raça mais destruidora que Ahriman já conhecera. Havia muitos exemplos na história deles para serem ignorados.

— O xá de Khwarezm resistiu a eles até o final — disse Ahriman baixinho. — Ele era um homem entre homens, um guerreiro. Onde está agora? Suas cidades são pedras negras, seu povo está destruído: escravizado ou morto. O senhor me disse para sempre lhe falar a verdade. Irá ouvi-la agora quando digo para abrir os portões e salvar o maior número de pessoas possível? A cada dia que o fazemos esperar no calor, sua raiva aumenta.

— Alguém virá salvar a cidade. Então mostraremos a eles — disse al-Mustasim em tom lamentoso. Ele próprio não acreditava nisso, e Ahriman apenas fungou com desprezo.

Al-Mustasim levantou-se do divã e foi até a janela. Sentia o cheiro dos sabões perfumados no mercado, blocos feitos aos milhares nas oficinas na zona oeste. Era uma cidade de torres, de ciência e maravilha, e, no entanto, estava ameaçada por pedaços de aço afiado e pólvora negra, por homens que nem mesmo entenderiam as coisas que viam enquanto as despedaçavam. Do outro lado da muralha, podia ver os exércitos mongóis, remexendo-se como insetos pretos. Al-Mustasim mal podia falar porque a tristeza e as lágrimas lhe enchiam os olhos. Pensou nos filhos, que, abençoadamente, desconheciam a ameaça ao redor. O desespero esmagou-o.

— Esperarei mais um mês. Se ninguém vier ajudar minha casa, irei aos meus inimigos. — Sua garganta estava apertada, fazendo-o engasgar enquanto falava. — Vou até eles negociar nossa rendição.

CAPÍTULO 19

Hulegu viu uma fresta se abrir no portão, empurrado por equipes de homens sob açoite. Já estava suando, cônscio do sol aumentando de intensidade na pele. Naturalmente moreno, jamais conhecera queimadura de sol antes das semanas intermináveis de cerco ao redor de Bagdá. Agora, o primeiro beijo do calor a cada dia parecia um ferro em brasa incrustado na carne. Seu suor ardia, pingando nas sobrancelhas e nos cílios para irritar os olhos e fazê-lo piscar. Tinha feito o máximo para manter os *tumans* em forma e alertas, mas o puro tédio de um cerco era como um dos eczemas que se espalhavam lentamente pela carne de homens que, afora isso, eram saudáveis. Coçou a virilha, pensando nisso, sentindo os cistos que havia ali. Era perigoso deixar que seu xamã os cortasse, já que a infecção costumava vir em seguida, mas, na privacidade de sua iurta, Hulegu espremia o pior de cada um deles, reduzindo os calombos duros até que a dor o fizesse parar. A substância branca e oleosa permanecia em seus dedos. Podia sentir o cheiro pungente mesmo quando estava ali parado esperando o califa.

Pelo menos isso acabaria logo. Houvera duas tentativas de escapar de seu cerco ao redor da cidade, ambas ao longo do rio. A primeira fora em pequenos barcos construídos dentro dos portões de ferro do rio. Tinham sido destruídos com óleo de nafta e os homens desamparados dentro deles se encharcaram quando jarros de cerâmica foram jogados das margens e depois acesos com flechas incendiárias. Hulegu não sabia quem havia morrido naquele dia. Não haveria como identificar os corpos depois, mesmo que ele tivesse se interessado.

A segunda tentativa fora mais sutil, somente seis homens tiveram seus corpos enegrecidos por fuligem e óleo. Haviam chegado às pontes flutuantes construídas por seus homens para atravessar o Tigre, ancoradas em troncos pesados cravados no leito menos acidentado do rio. Os olhos afiados de um dos seus batedores tinham-nos visto deslizando pela água e seus guerreiros tiraram os arcos dos ombros, tomando cuidado com cada disparo enquanto gargalhavam e gritavam para os outros quais alvos tinham escolhido. Podia ter sido o último golpe nas esperanças do califa; Hulegu não sabia. Recebera a notícia de que al-Mustasim iria se encontrar com ele do lado de fora da cidade no dia seguinte.

Hulegu franziu a testa enquanto observava um grande séquito sair da cidade. Tinha exigido a rendição de novo, mas o califa nem mesmo respondera, preferindo esperar o encontro entre eles. Hulegu contou enquanto a pequena coluna se alongava. Duzentos, trezentos, talvez quatrocentos. Por fim ela terminou e o portão foi fechado, deixando os soldados do califa para levar seu senhor à presença de Hulegu.

Na noite anterior, Hulegu não ficara à toa. Não tinha um toldo de tamanho suficiente para abrigar o séquito do califa, mas havia limpado um trecho do terreno pedregoso e coberto com tapetes grossos tirados de cidades ao longo da rota. As bordas do local estavam cheias de almofadas gordas e Hulegu acrescentara bancos rústicos de madeira, quase como os das igrejas cristãs que ele vira na Rússia. Não havia altar, só uma mesa simples e duas cadeiras para os líderes sentarem-se. Os generais de Hulegu ficariam de pé, prontos para desembainhar as espadas ao primeiro sinal de traição.

Hulegu sabia que os homens do califa teriam informado sobre suas formações, vistos da muralha da cidade. A pequena coluna seguiu até lá sem se apressar, dando a Hulegu a chance de sorrir dos passos perfeitos dos homens que marchavam. Não havia limitado o número de soldados que o califa poderia trazer. Dez *tumans* cercavam a cidade, e ele se certificou de que a rota do califa estivesse ladeada por seus cavaleiros, muito bem-armados e com expressão de desprezo. A mensagem seria bastante clara.

O sujeito era carregado por uma carroça puxada por dois capões. Hulegu piscou ao ver o tamanho do califa que governava a cidade e se chamava de luz do islã. Não era um guerreiro, de jeito nenhum. As mãos que seguravam a borda da frente da carruagem eram inchadas e os olhos que procuravam Hulegu estavam quase escondidos por carne intumescida. Hulegu não disse nada quando os serviçais ajudaram o califa a descer. O general Kitbuqa estava ali perto para guiá-lo ao seu lugar, enquanto Hulegu pensava no que desejava da reunião. Mordeu a parte interna da bochecha enquanto os homens do califa assumiam seus lugares. A coisa toda era uma farsa, uma máscara para permitir ao sujeito algum fiapo de dignidade quando não merecia nenhuma. Mesmo assim, Hulegu não recusara a oferta, nem mesmo regateara os detalhes. O importante era que o sujeito iria barganhar. Só o califa poderia fazer isso, e Hulegu se perguntou de novo que vasta riqueza haveria dentro da cidade conhecida como umbigo do mundo. Tinha ouvido histórias de Bagdá num raio de 1.500 quilômetros, narrativas de antigas armaduras de jade e lanças de marfim, relíquias santas e estátuas de ouro maciço, mais altas do que três homens. Ansiava por ver essas coisas. Tinha transformado ouro em barras e moedas toscas, mas ansiava por encontrar peças que impressionassem os irmãos Mongke e Kublai. Sentia-se até mesmo tentado a manter as bibliotecas, para que Kublai soubesse que ele as tinha. Riqueza nunca era demais, porém ele poderia ao menos ter mais do que os irmãos.

Quando o califa abaixou o corpanzil na cadeira, Hulegu fechou e abriu as mãos, agarrando inconscientemente o que lhe era devido. Sentou-se e olhou friamente para os olhos aquosos de al-Mustasim. Podia sentir o sol ardendo na nuca e pensou em pedir um toldo, até que viu que a claridade total estava diretamente no rosto do califa. Apesar de seu sangue persa, o gordo não se sentia confortável no calor. Hulegu assentiu para ele.

— O que pretende me oferecer, califa, em troca de sua cidade e sua vida? — perguntou.

Kublai cavalgava para o leste através de uma floresta densa que parecia interminável. Seus batedores estavam espalhados por 50 quilômetros em todas as direções, no entanto as árvores eram densas e criavam uma escuridão que não era natural e que fazia seu cavalo empinar por causa de sombras. Ele ficara sabendo de uma clareira natural adiante, mas o sol estava se pondo e ainda não dava para ver a pedra enorme ou o lago que os batedores haviam descrito.

O general Bayar cavalgava logo adiante, um excelente cavaleiro que não se incomodava com a folhagem densa. Kublai não possuía o toque tranquilo do sujeito, mas permanecia à vista, com seus guardas pessoais ao redor. Pelo menos a floresta estava vazia. Ele e seus homens haviam encontrado uma aldeia abandonada muito bem-escondida a quilômetros da estrada mais próxima. Quem quer que tivesse feito os casebres havia desaparecido muito antes.

O terreno vinha subindo suavemente durante metade do dia, e Kublai chegou a uma crista alta enquanto o sol tocava o horizonte. Olhou para um vale íngreme com uma perfeita tigela preta de água ao pé do morro. Seu cavalo relinchou agradecido pela visão, tão cansado e sedento quanto o dono. Kublai deixou Bayar ir à frente, contente em seguir o caminho que ele escolhesse. Juntos, guiaram os cavalos pela encosta, vendo lampiões adiante como uma horda de vaga-lumes.

Bayar não parecia tão cansado quanto Kublai. Não era muito mais jovem do que ele, mas o sujeito continuava mais em forma do que a vida de Kublai entre os livros em Karakorum o tornara. Não importando o quanto trabalhasse o corpo, ele jamais parecia ter a resistência fácil dos guerreiros e comandantes. Metade de seus *tumans* tinha ido antes, e muitos homens já estariam dormindo no interior das iurtas ou sob as estrelas, se não houvesse lugar para montar as tendas.

Kublai suspirou diante do pensamento. Mal conseguia se lembrar da última vez em que dormira a noite toda. Sonhava e acordava aos arrancos, com a mente girando como se tivesse vida própria. Chabi o acalmava com a mão fria em sua testa, mas ela caía no sono outra vez rapidamente, deixando-o ainda acordado e pensativo. Ele fora obrigado a manter por perto um caderno de couro com páginas em branco para anotar as ideias que se apresentavam justo no momento em que finalmente estava caindo no sono. Com o tempo, copiaria seu diário num papel melhor, um registro do tempo passado entre os sung. Seria uma obra digna das prateleiras de Karakorum se continuasse como havia começado.

Depois que a cidade de Ta-li caiu diante dele, três outras a seguiram em menos de um mês. Ele mandara batedores muito à frente, levando as notícias de misericórdia. Fazia questão de escolher homens entre os jin que haviam se juntado aos seus *tumans* no correr dos anos. Eles entendiam o que ele desejava e, claro, aprovavam, por isso Kublai não duvidava de que falassem bem sobre o líder mongol que era um senhor jin melhor do que a maioria.

Houvera um momento naqueles primeiros meses em que ele pudera sonhar em atravessar direto as terras sung, com exércitos e cidades que se renderiam sem que um único golpe fosse dado, até chegar diante do próprio imperador. Isso havia durado apenas o suficiente para Uriang-Khadai se aproximar. Kublai franziu a testa diante da lembrança, certo de que o general mais velho havia gostado de ser o portador de más notícias.

— Os homens não estão sendo pagos — dissera Uriang-Khadai como se fizesse um sermão. — O senhor disse que eles não têm permissão de saquear e eles estão ficando com raiva. Nunca antes vi um nível de inquietação tão grande, senhor. Talvez o senhor não percebesse que eles iriam se ressentir da misericórdia e da gentileza que mostra aos inimigos. — Kublai se lembrou de como os olhos do orlok brilhavam com uma raiva contida, à medida que prosseguia. — Acho que será difícil lidar com eles se o senhor continuar com essa política. Eles não a entendem. Os homens só sabem que o senhor tirou deles os badulaques e as recompensas.

Enquanto guiava o cavalo descendo pelos arbustos densos, Kublai soltou o ar lentamente. As boas decisões jamais eram tomadas com raiva. Yao Shu havia lhe ensinado essa verdade anos antes. Uriang-Khadai poderia ter gostado de lhe dizer uma coisa tão óbvia, mas o problema era verdadeiro. Os *tumans* davam a vida e a força sem questionar o cã ou quem os comandasse em seu nome. Em troca, tinham permissão de tomar riquezas e escravos sempre que os encontrassem. Kublai podia imaginar a cobiça dos homens ao pensar em todas as grandes cidades sung, intocadas pela guerra e ricas com séculos de comércio. Mas ele havia se recusado a queimá-las e menos de uma dúzia de autoridades dos locais havia morrido, apenas as que se recusaram a render-se. Na última cidade, o povo havia trazido seu prefeito para fora e jogado-o na poeira diante dos homens de Kublai. As pessoas haviam entendido a opção que ele oferecia: viver e prosperar em vez de resistir e serem destruídas.

Kublai apeou rigidamente, acenando para Bayar enquanto o general levava os cavalos para longe. A noite estava pacífica, com uma coruja piando em aviso em algum lugar ali perto, sem dúvida perturbada pela passagem de tantos homens por seu território de caça. Kublai se abaixou e pegou um bocado de água fresca, esfregando-a no rosto e no pescoço com um gemido de apreciação. Tinha uma solução para o problema. Ele pagava a muitos homens que acompanhavam os *tumans* e possuía moedas de ouro e prata às centenas de milhares. Poderia pagar também aos guerreiros, pelo menos durante um tempo. Fez uma careta, pegando mais água para passar no cabelo. Isso iria esvaziar em apenas alguns meses o baú de guerra que Mongke lhe dera. Então não teria dinheiro para subornos e nenhuma fonte nova de rendimentos. Yao Shu havia lhe garantido que os camponeses em suas terras do norte deviam ter uma plantação em vias de ser colhida, mas ele não podia decidir o futuro a partir de quantidades desconhecidas. Os exércitos precisavam ser alimentados e providos. Acrescentar prata a isso era bastante lógico, se ele pudesse encontrar prata suficiente.

De pé, olhando a água, Kublai ficou imóvel, depois levantou os olhos para o céu e riu alto. Estava numa terra onde os soldados eram pagos como qualquer outro profissional. Tinha de encontrar as minas onde o minério era cavado. Estava cansado e com fome, mas pela primeira vez naquele dia não sentia isso. Um ano antes, poderia ter considerado a tarefa impossível, mas desde então vira cidades sung abrirem os portões e renderem-se a um senhor jin. Quando o dinheiro de Mongke acabasse, ele estaria recebendo impostos de suas novas terras, mesmo que não conseguisse encontrar os suprimentos do imperador. Poderia fazer com que as cidades financiassem a própria conquista!

Não ouviu Yao Shu aparecer atrás dele. Apesar da idade, o velho ainda podia mover-se em silêncio. Kublai levou um susto quando ele falou, depois sorriu.

— Fico feliz em vê-lo animado — disse Yao Shu. — Ficaria mais feliz se Bayar não tivesse escolhido um local de acampamento com tantos mosquitos.

Ainda empolgado com a ideia, Kublai explicou seus pensamentos. Falava num mandarim em alta velocidade, sem perceber que sua fluência perfeita deixava o velho orgulhoso. Yao Shu assentiu quando ele terminou.

— Acho que é um bom plano. Uma mina de prata exige muitos trabalhadores. Não deve ser muito difícil encontrar alguém que tenha ouvido falar de uma, ou mesmo que tenha trabalhado em uma. Seria melhor ainda se pudéssemos interromper o pagamento dos soldados sung. Além de encontrar as moedas já feitas, eles sofreriam enquanto nós nos beneficiássemos e talvez perdessem um pouco de fé nos homens que os pagam.

— Amanhã vou mandar batedores nessa tarefa — prometeu Kublai, bocejando. — Até lá tenho o suficiente para pagar aos homens em boa moeda jin. Você pode trabalhar nas quantias para mim?

— Claro. Terei de descobrir o preço de uma prostituta barata numa cidade pequena, para ter como base. Acho que um homem deve ter o suficiente para economizar um ou dois dias e se dar a esse luxo. No mínimo, isso vai lhes ensinar disciplina. — Yao Shu sorriu. — É um bom plano, Kublai.

Sorriram um para o outro, cônscios de que Yao Shu só usava seu nome pessoal quando não havia ninguém perto para ouvir.

— Vá para sua esposa agora — disse Yao Shu. — Coma, faça bebês ou descanse. Você precisa permanecer saudável. — Seu tom sério trouxe de volta a Kublai a lembrança de antigas salas de aula. — Em algum lugar longe daqui, o imperador sung está furioso com os relatórios que chegam. Ele perdeu um exército e quatro cidades. Não vai esperar que você vá até ele. Talvez ele esperasse que seus homens se exaurissem na viagem por suas terras, mas em vez disso ficará sabendo que você prospera e se fortalece, que come bem, mas ainda está faminto.

Kublai riu diante da imagem.

— Estou cansado demais para me preocupar com ele esta noite — falou, com um bocejo enorme, a ponto de sentir o queixo estalar. — Acho que, para variar, vou conseguir dormir.

Yao Shu pareceu cético. Raramente dormia mais de quatro horas seguidas e considerava qualquer coisa a mais um desleixo espantoso.

— Mantenha seu caderno por perto. Gosto de ler as coisas que você escreve.

A boca de Kublai se abriu em protesto.

— É um diário particular, velho. Chabi deixou que você olhasse? Não existe mais respeito?

— Eu o sirvo melhor quando sei o que se passa em sua mente, senhor. E acho as observações sobre o orlok Uriang-Khadai tremendamente interessantes.

Kublai fungou diante da expressão plácida do monge.

— Você vê demais, velho amigo. Vá descansar um pouco. Já parou para pensar na palavra em mandarim para "banco"? Significa "movimento de prata". Vamos descobrir de onde eles a tiraram.

Hulegu desfrutava do sentimento de poder sobre o califa de Bagdá. As pretensões do velho foram rasgadas durante as horas da manhã. Hulegu observava pacientemente enquanto al-Mustasim falava com conselheiros e verificava intermináveis anotações em folhas de fino pergaminho, fazendo ofertas e contraofertas, a maioria das quais Hulegu simplesmente ignorava até que o sujeito entendesse a realidade. À medida que a manhã ia terminando, Hulegu mandou suas equipes de canhões e catapultas começarem os exercícios ali perto, deixando os escribas nervosos. O califa olhava enojado para as fileiras de guerreiros em movimento, as iurtas que se apinhavam por quilômetros em todas as direções. O vasto exército mantinha a cidade num cerco firme, e ele não possuía forças para rompê-lo, qualquer esperança que lhe desse paz. Ninguém viria salvar Bagdá. O conhecimento transparecia em seu rosto e em sua postura, sentado com os ombros afundados nos rolos de carne.

Para Hulegu, era inebriante ver um líder orgulhoso reduzido ao desamparo, observar enquanto o califa percebia lentamente que tudo que ele valorizava estava nas mãos de homens que não se importavam nem um pouco com seu povo e sua cultura. Hulegu descartou a última oferta. Sabia que o povo da região adorava barganhar, mas aquilo não era mais do que o estremecer de um cadáver. Tudo que eles poderiam oferecer estava em Bagdá, e a cidade abriria os portões para os mongóis. As salas dos tesouros e os templos seriam dele, para que fossem saqueados. Mesmo assim, esperava que al-Mustasim desistisse de qualquer esperança.

Pararam ao meio-dia para que o grupo do califa desenrolasse tapetes de orações e baixasse as cabeças cantando juntos. Hulegu usou esse tempo para caminhar até seus generais mais importantes, certificando-se de que ainda estivessem alertas. Estava seguro de que não haveria surpresas. Se outro exército chegasse a menos de 100 quilômetros, ele saberia muito mais rápido do que o tempo que demoraria para a esperança nascer no califa. Hulegu decidira que o homem que governava Bagdá seria morto se uma notícia dessas chegasse. Al-Mustasim era mais do que um senhor para seu povo, com seu prestígio espiritual. Ele podia ser um símbolo, ou mesmo um mártir. Hulegu sorriu com esse pensamento. Os muçulmanos e os cristãos davam enorme valor aos seus mártires.

Ouvindo o canto monótono deles, Hulegu balançou a cabeça, achando graça. Para ele, o Pai Céu estava sempre acima de sua cabeça, a Mãe Terra aos seus pés. Se eles viam tudo, não interfeririam com a vida do homem. Era verdade que os espíritos da terra podiam ser malévolos. Hulegu não podia esquecer o destino de seu pai, escolhido para substituir a vida exigida de Ogedai Khan. À luz do sol, estremeceu pensando nos milhões de espíritos que o observavam naquele lugar.

Levantou a cabeça, recusando-se a sentir medo. Eles não haviam perturbado Gêngis, que causara mais destruição, arrancara muita coisa do mundo ensolarado. Se os espíritos furiosos não tinham ousado tocar em Gêngis, não poderiam ter terrores para o neto dele.

O momento que ele viera esperando chegou numa hora avançada da tarde, quando até mesmo Hulegu permitira que seus serviçais lhe cobrissem o pescoço queimado de sol com um pano molhado. As roupas finas do califa tinham grandes manchas escuras, e ele parecia exausto, embora houvesse apenas ficado sentado, suando através do longo dia.

— Eu lhe ofereci as riquezas de Creso — disse o califa al-Mustasim. — Mais do que qualquer homem já viu. O senhor pediu para eu valorizar meu povo, minha cidade, e foi o que fiz. No entanto, o senhor recusa de novo? O que mais quer de mim? Por que sequer estou aqui, se o senhor não aceita nada em troca?

Seus olhos estavam fracos, e Hulegu sentou-se de novo, atravessando a espada sobre as coxas e se acomodando.

— Não serei feito de idiota, califa. Não aceitarei algumas carroças de coisas bonitas para ter meus homens dizendo que eu jamais soube o que mais havia dentro da velha cidade. Não, vocês não rirão quando formos embora.

O califa olhou-o em confusão absoluta.

— O senhor viu as listas, os registros oficiais do tesouro!

— Listas que os seus escribas podem muito bem ter escrito nas semanas antes de você sair munido delas. Eu escolherei o tributo de Bagdá. Não é você que irá me conceder.

— O que...

O califa parou e balançou a cabeça. De novo olhou o exército ao redor, estendendo-se até a distância de modo a se tornar um borrão tremeluzente. Não duvidava que eles podiam destruir a cidade caso surgisse a oportunidade. Seu coração batia dolorosamente no peito, e ele podia sentir o odor pungente do próprio suor.

— Estou tentando negociar um fim pacífico para o cerco. Diga o que deseja e eu recomeçarei.

Hulegu assentiu como se o sujeito tivesse feito uma boa observação. Coçou o queixo, sentindo a barba crescendo.

— Mande seu povo se desarmar. Mande que joguem cada espada, cada faca, cada machado para fora da cidade, de modo que meus homens possam recolhê-los. Então, você e eu vamos entrar em Bagdá, com apenas uma guarda de honra para manter a turba a distância. Quando isso estiver feito, conversaremos de novo.

Cansado, o califa se levantou. Suas pernas tinham ficado entorpecidas e ele cambaleou um passo antes de se equilibrar de novo.

— O senhor pede para eu deixar meu povo indefeso.

— Ele *já* está indefeso — disse Hulegu, balançando a mão. Em seguida pôs as botas em cima da mesa e se recostou na cadeira. — Olhe em volta de novo, califa, e diga que não é assim. Estou tentando encontrar um caminho para uma solução pacífica. Quando meus homens tiverem revistado seus palácios, saberei que não há truques. Não se preocupe, vou deixar um pouco de ouro, o bastante para você comprar ao menos algumas roupas novas.

Os homens ao redor deram risinhos, e o califa o encarou com fúria impotente.

— Tenho sua palavra de que não haverá violência?

Hulegu deu de ombros.

— A não ser que você me obrigue. Já sabe os meus termos, califa.

— Então retornarei à cidade — disse al-Mustasim.

Hulegu pensou um momento.

— Você é meu convidado. Mande um homem de volta com a ordem. Esta noite você ficará numa iurta, para aprender nossos costumes. Nós temos muçulmanos no acampamento. Talvez eles apreciem sua orientação.

Os dois se encararam, e o califa desviou os olhos primeiro. Sentia-se totalmente sem opções, um peixe num anzol que Hulegu estava satisfeito ao puxar em seu próprio ritmo. Ele só podia se agarrar à menor chance de afastar os mongóis de Bagdá sem sangue nas ruas. Assentiu.

— Eu me sentiria honrado — disse baixinho.

CAPÍTULO 20

Desarmar Bagdá não era uma tarefa simples. Começou bastante bem, com uma população que podia ver o vasto exército mongol ao redor da muralha. Os arautos do califa leram suas ordens em cada esquina e não se passou muito tempo até que as primeiras armas fossem arrastadas para serem recolhidas nas ruas. Era comum as famílias terem uma espada ou uma lança em casa, relíquias de alguma guerra antiga ou só para proteger o lar. Muitos não queriam entregar uma arma que seu pai ou avô havia usado. Não era fácil obrigar açougueiros, carpinteiros e construtores a entregar suas preciosas ferramentas. No fim da primeira manhã, o humor da cidade era de ressentimento e algumas armas até mesmo eram tomadas de volta antes de serem recolhidas. Antes do pôr do sol, os guardas do califa tiveram de enfrentar turbas furiosas que, num determinado momento, quase os engolfaram. Por toda a cidade, 3 mil guardas enfrentavam a raiva crescente dos cidadãos, sempre em número tremendamente maior. Grupos dos homens do califa iam de rua em rua, tentando usar força maciça em um único ponto e depois seguindo em frente. Como resultado, a coleta se tornou ainda mais lenta. Não era um começo promissor, e os problemas cresceram à medida que a noite caía.

Os guardas precisavam manter suas próprias armas para implementar a ordem do califa, mas a visão delas inflamava paixões que já eram perigosas. Cada pai e filho temia homens armados quando haviam entregado as próprias armas. Os guardas eram acertados por telhas e legumes podres enquanto verificavam cada rua, atirados de cima ou por meninos que corriam e gritavam palavrões para eles.

À medida que os dias quentes passavam, multidões se mantinham teimosas e agressivas. Os guardas ficaram tensos de fúria enquanto continuavam o serviço e tentavam ignorar a visão de pessoas fugindo de cada rua com espadas e facas quando eles entravam.

No quarto dia, um dos homens do califa foi acertado por alguma coisa imunda que escorreu úmida por sua nuca. Ele estivera sob uma pressão intensa por longo tempo: chamado de traidor e covarde, ouvindo zombarias e levando cuspidas. Girou numa fúria com a espada desembainhada e viu um grupo de adolescentes gargalhando. Eles se espalharam, mas em sua fúria ele pegou um e derrubou-o com um golpe. O guarda ofegou enquanto virava o corpo. Tinha matado o mais novo do grupo, um menino magro que estava com um enorme talho vermelho no pescoço, feio e largo, de modo a mostrar o osso. O guarda olhou o rosto dos homens corpulentos a quem havia pagado para carregar as armas. Um deles largou a braçada de espadas com um estrondo e foi embora. Atrás deles, outros se comprimiam, gritando para que mais pessoas ainda viessem ver o que ele fizera. A raiva estava crescendo, e o guarda sabia que a justiça era dura nas ruas. O medo transpareceu em seu cenho, e ele começou a recuar. Conseguiu dar apenas alguns passos antes de o fazerem tropeçar e cair. A multidão veio sobre ele num jorro de terror e fúria, rasgando-o com as unhas, acertando punhos e sapatos em sua carne.

No fim da rua uma dúzia de guardas veio correndo. Como se tivesse recebido um sinal, a multidão se espalhou subitamente em todas as direções, fugindo insensatamente. Outro corpo foi deixado junto do menino morto, espancado e arrebentado a ponto de sequer parecer humano.

No amanhecer seguinte houve tumultos em Bagdá. Preso no acampamento mongol, o califa perdeu a paciência ao saber. Era verdade que seus guardas estavam em número inferior na cidade apinhada, mas ele tinha oito grandes quartéis construídos em pedra boa e 3 mil homens. Mandou novas ordens, dando sua permissão pessoal de matar qualquer descontente ou arruaceiro. Os guardas ouviram a notícia com prazer e afiaram as espadas. Um dos seus havia caído diante da turba, e isso não aconteceria de novo. Moviam-se em grupos de duzentos e revistavam áreas, com outras centenas empregadas para levar as armas à muralha e jogá-las. Se alguém protestasse, os guardas usavam bastões grossos para deixá-lo sem sentidos e davam alguns chutes para garantir. Se uma espada fosse desembainhada com raiva contra eles, matavam rapidamente e deixavam os corpos onde pudessem ser vistos. Não havia vergonha ou medo de provocar a vingança de uma turba. Em vez disso, os guardas encaravam os cidadãos até estes baixarem a cabeça enquanto eles continuavam o serviço.

As turbas se encolheram diante da agressão sancionada, voltando para as sombras da vida normal. Pessoas sussurravam o nome do menino morto como um talismã contra o mal, mas as coletas continuavam mesmo assim.

Depois de 11 dias, Hulegu estava no fim da paciência quando chegou a mensagem de que o desarmamento estava completo e ele poderia entrar e inspecionar a cidade. O simples peso das armas fora impressionante, obrigando Hulegu a usar um *tuman* inteiro para levá-las embora em carroças. A maioria foi enterrada para enferrujar, e apenas algumas peças escolhidas encontraram novos donos entre os oficiais mongóis. Bagdá esperava diante dele, realmente indefesa pela primeira vez em sua história. Ele saboreou o pensamento enquanto montava e esperava que um *minghaan* de mil homens se formasse ao redor. Na frente, o califa ocupou seu lugar na carruagem, com as roupas imundas e a pele coberta por picadas de pulgas. Hulegu riu ao vê-lo, depois deu a ordem para entrarem.

Ainda haveria um elemento de perigo em entrar na cidade, Hulegu tinha certeza. Apenas alguns arcos escondidos, usados nos telhados enquanto ele passava, poderiam provocar outro tumulto. Ele usava armadura completa, além de seu elmo, cujo peso e solidez o faziam sentir-se invulnerável enquanto batia os calcanhares e cavalgava finalmente entre os portões. Seus *tumans* estavam prontos para atacar a cidade e ele deixou homens para manter os portões abertos em cada ponto de entrada. Esperava ter pensado em tudo e estava animado enquanto trotava pela rua principal, vazia e cheia de ecos.

Em pouco tempo, as muralhas externas haviam ficado muito para trás. A cidade era construída predominantemente com um tijolo cozido marrom. Isso fez Hulegu se lembrar da cidade de Samarra, que era menor e ficava no norte. Lá seus *tumans* haviam travado uma batalha intensa, em sua ausência, antes de saqueá-la. Quando voltara para o sul, depois de passar pela fortaleza dos Assassinos, Samarra estava saqueada, com sangue escorrendo nas sarjetas e algumas partes reduzidas a entulho. Esse era um motivo pelo qual a cidade do califa não seria aliviada. Os oficiais de Hulegu tinham sido meticulosos.

Bagdá era muitas vezes maior do que Samarra e as construções marrons eram intercaladas com mesquitas muito decoradas. Azulejos brilhantes e extraordinários padrões geométricos captavam a luz do sol, reluzindo nas ruas monótonas como borrões de cor. Hulegu sabia que as mesquitas eram proibidas de usar a forma humana em sua arte, por isso os muçulmanos faziam padrões de formas refletidas e entrelaçadas. Diziam que seus matemáticos haviam surgido a partir da arte, de homens obrigados a pensar nos ângulos e na simetria para cultuar seu deus. Para sua surpresa, Hulegu descobriu que gostava daquele estilo muito mais do que das cenas de batalha que Ogedai encomendara para Karakorum. Havia algo quase tranquilizador nas formas e linhas repetidas que cobriam enormes paredes e pátios. Acima da cidade, erguiam-se minaretes e torres, mais borrões de cor. Quando Hulegu olhou para cima, viu as figuras distantes de homens olhando do alto. Sem dúvida eles podiam ver seu exército fora da cidade enquanto observavam a distância.

Passou pela famosa Casa da Sabedoria e se abaixou na sela para espiar através de um arco, vendo o pátio azul-escuro lá dentro. Eruditos nervosos olhavam de cada janela, e Hulegu se lembrou de que eles supostamente possuíam a maior biblioteca da região. Se Kublai estivesse presente, Hulegu sabia que o irmão estaria salivando para entrar, mas ele tinha outras coisas para ver. Seu *minghaan* seguia um pequeno grupo de guardas do califa através da cidade, cruzando o Tigre por uma ponte de mármore branco. Bagdá era maior do que Hulegu havia percebido, e a simples escala da cidade só era visível de dentro das muralhas.

O sol estava alto quando ele chegou aos portões do palácio do califa e entrou nos jardins verdejantes e abrigados. Fungou ao ver um pavão correndo dos homens armados, com a cauda estremecendo.

A maior parte do *minghaan* ficou fora da residência do califa, com ordens para visitar todos os bancos da cidade. Hulegu se importava pouco com o que o califa pensasse a seu respeito. Enquanto ele apeava, um *tuman* inteiro com 10 mil homens entrava na cidade numa procissão lenta, homens disciplinados que procurariam a riqueza escondida sem provocar outro tumulto.

Hulegu estava bem-humorado enquanto os serviçais do califa o levavam por aposentos frescos e desciam escadas até onde seu senhor esperava. Sabia que poderia ser emboscado, mas contava com a ameaça de seus homens para ficar em segurança. O califa seria insano em matá-lo, com tantos mongóis já dentro da cidade — e tão poucas armas para lutar contra eles. Hulegu tinha certeza de que ainda havia depósitos de armas em Bagdá. Era quase impossível encontrar cada faca, espada e arco numa população com porões e cômodos escondidos. Aquele tinha sido um ato simbólico, na maior parte, mas aumentava o sentimento de impotência na cidade enquanto o povo esperava sua palavra e licença.

O califa al-Mustasim o esperava na base de uma escada que vinha depois de mais duas acima, de modo que as salas do tesouro ficavam no fundo do leito de rocha e eram iluminadas somente por lampiões. Nenhuma luz do sol chegava tão embaixo, mas o lugar era empoeirado e fresco, em vez de úmido. Mesmo com suas roupas sujas, o líder da cidade parecia muito mais confiante do que no acampamento mongol. Hulegu procurou algum sinal de falsidade enquanto os guardas do califa tiravam uma tranca pesada, uma peça de ferro tão enorme que dois deles mal conseguiam levantá-la dos suportes. Então al-Mustasim entrou e empurrou a porta dupla, forçando-a até que ela se abriu sem ruído. Incapaz de se conter, Hulegu se esgueirou até a soleira para ver o que havia dentro. Por sua vez, estava sendo observado pelo califa, que viu a cobiça brilhar em seus olhos.

As salas do tesouro deviam ter sido algum dia uma caverna natural embaixo da cidade. As paredes ainda eram toscas em alguns lugares, estendendo-se até longe. Os serviçais do califa obviamente haviam entrado antes, já que o lugar estava bem-iluminado com lampiões pendurados no teto. Hulegu sorriu ao perceber que a abertura grandiosa da porta fora preparada somente por sua causa.

Valera a pena esperar. O ouro brilhava em sua cor única em pilhas de barras grossas como um dedo de homem, mas isso era apenas uma pequena parte do todo. Hulegu engoliu em seco ao ver a extensão da caverna, com cada canto apinhado de estátuas e prateleiras. Não pôde deixar de imaginar o quanto teria sido tirado antes daquele dia. O califa desejaria manter alguma parte de sua riqueza, e Hulegu tinha consciência de que teria dificuldade para encontrar as outras salas e os baús, onde quer que estivessem escondidos. Mesmo assim, era uma visão impressionante. Somente aquela sala era igual ou maior do que todos os depósitos de Mongke. Mesmo sabendo que teria de entregar pelo menos metade ao irmão, Hulegu percebia que, de um golpe, se tornara um dos homens mais ricos do mundo. Riu ali parado, vendo a riqueza de nações antigas.

O califa sorriu nervoso ao ouvir aquele som.

— Quando verificar as listas que lhe dei, o senhor verá que contabilizei tudo. Negociei honradamente por minha cidade.

Hulegu se virou para ele e pôs a mão em seu ombro. Um dos guardas do califa se eriçou e num instante encontrou uma espada encostada na garganta. Hulegu ignorou-os.

— Você me mostrou os tesouros visíveis, sim. São magníficos. Agora mostre o resto, a verdadeira riqueza de Bagdá.

O califa olhou horrorizado para o homem sorridente. Balançou a cabeça sem palavras.

— Por favor, não há mais nada.

Hulegu agarrou uma das papadas do califa, sacudindo-o suavemente.

— Tem certeza?

— Juro — respondeu o califa. Em seguida se afastou daquele gesto insultuoso enquanto Hulegu falava de novo com um dos guerreiros mongóis.

— Mande o general Kitbuqa começar a queimar a cidade — ordenou.

O sujeito subiu correndo a escada, e al-Mustasim olhou-o ir, com o rosto retorcido em pânico.

— Não! Tudo bem, há uma quantidade de ouro escondida nos lagos do jardim. É só isso. Dou minha palavra.

— Agora é tarde demais — disse Hulegu como se lamentasse. — Eu pedi que você fizesse uma contabilidade precisa do tributo e você não fez. Você mesmo atraiu isso para si, ó califa, e para a sua cidade.

O califa puxou uma adaga das dobras da roupa e tentou atacar, mas Hulegu meramente deu um passo para o lado e deixou seus guardas intervirem, arrancando a arma dos dedos carnudos do sujeito. Hulegu pegou-a, assentindo.

— Eu pedi para você se desarmar e você não fez isso. Levem-no a uma sala pequena e o mantenham como prisioneiro enquanto nós trabalhamos. Estou cansado de suas mentiras e promessas.

Não foi fácil arrastar o corpanzil do califa pela escada, por isso Hulegu deixou seus guardas com a tarefa enquanto entrava no depósito para inspecionar o que havia ganhado. Kitbuqa sabia o que fazer. Ele e Hulegu haviam estabelecido os planos semanas antes. A única dificuldade fora garantir os tesouros de Bagdá antes de destruírem a cidade.

O inverno era ameno naquela região, e os *tumans* de Kublai se acomodaram ao redor de suas terras novas, seguros nas iurtas. A partir de registros das campanhas de Tsubodai na Rússia, Kublai sabia que o inverno era a melhor época para lançar um ataque, mas, estando tão ao sul, a vantagem natural dos mongóis em lutar no tempo frio era quase anulada. Os exércitos ainda se moviam nas estações frias, e ele não poderia ter a garantia de uma folga na guerra. Seus inimigos deviam conhecer o mesmo desconforto. Os mongóis haviam entrado em suas terras, e ninguém sabia onde eles atacariam em seguida.

Kublai havia esperado lutar a cada passo através do território sung, mas depois da primeira batalha quase parecia que estava sendo ignorado. A cidade de Kunming havia aberto os portões para ele sem luta, depois Qujing e Qianxinan. Imaginou se um sentimento de choque e desfaçatez havia paralisado o imperador sung. Fazia séculos que ninguém tentava conquistar suas terras, mas as lições dos jin certamente seriam difíceis de ignorar. Se Kublai estivesse no poder, teria armado toda a população para uma guerra completa, forçando milhões de homens contra a máquina de guerra mongol até que ela fosse completamente esmagada. Ainda temia exatamente isso. Seu único consolo era o isolamento da região de Yunnan por uma enorme cordilheira do restante do território sung. Para alcançar uma grande cidade sung, seus mapas revelavam um território difícil por mais de 300 quilômetros, sem descanso. Kublai se atormentava a cada semana enquanto mandava homens e dinheiro para localizar as minas de prata do imperador sung. Isso demorou muito mais do que ele esperava. Muitos de seus batedores vinham de mãos vazias ou com pistas falsas que desperdiçavam tempo e energia. À medida que dois meses passavam sem sucesso, ele foi obrigado a ir para o leste, entrando nas primeiras montanhas, deixando pequenos grupos de guerreiros em suas cidades pacificadas para garantir que os suprimentos continuassem fluindo.

Os *tumans* e seus incontáveis seguidores nos acampamentos moviam-se devagar pelo território. Kublai dera ordens rígidas a Uriang-Khadai para comprar comida em vez de tomá-la, mas o resultado foi que seu pequeno tesouro diminuiu visivelmente. O orlok insistira, em uma reunião, na idiotice que era deixar prata jin com aldeias de camponeses, mas Kublai se recusara a discutir e mandou-o de volta aos *tumans*, sem lhe dar satisfação. Sabia que sentia um prazer enorme em irritar o sujeito mais velho, mas não iria se explicar a alguém que jamais entendia o que ele estava tentando fazer. Cidades grandes e pequenas nas montanhas eram deixadas intactas atrás das fileiras mongóis e as moedas tinham começado a fluir mês a mês, de modo que até os guerreiros de nível mais baixo tilintavam ao trotar. Eles carregavam as moedas jin em tiras de couro amarradas no pescoço ou penduradas nos cintos como ornamentos. A novidade daquilo os mantivera calmos enquanto esperavam para ver o que essas moedas comprariam nas cidades sung. Apenas Uriang-Khadai recusava o pagamento mensal, dizendo que Kublai não iria transformá-lo num mercador, não enquanto estivesse naquela posição. Sob o olhar irado do orlok, Kublai sentira-se tentado a tirar seu posto, mas resistiu, sabendo que estaria agindo por birra. Uriang-Khadai era um comandante competente e Kublai precisava de todos que tinha.

A viagem era lenta, apesar de haver caminhos entre os morros. Não havia grandes montanhas, só um distante horizonte de picos e vales tornados verdes pelas chuvas pesadas. A garoa durava dias seguidos, transformando o barro em torrões pegajosos que os deixavam mais lentos ainda e atolavam as carroças. Eles se esforçavam e continuavam cavalgando, mulheres e crianças emagrecendo enquanto os rebanhos eram mortos para manter os homens fortes. Os pastos eram a única coisa boa na jornada, e Kublai passava as noites numa iurta com goteiras, com Chabi e Zhenjin, ouvindo Yao Shu ler em voz alta a poesia de Omar Khayyam. Em cada cidade, Kublai perguntava sobre notícias de soldados ou minas. Esses locais remotos raramente tinham alguém que havia estado nas cidades, e ele sentiu alívio quando seus batedores o chamaram à fazenda de um soldado sung aposentado chamado Ong Chiang. Diante de guerreiros com armas, Ong Chiang descobrira que sabia muita coisa. O ex-soldado contou a Kublai sobre a cidade de Guiyang, que ficava a apenas 60 quilômetros de um alojamento de soldados do imperador e de uma mina de prata. Não era coincidência as duas coisas estarem juntas, ressaltou ele. Mil soldados moravam e trabalhavam numa cidade que só existia para sustentar as minas locais. Ong Chiang fora postado lá durante parte de sua carreira e falou com prazer sobre a disciplina dura, mostrando, para enfatizar, uma das mãos com apenas dois dedos e o polegar. Nascer nas cidades ao redor de Guiyang era morrer nas minas, disse. Era um lugar ruim de viver, mas produzia grande riqueza. Era possível que em toda a vida Ong Chiang não tivesse tido uma plateia tão atenta. Recostou-se em sua pequena casa, enquanto Kublai ouvia cada palavra.

— Você viu o solo sendo levado à superfície e depois sendo aquecido?
— Em fornalhas enormes — respondeu Ong Chiang, acendendo o cachimbo enquanto falava e tragando com prazer pela haste comprida. — Fornalhas que rugem o dia inteiro de modo que os trabalhadores ficam surdos depois de uns poucos anos. Eu nunca quis chegar perto daquelas coisas, mas só estava lá para vigiar.
— E você disse que eles cavavam chumbo...
— Minério de chumbo misturado com a prata. Eles são fundidos juntos, mas não sei por quê. A prata é um metal puro, e o chumbo pode ser separado. Eu os vi derramando lingotes de prata no local, e nós precisávamos trabalhar para garantir que os mineiros não roubassem nem mesmo algumas raspas.

Começou a contar a história de um homem que tentou engolir pedaços afiados de prata e deixou Kublai enjoado. Ele suspeitou que o veterano soubesse pouco mais do que ele sobre o verdadeiro processo, mas em sua arenga o sujeito entregou muitos detalhes úteis. A mina em Guiyang era sem dúvida um empreendimento enorme, uma cidade que existia somente com o objetivo de cavar minério. Kublai estivera imaginando algo numa escala menor, mas Ong Chiang falava sobre milhares de trabalhadores usando marretas e pás dia e noite para alimentar os cofres do imperador. Alardeou a existência de pelo menos sete outras minas em terras sung, o que Kublai teve de descartar como fantasia. Seu próprio povo trabalhava em dois veios ricos, mas Kublai nunca visitara os locais. Pensar em oito sendo escavados, com o minério transformado em moedas preciosas, era uma visão de riqueza e poder que ele mal conseguia captar.

Por fim, o homem ficou sem fôlego e se acomodou no silêncio, tornado mais confortável ainda por um frasco de *airag* que Kublai havia tirado de seu dil. Ele se levantou, e Ong Chiang sorriu sem dentes.

— O senhor tem prata suficiente para pagar um guia? — perguntou. Kublai assentiu, e o homem se levantou com ele, estendendo a mão para sacudir seu braço para cima e para baixo. — Então eu faço isso. O senhor não vai encontrar a mina sem um guia.

— E a sua fazenda, a sua família?

— A terra aqui é uma merda, e eles sabem disso. Não tem nada além de calcário e pedras. A gente precisa ganhar dinheiro, e eu sinto o cheiro dele no senhor.

O olhar de Ong Chiang viajou pelo dil limpo de Kublai e sua mão mutilada estremeceu como se ele quisesse tocar o tecido de qualidade. Kublai achou divertido, mesmo contra a vontade. Percebeu a mulher do fazendeiro olhando-o da porta com irritação. Kublai a encarou por um momento e ela baixou os olhos imediatamente, aterrorizada com os homens armados em volta de sua casa.

— Como vou saber que posso confiar em você? — perguntou Kublai.

— Agora sou Ong Chiang, fazendeiro, mas já fui Ong Chiang, oficial no comando de oito homens, antes de perder meus dedos para um idiota com uma pá. Mandaram que eu entregasse minha armadura e minha espada, me deram meu pagamento e foi só. Depois de vinte anos fui mandado embora sem nada. Não pense que vou lhe causar problema. Não posso segurar uma espada, mas vou mostrar o caminho. Gostaria de ver o rosto deles quando virem seus homens chegando.

Ong começou a soltar um risinho e a chiar, e sugou o cachimbo de novo, como uma teta que lhe desse conforto. O chiado virou gorgolejos e finalmente se acalmou, deixando-o com o rosto vermelho.

— Eu pago aos meus homens quatro moedas de prata por mês — disse Kublai. — Você vai ganhar um pagamento extra quando encontrar uma mina de prata para mim.

O rosto de Ong Chiang se iluminou.

— Quatro! Por essa quantia eu ando dia e noite, para onde o senhor quiser.

Kublai esperava que Yao Shu não tivesse exagerado as estimativas sobre o pagamento para um soldado. Essa era uma área em que o monge budista não tinha experiência. Kublai estava perdendo meio milhão de moedas de prata de seus fundos de campanha a cada mês, e, mesmo que Mongke tivesse sido mais do que generoso, ele tinha, na melhor das hipóteses, seis meses antes que o problema dos saques retornasse. Kublai ainda lutava para entender o impacto de uma decisão tão simples, mas tinha a visão de seus homens caindo sobre uma cidade pacífica com riqueza demais nos bolsos. Os preços iriam para o espaço. Eles beberiam a cidade até secá-la, discutiriam por causa das prostitutas e depois brigariam até ficarem inconscientes.

Encolheu-se ao pensar nisso. Longe, ao norte, Xanadu estava sendo construída por trabalhadores jin que presumiam que ele fosse retornar com seu pagamento. A nova capital que ele imaginava seria deixada em ruínas se Kublai não encontrasse uma nova fonte de prata.

— Muito bem. A partir deste dia você é Ong Chiang, o guia. Será que preciso alertá-lo sobre o que acontecerá caso nos leve para o lugar errado?

— Acho que não — respondeu o sujeito, mostrando de novo as gengivas murchas.

CAPÍTULO 21

O CALIFA CHOROU QUANDO A CASA DA SABEDORIA FOI INCENDIADA. A ciência e a filosofia de séculos estavam em material totalmente seco, e as chamas se espalharam com um chiado, transformando-se rapidamente num inferno e se dispersando para as construções amontoadas ao redor. Seus guardas mongóis o haviam deixado sozinho, ansiosos para participar do saque da cidade antiga. Al-Mustasim havia esperado durante um tempo, depois saiu do palácio, passando por cima de corpos e pelo lagos do pátio, onde barras de ouro tinham sido escondidas na lama. Os lagos estavam marrons e todos os peixes haviam morrido, sufocados na imundície ou empalados por diversão enquanto as barras eram retiradas.

Continuou caminhando através de ruas marcadas com trilhas de sangue. Mais de uma vez, algum guerreiro mongol veio atacando de uma rua lateral com uma espada vermelha. Quando reconheciam seu corpanzil, o ignoravam, dando uma estranha sensação de pesadelo à caminhada. Ninguém tocaria o califa por ordens de Hulegu. O restante da cidade não teve a mesma proteção, e lágrimas desceram quando viu os mortos e sentiu o cheiro de fumaça na brisa. O incêndio na Casa da Sabedoria era apenas um de muitos, mas ele se demorou ali por um tempo, os olhos vermelhos na fumaça ardente.

Talvez 1 milhão de pessoas vivesse em Bagdá na época em que os *tumans* de Hulegu a haviam cercado. Existiam bairros inteiros dedicados a perfumes, outros à alquimia, e artesãos de mil tipos diferentes. Uma área fora construída ao redor de tinas de tingimento com tamanho suficiente para homens ficarem dentro e mergulharem os pés nos líquidos de cores fortes. Chamas haviam irrompido ali, e al-Mustasim ficou parado por um tempo, olhando as centenas de tigelas de pedra. Algumas continham homens e mulheres afogados, os rostos manchados pelas tinturas, os olhos ainda abertos. O califa continuou andando, a mente entorpecida. Tentou aceitar a vontade de Alá; sabia que os homens com vontade livre causariam grande mal, porém a realidade daquilo, em toda a sua escala, deixou-o mudo e vazio, como um mendigo cambaleando pelas próprias ruas. Os mortos estavam em toda parte, o fedor de sangue e de incêndios se misturando pela cidade. Ainda havia gritos: a coisa não havia terminado. Ele não podia imaginar a mente de um homem como Hulegu, capaz de ordenar a matança de uma cidade sem qualquer sentimento de vergonha. Nesse ponto, al-Mustasim sabia que Hulegu pretendera a destruição desde o início, que todas as negociações haviam sido apenas um jogo para ele. Era uma maldade tão colossal que o califa não conseguia absorver. Cambaleou por quilômetros pela cidade, perdendo as sandálias ao subir por uma pilha de corpos e continuando descalço. À medida que o dia terminava, viu tantas cenas de dor e tortura que pensou estar no inferno. Seus pés estavam ensanguentados e cortados pelas pedras afiadas, mas ele não sentia a dor. As palavras do Corão lhe vieram nesse momento: "Vestes de fogo foram preparadas para os descrentes. Água escaldante será derramada em suas cabeças, derretendo a pele e o que há em suas barrigas. Eles serão golpeados com hastes de ferro." Os mongóis não eram cristãos, hindus ou judeus, mas com o tempo também sofreriam, assim como o povo de sua cidade havia sofrido. Era seu único consolo.

Numa ponte de mármore branco, al-Mustasim olhou para o rio que atravessava a cidade. Pousou os braços na pedra e viu centenas de corpos passando, grudados uns aos outros na água vermelha, as bocas abertas como peixes enquanto eram levados para longe. O sofrimento daquelas pessoas havia terminado, mas a angústia do califa apenas se intensificava, ao ponto de fazê-lo pensar que seu coração explodiria no peito.

Ainda estava ali quando o sol se pôs, trancado no desespero, de modo que o general Kitbuqa teve de sacudi-lo para trazê-lo de volta à consciência. Al-Mustasim fixou os olhos turvos nos do general mongol. Não conseguia entender as palavras dele, mas os gestos eram claros enquanto Kitbuqa puxava-o. Voltaram ao palácio, onde lampiões tinham sido acesos. Ele não ousava pensar nas mulheres de seu harém nem nos filhos. O cheiro de sangue ficava mais forte no ar, e, sem aviso, ele se dobrou e vomitou um jorro de água. Foi cutucado para continuar, os pés deixando marcas sangrentas no piso de mármore.

Hulegu estava numa das salas principais, bebendo numa taça de ouro. Alguns escravos do califa o serviam, os rostos empalidecendo ao reconhecer o homem que fora seu senhor.

— Eu mandei você ficar no palácio... e você não ficou — disse Hulegu, balançando a cabeça. — Vou entrar no seu harém esta noite. Disseram-me que a porta para aquela parte do palácio é conhecida como portão do prazer.

Al-Mustasim levantou a cabeça obedientemente. Suas mulheres e seus filhos ainda viviam, e a esperança se acendeu nele.

— Por favor — disse baixinho. — Por favor, deixe que eles vivam.

— Quantas mulheres existem lá? — perguntou Hulegu com interesse.

Seus homens tinham começado o trabalho de esvaziar o porão abobadado, empilhando obras de arte como se fosse lenha ao lado de tesouros dos séculos. Com exceção disso, o palácio ficara intocado.

— Setecentas mulheres, muitas delas são mães ou estão grávidas.

Hulegu pensou durante um tempo.

— Você pode ficar com cem mulheres. O resto será dado aos meus oficiais. Eles trabalharam duro e merecem uma recompensa.

Os homens ao redor de Hulegu pareceram satisfeitos, e ele se levantou, jogando no chão a taça de vinho, que rolou ruidosamente.

Hulegu foi andando na frente, através de corredores e salões, chegando enfim à porta fechada que escondia os jardins do harém. Olhou com expectativa para al-Mustasim, mas o califa não tinha mais a chave nem sabia onde ela estava. Hulegu fez um gesto para a porta e em instantes os homens a haviam arrombado.

— Somente cem, califa. É generosidade demais, mas esta noite estou de bom humor.

Al-Mustasim endureceu a alma, piscando para conter as lágrimas que ameaçavam sair. As mulheres gritaram ao ver quem havia entrado em seus jardins privados, mas o califa as acalmou. Elas ficaram de pé, de cabeça baixa, e Hulegu inspecionou suas filas como se fossem gado, divertindo-se. Permitiu que al-Mustasim escolhesse uma centena das mulheres que choravam, depois mandou as outras para seus homens que esperavam e que as receberam com gritos de empolgação. As crianças ficaram para trás, agarradas a mulheres que elas conheciam ou chorando enquanto suas mães eram levadas embora.

Hulegu assentiu para al-Mustasim.

— Você fez algumas ótimas escolhas. Vou pegar essas cem para mim. Não preciso das crianças.

Em seguida falou em sua língua gutural para os guardas e eles começaram a empurrar as mulheres para fora do jardim uma a uma, derrubando as crianças que tentavam agarrar-se a elas. Al-Mustasim se encolheu diante dessa última traição, mas parte dele previa isso. Gritou palavras do Corão para suas esposas e seus filhos. Não podia olhar para eles, mas prometeu a todos um lugar no céu, com o profeta e o amor de Alá por toda a eternidade.

Hulegu esperou até que ele terminasse.

— Aqui não há mais nada. Levem o gordo para fora e o enforquem.

— E as crianças, senhor? — perguntou um dos seus homens.

Hulegu olhou para o califa.

— Eu pedi para você se render e você não obedeceu. Talvez se isso tivesse acontecido eu fosse misericordioso. Matem as crianças primeiro, depois o enforquem. Espremi Bagdá até deixá-la seca. Não há mais nada que valha a pena.

Kublai estava deitado de barriga para baixo e praguejou brandamente. Havia mandado seus batedores procurar prata, pagando a homens por informações durante centenas de quilômetros, sem pensar que o imperador sung acabaria sabendo de seu interesse e reagiria. Tinha sido um erro, e, ainda que ele pudesse xingar a própria ingenuidade, não podia afastar por mágica o exército acampado ao redor das minas de Guiyang. Seus *tumans* ainda estavam a mais de 30 quilômetros a oeste e ele avançara apenas com Ong Chiang, o novo guia, e dois batedores para ver os detalhes. Fez uma careta enquanto se mantinha abaixado e olhava por cima dos morros para a massa de homens e máquinas. Aquilo não era um regimento de guarda mandado para proteger a prata, e sim uma força enorme, completa com canhões, lanceiros e besteiros às dezenas de milhares. Eles não poderiam ser surpreendidos nem emboscados, no entanto ele precisava da prata que estava no coração de tudo aquilo. Mesmo assim, Kublai duvidou que o imperador tivesse mantido muita coisa de valor além do minério bruto. Pensou em abandonar o ataque, e só o pensamento de que Mongke acabaria sabendo que ele recuara o manteve planejando.

A mina ficava num vale raso, que daria velocidade aos seus guerreiros durante o ataque. Suas equipes de canhões estariam disparando para baixo, se pudessem levar as armas para a borda, enquanto os soldados sung teriam de disparar para cima. Nenhuma vantagem era pequena demais para ser desconsiderada contra tantos inimigos. Kublai olhava com a intensidade de um topógrafo, captando cada característica do terreno que pudesse usar. Os canhões seriam cruciais, percebeu. Ainda não os vira ser usados numa batalha fixa, pelo menos durante a luz do dia, mas os comandantes sung certamente teriam mais experiência nisso do que ele. Não poderia presumir que os oficiais tivessem obtido seus cargos devido a ligações com a corte imperial, ou em exames, não importando o que tinha ouvido dizer. Pensou em tudo que lera sobre a guerra sung: como, mais ainda do que com os jin, as batalhas aconteciam de modo ritualista, com golpe e contragolpe. Eles raramente lutavam até a aniquilação, só até que um dos lados ficasse satisfeito. Isso também seria uma vantagem. Seus *tumans* lutavam para destruir, para despedaçar e dobrar a vontade do inimigo até ele virar poeira sob seus pés.

Kublai olhou por cima do capim denso para Ong Chiang, que estivera examinando as fileiras sung com igual intensidade. Quando o fazendeiro sentiu o olhar de Kublai, levantou a cabeça e deu de ombros.

— Foi conversado sobre um pagamento extra quando eu encontrasse a mina, senhor.

Enquanto ele falava, começou a revistar os bolsos em busca do cachimbo. Kublai estendeu a mão e o fez parar. Não seria bom ter um fino fio de fumaça subindo da posição onde estavam.

— Preciso planejar uma batalha, Ong, o subitamente rico — sussurrou Kublai. — Procure-me depois disso e eu vou lhe dar um documento para levar ao meu intendente.

Ong Chiang olhou de novo para o enorme acampamento ao redor da cidade mineira e mordeu os lábios um pouco, desejando o cachimbo.

— Acho que eu preferiria receber antes da batalha, senhor. Para o caso de ela não correr muito bem para o senhor. — Ele viu a expressão de Kublai e continuou rapidamente: — Tenho certeza de que ela vai correr bem, mas, se o senhor permitir que eu pegue o pagamento agora, eu começaria a viagem de volta até minha família.

Kublai levantou os olhos um momento. Com Ong Chiang e os batedores, arrastou-se de volta até ter certeza de que nenhum batedor sung poderia vê-los. Não tinha identificado qualquer vigia durante a aproximação cuidadosa e não sabia se era porque eles não tinham sido postos ou porque simplesmente eram muito melhores do que ele em permanecer ocultos. Não usava sinais de posto, sabendo que se reconhecessem o que ele era iriam caçá-lo. Simplesmente cavalgar os 30 quilômetros até o local fora um risco, mas ele precisara ver.

Quando retornou aos *tumans*, pagou bem a Ong Chiang, dando-lhe uma gorda bolsa de prata que fez o sujeito rir de orelha a orelha. O fazendeiro usou duas moedas para comprar a égua velha que lhe fora emprestada e logo estava seguindo seu caminho, sem olhar para trás. Kublai sorriu vendo-o se afastar. A prata era um investimento que iria se pagar com lucro enorme se ele conseguisse ocupar a mina.

A manhã estava boa e límpida enquanto ele reunia seus generais. Uriang-Khadai havia perdido parte de seu mau humor diante da perspectiva de uma batalha. Bayar também estava satisfeito, agarrando-se a cada palavra que Kublai pronunciava, descrevendo a cena em detalhes incríveis.

— Um número tão grande de soldados precisa ser alimentado — disse Kublai — e as fazendas da região não podem sustentar um exército tão enorme. Bayar, mande um *minghaan* numa linha ampla ao redor do local. Encontre a linha de suprimentos deles ou qualquer lugar onde guardem comida. Destrua tudo. Eles não lutarão tão bem com a barriga vazia.

Bayar assentiu, mas permaneceu onde estava.

— Eles estão em maior número do que nós — continuou Kublai. — Mas receberam ordem de proteger a mina, vão lutar defensivamente, em vez de sair quando forem atacados. Isso é uma vantagem para nós. Uriang-Khadai, você colocará nossos canhões em fileiras apertadas, para derramar fogo sobre eles. Comece com um tiro para avaliar a distância a partir da crista do morro, depois mova os canhões rapidamente para onde possamos alcançar suas posições. Se alguém vier contra nossos canhões, eles devem ser destruídos. Isso vai me permitir retirar todos os homens da retaguarda e usá-los para atacar os flancos.

Uriang-Khadai fez que sim de má vontade.

— Quantos cavaleiros eles têm? — perguntou.

— Eu vi pelo menos 10 mil cavalos. Não sei quantos eram de reserva. A cavalaria pode ter 5 mil soldados. Eles não devem ter permissão de nos pressionar pelos flancos, mas temos arqueiros bons em número suficiente para contê-los.

Kublai respirou fundo, sentindo a barriga se retesar com ansiedade e nervosismo. Prosseguiu:

— Lembrem-se de que eles não conhecem guerra há gerações, já nossos guerreiros lutaram durante toda a vida. Isso fará diferença. Por enquanto, a tarefa de vocês é colocar os *tumans* a distância de ataque o mais prontamente possível, trazendo os canhões mais rápido do que jamais os movimentamos. As famílias vão permanecer aqui com as carroças pesadas e os suprimentos. Preciso de movimento ágil, aparecer diante deles antes que saibam que estamos chegando. Preciso dessa frente sólida para conseguir golpeá-los nos flancos. — Ele olhou para seus dois homens mais importantes e soube que ambos tinham personalidades diferentes, mas que eram confiáveis. — Vou lhes dar novas ordens antes de entrarmos em batalha. Até lá, rezem para não chover.

Como se fossem um só, eles olharam para cima, mas havia poucas nuvens e elas estavam muito altas, fiapos brancos num céu de primavera.

Mongke jogou um maço de relatórios numa pilha quase tão grande quanto sua cadeira e esfregou os olhos, cansado. Havia ganhado peso desde que se tornara o cã e sabia que não estava mais tão em forma quanto antes. Durante anos considerara a enorme força de seu corpo algo garantido, mas o tempo roubava tudo, transformando os homens de maneiras tão sutis que eles mal notavam, até ser tarde demais. Encolheu a barriga ali sentado, dizendo a si mesmo pela centésima vez que teria de treinar mais com a espada e o arco para não perder todos os traços de sua força e vitalidade.

Os problemas de um vasto canato não se pareciam em nada com os que conhecera como oficial. A Grande Jornada para o ocidente com Tsubodai fora uma vida mais simples, com obstáculos mais básicos a superar. Na época, não poderia sonhar que um dia estaria tentando resolver uma disputa complicada entre os taoistas e os budistas, ou que as moedas de prata iriam se tornar uma parte tão importante de sua vida. As linhas do yam o mantinham em dia com um jorro de informações que quase o sufocava, apesar do enorme grupo de escribas mongóis que trabalhavam na cidade. Mongke cuidava de uma centena de pequenos problemas a cada manhã e lia um número equivalente de relatórios, tomando decisões que afetariam a vida de homens que ele jamais veria ou conheceria. No maço que havia jogado no chão havia um pedido de verbas feito por Arik-Boke, alguns milhões de moedas de prata que tinham de ser cavadas e fundidas a partir das minas. Mongke podia invejar a vida simples do irmão mais novo na terra natal, mas a verdade que descobrira sobre si mesmo era que adorava esse trabalho. Era satisfatório resolver problemas para outros homens, ser aquele que eles procuravam com suas questões e catástrofes. De distâncias enormes como a Síria e a Coreia, eles procuravam Karakorum, como Ogedai Khan um dia havia esperado. Banqueiros podiam fazer retirada de prata em diferentes países por causa da paz que Mongke havia estabelecido. Se havia salteadores ou ladrões, ele possuía uma ampla rede para capturá-los, milhares de famílias dedicadas a administrar as terras do cã, em seu nome, com sua autoridade apoiando-as. Deu um tapinha na barriga, pesaroso. Como acontecia com todas as coisas, a paz tinha seu preço.

Ao se levantar, seus joelhos estalaram. Gemeu baixinho quando seu conselheiro-chefe, Urigh, veio trotando com mais papéis.

— É quase meio-dia. Olharei isso depois de comer — disse Mongke.

Ele desfrutaria de uma hora com os filhos quando eles tivessem chegado em casa vindos da escola na cidade. Falariam mandarim e persa, além da própria língua. Ele veria os filhos como cãs quando crescessem, assim como sua mãe havia trabalhado para alçar o mais velho acima do resto.

Urigh pousou a maior parte dos papéis que estava segurando, um maço de pergaminhos presos com barbante. Estendeu apenas um, e Mongke suspirou, conhecendo o sujeito bem demais.

— Certo, diga, mas seja rápido.

— É um relatório do domínio do seu irmão Kublai nas terras jin. Os custos de sua nova cidade ficaram imensos. Tenho os números aqui. — Ele entregou o pergaminho, e Mongke sentou-se de novo para ler, franzindo a testa.

— Quando ele ficar sem dinheiro, terá de parar — falou, dando de ombros.

Urigh parecia desconfortável em falar do irmão do cã. Os sentimentos de Mongke para com Hulegu, Arik-Boke e Kublai eram complexos e ninguém gostaria de entrar no meio deles, não importando o quanto Mongke reclamasse.

— O senhor pode ver que ele gastou quase tudo que o senhor lhe deu para a campanha. Tenho relatórios de que ele está procurando minas de prata nas terras sung. Será que ele poderia ter encontrado uma e não ter declarado ao senhor?

— Eu saberia. Tenho homens perto dele que informam cada movimento. A última mensagem chegou há uma semana, pelas linhas do yam, e ele ainda não havia encontrado uma mina. Não pode ser isso. E essas tais novas fazendas que ele tem? Ele alugou milhares de lotes há dois anos. Já devem ter sido arados e plantados duas vezes, até mais do que isso se estão plantando arroz nas planícies aluviais. Nos mercados jin, isso geraria prata suficiente para continuar construindo os palácios dele.

Mongke franziu a testa pensando nas próprias palavras, verificando os detalhes da contabilidade de Xanadu. Enormes estoques de mármore haviam sido encomendados, o suficiente para construir um palácio equivalente ao seu em Karakorum. Sentiu uma semente de desconfiança crescer.

— Eu não interferi com a campanha dele nem com a de Hulegu.

— Hulegu mandou de volta enormes ganhos, senhor. Somente Bagdá trouxe ouro e prata suficientes para manter Karakorum durante um século.

— E quanto recebemos de Kublai?

Urigh mordeu o lábio.

— Até agora, nada, senhor. Eu presumi que ele tivesse colocado com sua permissão os fundos na cidade nova.

— Eu não proibi — admitiu Mongke. — Mas as terras sung são ricas. Talvez ele tenha esquecido que age em nome do cã.

— Tenho certeza de que isso não é verdade, senhor — disse Urigh, tentando andar numa linha cautelosa. Não poderia criticar o irmão do cã, mas a falta de uma contabilidade adequada das terras sung o perturbava há meses.

— Talvez eu devesse ver essa tal de Xanadu pessoalmente, Urigh. Fiquei gordo durante a paz e talvez meus irmãos tenham ficado muito seguros de si sem sentir meu olhar sobre eles. Acho que Kublai realizou bastante. — Ele ficou em silêncio e pensou durante um tempo. — Não, isso é injusto. Ele se saiu bem com o que eu lhe dei, melhor do que eu ousava esperar. Nesse ponto, terá descoberto que precisa de mim para acabar com os sung. Pode até ter aprendido um pouco de humildade, um pouco do que é necessário para levar os *tumans* à batalha. Eu fui paciente, Urigh, mas talvez seja hora de o cã assumir o campo. — Ele deu um tapinha na barriga, com um sorriso pesaroso. — Mande seus homens a mim quando voltarem com o relatório. Será bom cavalgar de novo.

CAPÍTULO 22

Kublai ficou observando enquanto os regimentos jin corriam de suas barracas, formando-se em linhas bem disciplinadas. Ainda não podia acreditar como seus *tumans* haviam chegado perto das minas antes que as trombetas de alarme soassem. A menos de 3 quilômetros, um gemido distante de metal começara a soar, abafado pela inclinação do terreno. O oficial sung deveria ter mais batedores avançados, substituídos regularmente por homens do acampamento principal. Kublai rezou em silêncio para esse ser o primeiro de muitos erros que os inimigos cometeriam.

Sentiu força com a longa linha de cavaleiros de seus dois lados avançando a trote. O *minghaan* de Bayar havia cortado as linhas de suprimento sung quatro dias antes, depois esperou para emboscar quem eles mandassem. Nenhum homem, de cem enviados, retornou ao acampamento sung. Kublai esperava que eles estivessem ficando com fome. Precisava de cada vantagem que conseguisse.

O caminho de terra que levava à mina terminava num campo plano com alguns quilômetros de largura. Kublai tentou se colocar no lugar do general sung. O local não era bom para uma batalha defensiva. Nenhum líder escolheria um lugar onde não pudesse ter o domínio dos pontos altos mais próximos. No entanto, era exatamente o tipo de batalha que acontecia quando um imperador a milhares de quilômetros de distância ordenava que um dos seus homens mais importantes sustentasse uma posição, não importando quem viesse contra ela ou a força que tivesse. Não haveria retirada, Kublai tinha certeza. Levantou o punho e as fileiras mongóis pararam, curvando-se ligeiramente ao encontrar a linha da crista do vale. O sol estava alto acima deles, e o dia era quente. Dava para ver até uma longa distância, para além da mina propriamente dita, até a cidade que a alimentava com trabalhadores todas as manhãs. O próprio ar tremeluzia sobre parte daquela área ampla, revelando o lugar das fornalhas de fundição. Kublai se animou com o fato de elas ainda estarem funcionando. Talvez houvesse prata nas oficinas, afinal de contas. Podia ver um jorro de trabalhadores saindo do lugar, e, enquanto esperava que seus canhões chegassem no alto, o tremeluzir distante cessou. A mina se fechou, e o ar estava totalmente imóvel.

Atrás dele, as equipes de artilharia chicoteavam cavalos que arrastavam os canhões pesados, esforçando-se pelo último trecho encosta acima. Kublai e Bayar haviam experimentado com bois e cavalos, até mesmo camelos, tentando encontrar a melhor combinação de velocidade e energia. Os bois eram dolorosamente lentos, por isso ele os havia deixado no acampamento com as famílias e usara parelhas de quatro cavalos. Assim que os canhões estivessem em movimento, elas podiam triplicar a velocidade até a frente de batalha, mas o custo em cavalos era enorme. Centenas deles ficariam mancos ou sem fôlego puxando os canhões, além das carroças cheias de balas e pólvora.

Kublai preparou as ordens na cabeça. Os sung haviam se formado rapidamente na planície do vale, e ele viu as formas escuras dos canhões deles sendo arrastados até a frente, preparados com braseiros para acender a pólvora negra. Atacar aquele acampamento seria cavalgar por uma chuva de tiros, e Kublai sentiu a barriga se apertar, temendo a ideia. Fez um muxoxo ao ver que os regimentos sung não se mexiam, certos de que ele teria de ir até lá.

Mandou guerreiros sozinhos à frente dos *tumans*. Milhares de olhos de ambos os lados observavam-nos ir a passo com as montarias, descendo a encosta suave. Os outros guerreiros mongóis esperavam para ver se eles encontravam trincheiras ou espetos escondidos no capim, enquanto os regimentos sung se retesavam diante do que poderiam ser os primeiros cavaleiros de um ataque suicida. Os braseiros junto aos canhões sung soltavam fumaça furiosamente enquanto os artilheiros colocavam carvão novo, mantendo-os quentes. Kublai podia sentir o coração martelando enquanto esperava um dos cavaleiros cair. Suas emoções estavam confusas quando eles chegaram ao fundo em segurança e cavalgaram até o limite do alcance das flechas. Eram jovens, e ele não ficou surpreso quando pararam para zombar do inimigo. Mais preocupante era o fato de o comandante sung não ter posto armadilhas. O sujeito queria que eles cavalgassem rápido e com intensidade até onde poderia destruí-los. Podia ser confiança justificada ou uma idiotice completa, e Kublai suava sem saber qual das duas opções era a correta. Seus cavaleiros retornaram para as fileiras em meio a gritos e gargalhadas dos que os conheciam. A tensão havia sido insuportável, mas com um olhar Kublai viu que quatro de seus canhões estavam prontos, com os braseiros acesos e soltando fumaça, longe das pilhas de sacos de pólvora e balas. O resto ainda estava atrelado às parelhas que os arrastavam, preparados para chegar mais perto assim que vissem qual era o alcance. Disse a si mesmo que os sung não poderiam ter esperado tantas daquelas armas pesadas.

Ainda esperava surpreendê-los. Os químicos persas que trabalhavam em Karakorum haviam produzido uma pólvora mais fina, com mais salitre do que a mistura jin. Kublai entendia pouco daquela ciência, mas grãos menores queimavam mais rápido e impulsionavam a bala com mais força. O conceito era suficientemente claro para qualquer um que já tivesse fritado um pedaço de carne, ou visto a carne ser cortada em pedaços pequenos para cozinhar. Observou ansioso enquanto os quatro canhões eram soltos dos suportes e novos blocos de madeira eram colocados para levantar os canos pretos na elevação máxima. Os blocos costumavam se despedaçar durante os disparos e as equipes os tiravam dos sacos de reserva, cada um deles cortado de troncos de bétula. Os sacos de pólvora eram enfiados nos tubos de ferro e em cada equipe um homem forte levantava uma bala de pedra entre as pernas abertas, como se estivesse dando à luz. Com um esforço enorme, as balas eram levadas até a boca do canhão e outro homem da equipe se certificava de que ela não caísse para trás. Por um instante Kublai quase ordenou um segundo saco de pólvora, mas não ousava correr o risco de os canhões explodirem ao disparar. Ele precisaria de todos.

Mil e duzentos metros abaixo, do outro lado da planície do vale, os regimentos sung esperavam em fileiras perfeitas e reluzentes. Eles podiam ver o que estava acontecendo na crista do morro, mas se mantinham como estátuas, com as bandeiras e estandartes balançando ao vento. Kublai ouviu suas equipes dos canhões gritando instruções, usando o mesmo tipo de bandeiras para avaliar o vento. Elas começaram a cantar, com uma ênfase no quarto tempo do compasso. Quase como se fossem uma só, as armas de ferro foram giradas, levantadas por força bruta e homens gemendo. Os disparos sairiam retos até que o vento mudasse.

Kublai levantou a mão e quatro velas foram acesas e protegidas da brisa enquanto os oficiais se preparavam para tocar o junco cheio da mesma pólvora preta, a fagulha que rompia o saco lá dentro e mandava a bola pelo ar.

Kublai baixou o braço, quase se encolhendo de ansiedade. O som que veio em seguida era incomparável. Até mesmo o trovão parecia menos terrível. Fumaça e chamas brotaram de cada um dos buracos de ferro, e borrões desapareceram voando. Kublai pôde ver as linhas curvas, e seu coração bateu mais rápido ao ver que os projéteis certamente chegariam aos sung. Sua boca ficou aberta quando as balas de canhão voaram por cima dos regimentos, acertando longe demais para que os danos fossem vistos.

Houve um momento de silêncio, e então cada homem que tinha conseguido ver aquilo berrou, e o resto das equipes de canhões chicoteou os cavalos com nova urgência, trazendo-os para o alto. Eles podiam acertar o inimigo. Ou os sung tinham avaliado mal o benefício da crista do morro ou a pólvora mongol era muito melhor do que a deles.

Kublai gritou novas ordens, dominado por um sentimento de urgência de usar a vantagem súbita. Observou o ajuste dolorosamente lento com as equipes pegando as marretas pesadas e começando a soltar os blocos, enquanto outros homens levantavam os canos de ferro para dar espaço.

Na planície do vale, trombetas soaram, e ordens conflitantes foram dadas, numa confusão súbita. Kublai podia ver que alguns oficiais sung achavam que só precisavam recuar mais para perto da mina. Outros que tinham visto as balas passar sobre as cabeças estavam gritando com raiva e apontando para o topo do morro. Não havia local seguro para eles. Teriam de atacar ou abandonar a mina e sair do alcance, e Kublai decidiu que, nesse último caso, levaria os *tumans* rapidamente e capturaria os canhões deles. Retesou-se enquanto suas equipes de artilharia preparavam todos os canhões para uma saraivada enorme.

Quando ela aconteceu, as balas de pedra polida saltaram e ricochetearam, atravessando as fileiras sung. Cavalos e homens desmoronaram como se uma ponta de ferro quente tivesse se cravado neles. Dois canhões sung foram acertados, tombando e esmagando homens embaixo. Kublai exultou, e as equipes continuaram trabalhando, escorrendo suor.

Os tiros vinham mais rápidos, ondulando pela fileira enquanto cada equipe procurava suplantar a outra. Kublai olhou ao redor em choque quando uma das armas de ferro estourou o cano, matando os homens que estavam junto à boca. Outro homem foi morto quando seu companheiro não conseguiu esfriar o cano suficientemente rápido com o soquete comprido e a esponja. O saco de pólvora explodiu enquanto ele ainda estava enfiando-o, rasgando-o em seu entusiasmo. O jorro de chamas só podia encontrar um caminho de saída, passando por ele, e o sujeito queimou num instante. Depois disso, o ritmo louco diminuiu um pouco, a lição ficando clara para as demais equipes.

Kublai estava longe demais para ver a expressão de Bayar, mas podia imaginá-la. Tinha armas projetadas para pulverizar uma muralha de cidade e a chance de usá-la contra fileiras inimigas a pé. Os guerreiros à sua volta ainda estavam atordoados com os danos que os canhões podiam infligir, e Kublai se perguntou se eles seriam tão rápidos em cavalgar contra as armas sung, agora que tinham visto à luz do dia o que os canhões eram capazes de fazer.

As linhas sung se reorganizaram por cima dos mortos, mas Kublai não achou que elas fossem suportar muito tempo diante de um fogo tão assassino. Não invejava o comandante sung, quem quer que fosse. Esperou que os sung recuassem, mas eles se mantiveram firmes enquanto garras vermelhas se cravavam em suas fileiras. Kublai olhou de relance para a pilha de balas de pedra mais perto dele e mordeu o lábio ao ver que ela estava reduzida a apenas uma dúzia. O mero peso tornara difícil transportar as balas junto com os canhões, e algumas carroças haviam se quebrado durante a viagem. Olhou quase hipnotizado a pilha ir diminuindo até a última bala jazer sozinha. O cano foi esfriado com esponja pela última vez. Um jorro de vapor sibilou e estalou acima dos homens ao redor, parte de uma nuvem maior que escondia toda a crista do morro. Aquilo irritava Kublai, pairando diante de seus olhos, deixando-o cego por longos instantes até que o ar se limpasse. Ouviu a equipe do canhão disparar o último tiro, e nesse ponto a maioria dos canhões trovejantes havia silenciado, com as equipes orgulhosas em posição de sentido. Mais alguns tiros soaram disparados pelas equipes mais lentas e finalmente estavam acabados, subitamente inúteis depois da carnificina e da destruição.

Kublai sentiu o aperto das emoções quando sua capacidade de golpear a distância desapareceu de repente. O ar estava denso com enxofre e vapor, e ele precisou esperar até que a brisa rasgasse a fumaça em fiapos e ele pudesse enxergar de novo.

Quando os regimentos sung foram revelados, ficou claro que haviam sofrido terrivelmente. Milhares de homens estavam retirando os mortos, e os oficiais cavalgavam entre as fileiras, exortando-as, apontando para a crista do morro e sem dúvida gritando que o pior já havia passado. Kublai engoliu em seco. Eles não haviam se dobrado. Enquanto olhava a distância, viu as equipes dos canhões inimigos amontoadas em volta das armas. O tempo ficou mais lento, e ele podia ouvir cada batida do coração quando levantou a mão. Seus homens precisavam atravessar 800 metros de terreno, de 120 a 180 batimentos cardíacos. Ele sentiria cada um. Berrou as ordens, e seus *tumans* chegaram em cima da crista, instigando as montarias até o galope. Kublai permaneceu imóvel enquanto os guerreiros passavam por ele, sabendo que precisaria ser um centro de calma, o olho acima deles que poderia ler a batalha e reagir a ela de um modo que os homens abaixo não conseguiriam.

Eles se lançaram na direção das linhas sung, e um grande grito de raiva e desafio brotou daqueles que tinham sido obrigados a suportar os momentos mais aterrorizantes de suas vidas. Kublai gritou para seus porta-estandartes e eles levantaram as bandeiras que mandariam Uriang-Khadai e Bayar num movimento amplo contra os flancos.

Não podia confiar em seus batimentos cardíacos para avaliar o tempo. Quando levou um dedo ao pescoço, a princípio não pôde descobrir o ponto, depois sentiu uma pulsação tão rápida que desistiu. Os *tumans* chegaram a pleno galope na curta planície abaixo, e ele pôde ver as agulhas pretas das flechas voando à frente deles, um tipo diferente de terror para os sung que permaneciam de pé e os desafiavam a se aproximar.

Encolheu-se quando os primeiros canhões sung dispararam. Abaixo, podia ver os caminhos das balas, rasgando as fileiras a galope. Os *tumans* cobriam o terreno numa velocidade imprudente, e, enquanto as equipes dos canhões sung recarregavam, seus homens lançavam flechas zumbindo no meio delas, de modo que os artilheiros sung caíam mais depressa do que podiam ser substituídos. Nos flancos, Uriang-Khadai e Bayar haviam chegado bem perto, e então pararam a 200 passos de distância. De cada grupo de 10 mil homens, as flechas voaram, disparadas de arcos fortes demais para outros homens os retesarem. Não havia canhões nos flancos, mas a maioria dos arqueiros de Kublai podia acertar um ovo a 50 passos. Eles podiam acertar um homem a 200 passos, e os melhores eram capazes de escolher em que ponto.

Na crista, milhares de guerreiros continuavam passando por ele. Todo um *tuman* pressionava, desesperado para não ficar de fora da batalha. As equipes dos canhões, descansando, gritavam encorajamentos, sabendo que não poderiam representar mais nenhum papel. Kublai pegou-se tremendo quando o último guerreiro passou pela crista. Restavam apenas vinte homens, como uma guarda pessoal, e um garoto tocador de tambor montado num camelo, para dar sinais. Cada oficial lá embaixo podia vê-lo, e ele era o único capaz de avaliar todo o campo de batalha. Lutava para conter a ânsia de dar novas ordens, mas nesse ponto isso provavelmente atrapalharia os oficiais.

Durante um tempo, ele se levantou, ficando de pé na sela para ver exatamente o que estava acontecendo. Sua mente continuava tiquetaqueando com ideias e planos, e ele sabia que teria de montar forjas para fazer balas de ferro para os canhões. Era difícil fazer uma esfera sem as imperfeições que entupiriam o cano ou fariam a bala voar na direção errada. O ferro precisava ser aquecido até correr como água, e as temperaturas eram muito mais altas do que as forjas portáteis que ele possuía poderiam alcançar. Bolas de chumbo eram uma possibilidade, mas o metal mole tendia a se deformar. Kublai imaginou por um momento se o material fundido da mina poderia ser usado. Era muito mais fácil polir pedra, mas o trabalho demorava semanas, e, como ele vira, podia perder a maior parte do suprimento de um ano em uma manhã.

Balançou a cabeça para afastar os intermináveis pensamentos que ficavam girando. Os regimentos sung estavam tombando sobre si mesmos, assaltados por todos os lados. Mais de metade dos homens estava morta, e qualquer um que tivesse armadura de oficial já se encontrava frio, soterrado de setas. Enquanto Kublai observava, suas duas alas usaram as últimas flechas. As fileiras de trás passaram lanças para a frente e os guerreiros partiram a galope, baixando as armas longas para abrir buracos no inimigo, por onde poderiam seguir. Os de trás desembainharam espadas, e, mesmo a distância, Kublai podia ouvir seus gritos de batalha.

Hulegu estava cansado. Nos meses desde que incendiara Bagdá estivera ocupado com a administração de uma vasta área. Tinha entrado na Síria e tomado a cidade de Alepo, esmagando um pequeno exército e trucidando três tribos de curdos que pilhavam as cidades locais como bandoleiros. Os nobres de Damasco tinham vindo procurá-lo muito antes de ele atacar sua cidade. O exemplo de Bagdá não passara despercebido, e eles se renderam antes mesmo que pudessem ser ameaçados. Hulegu tinha um novo governador ali, em seu nome, e, sem contar algumas execuções para servir de exemplo, a cidade permaneceu intocada.

Ele ficara surpreso ao descobrir que Kitbuqa era cristão, embora isso não parecesse embotar sua fúria indignada contra as cidades muçulmanas. Kitbuqa começara a fazer missas nas mesquitas capturadas depois de queimá-las, o que era um insulto deliberado. Hulegu sorriu lembrando-se. Juntos, eles haviam capturado mais riquezas do que Tsubodai, Gêngis ou Ogedai jamais tinham visto, mandando boa parte de volta para seu irmão em Karakorum. Mais riquezas ainda foram usadas para reconstruir as cidades que ele havia tomado e posto sob novos governadores. Hulegu balançou a cabeça divertido com o pensamento, ainda surpreso por receber gratidão desse modo. As memórias eram curtas, ou talvez isso acontecesse porque ele havia matado todos que pudessem ser contrários. Bagdá estava sendo reconstruída com uma parte minúscula do tesouro pessoal do califa, renovada sob o comando do governador mongol. Famílias de mercadores chegavam diariamente para encontrar casas na cidade, onde terrenos e moradias estavam subitamente baratos. Os negócios já cresciam e os primeiros impostos eram coletados, mas a cidade ainda não era uma fração do que havia sido.

    Naquela noite, Hulegu descansou numa hospedaria de estrada, mastigando a comida devagar e só desejando que os muçulmanos usassem sua engenhosidade considerável para fazer álcool. Havia provado o café deles e achou-o amargo. Não era uma bebida para homem, de jeito nenhum. O estoque de vinho e *airag* havia terminado muito antes, e, até que encontrassem um novo suprimento, seu exército estava funcionando a seco, o que deixava os homens irritadiços e com o temperamento explosivo. Hulegu sabia que teria de importar algumas centenas de famílias para fazer a bebida feroz de que ele desfrutava desde a infância. Com essa pequena reserva, estava satisfeito com as terras que havia obtido. Seus filhos teriam um canato e Mongke iria honrá-lo. Hulegu deu um risinho cansado enquanto comia. Era estranho como ainda procurava a aprovação de Mongke. Na idade deles, uma diferença de poucos anos não deveria importar, mas de algum modo importava. Esvaziou uma taça de alguma bebida de fruta, fazendo uma careta diante da doçura enjoativa, com um ressaibo de metal.

— Um pouco mais, senhor? — perguntou o serviçal, levantando uma jarra.

Hulegu afastou-o com um gesto, tentando não pensar em como um bom *airag* cortaria a doçura e faria sua garganta queimar. Sentiu uma dor começar no abdômen e massageou-o com os dedos curtos e grossos. Fez força durante um tempo, mas não havia gases e a dor aumentou, com o suor brotando no rosto.

— Traga água — disse, com uma careta.

O serviçal sorriu.

— É tarde demais, senhor. Em vez disso, eu lhe trouxe os cumprimentos de Alamut e uma paz que o senhor certamente não merece.

Hulegu olhou-o boquiaberto, depois tentou se levantar. Suas pernas estavam fracas e ele cambaleou, mas teve forças para gritar:

— Guardas! A mim!

Tombou de encontro à mesa. A porta se abriu com estrondo, e dois de seus homens entraram com as espadas desembainhadas.

— Prendam-no — gritou Hulegu.

Uma onda de fraqueza dominou-o e ele escorregou de joelhos, enfiando dois dedos até o fundo da garganta. Enquanto seus homens olhavam numa confusão horrorizada, Hulegu vomitou o conteúdo do estômago numa grande torrente. Tinha comido bem e fez força repetidamente, com o cheiro enchendo o cômodo. Mesmo assim a dor aumentava, mas sua cabeça clareou um pouco. O serviçal não havia resistido e simplesmente ficou parado entre os guerreiros, observando atentamente, com a testa franzida em preocupação.

Hulegu era como um touro, mas seu coração martelava e o suor jorrava do rosto como se ele tivesse corrido o dia inteiro. Pingava do nariz no piso de madeira enquanto ele se afrouxava.

— Carvão — disse em voz engrolada. — Moam o máximo que puderem... com água. Tirem das lareiras. Chamem meu xamã... — Ele lutou numa onda de tontura antes que pudesse falar de novo. — Se eu desmaiar, forcem o pó de carvão para dentro de mim, o máximo que puderem.

Viu os guardas hesitarem, nenhum dos dois querendo soltar o serviçal. E explodiu, com a raiva crescendo por dentro junto com a dor.

— Matem-no e vão — gritou, caindo de volta.

Ouviu um som engasgado quando eles cortaram a garganta do sujeito e em seguida saíram correndo do quarto. Tentou vomitar de novo, mas seu estômago estava vazio, e cada esforço seco fazia luzes piscarem diante dos olhos. Sua cabeça parecia enorme, gorda com o sangue latejando. Tinha uma leve consciência de homens entrando ruidosamente no quarto e uma tigela de madeira sendo encostada em seus lábios, cheia de uma coisa preta girando, que ele tomou e vomitou imediatamente, num jorro sujo sobre as roupas. Obrigou-se a beber de novo, uma tigela depois da outra, até sentir que o estômago explodiria. Seus dentes trincavam enquanto ele tentava limpar a boca e a garganta, ofegando entre os goles. Nesse ponto havia uma dúzia de homens no quarto, todos trabalhando para reduzir a pó lascas de madeira queimada, usando qualquer instrumento que encontrassem. Depois de um tempo, ele caiu numa escuridão, coberto por seus próprios ácidos amargos.

Quando acordou de novo estava escuro. Seus olhos estavam cobertos por alguma coisa, de modo que as pálpebras estavam grudadas. Levantou a mão e coçou um deles, sentindo os cílios se soltarem. O gesto foi notado, e vozes gritaram que ele estava acordado. Hulegu gemeu, mas a dor lancinante sumira de sua barriga. A boca estava amarga e ele ainda podia sentir entre os dentes o pó áspero do carvão que o havia salvado. Aquela mesma imundície havia salvado Gêngis uma vez, e Hulegu agradeceu em silêncio ao espírito do velho por ter passado o conhecimento de que ele necessitava. A princípio, o Assassino estivera confiante, lembrou-se. Havia sido por pouco, seria uma morte certa se não fosse o carvão para sugar o veneno. Se o homem tivesse ficado quieto, Hulegu teria morrido sem saber por quê.

Não podia acreditar em como estava fraco. O general Kitbuqa estava de pé junto dele, mas Hulegu não podia se levantar. Sentiu que era erguido e viu que estava em outro quarto da hospedaria, apoiado em cobertores grossos sob a cabeça e os ombros.

— O senhor teve sorte — disse Kitbuqa.

Hulegu soltou um grunhido, não querendo nem mesmo pensar nos momentos insuportáveis antes da inconsciência. A coisa acontecera muito de repente: desde comer uma boa refeição até lutar pela vida com o matador olhando-o cheio de complacência. Pensou que suas mãos ainda estavam tremendo e enfiou os punhos enormes embaixo dos cobertores para que Kitbuqa não visse.

— Então o carvão funcionou — falou num murmúrio.

— O senhor é teimoso demais para morrer, acho. O xamã disse que o senhor vai cagar preto durante alguns dias, mas, sim, o senhor deu as ordens certas.

— Você rezou por mim?

Kitbuqa ouviu a zombaria e ignorou.

— Rezei, claro. O senhor está vivo, não está?

Hulegu tentou de novo sentar-se ereto, com os pensamentos clareando subitamente.

— Você deve alertar meus irmãos, especialmente Mongke. Mande uma dúzia de batedores rápidos pelas linhas do yam.

— Eles já foram. Tudo aconteceu ontem, senhor. O senhor dormiu desde então.

Hulegu relaxou na cama. O esforço de se levantar e pensar o havia exaurido, mas ele estava vivo e havia esperado a morte. Estremeceu deitado, com relâmpagos de memórias perturbando sua paz. Será que o líder de Alamut tinha mandado homens matá-lo antes mesmo que ele visse a fortaleza? Era possível. Mas era mais provável que ele já tivesse homens do lado de fora, fazendo algum serviço, homens que teriam retornado a Alamut e encontrado o local em ruínas. Hulegu podia imaginá-los jurando vingança contra os que haviam derrubado sua seita e matado seus líderes. Fechou os olhos, sentindo que o sono vinha rapidamente. Quantos mais poderia haver? Talvez houvesse apenas um, que agora era apenas mais um cadáver na estrada.

Kitbuqa olhou para baixo, satisfeito em ver um pouco de cor retornar ao rosto do amigo. Só podia esperar que o ataque tivesse sido o último espasmo de um clã agonizante. Mesmo assim, sabia que se passariam anos antes que Hulegu fosse a qualquer lugar sem uma tropa de guardas ao redor. Se ao menos um Assassino tivesse sobrevivido, sempre haveria perigo. Kitbuqa só desejava que o envenenador tivesse vivido, para que ele o levasse para a floresta e o interrogasse com ferro e fogo.

CAPÍTULO 23

Kublai dera ordens rígidas para que os trabalhadores da cidade mineira não fossem tocados. Pela primeira vez, Uriang-Khadai não tinha nada a dizer a respeito. Alguém devia continuar a tirar o minério do chão, e nenhum dos homens de Kublai entendia o processo envolvido, mesmo depois de terem visto as fundições e os sacos de pós estranhos nos prédios ao redor. Um monte desmedido de chumbo preto e escória fazia parte do local enorme, e o cheiro de substâncias químicas pungentes estava sempre no ar, de algum modo secando a garganta, fazendo os guerreiros tossir e cuspir enquanto revistavam tudo.

O próprio Bayar trouxera a notícia quando acharam a prata pronta para ser levada embora. Kublai vira no rosto dele que aquilo valera a pena, e a realidade o deixou atônito. O metal refinado enchia uma comprida construção de pedra, atrás de uma porta de ferro que teve de ser quebrada quando ninguém pôde encontrar a chave. Dentro, barras esguias estavam sobre mesas de cavaletes, pretas de oxidação e prontas para serem colocadas em carroças e levadas à capital do imperador.

Bayar nem mesmo as havia contado, e Kublai teve o prazer de fazer a primeira estimativa. Contou 240 numa mesa, depois multiplicou por oito mesas para chegar a um total atordoante. Cada barra poderia ser derretida e moldada para fazer pelo menos quinhentas moedas pequenas, se ele encontrasse o equipamento certo. Durante um tempo, simplesmente ficou parado na sala silenciosa, então um sorriso apareceu e Bayar deu uma gargalhada. O conteúdo da sala chegava a quase 10 milhões de moedas, o suficiente para pagar o exército ao custo atual durante dois anos no campo. Franziu a testa ao pensar em mandar um dízimo de volta para Mongke em Karakorum, mas isso já deveria ter sido feito havia muito. Tendo em mente a resposta de Ong Chiang à sua oferta, Kublai imaginou se haveria um modo de reduzir o pagamento mensal sem perder a confiança dos homens. Não poderia afirmar que estava com dificuldades depois de encontrar tudo aquilo. A notícia já devia estar circulando pelo acampamento.

— Encontre o homem mais importante da cidade, o que administra a mina — ordenou a Bayar. — Preciso saber se isso é produto de um mês ou um ano. Precisarei deixar homens para defender este lugar e mantê-lo funcionando.

— O imperador vai lutar para retomar a mina, se ela vale tanto assim — respondeu Bayar, ainda olhando em volta numa espécie de espanto.

— Espero que sim. Quero que ele mande os melhores homens, general. No ritmo que estou indo, serei velho quando chegar à capital dele. Que venham, e acrescentaremos terras ricas ao canato.

Por um momento, sentiu uma pontada ao pensar que tudo que havia obtido, tudo que realizara, seria para a glória de Mongke em Karakorum, mas conteve o pensamento. Mongke fora generoso: com homens, com seus generais, com canhões e até mesmo com terras. Kublai percebeu que não sentia mais falta da vida de estudioso em Karakorum. Mongke decidira mudá-lo e, de um modo significativo, tivera sucesso. Kublai não podia voltar a ser o homem antigo. Havia até mesmo se acostumado com a armadura de escamas. Descobriu que estava ansioso pelas batalhas vindouras, pelos testes e dificuldades que enfrentaria com os *tumans* de elite de sua nação. Deu um tapa no ombro de Bayar.

— Uma cidade mineira deve ter alguma coisa para beber, tenho certeza. É melhor andarmos logo, antes que os homens sequem tudo.

— A primeira coisa que fiz foi colocar guardas nas estalagens da cidade. Kublai riu para ele.

— Claro que colocou. Muito bem, mostre-me.

Os dois se viraram ao ouvir o som de passos apressados. Kublai sentiu a boca ficar seca ao ver um dos seus batedores manchado de suor e poeira. O sujeito estava à beira de um colapso e se apoiou numa mesa, mal notando a riqueza que ela continha enquanto ofegava passando a mensagem.

— Há um exército sung, senhor, marchando a toda velocidade nesta direção. — Ele ficou branco por um momento, como se fosse vomitar. Kublai segurou-o pelo ombro.

— A que distância?

O batedor respirou como se engolisse, o corpo estremecendo sob o toque de Kublai.

— Talvez 80 quilômetros, talvez menos. Eu percorri isso de uma vez só.

— Quantos?

— Mais do que os *tumans*. Não tenho certeza. Eu os vi e depois cavalguei o mais rápido que pude. — Seus olhos procuravam aprovação, preocupado pensando que deveria ter ficado mais tempo.

— Você fez bem — garantiu Kublai. — Pegue comida e encontre um lugar numa carroça para dormir. Não vamos ficar aqui. — Ele se virou para Bayar, com toda a despreocupação desaparecendo de seus modos. — Isso não vai parar, general. Eu esperava um pouco mais de tempo, mas enfiamos a mão no ninho de marimbondos e eles vão jogar tudo que têm contra nós, cada exército que puderem levantar e fazer marchar.

— Vamos destruí-los.

Kublai assentiu, mas seus olhos estavam sombreados.

— Precisamos vencer cada batalha. Eles só precisam vencer uma.

— Já estive em situações piores — disse Bayar dando de ombros.

Kublai piscou para ele e gargalhou, com parte da tensão se esvaindo.

— Nós entramos no coração da terra dos sung, Bayar. Você *não* esteve em situações piores.

— Nosso povo venceu o imperador jin — respondeu Bayar, inabalável. — Cidade a cidade, exército a exército. Tenha fé em seus homens, senhor. Não vamos abandoná-lo.

Por um momento, Kublai não pôde falar. A princípio, havia comandado os *tumans* como um exercício intelectual, desfrutando do desafio das manobras e táticas, de encontrar modos de confundir os inimigos. As palavras de Bayar o fizeram repensar tudo. Pediria que os homens morressem por ele, por sua família. Era uma espécie de loucura eles o seguirem. Kublai sentiu-se emocionado com o que via no rosto de Bayar e do batedor. Parou antes de se explicar, lembrando-se quase tarde demais que tinha de manter certa distância. Ainda não havia conseguido codificar a habilidade de comandar homens. Era mais do que posto ou disciplina, mais do que a estrutura do exército que sua família construíra, mais até mesmo do que a lenda de seu avô. Alguns deles o seguiam por essas coisas, ou só porque gostavam da vida nos *tumans*. Outros, os melhores, arriscariam tudo por Kublai porque o conheciam. Haviam-no avaliado e entregavam de livre vontade a vida em suas mãos. Pela primeira vez, Kublai não pôde exprimir o que isso significava e optou por se refugiar em ordens carrancudas.

— Mande recolher a prata, general. Vou mandar batedores de volta ao acampamento para informar que eles vão ficar por conta própria por um pouco mais de tempo. Mande seus homens encontrarem um bom local para enfrentarmos esses sung. Passaremos por cima de todos eles.

Bayar sorriu, vendo o fogo se acender em Kublai mais uma vez.

Chabi estava do lado de fora da iurta quando Kublai surgiu cavalgando. Ao vê-lo, pôs no chão as peles de cabra que estivera cortando e costurando. Zhenjin viu o pai no mesmo instante e saiu correndo até a parede da iurta, onde havia posto um banquinho. Quando Kublai puxou as rédeas e apeou, o filho subiu no teto de feltro e se agarrou precariamente acima da porta. A toda volta, as mulheres estavam se reunindo, querendo notícias. Elas não interromperiam o irmão do cã, mas Chabi sabia que iriam pressioná-la com perguntas no instante em que ele fosse embora.

— Há outro exército a caminho — disse Kublai. Estava ofegando ligeiramente quando ela lhe entregou um odre de *airag* e ele tomou um grande gole. — Preciso trocar de roupa, e é hora de levantar acampamento.

— Há alguma ameaça para nós? — perguntou Chabi, tentando permanecer calma.

Kublai balançou a cabeça.

— Até agora, não, mas, se os *tumans* tiverem de se mover depressa, não quero deixar vocês vulneráveis. Preciso manter as famílias ao alcance.

Chabi levantou a cabeça de repente quando uma iurta desmoronou subitamente ali perto, passando de lar para pedaços de pau e rolos de feltro num instante. Kublai não tinha vindo sozinho, e ela podia ouvir gritos por todo o acampamento, que passava da imobilidade pacífica para o desmonte rápido. Tudo era projetado para ser transportado rapidamente, e ela possuía serviçais para essa tarefa. Viu dois deles chegando com rédeas e arreios nos ombros, para o carro de bois.

— Desça, Zhenjin — gritou Kublai para o filho. Sabia que o garoto queria pular sobre ele quando passasse, mas não havia tempo para brincadeiras. Zhenjin fez uma careta em sua direção, mas desceu.

— Você parece preocupado — disse Chabi, baixinho.

Kublai deu de ombros e sorriu para ela.

— Nós temos homens melhores, mas os números, Chabi! Se os senhores sung se juntarem, podem colocar no campo um exército que faz o meu parecer um grupo de bandoleiros.

— Eles não têm ninguém como você — disse ela.

Kublai assentiu.

— Isso é verdade — respondeu ele com um sorriso. — Eu sou um homem incomum.

Chabi podia sentir a distração de Kublai quando o olhar dele percorreu o acampamento, absorvendo cada detalhe.

— Não precisa se preocupar conosco — disse ela.

Kublai se virou lentamente, tentando ouvir a esposa ao mesmo tempo que resolvia algum outro problema, e fracassando nas duas coisas.

— Hein?

— Nós não estamos indefesos, Kublai. Há... o quê, 300 mil pessoas no acampamento? É uma *cidade*, Kublai, e *todo mundo* está armado. — Ela tirou uma lâmina comprida do cinto. — Inclusive eu. Deve existir um número suficiente de homens mutilados para fazer mais alguns *tumans*. Muitos deles ainda podem cavalgar ou usar um arco.

Kublai voltou a atenção para a esposa. Viu que ela estava tentando tranquilizá-lo e conteve o impulso irritado de descrever o terror selvagem de um ataque contra um acampamento. Não seria bom deixá-la com medo. Milhares de vidas dependiam de sua capacidade de protegê-las. Palavras e promessas não significavam nada diante de um fardo assim. No final, apenas assentiu, e ela pareceu aliviada.

— Há cordeiro frio e algumas cebolas na panela. Vou cortar uns pedaços para você. Tenho pão chato que você pode usar para enrolar e comer durante a ida.

— E alho — disse ele.

— Vou pegar, enquanto você fala com seu filho. Há três dias ele está esperando para pular em cima de você. Nenhum homem pode passar cavalgando pela iurta sem que ele suba correndo no topo, para estar preparado.

Kublai suspirou.
— Zhenjin! Venha cá.
O garoto reapareceu, ainda carrancudo. Kublai fez um gesto para a iurta.
— Vamos lá, então. Não tenho muito tempo.
Chabi deu uma gargalhada quando o rosto de Zhenjin se iluminou. O menino subiu pela parede de feltro e de novo esperou feito uma aranha sobre a porta.
— Achei que tinha visto meu filho — disse Kublai. — Talvez ele esteja ali dentro.
Abaixou-se para entrar, e Zhenjin saltou, com o peso fazendo Kublai cambalear para trás enquanto rugia fingindo surpresa. Depois de um momento deixou o garoto descer ao chão.
— Por agora chega. Ajude sua mãe e os serviçais. Vamos transferir o acampamento.
— Posso ir com você? — perguntou Zhenjin.
— Desta vez, não. Quando você estiver mais velho, prometo.
— Estou mais velho agora.
— É verdade, mas precisa estar mais velho ainda.
Zhenjin começou a reclamar em voz aguda enquanto Chabi saía com dois pacotes de comida. Desde a hora da chegada de Kublai, centenas de iurtas haviam sido desmontadas e estavam sendo carregadas nas carroças, até onde a vista alcançava em todas as direções.
— Você vai vencer todos eles, Kublai. Eu sei. Vai mostrar ao seu irmão que ele estava certo em mandá-lo contra os sung. — Ela estendeu a mão e beijou-o no pescoço.

Kublai ficou olhando num silêncio tenso enquanto seus *tumans* se formavam à frente. Os sung iriam procurá-lo onde quer que ele optasse por ficar, por isso escolheu uma planície coberta de capim junto a um pequeno morro e olhou os regimentos reluzentes se arrastando pela terra na direção dos seus homens. Cada um dos seus guerreiros sabia que ele estava ali: era a mão que segurava uma espada acima deles. Todos lutariam bem, à sua vista.
O sol brilhava, mas o humor de Kublai permanecia péssimo. Não podia avaliar quais seriam as táticas do inimigo. Seus batedores informavam sobre mais de um exército vindo na direção de seu acampamento principal, mas eles não se juntavam. Cada um vinha como se não fizesse

parte de uma nação maior. Ele agradeceu ao Pai Céu por isso, ao mesmo tempo que amaldiçoava o número de soldados que eles podiam convocar.

Acenou para um menino montado num camelo, perto, e olhou enquanto o garoto levava uma comprida trombeta de latão aos lábios e soltava uma nota lamentosa. Foi respondido por Bayar e Uriang-Khadai, cada um deles levando quatro *tumans* e avançando contra os quadrados dos inimigos. Vinte mil homens permaneciam atrás como reserva, montados e pacientes, forçando a vista a distância. Kublai pegou uma pedra no bolso e esfregou o polegar ao longo das linhas curvas. Yao Shu havia dito que isso iria relaxá-lo.

Seus generais se separaram para cavalgar pela extensão dos flancos das forças sung, encontrando a distância perfeita fora do alcance das bestas. Enquanto Kublai olhava, um súbito borrão de flechas atravessou o ar entre os exércitos, como uma sombra de nuvem movendo-se no terreno aberto.

As primeiras flechas foram seguidas por saraivadas esmagadoras, disparadas a cada seis ou oito batimentos cardíacos. Os soldados de infantaria sung se comprimiram quando seus flancos se moveram bruscamente para dentro. O ritmo do avanço diminuiu e eles deixaram uma trilha de mortos e de homens gritando à medida que marchavam. Os sung não podiam responder aos *tumans* e Kublai fechou os punhos com força ao ver regimentos com espadas tentando abrir caminho em meio aos espinhos terríveis que se cravavam em seus escudos e armaduras. Uriang-Khadai recuou quando eles atacaram, mas a tempestade de flechas não parou e o jorro de homens com espada se desfez. Os *tumans* do orlok voltaram para uma linha de disparos reta.

Kublai esperou com o coração martelando. As últimas flechas voaram para os sung, e quase antes que a última tivesse caído os guerreiros estavam instigando as montarias a galope. Lanças baixaram, mas os sung inclinaram seus piques e cravaram o cabo no chão. Os *tumans* acertaram como mandíbulas se fechando, espelhados pelos homens de Bayar no outro flanco. Kublai balançou a cabeça ao pensar em homens e cavalos correndo para as malignas armas de metal, mas não parecia haver hesitação. Nesse ponto eles estavam suficientemente perto para ele ver talhos vermelhos e brilhantes quando cavalos e homens eram empalados.

— Mande a reserva — disse com clareza.

O garoto estava olhando a batalha, boquiaberto, e Kublai teve de repetir a ordem antes de ele erguer a trombeta de novo. Mais dois *tumans* começaram a trotar e então passar para o meio-galope, em direção ao inimigo. As lanças funcionavam bem contra os piques que se eriçavam ao longo da linha de frente dos sung, mas Kublai precisou lutar para não se encolher com a ansiedade. Nesse momento, não invejava seus homens.

Da pequena colina viu os regimentos sung compactados, ainda seguros nos flancos enquanto o progresso adiante era contido pelo novo ataque. Não podia ver até a retaguarda deles, mas esperava que alguns estivessem fugindo horrorizados.

Olhou ao redor ao ouvir cavalos, e seus olhos se arregalaram. Cerca de quarenta cavaleiros saíram galopando da floresta na base do morro. Podia ver as cabeças dos animais se projetando adiante enquanto trovejavam pela encosta suave.

Seus guardas não estavam distraídos. Antes que Kublai pudesse dar a ordem, todos os vinte corriam para enfrentar a ameaça, galopando encosta abaixo com arcos retesados. Kublai se revirou bruscamente na sela, procurando outras ameaças. A batalha continuava à frente, a menos de 800 passos de sua posição, mas de repente ele estava sozinho com o garoto do tambor, que tinha ficado branco como feltro novo. Kublai desembainhou a espada, furioso consigo mesmo por não ter revistado o bosque. A humilhação ardia por dentro enquanto ele pensava em sua confiança na manhã, escolhendo o melhor lugar para garantir uma boa visão. Algum oficial sung havia adivinhado onde ele estaria e escondera homens para esperar o momento certo. Kublai ficou vermelho por ter sido passado para trás daquele modo. Viu as primeiras flechas voando, muitas delas aparadas em escudos pelos cavaleiros sung. Mesmo assim, três cavalos caíram num espasmo de cascos se sacudindo, relinchando de dor.

Os guardas mongóis retesaram os arcos de novo, derrubando mais cavaleiros sung. Eles haviam disparado tarde e mal tiveram tempo de jogar os arcos no chão e desembainhar as espadas antes de estarem junto ao inimigo, a velocidade se combinando de modo que homens e animais se chocaram e caíram atordoados ou mortos. Kublai pôde ouvir gritos agudos e um suor novo brotou nele. Olhou para a batalha que prosseguia, mas não existia um sinal para chamar reforços para sua posição.

A menos de 100 passos na encosta, seus guardas lutavam feito maníacos para impedir que o inimigo chegasse mais perto. Kublai engoliu em seco, sentindo um peso nos membros. Era medo, percebeu. O comandante sung teria mandado os melhores homens para essa tarefa. Eles não esperavam sobreviver, mas iriam alcançá-lo.

Seus guardas eram espadachins e arqueiros desde a infância e não caíam com facilidade. Kublai olhou enquanto cinco inimigos passavam ao largo de seus homens e instigavam as montarias. Suas espadas estavam ensanguentadas, e eles gritaram ao vê-lo em seu cavalo com apenas um menino num camelo.

Um dos guardas atirou sua espada com uma força destrutiva. Ela se cravou nas costas de um sung, fazendo o sujeito gritar em agonia. Ele caiu com os braços enrolados nas rédeas, trazendo a montaria para o chão. Kublai viu o guarda ser morto, subitamente indefeso. Ele dera sua vida com aquele ato, mas isso não bastaria. Quatro cavaleiros sung chegaram à crista e aceleraram, com as espadas prontas para o golpe que arrancaria sua cabeça. Kublai olhava-os com o terror deixando-o entorpecido. Não podia fugir. Alguma parte dele sabia que sua melhor chance de sobrevivência era galopar para longe, mas jamais se recuperaria disso. A covardia era o pecado mais imperdoável, e se ele fugisse sabia que jamais comandaria *tumans* de novo.

Alguns de seus guardas ainda lutavam com o inimigo abaixo, mas dois deles tinham visto a ameaça e se livrado. Kublai viu-os subindo o morro atrás dos soldados inimigos. Podia sentir cada batida do coração enquanto sua mente trabalhava com clareza, avaliando as chances. Balançou a cabeça, enxergando a própria morte nos homens que vinham pegá-lo. Levantou a espada e o medo desapareceu de repente, deixando-o quase tonto. Respirou de novo, somente então percebendo que estivera prendendo o fôlego. Era quase um momento de júbilo sentir o terror frustrante abandoná-lo. Conseguia se mover, e o som da batalha voltou a ele enquanto seus sentidos acordavam.

Os quatro cavaleiros partiram para ele e o garoto do tambor se moveu de repente, gritando e batendo os calcanhares. O camelo saltou adiante com uma espécie de gemido áspero, diretamente no caminho do inimigo. Com uma pancada, o primeiro soldado acertou a lateral peluda do animal e voou por cima do garoto. Seu cavalo se chocou contra o camelo, que caiu de joelhos zurrando, esticando o pescoço enquanto tombava.

Os homens à esquerda de Kublai puxaram as rédeas violentamente, xingando enquanto perdiam a chance de atacar. Kublai estava diante de apenas um, e seu braço se moveu sem hesitação para enfrentar a espada que ele viu como um borrão cinza em direção ao seu rosto. Houve um som metálico enquanto o homem passava a galope, e Kublai sentiu o impacto ondular pelo ombro. Quem quer que fosse, o sujeito manteve o controle da montaria que bufava, puxando a rédea depressa e se virando para dar um golpe violento. Kublai aparou-o com calma. Era forte, e todos os seus sentidos estavam ardendo, dando-lhe velocidade. Contragolpear não era uma decisão consciente, mas seu corpo movia-se a partir de milhares de horas de treinamento. Assim que as espadas se tocaram, ele soube instintivamente como deslizar a lâmina para uma estocada direta. O soldado sung se sacudiu quando a ponta da espada de Kublai se cravou em sua garganta e se prendeu na cartilagem. O sangue espirrou, e Kublai piscou por causa da ardência.

O camelo se levantou num repelão, soltando um ruído fantasmagórico, escoiceando em pânico e fazendo o cavalo de Kublai dar um passo de lado. Outro cavaleiro chegou quando o primeiro afrouxou o corpo e escorregou para longe. Kublai sentiu a confiança crescer enquanto dava uma estocada de lado e estendia a mão como Yao Shu ensinara um dia, meio abrindo a mão da espada para agarrar a manga da blusa do sujeito e desequilibrá-lo.

Nesse momento, seu cavalo se moveu na direção errada, andando para trás enquanto Kublai puxava. Em vez de dar um soco no queixo exposto quando a cabeça do soldado veio para a frente, Kublai só pôde agarrar o sujeito e arrancá-lo da sela. Viu o pé do inimigo se prender num estribo enquanto o soltava, e a perna se torcer e se partir. O soldado gritou e balançou os braços, pendurado impotente com a cabeça perto do chão, cada movimento repuxando o osso quebrado.

Kublai grunhiu de dor quando algo raspou em seu braço e se virou, vendo o sujeito que havia trombado com o camelo levantando a espada para outro golpe. O rosto do soldado sung era uma massa de sangue por ter batido no chão, e ele cambaleou enquanto recuava o braço. Kublai tirou os pés do estribo e chutou, acertando o sujeito no queixo. Enquanto se movia, sentiu uma pancada no peito da armadura quando alguém se esforçou para alcançá-lo. Kublai se inclinou para trás na sela, girando a espada em desespero. Teve um vislumbre do atacante sendo arrancado para longe por alguém que estava no chão e ficou olhando enquanto um dos seus guardas pisava repetidamente com as botas até que as costelas do inimigo cedessem.

Ofegando como se tivesse corrido quilômetros, Kublai encarou o guarda. O sujeito acenou para ele, não como um guerreiro para seu oficial, mas como dois homens que acabaram de sobreviver a uma luta. Kublai soltou o ar lentamente, olhando ao redor. Todos os sung estavam mortos, mas apenas quatro de seus guardas continuavam de pé. Três deles andaram entre os corpos no morro, baixando as espadas em golpes fortes ao menor movimento dos homens feridos. Continuavam furiosos, e Kublai estava sozinho com o último que permanecia de pé, o sujeito que o havia salvado.

O camelo urrou de dor novamente, e Kublai viu que a perna dele estava quebrada, pendendo como se apenas a pele esticada a mantivesse no lugar. Sua mente clareou e ele olhou ao redor procurando pelo menino que havia se lançado contra os atacantes. Fechou os olhos por um momento ao ver a figura esparramada no chão. Apeou, resmungando quando seus ferimentos se fizeram notar. O corte no braço teria de ser costurado. Podia sentir algo pingando dos dedos e levantou a mão, surpreso, para olhar. Deveria estar sentindo mais dor por produzir tanto sangue.

O garoto estava desacordado, com um grande calombo na testa. Kublai abriu um dos olhos dele com o polegar áspero e viu-o estremecer à luz. Já ia falar quando se imobilizou e lembrou-se da batalha que deveria estar comandando. Suas pernas e as costas protestaram enquanto ele se levantava de novo. Não tentou montar; em vez disso, fez sombra sobre os olhos, espiando.

Os sung tinham sido derrotados. Milhares deles estavam parados num silêncio abatido, levantando as mãos para mostrar que haviam largado as armas. Muitos já haviam sido amarrados e estavam ajoelhados de cabeça baixa, exaustos. A distância, uns poucos corriam para longe do campo sangrento, caçados em duplas e trios por guerreiros mongóis. Kublai soltou o fôlego preso, desesperadamente aliviado. O garoto gemeu e Kublai voltou para perto enquanto ele se remexia.

— Qual é o seu nome? — perguntou. Deveria saber, mas sua mente estava densa e lenta.

— Beran, senhor — respondeu o menino com a voz fraca. Um dos seus olhos estava cheio de sangue, mas ele sobreviveria.

— Sua coragem me salvou. Não esquecerei. Quando tiver idade, venha a mim e eu lhe darei o comando de cem homens.

O garoto piscou em meio à dor e um sorriso começou a se abrir, antes que ele se virasse de lado e vomitasse no capim.

Kublai ajudou-o a ficar de pé e olhou Beran cambaleando até o camelo, com o rosto inchado cheio de perturbação pelo que via.

— Vou arranjar outra montaria para você, garoto. Esta aí está acabada.

O garoto se encolheu, mas entendeu. Por um momento, Kublai encarou o guarda que estava ali perto, e a expressão do sujeito parecia meio deslocada. Ele também fora espancado na luta, e Kublai não conseguia encontrar palavras para expressar sua gratidão. Queria recompensá-lo, mas ao mesmo tempo o sujeito não fizera mais do que seu dever.

— Venha falar comigo esta noite na minha iurta — disse. — Acho que tenho uma espada da qual você gostaria. Algo para se lembrar de nossa pequena luta no morro.

O guarda sorriu abertamente para ele, revelando a boca ensanguentada e mais de um dente faltando.

— Obrigado, senhor. Com sua permissão, gostaria de levar meu filho de volta à mãe dele. Ela deve estar preocupada.

Kublai fez que sim rigidamente, com a boca ligeiramente aberta em surpresa enquanto o guarda dava um tapinha no ombro do menino e o levava morro abaixo. Não pôde deixar de pensar se o sujeito teria lutado com uma energia tão furiosa se não tivesse visto o filho ser derrubado, mas isso não importava. Sozinho, afrouxou o corpo de encontro ao flanco do cavalo. Tinha sobrevivido. Suas mãos começaram a tremer e ele as levantou, vendo os volumosos calos da espada em cada dedo da mão direita ensanguentada. Não estavam mais manchados de tinta. Pela primeira vez, sentiu-se verdadeiramente confortável na armadura que certamente salvara sua vida. Começou a rir encostado no cavalo, esfregando o focinho dele e deixando uma mancha brilhante de sangue que o animal lambeu.

CAPÍTULO 24

Xuan, Filho do Céu e herdeiro do Império Jin, olhou para a superfície vítrea do lago Hangzhou e ouviu seus filhos rindo enquanto espirravam água um no outro ao sol. Podia ver as marolas que eles faziam na água rasa espalharem-se até a parte funda, onde um barqueiro pescava trutas e olhava de modo óbvio demais na direção da família do imperador jin. Xuan suspirou. Era improvável que um homem de posição tão inferior fosse espião da corte sung, mas nunca se sabia. Em seus anos de cativeiro pacífico, Xuan aprendera a não confiar em ninguém além da esposa e dos filhos. Sempre havia alguém vigiando e informando cada palavra e ação dele. Um dia havia pensado que com o tempo iria se acostumar, mas a verdade era o oposto. Sempre que sentia olhos fixos nele, era como uma pele já dolorida sendo cutucada repetidamente até que sentia vontade de se eriçar e gritar com as pessoas. Tinha feito isso uma vez, e o escriba infeliz que o irritara fora discretamente removido do posto, substituído por outro antes do fim do dia. Não havia privacidade verdadeira. Xuan entrara em terras sung para escapar de um exército mongol e os sung jamais tiveram certeza do que fazer com ele. Era primo do imperador sung por sangue e tinha de ser tratado com respeito. Ao mesmo tempo, os dois ramos da família não tinham amizade nem eram aliados havia séculos, e mais importante: ele havia perdido suas terras, sua riqueza e seu poder — sinal claro de que o azar rastejava em sua casa. A verdade era que a sorte tivera um papel muito pequeno nas tragédias que ele conhecera. Os exércitos de Gêngis haviam tomado Yenking, sua capital. Xuan fora traído por seus próprios generais e obrigado a se ajoelhar diante do cã. Mesmo décadas depois, as lembranças se agitavam inquietas sob o rosto calmo que ele mostrava ao mundo. Yenking queimara, porém os lobos de Gêngis ainda o caçavam, implacáveis e selvagens. Ele passara a juventude fugindo deles, de cidade em cidade, de ano a ano. Os filhos e os irmãos de Gêngis haviam rasgado suas terras até que o único lugar seguro era do outro lado da fronteira sung. Fora a pior das escolhas, mas era a única que lhe restara.

A princípio, Xuan havia esperado que o assassinassem. Enquanto era levado pelas regiões sung indo de um nobre a outro, costumava pular da cama a cada rangido que ouvia à noite, convencido de que o fim estava chegando. Tivera certeza de que forjariam sua morte para que parecesse ser devida a um roubo e que enforcariam alguns camponeses depois, só para constar. Mas a primeira década havia passado sem que ele sequer sentisse uma faca no pescoço. O antigo imperador sung havia morrido, e Xuan nem tinha certeza se o filho do sujeito ainda se lembrava de sua existência. Olhou a pele enrugada das costas das mãos e fechou os punhos, alisando-as. Será que fazia mesmo 16 anos desde que atravessara a fronteira com o restante de seu exército? Estava com 49 anos e ainda podia se lembrar do garotinho orgulhoso que havia sido, ajoelhando-se diante de Gêngis na frente de sua capital. Ainda se lembrava das palavras que o cã dissera: "Todos os grandes homens têm inimigos, imperador. Os seus saberão que você esteve com minha espada no pescoço e que nem todos os exércitos e cidades dos jin puderam afastar a lâmina."

As lembranças pareciam fazer parte de outra era, de outra vida. Os melhores anos de Xuan haviam passado enquanto ele permanecia cativo, escravo, esperando ser lembrado e morto em silêncio. Tinha visto a juventude ir embora, soprada por ventos silenciosos.

Olhou de novo para o lago, vendo os rapazes e as moças que se banhavam. Seus filhos e suas filhas, crescidos até virar adultos. As figuras eram turvas, seus olhos não eram mais nítidos. Suspirou, perdido numa melancolia que parecia levar os dias para longe, de modo que ele raramente estava *no* mundo e às vezes tinha apenas uma leve consciência do mesmo. O destino dos filhos o entristecia mais do que o próprio. Afinal de contas, ele conhecera a liberdade, pelo menos por um tempo. O filho mais velho, Liao-Jin, era um rapaz amargo, de humor mesquinho e um estorvo para o irmão e as irmãs. Xuan não culpava Liao-Jin por suas fraquezas. Lembrava-se de como sua própria frustração o incomodava, antes de conseguir pelo menos ficar entorpecido diante das estações que passavam. Ler ajudava. Tinha encontrado numa biblioteca um pergaminho recém-copiado das *Meditações* de Marco Aurélio. Mesmo não entendendo tudo, havia na mensagem de aceitar o destino algo que se adequava à sua situação.

Ainda sentia falta da esposa, morta havia dez anos, de alguma doença que a comera por dentro. Na ocasião, havia escrito muitas cartas, rompendo o silêncio para implorar à corte sung que médicos a salvassem. Ninguém viera, e, a cada vez que recebera permissão de visitá-la, a esposa ficava um pouco mais fraca. Sua mente se afastou rapidamente desse tema, como fazia com relação a tantas coisas. Não ousava deixar que os pensamentos penetrassem nas estradas raivosas que possuía por dentro.

Um bando de patos passou acima e Xuan olhou para eles, invejando sua capacidade de voar para onde quisessem. Era uma coisa tão simples, a liberdade, e tão completamente despercebida pelos que a possuíam! Xuan recebia todos os meses um estipêndio para roupas e despesas gerais. Tinha serviçais para cuidar dele e seus aposentos eram sempre bem mobiliados, mas raramente tinha permissão de ficar num mesmo local por mais de um ano. Até mesmo tivera permissão de morar com os filhos depois da morte da mulher, mas descobrira que, na melhor das hipóteses, essa era uma bênção limitada. Porém não sabia nada sobre o mundo lá fora ou sobre as políticas da corte sung. Vivia num isolamento quase completo.

Liao-Jin saiu do lago, pingando água do corpo magro. Seu peito estava nu e era bem torneado, a metade de baixo do corpo coberta por uma calça de linho presa com cinto e grudada nas pernas. A pele do rapaz se arrepiou à brisa e ele estremeceu e sacudiu o cabelo comprido. Enxugou-se rapidamente, olhando o pai e retomando a carranca habitual. Aos 20 anos, era o filho mais velho, um dos três que Xuan havia trazido para o território sung tantos anos antes. A caçula, uma menina com 12 anos, havia nascido sem conhecer nenhuma outra vida. Xuan sorriu quando ela acenou da água. Era um pai dedicado às filhas de um modo como dificilmente conseguia ser com os dois filhos.

Liao-Jin enfiou uma camisa simples pela cabeça e amarrou o cabelo atrás. Ele poderia ser um jovem pescador, sem qualquer sinal de posto ou riqueza. Xuan observou-o, imaginando qual seria seu humor depois de nadar. Com o canto do olho, viu o filho caminhar pela pequena praia de seixos vindo em sua direção. Às vezes, mal conseguia se lembrar do menino inteligente e alegre que Liao-Jin fora. Ainda se recordava de quando seu filho entendera de fato a situação em que estavam. Houvera lágrimas, ataques de fúria e silêncios carrancudos desde então. Xuan nunca sabia o que esperar dele.

Liao-Jin sentou-se nos seixos e dobrou os joelhos, envolvendo-os com as mãos para se esquentar.

— O senhor escreveu ao prefeito, como disse que faria? — perguntou de repente.

Xuan fechou os olhos por um momento, cauteloso com a conversa antes mesmo de ela começar.

— Eu não disse que escreveria. Ele não me responde há muito tempo.

A boca de Liao-Jin se retorceu de um modo desagradável.

— Bem, por que ele responderia? Que *valor* o senhor tem?

O rapaz agarrou um punhado de seixos e jogou na água, num movimento espasmódico. Uma das suas irmãs gritou, mas não tinha sido acertada. Ao ver quem havia jogado as pedras, ela balançou a cabeça atônita e foi mais para o fundo.

Quando Liao-Jin falou de novo, o tom era quase um gemido.

— Sabe, não existe lei que me impeça de entrar para o exército sung, pai. Independentemente do que pensem do senhor, eu poderia ascender. Com o tempo, talvez pudesse ter uma casa que fosse minha. Poderia arranjar uma mulher.

— Eu gostaria disso para você — concordou Xuan em tom distante.

— Gostaria? O senhor não escreveu para o único homem que poderia concordar. O senhor não fez *nada*, como sempre, enquanto cada dia passa tão devagar que não consigo suportar. Se minha mãe estivesse viva...

— Não está — disse Xuan, com a voz se endurecendo para se igualar à do filho. — E não há nada que eu possa fazer até que esse prefeito seja colocado em outro posto ou morra. Não acredito que ele sequer leia mais minhas cartas. Ele não responde nenhuma há oito... não, dez anos! — Seu humor estava arruinado, a paz do dia desaparecida sob o olhar feroz do filho.

— Eu preferiria estar numa prisão a estar aqui com o senhor — sibilou Liao-Jin. — Pelo menos lá poderia sonhar em ser solto. Aqui não tenho esperança nenhuma. Será que preciso envelhecer? O senhor espera que eu cuide do senhor quando sua mente se for e eu estiver enrugado e inútil? Pois não vou. Prefiro pular no lago, ou colocar uma corda em volta do pescoço. Ou do seu, pai. Talvez então eles me deixem sair do cativeiro.

— Há serviçais para cuidar de mim, se eu ficar doente — disse Xuan em voz débil.

Ele odiava escutar a amargura do filho, mas a entendia bastante bem. Tinha sentido a mesma coisa durante muito tempo; parte dele ainda sentia. Liao-Jin era como um pedaço de pau remexendo as profundezas lamacentas de sua alma, e ele resistia, afastando-se fisicamente e se levantando para não ouvir mais. Ergueu a cabeça para chamar os demais filhos e parou. As torres distantes de Hangzhou podiam ser vistas ao redor, e o lago era a criação de alguma dinastia longínqua, mais de mil anos antes. Nos raros dias em que tinha permissão de ir até lá, raramente era incomodado por alguém. No entanto, viu uma tropa de cavalaria trotando pela estrada na margem do lago. Enquanto olhava com vago interesse, eles se viraram na sua direção. Xuan voltou a si com um susto.

— Fora da água, todos vocês — gritou. — Depressa, há homens chegando.

Suas filhas soltaram gritinhos, e o irmão de Liao-Jin, Chiun, saiu correndo, espirrando gotas d'água nas pedras secas. Os cavaleiros passaram ao redor da margem curva, e Xuan teve cada vez mais certeza de que os homens vinham por causa dele. Não pôde evitar o espasmo de medo que tomou seu coração. Até Liao-Jin havia ficado em silêncio, o rosto com linhas sérias. Não era impossível que os soldados tivessem recebido ordens de fazê-los desaparecer finalmente, e ambos sabiam disso.

— Você escreveu alguma carta? — perguntou Xuan ao filho, sem afastar o olhar dos estranhos que se aproximavam. Liao-Jin hesitou por tempo suficiente para ele saber que sim. Xuan xingou baixinho. — Espero que não tenha atraído a atenção de alguém que possa querer nosso mal, Liao-Jin. Nunca estivemos entre amigos.

Os soldados pararam a apenas 20 passos das jovens trêmulas que seguiam para perto do pai e dos irmãos. Xuan escondeu o medo enquanto o oficial apeava, uma figura baixa e atarracada com cabelos grisalhos e rosto largo, quase quadrado, vermelho de saúde. O homem jogou as rédeas por cima da cabeça do cavalo e caminhou até o pequeno grupo que o observava.

Xuan notou o pequeno símbolo do leão gravado na armadura de escamas do oficial enquanto ele fazia uma reverência. Não conhecia todos os postos militares dos sung, mas sabia que o sujeito havia provado seu valor como arqueiro e espadachim, além de ter passado numa prova de tática num dos quartéis da cidade.

— Este humilde soldado é Hong Tsaio-Wen — disse o sujeito. — Tenho ordens de escoltar Sua Majestade Xuan, Filho do Céu, ao alojamento do Leopardo para receber uma armadura.

— O quê? O que é isso? — perguntou Xuan, incrédulo.

Tsaio-Wen encarou-o sem piscar.

— Os homens de Sua Majestade foram reunidos lá — respondeu ele, rígido com o idioma formal que não lhe permitia se dirigir diretamente a Xuan. — Sua Majestade desejará juntar-se a eles lá. — Ele levantou um braço para indicar seus homens, e Xuan viu que eles traziam um cavalo de reserva, selado e esperando. — Sua Majestade desejará vir comigo agora.

Xuan sentiu o gelo tocar seu coração e imaginou se chegara o momento em que o imperador sung finalmente havia se cansado de sua existência. Era possível que ele fosse levado a um local de execuções e desaparecessem com ele em silêncio. Sabia que era melhor não questionar. Xuan conhecera muitos soldados e oficiais sung nos 16 anos de cativeiro. Se exigisse motivos ou explicações, Tsaio-Wen simplesmente repetiria suas ordens com indiferença plácida, sempre educadíssimo. Xuan havia se acostumado com as muralhas de pedra dos costumes sung.

Para sua surpresa, foi seu filho que falou.

— Eu gostaria de ir com o senhor, pai — disse baixinho.

Xuan se encolheu. Se aquilo fosse uma ordem para sua execução, a presença do filho só significaria mais um corpo no crepúsculo. Balançou a cabeça, esperando que o gesto bastasse como resposta. Em vez disso, Liao-Jin girou para encará-lo.

— Eles permitiram que seus homens se reunissem depois de tanto tempo? Isso é importante, pai. Deixe-me ir com o senhor, não importa o que acabe sendo.

Era como se o oficial sung fosse feito de pedra, imóvel, não dando a Xuan qualquer sinal de ter ouvido. Mesmo contra a vontade, ele olhou para além do filho e falou:

— Por que sou necessário agora, depois de tanto tempo?

O soldado permaneceu em silêncio, os olhos parecendo vidro preto. Mas não havia agressividade em sua postura. Fazia muito tempo que Xuan não avaliava o humor de guerreiros, mas não sentia violência no resto da pequena tropa. Tomou a decisão.

— Liao-Jin, eu o nomeio oficial yinzhan iniciante. Mais tarde explicarei seus deveres e responsabilidades.

Seu filho ficou vermelho de prazer e se abaixou sobre um dos joelhos, baixando a cabeça. Xuan pousou a mão na nuca do filho por um momento. Anos antes, poderia ter resistido a qualquer sinal de afeto, mas não se importava que alguns soldados sung sem honra vissem aquilo.

— Estamos prontos — disse a Tsaio-Wen.

O oficial balançou a cabeça ligeiramente antes de falar.

— Tenho apenas um cavalo de reserva e ordens de levar Sua Majestade ao alojamento. Não tenho ordens quanto a mais ninguém.

O tom do sujeito era mal-humorado, e Xuan sentiu uma raiva antiga se agitar por dentro, uma raiva que ele não se permitira sentir durante anos. Um homem em sua posição não podia ter honra, não podia se permitir nenhum orgulho. Mas chegou mais perto do soldado e se inclinou adiante, com os olhos brilhantes de fúria.

— Quem é você para falar assim comigo? Você, um soldado raso, sem família? O que eu escolho fazer não é da sua conta. Diga a um dos seus homens para apear e voltar a pé, ou entregue sua própria montaria.

Hong Tsaio-Wen tinha vivido a vida inteira numa hierarquia rígida. Reagiu à certeza de Xuan como teria feito com qualquer outro oficial superior. Sua cabeça baixou e os olhos não desafiaram mais. Xuan teve certeza de que aquele não era um destacamento para execução. Seus pensamentos entraram em redemoinho enquanto Tsaio-Wen gritava ordens para seus homens e um deles apeava.

— Mande seu irmão levar suas irmãs para casa — disse Xuan em voz alta a Liao-Jin. — Você irá me acompanhar ao quartel. Veremos o que é tão importante a ponto de eu ser incomodado.

Liao-Jin mal podia esconder o prazer misturado com pânico enquanto passava a ordem aos irmãos. Tinha cavalgado algumas vezes na vida, mas jamais montara um cavalo de guerra treinado. Estava apavorado com a ideia de embaraçar o pai enquanto corria até a montaria e saltava na sela. O animal bufou por causa do cavaleiro desconhecido, e a cabeça de Xuan se virou depressa, subitamente pensativo.

— Espera — disse.

Em seguida, passou o olhar pelos demais cavalos e encontrou um que estava parado placidamente, sem nada da tensão da primeira montaria. Xuan olhou para Tsaio-Wen e viu a raiva escondida do sujeito. Talvez o oficial não tivesse escolhido deliberadamente a montaria mais arisca de sua tropa, mas duvidou disso. Fazia muitos anos que Xuan não comandava soldados, mas os velhos hábitos voltaram. Foi até o outro cavaleiro e olhou-o com certeza completa de que seria obedecido.

— Desça — ordenou.

O soldado mal olhou para Tsaio-Wen antes de passar a perna sobre a sela e pular nos seixos.

— Este — gritou Xuan para o filho.

Liao-Jin não havia entendido o que seu pai estava fazendo, mas também apeou e se aproximou, pegando as rédeas.

Xuan assentiu para ele sem explicar, depois levantou a mão brevemente para o resto dos filhos. Eles pareciam abandonados, olhando o pai e o irmão montarem e cavalgarem para longe, pela margem do lago, voltando à cidade de Hangzhou.

CAPÍTULO 25

Hangzhou tinha muitos quartéis para os exércitos do imperador. Os melhores abarcavam áreas de treino e até banhos, onde os soldados podiam aprender o ofício, reforçar o corpo e depois dormir e comer em alojamentos enormes.

O quartel do Leopardo mostrava sinal de ter ficado em abandono durante anos. Os telhados estavam encurvados para baixo, e a área de treino estava cheia de mato que brotava no meio da areia e das pedras. Xuan passou sob um arco coberto de líquen e parou com os homens de Tsaio-Wen num pátio aberto. Estava vermelho por causa da cavalgada, os músculos desacostumados pelo tempo reclamavam nas pernas e nas costas. Mas sentia-se melhor do que em muitos anos simplesmente com esse gosto de liberdade e comando.

Tsaio-Wen apeou sem uma palavra ou um olhar para os dois homens que trouxera. Xuan podia ver traços de raiva no caminhar do sujeito enquanto este entrava na primeira construção. Xuan olhou para o filho e fez sinal com a cabeça para que apeasse do cavalo emprestado. Não sabia o que esperar, mas houvera tão pouca novidade nos últimos anos que praticamente qualquer coisa seria bem-vinda.

A tropa de cavaleiros ficou em silêncio e esperou. Depois de um tempo, Tsaio-Wen saiu e pegou suas rédeas. Para surpresa de Xuan, ele montou e virou o cavalo de volta para o portão. Dois de seus homens pegaram as rédeas dos cavalos que Xuan e seu filho haviam montado e começaram a levá-los embora.

— O que é isso? — perguntou Xuan. Sabia que Tsaio-Wen o ouvira pelo modo como se enrijeceu. O oficial optou por se vingar com a falta de educação, e não houve resposta.

Um grito alto soou ali perto, e Xuan girou. Correndo para ele, viu rostos conhecidos, lembranças de uma vida diferente. Liao-Jin se retesou como se eles fossem ser atacados, mas o pai pôs a mão em seu braço. Quando ele falou, seus olhos estavam brilhantes de lágrimas.

— Eu conheço esses homens, Liao-Jin. Eles são o meu povo. — E sorriu, percebendo que o filho não reconheceria nenhum dos homens que se apinhavam ao redor dos dois. — Eles são o *seu* povo.

Xuan teve de se esforçar muito para manter o sorriso no rosto enquanto começava a reconhecer homens que não via há 16 anos. O tempo jamais era gentil. A idade jamais tornara um homem mais forte, ou mais rápido, ou mais vital. Sentia-se abalado por dentro, chocado repetidamente. Continuava vendo rostos que lembrava como sendo jovens, lisos, e de algum modo eles continuavam ali, mas haviam se tornado enrugados e cansados. Talvez se permanecessem em casa tivessem ficado menos marcados pelos anos. Duvidava que algum tivesse sido bem-alimentado ou recebido permissão de permanecer em forma.

Eles se comprimiram ao redor e alguns até estenderam a mão para tocar suas roupas, quase para se certificar de que ele era real. Então, vozes que ele não escutava havia muito tempo gritaram ordens e os homens se afastaram. O pátio continuou a se encher enquanto mais e mais homens saíam dos alojamentos, mas os que tinham sido oficiais estavam gritando ordens para eles se formarem para uma inspeção. Eles sorriram ao fazer isso, e havia muitas perguntas sendo gritadas. Xuan não podia respondê-las. Mal conseguia falar devido às emoções que o preenchiam. Ficou ereto, os olhos brilhando enquanto os homens formavam grupos aproximados de uma centena e marchavam para assumir posição no campo de formatura cheio de ervas daninhas.

Não se passou muito até ele perceber que o número de homens que apareciam estava diminuindo. O coração de Xuan se encolheu. Tinha trazido cerca de 40 mil homens para as terras sung. Alguns certamente teriam morrido — os mais velhos deveriam estar com quase 70 anos. As causas naturais cobrariam um preço, mas quando contou os quadrados silenciosos o total era de apenas 8 mil homens.

— Aonde vocês todos foram? — murmurou consigo mesmo.

Um homem que estivera gritando ordens vestia pouco mais do que trapos imundos. Estava emaciado, e a pele que aparecia era marcada de sujeira que fora quase tatuada nele. Era digno de pena ver uma figura daquelas tentando se manter ereta. Xuan não o reconheceu, mas ele se aproximou e encarou o imperador. Os olhos dele examinaram os seus, brilhando com esperança onde não deveria haver nenhuma.

— Faz muito tempo — disse Xuan. Já ia perguntar o nome do homem quando este lhe veio, primeiro com o posto, relampejando em sua cabeça por cima dos anos. — Shao Xiao Bohai.

Xuan piscou para esconder a dor enquanto Bohai sorria revelando apenas dois dentes grandes e amarelos na mandíbula vazia. Aquele sujeito já comandara milhares de soldados, era um dos seus experientes oficiais de espada, mas era quase impossível reconciliar as lembranças com a figura esquelética que estava à sua frente.

— Esses são *todos* os homens? — perguntou Xuan.

Bohai baixou a cabeça, depois se prostrou no chão. O resto dos soldados o imitou instantaneamente, de modo que apenas Xuan e seu filho permaneceram de pé.

— Levantem-se, todos vocês — ordenou Xuan. Seus olhos haviam secado e ele sabia que não poderia mostrar mais emoção a esses homens. Eles precisavam de mais do que isso, de sua parte. — E então, Shao Xiao Bohai? Você não respondeu à minha pergunta. Pode falar livremente.

A princípio a voz do homem apenas grasnou. Ele molhou os lábios e as gengivas com a língua até ser capaz de formar palavras.

— Alguns de nós fugiram. A maioria foi trazida de volta e morta na nossa frente. Outros jamais retornaram.

— Mas tantos? — disse Xuan, balançando a cabeça.

— Sua Majestade não irá querer ouvir as reclamações dos soldados — disse Bohai, olhando a meia distância.

— Eu ordenei que você dissesse — respondeu Xuan baixinho. E esperou enquanto o sujeito molhava os lábios de novo.

— Havia febres todos os verões, e alguns morreram por causa da comida ruim. Num ano, cerca de seiscentos de nós foram levados para trabalhar numa mina de carvão. Eles não retornaram. A cada mês perdíamos alguns para os guardas ou para nobres sung em busca de diversão. Nem sempre sabemos o destino dos que são levados embora. Eles não voltam. Majestade, não vi o grupo inteiro junto durante 16 anos. Até três dias atrás não sabia que tínhamos perdido tantos. — Uma fagulha apareceu nos olhos opacos do sujeito. — Nós suportamos tudo na esperança de ver Sua Majestade uma última vez antes de morrer. Isso foi concedido. Se não houver resgate, nem libertação, isso nos bastará.

Xuan se virou e viu o filho paralisado com expressão de horror.

— Feche a boca, filho — disse baixinho. — Esses são homens bons, do seu sangue. Não os envergonhe por algo que eles não podem controlar. — Sua voz aumentou de volume, de modo que Bohai e os que estavam perto pudessem ouvir suas palavras. — Eles estão imundos porque não receberam água. Estão famintos porque não receberam comida. Veja além dos trapos, filho. Eles são homens de honra e força, com resistência comprovada. São o seu povo, e já lutaram por mim.

Xuan não tinha ouvido o oficial sung, Tsaio-Wen, se aproximar por trás até que o sujeito falou:

— Que tocante. Imagino se o imperador deles vai abraçá-los com toda a bosta e os piolhos.

Xuan girou e chegou muito perto de Tsaio-Wen. Parecia não perceber a espada pendurada no cinto do oficial.

— Você de novo? Ainda não lhe ensinei humildade? — Para perplexidade de Tsaio-Wen, Xuan cutucou-o no peito com o dedo rígido. — Estes homens eram aliados do seu imperador, mas como foram tratados? Passaram fome, deixados na própria sujeira sem comida adequada. Meus inimigos os tratariam melhor do que vocês.

A surpresa manteve Tsaio-Wen parado por um momento. Quando sua mão baixou até a espada, Xuan chegou mais perto ainda, de modo que os narizes dos dois se aproximaram e uma cuspida furiosa tocou o rosto de Tsaio-Wen.

— Eu vivi por tempo suficiente, soldado raso. Mostre uma espada para mim e veja o que esses homens desarmados farão com você com as mãos nuas.

Tsaio-Wen olhou para além dele e subitamente percebeu todas as fileiras de homens furiosos observando a cena. Com cuidado, deu um passo atrás. Xuan ficou satisfeito ao ver um fio de suor em sua testa.

— Pessoalmente, eu deixaria todos vocês morrerem de fome — disse Tsaio-Wen. — Mas, em vez disso, vocês serão mandados contra os *tumans* mongóis. Sem dúvida o imperador prefere ver as espadas mongóis ficando cegas no crânio de vocês a no dos soldados sung.

Ele estendeu um pacote de ordens que Xuan pegou, tentando esconder a perplexidade. Xuan quebrou o lacre imperial que conhecia tão bem e leu rapidamente enquanto Tsaio-Wen se virava. O oficial sung conseguiu andar uns quarenta passos no campo de formatura antes que Xuan levantasse a cabeça.

— Parado! — ordenou ele. O soldado continuou marchando, com as costas rígidas mostrando a raiva. Xuan levantou a voz até um berro. — Você é mencionado nestas ordens, Hong Tsaio-Wen.

O oficial sung parou bruscamente. Com o rosto vermelho de fúria, ele voltou. Xuan ignorou-o, continuando a ler enquanto o sujeito permanecia trêmulo de indignação.

— Parece que o meu primo, o imperador, não é um idiota completo — disse Xuan. Tsaio-Wen sibilou ao ouvir o insulto, mas não se mexeu. — Ele se lembrou de que só há um grupo em suas terras que já enfrentou os mongóis. E que conseguiu contê-los. Você está vendo esses homens à sua frente, Tsaio-Wen. — Para seu prazer, as fileiras mais próximas ajeitaram os ombros enquanto ouviam. — Aqui diz que devo esperar que armeiros e treinadores os coloquem de novo em forma para a guerra. Onde estão esses homens?

— Estão vindo — respondeu Tsaio-Wen com voz áspera, entre dentes. — Onde meu nome é mencionado?

— Aqui — disse Xuan, mostrando o pergaminho grosso coberto com minúsculos caracteres pretos. Surpreendeu-lhe que o oficial soubesse ler. As coisas haviam mudado desde o seu tempo.

— Não estou vendo — falou Tsaio-Wen, franzindo os olhos diante da página.

— Aqui. Onde diz que eu posso escolher oficiais sung para ajudar com os suprimentos e o treinamento. Escolho você, Tsaio-Wen. Gosto demais da sua companhia para deixá-lo ir embora.

— O senhor *não pode* — respondeu Tsaio-Wen. De novo sua mão baixou até a espada e então se afastou quando ele ouviu um rosnado gutural vindo dos homens mais próximos.

— Seu imperador escreveu que posso, Tsaio-Wen. Escolha me obedecer ou escolha ser enforcado, não me importa. O imperador disse que marcharemos de novo. Talvez sejamos destruídos, não sei. Talvez triunfemos. Será mais fácil decidir quando tivermos comido bem e ficado fortes, eu sei. Já tomou a decisão, Hong Tsaio-Wen?

— Obedecerei às ordens do meu imperador — respondeu o sujeito, prometendo morte com os olhos.

— Você é um homem sensato, mostrando tamanha obediência e humildade. Será uma lição para todos nós. Agora diz aqui que há verbas disponíveis, portanto mande buscar comida na cidade. Meus homens estão com fome. Mande trazer médicos para cuidar dos fracos e doentes. Empregue serviçais para limpar o quartel e pintores para reformá-lo. Encontre operários para consertar o telhado, carpinteiros para reconstruir os estábulos, açougueiros e trabalhadores do gelo para encher os porões com carne. Você estará ocupado, Tsaio-Wen, mas não se desespere. Seu trabalho beneficia o último exército jin, e não existe causa melhor.

Os olhos de Tsaio-Wen se viraram para os papéis que Xuan tinha em mãos. Independentemente de qualquer justiça ou humilhação, ele não ousaria recusar. Bastaria uma palavra de um dos seus oficiais superiores dizendo que ele recusara uma ordem legítima e ele estaria acabado. Baixou a cabeça como se tivesse de quebrar ossos para fazer isso, depois girou nos calcanhares e se afastou.

Xuan se virou para os sorrisos incrédulos no rosto de seus homens. Seu filho só conseguia fitá-lo e balançar a cabeça, pasmo.

— Nenhum de nós imaginou que o dia de hoje terminaria assim — disse Xuan. — Vamos nos fortalecer nos próximos meses. Vamos comer bem e treinar de novo com espada, lança e arco. Será duro. Nenhum de nós é mais jovem. Quando estivermos prontos, deixaremos este lugar pela última vez. Não importa se cavalgarmos contra os mongóis. Não importa se cavalgarmos para o inferno. O que importa é que *vamos embora*.

Sua voz embargou quando ele disse as últimas palavras e os homens gritaram comemorando, as vozes ficando mais fortes e mais altas até ecoarem no campo de formatura e nos alojamentos.

Nas iurtas dos curandeiros do acampamento, Kublai estava sentado num silêncio sério enquanto o ferimento de seu braço era enfaixado por um xamã agitado. As mãos do sujeito eram hábeis e treinadas, trabalhando por instinto. Kublai fez uma careta de dor quando o xamã deu o nó e fez uma breve reverência antes de deixá-lo. O general Bayar estava a duas camas de distância, mostrando o rosto frio e indiferente enquanto outro xamã costurava um talho em sua perna que pingava lentamente um sangue vermelho-escuro.

Yao Shu se aproximou, segurando um pedaço de papel com números rabiscados às pressas.

— Onde estão os canhões sung? — perguntou Kublai a Bayar subitamente.

Não queria ouvir os números de mutilados e mortos lidos por Yao Shu, pelo menos naquela hora. Ainda estava tremendo ligeiramente devido à luta no morro, com um mal-estar interno que havia durado muito mais do que o embate rápido. Bayar se levantou para responder e flexionou a perna, fazendo uma careta.

— No momento ainda estão sendo trazidos, senhor, cerca de 1,5 quilômetro daqui. Nossos homens estão vigiando-os.

— Quantos canhões?

— Só quarenta, mas cada um com pólvora e balas suficientes para 12 tiros. Balas menores do que as que tínhamos.

— Então abandone os nossos. Mande passar óleo neles e cobri-los com tecido oleado, mas deixe-os onde estão até termos uma folga ou fazermos mais balas e pólvora.

Bayar olhou-o, cauteloso. Tinham recebido notícias de mais dois exércitos se aproximando da área, marchando intensa e rapidamente para apoiar os que haviam ido antes. A única chance era cavalgar até o primeiro e esmagá-lo antes que enfrentassem uma batalha em duas frentes.

— Vocês recolheram as flechas? — perguntou Kublai.

Bayar estava cambaleando de pé, absolutamente exausto. Kublai o viu juntar toda a coragem para responder, um esforço visível que o reduzia a um espanto reverente.

— Tenho um *minghaan* andando entre os mortos, recolhendo qualquer uma que possa ser reutilizada. Talvez consigamos metade de volta. Mandarei outras para o acampamento, para serem restauradas. Eles vão trazê-las a nós quando o trabalho estiver feito.

— Mande-as com os feridos que não possam lutar. E verifique o estoque no acampamento. Preciso dos flecheiros trabalhando noite e dia. Não podemos ficar sem estoque. — Ele fechou o punho e olhou para Yao Shu, que esperava pacientemente. — Certo. Quantos homens perdemos?

O velho não precisou consultar as listas para ver o total.

— Nove mil e algumas centenas. Seiscentos desses estão mortos, e o restante, muito ferido para continuar. Os xamãs dizem que perderemos mais mil até de manhã, e mais durante a próxima semana.

Bayar xingou baixinho, e Kublai estremeceu, com o braço latejando no mesmo ritmo da pulsação. Um décimo de sua força se fora. Estava dolorido e exausto, mas sabia que o amanhecer traria outra luta contra soldados descansados. Só podia esperar que a longa marcha tivesse tirado um pouco da prontidão das tropas sung.

— Diga para os homens comerem e dormirem o melhor que puderem. Preciso deles prontos antes do amanhecer para o que quer que venha. Mande Uriang-Khadai falar comigo.

— O senhor foi ferido. Deveria descansar.

— Descansarei quando tiver certeza de que todos os batedores estão fora e de que os feridos estão sendo levados para o acampamento principal. Esta noite a refeição será fria.

Bayar mordeu o lábio, depois decidiu falar de novo.

— O senhor precisa estar alerta para amanhã. Uriang-Khadai e eu estamos com todo o resto sob controle. Por favor, descanse.

Kublai o encarou. Ainda que seu corpo doesse e as pernas estivessem fracas de cansaço, não conseguia se imaginar dormindo. Havia muita coisa a fazer.

— Vou tentar — prometeu. — Depois de falar com o orlok.

— Sim, senhor.

Um batedor veio pelo acampamento, procurando entre os feridos e os que cuidavam deles. Kublai o viu primeiro e seu coração se contraiu. Observou o sujeito com o canto do olho, vendo-o perguntar uma coisa a alguém, que apontou na direção de Kublai. Quando o batedor se aproximou, Kublai olhou-o irritado.

— O que é?

— Um terceiro exército, senhor. Vindo do leste.

— Tem certeza de que não é o mesmo relatório que recebi antes? — perguntou Kublai, irritado. O homem empalideceu ao vê-lo com raiva, e Kublai tentou se controlar.

— Não é, senhor. Eles foram marcados. Este é novo, com cerca de 60 mil.

— O ninho de marimbondos — murmurou Bayar ao lado de Kublai. Ele assentiu.

Kublai queria cavalgar de novo imediatamente, mas Uriang-Khadai se aproximou enquanto ele tomava colheradas de uma tigela de cozido frio e mastigava, com os olhos vítreos.

O orlok tinha uma expressão estranha no rosto, parado diante de Kublai. Em menos de uma semana eles haviam sobrevivido a duas grandes batalhas, sempre em número inferior. Uriang-Khadai havia esperado uma centena de vezes que o jovem hesitasse, mas ele sempre estivera ali, dando ordens calmas, protegendo uma linha que tivesse dificuldade, mandando reforços quando necessário. O orlok viu exaustão no irmão do cã, mas ele não havia se dobrado sob a tensão, pelo menos até então.

— Senhor, o terceiro exército é menor e só chegará ao alcance amanhã ou depois de amanhã. Se cavalgarmos para eles agora, poderemos descansar antes da batalha. Os homens estarão mais revigorados, e, se tivermos de lutar duas vezes amanhã, eles terão mais chance de sobreviver.

Uriang-Khadai estava tenso enquanto esperava a resposta. Havia se acostumado a ver o jovem ignorar seus conselhos, mas por um sentimento de dever ainda os concedia. Estava pronto para ser recusado.

— Certo — respondeu Kublai, surpreendendo-o. — Vamos cavalgar para o leste e não fazer contato com a força maior.

— Sim, senhor. — Uriang-Khadai quase gaguejou ao responder. Não pareceu suficiente. — Obrigado — disse.

Kublai pousou a tigela vazia e esfregou o rosto com as duas mãos. Afora ter estado inconsciente por um tempo, não conseguia se lembrar de quando havia dormido pela última vez. Sentia-se tonto e doente.

— Talvez eu não o ouça sempre, orlok. Mas você tem mais experiência do que eu. Não me esqueço disso. Também vamos tirar o acampamento principal do alcance deles. Precisamos nos manter em movimento, e eles não conseguem acompanhar nosso ritmo.

Uriang-Khadai murmurou uma resposta e relaxou o suficiente para fazer uma reverência. Queria dizer alguma coisa para melhorar o ânimo do rapaz que estava sentado com as pernas abertas, cansado demais para se mexer. Nada lhe veio à mente, e ele fez outra reverência enquanto saía.

Bayar tinha visto a conversa e se aproximou, com a boca se repuxando enquanto olhava Uriang-Khadai dar as novas ordens.

— Ele gosta do senhor, sabia? — disse Bayar.

— Ele me acha um idiota — respondeu Kublai sem pensar, depois mordeu os lábios, irritado. O cansaço tornava difícil manter a boca fechada. Tinha de comandar sem qualquer demonstração de fraqueza, e não atrair confidências.

— Não, não acha — replicou Bayar. Ele assentiu sozinho, ainda observando Uriang-Khadai. — O senhor o viu hoje cedo quando os sung ultrapassaram a ala lateral? Ele não entrou em pânico, só recuou, rearrumou os homens e manteve a posição. Foi um bom trabalho.

Kublai desejou que Bayar parasse de falar. A última coisa que desejava era convidar um oficial a fazer comentários sobre outro.

— Uriang-Khadai não é um líder natural — disse Bayar.

Kublai fechou os olhos com um suspiro, vendo luzes verdes relampejarem na escuridão.

— Os homens o respeitam — continuou Bayar. — Eles viram a competência dele. Não o adoram, mas sabem que ele não vai desperdiçá-los em troca de nada. Isso significa muito para os soldados.

— Chega, general. Ele é um homem bom, e você também. Todos somos. Agora monte no seu cavalo e arraste os *tumans* mais 30 quilômetros para podermos interceptar um nobre sung.

Bayar riu daquele tom, mas correu para o cavalo e já estava girando a montaria e dando ordens, antes que Kublai forçasse os olhos a abrir de novo.

Nos anos desde que Mongke se tornara cã, os números da nação haviam crescido para além de qualquer coisa que Gêngis pudesse reconhecer. Seu irmão Arik-Boke havia se beneficiado da paz nas planícies natais, e a taxa de natalidade aumentara tremendamente. Karakorum havia se tornado uma cidade estabelecida, com uma população crescente do lado de fora das muralhas, em novos distritos de pedra e madeira, de modo que a cidade original ficava escondida. O solo era bom, e Mongke havia encorajado famílias grandes, sabendo que fariam crescer os exércitos do cã. Quando cavalgou na primavera, levou 28 *tumans*, mais de um quarto de milhão de homens, viajando com pouco peso e rapidamente. Não levavam nenhum canhão e transportavam apenas o mínimo de suprimentos. Com cavaleiros como aqueles, Gêngis e Tsubodai haviam varrido continentes. Mongke estava pronto para fazer o mesmo.

Tentara ser um cã moderno, continuar o trabalho iniciado por Ogedai para fazer uma civilização estável nos vastos territórios de seu canato. Durante anos, havia lutado contra a ânsia de estar no campo, cavalgar, conquistar. Cada instinto havia puxado sua mente para longe do governo insignificante das cidades, mas ele estrangulara todas as dúvidas, obrigando-se a governar enquanto seus generais, príncipes e irmãos abriam novos caminhos. O grande canato fora alcançado rapidamente, em apenas três gerações. Ele não escapava de um sentimento de que aquilo poderia ser perdido ainda mais rapidamente, a não ser que construísse e fizesse leis que durassem. Havia incentivado ligações comerciais e postos do yam, fios que atavam os homens atravessando a terra, de modo que o mais pobre criador de ovelhas soubesse que havia um cã que era seu senhor. Mongke tinha garantido que cada vasta região tivesse seu governo de canato que lhe prestasse contas, de modo que os que haviam sofrido pudessem fazer suas reclamações e talvez até receber guerreiros em resposta. Às vezes pensava que a coisa era grande demais, complicada demais para alguém entender, mas de algum modo dava certo. Onde havia corrupção óbvia ela era arrancada por seus escribas pela raiz e os responsáveis eram retirados dos altos postos. Os governadores de suas cidades sabiam que prestavam contas a uma autoridade mais alta do que a deles, e isso os mantinha quietos, por medo ou por segurança. Os impostos vinham num jorro, e, em vez de enterrá-los em salas fechadas, ele os usava para construir escolas, estradas e novas cidades para a nação.

A paz era um esforço maior do que a guerra, percebeu Mongke logo no início de seu período como cã. A paz exauria o homem, ao passo que a guerra podia lhe dar vida e força. Houvera ocasiões em que ele pensava que os irmãos retornariam a Karakorum e o encontrariam como uma casca seca, moída até virar coisa nenhuma sob a grande pedra da responsabilidade que estava sempre girando sobre sua cabeça.

Enquanto cavalgava com seus *tumans*, sentiu que se livrava de um peso de anos. Era difícil não pensar na jornada com Tsubodai, enfrentando cavaleiros cristãos e submetendo exércitos estrangeiros à força. Tsubodai daria os dedos da mão direita para ter um exército como o que Mongke comandava agora. Naquela época, Mongke era jovem, e estar de volta na sela com fileiras armadas na frente e na retaguarda era rejuvenescedor, um eco de sua juventude que o enchia de júbilo. Seus horizontes haviam sido pequenos demais por muito tempo. As terras jin ficavam ao sul, e ele veria essa nova cidade que Kublai havia criado na boa terra preta. Veria Xanadu e decidiria por si mesmo se Kublai havia ultrapassado sua autoridade. Não imaginaria jamais Hulegu dando as costas para o grande cã, seu irmão, mas Kublai sempre fora independente, um homem que precisava saber que estava sendo observado. Mongke não conseguia afastar a suspeita de que era melhor não deixar Kublai sozinho por muito tempo.

A carta de Hulegu para ele, com o lacre pessoal, fora o único momento azedo nos meses de preparação. Mongke tentara se convencer de que não temia os Assassinos que seu irmão havia arrancado da apatia, mas quem não temeria? Sabia que era capaz de manter a coragem durante uma batalha, ainda que tudo desse errado ao redor. Podia liderar um ataque e enfrentar homens. Sua coragem era comprovada. No entanto, a ideia de algum matador mascarado apertando uma faca em sua garganta enquanto dormia o fazia estremecer. Se havia Assassinos dispostos a matá-lo, ele certamente os deixara para trás por mais um ou dois anos.

Arik-Boke fora a Karakorum assumir a administração enquanto ele estivesse longe. Mongke havia se certificado de que ele também entendesse o risco, mas o irmão mais novo riu, apontando para os guardas e serviçais que viviam correndo para um lado e para outro no palácio e na cidade. Ninguém poderia entrar sem ser visto. A mente de Mongke se tranquilizou ao saber que o irmão estaria em segurança – e também ao deixar a cidade para trás.

Em apenas 14 dias, seus *tumans* estavam ao alcance de Xanadu, cerca de 300 quilômetros ao norte de Yenking e das terras jin mais ao norte. Metade de seu exército era de guerreiros com apenas 20 anos, e eles cavalgavam as distâncias com facilidade, ao passo que Mongke sofria por estar fora de forma. Somente seu orgulho o mantinha seguindo em frente quando os músculos doíam. Os piores dias, no entanto, foram os primeiros, e seu corpo começou a se lembrar da força antiga depois de nove ou dez dias na sela.

Mongke balançou a cabeça num espanto silencioso ao ver uma nova cidade crescendo no horizonte. Seu irmão havia criado algo numa escala grandiosa, transformando fantasias em realidade. Mongke descobriu que sentia orgulho de Kublai e imaginou que mudanças veria ao se encontrarem de novo. Não podia negar o sentimento de satisfação ao ter provocado isso. Havia mandado Kublai para o mundo, obrigando o irmão mais novo a olhar para além dos livros empoeirados. Sabia que Kublai tinha pouca probabilidade de mostrar gratidão, mas as coisas eram assim.

Pararam em Xanadu por tempo suficiente para Mongke percorrer a cidade e examinar as dezenas de mensagens do yam que tinham ido à frente ou alcançado-o enquanto viajava. Resmungou ao ter de lidar com elas, mas havia poucos lugares onde poderia cavalgar sem que os cavaleiros do yam o encontrassem. Os canatos não permaneciam parados simplesmente porque Mongke estava no campo. Em alguns dias, pegava-se trabalhando tão arduamente quanto em Karakorum, e gostando quase tanto quanto.

Tirou toda a comida, o sal e o chá de Xanadu no curto tempo em que esteve ali. Os habitantes passariam fome por um tempo, mas sua necessidade era maior. Um número tão grande de *tumans* não poderia viver de caça e coleta enquanto viajava. Pela primeira vez em sua memória, Mongke precisava manter uma linha de suprimentos aberta na retaguarda, de modo que sempre havia centenas de carroças vindo lentamente para o sul na esteira de seus guerreiros. Os suprimentos foram refeitos enquanto ele descansava em Xanadu, mas, quando partiu, as carroças se espalharam de novo, pagas a milhares de quilômetros de distância, em Karakorum e nas cidades do norte do território jin. Mongke riu ao pensar em sua sombra se estendendo até tão longe. A comida iria alcançá-los sempre que parassem, e ele pensou na pouca probabilidade de malfeitores se arriscarem a atacar suas carroças, com os batedores do cã sempre a pouca distância.

Pressionou os *tumans* para o sul, sentindo um prazer enorme nas distâncias que podiam percorrer, mais rápidos do que qualquer um, a não ser um cavaleiro do yam capaz de trocar de montaria em cada posto. Pelo grande cã, os *tumans* cavalgariam até o fim do mundo sem reclamar. Com rações mínimas, ele já perdera parte da carne que se agarrava à cintura e sua energia estava crescendo, aumentando a sensação de bem-estar.

Mongke atravessou a fronteira norte de Sung num dia frio de outono, com o vento agitando as fileiras de cavaleiros. Hangzhou ficava 800 quilômetros ao sul, mas havia pelo menos trinta cidades entre os *tumans* e a capital do imperador, cada uma com boa guarnição. Sorriu cavalgando, batendo os calcanhares e desfrutando do sopro de ar no rosto. Tinha dado uma tarefa simples a Kublai, mas seu irmão jamais poderia ter sucesso sozinho. Os 28 *tumans* que Mongke trouxera seriam o martelo que esmagaria o imperador sung. Era um exército maior do que qualquer um que Gêngis jamais pusera no campo, e, enquanto galopava por uma estrada poeirenta, Mongke sentiu seus anos em Karakorum lentamente se rasgarem em trapos empoeirados, deixando-o cheio de vigor e sem estorvos. Pela primeira vez, os cavaleiros do yam ficavam para trás. Sem os postos, eles não poderiam fazer um tempo melhor do que seus homens, e ele sentiu-se verdadeiramente livre pela primeira vez em anos. Finalmente entendia a verdade das palavras de Gêngis. Não havia modo melhor de passar a vida do que aquele.

CAPÍTULO 26

Kublai e Bayar estavam sentados com as costas apoiadas na mesma enorme pedra cinza-esbranquiçada. Uriang-Khadai os observava, com o rosto ilegível. Uma outra pedra igual ficava ali perto, de modo que entre as duas havia uma área abrigada que as ovelhas do local deviam usar sempre que chovia. O terreno estava tão denso de fezes que nenhum capim crescia, e todos os que atravessavam descobriam que as botas iam ficando cada vez mais pesadas ao andar.

As ovelhas tinham ido embora, claro. Os *tumans* de Kublai haviam cercado umas oitenta, e para alguns guerreiros sortudos haveria carne quente aquela noite. O restante teria de se virar com sangue tirado das montarias de reserva, junto com um pouco de leite de égua ou queijo, o que tivessem.

Pôneis pastavam ao redor, relinchando e bufando enquanto comiam o capim que crescia em moitas densas a ponto de tornar o progresso lento pelos morros. Eles sequer podiam trotar numa superfície tão irregular. Os cavalos precisavam ser guiados lentamente, com a cabeça tombando de cansaço.

— Poderíamos circular de volta até o último local — disse Bayar. — Eles não vão esperar isso, e nós precisamos daquelas flechas.

Uriang-Khadai assentiu cansado. Apesar de ter viajado com Tsubodai para o ocidente, jamais conhecera um ritmo de batalhas tão constante. Houvera uma ocasião em que desprezara os relatórios sobre cidades sung apinhadas, mas a realidade era tão ruim quanto tinham contado. Os *tumans* de Kublai haviam ficado sem pólvora, sem balas e sem flechas, com os números do inimigo suplantando-os. Uriang-Khadai ainda não podia crer que os tivessem obrigado a recuar, mas perdera a conta dos exércitos que eles haviam derrotado, e aquele que se esforçava para alcançá-los estava descansado e bem-armado. Os *tumans* na maior parte estavam reduzidos ao uso de espadas, até as lanças tinham sido partidas e jogadas fora. Diante de novos regimentos que corriam para eles, Kublai havia recuado a toda velocidade, procurando terreno elevado.

— Eles ainda estão lá? — perguntou Kublai.

Bayar se levantou com um gemido por causa das pernas doloridas, espiando para além da pedra. Abaixo, podia ver regimentos sung em quadrados aproximados, parecendo mover-se centímetro a centímetro montanha acima.

— Ainda estão vindo — respondeu Bayar, se recostando de volta. Kublai xingou, mas isso não era nada além do que esperava. — Não podemos lutar neste terreno, sabe?

— Sei, mas podemos ficar à frente deles. Vamos encontrar um caminho para sair dos morros, e, quando estiver escuro, vamos cavalgar para longe. Eles não vão nos alcançar, pelo menos hoje.

— Não gosto de deixar o acampamento principal desprotegido por tanto tempo — disse Uriang-Khadai. — Se um desses exércitos o encontrar, ele será trucidado.

Kublai retesou o maxilar, irritado com Uriang-Khadai por lembrá-lo disso. Chabi e Zhenjin estavam em segurança, disse a si mesmo outra vez. Seus batedores haviam encontrado uma floresta que se estendia por centenas de quilômetros. As famílias e os seguidores do acampamento teriam ido para a parte mais profunda, o mais longe possível da estrada. Mas só seria preciso um rastreador para encontrar a fumaça de uma fogueira ou ouvir o balido dos rebanhos. Eles lutariam, claro. A coragem tranquila de Chabi fez seu peito se apertar com a lembrança, mas ele concordava com Uriang-Khadai sobre o resultado. Uma pequena voz dentro de Kublai se preocupava igualmente com os estoques de flechas guardado no acampamento. Sem eles, seus *tumans* eram um lobo cujos dentes foram arrancados.

— Encontre-me um modo de fazer esse sung maldito desaparecer e eu cavalgo de volta para ver como eles estão se saindo — disse Kublai irritado. — Até lá, vamos ficar à frente deles e esperar que não estejamos cavalgando para os braços de outro nobre que saiu para nos caçar.

— Eu gostaria de mandar um grupo pequeno e rápido para pegar flechas — observou Uriang-Khadai. — Até mesmo uns poucos milhares de flechas fariam diferença nesse ponto. Vinte batedores cavalgando depressa devem conseguir passar pelas forças sung.

Kublai multiplicou os números na cabeça e soprou o ar lentamente. Não duvidava que seus batedores poderiam sobreviver à corrida, mas voltar com uma aljava sob cada braço, uma nas costas, duas amarradas às selas? Eles estariam indefesos, seriam presa fácil para a primeira cavalaria sung que os avistasse. Precisava de mais do que 2 mil flechas. Precisava, no mínimo, de meio milhão. Os melhores estoques de hastes de bétula emplumadas estavam espalhados em campos de batalhas por 80 quilômetros atrás deles, já se empenando devido à umidade e à exposição ao tempo. Era de enfurecer. Ele havia se orgulhado de sua capacidade de organização, mas os exércitos sung simplesmente continuavam vindo, sem dar tempo para seus homens descansarem.

— Precisamos encontrar outra cidade, uma que tenha um alojamento imperial — disse. — Eles têm o que necessitamos. Onde estão os mapas?

Bayar enfiou a mão dentro da túnica e tirou uma folha de pele de cabra manchada de suor, amarelo-escura e dobrada muitas vezes, de modo que linhas esbranquiçadas apareceram quando ele a abriu. Havia dezenas de cidades no mapa, marcadas com caracteres pintados por algum escriba morto havia muito tempo. Bayar apontou para uma que ficava do outro lado da cordilheira onde os *tumans* se esparramavam exaustos.

— Shaoyang — disse ele, batendo com um dedo em cima. O suor pingou quando se inclinou, de modo que manchas escuras apareceram no pergaminho. Com um palavrão, ele enxugou o rosto com as mãos.

— Então está claro — respondeu Kublai. — Precisamos chegar a essa cidade, dominar a guarnição e, de algum modo, encontrar os depósitos de armas antes que o exército nos alcance ou que a população se rebele e acabe conosco. — Ele deu uma risada amarga.

Uriang-Khadai falou enquanto Kublai se recostava:

— Há uma chance de que a guarnição já tenha saído — disse, pensativamente. — Pelo que sabemos, nós até já podemos tê-la derrotado. Ou eles podem estar do lado de fora, procurando por nós, como todos os demais soldados sung na região.

Kublai se empertigou, lutando para pensar apesar da exaustão.

— Se eles estiverem lá, poderemos atraí-los para fora. Se mandarmos alguns homens para os mercados com informação para vender, talvez. Boatos de um exército mongol a 80 quilômetros na direção errada certamente fariam a guarnição sair. Nesse ponto, sabemos que há ordens para nos atacarem à primeira vista. Eles não poderiam permanecer na cidade se tiverem a isca certa.

— Se é que estão lá — concordou Uriang-Khadai.

— Se eles ignorarem a notícia, estaremos esperando para entrar numa cidade hostil, com outro exército vindo rapidamente atrás — observou Bayar. Ficou surpreso por ser ele quem pedia cautela, mas Uriang-Khadai pareceu atraído pela ideia.

Kublai se levantou, esticando as pernas doloridas e olhando para baixo da montanha, de onde os regimentos sung vinham com dificuldade atrás deles. O terreno era tão irregular, com ressaltos e pequenos morros de capim, que eles não podiam se mover mais rapidamente do que os mongóis. Ao menos por isso Kublai poderia agradecer. Sentiu a cabeça clarear com o movimento e assobiou baixo para os oficiais de *minghaan* mais próximos, balançando a cabeça na direção em que viajavam. Era hora de se mover de novo.

— Vocês sabem que eu adoraria entrar nos depósitos deles — falou. — Mas, mesmo que a guarnição já esteja do lado de fora, o prefeito da cidade não vai deixar que simplesmente entremos para pegar o que precisamos.

— Os cidadãos de Shaoyang não sabem como a guerra está correndo — respondeu Uriang-Khadai. — Se o senhor der a chance, ele pode se render.

Kublai procurou atentamente algum sinal de zombaria, mas o rosto de Uriang-Khadai parecia de pedra. Kublai sorriu por um momento.

— Pode mesmo — concordou. — Vou pensar nisso enquanto viajamos. Venham, os perseguidores estão se aproximando demais. O que acham de 16 quilômetros acelerados para passar sobre o pico e colocar alguma distância entre nós?

Todos que ouviram soltaram um gemido diante daquela perspectiva, mas levantaram-se rapidamente. Com o terreno tão irregular, isso era o máximo que poderiam fazer para impedir que os regimentos sung abaixo começassem a morder seus calcanhares.

Mongke odiava cercos, mas, sem uma força maciça de catapultas e canhões, enfrentava os mesmos problemas que Gêngis conhecera. As cidades eram projetadas para manter do lado de fora exércitos saqueadores como o seu, mas, pela primeira vez, elas não eram seu objetivo principal. Em algum lugar no sul, Kublai estava enfrentando os exércitos sung. Mongke adoraria derrubar as muralhas das cidades por onde passava, mas seu objetivo principal era ajudar Kublai. Servia aos seus propósitos se cada cidade fechasse os portões contra ele — e se as guarnições ficassem em segurança do lado de dentro. Seu problema estava na linha de suprimentos, que ficava cada vez mais vulnerável a cada quilômetro que viajava para o sul. Cidades que se escondiam de um quarto de milhão de guerreiros não se incomodariam em partir contra uma longa fila de carroças vigiadas apenas por alguns milhares. Quando a linha se partisse em algum lugar na retaguarda dele, Mongke seria obrigado a reduzir as rações. Tinha enviado batedores por bem mais de 150 quilômetros para que informassem sobre qualquer rebanho que pudesse agarrar. Esse era um recurso que as cidades sung não podiam proteger atrás das muralhas, e, enquanto entrava numa região de ricas pastagens, Mongke viu tanto gado que suas linhas de suprimento se tornaram desnecessárias. Durante alguns dias gloriosos, seus homens se refestelaram com carne chamuscada, ainda pingando sangue, recuperando um pouco da gordura que haviam perdido durante a cavalgada intensa. A seu modo, os problemas de uma campanha eram equivalentes a qualquer coisa que Mongke tivesse enfrentado em Karakorum, mas ele sentia mais satisfação em obstáculos simples que pudesse enfrentar e suplantar.

Enquanto prosseguia, Mongke anotava o nome das cidades às quais voltaria quando tivesse terminado de varrer o sul com Kublai. Estava cada vez mais ansioso para ver o irmão, imaginando a cara de Kublai quando visse a hoste que Mongke havia trazido para ajudá-lo.

Os povoados eram presa fácil comparados às grandes cidades. Os *tumans* de Mongke podiam derrubar árvores e deixar os tocos dos galhos em apenas uma manhã, usando-as como escadas para subir as muralhas mais baixas. Mas, mesmo assim, Mongke deixara centenas de povoados sobreviverem intactos enquanto seus *tumans* passavam. Eles permaneceriam lá até sua volta.

Pouco mais de um mês se passara desde que ele entrara nas terras sung, quando seus batedores mais avançados informaram sobre um gigantesco exército sung marchando para o sul com estandartes ao vento. A notícia se espalhou pelos *tumans* com a mesma rapidez com que Mongke a ouvira, de modo que todos estavam prontos para se mover no momento em que ele correu para seu cavalo. Nenhuma infantaria no mundo poderia ficar à frente deles por muito tempo, e seus *tumans* estavam ansiosos para lutar.

Os 28 *tumans* seguiram as orientações do batedor a toda velocidade, avistando o inimigo no fim da tarde de três dias depois. Mongke ficou satisfeito ao ver que o exército tinha menos de metade do tamanho da sua força. Pela primeira vez, seus generais não precisariam pensar em como suplantar um exército em maior número. Sempre fora seu plano trazer para os sung um martelo maior do que alguém conseguira montar antes. Os imperadores sung haviam sobrevivido a Gêngis, Ogedai e Guyuk. Não sobreviveriam ao seu canato.

Enquanto a noite caía, os *tumans* levaram suas montarias de reserva para a retaguarda. Se o inimigo atacasse no escuro, os animais poderiam entrar em pânico e causar um estouro, ou pelo menos ficariam no caminho de um contra-ataque. Os homens mastigaram pedaços de carne-seca até amaciar e os engoliram com ajuda de *airag* ou água, o que estivesse à mão. Os guerreiros enrolaram rédeas em volta das botas e se deitaram no capim úmido para dormir. Cada homem sabia que estaria em movimento antes do alvorecer e lutando às primeiras luzes.

À medida que o acampamento se acomodava, os serviçais de Mongke montaram uma iurta para ele, tirando o feltro e as armações de uma dúzia de mochilas diferentes. Enquanto trabalhavam ao luar, ele abriu um cobertor fino e se ajoelhou em cima, apertando o dil em volta da armadura para se esquentar. Podia ver a própria respiração como uma névoa e diminuiu os batimentos cardíacos, deixando as preocupações do dia se esvaírem. Com as estrelas dolorosamente nítidas no alto, ficou um momento rezando ao Pai Céu para que a batalha corresse bem, para que Kublai estivesse em segurança, para que a nação prosperasse. Mesmo em suas orações particulares ele pensava como um cã.

Não queria entrar na iurta que haviam preparado. O sono estava muito distante, e ele sentia-se forte e em paz. O orvalho havia congelado no capim, de modo que ele podia ouvir cada passo de seus guardas andando nos turnos de vigia. Mongke estava cercado por seu povo. Podia ouvi-los roncando, falando durante o sono e murmurando consigo mesmos. Riu enquanto se deitava no cobertor, decidindo que passaria a noite sob as estrelas como o restante dos guerreiros.

Acordou em silêncio, com a cabeça escondida na dobra do braço. O chão frio parecia tê-lo alcançado, de modo que mal podia se mexer, de tanta rigidez. Sentiu o pescoço estalar quando sentou-se e esfregou as mãos no rosto. Uma sombra se moveu ali perto, e a mão direita de Mongke saltou para a espada, meio desembainhando a lâmina antes de perceber que a pessoa estendia uma tigela de chá.

Sorriu pesaroso do próprio nervosismo. O acampamento estava acordando ao redor, mas o alvorecer continuava distante. Cavalos bebiam em odres estendidos por homens, embora pudessem encontrar umidade no orvalho congelado. Havia movimento em toda parte, e Mongke tomou seu chá, permitindo que a ansiedade crescesse por dentro. Não podia deixar ninguém da força sung vivo marchando à frente de seus *tumans*. Por mais tentador que fosse espalhar o terror através de alguns sobreviventes, precisava usar toda a velocidade que pudesse empregar no campo de batalha. Sua tarefa era levar homens e animais aos seus limites, rasgando uma vasta trilha para o sul e correndo à frente da notícia até avistar Hangzhou. Os sung não teriam tempo de se entrincheirar e se preparar para ele. Kublai tinha canhões, duzentas boas armas de ferro. Mongke iria usá-los para esmagar a cidade do imperador.

Levantou-se e se espreguiçou, pensando no humor estranho que o levara a dormir no capim congelado. Ainda havia geada em seu cabelo, e ele esfregou os fios com uma das mãos enquanto terminava de tomar o chá. Podia sentir o sal e o calor baterem no estômago vazio e suspirou ao pensar na carne fria que lhe quebraria o jejum.

Seu cavalo foi preparado por serviçais, já alimentado e tendo bebido água, com o pelo escovado até brilhar. Mongke inspecionou os cascos do animal, mas era apenas um hábito antigo. Alguns homens já estavam montados e esperando preguiçosamente na sela, conversando com os amigos ao redor. Ele aceitou um pedaço grosso de pão velho e cordeiro frio, com um odre de *airag* para ajudar a descer pela garganta.

— Quer discutir táticas, senhor cã, ou vamos simplesmente cavalgar até eles?

Seu orlok, Seriankh, sorria enquanto falava. Mongke deu um risinho com a boca cheia. Olhou para o céu que ia clareando e respirou fundo.

— Será uma bela manhã, Seriankh. Diga-me o que tem em mente.

Como era adequado a um oficial superior, Seriankh respondeu sem hesitar, muito acostumado a tomar decisões rápidas.

— Vamos cavalgar nos flancos dos inimigos até o limite do alcance das flechas deles. Não quero cercá-los e fazer com que parem. Com sua permissão, farei uma caixa de três lados e acompanharei o passo deles. A cavalaria sung tentará se livrar e permanecer móvel, por isso vamos pegá-la primeiro com lanças. Para a infantaria, podemos cortar pela retaguarda, abrindo caminho até a frente.

Mongke assentiu.

— Isso vai servir. Use os arcos primeiro, antes que os jovens entrem no combate corpo a corpo. Mantenha os cabeças-quentes atrás até que os inimigos estejam parando. Eles não são muitos. Devemos terminar isso ao meio-dia.

Seriankh sorriu. Não fazia muito tempo que uma força de 100 mil significaria batalha até o último homem, uma luta sangrenta e desesperada. A força dos *tumans* trazidos por Mongke nunca fora vista antes, e todos os oficiais superiores estavam adorando ter uma capacidade assim às costas.

Em algum lugar ali perto, Mongke ouviu um tilintar de sinos de sela e xingou baixinho. Outro cavaleiro do yam os havia alcançado. Sem as estações da rota para trocar de cavalo, ele devia ter cavalgado até a exaustão para trazer as cartas.

— Nunca fico em paz — murmurou Mongke.

Seriankh ouviu.

— Eu poderia deixar um cavaleiro do yam perdido na retaguarda até o fim da batalha — sugeriu ele.

Mongke balançou a cabeça.

— Não. Pelo jeito, o cã nunca dorme. Não é o que dizem? *Eu* sei que durmo, portanto é um mistério para mim. Forme as fileiras, orlok. O comando é seu.

Seriankh fez uma reverência profunda e se afastou, já dando ordens para seu pessoal, ordens que ondulariam até cada guerreiro dos *tumans*.

O cavaleiro do yam estava tão sujo de poeira e lama a ponto de quase parecer fazer parte do cavalo. Enquanto apeava, rachaduras novas apareceram na casca que o cobria. Trazia apenas uma bolsa pequena a tiracolo e era muito magro. Mongke se perguntou onde o sujeito teria comido, sem postos do yam para sustentá-lo nas terras sung. Devia haver pouca coisa ou nada para catar na trilha dos *tumans*, isso era certo.

Dois guardas do cã se aproximaram do cavaleiro. Ele pareceu surpreso, mas permaneceu com os braços estendidos e as palmas visíveis enquanto eles o revistavam meticulosamente. Até a bolsa de couro foi aberta, com o maço de papéis amarelos entregue ao cavaleiro antes de ser jogada no chão. Ele revirou os olhos diante de tanta cautela, claramente achando aquilo divertido. Finalmente, os guardas terminaram e se viraram para montar junto com os demais. Mongke esperou com paciência, a mão estendida para pegar as mensagens.

O cavaleiro do yam era mais velho do que a maioria, percebeu, talvez estivesse se aproximando do fim da carreira. De fato, parecia exausto através da imundície. Mongke pegou o maço com ele e começou a ler, com a testa se franzindo perplexa.

— Isso são listas dos estoques de Xanadu — disse ele. — Você me trouxe o pacote errado?

O cavaleiro chegou mais perto, espiando as folhas. Estendeu a mão para elas e Mongke não viu o estilete fino que ele mantivera escondido entre os dedos estendidos. Não era mais largo do que um dedo, de modo que só a ponta brilhava quando ele o passou rapidamente pela garganta de Mongke, para a frente e depois para trás. A carne se abriu como uma costura retesada, uma boca de lábios brancos que espirrou sangue nos dois.

Mongke engasgou e levantou a mão direita para o ferimento. Com a esquerda, empurrou o homem para longe e ele caiu esparramado. Gritos de fúria e terror brotaram, e um guerreiro se jogou da sela contra o agressor do cã, que tentava se levantar, prendendo-o no chão.

Mongke sentiu o calor jorrando de dentro dele, deixando sua carne parecida com pedra. Permaneceu de pé, as pernas firmes contra a terra. Seus dedos não conseguiam manter o ferimento fechado, e os olhos estavam em desespero. Homens gritavam em toda parte, correndo para um lado e para o outro, chamando Seriankh e o xamã do cã. Mongke podia ver suas bocas abertas, mas não conseguia ouvi-los, só um tambor pulsando nos ouvidos e um som corrente que parecia água. Sentou-se com cuidado, mostrando os dentes à medida que a dor aumentava. Tinha consciência de alguém apertando um pedaço de pano em volta do seu pescoço e sua mão, comprimindo com força o ferimento, de modo que ele não conseguia respirar. Tentou lutar para afastar aquilo, mas sua grande força o havia abandonado. A visão começou a se reduzir, e ele ainda não conseguia acreditar que aquilo estivesse acontecendo de fato. Alguém iria fazer com que parasse. Alguém iria ajudá-lo. Sua pele ficou pálida à medida que o sangue o abandonava num jorro pulsante. Tombou de lado, os olhos se tornando opacos.

Seriankh parou junto dele, os olhos arregalados em choque. Tinha falado com o cã apenas alguns momentos antes, e ficou fitando incrédulo a figura retorcida com a mão direita envolvida com bandagens sangrentas apertadas em volta do pescoço. O sangue entranhava no capim, tornando-o preto e molhado.

Seriankh se virou lentamente para o cavaleiro do yam. O rosto dele havia sido esmagado por punhos enquanto Mongke morria. Os dentes e o nariz estavam quebrados e um dos olhos fora furado por um polegar. Mesmo assim, ele riu para Seriankh e falou numa língua que o orlok não conhecia, a fala engrolada soando triunfante. Seriankh viu que suas bochechas estavam pálidas sob a sujeira, como se ele tivesse raspado a barba e revelado uma pele que ficara muito tempo escondida do sol. O Assassino continuava rindo enquanto Seriankh mandava que ele fosse amarrado para a tortura. O exército sung foi esquecido enquanto Seriankh ordenava que braseiros e ferramentas de ferro fossem preparados. Os mongóis entendiam de sofrimento e punição. Iriam mantê-lo vivo pelo maior tempo possível.

CAPÍTULO 27

Kublai tinha o olhar fixo enquanto trotava ao longo da estrada para Shaoyang. A cidade ficava bem no interior das terras sung, e ele suspeitava que o lugar não fosse atacado havia séculos. Em vez de ter uma sólida muralha exterior, ela se esparramava por muitos quilômetros quadrados, um núcleo central rodeado por cidades menores que haviam crescido juntas no correr dos séculos. Fazia Xanadu parecer um povoado provinciano, e até mesmo Karakorum se perderia no meio dela. Tentou fazer uma avaliação do número de pessoas que viveriam numa paisagem tão vasta de construções, lojas e templos, mas aquilo era demais para ser absorvido de uma vez só.

Seus *tumans* estavam tombando de exaustão, tendo se obrigado a trotar e andar, trotar e andar por 120 quilômetros ou mais, deixando os perseguidores o mais para trás possível. Havia mandado batedores leves até a cidade, mas duvidava que estivessem mais do que um dia à sua frente, tal era o ritmo que havia imposto. Seus homens e montarias estavam à beira de desmoronar. Precisavam de um mês de descanso, comida boa e pastagens antes de voltarem à luta, mas não iriam encontrar isso em Shaoyang, com inimigos a toda volta.

Quando os primeiros homens dos *tumans* entraram a cavalo numa rua aberta, não havia sinal dos moradores. Um lugar daqueles não poderia estar indefeso, e ele só podia imaginar como seria uma sociedade cujas muralhas tivessem sido derrubadas para a construção de novos bairros. Era até mesmo difícil imaginar uma vida tão acomodada.

Não havia sinal de uma guarnição vindo ao encontro deles. Os batedores de Kublai já haviam interrogado os moradores, alternando entre suborno e ameaças. Estava com sorte, mas depois de meses lutando arduamente sentia-se no direito. Aparentemente, a guarnição estava no campo, 10 mil dos melhores espadachins e besteiros do imperador sung. Kublai desejou para eles uma caçada longa a muitos, muitos quilômetros dali.

Ouviu Uriang-Khadai dar um sinal de trombeta que mandou dois grupos de três *tumans* por caminhos mais distantes até o centro da cidade, de modo que não se aproximassem todos pela mesma rua. Kublai supunha que Shaoyang tivesse um centro, que seus lugares mais antigos haviam sido engolidos pelos bairros espalhados. Não gostava de cavalgar por ruas onde os telhados se projetavam sobre ele. Era fácil demais imaginar arqueiros aparecendo de repente, disparando contra homens que tinham pouco espaço de manobra. De novo, ficou satisfeito com a armadura que Mongke o fizera usar.

Shaoyang parecia deserta, mas Kublai sentia olhos fixos nele em meio ao silêncio e podia ver que os oficiais mais próximos estavam nervosos, virando a cabeça bruscamente ao menor sinal de movimento. Quase desembainharam espadas quando uma voz soou perto, mas era só uma criança chorando atrás de portas fechadas.

Os *tumans* que cavalgavam com Kublai levavam seus estandartes, que pendiam frouxos nas ruas sem vento. Para qualquer um que estivesse olhando, seria fácil identificá-lo como o líder, e Kublai sentiu o coração bater mais rápido, convencendo-se no silêncio de que aquilo era uma armadilha. À medida que passava por cada rua lateral, ficava tenso, esticando o pescoço para enxergar através dela, para além das sarjetas de pedra e das ruas até as lojas fechadas e as altas construções de pedra, às vezes com três ou quatro andares de altura. Ninguém veio correndo para arrancar seus homens dos cavalos. Quando ouviu cascos ressoando adiante, presumiu que o som vinha de alguns de seus próprios homens. Tinha guerreiros espalhados como batedores, mas as ruas eram um labirinto e não havia sinal deles quando viu um pequeno grupo de cavaleiros adiante.

Os estranhos não estavam com armaduras. Usavam calças e túnicas simples, e dois deles tinham os braços nus, guiando os cavalos com facilidade. Kublai absorveu os detalhes enquanto olhava de novo ao redor, atento a alguma emboscada. Os telhados permaneceram vazios, e nada se mexeu. Os cavaleiros sung simplesmente os fitaram, então um falou com os demais e eles começaram a avançar lentamente com as montarias.

Ao redor de Kublai, espadas saíram das bainhas com um sussurro de seda. Arcos estalaram enquanto eles se preparavam. Os estranhos se moviam rigidamente sob essa atenção nítida, muito cônscios de que a rua poderia se tornar o local de sua morte se dessem ao menos um passo em falso.

— Deixem que venham — murmurou Kublai para os que estavam perto. — Não estou vendo nenhuma arma.

A tensão cresceu à medida que o pequeno grupo se aproximava da linha de guerreiros mongóis. Um dos sung procurou Kublai em meio às fileiras, presumindo sua identidade por causa dos porta-estandartes dos dois lados. Como se tivesse ouvido a voz de Kublai, ele levantou os braços muito lentamente e se virou na sela, primeiro para um lado e depois para o outro, para que vissem que não havia nada às suas costas.

— Relaxem — disse Kublai aos guerreiros.

Braços ficavam cansados de segurar arcos retesados; dedos podiam escorregar. Não queria que o sujeito fosse morto quando havia se esforçado tanto para falar com ele. Ao redor de Kublai, arcos e espadas baixaram com relutância, e os sung começaram a respirar de novo.

— Essa distância já está boa — falou Kublai quando eles estavam a apenas 12 passos.

O grupo sung olhou para o homem que havia cavalgado até mais perto. Seus braços nus eram pesados de músculos, ainda que o cabelo curto fosse branco, e o rosto, cheio de rugas fundas.

— Meu nome é Liu Yin-San — disse o homem. — Sou prefeito de Shaoyang. Fui eu que recebi seus batedores.

— Então é você que vai fazer Shaoyang se render a mim — respondeu Kublai.

Para sua surpresa, Liu Yin-San balançou a cabeça, como se não estivesse diante de milhares de homens armados estendendo-se daquele ponto até os povoados ao redor da cidade. Kublai teve uma visão súbita de uma faca se cravando em Shaoyang, com ele na ponta. Não: três facas, contando com Bayar e Uriang-Khadai. Nos gumes atrás dele haveria guerreiros que ainda não tinham entrado, esperando com impaciência as notícias da frente.

— Vim desarmado para dizer que não posso fazer isso — informou Liu Yin-San. — O imperador deu ordens a todas as cidades. Se eu me render a você, Shaoyang será queimada como uma lição para as demais.

— Você já esteve com o imperador? — perguntou Kublai.

— Ele não visitou Shaoyang.

— Então como ele exige sua lealdade?

O homem franziu a testa, imaginando se poderia explicar o conceito de fidelidade a homens que, segundo lhe haviam dito, eram pouco melhores do que animais selvagens. Sentiu esperança no fato de que Kublai falava mandarim perfeito, a língua e o dialeto das classes nobres dos jin.

— Fiz um juramento quando fui nomeado prefeito desta cidade. Minhas ordens são claras. Não posso lhe dar o que o senhor quer.

O homem estava suando, e Kublai via com clareza seu dilema. Caso se rendesse, a cidade seria destruída por um senhor furioso. Se resistisse, esperava que Shaoyang sofresse o mesmo destino na mão dos *tumans*. Kublai imaginou se Liu Yin-San teria uma solução ou se havia cavalgado na direção deles esperando ser morto.

— Se eu me tornasse imperador o seu juramento de lealdade se estenderia a mim? — perguntou.

— É possível. Mas, meu senhor... o senhor *não* é meu imperador.

Ele se retesou enquanto falava, cônscio de que sua vida pendia na balança. Kublai lutou para não sorrir daquela reação. O prefeito teria tomado decisões diferentes se soubesse que um exército sung marchava na direção da cidade enquanto conversavam. Kublai não se permitiria ficar preso em Shaoyang. Olhou de relance para o sol e pensou que teria de cavalgar em pouco tempo.

— Você me deixa poucas opções, Liu Yin-San. — O sujeito empalideceu ligeiramente, entendendo a própria morte naquelas palavras. Kublai continuou antes que ele pudesse responder. — Eu não pretendia parar em Shaoyang. Tenho outras batalhas. De você, eu precisava meramente de suprimentos para meus homens, mas, se você não entregar a cidade, vai me obrigar a dar essa ordem.

Kublai se virou na sela e levantou a mão. De novo, seus homens desembainharam espadas e levantaram os arcos.

— Espere! — gritou Liu Yin-San, com a voz tensa. — Eu posso... — Ele hesitou, tomando alguma decisão interna. — Eu *não posso* guiar vocês ao quartel que fica a menos de um quilômetro e meio seguindo por esta rua.

Kublai se voltou lentamente para ele, levantando uma sobrancelha numa interrogação silenciosa.

— Não vou entregar Shaoyang — disse Liu Yin-San. — Vou ordenar que meu povo se tranque com barricadas dentro das casas. Vou rezar para que a tempestade passe e a cidade permaneça sem derramar sangue, que o senhor pegue o que precisa e vá embora.

Kublai sorriu.

— Seria uma decisão sábia, prefeito. Volte para casa passando pelo quartel e certifique-se de lutar se for atacado. Não creio que será, pelo menos hoje.

As mãos de Liu Yin-San tremiam enquanto ele virava o cavalo e começava a se afastar. Seus homens foram impelidos diante do exército mongol de modo que cavalgavam incomodados, esperando flechas nas costas a qualquer momento. Kublai riu, mas seguiu de perto, guiando sua coluna até chegarem ao quartel da guarnição da cidade. Uma praça aberta aliviou parte da tensão nos guerreiros mongóis. Nas bordas, construções de dois andares se estendiam, o suficiente para abrigar milhares de homens.

Liu Yin-San parou, e Kublai pôde ver que o prefeito ainda esperava ser morto.

— Virá um tempo — disse Kublai — em que eu chegarei diante de você e pedirei que entregue Shaoyang. Então você não irá recusar. Agora vá para casa. Ninguém morrerá hoje.

Liu Yin-San partiu com seu pequeno grupo, muitos deles olhando para trás repetidamente enquanto se distanciavam, por fim sumindo nas ruas da cidade. Não havia mais ninguém à vista, percebeu Kublai. O povo de Shaoyang havia mesmo se escondido atrás de portas trancadas para não enfrentar o invasor.

Seus homens começaram a abrir os prédios da guarnição de Shaoyang, revelando vastos estábulos, armarias, dormitórios e cozinhas. Um deles pôs os dedos na boca e deu um assobio agudo, atraindo a atenção de Kublai. Este guiou o cavalo até a área de treino e viu a coluna de Uriang-Khadai entrar pelo outro lado. Kublai se virou para os batedores que já estavam ao seu lado.

— Um de vocês corra até o orlok e diga para ele se apresentar a mim. Outro vá ao general Bayar, onde quer que ele esteja.

Os homens galoparam sobre as pedras do calçamento, um som agradável de cascos que ecoava nos prédios ao redor do espaço aberto. Kublai apeou e entrou num salão comprido que o fez sorrir ao dar os primeiros passos. Podia ver milhares de lanças presas em suportes, e, enquanto continuava, encontrou escudos empilhados uns contra os outros, em estruturas de madeira. Passou por arcos cujo alcance não se igualaria ao dos seus. Salas se abriam em salas, e, quando Uriang-Khadai havia chegado aos aposentos exteriores, Kublai estava numa sala de flecheiros, com o cheiro de cola, madeira e penas forte no ar. Dezenas de bancadas mostravam onde os homens trabalhavam todos os dias, e os resultados podiam ser vistos nas pilhas de feixes perfeitos dos dois lados. Pegou uma flecha e inspecionou, passando os dedos na emplumação. Os regimentos sung eram servidos por mestres artesãos.

Tirou seu arco das costas e o encordoou com movimentos rápidos. Ouviu alguém entrar atrás e se virou, vendo Uriang-Khadai parado com uma rara expressão de satisfação no rosto. Kublai acenou para ele e retesou o arco, mandando uma flecha contra a parede mais distante. Ela atravessou a madeira e sumiu do outro lado, deixando um ponto de luz visível enquanto as penas caíam no piso de madeira. Pela primeira vez em dias, Kublai sentiu o cansaço diminuir.

— Mande seus homens as recolherem rapidamente, Uriang-Khadai. Faça os batedores procurarem um lugar onde possamos dormir e comer, algum lugar fora da cidade. Amanhã já será tempo de começar a abrir caminho lutando.

Kublai sorriu enquanto olhava o salão ao redor. Alguém teria de fazer uma estimativa, mas devia haver 1 milhão de flechas em feixes novos, talvez até mais.
— Temos dentes de novo, orlok. Vamos usá-los.

Xuan, o Filho do Céu, nunca vira os sung em guerra. A simples escala daquilo era impressionante, mas ele pensou que o ritmo era perigosamente lento. Tinham levado um mês para acompanhá-lo até uma reunião com senhores sung na cidade. Mais de cem nobres haviam comparecido, arrumados em arquibancadas segundo o prestígio, de modo que os mais poderosos tinham posição no piso de debates e os menos importantes se inclinavam por cima dos balcões superiores para ouvir. Todos tinham ficado em silêncio enquanto ele entrava, flanqueado por oficiais sung.

Sua impressão inicial fora de uma massa de cor, olhos fixos e mantos rígidos em verde, vermelho e laranja. Havia homens de muitos estilos diferentes no salão. Alguns usavam túnicas simples bordadas com pérolas, enquanto outros suavam com colarinhos altos e enfeites de cabeça que tinham de tudo, desde penas de pavão até joias enormes. Alguns mais jovens pareciam guerreiros, mas muitos outros lembravam aves ornamentadas, praticamente incapazes de se mover devido às camadas de seda e atavio.

A presença de Xuan havia agitado os serviçais que não tinham instruções claras. Em termos de nobreza, ele possuía prestígio superior a todos os homens no salão, mas ele era o governante nominal de uma nação estrangeira e comandava uma força minúscula de soldados idosos. Os serviçais haviam lhe arranjado um local no piso mais baixo, porém perto dos fundos, um típico meio-termo.

A princípio, Xuan se contentou em meramente observar e ouvir, descobrindo as personalidades e a política à medida que suportava mais um mês de conversações detalhadas. Reconhecia rostos e nomes de seu tempo passado nas terras sung, mas sabia que os senhores naquele salão poderiam colocar 1 milhão de homens no campo se quisessem ou caso recebessem uma ordem direta do imperador. Xuan ainda não vira seu primo. O idoso imperador raramente saía de seu palácio, e o negócio da guerra propriamente dito ficava por conta dos nobres. Mas o imperador insistira para que Xuan participasse do conselho, como um dos poucos homens que havia enfrentado hordas mongóis e sobrevivido. Sua presença era tolerada, embora ele não fosse exatamente bem-vindo como um filho pródigo. Os orgulhosos nobres sung chegavam às raias de esnobá-lo completamente. Tinham de suportar sua presença, mas, quando ele não pôs o nome na lista de oradores, muitos ficaram satisfeitos, presumindo que estivesse intimidado pela poderosa assembleia.

Encontravam-se duas vezes por mês, mas era raro que os assentos ficassem tão ocupados quanto na primeira vez em que ele entrara. Comparecendo com mais regularidade do que metade dos senhores que estavam ali, Xuan ficara sabendo sobre o segundo exército, enorme, trazido por Mongke Khan para as terras deles. Durante uma manhã, a ameaça quase havia posto de lado a política mesquinha da corte. Dois senhores cujas terras ficavam lado a lado falaram sem a maldisfarçada amargura usual. Isso não durou mais do que aquele primeiro sentimento de trégua, e à tarde um deles havia saído intempestivamente com sua fila de serviçais e o outro estava imobilizado de fúria por algum insulto que havia tomado contra sua casa e posição.

Apesar da caótica falta de liderança, aconteciam lutas de verdade. Xuan ficara sabendo que, no sul, os *tumans* que pertenciam a Kublai haviam esmagado 11 exércitos, cerca de três quartos de milhão de homens. Em vez de permitir que eles se fortalecessem com armas capturadas, a única escolha fora mandar um regimento atrás do outro contra os mongóis, forçando Kublai a se manter em movimento e lutando, desgastando-o. No tempo passado na câmara de debates, Xuan vira quatro nobres se levantar e se despedir para ir ao campo. Nenhum deles havia retornado, e, à medida que as notícias chegavam, seus nomes eram acrescentados à lista dos mortos com honra.

Quando o terceiro mês começou, Xuan entrou na câmara com o passo mais leve. O lugar estava ocupado pela metade, porém mais homens entraram atrás dele, ocupando os lugares de sempre. Xuan foi até um dos escribas que registravam os debates e parou diante dele até que o sujeito levantou a cabeça.

— Falarei hoje — disse Xuan.

Os olhos do escriba se arregalaram ligeiramente, mas ele assentiu, baixando a cabeça enquanto acrescentava o nome formal de Xuan com seus pincéis e a tinta. Demorou um tempo para terminar, mas o escriba conhecia o serviço e não teve de verificar os registros. Os senhores reunidos não deixaram de perceber aquele acontecimento. Muitos deles o encaravam enquanto ele retornava ao seu lugar e outros mandavam mensageiros aos aliados. Enquanto Xuan esperava com paciência, mais e mais senhores vinham de suas casas na cidade até que o salão estivesse tão apinhado quanto no primeiro dia.

Xuan imaginou se alguns saberiam que ele fora convocado ao palácio do imperador na véspera, à noite, levado do alojamento onde ficava com seus homens. Tinha sido um encontro curto, mas ele ficara satisfeito ao descobrir que o primo idoso não tinha desconhecimento da guerra nem da falta de progresso. O imperador dos sung estava tão frustrado quanto Xuan e o deixara com uma ordem: tirar os nobres de sua complacência. O restante da noite fora passado com escribas sung, e pela primeira vez Xuan tivera permissão de ver algum registro que desejava. Tinha aberto mão do sono para ficar sabendo de tudo que pudesse, e, enquanto permanecia sentado pacificamente na câmara de debates, sua mente se coçava com fatos e estratagemas.

Esperou durante a abertura ritual do conselho, ainda que as formalidades demorassem séculos. Dois outros homens falaram antes, e ele ouviu educadamente até que terminassem e votações pouco importantes acontecessem. Um deles parecia saber que os nobres reunidos esperavam por Xuan e apressou sua apresentação, enquanto o outro, completamente despercebido, arengou durante uma hora sobre os suprimentos de minério de ferro nas províncias do oriente.

Quando eles se sentaram, o chanceler do imperador disse seu nome e Xuan ficou de pé. Cabeças se inclinaram para vê-lo, e, num capricho, ele andou até o centro da sala, de modo a encarar todos, sentados em semicírculos que subiam até os balcões no alto. Ninguém sussurrou nem arrastou os pés. Ele tinha a atenção completa de todos.

— Segundo os registros imperiais em Hangzhou, mais de 2 milhões de soldados treinados estão em armas, sem contar as perdas até hoje. Os honrados nobres que estão nesta sala têm 11 mil canhões no total. No entanto, uma força mongol de apenas 100 mil homens os fez parecer crianças.

Uma onda de ultraje percorreu a sala, mas a referência calculada aos registros não passara despercebida a eles. Só o imperador tinha esse tipo de informação, e ela silenciou os que poderiam ter gritado para fazê-lo calar. Xuan ignorou os murmúrios e continuou:

— Com o tempo, acredito que os números poderiam trazer o sucesso, apesar da falta de um comando unificado. Erros foram cometidos, nada menos do que a suposição de que o exército de Kublai está no campo e que deve terminar por retornar para casa em busca de suprimentos. Ele não precisa fazer isso, senhores. Ele não está no campo. Está simplesmente num *lugar* novo, assim como todos os lugares são novos para ele. Não podemos apenas esperar que os mongóis partam, como ouvi ser argumentado com tanta eloquência nesta câmara. Se eles não forem destruídos, chegarão a Hangzhou em um ano, ou em dois, ou em dez. Eles demoraram mais tempo do que isso para assumir o controle das terras jin no norte, terras muito maiores do que as dos sung.

Xuan teve de esperar enquanto vozes falavam por cima dele, porém a maioria queria ouvir o que ele tinha a dizer, e os argumentos ferozes morreram por falta de apoio.

— Mesmo assim, eles por fim fracassariam contra os regimentos sung. Mas agora o cã mongol trouxe um novo exército aos sung, maior do que qualquer um que ele já teve. Os relatórios dizem que os números são de mais de um quarto de milhão de homens, dessa vez sem os acampamentos. Eles não têm canhões, por isso sua estratégia se torna clara.

Nesse ponto o silêncio era completo, enquanto cada nobre se esforçava para ouvir. Xuan baixou a voz deliberadamente para que ninguém ousasse interrompê-lo de novo.

— Ele ignora as cidades sung e se move por distâncias incríveis. Se eu não tivesse lido os relatórios dos batedores nos escritórios do imperador, não acreditaria, mas eles estão atravessando vastidões de terras a cada dia, seguindo para o sul. Sua intenção é claramente juntar-se aos *tumans* de Kublai, livrando o terreno de qualquer exército que esteja no caminho. É uma estratégia ousada, que mostra desprezo pelos exércitos dos sung. Mongke Khan vai destruir os homens no campo e depois tomar as cidades à vontade, usando canhões capturados ou lançando mão de cercos. A não ser que seja impedido, estará nos portões de Hangzhou em menos de um ano.

Como se fossem um só, os nobres começaram a gritar indignados contra a ofensa à sua coragem e força. Ouvir um sermão daqueles por parte de um imperador fracassado era demais, era insuportável. Cabeças mais frias consideraram de novo que ele tivera os ouvidos do imperador, que era seu primo por sangue. O barulho diminuiu até restarem apenas uns poucos, que acabaram por voltar aos assentos com expressões raivosas. Xuan continuou como se não tivesse havido interrupção.

— Não deve haver mais ações pessoais por parte de nobres individualmente. Isso não conseguiu acabar com a ameaça, uma ameaça que agora cresceu. É necessária nada menos do que a mobilização completa das forças sung. — Dois nobres sung se levantaram em silêncio, indicando ao chanceler do imperador que desejavam falar. — Este é o momento de atacar — continuou Xuan. — O cã mongol está com seus exércitos. Se ele puder ser parado, haverá um período de tempo em que tanto as terras jin quanto as mongóis poderão ser conquistadas. — Mais quatro se levantaram para falar. — Não será mais uma guerra defensiva, senhores. Se juntarem seus exércitos sob um único líder, temos a chance de unir de novo Jin e Sung.

Ele fez uma pausa. Uma dúzia de nobres sung havia se levantado, os olhares indo dele para o chanceler do imperador, cuja tarefa era impor alguma ordem nos debates. Até que se sentasse, Xuan não poderia ser interrompido formalmente, embora a regra fosse ignorada com frequência. Pela primeira vez eles esperaram, cônscios da importância do debate que viria. Xuan franziu a testa, sabendo que os homens que falariam provavelmente não eram os que ajudariam a chegar a uma solução clara.

— A guerra não pode mais ser lutada individualmente. Nomeiem um líder que terá autoridade máxima. Mandem meio milhão de homens contra Kublai e um número igual contra o cã mongol. Cerquem os pequenos exércitos deles e os esmaguem. Desse modo, vocês serão poupados de ver Hangzhou em chamas. Eu vi Yenking queimar, senhores. Isso basta.

Ele sentou-se sob a pressão silenciosa de tantos olhares, imaginando se teria tocado alguém na sala.

A voz do chanceler do imperador ressoou:

— A câmara reconhece o Sr. Sung Win.

Xuan conteve a careta ao ouvir o nome, e esperou. Tinha direito de responder antes do fim.

— Senhores, tenho apenas duas perguntas para o estimado orador — disse Sung Win. — O senhor tem ordem direta do imperador para unir os exércitos? E é sua intenção que o comando dos sung fique em suas mãos?

Um rugido de desprezo brotou do restante dos homens no salão, e Xuan franziu a testa mais profundamente. Lembrou-se dos olhos aquosos do primo durante a breve reunião. O imperador era um homem fraco, e Xuan ainda podia sentir o aperto da mão dele em sua manga. Tinha pedido uma carta de autoridade, um mandato imperial, mas o imperador balançara a mão, descartando a sugestão. A autoridade estava no que os nobres aceitariam, e Xuan soubera então que seu primo temia dar uma ordem assim. Por que outro motivo teria convocado um velho inimigo aos seus aposentos particulares? Se o imperador ordenasse isso e eles recusassem, sua fraqueza seria expressa e o império se esfacelaria em facções armadas. A guerra civil realizaria tudo que os mongóis não pudessem fazer.

Tudo isso passou pela mente de Xuan enquanto ele se levantava rigidamente outra vez.

— Eu tenho a confiança do imperador de que os senhores ouvirão, Sr. Sung Win. Tenho sua fé em que os senhores não permitirão que os sung sejam destruídos por políticas mesquinhas, que os leais nobres sung reconhecerão a verdadeira ameaça. E não sou eu quem deve comandá-los contra os mongóis, meu senhor. Quem fizer isso deve ter a confiança completa desta câmara. Se o senhor assumir a responsabilidade, eu o apoiarei.

O Sr. Sung Win piscou enquanto se levantava de novo, claramente imaginando se Xuan teria acabado de arruinar sua chance de fazer exatamente isso. O imperador jin era um espinho no pé dos nobres que estavam ali, e seu apoio não valia nada.

— Eu esperava ver o selo pessoal do imperador — disse o Sr. Sung Win, os olhos brilhando de aversão. — Em vez disso, ouço vagas palavras sem substância, sem oportunidade de verificar sua precisão.

A câmara ficou silenciosa, e Sung Win percebeu que tinha ido longe demais ao quase acusar Xuan de ter mentido. Lembrou-se da falta de prestígio de Xuan e se acalmou de novo. Não haveria pedido de reparação ou de castigo vindo daquele poder caído.

A hesitação de Sung Win custou a reação do chanceler imperial, que sabia melhor do que a maior parte dos presentes o que acontecera na noite anterior entre seu senhor e o primo jin.

— A câmara reconhece o Sr. Jin An — gritou.

Sung Win fechou a boca bruscamente e sentou-se de novo, de má vontade, enquanto um nobre mais novo acenava para o chanceler.

— Alguém aqui nega a existência do exército do cã e de seu irmão mais novo no sudoeste? — perguntou Jin An, com a voz clara e confiante. — Será que se recusam a aceitar a ameaça contra todos nós, até que esses exércitos estejam batendo às portas de Hangzhou? Vamos votar imediatamente. Eu ofereço meu nome para comandar um dos dois exércitos que devemos enviar.

Por um momento, Xuan perdeu a expressão preocupada e levantou a cabeça, mas a voz do jovem nobre se perdeu em meio ao tumulto. Até mesmo o número de exércitos estava em disputa, e Xuan sentiu o coração apertar ao perceber que eles não podiam ser sacudidos para sair da apatia. Em instantes, Jin An estava prometendo, raivoso, que levaria seus próprios homens contra Kublai, que agiria sozinho se ninguém mais tivesse o bom-senso de ver essa necessidade. Xuan coçou os olhos quando a falta de sono começou a incomodá-lo. Tinha visto isso quatro vezes antes, quando jovens nobres partiam para lutar contra os *tumans*. Seu fervor marcial não havia bastado. Acusações e ameaças foram trocadas na câmara, à medida que cada nobre gritava por cima dos vizinhos. Naquele dia não haveria solução, e, a cada momento, os exércitos mongóis chegavam mais perto. Xuan balançou a cabeça diante daquela insanidade. Podia tentar falar com o imperador de novo, mas o sujeito era cercado por milhares de cortesãos que considerariam o pedido, e nem sequer deveriam passá-lo adiante. Xuan tinha visto demais a burocracia sung em seus anos de cativeiro e não tinha muita esperança.

Quando a reunião foi interrompida ao meio-dia, Xuan se aproximou do jovem nobre, que ainda falava furiosamente com outros dois. Eles ficaram em silêncio diante de sua presença, e Jin An se virou para ele, fazendo instintivamente uma reverência devido à sua posição.

— Eu esperava um resultado melhor — disse Xuan.

Jin An concordou pesaroso.

— Eu tenho 40 mil homens, Filho do Céu, e a promessa de apoio de um primo. — Ele suspirou. — Tenho bons relatórios dizendo que esse tal de Kublai foi visto perto de Shaoyang. Eu nem deveria estar aqui nesta câmara, discutindo com covardes. Meu lugar é lá, contra o exército mais fraco dos dois. Quarenta mil homens iriam se perder contra o exército do cã no norte. — Sua boca se retorceu com irritação, e ele estendeu o braço indicando os últimos nobres de partida. — Talvez quando esses idiotas o virem cavalgando pelas ruas de Hangzhou enxerguem a necessidade de trabalharmos juntos.

Xuan sorriu diante da expressão indignada do jovem.

— Talvez nem assim — disse. — Eu gostaria de ter um exército forte para mandar com o senhor, Jin An. Mas meus 8 mil são seus, se nos quiser.

Jin An balançou a mão, como se aquilo fosse insignificante. Na verdade, a força de Xuan faria pouca diferença, e os dois sabiam. No auge da forma, eles teriam sido valiosos, mas, depois de anos de comida ruim e condições piores ainda, alguns meses mal haviam começado a restaurá-los. Mesmo assim, o jovem nobre foi gentil.

— Partirei no primeiro dia do mês — disse ele. — Ficaria honrado com a companhia desses homens. Espero que o senhor esteja disponível para me aconselhar.

O sorriso de Xuan se alargou num prazer genuíno. Fazia muito tempo que não era tratado gentilmente por algum nobre sung.

— Qualquer serviço que eu possa lhe prestar, Sr. Jin An. Talvez quando partirmos o senhor tenha encontrado outros nobres que compartilhem sua visão.

Jin An olhou de volta para a câmara vazia.

— Talvez — murmurou, em dúvida.

O orlok Seriankh andava de um lado para o outro, dirigindo-se aos oficiais reunidos. Vinte e oito generais de *tumans* estavam diante dele. Às suas costas, 280 oficiais de *minghaans* mantinham-se enfileirados.

— Mandei batedores para o norte, para as linhas do yam — disse Seriankh.

Sua voz estava rouca por ter dado milhares de ordens, impedindo o exército de cair no caos enquanto mil vozes discutiam o que fazer. Mongke Khan estava morto, enrolado em panos dentro de uma iurta solitária. O restante do exército havia juntado as bagagens e estava pronto para partir em qualquer direção assim que Seriankh desse a ordem.

— O Sr. Hulegu será informado sobre a morte do cã em um mês, no máximo dois. Ele retornará. O irmão do cã, Arik-Boke, receberá a notícia mais rápido ainda, em Karakorum. Haverá outro quiriltai, uma reunião, e o próximo cã será escolhido. Tenho uma dúzia de homens cavalgando para o sul, para encontrar Kublai e dar a notícia. Ele também irá para casa. Nosso tempo aqui está terminado até que haja um novo cã.

Seu general mais importante, Salsanan, avançou, e o orlok se virou para ele.

— Orlok Seriankh, eu me ofereço para comandar uma força que vá até Kublai, para apoiar a retirada dele. Ele não vai nos agradecer se o abandonarmos no campo. — O homem fez uma pausa e depois continuou: — Ele pode ser o próximo cã.

— Contenha sua boca, general — disse Seriankh rispidamente. — Não é da sua conta supor e espalhar boatos.

Ele hesitou, pensando. Mongke tinha muitos filhos, mas a sucessão dos cãs nunca fora tranquila desde a morte de Gêngis.

— Para apoiar a retirada dele, muito bem. Nós perdemos um cã, mas o Sr. Kublai perdeu um irmão. Leve oito *tumans* e tire-o em segurança do território sung. Eu levarei o cã para casa.

CAPÍTULO 28

Com carvalhos antigos fazendo sombra, Kublai estava sentado ao ar livre. Suportava a dor em silêncio enquanto Chabi lavava um corte em sua mão direita com um odre de *airag*. Os dois conheciam homens que saíam de batalhas com apenas um talho e morriam num delírio febril, dias ou semanas depois. Cantarolando baixinho, Chabi cheirou a mão dele e franziu o nariz. Kublai chiou entre os dentes enquanto ela apertava as bordas lívidas, fazendo um fio fino de pus escorrer pelos dedos.

— Tenho xamãs para isso, você sabe — disse ele com afeto.

Ela fungou.

— Eles estão ocupados, e você não iria incomodá-los com isso até que seu braço estivesse verde.

Chabi apertou a pele de novo, fazendo-o estremecer. O fluxo de pus ficou vermelho e ela balançou a cabeça, satisfeita, pousando uma das mãos na curva da barriga onde uma vida nova crescia. Kublai estendeu a mão e deu um tapinha afetuoso naquele volume, enquanto ela enrolava o corte com um pedaço de pano limpo.

As famílias e os seguidores haviam penetrado mais fundo na floresta enquanto ele estivera lutando contra os sung, obscurecendo todos os sinais que pudessem ser encontrados por inimigos que os procurassem. Kublai fora obrigado a mandar centenas de seus homens para as profundezas verdes.

Simplesmente para chegar à área, ele havia lutado passando por dois exércitos sung e vira seu estoque de flechas e lanças diminuir de novo, apesar de ter conseguido salvaguardar o máximo possível. Sem curandeiros e descanso, alguns de seus homens feridos morriam a cada dia.

Olhou para o alto, estranhamente desconfortável porque os galhos grossos reduziam o piso da floresta à semiescuridão. Pelo menos estavam escondidos. As famílias e os seguidores do acampamento tinham ficado seguros na floresta densa, mas ele não conseguia afastar o medo de que as árvores também poderiam esconder um inimigo se esgueirando. Mesmo para um homem de Karakorum, a floresta parecia sufocante comparada com as planícies abertas.

Olhou com mais atenção a mulher se levantando, e viu manchas escuras sob seus olhos. Ela parecia magra, e ele xingou-se por não ter feito preparativos melhores. Deveria saber que as famílias seriam obrigadas a matar os rebanhos enquanto esperavam sua volta. Os vastos rebanhos costumavam se recompor a cada primavera, mas a única coisa que a floresta não tinha era boas pastagens. O chão era coberto por folhas apodrecidas, e o pouco verde que existia fora arrancado até a terra nua no primeiro mês. As famílias haviam comido cervos e coelhos, até mesmo lobos quando os achavam, mas não se passou muito tempo até que a floresta estivesse exaurida num raio de 80 quilômetros. Os rebanhos se de ovelhas e cabras haviam reduzido ao ponto em que todo mundo só comia uma refeição por dia, e mesmo assim a carne era pouca.

Quando Kublai finalmente apareceu, a visão de seu povo não fora inspiradora. As pessoas haviam se reunido em volta enquanto os *tumans* chegavam, e ele fez questão de elogiar sua sobrevivência, ao mesmo tempo perceber o quão mal elas haviam se saído sem ele. Era possível contar as costelas dos preciosos bois, e ele se perguntou quantos teriam forças para puxar as carroças quando chegasse a hora de se mover. Seu filho e sua mulher grávida mal haviam recebido comida suficiente para sobreviver, e Kublai queria bater nos demais, em fúria. Teria feito isso se todos não estivessem tão magros e pálidos quanto Chabi.

— Precisamos mover o acampamento — disse Chabi baixinho. — Não quero pensar no que teria acontecido se você ficasse fora muito mais tempo.

— Não posso levar vocês embora. Eles simplesmente continuam vindo — disse ele. — Nunca se viu nada assim, Chabi. Eles não terminam.

A boca de Chabi ficou firme enquanto ela falava.

— Mesmo assim, não podemos ficar aqui. Não há um coelho num raio de 30 quilômetros, e, quando o rebanho terminar, vamos passar fome. Alguns homens andaram dizendo que partiriam sozinhos se você não voltasse logo.

— Quem?

Chabi balançou a cabeça.

— Homens que têm família. Você pode culpá-los? Nós sabíamos que estávamos encrencados, Kublai.

— Vou trazer rebanhos dos morros e das aldeias sung. Vou arranjar novos animais para puxar as carroças.

Xingou baixinho, sabendo que isso não daria certo. Mesmo que pudesse guiar um rebanho através da região, as marcas da passagem estariam ali para qualquer batedor sung ler. Já havia colocado o local em perigo ao trazer os *tumans* de volta ao acampamento. Fazer isso de novo deixaria uma estrada larga pela floresta. Apertou os cantos dos olhos com os dedos, tentando afastar um pouco o cansaço. O acampamento sustentava os guerreiros com tudo, desde flechas até abrigo e comida quente, mas ele havia chegado a uma situação impossível.

— Posso mandar os *tumans* juntarem comida e trazerem animais para serem mortos, ou substituir os mais fracos do nosso estoque... — Ele xingou baixinho. — Não posso pensar nisso, Chabi! Eu rasguei caminhos no território sung, mas preciso continuar, ou tudo que fiz será desperdiçado.

— É tão terrível descansar no inverno? Você vai estar aqui quando a criança nascer, Kublai. Mande seus homens trazerem de volta qualquer coisa que viva, saqueie as cidades da região e você vai estar pronto para sair de novo na primavera.

Kublai gemeu ao pensar nisso. Parte dele sentia dor à ideia de simplesmente parar para descansar. Nunca havia se sentido tão exausto.

— Eu abri uma rota até Shaoyang e mais além, Chabi. Se conseguir continuar em movimento, chegarei à capital deles na primavera ou no verão. Se parar agora, verei mais uma dúzia de exércitos vindo contra mim, descansados e fortes.

— E vai perder o acampamento se continuar — reagiu ela rispidamente. — Vai perder os flecheiros, os curtidores e os seleiros, as mulheres e os homens que trabalham duro para mantê-lo no campo. Será que os *tumans* ainda lutarão bem enquanto as famílias passam fome?

— Vocês não passarão fome.

— Dizer isso não é suficiente. A coisa estava ficando feia antes dos seus batedores nos acharem, marido. Alguns homens estavam falando em pegar os estoques de comida e deixar os mais fracos morrerem de fome.

Kublai ficou imóvel, com o olhar duro.

— Desta vez você *vai* dizer os nomes, Chabi. Eu vou enforcá-los nos galhos.

— Isso não interessa! Agora não importa. Encontre um modo de solucionar o problema, marido. Conheço a pressão sobre você, ou pelo menos acho que conheço. Sei que você vai dar um jeito.

Ele se afastou alguns passos, olhando para o mato baixo ao redor.

— Esta terra é rica, Chabi — falou, depois de um tempo. — Posso tirar um mês para saquear novos rebanhos. Podemos trazê-los de volta para cá, mas depois vou mandar metade do acampamento de volta para Karakorum. — Ele estendeu a mão enquanto ela abria a boca, silenciando-a. — Estas não são as batalhas que Gêngis conheceu, em que ele podia levar toda a nação e atacar com *tumans* a partir do centro. Nos números, os sung são como formigas, exército após exército. Preciso pensar como um caçador com o mínimo de suprimentos. As mulheres e as crianças podem ir para casa, com guerreiros suficientes para mantê-las em segurança. Você e Zhenjin vão com elas. Pronto. Você pediu uma decisão e aí está. Acho que posso tirar um mês.

— Você pode, mas eu não vou. Não vou perder outra criança numa jornada difícil para casa, Kublai. Vou ficar no acampamento até o parto.

Ele viu a decisão no rosto dela e suspirou.

— Estou cansado demais para discutir com você, mulher.

— Que bom.

Kublai se ressentia de cada dia perdido enquanto seus *tumans* reviravam o território em busca de rebanhos por mais de 150 quilômetros. No inverno, isso demorava mais do que esperava, e ele viu a lua cheia por duas vezes antes de tirar as famílias da floresta. Os meses escuros estavam mais frios do que no ano anterior. O gelo estalava nos galhos da floresta, linda e morta ao mesmo tempo. Sempre havia madeira para os fogões, e as iurtas estavam rodeadas por pilhas de lenha mais altas do que um homem.

O chão ainda estava congelado quando eles começaram a juntar as bagagens e sair das profundezas da floresta. Atrás, deixavam as marcas usuais, desde círculos pretos no chão sob as iurtas desmontadas até as sepulturas dos mortos. A maioria era de homens feridos que os xamãs não tinham conseguido salvar, mas também havia muitas sepulturas menores, de crianças que não tinham sobrevivido ao primeiro ano. Não havia montanhas para deixá-las no sepultamento do céu, em que as aves carniceiras se refestelavam. As fogueiras de cremação tinham muitas chances de se espalhar ou ser vistas por um inimigo, por isso o chão congelado era partido apenas na profundidade suficiente para cobri-las.

Kublai reuniu o acampamento numa planície aberta. Centenas de bois tinham sido atrelados e estavam mais bem-alimentados do que quando ele chegara. Grãos tinham sido trazidos de cidades sung junto com os rebanhos, e os animais enormes estavam reluzentes devido aos cuidados, os focinhos úmidos e cor-de-rosa. Ele ordenara que 200 mil pessoas de seu povo fossem para casa, na maioria mulheres e crianças. Dez mil homens iriam com elas, os que tinham sido feridos ou mutilados em alguma guerra antiga. Ainda podiam lutar, se fosse necessário.

Seus homens se agarraram à ordem por hábito, mas eles também tinham visto os exércitos sung, e houve alívio junto com os últimos abraços. As famílias iriam rapidamente até a fronteira jin, atravessando para terras mais seguras durante a primavera. Dali, Kublai mandara batedores até suas propriedades. Todos estariam seguros na viagem para o norte. Ele mantivera apenas os artesãos e os pastores mais hábeis, os metalúrgicos, os fazedores de cordas e os artesãos de couro. A maioria das iurtas iria embora, de modo que os *tumans* dormiriam descobertos na chuva e na geada.

Kublai tinha de manter algumas carroças para as forjas e os suprimentos — sua prata iria com ele para o leste. Sabia que o acampamento estaria menos animado a partir desse ponto. Não era mais uma nação em movimento, e sim um acampamento de guerra, com cada homem dedicado ao *tuman* do qual fazia parte.

Os dois grupos enormes se separaram lentamente, com muitos gritando palavras finais. Os *tumans* montados observavam sérios as famílias diminuindo a distância. Chabi e Zhenjin permaneceram com os serviçais dela, mas ninguém ousou questionar as decisões do irmão do próprio cã. Eles haviam mandado batedores até a fronteira jin, e não havia exércitos naquela direção. O perigo estava apenas no leste, e cada homem nos *tumans* sabia que o trabalho não estava terminado. Era difícil animar-se num dia assim.

Ainda era uma grande hoste a que penetrava mais fundo nas terras sung, mas já sentiam como se tivessem cortado a gordura. Mantinham um bom ritmo e, se naquela noite não houve cantorias no acampamento, pelo menos os homens estavam numa determinação silenciosa. Sem as esposas, os guerreiros se alimentavam com panelas comunitárias, cheias até a borda com um caldo grosso a cada noite.

À medida que os dias começaram a se alongar, Kublai passou por locais onde ele próprio travara batalhas. Cavalgou com um horror enjoado por campos de cadáveres apodrecendo. Raposas, lobos e aves haviam se refestelado, e a carne se soltava dos ossos, inimigos e amigos deslizando uns para os outros como se tivessem amaciado no sol e na chuva. Seus *tumans* cavalgavam com indiferença absoluta, fazendo Kublai imaginar como podiam manter a comida no estômago. A imaginação o obrigava a considerar sua própria morte, largado num campo estrangeiro. Não sabia se essas preocupações incomodavam homens como Uriang-Khadai ou se eles admitiriam a verdade caso perguntasse.

Seus batedores informaram o contato com uma força de cavalaria a cerca de 60 quilômetros de Shaoyang, permanecendo fora do alcance e cavalgando como se o inferno estivesse nos seus calcanhares. Sem que uma ordem fosse dada, os guerreiros de Kublai começaram a apressar o passo a cada dia. As carroças no acampamento reduzido ficaram para trás, até a distância máxima de 32 quilômetros, ao alcance de um assalto súbito caso sofressem ataque. Durante os dias frios, os homens bebiam o sangue quente das éguas, compartilhando os pequenos ferimentos entre três ou quatro montarias de reserva para que nenhum animal ficasse fraco demais. Estavam em sua própria trilha de batalha e não haveria novos suprimentos até passarem por Shaoyang. Kublai imaginou como o prefeito reagiria ao vê-los retornar. Teria sobrevivido à passagem deles pela segunda vez, algo que poucos homens poderiam dizer.

Kublai havia entendido finalmente que tinha muito poucos guerreiros para esmagar a cabeça contra as muralhas dos sung. O inimigo incontável terminaria por esmagar seus *tumans* até que virassem pó. Tinha tomado a decisão e imaginou se ao menos era o mesmo homem que havia entrado nas terras sung com tamanha confiança juvenil. Na época, não poderia ter apostado tudo. Agora iria instigá-los até o coração do império num grande ímpeto. Não pararia para tomar Shaoyang. Não pararia para nada.

Seus *tumans* podiam ver homens nos telhados da cidade esparramada enquanto passavam. Kublai levantou a mão para eles, não sabendo se os cumprimentava ou se despedia. Arrancaria o coração do dragão sung num só golpe. As outras cidades não tinham nada a temer de sua parte.

Depois de Shaoyang, a terra não fora desprovida de tudo que pudesse alimentar um soldado faminto. As primeiras cidadezinhas foram saqueadas em busca de comida, mas Kublai proibiu sua destruição. No acampamento da floresta, os homens tinham visto a grande quantidade de prata que ele tomara, tirada dos lombos de mil cavalos, as barras passando de homem para homem e depois colocadas em pilhas sobre as folhas molhadas. Ainda que os *tumans* não tivessem sido pagos em meses, eles sabiam pelo menos que a prata existia e não reclamavam muito alto ou com muita frequência.

Não esperava encontrar cavaleiros do yam tão ao sul. As linhas de postos haviam terminado nas terras jin, e quando ele viu não apenas um, mas dois mensageiros, eles mal faziam lembrar os rápidos cavaleiros de longa distância que conhecia. Seus batedores trouxeram os dois juntos, e Kublai ordenou a parada numa planície ampla enquanto ouvia o tilintar dos sinos presos aos panos das selas. Acenou para Uriang-Khadai, e o orlok gritou ordens para apear e descansar.

— Eles parecem meio mortos — murmurou Bayar a Kublai enquanto os homens cavalgavam com seus batedores dos dois lados.

Era verdade, e Kublai se perguntou como os mensageiros vinham encontrando comida sem os postos do yam para alimentá-los ou fornecer montarias descansadas. Os dois estavam desgrenhados, e um deles se movia com dor óbvia, grunhindo a cada passo do cavalo. Pararam, e Bayar mandou que apeassem. O primeiro deslizou da sela, cambaleando ligeiramente ao pousar no chão. Enquanto era revistado, Bayar olhou para o rosto cinzento do companheiro dele.

— Tenho uma flecha em algum lugar nas costas — disse debilmente o cavaleiro do yam. — Está quebrada, mas acho que não posso descer.

Bayar viu como a mão direita dele estava frouxa, com as rédeas enroladas. Gritou para um dos seus homens, e os dois tiraram o cavaleiro da sela. Ele tentou não gritar, mas o som estrangulado de agonia que fez foi ainda pior.

No chão, Bayar baixou o homem de joelhos e olhou o cotoco de flecha que se projetava dos ombros. Cada respiração devia doer e Bayar assobiou baixinho. Estendeu a mão e tateou o cotoco, fazendo o cavaleiro se afastar bruscamente com um palavrão contido.

— A carne está apodrecendo — disse Bayar. — Estou sentindo o cheiro daqui. Vou mandar um xamã cortar e lacrar o ferimento com fogo. Você fez bem.

— Mais alguém alcançou vocês? — perguntou o homem. Ele se inclinou adiante firmando-se nos braços, ofegando como um cão. Bayar balançou a cabeça, e o cavaleiro do yam xingou e cuspiu. — Nós éramos 12. Estive procurando e cavalgando há muito tempo.

Os olhos dele estavam raivosos, e Bayar reagiu irritado.

— Nós estávamos nos divertindo, vendo um pouco da região. Você nos encontrou no fim. Agora, gostaria de dar a mensagem ou devo mandar cortar a flecha primeiro?

O segundo cavaleiro fora revistado e teve permissão de se aproximar de Kublai, abrindo a bolsa de couro e entregando um papel dobrado, lacrado com a marca de Mongke em cera. Bayar e o ferido ficaram olhando em silêncio enquanto Kublai rompia o lacre e lia.

— Agora não precisa. Ele já sabe — respondeu o ferido.

O cavaleiro ferido relaxou o corpo, e Bayar segurou-o por baixo dos braços, ignorando o fedor de suor e urina. Podia sentir calor irradiando da carne, sinal claro de febre. Mesmo assim, ficou surpreso com a falta de peso. O rapaz quase havia morrido de fome para trazer a mensagem, e ele imaginou o que poderia ser tão importante a ponto de mandarem 12 cavaleiros com a mesma mensagem. Bayar sabia o suficiente para suspeitar que nenhuma boa notícia chegava daquele modo. Chamou um dos seus oficiais.

— Traga um xamã. Se for para ele viver, a flecha precisa ser arrancada, e o ferimento, limpo. Pegue-o. — Bayar entregou o cavaleiro atordoado e permaneceu imóvel, inconscientemente limpando as mãos nas calças.

Kublai havia ficado pálido enquanto lia. A folha com o lacre partido estava esquecida em sua mão. Ele mirava a distância, os olhos parecendo vidro opaco. O humor de Bayar afundou mais ainda enquanto ia até ele.

— É muito ruim? — perguntou baixinho o general.

— É — confirmou Kublai, com a voz rouca de sofrimento.

Xuan sentia-se vivo pela primeira vez em anos enquanto cavalgava para o oeste. As velhas habilidades continuavam ali, adormecidas havia muito, como sementes embaixo das folhas de outono. Podia ver seus homens sentindo o mesmo. Tinham envelhecido no cativeiro, com os melhores anos desperdiçados e jogados fora, mas, a cada quilômetro cavalgado para longe de Hangzhou, o passado ia ficando mais para trás. Mais importante do que isso era a notícia que havia chegado enquanto eles saíam da cidade. Batedores mongóis tinham sido capturados vindo para o sul. Cada um carregava uma mensagem idêntica, escrita na língua de sua terra natal.

Xuan vira um dos originais, ainda manchado com o sangue do mensageiro. Apenas uma mente cheia de suspeita poderia ter percebido os benefícios de anunciar a morte do cã enquanto ele cavalgava para o sul. Xuan tinha desenvolvido uma mente assim nos anos de cativeiro. Conhecia as tradições que os mongóis seguiam tão fielmente. Se eles voltassem para casa, isso seria uma resposta às suas preces, na verdade seria uma resposta às preces da nação sung.

Balançou a cabeça ao vento, limpando as ideias com o movimento físico. Não lhe importava se Mongke Khan estava mesmo morto ou fazendo algum jogo sinistro. Xuan não sabia se viveria quando encontrassem os *tumans* de Kublai, porém tinha certeza de que jamais retornaria a Hangzhou.

Olhou para o filho mais velho, cavalgando à sua direita. Liao-Jin ainda estava dominado pelo puro êxtase da liberdade, não importando para onde iam ou quem poderia enfrentá-los. Havia se lançado ao treinamento com toda a energia da juventude. Xuan sorriu. Os homens gostavam dele. Liao-Jin seria um bom imperador, se houvesse um império para governar. Nada disso importava. Eles estavam livres. A palavra era como um verão doce para cada homem.

Na atividade caótica de preparar 8 mil homens para cavalgar com os regimentos sung, não tinha sido difícil tirar seus demais filhos do cativeiro. Xuan simplesmente mandou dois de seus homens a cavalo pelas ruas da cidade, com ordens escritas por ele próprio. Ninguém ousara questionar sua nova autoridade. Ou, se alguém tinha ousado, as reações haviam sido lentas demais para impedir. Xuan até mesmo contratara serviçais para eles usando a prata de seu primo sung. Quando tivesse apenas uma noite sem luar, iria mandá-los para o norte com alguns dos melhores homens jin que lhe restavam. Eles sobreviveriam em suas terras antigas de algum modo. Ainda não tinha contado a Liao-Jin que o filho viajaria com os outros, para longe dos *tumans* mongóis que vinham para o leste.

Dos dois lados da força jin, cavalgavam nobres sung. O Sr. Jin An tinha cumprido a palavra e fornecido quase 50 mil soldados, metade deles de cavalaria. Xuan não sabia que o jovem nobre tinha tanto poder, mas parecia que seu clã fora líder no campo de guerra durante muitas gerações. Jin An conseguira convencer um outro nobre a se juntar a ele, um primo que trouxera mais 40 mil homens para as fileiras. Para Xuan parecia um grande exército, mas os dois nobres sung ainda fumegavam devido à falta de apoio por parte do conselho ou do próprio imperador.

Haviam trazido centenas de canhões que diminuíam o ritmo da viagem a um terço do que poderia ser, mas Xuan se animou ao ver aqueles tubos pretos sacolejando pelas boas estradas sung. Em algumas ocasiões, Xuan até podia sonhar com futuros em que havia destruído o exército mongol que abria caminho pelos territórios sung. Uma vitória sólida uniria até mesmo o conselho dos nobres, de modo que eles se movessem como uma força única contra a grande ameaça no norte. Em seus dias mais otimistas, Xuan se permitia imaginar suas antigas terras sendo devolvidas. Era um bom pensamento, mas sorriu da própria tolice. Os mongóis não eram derrotados havia gerações. Só desejava que Tsaio-Wen estivesse ali para ver os soldados jin cavalgando com orgulho. O carrancudo oficial sung conseguira desaparecer ao mesmo tempo que haviam sido mandadas as ordens para ele se apresentar ao alojamento. Um completo covarde, pensou Xuan. Isso também não importava.

Shaoyang não estava muitos quilômetros à frente, e os batedores haviam se espalhado, procurando os primeiros sinais dos *tumans* de Kublai. Os mongóis tinham estado na região meses antes, e Xuan não esperava que continuassem ali perto, mas iria achá-los. Iria derrotá-los. Estendeu a mão e deu um tapinha no pescoço do cavalo, sentindo de novo a exultação de finalmente estar solto. Virou-se para Liao-Jin e gritou acima do som de cavalos e homens:

— Levante os estandartes, Liao-Jin. Mostre aos sung quem somos nós.

Viu o clarão de dentes brancos na boca do filho enquanto ele passava a ordem aos porta-estandartes dos dois lados. A seu modo, essa havia sido a tarefa mais árdua dos meses anteriores. Encontrar tecido não fora difícil, mas Xuan havia sido obrigado a dar a tarefa aos seus próprios homens, para a notícia não chegar aos nobres ou ao seu primo imperador e provocar uma proibição antes que ele pudesse partir. Os soldados haviam cortado e costurado os longos estandartes, pintando a seda amarela com a marca da casa nobre de Xuan. Ele descobriu que estava prendendo o fôlego enquanto os porta-estandartes desenrolavam o tecido. As bandeiras balançaram ao vento, estendendo-se em linhas de ouro.

Os homens do último exército jin levantaram a cabeça. Muitos ficaram com os olhos brilhantes de lágrimas diante de uma visão que não esperavam ter de novo. Comemoraram aos gritos pelos estandartes de um imperador jin, e Xuan sentiu a garganta se apertar de orgulho, sofrimento e júbilo.

CAPÍTULO 29

À MEDIDA QUE A TARDE CAÍA, OS *TUMANS* PERMANECERAM NO MESMO LUGAR, apenas alguns quilômetros a leste de Shaoyang. Os guerreiros viram que a iurta de Kublai estava sendo montada, e a tensão constante e leve desapareceu. Não haveria ordem súbita de montarem e cavalgarem enquanto a iurta estivesse de pé. No total, os 80 mil homens tinham 300 mil cavalos de reserva que viajavam juntos numa manada parecida com as folhas de uma floresta, marrom e cinza, preta e castanha. Além de fornecer sangue e leite para os cavaleiros, todos os pôneis carregavam algum item, desde escamas de reserva para armaduras, cordas e cola até duros blocos de queijo. Era o segredo de seu sucesso o fato de serem a única nação que poderia atacar a milhares de quilômetros de seu acampamento principal.

Kublai parecia quase em transe, parado na planície coberta de capim, cercado pelo mar de cavalos e homens. As carroças de seu acampamento podiam ser vistas a distância, vindo lentamente atrás. Teve consciência de Bayar se aproximando de novo para falar com ele, mas não respondeu, apenas permanecendo em silêncio, totalmente absorvido em si mesmo.

A ordem de erguer a iurta fora de Bayar. O general estava cheio de apreensão. O que quer que Kublai tivesse lido o deixara pálido e atarantado na planície. Era um crime passível de castigo com chicotadas interrogar um cavaleiro do yam sobre suas mensagens, mas, mesmo assim, Bayar ficou olhando atentamente enquanto o sujeito aceitava chá e um pão chato com carne. O cavaleiro mastigou com o mesmo olhar comprido que Bayar via em Kublai, e o general estava se coçando para levá-lo a um passeio e descobrir a verdade.

As carroças chegaram sem estardalhaço ou qualquer grande recepção, agora que as mulheres e filhos tinham ido embora. Bois e camelos foram soltos para pastar. Forjas foram montadas no capim e alimentadas com carvão até que o ferro pesado ficasse vermelho. Guerreiros que precisavam de alguma coisa caminhavam para perto sem grande urgência. Por toda a planície, alguns homens sentavam-se para descansar as pernas e as costas. Muitos aproveitavam a chance para defecar num lugar onde não ficariam, ou urinar no capim. Outros afiavam armas e verificavam os arcos e as flechas, como gostavam de fazer a cada oportunidade. Uns comiam, outros conversavam, mas o estranho silêncio no coração dos *tumans* estava se espalhando, de modo que mais e mais guerreiros sabiam que algo estava errado.

Quando a iurta ficou pronta, Bayar se aproximou outra vez de Kublai.

— Há um lugar para descansar, senhor — disse ele.

Kublai arrastou o olhar de volta de uma grande distância.

— Traga minhas bagagens — disse baixinho. — Há coisas de que preciso nelas.

Bayar fez uma reverência e se afastou a trote. A estranheza do dia o fez sentir vontade de voltar para Kublai o mais cedo possível. Mandou quatro batedores para as carroças de bagagem pegar os grandes rolos de pergaminho amarrados com corda.

— Coloque-os dentro — ordenou Bayar aos homens. Kublai não havia se movido. — Senhor, a notícia é tão terrível assim? O senhor vai me dizer o que há de errado?

— O cã está morto, general — respondeu Kublai, a voz mal passando de um sussurro. — Meu *irmão* está morto. Não irei vê-lo de novo.

Bayar se encolheu em choque. Balançou a cabeça como se pudesse negar as palavras. Viu Kublai se abaixar e entrar na iurta, desaparecendo na semiescuridão. Sentiu como se tivesse levado um chute no peito, subitamente sem ar. Inclinou-se adiante, pondo as mãos nos joelhos enquanto tentava pensar.

Uriang-Khadai estava suficientemente perto para ver Bayar abalado pelo que Kublai havia dito. Aproximou-se do general mais novo com expressão cautelosa, precisando ouvir, mas ao mesmo tempo profundamente preocupado com o que poderia ficar sabendo.

Bayar viu que havia muitos homens por perto, que tinham testemunhado sua reação à notícia. Eles quase haviam abandonado o fingimento de que não tinham ouvido. Independentemente das penalidades, duvidava que os dois cavaleiros do yam ficariam em paz por muito tempo. A notícia não poderia ser contida. Bayar pegou-se suando com o pensamento. Ela iria se espalhar pelo mundo. Campanhas parariam, cidades ficariam imóveis, escutando. Os homens de poder nos canatos saberiam que estavam lançados de novo no torvelinho. Alguns temeriam pelo futuro; outros estariam afiando as espadas.

— Mongke Khan está morto — disse Bayar ao seu superior.

Uriang-Khadai ficou pálido, mas se recuperou rapidamente.

— Como isso aconteceu?

Bayar levantou as mãos, impotente. Tudo que Kublai havia conseguido nas terras sung estava lançado no caos devido a uma única mensagem. Mal conseguia pensar. Olhando-o, os lábios de Uriang-Khadai se afinaram até virar uma costura de carne pálida.

— Contenha-se, general. Nós já perdemos cãs antes. A nação continua. Venha comigo, vamos falar com os cavaleiros do yam. Eles devem saber mais do que nos foi dito.

Bayar encarou-o. Seguiu Uriang-Khadai em direção ao cavaleiro que não estava ferido e o encarava como um coelho diante de um lobo.

— Você. Diga o que sabe.

O cavaleiro do yam engoliu dolorosamente um bocado de pão e carne, e se levantou.

— Foi um assassino, general.

— *Orlok* — disse Uriang-Khadai rispidamente.

O homem estava tremendo enquanto repetia o título.

— Orlok. Eu fui mandado com outros 12. Mais foram para o norte, para as linhas do yam em Jin.

— O quê? — Uriang-Khadai chegou mais perto dele. — Vocês estavam em território *sung*?

— O cã estava vindo para o sul, orlok — gaguejou o sujeito, com o nervosismo crescendo. Sabia que os cavaleiros do yam deveriam ser intocáveis, mas cedo ou tarde ele teria de contar como acontecera a morte do cã. Aquilo acertara o coração de cada cavaleiro do yam nos canatos. Eles jamais seriam dignos de tanta confiança de novo.

— A que distância eles estão? — perguntou Uriang-Khadai. — Quantos homens? Será que devo perguntar cada detalhe até que as informações saiam da sua boca?

— D... desculpe, orlok. Vinte e oito tumans, mas não continuarão vindo. O orlok Seriankh está levando-os de volta para Karakorum. Os irmãos do cã já devem ter recebido a notícia, certamente o Sr. Arik-Boke, já que estava na capital. O Sr. Hulegu pode ficar sabendo a qualquer dia, se já não souber. — O mensageiro procurou mais alguma coisa para dizer, sob o olhar frio de Uriang-Khadai. — Eu estava presente quando o corpo de Guyuk Khan foi encontrado, orlok. A nação voltará para Karakorum até que haja um novo cã.

— *Eu* estava presente quando Tsubodai recebeu a notícia da morte de *Ogedai*, rapaz. Não diga o que eu já sei.

— Não, orlok, desculpe.

Uriang-Khadai se virou para Bayar, frustrado com o cavaleiro do yam e seu nervosismo.

— Tem alguma pergunta para ele?

— Só uma. Como um assassino chegou perto do cã no meio de um exército tão grande?

O rapaz exausto parecia estar com o pão com carne preso na garganta.

— Ele... se vestia como um cavaleiro do yam. Deixaram que ele passasse. Ele foi revistado, mas ouvi dizer que ele possuía um estilete escondido.

— Jesus *Cristo* — rosnou Uriang-Khadai.

Bayar olhou-o surpreso, embora o praguejar cristão estivesse se espalhando até para os que não conheciam aquela fé.

Kublai ficou de pé dentro da iurta sem se mexer por um longo tempo. Queria que Chabi fosse até ele, mas não conseguia juntar energia para chamá-la. Podia ouvir os sons de seu povo ao redor, mas pelo menos aquele espaço pequeno mantinha os olhares afastados. Era um alívio estar separado deles, mas Kublai não chorou. Seus pensamentos se moviam lentos como lesmas. Quando era menino, uma vez havia nadado num rio gélido e sentira os braços e as pernas entorpecendo, impotentes, até que ele pensasse que se afogaria. Mongke é que o havia tirado da água, o irmão mais velho que rira enquanto ele tremia e se enrolava na margem.

Tinha uma centena de lembranças, mil conversas tentando abrir espaço na mente. Lembrou-se de Mongke mandando-o para derrotar os sung, mas também se lembrava da velha iurta que eles haviam encontrado num vale quando tinham cerca de 15 anos. Enquanto o restante da família dormia, Kublai e Mongke haviam pegado barras de ferro e destruído a iurta. A madeira e o feltro apodrecidos desmoronaram aos seus golpes, com sorte por não acertarem um ao outro em seu entusiasmo.

Não era uma história grandiosa para ser contada no funeral de um cã, eram só dois garotos fazendo uma coisa idiota numa noite, para se divertir. Mais tarde descobriram que a iurta não tinha sido abandonada. Quando o dono retornou, ficou vermelho de fúria e prometeu descobrir quem fizera aquilo. Nunca descobriu. Apesar de todos os anos adultos passados depois disso, Kublai sorriu da lembrança. Já havia perdido amigos, mas pensava que os irmãos sempre estariam lá, nos momentos bons e ruins. Perder Mongke era ser atingido no alicerce de tudo que ele era.

Mal teve consciência de que caía, quando suas pernas cederam. Pegou-se esparramado nos grossos rolos de tapete, com a poeira subindo ao redor. Sentiu-se engasgado, e suas mãos se moveram inconscientemente para as presilhas de couro da armadura, soltando-as até que o peitoral de escamas laqueadas se abriu. Soltou a última correia num espasmo de raiva, jogando-a no chão. O movimento o instigou, e ele tirou o capacete e as placas das coxas em movimentos bruscos, jogando-os para o lado contra as outras peças no chão de lona, fazendo barulho. Não se passou muito tempo até que a última peça da armadura estivesse na pilha e ele se sentou com a calça simples e uma rígida túnica de seda, de manga comprida, que ultrapassava as mãos e fora dobrada nos punhos. Sentiu-se melhor sem a armadura e ficou sentado com os braços envolvendo os joelhos, pensando no que deveria fazer.

Bayar viu o batedor galopante antes de Uriang-Khadai. Deu um tapinha no ombro do orlok e os dois se voltaram para o cavaleiro que virou a montaria na direção da única iurta visível no meio dos cavalos que pastavam e dos homens descansando.

O batedor apeou junto à iurta, mas Bayar o interceptou, pegando-o pelo braço e levando-o para longe até que tivesse certeza de que Kublai não ouviria a interrupção.

— Informe — disse Bayar.

O batedor estava vermelho e seu rosto brilhava de suor. Tinha cavalgado muito e depressa. Com apenas um olhar para a iurta, fez uma reverência aos dois homens.

— Orlok, general. Há um exército sung ao alcance. Dez regimentos de infantaria ou mais. Cinco de cavaleiros e muitos canhões. Eles mandaram seus próprios batedores, e só tive tempo de fazer uma avaliação aproximada antes de voltar.

— A que distância? — perguntou Uriang-Khadai. Seu olhar pousou na iurta solitária.

— Uns 50 quilômetros a leste, mais ou menos. — O batedor fez um gesto mostrando o movimento do sol no céu.

— Com canhões, eles não estarão aqui até amanhã — disse Bayar, aliviado.

— A não ser que reajam ao contato e avancem sem os canhões — respondeu Uriang-Khadai mal-humorado. — De qualquer modo, não importa. Devemos nos retirar.

O batedor olhou de um homem para o outro, surpreso. Estivera cavalgando muito à frente dos *tumans* e não fazia ideia da notícia chegada em sua ausência. Nenhum dos generais optou por dar a informação.

— Troque de montaria e volte assim que puder — disse Uriang-Khadai ao batedor. — Preciso de olhos perto deles. Melhor ainda, leve três outros e coloque nos quartos de distância, de modo que possam me repassar rapidamente o que você vir.

O batedor fez uma reverência e se afastou correndo.

O que quer que Bayar fosse dizer se perdeu quando Kublai saiu da iurta. Ele havia deixado a armadura dentro, e os dois ficaram boquiabertos ao ver a mudança ocorrida. Kublai usava um manto de seda dourada com um cinto largo, vermelho-escuro. O peito era bordado com um dragão verde-escuro, o símbolo mais alto da nobreza jin. Segurava uma espada longa, e os nós dos dedos estavam brancos na bainha enquanto ele olhava e se aproximava de seus dois homens mais importantes.

Bayar e Uriang-Khadai se ajoelharam, baixando a cabeça.

— Senhor, lamento saber da notícia — disse Uriang-Khadai.

Viu Kublai levantar os olhos quando quatro batedores montaram ali perto e começaram a galopar para o leste. Uriang-Khadai optou por explicar antes que ele perguntasse.

— Há um exército sung vindo para o oeste, senhor. Eles não estarão aqui a tempo de impedir nossa retirada.

— Nossa retirada — ecoou Kublai, parecendo não entender. Uriang-Khadai hesitou diante do olhar amarelo.

— Podemos ficar adiante deles, senhor. Podemos estar de volta às terras jin na primavera. O cavaleiro do yam disse que seus irmãos já devem ter recebido a notícia. Eles devem estar indo para casa.

— Orlok, você não me entende nem um pouco — disse Kublai baixinho. — Eu *estou* em casa. Este é o meu canato. Não vou abandoná-lo.

Os olhos de Uriang-Khadai se arregalaram enquanto ele entendia o significado da roupa de Kublai.

— Senhor, haverá um quiriltai, uma reunião dos príncipes. Seus irmãos...

— Meus irmãos não têm direito de opinar sobre o que acontece aqui — interrompeu Kublai. Sua voz ficou dura. — Vou *terminar* o que comecei. Já disse. Este é o meu canato. — Ele falava com uma espécie de espanto, como se só então tivesse entendido o tumulto que sentia por dentro. Seus olhos eram lascas de ouro luminoso ao sol, enquanto continuava. — Não, este é o meu *império*, Uriang-Khadai. Não serei obrigado a ir embora. Prepare os *tumans* para a batalha, orlok. Enfrentarei meus inimigos e irei destruí-los.

Xuan andava de um lado para o outro no escuro. Sua mente zumbia alto demais para que ele descansasse, espicaçando-o com perguntas e lembranças. Os exércitos eram coisas estranhas, às vezes muito maiores do que as forças individuais dos soldados que os compunham. Homens que sozinhos fugiriam permaneciam de pé com os amigos e os líderes. No entanto todos precisavam dormir e comer. Xuan havia acampado perto de um inimigo antes, e essa continuava sendo uma das lembranças mais estranhas de sua vida. Os exércitos estavam tão próximos que ele podia ver as fogueiras de acampamentos mongóis como pontos de luz na planície escura. Os dois nobres sung tinham guardas e batedores em todos os pontos ao redor do acampamento, mas ninguém esperava que os mongóis tentassem um ataque noturno. A força deles estava na velocidade e nas manobras, pontos fortes que desapareceriam na escuridão. Xuan sorriu ao pensar em homens dormindo pacificamente próximos àqueles que tentariam matar à luz do dia. Só a humanidade poderia ter concebido um modo tão estranho e artificial de morrer. Lobos podiam rasgar a carne dos cervos, mas jamais sonhavam e dormiam perto da caça.

Em algum lugar ali perto, Xuan ouvia os roncos profundos de um soldado deitado de costas. Isso o fez rir, mas ele desejava também ser capaz de encontrar o bálsamo do sonho. Não era mais jovem e sabia que sentiria as consequências disso no dia seguinte, quando as trombetas soassem. Só podia esperar que a batalha não demorasse a ponto de seu cansaço o levar a ser morto. Esta era uma das grandes verdades da batalha: *nada* exauria um homem tão depressa quanto a agitação e o esforço da luta corpo a corpo.

Sombras moveram-se na escuridão, e Xuan levantou a cabeça, subitamente em pânico. Escutou a voz do filho e relaxou.

— Estou aqui, Liao-Jin — disse num sussurro.

O pequeno grupo chegou até ele, e, mesmo no escuro, Xuan reconheceu cada um. Seus quatro filhos eram toda a marca que ele deixara no mundo. Jin An compreendera isso. Xuan pensou com afeto no jovem nobre sung. Poderia ter mandado os filhos embora sem falar com Jin An, mas era provável que fossem descobertos. Xuan assumira um risco ao conversar honestamente com ele, mas não tinha julgado mal o sujeito. Jin An entendera imediatamente.

Xuan pôs um saco de moedas na mão do filho. Liao-Jin olhou-o com surpresa, esforçando-se para ver as feições do pai à luz das estrelas.

— O que é isso? — perguntou baixinho.

— Presente de um amigo. O bastante para manter todos vocês por um tempo. Vocês vão sobreviver e estarão no meio de seu povo. Não duvido que encontrarão outros dispostos a ajudá-los, mas, não importando o que aconteça, vocês têm a chance de viver e ter filhos. Não é isso que você queria, Liao-Jin? Alguém estava escutando, talvez. Vão agora. Eu lhes dei cavalos e só dois homens para acompanhá-los, filho. Eles são leais e querem ir para casa, mas eu não queria mandar um número muito grande, a ponto de considerarem roubar vocês. – Xuan suspirou. – Aprendi a não confiar. Isso me envergonha.

– *Eu* não vou! – disse Liao-Jin, alto demais. Seus irmãos o silenciaram, mas ele entregou o saco de moedas a eles e ficou perto do pai, baixando a cabeça para falar no ouvido de Xuan. – Os outros devem ir. Mas eu sou oficial do seu regimento, pai. Deixe-me ficar. Deixe-me ficar com o senhor.

– Prefiro saber que você vai viver – respondeu Xuan peremptoriamente. – Muitos morrerão amanhã. Eu posso ser um deles. Se isso acontecer, permita-me saber que meus filhos e minhas filhas estão em segurança e livres. Como seu comandante, ordeno que vá com eles, Liao-Jin, com meu amor e minha bênção.

Liao-Jin não respondeu. Em vez disso, esperou enquanto as irmãs e o irmão abraçavam o pai pela última vez, mantendo-se distante de todos. Sem outra palavra, Liao-Jin foi com eles para a escuridão, até onde os cavalos esperavam. Xuan podia ver pouca coisa, mas ouviu quando eles montaram e a filha mais nova soluçou pelo pai. Seu coração se partiu ouvindo aquilo.

O pequeno grupo se afastou pelo acampamento, e de novo Xuan ficou satisfeito por ter pedido permissão a Jin An. Não haveria gritos espantados das sentinelas sung no meio da noite. Jin An havia gostado da ideia e até assinara papéis que iriam ajudá-los caso fossem parados em terras sung. Todo o resto estava entregue ao destino. Xuan fizera o máximo para lhes dar uma chance.

Passos se aproximaram e seu coração se apertou com pesado reconhecimento. Não ficou surpreso quando a figura escura falou com a voz de Liao-Jin.

– Eles foram embora. Se o senhor morrer amanhã, estarei ao seu lado.

– Você não deveria ter me desobedecido, filho. – A voz de Xuan ficou menos áspera à medida que prosseguia. – Mas, já que fez isso, fique comigo enquanto caminho pelo acampamento. Não vou dormir agora.

Para sua surpresa, Liao-Jin estendeu a mão e tocou-o no ombro. Aquela nunca havia sido uma família dada a demonstrações claras de afeto, o que fez o gesto valer mais ainda. Xuan sorriu no escuro enquanto começavam a andar.

— Deixe-me falar sobre o inimigo, Liao-Jin. Eu os conheço a vida inteira.

Karakorum estava cheia de guerreiros, as planícies diante da cidade outra vez cobertas de *tumans*, e cada cômodo na cidade abrigava pelo menos uma família. Duzentos mil haviam vindo para casa, e as caçadas aconteciam num raio de 150 quilômetros ao redor. Nos acampamentos apinhados, a conversa era frequentemente sobre Xanadu no leste, que aparentemente implorava por cidadãos.

Arik-Boke estava no porão mais fundo do palácio, com toda a vida e o movimento muito acima de sua cabeça. Fazia frio naquele lugar e ele tremia, esfregando os calombos nos braços. O corpo de seu irmão estava ali, e Arik-Boke não conseguia desviar o olhar. Tradicionalista até o fim, Mongke deixara instruções para sua morte, dizendo que deveria ser levado à mesma montanha de seu avô e enterrado com ele. Quando estivesse pronto, o próprio Arik-Boke iria levá-lo. A terra natal engoliria seu irmão.

O cadáver havia sido enrolado e o terrível talho na garganta fora costurado. Mesmo assim, Arik-Boke estremecia por estar sozinho na sala mal-iluminada com uma pálida paródia do irmão que ele havia conhecido e amado. Mongke confiara nele para governar Karakorum em sua ausência. Tinha lhe dado a pátria ancestral. Havia entendido que o sangue e a irmandade eram uma força grande demais para ser quebrada, mesmo na morte.

— Fiz o que você queria, irmão — disse Arik-Boke ao cadáver. — Você confiou a mim sua capital, e eu não o decepcionei. Hulegu está a caminho, para homenageá-lo e homenagear tudo que você fez por nós.

Arik-Boke não chorou. Sabia que Mongke zombaria da ideia dos irmãos com olhos vermelhos, enlouquecendo. Pretendia beber até ficar inconsciente, andar entre os guerreiros enquanto eles fizessem o mesmo, cantar, vomitar e beber de novo. Talvez então derramasse lágrimas sem pudor.

— Kublai vai chegar em casa logo, irmão. — Arik-Boke suspirou.

Teria de voltar logo ao festim do funeral, lá em cima. Só quisera dizer algumas palavras ao irmão. Era quase tão difícil quanto se Mongke estivesse ali, vivo e escutando.

— Eu gostaria de ter estado lá quando nosso pai deu a vida por Ogedai Khan. Gostaria de ter dado minha vida para salvar você. Esse seria o meu objetivo no mundo. Eu teria feito isso, Mongke, juro.

Percebeu um eco nos porões e pegou a mão de Mongke, surpreso com o peso dela.

— Adeus, irmão. Tentarei ser o homem que você queria. Posso fazer ao menos isso em sua memória.

CAPÍTULO 30

Antes que o sol nascesse, antes mesmo da luz cinzenta que anunciava o amanhecer, os dois acampamentos começaram a acordar e se preparar. O chá foi posto em infusão em 10 mil potes e uma refeição sólida foi comida. Os homens esvaziaram a bexiga, frequentemente mais de uma vez, enquanto os músculos internos se contraíam devido ao nervosismo. No lado sung, as equipes dos canhões cuidavam de suas armas preciosas pela milésima vez, esfregando as balas polidas e verificando que os sacos de pólvora não tivessem ficado úmidos e inúteis.

Quando a luz pálida do pré-alvorecer chegou, ambos os exércitos podiam se enxergar mutuamente. Os mongóis já estavam montados, formando-se em *minghaans* de mil, que agiriam independentemente na batalha. Os homens alongavam as costas tensas enquanto cavalgavam ao longo das fileiras. Muitos deles testavam as cordas dos arcos, retesando-os sem flechas, soltando os fortes músculos dos ombros.

Algumas coisas precisavam esperar pela luz, mas, assim que conseguiu identificar o que era um fio branco e um preto, o Sr. Jin An mandou que as equipes dos canhões se posicionassem na primeira fila. Outras foram para as laterais, onde apresentariam as bocas pretas para qualquer ataque pelos flancos. Podia ver os oficiais mongóis olhando seus regimentos, observando suas posições e apontando características da formação para outros como eles. Jin An sorriu. Não importava o quanto os mongóis fossem corajosos ou rápidos, teriam de cavalgar através dos disparos estrondosos para chegar às suas fileiras. Havia aprendido com a derrota de outros homens. Tentou se colocar na posição dos mongóis, ver como eles poderiam se contrapor a essa demonstração de força, mas não conseguiu. Eles eram criaturas tribais cobertas de piolhos, enquanto ele era da classe nobre de um império antigo.

Os regimentos sung se formaram atrás das linhas dos canhões. Jin An ficou montado em seu cavalo, observando os subordinados reunirem os soldados com as armas de fogo nas primeiras fileiras da retaguarda. Seus pesados canhões manuais eram lentos para ser recarregados e notoriamente imprecisos, mas eles não seriam capazes de errar enquanto jorravam fogo ao lado dos canhões. Quando todas as balas e a pólvora tivessem acabado, suas fileiras de cavalaria poderiam partir. Mais atrás, homens com espadas esperavam em suas armaduras laqueadas, feitas de ferro e madeira, parados num silêncio disciplinado. O Sr. Jin An havia posto o contingente jin ali, atrás da proteção de seus canhões.

Gostava do homem que já fora imperador. Jin An havia esperado que Xuan se tornasse um daqueles sujeitos obcecados com o próprio prestígio, depois de perdê-lo quase totalmente. No entanto, Xuan fazia o nobre sung se lembrar do pai, morto havia quase uma década. Encontrara nos dois homens o mesmo cansaço em relação ao mundo temperado por um humor seco e pelo sentimento de terem visto mais do que gostariam de lembrar. Jin An não achava que os soldados jin fugiriam, mas ao mesmo tempo não ousava confiar sua estratégia a homens tão idosos. No amanhecer, eles estavam bastante concentrados, mas, se a luta durasse o dia inteiro, não poderiam manter o ritmo dos que tinham metade de sua idade. O Sr. Jin An fez uma anotação mental para ficar de olho neles durante a luta, para garantir que não surgisse uma fraqueza nas linhas.

O sol pareceu demorar uma eternidade para se esgueirar sobre o horizonte leste. Jin An imaginou a esfera incandescente mostrando a face aos cidadãos de Hangzhou e aos nobres que ainda desdenhavam a ameaça à sua cultura e ao imperador. Eram idiotas. Antes que o sol se pusesse, ele esperava ter derrotado o exército inimigo que ousara entrar nas terras dos sung. Com uma vitória dessas um homem poderia ascender muito. Era apenas um dia, disse a si mesmo, sentindo o suor brotar na pele. Apenas um longo dia.

Kublai estava montado, ladeado por Bayar e Uriang-Khadai. Os outros oficiais tinham formado os *tumans*, mas permaneciam prontos para qualquer ordem vinda dos três homens que observavam as posições dos sung.

— Não entendo por que há estandartes imperiais jin ali — disse Kublai, franzindo a testa. — É uma zombaria apresentar bandeiras de homens que nós derrotamos? Se for assim, são idiotas. Nós vencemos os jin. Não temos medo deles.

— Senhor, mais importante é que as fileiras dos canhões reduzem a capacidade de manobra deles — disse Uriang-Khadai. Ele estava ruborizado com uma indignação ardente pela recusa de Kublai em ouvir qualquer ideia sobre retirada. Em sua frustração, ficou ainda mais rígido, com um tom professoral. — Eles colocam muita fé nas armas pesadas, senhor, mas mesmo assim podemos nos mover. Com todo o respeito, devo observar que fui contra a luta com eles desde o início. Esta formação só reforça meu ponto de vista. Por que cometer suicídio contra os canhões deles?

Kublai se irritou por Uriang-Khadai estar tão obviamente certo. Antes de ouvir a notícia da morte do irmão, sabia que teria cavalgado ao redor dos regimentos sung, obrigando-os a segui-los deixando os canhões para trás, ou a fazer um progresso tão lento com as armas pesadas que jamais iriam alcançá-los. Então poderia escolher o melhor terreno para atacar.

Era mero senso comum não deixar um inimigo ter a maior vantagem. Todos os canhões de Kublai, tanto os capturados quanto os trazidos de casa, estavam enferrujando em campos a centenas de quilômetros de distância. Aquelas armas eram terrivelmente poderosas no lugar certo e na hora certa, mas, até que alguém descobrisse um modo de transportá-las rapidamente, costumavam ser um estorvo para a cavalaria rápida. O comandante sung não parecia entender isso, nem um pouco.

Mas, por baixo da imobilidade, Kublai sentia parte de si clamando e abrindo caminho para fora com garras. Era uma coisa selvagem e de boca vermelha, exigindo que ele atacasse exatamente onde o inimigo era forte. Queria tirar todo o sofrimento e a dor da morte do irmão e jogá-los contra aquelas armas de ferro. Queria mostrar a Mongke que tinha coragem, quer o espírito de seu irmão soubesse ou não.

— Sun Tzu disse que existem sete condições para a vitória — falou. — Será que devo listá-las para você?

— Sun Tzu nunca viu a pólvora sendo usada na guerra, senhor — respondeu Uriang-Khadai com teimosia.

— Primeira. Qual dos dois soberanos está imbuído da Lei Moral? Quem está certo, orlok? Isso importa para os homens. Os sung estão defendendo suas terras, de modo que talvez devam ficar com esse primeiro ponto. No entanto, eu sou neto de Gêngis Khan, e todas as terras são minhas.

Uriang-Khadai encarou-o num silêncio preocupado. Nunca vira Kublai numa concentração tão intensa. O erudito que havia nele fora incinerado, e Uriang-Khadai temia os efeitos de seu sofrimento.

— Segunda. Qual general tem mais capacidade? Esse ponto eu dou para você, Uriang-Khadai, e também para você, Bayar. Esses sung fizeram uma casa que não pode se mover, com paredes feitas de canhões. Terceira. Com quem estão as vantagens do Céu e da Terra? Digo que são iguais, já que a terra é plana e o céu está limpo.

— Senhor... — tentou interromper Uriang-Khadai.

— *Quarta*. De que lado a disciplina é mais rigorosa? Essa deve ser nossa, orlok. Homens que levam uma vida dura desde o nascimento, homens que resistem. Que não ficaram moles em cidades sung. Quinta. Que exército é mais forte? Em números, talvez o sung, mas nós já derrotamos exércitos deles. Vou ficar com essa, orlok. Sexta. De que lado os oficiais e homens são mais bem-treinados? Essa é nossa. Somos soldados veteranos, Uriang-Khadai. Somos os *tumans* de elite da nação. Os sung estão em paz por tempo demais.

Ele fez uma pausa. Então, prosseguiu:

— A última é estranha. Que exército é mais constante em recompensa e castigo? Acho que Sun Tzu valorizava a boa liderança, se é que entendi direito. Sem conhecer os sung não posso ter certeza, por isso vou dizer que essa condição está empatada. A balança pende a nosso favor, orlok.

— Senhor, os canhões...

— Os canhões precisam ser esfriados entre os disparos — reagiu Kublai rispidamente. — Os canos precisam ser limpos de fiapos de pano incandescentes ou brasas. Um novo saco de pólvora precisa ser enfiado e furado cuidadosamente por um junco oco cheio de pólvora negra. A bala deve ser posta no cano e socada. Isso tudo demora, orlok, e nós não vamos lhes dar tempo. Eles darão um tiro e em seguida nós estaremos ao alcance para matar as equipes de artilharia. Podemos encarar um disparo.

Ele estivera olhando o regimento sung que os esperava, mas virou-se para Uriang-Khadai, com os olhos amarelos chamejando.

— Será que devo tratar com respeito esses sung que não sabem nada sobre a guerra? Será que devo temer as armas deles, sua pólvora negra? Não temo, orlok. Não *temerei*.

— Por favor, senhor, reconsidere. Deixe que eles fiquem parados até secar por alguns dias sem água. Deixe que fiquem com fome enquanto forrageamos a terra e permanecemos fortes. Eles não podem ficar para sempre num mesmo lugar, deixando-nos para cavalgar à vontade ao redor. Deixe-me queimar as cidades mais próximas e eles serão obrigados a responder, a sair.

— E nesse ponto haverá outro exército sung a caminho para apoiá-los — respondeu Kublai com mau humor. — Você ainda não aprendeu que não existe fim para esse povo? Hoje acho que vou responder à arrogância deles com a minha. Vou cavalgar por dentro da boca dos canhões.

Uriang-Khadai estava horrorizado.

— O senhor deve ficar fora da batalha. Os homens olham para o senhor. Se for morto...

— Então serei morto. Tomei minha decisão, orlok. Fique comigo ou entre para as fileiras sob as ordens de outros.

Uriang-Khadai baixou a cabeça lentamente, entendendo por fim que não faria Kublai se afastar de sua decisão. Olhou de novo os canhões sung, à nova luz do conhecimento de que cavalgaria na direção deles.

— Então, senhor, sugiro seguirmos em fileiras espaçadas, voltando depois do primeiro disparo para saraivadas em massa e uma carga com lanças. Se pudesse, senhor, eu também seguraria dois grupos de quinhentos cavaleiros com armaduras pesadas para atacar quando aparecerem aberturas nas linhas deles.

Kublai sorriu de repente.

— Você é um homem interessante, orlok Uriang-Khadai. Espero que sobreviva ao dia de hoje.

Uriang-Khadai fez uma careta.

— Eu também, senhor. Com sua permissão, vou repassar essas ordens aos *minghaans*, informando que terão como primeiro alvo as equipes dos canhões. — Quando Kublai assentiu, ele continuou: — Os sung não puseram um número igual de canhões na retaguarda, senhor. O general Bayar é razoavelmente competente. Ele deveria rodear com um *tuman* e atacá-los por trás.

Bayar deu um risinho ao ouvir a descrição de má vontade a seu respeito.

— Muito bem — respondeu Kublai. Agora que havia tomado a decisão, sentia-se mais leve. Estava feito. Cavalgaria contra os canhões com seus homens, jogando os ossos de seu destino bem alto no ar.

Uriang-Khadai passou as novas ordens aos oficiais de *minghaans*. Através deles a notícia chegou aos comandantes dos *jaguns* de cem e aos oficiais inferiores, encarregados de apenas dez homens. O sol praticamente não havia se movido antes que cada guerreiro entendesse o que Kublai pretendia deles. Kublai não fez discursos aos homens. Mesmo que fizesse, apenas um pequeno grupo ouviria suas palavras. Mas observava-os, e eles não pareciam surpresos com as ordens, então simplesmente se preparavam, verificando as montarias e as armas pela última vez. Kublai fez uma oração silenciosa ao espírito do irmão. Naquele dia morreriam homens que poderiam sobreviver se ele tivesse feito escolhas diferentes.

Parou, com o momento se prolongado em sua cabeça. Era como se um véu tivesse sido levantado, como se o sol brilhasse através de seu sofrimento pela primeira vez. Quase podia escutar a voz de Mongke falando com raiva ou zombaria. Por apenas um instante, foi como se o irmão estivesse atrás dele. Kublai bateu os calcanhares e cavalgou até onde Uriang-Khadai e Bayar estavam discutindo planos de batalha com um grupo de outros homens. Kublai não apeou.

— Tenho novas ordens, orlok Uriang-Khadai. Vamos cavalgar ao redor deste exército e ir para Hangzhou. Se os inimigos deixarem os canhões para fazer a perseguição, vamos virar e despedaçá-los. Se eles os levarem, vamos atacar enquanto os canhões estiverem atrelados aos bois.

— Graças a *Deus* — disse Uriang-Khadai.

Os homens ao redor sorriram abertamente, e Kublai pôde ver subitamente o tamanho da tensão em que eles se encontravam antes. Mas não haviam recuado diante do que ele pedira. Seu coração se encheu de orgulho.

— Somos os *tumans* de Mongke Khan — disse Kublai. — Nós nos movemos, atacamos e nos movemos de novo. Montem. Vamos deixar esses idiotas sung para trás.

Houve gargalhadas em meio às fileiras à medida que a notícia se espalhava e as palavras de Kublai eram repetidas centenas de vezes. Os *tumans* avançaram a trote e os regimentos sung, a menos de 1,5 quilômetro de distância, observaram em confusão enquanto os mongóis se afastavam do campo de batalha, deixando apenas poeira, esterco e capim pastado.

O general Salsanan não havia esperado uma tarefa tão difícil quando se oferecera como voluntário para deixar os *tumans* do cã e seguir para o sul. Apesar de não saber exatamente onde Kublai estava, esperava encontrá-lo seguindo uma trilha de cidades e povoados queimados. Em vez disso, o território sung não parecia afetado pela passagem de exércitos. Era verdade que havia poucos animais pastando e os camponeses corriam para se esconder de seus soldados, que procuravam qualquer tipo de alimento. Mesmo assim, era muito diferente da trilha de devastação que pensara encontrar.

Seus 80 mil homens nem mesmo haviam trazido os suprimentos de sempre. Cada homem tinha apenas duas montarias de reserva, e, à medida que prosseguiam, os *tumans* de Salsanan perdiam alguns pôneis a cada dia, mancos. Incapazes de acompanhar o restante, essas montarias eram mortas num instante, fornecendo comida quente que serviria duzentos homens. Os *tumans* deixavam apenas os ossos e frequentemente os partiam para pegar o tutano suculento antes de prosseguirem.

Depois de um mês procurando, Salsanan passava boa parte de cada dia desejando que Mongke Khan ainda estivesse vivo. A terra era ampla, e o cortejo interminável de cidadezinhas o tentava a parar e saquear. Apenas seu sentimento de dever o mantinha em movimento. Seus homens eram disciplinados, mas ele estava começando a se perguntar para onde Kublai teria ido. Parecia impossível perder 100 mil homens, mesmo na vastidão dos territórios sung. Interrogava cada líder de povoado e autoridade das cidades que tremiam diante dele, mas só quando chegou a Shaoyang o prefeito lhe deu uma pista sólida. À medida que cavalgava, Salsanan lembrou-se de que o homem que ele iria levar para casa poderia ser o próximo cã. Teria de pisar com cuidado diante do príncipe erudito.

Na estrada para o leste, os batedores de Salsanan pediram que ele cavalgasse à frente dos *tumans* para confirmar a visão estranha que tinham informado. Centenas de canhões pesados estavam tombados na estrada e os animais que os puxavam tinham sido mortos. As carcaças haviam sido muito bem-carneadas. Em muitos casos, as moscas se amontoavam acima de apenas uma cabeça, dos cascos e do terreno ensanguentado. Havia homens mortos junto com elas, camponeses desarmados com as mãos ainda segurando chicotes e rédeas. Salsanan sorriu ao ver aquilo, reconhecendo o trabalho de seu povo.

Apenas alguns quilômetros adiante encontrou os primeiros restos de um exército despedaçado, corpos caídos numa estrada poeirenta. Por cima da crista de um morro, os cadáveres eram mais densos, como se uma defesa tivesse sido feita naquele ponto. Salsanan fez sua montaria andar lentamente através deles, depois puxou as rédeas quando o terreno inteiro da batalha se revelou. Havia mortos em toda parte, espalhados em montes como insetos encolhidos.

Viu figuras distantes andando entre os mortos, parando e olhando aterrorizados enquanto seus guerreiros surgiam. Sabia que alguns homens sempre sobrevivem a uma batalha. No caos da luta, são derrubados e ficam inconscientes ou desmaiam devido a um ferimento. Sempre haverá alguns para se levantarem no dia seguinte, mancando para casa enquanto os exércitos e a guerra continuam sem eles. Enquanto cavalgava mais para o meio do campo de mortos, viu os arrasados sobreviventes sung levantando as mãos, com os rostos sem energia enquanto seus homens começavam a cercá-los.

Balançou a cabeça fascinado ao interpretar a batalha que acontecera. Tinha sido dura. Havia muitos cadáveres mongóis, e podia discernir o padrão dos ataques nos corpos e nas lanças partidas. Os *tumans* de Kublai tinham sido contidos mais de uma vez, podia ver, talvez tivessem sido quase flanqueados. O comandante sung conhecia as táticas deles e reagia sem pânico.

Salsanan pegou uma flecha quebrada e coçou a cabeça com a ponta. Falaria com os sobreviventes feridos, mas primeiro andou pelo campo, estudando, a partir do registro sangrento, o tipo de homem que um dia talvez governasse a nação.

Encontrou um lugar onde o capim fora pisoteado até virar lama, a pouca distância das linhas principais de batalha. Ali um *tuman* fora reunido e mandado de volta para a luta. Salsanan quase podia ver, na mente, a linha de ataque. Franziu a testa enquanto andava entre os ecos da batalha, revisando sua opinião sobre o irmão de Mongke Khan. A carga fora compacta, a disciplina, excelente. As linhas sung haviam se arqueado para trás, e Salsanan podia ver as lanças partidas e sangrentas nos pontos em que elas haviam tentado se sustentar. Seus anos de treinamento o faziam olhar para a direita e para a esquerda em busca da segunda carga que ele teria mandado no momento certo. Ali. Guiou seu cavalo pelas rédeas, passando sobre os cadáveres, movendo-se com cuidado enquanto eles escorregavam e se mexiam sob suas botas.

Encontrou o ponto em que a batalha fora decidida. Setas de bestas e bolas de ferro irregulares cobriam o chão, e ainda havia um gosto de pólvora no ar. Os homens de Kublai haviam cavalgado em meio a um fogo pesado para circular para fora e voltar a pleno galope. Salsanan podia ler a confiança deles enquanto assentia, satisfeito. Não houvera hesitação, nenhuma dúvida por parte daquele que os comandava.

Um dos homens de Salsanan sinalizou, e ele montou para cavalgar até outro local.

— O que é? — perguntou ao chegar.

O homem indicou os corpos ao redor. O cheiro de tripas derramadas era insuportável, e as moscas zumbiam no rosto de Salsanan, obrigando-o a espantá-las. Mesmo assim, ele se curvou para olhar.

— Eles são tão *velhos*! — disse o batedor.

Salsanan olhou ao redor, confirmando. Todos os rostos eram enrugados, e os mortos mais próximos pareciam magros e exauridos.

— Por que os sung iriam à batalha com soldados tão idosos? — murmurou.

Seu pé estava num estandarte amarelo, e ele baixou a mão para pegar o tecido rasgado. Parte de um símbolo pintado se revelou, mas Salsanan não o reconheceu. Deixou o pano amarrotado cair.

— Quem quer que fossem, não deveriam ter lutado contra nós.

Seu olhar pousou no centro dos mortos, um cadáver com cabelo grisalho e curto rodeado por um círculo de muitos outros, como se tivessem morrido tentando protegê-lo. Um homem muito mais novo estava quase atravessado sobre o corpo, tinha o único rosto jovem que Salsanan pôde ver. Ferimentos de flechas e espadas marcavam todos, mas as hastes haviam sido arrancadas da carne.

Salsanan deu de ombros, deixando o pequeno mistério para lá.

— Agora não podemos estar muito atrás deles. Diga aos homens para andarem num bom ritmo. E garanta que os batedores se revelem cedo. Não quero ser atacado por meu próprio povo.

Salsanan alcançou os *tumans* de Kublai nos arredores da cidade de Changsha. Como lobos entrando em território alheio, os dois grupos ficaram cautelosos a princípio. Os batedores mais externos se sobrepuseram e correram de volta com mensagens para quem os comandava de ambos os lados. Os exércitos estacaram suficientemente longe um do outro para que não houvesse sentimento de ameaça. Kublai cavalgou com Bayar e Uriang-Khadai, interrompendo as negociações com o prefeito de Changsha quase no meio de uma frase quando ficou sabendo.

Ele e o general Salsanan se encontraram numa tarde de primavera, com apenas alguns fiapos de nuvem no céu e uma brisa quente correndo. No total, 16 *tumans* se encaravam. Do lado de Kublai eram veteranos, ferozes e sujos de sangue velho e terra. Do outro eram novos, com a armadura brilhante. As duas forças se encaravam atônitas, e havia muitos gritos de zombaria.

Kublai ficou vermelho de prazer ao ver tantos *tumans* da nação. Deixou Salsanan apear e fazer uma reverência antes de descer do próprio cavalo.

— Você não sabe como é bem-vindo — disse Kublai.

— Senhor, parece que me coube trazer a pior notícia — respondeu Salsanan.

O sorriso de Kublai desapareceu.

— Já sei que meu irmão está morto. Cavaleiros do yam me encontraram, dois deles.

Uma ruga apareceu na testa de Salsanan.

— Então não entendo, senhor. Se eles o encontraram, por que não começou a jornada para casa? A nação vai se reunir em Karakorum. O funeral do cã...

— Meu irmão Mongke me deu uma tarefa, general. Tomei a decisão de terminá-la.

A princípio, Salsanan não respondeu. Era um homem acostumado à autoridade e sentia-se confortável fazendo parte de uma cadeia de comando. Com o cã morto, era como se uma trave de apoio básica tivesse sido retirada e sua certeza habitual se fora. Gaguejou ligeiramente enquanto tentava de novo, incomodado sob o olhar pálido do irmão do cã.

— Senhor, eu recebi a tarefa de escoltá-lo para casa. Essas são minhas únicas ordens. Está dizendo que não irá?

— Estou dizendo que *não posso* — reagiu Kublai rispidamente —, enquanto não puser os sung de joelhos. O Pai Céu mandou você a mim, Salsanan. Seus *tumans* são um presente, quando pensei que não haveria nenhum.

Salsanan percebeu a suposição de Kublai e falou rapidamente para contê-lo, antes que ele conseguisse dar ordens que não poderiam ser desfeitas.

— Não somos reforços, senhor. Minhas ordens são para levá-lo de volta a Karakorum. Diga onde está seu acampamento e começarei os preparativos. O cã está morto. Haverá uma reunião em Karakorum...

Kublai ficou vermelho de novo enquanto falava, desta vez com raiva.

— Está surdo? Eu disse que não voltarei enquanto meu trabalho não estiver terminado. Até eu ter a cabeça do imperador sung. Quaisquer que sejam suas ordens, eu as revogo. Vocês *são* um reforço tremendamente necessário para mim. Com vocês, terminarei de realizar os desejos do cã.

Salsanan trincou o maxilar, procurando pela calma e achando difícil agarrá-la. Descobriu sua própria raiva se elevando e a voz se endureceu ao responder:

— Com todo o respeito, não estou sob seu comando, senhor. Nem os *tumans* que vieram comigo. Se o senhor não for para casa, devo deixá-lo aqui e retornar. Levarei qualquer mensagem que o senhor queira enviar a Karakorum.

Kublai se virou, demorando um momento para enrolar as rédeas na mão. Podia ver os *tumans* de Salsanan em fileiras silenciosas estendendo-se até a distância. Ansiava por tê-las, duplicando seus homens num instante. Às suas costas, seus veteranos esperavam animados, certos de que esse novo exército viera aumentar suas forças. Vê-los marchar para longe seria uma pequena morte, abandonados no momento de triunfo. Kublai balançou a cabeça. Não poderia permitir. Cada quilômetro para o leste trouxera uma densidade maior de cidades, estradas melhores e uma população abundante. Hangzhou ficava a apenas 800 quilômetros, mas ele já podia ver a riqueza e a força das cidades ao redor. *Precisava* dos homens de Salsanan. Eles eram a resposta às suas preces, sinal de espíritos benevolentes trazendo ajuda quando ele mais necessitava.

— Você não me deixa opção, general — disse Kublai, com os olhos brilhando de raiva. Em seguida, montou facilmente no cavalo, saltando na sela. — General Bayar, orlok Uriang-Khadai, testemunhem.

Kublai levantou a voz, fazendo-a chegar aos dois lados de guerreiros que esperavam.

— Sou Kublai dos Borjigin. Sou neto de Gêngis Khan. Sou o irmão mais velho depois de Mongke Khan.

— Senhor! — disse Salsanan, chocado, enquanto percebia o que estava acontecendo. — Não pode fazer isso!

Kublai continuou como se ele não tivesse falado.

— Diante de todos vocês, nas terras dos meus inimigos, declaro-me grande cã da nação, dos canatos sob o comando de meus irmãos Hulegu e Arik-Boke, do canato de Chagatai e de todos os outros. Declaro-me grande cã das terras jin e dos sung. Falei e minha palavra é ferro!

Um silêncio profundo seguiu-se durante um instante, e então os *tumans* gritaram em júbilo, levantando as armas. Do outro lado, os homens de Salsanan reagiram num grande rugido de aclamação.

Salsanan tentou falar de novo, mas sua voz se perdeu no tumulto. Kublai desembainhou a espada e levantou-a bem alto. O barulho pareceu dobrar de volume, chocando-se contra eles.

Kublai olhou para Salsanan enquanto embainhava a espada.

— Diga *de novo* o que não posso fazer, general. E então? Eu tenho o direito. Reivindico o sangue. Agora vou receber seu juramento ou terei sua cabeça. — Ele deu de ombros. — Para mim tanto faz.

Salsanan o encarou, boquiaberto com o que havia testemunhado. Olhou ao redor, vendo seus homens comemorando, e o resto de resistência desapareceu. Lentamente se ajoelhou no capim, com os olhos no cã da nação.

— Ofereço-lhe iurtas, cavalos, sal e sangue, senhor cã — falou, com os olhos vítreos.

CAPÍTULO 31

Ao amanhecer, Arik-Boke estava parado na planície diante de Karakorum. Os dois filhos mais velhos de Mongke haviam recebido um lugar perto do tio. Asutai tinha 16 anos, e Urung Tash, 14, mas seus ombros largos mostravam sinais da força enorme que teriam como o pai. Ainda estavam com os olhos vermelhos de sofrimento. Arik-Boke fora gentil com eles nos dias que se seguiram à chegada da terrível notícia, e os dois rapazes o olhavam numa adoração simples como a que dedicariam a um herói.

Hulegu estava de pé à direita do irmão, ainda muito bronzeado do tempo que passara na Pérsia e na Síria. Tinha deixado apenas uma pequena força com o general Kitbuqa para vigiar as novas cidades, o novo canato que ele obtivera por lá. Arik-Boke quase podia sentir o orgulho do irmão. Hulegu havia se saído bem com Bagdá, mas a região estava longe de ser pacificada. Ele não poderia ficar muito tempo em Karakorum.

Arik-Boke coçou a cicatriz em volta do nariz. Conteve-se e afastou a mão, decidido a parecer digno, principalmente naquele dia. Olhou para os *tumans* da nação reunidos, os príncipes que haviam atravessado meio mundo para estar lá quando ouviram falar na morte do cã. Tinham percorrido um caminho longo, muito longo, desde a nação incipiente que Gêngis havia criado a partir de tribos isoladas. Isso mostrava seu número e sua riqueza óbvia.

O corpo de Mongke Khan estava escondido numa enorme carroça coberta, construída especialmente para aquela tarefa, para aquele dia. Seria puxada por quarenta cavalos brancos e seguida a pé por milhares de homens e mulheres. As lágrimas deles salgariam o terreno enquanto retornavam ao local do descanso final do avô de Mongke. Príncipes orgulhosos caminhariam atrás dela, deixando de lado os sinais de prestígio enquanto lamentavam a morte do pai da nação.

Arik-Boke observou à medida que o sol começava a se pôr. No escuro, tochas seriam acesas ao longo do caminho que se estendia para longe da cidade e eles começariam a andar. Antes disso, esperavam por ele. Virou-se para Hulegu, e o irmão assentiu. Arik-Boke sorriu, lembrando-se da primeira reunião tensa depois do retorno de Hulegu. Pela primeira vez em anos eles haviam saído da cidade como um par de pastores pobres, levando odres de *airag* nos ombros. Havia muitas fogueiras ao redor da cidade, muitos homens e mulheres se amontoando em torno, por causa do frio. Hulegu e Arik-Boke haviam se sentado para juntar-se à vigília, o tempo todo falando do cã e do irmão que haviam perdido. Tinham homenageado Mongke com goles de *airag* cuspido no ar, e os dois haviam bebido até um estupor de olhos turvos.

Hulegu tinha ficado moreno sob o sol escaldante. Até seu cheiro era diferente, um odor de cravo e especiarias estranhas brotando da pele. À medida que aquela primeira noite passava, seus olhos brilhavam ao descrever as terras que vira, com montanhas ensolaradas e segredos ancestrais. Contou a Arik-Boke sobre as mulheres persas com os olhos pintados de cajal, que ele vira dançar até a exaustão, fazendo voar o suor como joias brilhantes à luz das fogueiras nos festins. Falou sobre os grandes mercados; sobre serpentes e mágicos, latão e ouro. Sua voz enrouqueceu com as lembranças e o espanto.

Antes que o sol nascesse, Arik-Boke havia entendido que Hulegu não queria o império do grande cã. Seu irmão havia se apaixonado pelas terras do deserto e mesmo naquele instante ansiava por voltar a elas, ressentindo-se de cada dia passado nas frias planícies da terra natal. Pela manhã, haviam se levantado com gemidos e juntas rangendo, mas estavam em paz um com o outro.

Arik-Boke soltou o ar lentamente, obrigando-se a relaxar. Era hora: a nação esperava que ele falasse. Respirou fundo, enchendo os pulmões com o incenso que pairava forte no ar.

— Meu irmão Mongke me confiou a terra natal, as planícies em que o próprio Gêngis nasceu. Em sua ausência, confiou Karakorum às minhas mãos. Continuarei o trabalho dele, suas ambições, sua visão para os pequenos canatos. As nações não podem ficar sem atenção, com isso nós concordamos. — Seu coração martelava, e ele respirou de novo. — Serei o grande cã, na linhagem de Gêngis, na linhagem de Ogedai, de Guyuk e de meu irmão Mongke. Façam seus juramentos a mim e honrem os desejos do meu irmão.

Hulegu se ajoelhou primeiro ao seu lado, e Arik-Boke pousou a mão no ombro dele. Os filhos de Mongke vieram em seguida, para todos testemunharem. Arik-Boke lhes oferecera terras e riquezas, e sequer precisara explicar a alternativa. Depois daquela demonstração pública, não haveria ninguém sussurrando aos rapazes que eles poderiam ter tomado o canato.

Até onde a vista alcançava, os *tumans* vieram em seguida. Numa ondulação que parecia uma pedra caindo num lago tranquilo, os príncipes se ajoelharam e ofereceram iurtas, cavalos, sal e sangue. Arik-Boke estremeceu ligeiramente, fechando os olhos. Só faltava Kublai na grande hoste que estava diante de Karakorum. Seu irmão seria informado pelos cavaleiros do yam que esperavam para galopar, mas nesse ponto o mundo inteiro saberia da existência de um novo cã. Pelo menos Kublai não era um homem de grande ambição, caso contrário certamente teria desafiado Mongke quando todos ainda eram jovens. Arik-Boke tentou ignorar a incerteza. Kublai deveria ter vindo para casa ao saber que Mongke morrera, mas não viera. Ele era um sonhador, mais adequado às bibliotecas e aos pergaminhos do que à liderança da nação. Se o irmão mais velho optasse por desafiá-lo, Arik-Boke reagiria com toda a força da nação reunida.

Arik-Boke sorriu ao pensar no erudito cavalgando para a guerra. Kublai mandara para casa as mulheres e crianças de seus *tumans*. Elas também haviam jurado a ele, ajoelhando-se na poeira diante de Karakorum. Assim como os filhos de Mongke tinham escolhido seu caminho, Kublai seria obrigado a aceitar a nova ordem. Suspirou de prazer ao ver tantas dezenas de milhares de pessoas ajoelhadas diante dele. O filho mais novo de Tolui e Sorhatani tinha ousado estender a mão quando as pessoas precisavam de um cã. Era o dia de Arik-Boke, e o sol ainda estava nascendo.

TERCEIRA PARTE

1260 D.C.

CAPÍTULO 32

A SALA DE REUNIÕES IMPERIAL NO CORAÇÃO DE HANGZHOU ESTAVA NUM tumulto completo. Os nobres sung haviam se reunido sem serem convocados, enquanto crescia o sentimento de que não deveriam perder nada do que estava acontecendo. À medida que a manhã passava, mensageiros e serviçais levavam informações constantemente aos que estavam em suas casas na cidade, fora do palácio. Um número cada vez maior de nobres havia se decidido e chamado seus carregadores e palanquins. Nobres mais novos vinham a cavalo, usando espada à cintura e cercados por guardas leais. Não existia sentimento de paz ou segurança no salão. A tensão e o barulho cresciam hora a hora.

Tinham viajado de suas propriedades para o funeral do velho imperador, mas, quando tudo terminou, permaneceram em suas casas na cidade, esperando ser convocados para um conselho. Os exércitos mongóis tinham chegado à distância de atacar a capital. Havia medo em Hangzhou, uma tensão febril no ar. Soldados nas muralhas forçavam a vista a distância como se os primeiros cavaleiros mongóis fossem aparecer saindo da névoa matinal sem qualquer aviso. Informações trocavam de mão, negociadas com moedas de prata, enquanto os boateiros repassavam o pouco que sabiam com o máximo de lucro.

O conclave daquele dia começara com um boato de que o novo imperador estava preparado para convocá-los. Ninguém sabia quem o iniciara, mas a notícia se espalhou a todas as casas nobres antes do alvorecer. A luz do dia não trouxera nenhuma convocação formal, e apenas uma dúzia de senhores viera ao recinto imperial e assumira lugares. A notícia de que estavam ali se espalhou, e, à medida que a manhã passava, o número dobrou e dobrou de novo, enquanto nobres importantes se preocupavam com a hipótese de estarem sendo excluídos de algum evento importante. O ponto crucial aconteceu no início da tarde. De modo independente, os últimos oito chefes das casas sung decidiram que não podiam esperar mais que o novo imperador os convocasse. Entraram no salão de reuniões junto com espadachins e serviçais, de modo que cada assento e cada balcão estavam apinhados à medida que o sol começava a baixar no oeste.

O Sr. Sung Win estava no centro daquilo tudo, alto e magro, usando roupas brancas de luto. Muitos outros usavam o azul-escuro menos tradicional para marcar o falecimento do imperador, mas não havia o sentimento de calma de um funeral. O gongo que geralmente era usado para anunciar o conclave estava silencioso, e muitos olhares se voltavam para ele, ainda esperando a nota estrondosa que restauraria a ordem. O instrumento não poderia ser tocado sem a ordem do imperador para se reunirem, no entanto todos estavam ali, esperando algum ato ou alguma voz. Ninguém sabia como começar.

À medida que o dia passava, o Sr. Sung Win havia assumido uma posição central no salão aberto, deixando que os outros fossem até ele. Através de seus serviçais e senhores vassalos, negociava informações, observando as facções que se reuniam brevemente e depois se afastavam como fiapos de seda ao vento. Não demonstrava qualquer sinal de cansaço depois das longas horas, e, de fato, parecia ter uma energia cada vez maior, com a altura e a confiança dominando o salão. Os números cresciam à sua volta, e o nível de ruído era quase doloroso. Comida e bebida eram trazidas e consumidas sem que ninguém saísse do lugar.

Havia tensão e até medo no rosto dos que chegavam. Era proibido se reunirem sem a ordem do imperador, e, para muitos, a decisão de fazer isso arriscava seus nomes e suas propriedades. Não teriam ousado comparecer se o imperador Lizong ainda vivesse. O herdeiro do trono do dragão era desconhecido deles, um garoto de apenas 11 anos. Era esse fato, acima de todos os outros, que lhes permitia se juntar à multidão na sala. A luz do céu fora extinta, o império ficara subitamente à deriva. Diante de um presságio assim, o consenso era frágil. Eles não podiam mais ignorar o inimigo.

O Sr. Sung Win sentia o caos como uma bebida forte no sangue. Todo mundo que entrava podia vê-lo, representando uma das casas mais antigas do império. Ele falava baixinho com seus vassalos, um centro de calma e tradição numa tempestade crescente. O cheiro de ópio era pungente, e ele observava, achando divertido, os nobres arrumarem bandejas ornamentadas, acalmando os nervos com o processo ritual que começava rolando pílulas macias em vasos de bronze e terminava com eles se recostando, tragando fundo os cachimbos e se envolvendo em fumaça acre. Seus próprios dedos ansiavam de desejo, mas controlou-o. A reunião era uma coisa nova, e ele não ousava perder sequer uma parte da consciência.

À medida que o sol começava a se pôr, muitos nobres sung presentes se abaixavam sobre vasos de louça trazidos pelos serviçais. Seus mantos escondiam tudo das vistas enquanto eles esvaziavam as bexigas e tripas contidas durante muito tempo, e o conteúdo fumegante era levado embora rapidamente para que os senhores pudessem permanecer no lugar. Sung Win esperou o momento certo. Havia pelo menos mais dois grupos que ainda poderiam abrir o conclave. Um deles poderia ser descartado por carecer de apoio, mas o rapaz no centro da outra facção estava vermelho com sua própria ascensão ao poder. O irmão do nobre Jin Feng fora morto no ataque mais recente contra as forças mongóis. Isso deveria ter deixado sua casa fraca durante uma estação, mas o novo senhor assumira a responsabilidade com proficiência.

Sung Win franziu a testa ao lembrar um acordo comercial que tentara forçar com aquela família. Parecera o apoio de um amigo, um presente financeiro com poucas condições para ajudá-los a atravessar os tempos difíceis até que a casa estivesse estável. Uma única cláusula lhe teria permitido anexar parte da terra deles caso não pagassem. Era perfeito, ao mesmo tempo sutil e poderoso. Eles estariam insultando-o se recusassem, e ele esperara que o documento lacrado fosse devolvido. Quando este chegou, Sung Win ficou deliciado ao ver as linhas perfeitas da marca da casa no grosso pergaminho. Deixara os olhos percorrerem a única linha que tornava o acordo uma arma tão afiada quanto uma adaga. Ela não estava ali.

Sung Win balançou a cabeça com irritação enquanto o Sr. Jin Feng dava um tapinha no ombro de um apoiador. Copiar um documento e seus selos com tamanha perfeição, até mesmo a letra do escriba de Sung Win, era engenhoso. Ele não poderia reclamar. Sua escolha era aceitar o acordo alterado ou permitir que fosse destruído acidentalmente no fogo e mandar um pedido de desculpas. Havia aceitado, reconhecendo um belo golpe.

Sung Win observou seu vizinho através das pálpebras abaixadas, imaginando se seria melhor deixar Jin Feng receber toda a carga da desaprovação imperial. O primeiro a falar formalmente corria o maior risco, mas ele achava que não poderia abrir mão dessa vantagem. Sorriu sozinho, desfrutando da tensão nos ombros e do modo como a pulsação batia nas veias. Tudo na vida implicava riscos.

Levantou-se devagar no meio do tumulto e seus vassalos ficaram em silêncio, voltando-se para ele. Uma multidão tão tensa, essa ação simples bastava. O poço de imobilidade foi notado e se espalhou rapidamente pelo salão. Homens interromperam sussurros ou discussões abertas, esticando sem dignidade o pescoço para ver quem ousaria falar primeiro sem a ordem formal do imperador.

O Sr. Sung Win olhou de relance para o arco da entrada pela última vez naquele dia, procurando o arauto do imperador ou seu chanceler. Não duvidava que o menino Huaizong já tivesse ouvido falar do conclave. Os espiões do antigo imperador estariam naquela sala em nome do novo senhor, prontos para informar sobre cada palavra e quem a havia dito. Sung Win respirou fundo. Mesmo assim, o momento havia chegado, e o silêncio se espalhara pelo salão. Mais de uma centena de nobres o observava com olhos que brilhavam à luz das lâmpadas noturnas. A maioria era fraca demais para afetar o resultado do dia, mas havia 32 outros que tinham poder na nação, entre eles o Sr. Jin Feng. Poderia ser imaginação de Sung Win, mas eles pareciam se destacar da multidão. Ainda que cada homem ali usasse branco ou azul-escuro, ele quase podia sentir os pontos da sala onde o poder emanava.

— Senhores — disse. O silêncio era tão profundo que ele mal precisava levantar a voz. — Sua presença revela compreensão. Vamos avançar no conhecimento de que o imperador Lizong não desejaria que ficássemos sentados à toa enquanto nossas terras são devastadas e destruídas por um invasor. Estamos numa situação difícil, senhores, sabendo que enfrentamos um inimigo terrível. Casas grandes e antigas se perderam para nós. Outras foram passadas a novos herdeiros enquanto as verdadeiras linhagens sanguíneas são partidas.

Sussurros podiam ser ouvidos, e ele falou mais alto, contendo-os. Tinha planejado cada palavra durante as longas horas daquele dia.

— Aceito minha parte da culpa que compartilhamos, admito que cedemos a jogos de poder enquanto o império sofria. Observei nobres saindo desta câmara e vi seus nomes serem gravados na pedra de honra como homens que caíram para proteger nossas liberdades.

Olhou para o Sr. Jin Feng, e o rapaz assentiu com relutância.

— Devido à nossa fraqueza, à desconfiança de uns com relação aos demais, permitimos que um inimigo chegasse mais perto da capital imperial do que qualquer outro. Jogamos mais palha ao vento para impedi-lo e desperdiçamos a energia com política e vingança pessoal. O preço foi alto. Senhores, o favor do céu nos foi retirado. O imperador partiu deste mundo. Neste momento de fraqueza, de caos, o inimigo chega, o lobo com mandíbulas sangrentas. Os senhores sabem disso.

Respirou fundo mais uma vez. O Sr. Jin Feng poderia ter falado nesse momento. Não havia nenhum chanceler imperial para organizar os oradores ou controlar o debate. O rapaz continuou em silêncio, esperando.

— Sem a voz do imperador — prosseguiu Sung Win —, não temos poder de colocar o império em armas como um só. Sei disso. Aceito isso. Tentei fazer contato com o imperador Huaizong e não tive qualquer resposta da corte. Sei que muitos de vocês foram malrecebidos por cortesãos ignorantes. É por isso que estamos aqui, senhores. Sabemos que o lobo está chegando a Hangzhou e sabemos o que precisa ser feito. Ele deve ser enfrentado ou deveremos pagar tributo para que ele abandone nossas terras. Não há uma terceira opção. Se não fizermos nada, teremos fracassado no dever, e nossa honra será como poeira. Se não fizermos nada, merecemos a destruição que certamente virá.

Sung Win parou, sabendo que suas palavras iriam levá-lo à traição. Sua vida, sua casa, sua história seriam jogadas fora caso o menino imperador optasse por usá-lo como exemplo. No entanto, se conseguisse derrotar os exércitos mongóis, ganharia a gratidão da casa imperial.

Estaria fora do alcance do castigo, intocável. Sung Win não ousava sonhar com seus filhos ascendendo para se tornarem imperadores, mas suas ações naquele dia iriam colocá-lo mais perto do trono do dragão do que qualquer um dos seus ancestrais. Ou então o fariam ser morto.

— Vim para garantir que devemos agir. Portanto convoco o conselho. Convoco todos os nobres sung a defender o império. Trinta e três casas nobres estão hoje aqui. Juntos, e com nossos vassalos, controlamos mais de um milhão de soldados. Peço uma votação em conclave.

Um de seus serviçais foi até o armário de madeira que ficava junto à parede mais distante. Incrustado de marfim, era uma peça antiga e linda. O serviçal segurou uma haste de ferro e, no último instante, olhou de volta para Sung Win, hesitando. Sung Win assentiu, e o serviçal inseriu a haste e puxou de volta, quebrando a tranca.

Houve um som ofegante por toda a câmara. Todos os nobres olhavam fascinados e apavorados enquanto o serviçal de Sung Win pegava uma tigela de vidro funda, maior do que sua cabeça. Levantou-a enquanto voltava para o centro. Outros serviçais enfiaram a mão dentro do armário e apanharam bolas de vidro pretas e transparentes nas prateleiras, onde jaziam arrumadas em fileiras. Os homens moveram-se em meio à multidão entregando as bolas em pares às casas mais poderosas do império. A multidão de nobres começou a falar em voz mais alta e o Sr. Sung Win forçou os olhos e os ouvidos para sentir o clima do salão. Não pôde avaliá-lo naquele momento, e isso o frustrou. Alguns homens estariam aterrorizados demais com a desaprovação do imperador para votar. Iriam se abster na covardia e na fraqueza. Ele não sabia como Jin Feng agiria. O exército de seu irmão fora despedaçado pelo invasor mongol, mas a casa era antiga, e sua decisão faria diferença.

O Sr. Sung Win levantou as mãos para mostrar a todos as duas bolas que segurava, uma preta e uma transparente.

— Que a cor neutra seja a favor do tributo — disse, levantando a bola preta. — Que a água límpida seja pela guerra. — Ele largou a bola transparente na cuba de vidro, provocando uma nota que ressoou pelo salão enquanto a bola fazia círculos vagarosos antes de parar. — Este foi o meu voto, junto com minhas casas vassalas. Esta é a minha oferta de 92 mil soldados, cavalos e todos os equipamentos de guerra de que disponho. Vamos destruir o inimigo que está diante de nós, em nome do Senhor Nação Perpétua, do Filho do Céu. Em nome do imperador Huaizong e do trono do dragão.

Até esse ponto, o Sr. Sung Win havia dominado a assembleia. À medida que a bola transparente girava até parar, houve uma percepção generalizada de que as pessoas no salão deveriam responder. Sung Win sentiu um fio de suor brotar na testa e ficou totalmente imóvel para que não o vissem escorrer por seu rosto e percebessem a tensão que sentia.

O chefe da casa mais antiga do império estava sentado numa das primeiras filas ao redor do espaço central. O Sr. Hong era um homem grande, e parecia mais amplo ainda devido aos mantos formais. Estava sentado com as pernas juntas e uma das mãos apoiada em cada joelho. Sua mão direita estalou no silêncio enquanto ele esfregava as duas bolas juntas. Sung Win esperava que ele se movesse, e por isso ficou espantado quando Jin Feng se levantou na periferia de sua visão e avançou até o serviçal que segurava a tigela de vidro. O Sr. Hong observou cautelosamente, com apenas a mão se mexendo.

— Este é um dia de coisas novas — disse Jin Feng. — Meu irmão, o Sr. Jin An, deu a vida para proteger nossas terras e nossa honra. Xuan, Filho do Céu, morreu com ele, o fim de uma nobre linhagem jin. Em defesa do império, posso oferecer menos do que minha vida? — Ele olhou os nobres reunidos ao redor e assentiu como se os entendesse. — Temos o dever de queimar espinhos nos nossos campos. Meus vassalos e eu votamos pela guerra.

Ele largou outra bola transparente na cuba, e ela girou, capturando o olhar de cada homem na reunião. Jin Feng fez uma reverência breve para Sung Win. Não gostava do sujeito mais velho nem confiava nele, e, quando os olhares se encontraram, Jin Feng não conseguiu evitar as suspeitas que chamejavam por dentro. Mas, pela primeira vez, o Sr. Sung Win estava do lado certo. Jin Feng entregou a bola preta para um serviçal e retornou ao seu lugar enquanto mais dois nobres se levantavam. Ambos colocaram bolas transparentes na tigela e devolveram as demais.

Sung Win começou a relaxar quando mais três homens chegaram e acrescentaram bolas transparentes. Viu o Sr. Hong se levantar. O sujeito se movia com facilidade, com graça e força. Ele era um dos poucos no salão que não negligenciava seu treino com espada e arco todos os dias.

O Sr. Hong segurou as duas bolas acima da tigela.

— Não estou vendo nenhum chanceler do imperador — disse com voz profunda. — Não ouvi nenhum gongo nos convocando para este conselho, este conclave.

Sung Win começou a suar de novo escutando essas palavras. Mesmo sendo apenas um primo distante do imperador, o Sr. Hong ainda era membro da família imperial. Ele poderia mudar a direção da reunião caso optasse por exercer sua influência.

O Sr. Hong lançou um olhar pela câmara.

— Meu coração se rebela diante da ideia de pagar tributo a esse inimigo, mas isso nos garantiria tempo para que o imperador Huaizong trouxesse a ordem. Eu gostaria de comandar um exército se a votação for a favor da guerra, mas sem aprovação imperial não posso acrescentar o destino da minha casa a essa decisão. Portanto, escolho o tributo.

Ele jogou a bola preta na tigela, e Sung Win lutou para não fazer uma careta de desprezo. O Sr. Hong havia revelado apenas fraqueza em seu discurso, como se pudesse se manter a salvo da fúria imperial, ao passo que simultaneamente esperava comandar caso a votação fosse contra ele. Era de enfurecer, mas típico da política naquela câmara. O Sr. Hong os lembrara da perspectiva da desaprovação imperial, e as marolas começaram a se espalhar. Sung Win não demonstrou qualquer reação quando mais quatro nobres acrescentaram bolas pretas à tigela. Por dentro, fumegava.

Sem os serviçais imperiais para recolocar o óleo, as lâmpadas arderam até restarem apenas chamas amarelo-escuras. O Sr. Sung Win se mantinha ereto e alto enquanto os nobres do império sung vinham um a um. Poucos falavam, mas o primeiro a se abster explicou a decisão em palavras que demonstravam apenas covardia, segundo a avaliação de Sung Win. Mesmo assim, sete outros se abstiveram, entregando ambas as bolas de vidro aos serviçais.

O dano fora feito pelo Sr. Hong, apenas o suficiente para amedrontar os fracos e tornar os fortes cautelosos. Sung Win podia sentir o humor na câmara mudar enquanto eles escolhiam o caminho mais seguro de pagar o tributo em vez da guerra. Trincou o maxilar, sentindo os dentes rilharem enquanto as bolas pretas era largadas, uma depois da outra.

Quando a contagem era de onze a sete contra ele, pensou em falar de novo, mas isso significaria outra quebra de tradição. Sua chance viera e se fora. Permitiu-se um olhar irado aos que se abstinham, mas manteve o silêncio enquanto a tigela de vidro era enchida. Mais duas bolas pretas entraram e depois mais duas transparentes. Uma esperança distante se formou nos pensamentos gélidos do Sr. Sung Win. Outro voto para os tributos e duas abstenções vieram em seguida, homens que nem queriam encará-lo enquanto arrastavam os pés de volta aos assentos.

Quando todas as 33 grandes casas haviam votado ou se abstido, a tigela de vidro estava quase cheia. Sung Win fizera a contagem de cabeça, mas não demonstrou emoção enquanto o resultado era contado, com a assistência de todos.

— Dez se abstiveram. Há 14 votos a favor do tributo, nove a favor da guerra — anunciou com uma voz clara e alta como a de um arauto imperial. Respirou aliviado. — O resultado é a favor da guerra.

Sung Win sorriu, tonto com a tensão. Quatorze era o número mais azarado possível, um número que tinha o mesmo som das palavras "Necessidade de morrer" tanto em cantonês quanto em mandarim. Nove era um número de força, associado ao próprio imperador. O resultado não poderia ser mais claro, e muitos homens no salão relaxaram visivelmente ao sinal do favor celestial. Avançar com o nove era uma bênção. Ninguém ousaria se mover com o 14, por medo do desastre absoluto.

Uma nota grave ressoou no salão, interrompendo as conversas animadas que haviam brotado com o anúncio. O Sr. Sung Win girou a cabeça num gesto rápido, ligeiramente boquiaberto. O chanceler imperial estava junto ao gongo, segurando a baqueta que usara para tocá-lo. O sujeito estava vermelho, como se tivesse corrido muito. Usava túnica e calça de seda branca, e na mão direita segurava o cajado indicativo do cargo. Um rabo de iaque tingido de amarelo se derramava sobre seu punho enquanto ele olhava furioso os nobres reunidos.

— Levantem-se para o imperador Huaizong, Senhor Nação Perpétua, governante do reino do meio. Obedeçam ao Filho do Céu!

Uma ondulação de choque atravessou o salão. Todos os homens se levantaram cambaleando como se fossem puxados para cima. O imperador *não* comparecia ao conclave dos nobres. Ainda que eles se reunissem por sua ordem, a vontade imperial sempre fora apresentada por seus representantes na câmara. Da centena de nobres presentes, apenas três ou quatro já haviam estado na presença imperial, e um sentimento de espanto reverente os dominou enquanto o gongo tocava de novo.

Não havia ordem no modo como se ajoelharam. A delicada apreciação do prestígio e da hierarquia por parte dos nobres desapareceu enquanto seus rostos e mentes ficavam vazios de terror. O Sr. Sung Win se ajoelhou como se suas pernas tivessem cedido, com as rótulas batendo com força no chão. Por toda a câmara, os demais nobres o acompanharam, alguns lutando para se abaixar em meio à confusão de serviçais. Sung Win teve o vislumbre de um menino com túnica branca decorada com dragões dourados antes de baixar a cabeça e encostar a testa úmida três vezes na madeira antiga. Todos os seus planos e estratagemas se esfacelaram na mente enquanto ele erguia a cabeça um pouco e baixava de novo, batendo-a no chão mais três vezes. Antes que ele acabasse a terceira reverência do ritual, o imperador Huaizong estava no meio deles com seus guardas, andando cheio de confiança em direção ao centro da sala.

O Sr. Sung Win se levantou com dificuldade, apesar de manter a cabeça baixa, como os outros. Lutou contra a confusão, tentando entender o que poderia significar a presença do novo imperador na câmara. Huaizong era uma figura pequena, frágil junto aos enormes espadachins que o cercavam. Não foi necessário limpar a área. A presença imperial fez cada nobre recuar para lhe dar espaço, entre eles Sung Win.

O silêncio baixou de novo, e Sung Win teve de conter a ânsia louca de sorrir. Veio-lhe uma lembrança da raiva de seu pai ao descobri-lo roubando maçãs secas quando criança. Era ridículo sentir-se do mesmo modo na presença de um menino, mas Sung Win podia ver muitos outros rostos vermelhos com um embaraço acalorado, esquecendo toda a dignidade.

O imperador Huaizong se mantinha ereto e destemido diante de todos, talvez cônscio de que com uma única palavra poderia ordenar que qualquer um deles fosse morto. Eles não resistiriam à ordem. A obediência era entranhada demais. O Sr. Sung Win pensava furiosamente enquanto esperava o menino falar. O imperador quase parecia um boneco animado, a cabeça raspada brilhando à luz das lâmpadas. Sung Win percebeu que os serviçais imperiais estavam reabastecendo o óleo enquanto a luz ia aumentando no salão, banhando todos em ouro. Podia ver os nove dragões amarelos que se entrelaçavam na túnica de Huaizong, símbolos de sua autoridade e linhagem de sangue. Conteve um suspiro. Se Huaizong negasse a votação que haviam feito, Sung Win sabia que sua vida estaria acabada. Sentiu-se tremer pensando que sua casa dependia das palavras de alguém que ele não conhecia.

Quando Huaizong falou, sua voz soou aguda e límpida, sem a mudança da adolescência.

— Quem convocou esta reunião?

O estômago de Sung Win se apertou enquanto o medo subia por dentro dele. Não precisava olhar para saber que cada olhar na câmara havia se voltado para ele. De cabeça baixa, sentiu a boca se retorcer num espasmo. O silêncio se estendeu, e ele assentiu sozinho, juntando a dignidade. O garoto havia rompido tradições ao entrar na câmara. Era o único ato que não poderia ter sido previsto, e Sung Win apertou os punhos às costas enquanto levantava a cabeça. Sabia que não deveria encarar o menino e manteve o olhar fixo no chão.

— Filho do Céu, nós nos reunimos em reação aos inimigos que nos ameaçam.

— Quem é você? — perguntou o menino.

— Este humilde servo é Sung Win, Filho do Céu, da Casa do...

— Você fala por esses outros, Sung Win? Você assume a responsabilidade por eles?

Para não se condenar respondendo, Sung Win ajoelhou-se de novo e bateu com a cabeça na madeira quente.

— Levante-se, Sung Win. Uma pergunta lhe foi feita.

Sung Win arriscou-se a olhar ao redor, certo de que podia sentir os olhares dos nobres. Nenhuma cabeça estava levantada. Absolutamente todos estavam parados num terror abjeto diante da presença do imperador. Para todos, Huaizong era um menino, mas representava o próprio céu, o divino naquela sala de meros homens. Sung Win suspirou baixinho. Queria ver os novos potros nascidos em sua propriedade, resultado de linhagens sanguíneas escolhidas cuidadosamente. Havia gastado mais tempo e esforço naquilo do que em qualquer outra coisa na vida. Sentiu uma pontada de dor ao pensar nas esposas e nos filhos. Se o imperador optasse por usar sua casa como exemplo, a morte deles viria em ordens amarradas com fitas de seda amarela. Suas filhas seriam executadas, a propriedade da família seria queimada.

— Eu falo por eles, Filho do Céu. Eu convoquei a votação hoje. — Ele fechou a boca com força enquanto seu medo traiçoeiro ameaçava balbuciar desculpas.

— E com isso cumpriu com seu dever, Sr. Sung Win. Meus nobres votaram por levantar os estandartes?

Sung Win piscou e engoliu em seco visivelmente, enquanto tentava entender.

— S... sim, Filho do Céu.

— Então sinta orgulho, Sr. Sung Win. Hoje você agiu de acordo com o imperador.

Sung Win gaguejou uma resposta, dominado pela emoção, enquanto o menino encarava a assembleia de nobres.

— Antes de morrer, meu tio me disse que vocês eram um ninho de víboras — falou o garoto. — Disse que vocês prefeririam ver Hangzhou em chamas a arriscar sua dignidade e honra. Vejo que ele estava enganado.

Sung Win teve o prazer intenso de ver os que tinham votado a favor do tributo se remexerem desconfortavelmente, entre eles o Sr. Hong. O imperador prosseguiu, com a voz confiante:

— Não começarei meu reinado sob uma ameaça, senhores. Os senhores sairão deste local e convocarão seus regimentos. Seus guardas pessoais marcharão com eles. Coloco a minha paz nas mãos das casas, com a promessa de que não ficarão vulneráveis em sua ausência. Agirei para destruir a linhagem de qualquer casa nobre que busque obter vantagens.

Ele se virou de novo para Sung Win.

— Você fez bem, senhor. Na paz, talvez eu tivesse encontrado uma falha na sua avaliação. Mas não estamos em paz. Farei uma anotação para homenagear sua casa quando retornarmos.

— Quando retornarmos, Filho do Céu? — disse Sung Win, com os olhos se arregalando.

— Claro. Não sou um velho, Sr. Sung Win. Quero ver a guerra.

Por um instante, Sung Win viu um brilho nos olhos do menino. Estremeceu, escondendo a percepção com uma reverência profunda.

— Sr. Hong, você comandará o exército — disse o imperador Huaizong. O sujeito grandalhão se ajoelhou e encostou a cabeça no piso. — De quanto tempo você precisa antes de deixar Hangzhou?

O Sr. Hong sentou-se nos calcanhares, com o rosto numa cor doentia. Sung Win sorriu ao vê-lo tão desconfortável. Transportar um milhão de homens exigia suprimentos, braços, armas, uma cidade de equipamentos.

— Um mês, Filho do Céu. Se eu tiver a autoridade, posso estar pronto na lua nova.

— Você tem toda a autoridade de que precisar — respondeu Huaizong, com a voz endurecendo. — Que os que podem ouvir entendam que ele fala com minha voz na dele. Ajam depressa, senhores.

Virando-se no mesmo lugar, o menino saiu. Enquanto os demais desviavam os olhos, talvez apenas Sung Win tenha visto como a figura magra tremia enquanto os deixava.

CAPÍTULO 33

A CHUVA PESADA SIBILAVA NO TETO DA CASA QUE KUBLAI PEGARA EMPRES-
tada. O dono esperava no campo com uma turba de aldeões e sua família. Kublai havia passado por eles ao chegar. Pareciam cachorrinhos meio afogados enquanto ele trotava. Pelo menos seriam deixados vivos. Kublai só precisava da aldeia de paliçadas durante uma noite.

Uma fogueira enorme estalava na grelha, e ele parou perto dela, deixando o calor secar as roupas de modo que o vapor saía em fiapos. A intervalos, andava de um lado para o outro diante da lareira, falando e gesticulando enquanto discutia o futuro.

– Como posso parar agora? – perguntou.

Sua mulher, Chabi, estava deitada num sofá antigo, muito remendado e reestofado. A menina dormia no colo dela, mas ainda se remexia com chance de acordar a qualquer instante. Chabi olhou cansada para o marido, vendo como os anos nas terras sung haviam-no exaurido quase até os ossos. Naquele momento ele não teria reconhecido seu próprio eu antigo, estudioso. Era mais do que uma mudança física, embora ele houvesse ganhado com esforço os músculos e tendões que davam graça aos movimentos. A verdadeira mudança viera nas batalhas que ele vencera e nas táticas que usara para vencê-las. Chabi o amava desesperadamente, mas também temia por ele. Qualquer que tivesse sido sua intenção, Mongke endurecera seu marido, havia-o mudado. Apesar de o antigo cã estar morto, ela ainda podia odiá-lo por isso, pelo menos. Não conseguia se lembrar da última vez em que Kublai abrira um livro. Sua coleção estava em carroças, sob tecidos oleados, valiosa demais para ser abandonada, mas ficando verde de mofo nas chuvas de primavera.

— Ela está dormindo? — perguntou Kublai, com a voz ainda áspera de raiva.

— Finalmente, mas estou escutando. Você disse que tinha tomado uma decisão. Por que ainda está lutando com isso?

— Porque estou muito *perto*, Chabi! Eu poderia *alcançar* Hangzhou, entende? Tudo que fiz nos últimos cinco anos me trouxe a esse ponto, e então meu irmão desgraçado se declara cã! Eu deveria deixar tudo que conseguimos e ir para casa, me arrastando de barriga como um cachorro? Como posso partir agora?

— Como você pode *não* partir? Por favor, fale baixo para não a agitar de novo. — Chabi estava exausta por falta de sono. Seus mamilos doíam de amamentar, mas não podia deixar Kublai entrar em pânico ou beber até ficar inconsciente.

— Quando Tsubodai foi chamado do ocidente para casa, ele jamais voltou para o ocidente — disse Kublai, começando a andar de novo. — Entende? Esta é a *minha* chance, é a *minha* hora. Se eu desaparecer, os sung não cairão tão facilmente de novo, mesmo que eu consiga retornar. Eles aprenderão com o que fizemos aqui, e teremos de lutar a cada passo. Se eu sequer retornar. Isso se não for morto em algum campo de batalha distante lutando contra meu próprio irmão! Como ele pôde fazer isso comigo, Chabi? Aquele arrogante inútil...

— Não pragueje na frente da criança — alertou Chabi. Ele franziu a testa.

— Ela não entende nada, mulher.

— Não me chame de "mulher", marido. Você queria que eu ouvisse, então estou ouvindo, mas você disse que tinha tomado a decisão de ir para casa. Por que paramos aqui, neste lugar frio? Por que nada foi resolvido?

— Porque não é uma questão simples! — disse ele rispidamente. Chabi começou a se levantar. — Aonde você vai?

— Para a cama.

O humor de Kublai mudou e ele foi até ela, ajoelhando-se ao lado do sofá.

— Desculpe. É que eu pensava que não teria de ficar vigiando as costas por causa do meu próprio irmão. Não por causa dele. Achei que Arik-Boke iria sempre me apoiar.

Chabi acariciou o rosto dele.

— Você sabe o quanto mudou desde que saiu de Karakorum? Talvez ele também tenha mudado. Cinco anos é muito tempo, Kublai. Ele provavelmente ainda pensa em você como o irmão erudito, mais apaixonado pelos livros e pelas ideias estranhas do que qualquer outra pessoa da família. Ele não o conhece agora. E você não o conhece, não mais.

— Tenho uma carta dele — disse Kublai, cansado. Sua esposa se empertigou, olhando no fundo dos seus olhos.

— Então é por isso que está com tanta raiva. O que a carta diz?

Kublai suspirou.

— Uma parte de mim esperava que tudo tivesse sido um engano. Arik-Boke se declarou cã praticamente ao mesmo tempo que eu. Ele não fazia ideia do que eu estava fazendo aqui. Eu esperava que ele entendesse que eu tinha mais direito, mas, em vez disso, ele me escreveu como se o que fez já estivesse gravado em pedra. — Seu mau humor cresceu de novo enquanto ele se lembrava das palavras do irmão, escritas na letra de algum escriba distante. — Ele ordenou que eu fosse para casa, Chabi. Meu irmão mais novo e idiota, escrevendo como se fosse igual a mim.

— Vocês não são mais crianças, Kublai — disse Chabi baixinho. — Não importa agora quem nasceu primeiro. Ele é adulto e tem sido o cã da terra natal, herança de sua mãe e presente de Mongke. Está acostumado a comandar uma nação. Não duvido que ele tenha pensado em como você reagiria, mas sua experiência tem sido no campo, contra inimigos.

— Um esforço que ele entenderá, se eu o enfrentar em batalha — disse Kublai, apertando o punho direito. Em seguida respirou fundo, controlando a fúria que o inundava. — Você não quer dizer que ele está certo, não é?

Ela balançou a cabeça.

— Claro que não, marido. Ele deveria ter apresentado isso aos príncipes e aos homens mais importantes. Deveria ter considerado que você poderia reivindicar o grande canato antes que ele se declarasse. Mas isso está no passado. É inútil discutir o que ele deveria ter feito. Ele se declarou cã. Agora você tem de vê-lo como um homem, e não como o menino que você amparava quando caía, ou a quem contava histórias. Ele teve a mesma mãe, Sorhatani, que praticamente governou a nação durante anos. Teve o mesmo pai, que deu a vida por um cã. Vocês dois tiveram Gêngis como avô. Se você continuar pensando em Arik-Boke como um fraco ou idiota, ele pode destruí-lo.

— Primeiro eu o *mato*. Eu não esperava ser cã, Chabi. Mongke teve uma dúzia de filhos. Se tivesse vivido apenas alguns anos a mais, teria nomeado um herdeiro e a linhagem prosseguiria com tranquilidade. Mas não nomeou, e agora morreu, e em vez disso, *em vez disso...* — Ele não conseguia exprimir a fúria que o preenchia e somente apertou o ar vazio.

— Você precisa encontrar a calma — disse Chabi. — Precisa colocar de lado a raiva e a traição e pensar como um cã. — Ela balançou a cabeça. — E precisa tomar uma decisão. Tratar Arik-Boke como inimigo ou desistir do canato e jurar lealdade a ele. Uma coisa ou outra. Não há sentido em se lançar à loucura com isso. De qualquer modo, você não pode permanecer nas terras sung.

Num instante, a raiva sumiu do rosto de Kublai e ele relaxou parado diante dela, com os ombros caídos.

— É um *desperdício* tão grande! — disse baixinho. — Eu perdi bons homens. Todos sofremos para cumprir as ordens que Mongke me deu. Não sei se ele esperava que eu tivesse sucesso ou não. Talvez seja verdade que achava que eu fracassaria e ele teria vindo me resgatar. Mas estou aqui, ainda de pé. Eu poderia tomar a capital deles, Chabi.

— E perderia o mundo se fizesse isso — murmurou ela, cansada. — Você já disse tudo isso. Mesmo que vença os sung, mesmo que se torne imperador aqui, ainda terá de enfrentar Arik-Boke. Você terá tomado um canato para a nação maior, mas será vassalo do seu irmão. Ainda teria de ir a Karakorum e jurar lealdade a ele. — Chabi suspirou enquanto o bebê começava a resmungar e se remexer, e colocou o dedo mindinho na boca da menina. Ainda dormindo, ela chupou o dedo, faminta.

— Não posso fazer isso — disse ele, olhando a distância como se pudesse ver todo o caminho até a pátria. — Eu *sou* cã, Chabi. Tenho o direito, e não abrirei mão dele. O que ele estava pensando ao se declarar cã? Vê o que ele fez comigo? Ele não tinha o direito, Chabi. Nenhum direito.

Kublai balançou a cabeça, virando-se de novo para olhar o fogo.

— Quando eu era novo — prosseguiu ele —, costumava sonhar em seguir o caminho estabelecido por Ogedai, mas era só uma fantasia. O filho dele, Guyuk, herdaria. Eu sabia disso. Entendia isso. Quando Guyuk morreu, Mongke era a escolha óbvia. Ele era mais velho, respeitado. Tinha cavalgado para o ocidente com Tsubodai: ele era tudo que eu não era, Chabi. Na época, eu não estava preparado. Ele costumava zombar de mim pelo modo como eu me vestia e falava, pelos livros que eu lia.

— Eu me lembro — disse Chabi baixinho.

— Mas ele estava certo, Chabi! As coisas que vi... não, as coisas que eu *fiz*. — Kublai estremeceu ligeiramente enquanto as lembranças relampejavam em seu pensamento. — Eu era inocente. Achava que entendia o mundo, mas era pouco mais do que uma criança.

Kublai pegou um atiçador de ferro e começou a cutucar as toras acesas, provocando um jorro de fagulhas brilhantes que voaram pela sala. Chabi protegeu a menininha do calor com a mão.

— Mas não sou mais criança — disse ele, com a voz grave e rouca. Em seguida pousou o atiçador e a encarou. — Nós éramos muito jovens então, mas, pelo Pai Céu, não sou aquele rapaz que nunca tinha visto os mortos inchados. Sou cã. Isso está feito, e não mudarei. — Ele apertou o punho, sentindo prazer com a própria força. — Não deixarei que outro ocupe o meu lugar.

Os dois viraram a cabeça quando um homem pigarreou junto à porta. Um dos guardas de Kublai estava ali, com a chuva escorrendo da capa oleada e empoçando em volta das botas.

— O orlok Uriang-Khadai está aqui para vê-lo, senhor cã — disse ele com uma reverência profunda.

Ninguém chegava perto de Kublai sem ser revistado em busca de armas e sem passar por pelo menos dois guardas. Até os cavaleiros do yam eram obrigados a se despir antes de terem permissão de se vestir e chegar à sua presença. Os poucos que o haviam alcançado tinham sido obrigados a permanecer com seus *tumans*, para não levarem de volta a notícia de sua declaração. As lições da morte de Mongke ainda ondulavam pela nação. Isso explicava por que Uriang-Khadai estava vermelho e indignado quando veio da chuva.

— O senhor pediu para me ver, senhor cã — disse o orlok, com a boca numa linha fina e pálida. Nesse momento viu Chabi e fez uma reverência a ela, relaxando o suficiente para sorrir para a criança em seu colo. — Senhora, eu não a tinha visto. Sua filha está bem?

— Ela dorme o dia todo e me mantém acordada à noite, mas sim, está bem. É hora de acordá-la e dar de mamar.

Uriang-Khadai assentiu, quase amigável. Kublai observou-o, surpreso, vendo nele um lado que não havia testemunhado antes. Uriang-Khadai não havia trazido suas esposas e seus filhos para a campanha, e simplesmente não ocorrera a Kublai que o sério oficial também poderia ser um pai zeloso.

Kublai pigarreou, e Uriang-Khadai fez outra reverência a Chabi antes de se aproximar do marido dela junto à grande lareira. Kublai fez um gesto para ele se aquecer, e o orlok parou com as palmas estendidas, olhando as chamas.

— Você era homem do meu irmão Mongke, Uriang-Khadai. Sei disso e não me incomodo.

Ele olhou de relance para o orlok, mas Uriang-Khadai não disse nada.

— Você provou seu valor a mim contra os sung... — continuou Kublai. — Mas isso é passado. Parece que devo levar meus *tumans* para casa. Se houver uma batalha, enfrentaremos *tumans* mongóis em nossas próprias terras. Vamos enfrentar nosso povo, homens que talvez você conheça e respeite.

Uriang-Khadai deu as costas às chamas, com os olhos e os traços do rosto nas sombras. Assentiu com um movimento curto.

— E o senhor quer saber se pode confiar em mim. Entendo. — Ele pensou durante um tempo, enxugando algumas gotas de chuva do rosto. — Não sei como posso lhe dar certeza, senhor. É verdade que seu irmão Mongke me escolheu para comandar seus exércitos, mas eu obedeci todas as suas ordens. Fui leal e fiz meu juramento junto com os demais quando o senhor se declarou cã. Se isso não basta, não sei o que mais posso oferecer.

— Sua família está em Karakorum — disse Kublai baixinho.

Uriang-Khadai fez que sim, com o maxilar ficando tenso.

— É verdade. É verdade para a maioria dos homens, dos novos *tumans* e dos antigos. Se o seu irmão Arik-Boke usar minha família como refém, não há nada que eu possa fazer para salvá-la. *Vou* desejar me vingar.

Por um instante, seus olhos revelaram um clarão de raiva crua, e Kublai teve uma percepção súbita que trouxe algo parecido com vergonha. Sua família havia manipulado aquele sujeito durante anos. Kublai desviou o olhar primeiro. Tinha mandado as mulheres e as crianças de seus *tumans* de volta a Karakorum e daria a mão direita para desfazer essa decisão inocente. Aquilo dava a Arik-Boke uma peça no jogo que se encravaria fundo no coração dos que lutavam com Kublai. Ainda não sabia se Arik-Boke usaria essa ameaça, mas, como Chabi dissera, ele não conhecia mais o irmão.

— Preciso planejar uma campanha contra a pátria — disse Kublai, quase num espanto. — Você me ajudará nisso?

— Claro, senhor. O senhor é o cã. Minha lealdade é sua. — Uriang-Khadai falava cada palavra com uma certeza tão plácida que Kublai sentiu as dúvidas se desvanecendo.

— Como você começaria?

Uriang-Khadai sorriu, cônscio de que a crise havia passado.

— Eu me retiraria imediatamente das terras sung, senhor. Faria minha base no território jin, ao redor de Xanadu. Lá existe comida suficiente para nos manter no campo. Seu irmão precisa trazer grãos e carne do canato de Chagatai e das terras russas, por isso eu agiria para cortar essas linhas. Os suprimentos vão representar um papel importante nessa guerra. — O orlok começou a andar de um lado para o outro numa imitação inconsciente dos movimentos feitos por Kublai antes de sua chegada. — Seu irmão terá príncipes vassalos que fizeram juramento pessoal a ele. O senhor deve derrotar os mais fortes rapidamente, para mandar um recado ao resto. Tire o poder, o apoio do seu irmão, e, quando enfrentá-lo em batalha, ele vai desmoronar.

— Você pensou nisso — disse Kublai com um sorriso.

— Desde que a notícia chegou, senhor. O senhor precisa voltar para casa, e, se for necessário, deve arrasar Karakorum. O senhor é o cã. Não pode permitir que outro reivindique o título.

— Você não está incomodado com a ideia de enfrentar seu próprio povo em guerra?

Uriang-Khadai deu de ombros.

— Nós lutamos quase continuamente durante cinco anos, senhor. Os *tumans* sob seu comando são os melhores que Mongke pôde lhe dar, mas se tornaram muito mais fortes. Não os lisonjeio quando digo isso. Ninguém que seu irmão possa reunir poderia nos enfrentar. Portanto, não, não estou incomodado. Se eles optarem por desenhar uma linha no chão, vamos passar por cima e estripá-los.

Uriang-Khadai fez uma pausa, pesando as palavras seguintes.

— Não sei o que o senhor pretende para seu irmão. O senhor deve saber que, se Arik-Boke ameaçar as famílias de nossos *tumans*, talvez não possa poupar a vida dele no final. Eu já o vi conceder misericórdia a cidades inteiras, mas, quando fez isso, seus guerreiros perderam apenas prata e saque. Se seu irmão tiver sangue nas mãos quando o enfrentarmos... — Ele parou enquanto Kublai fazia uma careta.

— Entendo — disse Kublai. O general o observava atentamente. — Se isso começar, vou até o fim. Não quero matar meu irmão, orlok, mas, como você diz, há algumas coisas que não irei ignorar.

Uriang-Khadai assentiu, satisfeito com o que viu no rosto de Kublai.

— Bom. É importante entender os riscos. Isso não é um jogo nem uma disputa de família que possa ser resolvida com uma boa discussão e bebida forte. O negócio vai ficar sangrento, senhor. Pelo que sei, o senhor não informou suas intenções ao seu irmão. Vi que esteve mantendo os cavaleiros do yam como prisioneiros.

Kublai balançou a cabeça.

— Isso é alguma coisa, pelo menos — prosseguiu Uriang-Khadai. — Poderemos surpreendê-lo, e a surpresa vale meia dúzia de *tumans*. Sugiro que faça sua fortaleza em Xanadu, senhor. O lugar fica ao alcance de atacar seu irmão, e podemos deixar lá os seguidores de acampamento que restam. Movendo-nos rápido, poderemos romper as linhas de suprimentos dele e tomar as terras dos príncipes que o apoiam. Precisamos de informações sobre esses homens, mas com um pouco de sorte a guerra pode terminar antes que seu irmão perceba o que está acontecendo.

Kublai sentiu a confiança do outro animá-lo. Pensou de novo na carta de Arik-Boke. Seu irmão havia alardeado os príncipes que lhe prestaram juramento.

— Acho que posso ter uma lista, orlok. Meu irmão fez a gentileza de me dar o nome de seus aliados mais proeminentes.

Uriang-Khadai piscou e depois sorriu devagar.

— Não havia linhas do yam quando o senhor se declarou cã. Ele talvez demore meses para saber o que o senhor fez. Podemos nos manter à frente das notícias e ser bem-recebidos pelos príncipes antes que eles tenham alguma ideia de nossas intenções.

A boca de Kublai se apertou com esse pensamento. Não gostava da ideia de se aproximar de homens que pensavam nele como aliado e então destruí-los, mas seu o irmão o havia deixado com poucas opções.

— Se for assim que tiver de ser — disse ele. — Os dois filhos mais velhos de Mongke, Asutai e Urung Tash declararam-se a favor do meu irmão. Você os conhece?

— Não, senhor. Eles devem ter recebido terras em troca do apoio. Quem mais?

— O neto de Chagatai, Alghu; Batu, o filho de Jochi. Esses são os novos aliados mais poderosos.

— Então vamos derrotá-los primeiro. Não estou preocupado com os filhos de Mongke, senhor. Serão atores menos importantes e ainda não fizeram nome. Batu vai controlar os suprimentos de comida e equipamentos vindos do norte. É ele que devemos atacar primeiro, depois Alghu.

Kublai pensou um momento.

— Batu... me deve muito. Talvez possamos trazê-lo para o nosso lado. — Uriang-Khadai olhou-o interrogativamente, mas Kublai balançou a cabeça, não querendo discutir a questão. — Mesmo assim, significa passar ao redor da terra natal. Milhares de quilômetros.

— Tsubodai percorreu o triplo dessa distância, senhor. Mande uma força pequena, dois ou três *tumans* para o ataque. O general Bayar arrancaria a própria mão a dentadas se o senhor lhe oferecesse a chance de agir a seu favor. O senhor e eu atacaremos o território de Chagatai, no oeste.

— Meu irmão Hulegu tem um novo canato ao redor de Damasco. Mandarei alguém falar com ele. Depois vamos para Karakorum — disse

Kublai, baixinho. — Cada um numa estação, orlok. Não passarei anos fazendo isso. Quero que tudo acabe rapidamente, para retornar aos sung.

— Como quiser, senhor cã — respondeu Uriang-Khadai, fazendo uma reverência.

Arik-Boke abriu a porta e se encostou no portal enquanto olhava o salão do palácio. A sala tinha tamanho suficiente para ecoar com o menor ruído, mas a hoste de escribas sentados às mesas estava em silêncio quase total. Apenas o raspar das penas e as batidas suaves dos carimbos podiam ser ouvidos. Eles estavam sentados de cabeça baixa, escrevendo e lendo. Ocasionalmente um deles se levantava com um pergaminho e atravessava a sala para verificá-lo com o superior, aos sussurros.

Batu espiou pela porta aberta. Era muito mais velho do que Arik-Boke, mas também era neto de Gêngis, descendendo pela linhagem de Jochi, o primogênito do grande cã. Seu cabelo preto tinha riscas grisalhas, e o rosto era tão marcado pelo tempo quanto o de qualquer pastor que passasse os dias ao vento e à chuva. Somente a pele mais clara mostrava que suas terras ficavam no norte russo. Ele ergueu as sobrancelhas ao ver os escribas, e Arik-Boke deu um risinho.

— Você queria ver o coração pulsante do império, Batu. É isso. Admito que não é o que imaginei ao me tornar cã.

— Acho que eu ficaria louco se tivesse de trabalhar numa sala assim — respondeu Batu, sério. E deu de ombros. — Mas é necessário. Só posso imaginar o peso de informações que deve passar por Karakorum.

— É o mundo novo — respondeu Arik-Boke, fechando a porta sem fazer barulho. — Acho que Gêngis não entenderia.

Batu sorriu abertamente, parecendo de repente um menino.

— Ele odiaria, disso eu sei.

— Não sou de ficar muito tempo no passado, Batu. Foi por isso que o convidei a Karakorum. Você é meu primo e os homens falam bem de você. Não devemos ser estranhos.

— O senhor me honra — disse Batu, em tom tranquilo. — Mas me sinto bem confortável nas minhas terras. Meu tributo é um fardo, claro, mas ainda não deixei de fazer os pagamentos.

A sugestão era óbvia, e Arik-Boke assentiu.

— Mandarei um escriba a você, para revisar as quantias. Talvez algum acordo novo deva ser feito, para o meu canato. Todas as coisas podem ser refeitas, Batu. Passei meses simplesmente descobrindo qual é a extensão de minha influência e poder, mas nem tudo é trabalho. Não vejo motivo para não recompensar os que são leais a mim.

— É melhor liderar do que seguir. É mais cansativo, mas as recompensas...

Arik-Boke deu um sorriso astuto.

— Deixe-me mostrar as recompensas — falou, sinalizando para Batu segui-lo. — Meu irmão Hulegu descreveu um harém em Bagdá. Comecei a fazer uma coisa semelhante aqui.

— Um harém? — perguntou Batu, pronunciando com cuidado a palavra estranha.

— Uma reunião de jovens lindas, dedicadas a mim. Tenho homens com verbas nos mercados de escravos, procurando apenas as mais novas e melhores. Venha, vou lhe dar a que você escolher, qualquer uma que atraia seu olhar. Ou mais de uma, se você quiser.

Levou Batu por uma série de corredores até chegarem a uma porta com dois guardas corpulentos. Os dois ficaram rigidamente em posição de sentido diante do cã, e Arik-Boke passou por eles, abrindo a porta para os sons de risos e água corrente. Batu seguiu-o, com o interesse crescendo.

Do outro lado, foi revelado um pequeno pátio com plantas luxuriantes e, ao redor, um caminho coberto. Batu viu seis ou sete jovens e notou o sorriso lupino de Arik-Boke se alargar. Ao redor do pátio havia aposentos simples com camas e uns poucos ornamentos.

— Eu as mantenho aqui até engravidarem, depois levo-as para outros cômodos do palácio para terem os filhos.

— Elas são... esposas?

As mulheres já estavam se levantando rapidamente diante da presença do cã, algumas se ajoelhando nas pedras polidas. Arik-Boke gargalhou.

— Tenho quatro esposas, primo. Não preciso de mais.

Ele sinalizou para uma jovem, que se aproximou com medo nos olhos. Arik-Boke levantou o queixo dela com a mão estendida, virando sua cabeça para a direita e para a esquerda, de modo que Batu pudesse ver sua beleza. Ela ficou imóvel enquanto ele baixava a mão por seu pescoço e abria sua camisola, revelando os seios. Levantou um deles com os dedos ásperos, e a garota se retesou. Quando Arik-Boke falou de novo, sua voz estava rouca.

— Que peso delicioso na minha mão! Não, Batu, estas são para dar prazer e filhos. Terei mil herdeiros. Por que não? Um cã deve ter uma linhagem forte. Escolha qualquer uma. Elas lhe darão uma noite memorável.

Batu tinha visto as pupilas arregaladas da jovem e entendeu que o cheiro adocicado no ar era ópio. Não demonstrou nada a Arik-Boke enquanto assentia de modo afável.

— Minhas esposas não são tão clementes quanto as suas, senhor cã. Acho que elas usariam uma faca na minha masculinidade se eu aceitasse a oferta.

Arik-Boke fungou, dispensando a garota.

— Que absurdo, primo! Todo homem deve ser cã em sua própria casa.

Batu deu um sorriso pesaroso, lutando para encontrar uma saída que não significasse ofensa. Não queria as mulheres de Arik-Boke.

— Todo homem precisa dormir, senhor. Prefiro acordar com tudo ainda no lugar.

Ele deu um risinho e Arik-Boke também riu, livrando-se de parte da tensão. Continuou a acariciar os seios da jovem, distraído.

— Meu irmão Hulegu descreveu aposentos dedicados aos prazeres da carne — disse Arik-Boke. — Com fantasias, cadeiras e instrumentos estranhos; centenas de mulheres lindas, todas para o xá.

Batu fez uma careta, discretamente. A garota ficou espiando com os olhos opacos enquanto Arik-Boke passava a mão. Os lábios dela pareciam machucados e inchados, e, na verdade, Batu a achava intensamente atraente. No entanto, como lhe dissera Ogedai Khan uma vez, tudo tinha a ver com poder. Batu não queria ficar em dívida com Arik-Boke. Podia sentir a excitação do sujeito pequeno brotando em ondas, quase como calor. Arik-Boke respirava alto pela boca, com o rosto cheio de cicatrizes parecendo feio em sua luxúria. Batu lutou contra a náusea enquanto mantinha o sorriso no lugar.

— E Kublai, senhor? Não o vejo há anos. Ele está voltando a Karakorum?

Arik-Boke perdeu parte do ardor quando seu irmão foi mencionado. Deu de ombros deliberadamente.

— Na maior velocidade possível, primo. Ordenei que ele voltasse.

— Eu gostaria de vê-lo de novo, senhor — disse Batu com inocência. — Ele e eu já fomos amigos.

CAPÍTULO 34

— Façam silêncio para o Filho do Céu, Imperador dos Sung, Senhor Nação Perpétua — anunciou o chanceler imperial.

Seu senhor levantou a mão cumprimentando os nobres Hong e Sung Win enquanto seguia até as primeiras filas. O rosto jovem de Huaizong estava corado de empolgação por cavalgar com um exército tão grande. Montava um capão idoso, largo como uma mesa. A montaria amigável fora considerada adequada para um menino de 11 anos que *não* poderia ser jogado da sela. O animal precisava ser açoitado para fazer qualquer coisa além de andar, mas isso não atrapalhou o entusiasmo do jovem imperador.

— Vejam como eles fogem diante de nós! — gritou aos seus nobres. Huaizong havia saído da segurança do centro para partir às linhas de frente e confirmar a notícia trazida por seus mensageiros imperiais. A distância, podia ver os *tumans* mongóis cavalgando para o norte em direção à fronteira jin. A visão o fez gargalhar de alegria. Seu primeiro ato como imperador fora expulsá-los de suas terras. Realmente, o céu sorria sobre um reino que começava desse modo.

Não importava que seus nobres tivessem sido obrigados a se esforçar tremendamente só para avistar o inimigo. Nesse ponto, o imperador Huaizong ficara sabendo que os mongóis tinham começado a se retirar antes que seu vasto exército estivesse ao alcance.

— Eles estão indo embora — disse. Nenhum dos nobres mais próximos optou por responder ao que não era uma pergunta clara.

Huaizong ficou de pé na sela, imóvel com o equilíbrio descuidado dos muito jovens. Seu cavalo andava lentamente, mantendo o passo com a multidão de soldados e cavaleiros que se estendia de ambos os lados e atrás, até onde a vista alcançava. Quando se virou para olhar por cima do ombro, Huaizong só pôde balançar a cabeça espantado com a força da nação que herdara. Soldados marchavam em fileiras perfeitas, com estandartes coloridos balançando ao vento. Os que estavam perto evitavam olhar o imperador, e os mais de trás marchavam com firmeza, distantes demais para ver a figura pequena observando por cima das cabeças. Ele olhou mais para longe ainda, até onde as cores ficavam mais escuras e as linhas em marcha pareciam as marolas distantes de um mar castanho, ondulando pela terra sob o amplo céu azul. Uma horda de camponeses vinha atrás, a pé e em carroças, carregando a comida e os equipamentos para sustentar os soldados. Huaizong não prestou atenção a eles. Seus povoados e cidades eram apinhados de gente assim. Quando os notava, era apenas como animais de carga, para serem usados e descartados à vontade.

Huaizong se virou de volta e baixou-se na sela com um grunhido satisfeito enquanto o Sr. Sung Win chegava ao seu lado a cavalo.

— Eles não vão ficar para nos enfrentar? — perguntou Huaizong, esticando-se para ver os *tumans* mongóis na terra adiante. Sua voz estava azeda.

O Sr. Sung Win balançou a cabeça.

— Talvez eles saibam que o Filho do Céu cavalga conosco hoje — disse, querendo lisonjear o menino que tinha o poder sobre sua casa e linhagem. — Há dias não demonstram sinal de parar.

— Só estou desapontado por não ter visto uma batalha, Sr. Sung Win.

Sung Win olhou-o rapidamente, preocupado, imaginando que o menino iria ordenar que atravessassem a fronteira jin só para aplacar seu desejo imaturo de ver sangue. O nobre tinha uma boa ideia dos custos envolvidos nisso. Como a maioria dos homens que vira batalhas na juventude, sentia-se bastante feliz em ver o inimigo se retirar e deixá-los à vontade. Falou antes que o garoto pudesse jogar fora a vida de milhares de soldados:

— O reinado do imperador Huaizong começou bem. O senhor expulsou nosso inimigo e agora terá tempo de garantir sua posição e completar seu treinamento.

Talvez fosse a coisa errada para dizer a um menino de 11 anos. Sung Win franziu a testa quando a boca do garoto se curvou para baixo numa expressão de desprezo.

— Acha que eu deveria retornar aos meus tutores empoeirados? Eles não estão aqui, Sr. Sung Win. Estou livre deles! Meu exército está marchando. Devo parar agora? Eu poderia expulsá-los das terras jin. Poderia expulsá-los de volta para casa.

— O Filho do Céu sabe que nossas cidades estão indefesas atrás de nós — disse Sung Win, procurando as palavras certas. — Em tempos normais temos guarnições fortes, mas elas foram perdidas para o inimigo ou estão aqui conosco. Tenho certeza de que o Filho do Céu conhece as histórias de exércitos que penetraram muito nas terras dos inimigos e foram cortados por trás, para depois se perderem.

O imperador Huaizong fitou-o irritado, mas ficou em silêncio, mordendo o lábio enquanto pensava. Sung Win rezou em silêncio para que o menino não começasse o reinado com uma campanha não planejada. Cauteloso, optou por falar de novo.

— O Filho do Céu sabe que eles têm bons suprimentos na terra deles, ao passo que nós precisamos trazer comida e equipamentos por centenas de quilômetros. Uma campanha assim vale a pena no segundo ou terceiro ano de um reinado, mas não no primeiro, não sem planejamento. O Filho do Céu sabe disso muito melhor do que seus humildes servos.

O garoto emitiu um som mal-humorado.

— Muito bem, Sr. Sung Win. Comece a trabalhar nessa campanha. Vamos perseguir esses homens até a fronteira, mas você comandará a guerra no ano que vem. Não sou um velho doente, Sung Win. Tomarei de volta as terras dos meus ancestrais.

Sung Win fez uma reverência profunda, do melhor modo que pôde sobre a sela.

— O Filho do Céu me honra ao compartilhar sua grande sabedoria — disse ele.

Uma gota de suor escorreu pelo nariz e ele enxugou-a discretamente. Era como os meninos das aldeias que brincavam com cobras, rindo loucamente do perigo enquanto a serpente saltava para eles. Um único erro significaria a morte, mas mesmo assim eles faziam aquilo, reunidos em círculo sempre que encontravam uma. Sung Win sentia-se como um daqueles garotos enquanto olhava o chão passando por baixo, sem ousar levantar os olhos.

O pescoço de Kublai doía de tanto ficar olhando por cima do ombro enquanto cavalgava, com nítida frustração. Sentiu o olhar de Uriang-Khadai sobre ele e sua testa se desenrugou.

— Não se preocupe, não vou virar os *tumans* e atacá-los — assegurou-lhe. — Nunca vi tantos soldados em movimento. Com Bayar adiante, quantos temos? Um décimo do número deles? Um vigésimo? Aprendi o suficiente para saber quando atacar e quando enfiar o rabo entre as pernas e fugir.

Falava em tom tranquilo, mas Uriang-Khadai podia ver que os olhares para trás eram calculados, procurando falhas nas linhas sung. Eles estavam longe demais para serem decifrados com precisão, mas Kublai passara muito tempo enfrentando exatamente aqueles soldados. Conhecia os pontos fortes e fracos deles, assim como os próprios.

— Vê como o centro está protegido? — perguntou Kublai. — Aquela formação é nova. São tantos, orlok! Tem de ser o imperador, ou pelo menos um dos parentes dele. No entanto devo deixá-los para trás e lutar contra meu próprio irmão.

Ele se inclinou na sela e cuspiu como se quisesse se livrar do gosto das palavras.

— Mesmo assim vamos em frente — prosseguiu. — Você acha que eles vão parar na fronteira? — Sua pergunta era quase esperançosa, mas Uriang-Khadai respondeu depressa.

— A não ser que sejam comandados por um homem como o seu avô, certamente vão parar. Eles colocaram tudo que tinham numa campanha curta em suas próprias terras. Duvido que tenham comida suficiente para alimentar tantos homens por mais do que algumas semanas.

— Se eles atravessarem a fronteira, serei obrigado a atacá-los — disse Kublai, observando o general atentamente. Riu quando Uriang-Khadai se encolheu. — Bom, é verdade, não é? Vou travar uma corrida até Xanadu e exauri-los em minhas terras. Vou devastar o terreno adiante e mantê-los com fome e em movimento. Poderíamos fazer isso, orlok. O que é um número dez vezes maior do que o nosso?

— Destruição, suspeito, senhor cã.

Uriang-Khadai achava que Kublai estava apenas provocando, mas havia uma fome subjacente no cã. Ele dera boa parte do auge de sua vida à tarefa de derrotar os sung. Ir embora havia ferido Kublai profundamente, e, apesar de toda a sua zombaria, o orlok achava que ele poderia gostar da chance de acabar com o trabalho lutando contra o próprio imperador.

Enquanto atravessavam a fronteira das terras jin, marcada por uma série de pequenos templos, mais e mais homens começaram a olhar para trás para ver se os perseguidores viriam. Foi um momento agridoce para Kublai quando viu a vanguarda sung parar. Tinha deliberadamente diminuído o passo, de modo que os sung estavam apenas 1,5 quilômetro atrás. Viu as primeiras filas permanecendo numa imobilidade perfeita ao ver os mongóis partirem, e imaginou o júbilo deles. A fronteira escureceu com homens a pé e cavalos por quilômetros a leste e oeste, uma nítida declaração de força e confiança. Estamos aqui, diziam. Não temos medo de enfrentar vocês.

— Com um exército tão perto, terei de deixar *tumans* aqui — disse Kublai a Uriang-Khadai.

— Não faz sentido. Nenhuma parte pequena de nossas forças poderia resistir a uma hoste tão grande. O domínio jin tem seus próprios *tumans*. Agora o senhor é o cã deles, senhor. Estão à sua disposição. Mas, se os sung invadirem enquanto estivermos cavalgando contra seu irmão, suas cidades poderiam ser saqueadas. O senhor poderia perder Xanadu e Yenking.

— Estou velho demais para fazer tudo de novo! O que você sugere?

— Torne Salsanan seu orlok para as terras jin. Dê-lhe a tarefa de defender o território e sua autoridade para montar e comandar exércitos em seu nome. O senhor tem dez vezes a quantidade de terras desse imperador sung. Ele não vai achar fácil, mesmo que seja idiota a ponto de entrar no seu domínio.

Kublai assentiu, tomando uma decisão rápida.

— Muito bem. Também deixarei um *tuman* aqui, para patrulhar a fronteira e fazer com que pareça que estamos preparados para eles.

— Ou para levar a notícia caso o ataque comece — completou Uriang-Khadai, recusando-se a abrir mão de seu tom mal-humorado.

Kublai suspirou enquanto se afastava cada vez mais da fronteira. Era o fim de sua campanha contra os sung. Rezou ao Pai Céu para ver as terras do sul outra vez antes de morrer.

Ao fazer a travessia, Kublai tinha consciência de que passara para um território que se ligava diretamente a Karakorum. Não poderia mover seus *tumans* sem que os cavaleiros do yam informassem, galopando na primeira parte da jornada que iria levá-los à presença de Arik-Boke. Só havia um modo de evitar esse problema, e ele o discutira com o general Bayar e Uriang-Khadai. Apenas Salsanan havia se posicionado contra a ideia, e Kublai ignorou-o. Salsanan não estivera junto nos anos de guerra entre os sung e ainda não merecia o respeito dos demais. Kublai estava satisfeito com a ideia de dar ao sujeito as ordens para defender o canato jin.

Encontraram o primeiro posto do yam numa encruzilhada cerca de 16 quilômetros depois da fronteira. Tinha sido saqueado e os cavaleiros levados por Bayar como guerreiros, os estábulos estavam vazios. Kublai passou pelo posto com um sentimento de dúvida. Seria o primeiro de muitos enquanto seu general rompia as linhas do yam pelo território jin. Nesse único ato, Kublai sabia que declarara guerra contra o irmão. Não poderia voltar atrás. Tinha determinado um caminho que terminaria ou com sua morte ou em Karakorum. Apertou o maxilar enquanto cavalgava, e um sentimento de alívio o dominou. Xanadu ficava ao norte, onde deixaria o restante dos seguidores de seu acampamento, além de Chabi e da filhinha. Seu filho Zhenjin ficaria com ele, já que era suficientemente forte para suportar as distâncias. Kublai assentiu consigo mesmo. De Xanadu seus guerreiros levariam apenas com cavalos de reserva e provisões, o bastante para um mês. Partiriam quase como um bando de ataque rápido, movendo-se tão velozmente quanto qualquer força comandada por Gêngis. Era bom tomar o próprio destino nas mãos. A escolha estava feita; as dúvidas eram passado.

Arik-Boke retesou o arco até os lábios, deixando que as penas o tocassem antes de disparar. A flecha voou para onde havia mirado, acertando um cervo no pescoço e fazendo-o cair com os cascos chutando loucamente. Seus acompanhantes gritaram ao ver o disparo, instigando as montarias e saltando para cortar a garganta do animal. Um deles levantou o cervo pelos chifres, com o pescoço longo fazendo um arco enquanto ele mostrava o tamanho da galhada a Arik-Boke. Era um belo animal, mas Arik-Boke já estava em movimento. O círculo de caça organizado pelo Sr. Alghu estava no zênite, com os animais impelidos para o centro por dezenas de quilômetros. O trabalho começara antes do amanhecer, já que o calor da região ao redor de Samarkand e Bucara tornava a tarde um momento de calma e descanso. O sol estava no alto, e Arik-Boke suava profusamente. Tudo, desde porcos fungando até um tapete de lebres, corria sob os cascos de sua montaria, mas o cã ignorou todos eles ao ouvir o rosnado áspero de um leopardo em algum lugar próximo. Girou na sela e xingou baixinho ao ver a filha de Alghu já atacando, com a lança baixa e solta na mão. A jovem Aigiarn tinha um nome que significava linda lua, mas em particular Arik-Boke pensava nela como o *hainag*, o iaque musculoso, de pavio curto e cabelo denso, embolado. Era uma mulher monstruosa, tão grande e larga nos ombros que seus seios eram meros sacos chatos sobre os músculos.

    Arik-Boke gritou para ela sair do caminho enquanto via um clarão amarelo-escuro na confusão de animais. Só um leopardo persa podia se mover tão rapidamente, e ele sentiu o coração saltar naquele vislumbre. Partiu adiante e quase colidiu com Aigiarn quando a montaria dela deu um passo para o lado, estragando seu disparo. O barulho de homens rugindo e dos animais gritando estava a toda volta, e ela não havia reagido ao grito dele. Enquanto Arik-Boke gritava de novo, ela baixou a lança e se inclinou para um golpe enquanto um relâmpago de ouro e negrume tentava correr por baixo dos cascos de seu cavalo. O leopardo rosnou, parecendo se enrolar em volta da longa lança de bétula que se cravou em seu peito. Aigiarn gritou em triunfo, a voz tão feia no ouvido de Arik-Boke quanto o resto dela. Enquanto ele xingava, ela saltou no chão, desembainhando uma espada curta que mais parecia um cutelo. Mesmo com a lança atravessada no peito, o leopardo continuava perigoso, e Arik-Boke gritou de novo para ela se afastar enquanto ele disparava. Ou ela o ignorou ou não o ouviu, e ele murmurou com raiva, afrouxando o arco. Sentiu-se tentado a atirar uma flecha na própria jovem iaque, por sua desfaçatez, mas tinha viajado uma longa distância para adular o pai dela e se conteve. Enojado, viu-a cortar a garganta do leopardo enquanto ele virava a montaria em outra direção.

Com o sol ardendo tão alto, a caçada em círculo estava quase no fim e não restavam grandes presas na massa confusa de pelos e garras em volta dos cavaleiros. Arik-Boke derrubou um javali com uma flecha bem-mirada entre os ombros, cravando-a até os pulmões, de modo que o animal espirrava uma névoa vermelha a cada respiração. Derrubou mais dois cervos, ainda que nenhum tivesse uma galhada tão grande quanto ele desejava. Seu humor continuava azedo quando foi dado um grito e crianças correram no meio dos guerreiros, matando lebres e acabando com os animais feridos. O riso delas só servia para irritá-lo mais ainda, e ele entregou o arco aos serviçais antes de apear e levar o cavalo para fora do círculo sangrento.

O Sr. Alghu tivera o bom-senso de não matar os melhores animais. Seus serviçais já estavam retalhando as carcaças dos cervos para o festim da noite, mas nenhum deles tinha uma galhada impressionante. O único leopardo caíra diante da filha dele, observou Arik-Boke. A jovem havia afastado os serviçais e sentara-se numa pilha de selas para começar a esfolar o animal usando a própria faca. Arik-Boke fez uma pausa enquanto passava por ela.

— Achei que o tiro era meu, para o leopardo — disse. — Eu avisei bem alto.

— Senhor? — perguntou ela.

Já estava ensanguentada até os cotovelos, e de novo Arik-Boke ficou pasmo com seu tamanho. Na constituição, ela quase o fazia se lembrar de seu irmão Mongke.

— Não ouvi, senhor cã — continuou ela. — Nunca esfolei um leopardo antes.

— É, bem... — Arik-Boke parou enquanto o pai dela se aproximava pelo capim cheio de sangue, parecendo preocupado.

— Gostou da caçada, senhor? — perguntou Alghu.

Seu olhar foi rapidamente até a filha, claramente nervoso com a possibilidade de ela ter conseguido ofender o convidado. Arik-Boke fungou.

— Gostei, Sr. Alghu. Estava agora mesmo dizendo à sua filha que ela ficou na frente quando eu estava mirando no leopardo.

O Sr. Alghu empalideceu ligeiramente, mas Arik-Boke não sabia se era de raiva ou de medo.

— O senhor deve ficar com a pele. Minha filha é capaz de ficar cega e surda numa caçada. Tenho certeza de que ela não pretendia insultá-lo com isso.

Arik-Boke levantou os olhos, percebendo que o sujeito estava genuinamente com medo de que ele exigisse algum castigo. Não pela primeira vez, sentiu a empolgação do novo poder. Viu Aigiarn erguer os olhos, consternada, a boca se abrindo para responder, antes que o olhar irado do pai a fizesse baixar a cabeça.

— É generosidade sua, Sr. Alghu — falou Arik-Boke. — É uma pele particularmente bela. Talvez, quando sua filha tiver terminado de esfolar o animal, ela possa ser levada aos meus aposentos.

— Claro, senhor cã. Cuidarei disso pessoalmente.

Arik-Boke se afastou satisfeito. Ele também fora um de muitos príncipes na nação, cada qual com seu pequeno canato. Talvez tivesse gozado de um prestígio maior do que a maioria, como irmão do cã, mas não havia desfrutado de obediência instantânea. Era inebriante. Olhou para trás e viu a filha do sujeito fitando-o furiosa, depois desviando o olhar rapidamente ao perceber que tinha sido vista. Arik-Boke sorriu sozinho. Mandaria a pele ser curtida até ficar macia, depois daria de presente a ela quando partisse. Precisava do pai dela, e o pequeno presente garantiria uma recompensa muito maior. O sujeito obviamente adorava a filha iaque, e Arik-Boke precisava da comida produzida naquele canato.

Esfregou as mãos, livrando-se de flocos de sangue seco. Tinha sido um bom dia, o fim de meses percorrendo os pequenos principados que formavam o canato maior. Fora adulado em todos os lugares, e suas carroças de bagagem gemiam sob o peso de presentes em ouro e prata. Até seu irmão Hulegu pusera de lado a luta por terras novas, embora o general Kitbuqa tivesse sido morto por soldados islâmicos durante o retorno de Hulegu a Karakorum para o funeral de Mongke. Seu irmão havia obtido um canato difícil, mas desfilara seus homens diante de Arik-Boke e lhe dera uma armadura feita de jade precioso como presente e prova de afeto.

Em companhia da corte do Sr. Alghu, Arik-Boke entrou na área do palácio em Samarkand, passando à sombra de um portão amplo. Em todos os lados havia carroças cheias com as carcaças dos animais que eles haviam caçado naquele dia. Mulheres saíam das cozinhas do palácio para recebê-las, rindo e brincando enquanto pegavam as facas.

    Arik-Boke assentiu e sorriu para elas, mas seus pensamentos estavam longe. Kublai ainda não lhe respondera. A ausência do irmão mais velho era como um espinho em sua túnica, incomodando-o a cada movimento. Não bastava ter homens como Alghu curvando-se diante dele. Arik-Boke sabia que a ausência contínua de Kublai estava sendo discutida em todos os pequenos canatos. Ele tinha um exército que não jurara aliança ao novo cã. Até que isso acontecesse, a posição de Arik-Boke permanecia incerta. As linhas do yam estavam silenciosas. Pensou em mandar outra correspondência com ordens para o irmão, mas depois balançou a cabeça, descartando a ideia como sinal de fraqueza. Não imploraria a Kublai para voltar para casa. Um cã não pedia. Exigia, e estava feito. Imaginou se o irmão teria se perdido em alguma ruína jin, sem saber das preocupações do canato. Isso não surpreenderia Arik-Boke.

CAPÍTULO 35

Kublai cavalgava na chuva torrencial, o cavalo se esforçando e fungando enquanto mergulhava as patas na lama funda. Sempre que paravam, ele passava para um cavalo de reserva. Aqueles animais resistentes eram o segredo da força de seu exército, e ele jamais invejava os garanhões árabes muito maiores, ou os cavalos de arado russos com ombros mais altos do que a cabeça de um homem. Os pôneis mongóis podiam cavalgar até o horizonte e fazer isso de novo no dia seguinte. Quanto a si mesmo, não tinha tanta certeza. As mãos entorpecidas tremiam no frio e ele tossia constantemente, tomando *airag* num odre para aliviar a garganta e deixar que um fio de calor se espalhasse no peito. Não precisava ficar sóbrio para cavalgar, e esse era um pequeno conforto.

Doze *tumans* cavalgavam com ele, inclusive os oito que haviam lutado até chegar às proximidades de Hangzhou. Não havia estrada com largura suficiente para uma hoste tão grande, e eles deixavam uma esteira de campos pisoteados com 800 metros de largura. Longe, à frente, seus batedores cavalgavam sem armadura ou equipamento, tomando os postos do yam e mantendo os cavaleiros ali por tempo suficiente para que os *tumans* chegassem e os engolissem. Ele podia avaliar a distância que viajavam a cada dia pelo número de postos por onde passavam – o espaçamento regular era estabelecido pelas leis do próprio Gêngis. Passar por dois significava que haviam cavalgado 80 quilômetros, mas, num bom dia, quando o terreno estava firme e o sol brilhava, podiam passar por três.

Esse não era um desses dias. As fileiras da frente se saíam melhor, mas quando o segundo ou terceiro *tuman* passava no mesmo terreno este havia se transformado em torrões fundos e revirados que cansavam as montarias e reduziam a distância que podia ser viajada.

Kublai levantou a mão para sinalizar a um dos seus homens de confiança. Os meninos dos tambores, montados em camelos, não poderiam manter o ritmo dos 15 dias anteriores de cavalgada intensa. Nenhum camelo poderia percorrer 80 ou 100 quilômetros por dia em terreno irregular. Kublai sorriu ao ver o sujeito. Seu homem de confiança estava tão enlameado que o rosto, as pernas e o peito estavam quase completamente pretos, os olhos aparecendo como buracos com bordas vermelhas. O homem viu o gesto e levou uma trombeta aos lábios, tocando uma nota grave que foi imediatamente ecoada por outras ao longo das linhas.

Demorava muito tempo para que tantos homens parassem, ou mesmo para que ouvissem a ordem. Kublai esperou pacientemente enquanto as linhas da retaguarda e da frente começavam a diminuir o passo até uma caminhada, e finalmente pôde apear, resmungando em desconforto enquanto os músculos cansados rangiam. Estivera cavalgando em velocidade durante a manhã inteira, e, se seus homens sentiam metade de seu cansaço, era hora de descansar e comer.

Trezentos mil cavalos precisavam pastar durante horas a cada dia para manter aquele ritmo. Kublai sempre escolhia pontos de parada junto a rios e capim bom, mas isso estava difícil de encontrar enquanto seguiam mais para o oeste. Xanadu havia ficado mais de 1.600 quilômetros atrás, sua cidade parcialmente construída mostrando claramente o que se tornaria em mais alguns anos. As ruas largas tinham sido pavimentadas com pedras boas e lisas, perfeitas e prontas para serem gastas por seu povo. Grandes trechos da cidade estavam finalizados, e ele levara vida às ruas silenciosas com seu povo. A empolgação no rosto dos seus homens o havia agradado enquanto eles reivindicavam casas vazias e mudavam-se juntos, comentando cada nova maravilha. Sorriu enquanto sua mente enfeitava as lembranças, criando parques e avenidas onde ainda havia marcos de madeira e árvores pequenas. Mas aquela era uma coisa real e cresceria. Se ele não deixasse mais nada para trás, teria feito uma cidade a partir do nada.

Desde então o terreno havia mudado várias vezes, de planícies aluviais úmidas até morros ásperos sem nada além de espinheiros. Tinham passado por uma centena de cidades pequenas, com os habitantes se escondendo. Esta era uma coisa que acontecia quando se cavalgava com 12 *tumans*: Kublai não tinha o que temer por parte de bandoleiros ou ladrões. Seus homens cavalgavam por uma planície vazia enquanto cada inimigo potencial desaparecia ao vê-los.

Cada grupo de dez guerreiros tinha dois ou três cujo serviço era levar trinta cavalos para tomar água ou pastar. Esses animais carregavam grãos, mas os problemas de peso significavam que só podiam transportar o suficiente para um suprimento de emergência. Kublai entregou as rédeas a outro homem e esticou as costas com um gemido. Sob o aguaceiro, não havia se incomodado em procurar florestas que fornecessem lenha. Seria uma refeição fria, de pão rançoso e pedaços de carne para a maioria dos homens. Xanadu havia fornecido cordeiro e cabrito salgado suficientes para um mês, uma quantidade que deixara toda a população com rações pela metade até que os rebanhos se regularizassem. Ainda não estavam a ponto de tomar sangue de égua viva, mas não faltava muito para tanto.

Kublai suspirou, sentindo prazer em ver as rotinas ao redor, desfrutando a diminuição da tensão nos olhos enquanto se concentrava em alguma coisa próxima em vez de a quilômetros de distância. Sentia falta da esposa, mas agora havia aprendido a não ficar ligado demais a um bebê até ter certeza de que a criança sobreviveria. Seu filho Zhenjin cavalgava junto com os homens de confiança, branco de cansaço do fim do dia, mas teimosamente decidido a não abandonar o pai. Estava à beira de se tornar homem de fato, mas era magro e rijo como Kublai. Havia maneiras piores de virar homem — e piores companheiros do que os *tumans* ao redor.

Enquanto Kublai se espreguiçava, Uriang-Khadai se aproximou, sacudindo torrões de lama dos pés. Todos estavam cobertos da gosma que espirrava dos cascos, e Kublai teve de rir ao ver o digno orlok parecendo ter rolado por um morro lamacento. A força da chuva aumentara de repente, lavando um pouco da lama enquanto eles ficavam parados encarando-se. O som do aguaceiro era um trovão opaco, martelando, e, em algum lugar próximo, um raio estalou no céu, um clarão fraco por trás das nuvens pesadas. Kublai começou a rir.

— Achei que iríamos atravessar desertos, orlok. A gente pode se afogar de pé aqui.

— Prefiro isso ao calor, senhor, mas não posso examinar os mapas debaixo dessa água. Tomamos dois postos do yam hoje. Sugiro que deixemos os cavalos e homens descansarem até amanhã. Duvido que a chuva dure muito mais.

— Qual a distância até Samarkand? — Kublai viu o orlok levantar os olhos para o céu e se lembrou de que fizera a mesma pergunta muitas vezes.

— Cerca de 1.100 quilômetros, senhor. Uns 50 a menos do que hoje de manhã.

Kublai ignorou o tom mal-humorado do orlok e raciocinou. Mais 12 dias, talvez dez, se forçasse os homens até o limite da exaustão e trocasse de montarias com mais frequência. Tivera cuidado com os recursos até esse ponto, mas talvez fosse hora de pressionar até a maior velocidade possível.

O canato de Chagatai estava bem estabelecido, e haveria linhas do yam correndo por ele em todas as direções. Mesmo que tomasse os cavaleiros de cada um dos postos, ainda se preocupava com a hipótese de alguém chegar à frente. Seria necessário um cavaleiro soberbo para ficar à frente dos seus *tumans*, mas um homem sem armadura e com um cavalo descansado só precisava chegar a um posto adiante e depois trocar de cavalo em cada ponto. Isso poderia ser feito, e apavorava-o a ideia de receber a notícia de que alguém já havia ultrapassado.

Uriang-Khadai tinha esperado pacientemente enquanto o cã pensava, conhecendo bem Kublai.

— O que você pode me dizer sobre as próximas terras? — perguntou o cã.

O orlok deu de ombros, olhando para o sul. Se não fosse a chuva, veria os picos cobertos de branco que levavam à Índia. Estavam rodeando a borda da cordilheira, pegando um caminho quase reto em direção sudoeste que iria levá-los ao coração do canato de Chagatai e às suas cidades mais prósperas.

— Os mapas mostram uma passagem através da última cordilheira. Não sei a que altura precisaremos subir para ultrapassar. Do outro lado dos picos, a terra é suficientemente plana para compensar o tempo que perdermos lá em cima.

Kublai fechou os olhos um momento. Seus homens podiam suportar o frio muito melhor do que o calor, e ele tinha agasalhos dil de reserva nos animais de carga. O problema era sempre a comida para tantos homens e animais. Já estavam com poucas rações, e ele não queria chegar ao canato de Chagatai como se fossem refugiados de algum desastre. Precisavam chegar revigorados a ponto de lutar e vencer rapidamente.

– Quinze dias, então. Em 15 dias quero ver as muralhas de Samarkand. Vamos parar aqui para passar a noite, onde o capim é bom, para que os cavalos encham a barriga. Diga aos homens para procurar lenha; não temos quase nenhuma sobrando.

Ele havia se acostumado a carregar lenha suficiente para uma fogueira a cada noite, se pudesse. Até mesmo esse suprimento estava escasso. Kublai imaginou se Tsubodai havia enfrentado os mesmos problemas enquanto ia para o norte e para o oeste, para além das fronteiras da nação de Gêngis.

Espreguiçou-se de novo enquanto seus homens erguiam um toldo básico usando mastros. Isso manteria a chuva do lado de fora por tempo suficiente para fazerem uma fogueira com a lenha seca que eles desembrulharam. Quem imaginaria até que ponto alguns gravetos e pedaços de pau iriam se tornar um recurso tão precioso? A boca de Kublai se encheu de saliva quando pensou na comida quente. A maioria dos homens comeria a pasta de queijo que faziam misturando com água os blocos duros como ferro. Alguns pedaços de carne-seca lhes dariam forças, mas isso jamais bastava. Eles continuariam. Suportariam tudo enquanto cavalgavam com o cã.

O general Bayar adorava o norte frio. Desde a juventude, havia sonhado em como seria cavalgar com Tsubodai nas vastidões brancas, na terra sem fim. De fato, ficara surpreso ao ver como as estepes russas eram verdes na primavera, pelo menos nas terras baixas. Sua mãe o havia criado com narrativas das vitórias de Tsubodai, como ele havia tomado Moscou e Kiev, como derrotara os Cavaleiros de Cristo em suas armaduras reluzentes. Seguir aqueles passos era um júbilo. Bayar sabia que os cristãos e os muçulmanos visitavam locais sagrados como parte de sua fé. Achava divertido pensar na jornada para as terras de Batu como uma peregrinação. As urticárias e as infecções que haviam incomodado seus homens no sul úmido desapareceram lentamente, podendo enfim cicatrizar quando o pus secava. Até os piolhos e as pulgas eram menos ativos no frio, e muitos homens defumavam as roupas sobre fogueiras para se aliviar quando podiam.

Bayar sabia que precisava ser um líder sério para seus homens. Sabia que enfrentaria batalhas e que os guerreiros de três *tumans* esperavam sua liderança. Mas sentia vontade de gritar como um menininho enquanto seu cavalo andava pela neve, com os morros brancos a toda volta.

Nessa altitude era sempre inverno, mas as estepes se estendiam num horizonte verde e castanho lá embaixo. Era um terreno aberto, sem os atavios da civilização que ele passara a odiar entre os sung. Não havia estradas para seguir, e seus *tumans* abriam o próprio caminho. O frio fazia seus ossos doerem e cada respiração o cortava por dentro, mas ele se sentia vivo, como se os anos passados nas terras sung tivessem acontecido sob um cobertor de umidade quente que só então ele conseguia tirar dos pulmões. Nunca se sentira em melhor forma e acordava a cada dia com energia renovada, saltando na sela e gritando para seus oficiais. Kublai contava com ele, e Bayar não iria frustrá-lo enquanto vivesse.

Seus *tumans* não haviam estado com Kublai no sul. Todos eram guerreiros que Mongke tinha levado contra os sung. Não tinham a aparência esguia dos que haviam estado na guerra durante anos, mas Bayar estava satisfeito. Os homens haviam jurado ao cã, e, para além disso, ele não se preocupava com a lealdade deles. Parte dele exultava por estar sozinho no comando de tantos, uma força capaz de provocar o terror nos inimigos de Kublai. Isto era a nação: a força de ataque de guerreiros implacáveis, armados com espada, lança e arco.

O canato de Batu fazia parte da história, uma história que fora contada ao redor de fogueiras mil vezes desde então. O pai dele, Jochi, havia se rebelado contra Gêngis, o único homem que ousara fazer tal coisa. Isso lhe custara a vida, mas seu canato permanecera, dado a Batu pela mão de Ogedai Khan. Bayar precisava se esforçar para não sorrir quando pensava em conhecer um neto de Gêngis, primogênito do primogênito. Batu era um dos muitos que poderia ter sido cã, com mais direitos do que a maioria. Em vez disso, a linhagem passara a Ogedai, Guyuk e, em seguida, Mongke, descendentes de filhos diferentes. Bayar esperava encontrar algum traço da linhagem sanguínea de Gêngis no homem que iria conhecer. Esperava não ter de destruí-lo. Estava indo declarar o canato de Kublai e exigir obediência. Se Batu recusasse, Bayar sabia o que teria de fazer. Criaria sua própria marca na história da nação, como um homem que encerrara uma linhagem nobre do próprio grande cã. Era um pensamento amargo, e o general não se demorou nele. Kublai era cã, seu irmão era um fraco impostor. Não havia outro modo de enxergar a questão.

Nos meses frios, Batu não podia manter sentinelas avançadas durante semanas seguidas sem que elas perdessem dedos das mãos e dos pés com o frio. Bayar não ficou surpreso ao ver casas de pedra isoladas enquanto guiava seus homens descendo as altas montanhas. De uma grande distância, podia ver a fumaça subindo de residências com paredes grossas e telhados de ângulos agudos, destinadas a deixar a neve cair em vez de se acumular até um peso esmagador. Também podia enxergar cavaleiros galopando para longe deles ao ver os *tumans*, sem dúvida para informar Batu sobre a ameaça. Bayar havia derrubado seu último posto do yam alguns quilômetros antes, pegando os furiosos cavaleiros. As ordens de Kublai não se aplicavam mais, agora que ele fizera contato. Logo Arik-Boke tomaria conhecimento, como eles queriam, e ele saberia que suas terras do norte estavam isoladas. Bayar esperava que Kublai e Uriang-Khadai tivessem chegado a Samarkand. Juntos, poderiam isolar Karakorum, tirando os dois grandes fornecedores de grãos e rebanhos da capital.

Com as trombetas de batalha soando, Bayar acelerou o passo, seus 30 mil homens movendo-se bem enquanto puxavam os cavalos de reserva. Na retaguarda, tinha homens com bastões compridos para impelir os rebanhos quando queriam parar e pastar. Eles teriam uma chance de descansar e comer quando ele tivesse terminado com Batu.

Bayar pôde avaliar o homem que enfrentaria pela velocidade da reação à sua incursão. Teve de admitir que ficou impressionado com a agilidade com que os *tumans* de Batu apareceram. Mesmo sem o aviso das linhas do yam, numa terra ocupada havia muito e sem inimigos próximos, Bayar mal conseguira atravessar 15 quilômetros num vale de capim com bordas de gelo antes de ouvir trombetas distantes e ver negras linhas de cavalos aproximando-se rapidamente a galope. O general de Kublai observou fascinado enquanto os números visíveis continuavam crescendo, derramando-se no vale vindo de duas ou três direções diferentes. O canato de Batu tinha apenas uma geração de idade, e ele não fazia ideia de quantos homens poderiam atuar contra sua incursão. Tinha planejado para um único *tuman* de guerreiros, talvez dois. Quando haviam se formado em fileiras sólidas, bloqueando seu caminho, ele suspeitou que praticamente se equivaliam à sua força — cerca de 30 mil homens prontos para defender as terras e o povo de seu senhor.

Kublai estivera longe de casa por tempo demais, percebeu Bayar. Quando partira para as terras sung, o canato de Batu mal havia se registrado na política de Karakorum. No entanto, o povo de Batu havia se reproduzido e absorvido muitos outros no correr dos anos. Pela primeira vez, Bayar considerou que talvez não pudesse levar uma força esmagadora contra ele. Tinha visto o modo como os *tumans* se moviam, reconhecendo os padrões móveis dos *jaguns* e *minghaans* no exército. Não era uma horda selvagem que ele enfrentava, e sim homens treinados, com arcos e espadas iguais aos seus.

Bayar parou seus *tumans* com o punho levantado. Tinha recebido carta branca de Kublai, mas pela primeira vez em anos sentia a própria inexperiência. Estes homens eram do seu povo e ele não sabia instantaneamente como se aproximar deles como um comandante hostil. Esperou durante um tempo na primeira fila, depois respirou aliviado quando um grupo se destacou do outro lado e cavalgou até um terreno intermediário. Tinham as bandeiras vermelhas do canato da Horda Dourada, mas também bandeiras brancas puras. Não havia um símbolo de trégua entre os canatos, mas o branco estava ganhando popularidade, e ele só podia esperar que os guerreiros da Horda Dourada achassem que aquilo significava o mesmo que ele supunha. Fez um gesto para seus homens de confiança.

— Levantem bandeiras brancas. Dois *jaguns* avancem comigo — disse, batendo os calcanhares antes que eles pudessem se mexer.

Concentrou-se nos outros enquanto avançava, imaginando se ainda podia pensar neles como inimigos. Havia um homem mais velho no centro, cercado por guerreiros em armadura completa com arcos nas mãos. Bayar foi na direção dele, sabendo que seus homens estariam se formando atrás sem precisar de mais ordens.

A tensão pareceu crescer no ar enquanto seus duzentos se aproximavam do destacamento. Bayar sentiu-se estremecer ligeiramente ao passar pelo ponto em que sabia estar ao alcance das flechas. Usava uma armadura de escamas laqueadas ao estilo jin, mas sabia tão bem quanto qualquer homem vivo que as longas flechas mongóis podiam atravessá-la. Sentiu o suor escorrer nas axilas e mostrou apenas o rosto frio. Kublai contava com ele.

A 100 metros sentiu vontade de mandar pararem, mas estava longe demais para falar com quem quer que os comandasse, e obrigou-se a cavalgar, como se não enfrentasse homens armados capazes de acertar flechas em sua garganta daquela distância. Os homens do destacamento de Batu observaram-no se aproximar sem qualquer expressão, mas remexeram os arcos numa tensão crescente enquanto ele chegava a apenas 20 passos. No silêncio, súbito podia ouvir os estandartes ao vento, enrolando-se e estalando. Respirou fundo, controlando o nervosismo para que a voz saísse forte e firme.

— Sob bandeiras de trégua procuro o Sr. Batu Borjigin — gritou.

— Você o encontrou — respondeu o homem que estava no centro. — E por que veio às minhas terras com *tumans*? O grande cã declarou guerra contra o meu povo?

Por um instante Bayar lutou para não sorrir. Enfrentava a morte num instante e sua reação física era rir.

— Não sei o que o embusteiro está fazendo, senhor. Sei que Kublai Khan oferece a paz em troca de sua lealdade.

A boca de Batu se abriu ligeiramente. Ele gaguejou enquanto falava, esquecendo a postura digna.

— O quê? Kublai Khan? Quem é você para vir aqui e falar sobre Kublai?

Bayar riu da confusão do outro, finalmente deixando esvair parte da tensão.

— Ofereça-me direitos de hóspede em seu acampamento, senhor. Eu cavalguei uma longa distância e minha garganta está seca.

Batu encarou-o por um momento que pareceu interminável, até que a gargalhada ameaçadora de Bayar fosse interrompida. O sujeito devia ter uns 50 anos, avaliou Bayar, com cabelos que haviam ficado grisalhos e rugas fundas ao redor da boca e dos olhos. Enquanto esperava, imaginou se ele se parecia com Gêngis, memorizando o rosto.

— Muito bem, concedo-lhe direitos de hóspede por esta noite e não mais. Até ouvir o que você tem a me dizer.

Bayar relaxou ligeiramente. Jamais estaria totalmente em segurança, mesmo depois dessa oferta, mas ela jamais era feita com leviandade. Até a manhã seguinte Batu seria seu hospedeiro, chegando ao ponto de defendê-lo caso fosse atacado. Apeou e assentiu para seus homens fazerem o mesmo. Batu acompanhou a ação e veio andando pelo capim congelado, com o rosto cheio de curiosidade.

— Quem é você? — perguntou Batu.

— Sou o general Bayar, senhor. Oficial de Kublai Khan.

Batu balançou a cabeça, confuso.

— Mande seus homens se afastarem e acamparem no vale 3 quilômetros a leste. Não quero que amedrontem minhas aldeias. Não haverá saques nem contato com meu povo, general. Está claro?

— Darei as ordens, senhor.

O neto de Gêngis parecia estar examinando-o, com a expressão ainda atônita. Bayar olhou enquanto tapetes de feltro eram abertos no capim e o chá era posto para ferver. Mandou as ordens aos seus *tumans* e eles se acomodaram. Só esperava encontrar as palavras certas para impressionar o sujeito sentado à frente.

Batu aguardou até que Bayar tivesse pegado uma tigela de chá com a mão direita e tomado um gole, sentindo o gosto do sal.

— Agora explique, general. Sabe, eu quase espero que você seja um louco. Seria melhor do que a notícia que acho que você trouxe.

CAPÍTULO 36

Samarkand era uma cidade linda, com montanhas brancas a distância e muralhas tão grossas que três cavaleiros podiam andar lado a lado no topo. Torres azuis apareciam sobre os muros cor de areia, mas os grandes portões estavam fechados. Os *tumans* de Kublai haviam impelido fazendeiros e aldeões à frente como se fossem gansos, a multidão crescendo à medida que cavalgavam os últimos quilômetros. Incapazes de entrar na cidade, as pessoas se sentaram e choraram diante dela, levantando as mãos para quem estava do lado de dentro. Os guerreiros de Kublai as ignoraram.

Ao longo de toda a muralha, mongóis e persas com armaduras olhavam para baixo, estupefatos. Nenhum exército havia sitiado Samarkand desde Gêngis. No entanto, ainda existiam muitas pessoas vivas que se lembravam do horror daquela época. Centenas, depois milhares de habitantes subiram os degraus do lado de dentro para olhar os *tumans*.

Kublai olhava-os, montado confortavelmente num cavalo magro que focinhava o chão em busca de qualquer coisa que valesse a pena comer. Seu rosto e os dedos ainda doíam do frio que suportara nas passagens das montanhas. Embora o sol estivesse forte, ele sabia que perderia a pele das bochechas, já mais escuras do que o restante do rosto, que começava a descascar e rachar. Zhenjin trotou até perto do pai, mas não falou enquanto também observava as grandes muralhas. Kublai sorriu ao ver a expressão do filho.

— Meu avô tomou esta cidade uma vez, Zhenjin.

— *Como?* — perguntou o garoto, espantado. Ele mal se lembrava de Karakorum, e Samarkand era projetada para impressionar exatamente o tipo de força comandada por Kublai.

— Catapultas e cerco. Ele não tinha canhões na época.

— Não temos canhões, pai.

— Não, mas, se for preciso, mandarei os homens construírem máquinas pesadas para partir a muralha. Não será rápido, mas a cidade *vai cair*. Mas não foi por isso que eu vim, Zhenjin. Não tenho interesse em matar meu povo, a não ser que ele me obrigue. Há maneiras mais rápidas, se eles conhecem a história.

Sinalizou para Uriang-Khadai, que, por sua vez, gritou uma ordem para dois guerreiros. Eles saltaram das selas e começaram a tirar equipamentos dos cavalos de reserva. Zhenjin observou enquanto os homens tiravam rolos de tecido e traves, carregando-os nos ombros, grunhindo por causa do peso.

— O que eles têm ali? — perguntou.

— Você vai ver — respondeu Kublai, sorrindo estranhamente.

O erudito que ele fora estava muito distante naquele momento, mas sentia alegria na história da sua família e da cidade. A história era feita de mais do que simplesmente narrativas, lembrou-se enquanto os homens avançavam com seus fardos. Ela também dava lições.

Sob o olhar do cã, os homens trabalharam rapidamente, colocando camadas de tecido numa estrutura de madeira e martelando estacas para prender cordas no chão pedregoso. Haviam chegado ao alcance de flechas e suas costas rígidas mostravam como tentavam resistir ao medo de que alguém cravasse uma seta neles enquanto trabalhavam.

Quando eles se levantaram de novo, os *tumans* soltaram um rugido de desafio, não planejado, um estrondo que ecoou das muralhas. Uma tenda branca estava diante de Samarkand.

— Não entendo — disse Zhenjin, gritando para ser ouvido acima do som.

— Os homens mais velhos da cidade vão entender — respondeu Kublai. — A tenda branca é uma exigência de rendição, um sinal para eles de que os *tumans* do cã declararam guerra. Quando o sol se puser, caso os portões permaneçam fechados para mim, será erguida uma tenda vermelha. Ela ficará de pé durante um dia diante da muralha. Se eles a ignorarem, erguerei uma tenda preta.

— O que as tendas vermelha e preta significam?

— Significam a morte, filho, mas a coisa não chegará a esse ponto.

Ao mesmo tempo que ele falava, o enorme portão começou a se abrir. Um grito de esperança brotou na multidão de refugiados cheios de terror junto à muralha. Eles foram para aquele ponto como se uma represa tivesse rompido, empurrando uns aos outros em desespero e entrando na frente dos cavaleiros que tentavam sair da cidade. Kublai riu para o filho.

— Ainda se lembram de Gêngis, pelo menos em Samarkand. Veja, meu filho. Eles vêm.

O Sr. Alghu estava suando copiosamente, apesar de ter se banhado em água fresca quando o sol nascera. Tinha sido chamado de seus aposentos por seus homens mais importantes, que estavam com o rosto branco de medo. Ainda mal podia acreditar no tamanho do exército que se reunira diante de Samarkand. Pela primeira vez na vida, entendia como devia ter sido para os inimigos da nação acordar e ver os *tumans* esperando. Desejou que seu pai Baidur ainda estivesse vivo. Ele saberia o que fazer diante daquela ameaça.

Alghu havia corrido até o topo da muralha, encostando-se sem firmeza numa coluna de pedra enquanto olhava a distância. Teria ofendido Arik-Boke de algum modo? O Sr. Alghu engoliu a saliva dolorosamente, com a garganta seca à brisa. Se o cã optasse por usá-lo como exemplo, suas amadas cidades seriam queimadas, seu povo seria trucidado. Alghu não tinha ilusões quanto à força destrutiva de um exército mongol no campo. Os *tumans* que estavam diante de Samarkand rasgariam o canato de Chagatai como uma praga impossível de ser contida. Viu sua própria morte nos estandartes ao vento.

Seus homens mais importantes haviam subido os degraus de arenito para enxergar, e olharam-no esperando ordens. Ele comandava todos, e a vida de todos estava em suas mãos. Não culpava a filha. Aigiarn era jovem e cabeça-dura, mas qualquer que fosse o insulto que Arik-Boke acreditava ter recebido não implicava mandar um exército. Ele iria mandá-la para fora da cidade de modo que a maldade de Arik-Boke não recaísse sobre ela. Alghu estremeceu com o pensamento.

— Senhor, não estou vendo os estandartes do cã — disse de repente um dos seus homens.

Alghu estivera se virando para os degraus, para descer. Parou.

— Como assim? — falou, voltando e espiando de novo. O dia estava límpido, e ele podia enxergar até uma longa distância de cima da muralha. — Não entendo — murmurou enquanto confirmava com os próprios olhos.

Os estandartes de Arik-Boke não estavam ali, mas ele não reconhecia os outros que balançavam. Pareciam ter algum tipo de animal bordado em seda amarela. Estavam muito longe para ter certeza, mas o Sr. Alghu soube que jamais vira aquelas bandeiras antes.

— Talvez eu devesse sair e perguntar o que eles querem — disse aos seus homens, com um sorriso tenso.

A expressão deles não se aliviou. Todos tinham família em Samarkand ou nas cidades ao redor. O canato de Chagatai não fora atacado durante décadas, no entanto todos conheciam as histórias de chacinas e destruição que haviam acontecido com Gêngis. Era impossível viver no canato e não as conhecer.

Um pequeno grupo de guerreiros destacou-se dos *tumans* na frente da cidade, cada homem segurando rolos de pano. Alghu olhou para baixo, confuso, enquanto eles se aproximavam da muralha. Um dos seus soldados começou a retesar um arco ali perto, mas ele gritou uma ordem para o sujeito ficar parado.

Milhares de pessoas olhavam com curiosidade enquanto a tenda branca começava a tomar forma, os homens embaixo martelando estacas e esticando cordas para sustentá-la. Não era tão sólida quanto uma iurta e as laterais balançavam ao vento. Quando o Sr. Alghu reconheceu aquilo, recuou um passo, balançando a cabeça.

— Não pode ser — sussurrou.

Os que se lembravam ficaram parados em choque, ao passo que os amigos exigiam saber o que aquilo significava.

— Preparem os portões! — gritou subitamente o Sr. Alghu. — Vou falar com eles. — Em seguida se virou para seus homens, com a expressão doentia de preocupação. — Tem de ser um engano. Não entendo, mas o cã não destruiria Samarkand.

Quase caiu enquanto descia correndo a escada, com as pernas fracas. Seu cavalo estava na rua principal da cidade, esperando com os guardas pessoais. Eles não sabiam de nada do que ele vira, e Alghu não os esclareceu. A tenda branca era uma exigência de rendição total e precisava ser respondida antes que a tenda vermelha fosse erguida. Enquanto montava, Alghu disse a si mesmo que tinha um dia, mas nem conseguia pensar, de tanto medo. A tenda vermelha significaria a morte de cada homem com idade para lutar na cidade. A tenda preta era uma promessa de trucidar cada criatura viva, inclusive mulheres e crianças. A cidade de Herat havia ignorado Gêngis quando ele a ameaçara desse modo. Apenas lagartos e escorpiões viveram naquele local quando ele terminou.

— Abram o portão! — gritou o Sr. Alghu. Precisava responder imediatamente à exigência. Seus soldados retiraram a grande barra de carvalho e ferro e começaram a separar as folhas do portão. Enquanto uma linha de luz surgia, o senhor se virou para um dos principais homens de confiança.

— Procure meus filhos e minha filha. Leve-os em segurança para... — Ele hesitou. Se o cã tinha decidido destruir sua linhagem, não *havia* lugar seguro no mundo. Arik-Boke iria caçá-los, e ninguém ousaria dar abrigo, por medo da vingança do cã.

— Senhor, a aldeia de Harethm fica 150 quilômetros a noroeste — disse o homem de confiança. — Eu já morei lá e ela fica dentro da fronteira do canato de Hulegu. Ninguém saberá que eles estão lá, a não ser o senhor. Vou protegê-los com minha vida.

— Muito bem. — O Sr. Alghu respirou aliviado. — Vá, saia por outro portão. Vou mandar buscá-los se puder.

À medida que o portão se abria mais, Alghu viu uma multidão de homens e mulheres querendo entrar, as mãos estendidas em pânico. Seus soldados começaram a empurrá-los para trás, para que o senhor passasse. O Sr. Alghu não tinha olhos para eles, que escorriam ao redor de seus homens. A cidade não era um lugar mais seguro do que o lado de fora.

Olhou as fileiras escuras dos *tumans* que o esperavam. O medo era um nó em seu estômago enquanto ele batia os calcanhares e começava a trotar. Quando passou pela sombra do arco, viu seus porta-estandartes começando a desenrolar suas bandeiras pessoais.

— Bandeiras brancas — gritou rispidamente, à beira do pânico. — Vamos sair sob trégua.

Seus homens o encararam, enxergando o medo. Não tinham bandeiras brancas, mas um dos refugiados usava uma camisa branca. Num instante o infeliz foi derrubado e despido, a vestimenta erguida para balançar numa lança enquanto o Sr. Alghu saía cavalgando.

— Quer ir comigo? — perguntou Kublai. Zhenjin sorriu, mostrando os dentes brancos. Em resposta, bateu os calcanhares e seu cavalo saltou adiante. Kublai acenou para Uriang-Khadai e o orlok assobiou para o *jagun* de cem guerreiros mais próximo. Eles se destacaram das fileiras, formando-se dos dois lados dos comandantes. Os porta-estandartes de Kublai vieram com eles, trazendo bandeiras amarelas com dragões chineses que captavam o sol e reluziam.

— Fique em silêncio e ouça — murmurou Kublai a Zhenjin enquanto se aproximavam dos guerreiros vindos da cidade.

— Nós vamos matá-los? — perguntou Zhenjin. A ideia não parecia perturbá-lo particularmente, e Kublai sorriu. Tinha visto a bandeira branca tremulando acima dos homens.

— Não, a não ser que seja necessário. Preciso ter esse canato do meu lado.

Pararam juntos, demonstrando a disciplina aos que assistiam das muralhas. Os homens do Sr. Alghu pararam com menos precisão, o tipo de demonstração preguiçosa que os *tumans* de Kublai esperavam de soldados da cidade.

Alghu veio com seu general mais importante, e Kublai fez o mesmo com Uriang-Khadai. Os dois grupos menores se encararam ao sol forte, lançando sombras compridas no terreno arenoso. Kublai esperou, montado em dignidade e obrigando-os a falar primeiro.

O silêncio durou apenas alguns instantes antes que o Sr. Alghu pigarreasse.

— Quem é você para erguer uma tenda branca diante da minha cidade? — perguntou.

— Sou Kublai Borjigin, neto de Gêngis, grande cã da nação nascida. Dê-me seu nome e me reconheça como seu senhor e não teremos disputa.

Alghu ficou boquiaberto, afrouxando-se na sela. Tinha conhecido Kublai na infância, mas os anos o haviam mudado para além de qualquer possibilidade de reconhecimento. O homem que ele encarava usava um manto de seda jin sobre uma túnica, com dragões bordados no tecido. Mas havia uma espada pendurada em seu quadril, e ele parecia forte e perigoso. O Sr. Alghu forçou a vista ao sol e viu os olhos dourados que frequentemente marcavam a linhagem de Gêngis. Engoliu em seco.

— Sou Alghu Borjigin — gaguejou. — Cã do território de Chagatai. Se o senhor é... — Ele hesitou, a ponto de dizer palavras que sugeriam que duvidava da afirmação de Kublai. Não podia se dar ao luxo de insultar um homem que tinha 12 *tumans*. — Sou seu primo, filho de Baidur, filho de Chagatai, filho de Gêngis.

— Eu o conheci quando era pequeno, não? Antes que Guyuk fosse feito cã em Karakorum?

Alghu assentiu, tentando reconciliar a lembrança do garoto magro com o homem à sua frente.

— Eu me lembro. Então o senhor retornou das terras sung?

Kublai deu um risinho.

— Você é um homem de percepção rara, vendo-me à sua frente. Agora entregue sua cidade, Sr. Alghu. Não vou pedir de novo.

A boca do sujeito mais velho se abriu, mas nenhum som brotou. Ele balançou a cabeça, simplesmente incapaz de absorver o que acabava de ouvir.

— Arik-Boke é cã — gaguejou finalmente. Para seu horror, a expressão de Kublai se tornou fria, e os olhos amarelos pareceram reluzir de fúria.

— Não, Sr. Alghu. Não é. Eu reivindico o canato e todas as nações dentro dele. Meu irmão vai se ajoelhar diante de mim ou vai tombar. Mas isso é para outro dia. Dê-me sua resposta ou tomarei esta cidade e colocarei outro em seu lugar. — Kublai se virou para Uriang-Khadai, com a voz leve. — Estaria interessado em governar Samarkand, orlok?

— Se for a sua vontade, senhor cã — respondeu Uriang-Khadai. — Mas eu preferiria cavalgar com o senhor contra o usurpador.

— Muito bem. Encontrarei outro. — Ele se virou de volta para o Sr. Alghu, que continuava olhando-o ligeiramente boquiaberto. — A sua resposta, Sr. Alghu?

— Eu... fiz meu juramento a Arik-Boke. Ao seu irmão, senhor. Não posso retirar as palavras.

— Eu o libero do juramento — respondeu Kublai imediatamente. — Agora...

— Não é tão simples assim! — reagiu Alghu, com a raiva finalmente rompendo o choque.

— Não? Quem mais tem autoridade para liberar seu juramento, se não o seu cã?

— Senhor, isso é... eu preciso de tempo para pensar. O senhor quer entrar na cidade em paz por uma noite? Concedo direitos de hóspede ao senhor e aos seus homens.

Por um instante, Kublai sentiu pena do sujeito que ele colocara numa situação impossível. Doze *tumans* estavam diante da cidade dele, prometendo a destruição garantida. Ele não poderia violar o juramento feito a Arik-Boke, mas Kublai não lhe daria chance. Sua vontade endureceu.

— Não, Sr. Alghu. Você tomará a decisão aqui e agora. Você escolheu jurar ao usurpador, mas eu não o considero responsável pelos crimes dele. Sou o cã de direito da nação. Sou o gur-cã. Minha palavra é ferro, e minha palavra é lei. Digo de novo que você está liberado do juramento, do seu voto. Está feito. Neste momento você não chama nenhum homem de senhor. Entende o que eu disse?

Alghu havia empalidecido. Assentiu.

— Então, como homem livre, você deve se decidir. Meu lugar não é aqui. Tenho outras preocupações além deste canato, mas não posso deixar um inimigo atrás enquanto busco meu irmão idiota. Não posso deixar uma linha de suprimentos para Karakorum, quando colocar aquela cidade sob cerco. Entende *isso*?

O Sr. Alghu assentiu de novo, incapaz de responder. A voz de Kublai se suavizou, quase ao ponto de ficar amigável.

— Então escolha, Alghu. Temos muito poucas escolhas verdadeiras na vida. Eu não teria opção além de destruir Samarkand se você tomar a decisão errada aqui, nesta manhã, mas não quero ameaçá-lo. A nação está em erro, Alghu. Eu preciso meramente consertar o que está errado.

Alghu pensou nos filhos, já a caminho de uma aldeia segura. Não tinha ilusões quanto ao que Kublai estava descrevendo. Arik-Boke possuía um vasto exército e nunca se renderia ao irmão, agora que era cã. Nenhuma força mongol *jamais* havia lutado contra seu próprio povo, mas isso aconteceria e traria destruição numa escala que ele nem podia imaginar.

Devagar, cautelosamente, sob o olhar atento do orlok de Kublai, o Sr. Alghu apeou e parou junto ao cavalo, olhando para o homem que afirmava governar o mundo. O canato de Chagatai era apenas uma pequena parte desse mundo, disse a si mesmo. Se fizesse um novo juramento, Arik-Boke mandaria seus *tumans* em represália. Não haveria misericórdia, nem trégua para um senhor que violasse um juramento. O Sr. Alghu fechou os olhos um instante, apanhado entre forças impossíveis.

Por fim, falou:

— Senhor, se eu lhe der meu juramento, minhas cidades estão ao alcance de Karakorum. Será um ato de guerra contra o grande canato. — Ele piscou ao perceber as palavras que havia usado, mas Kublai apenas riu.

— Não posso lhe prometer segurança, Alghu. Neste mundo não existe segurança. Posso dizer que manterei a atenção de meu irmão fixa em mim durante este verão. Depois disso o canato será restaurado e eu olharei com gentileza para suas cidades.

— Se o senhor perder...

— Se eu perder? Não temo um irmão fracote que acha que pode ficar no meu lugar. O sol está quente, Alghu, e eu estou demonstrando paciência com você. Entendo seus temores, mas, se eu estivesse em seu lugar, saberia o que fazer.

O Sr. Alghu se afastou do cavalo. No chão poeirento, ajoelhou-se.

— Ofereço-lhe iurtas, cavalos, sal e sangue, senhor cã — disse numa voz que era quase um sussurro. — O senhor tem o meu juramento.

A tensão se esvaiu de Kublai enquanto ele falava.

— Foi a decisão certa, Sr. Alghu. Agora receba meus homens em sua cidade, para que possamos descansar e beber para tirar o pó da garganta.

— Muito bem, senhor cã — disse Alghu, imaginando se teria acabado de jogar fora a honra, além da vida. Estivera pensando em trazer os filhos de volta à cidade, mas não faria mal passarem uma estação com os aldeões, o mais seguros possível contra o mal, com os canatos em vias de irromperem numa guerra civil.

O general Bayar olhava azedamente enquanto Batu andava de um lado para o outro na casa de madeira. O sujeito não havia recebido bem a notícia, e Bayar ainda estava procurando as palavras certas para convencê-lo. Conhecia quase todos os planos de Kublai, e parte deles era garantir que os príncipes da nação ficassem fora da luta entre os irmãos. Era um pedido difícil, que ia contra a raiz da honra e dos juramentos deles, mas Kublai fora claro nas instruções.

— Nunca houve guerra civil na nação — dissera Kublai. — Garanta que Batu entenda que as regras normais foram suspensas até que minha família chegue a uma decisão. O juramento dele é ao cargo de grande cã. Até que isso esteja resolvido, até que apenas um homem seja o cã, ele *não pode* honrar o juramento. Diga para ele ficar em suas terras e não teremos disputa.

Bayar pensou nessas palavras pela centésima vez enquanto Batu sentava-se à sua grande mesa de carvalho e sinalizava para os serviçais trazerem pratos fumegantes de carne e batatas com manteiga.

— Junte-se a mim, general — disse Batu enquanto puxava um banco. — Isto é carne do meu rebanho.

Bayar olhou as fatias sangrentas, e sua boca ficou cheia d'água. Deu de ombros e depois sentou-se, pegando pedaços com os dedos e mastigando de modo que o sumo escorreu pelo queixo.

— É bom — disse Bayar, contendo um gemido de satisfação. A carne se partia na boca quase sem ter de mastigar, e ele puxou mais pedaços para perto, deixando uma trilha rosada na madeira antiga.

— Você nunca vai comer nada melhor — respondeu Batu. — Espero vender a carne para as cidades do cã em alguns anos, quando tiver aumentado o rebanho.

— Vai fazer uma fortuna — disse Bayar. — Mas não enquanto a luta estiver acontecendo. Ainda preciso de uma resposta, senhor.

Batu mastigou lentamente, saboreando cada bocado, mas sempre observando o homem sentado diante dele. Depois de um tempo, limpou a garganta com um longo gole de vinho claro e se inclinou para trás.

— Muito bem. Eu tenho três opções, general, pelo que vejo. Posso deixar que o senhor vá embora, fazer o que Kublai deseja e ficar fora da luta, cuidando das minhas terras e do meu povo até que tudo termine. Se ele perder, terei o cã... — Ele levantou a mão enquanto Bayar abria a boca. — Terei Arik-Boke cavalgando para cá em fúria, perguntando por que fiquei de cabeça baixa enquanto meu senhor de direito estava sob ataque. Se esse for o resultado, posso perder tudo.

Bayar não respondeu. Nem ele nem Batu sabiam com certeza o que aconteceria se Kublai perdesse. Arik-Boke poderia cobrar algum tipo de vingança. Um homem sensato poderia declarar anistia para os pequenos canatos, mas nada na linhagem sanguínea sugeria que Arik-Boke fosse sensato.

— Minha segunda opção é montar com meus *tumans* e cavalgar em apoio ao meu cã de direito. Suspeito que você iria se opor, de modo que a primeira coisa seria trucidar seus homens.

— Se o senhor acha... — começou Bayar.

De novo, Batu o interrompeu com a mão levantada.

— O senhor está na minha terra, general. Meu povo está servindo o seu com carne boa e bebida todo dia. Eu poderia dar uma única ordem e acabar com isso antes do pôr do sol. Esta é a minha segunda opção.

— Só diga o que o senhor decidiu — falou Bayar irritado.

Batu sorriu para ele.

— O senhor não é um homem paciente, general. Minha terceira opção é não fazer nada e mantê-lo aqui comigo. Se Kublai vencer, eu não fiz nada para prejudicá-lo. Se Arik-Boke triunfar, impedi três *tumans* de se juntarem à luta. Isso me permitiria manter a vida e minhas terras, pelo menos.

Bayar empalideceu ligeiramente enquanto o outro falava. Já havia desperdiçado tempo demais no canato de Batu. Kublai o fizera repetir as ordens de cavalgar para Karakorum, e Bayar tinha alguma ideia de seu lugar nos planos do cã. Se ficasse como prisioneiro durante meses, isso significaria a diferença entre o sucesso e o desastre.

Batu estivera observando atentamente suas reações. Falou então:

— Vejo que isso não é favorável ao senhor, general. A melhor escolha para o meu povo talvez seja a pior para o senhor.

Bayar encarou-o numa raiva carrancuda. Tudo que Kublai planejava resultaria numa batalha diante de Karakorum. Os *tumans* de Bayar eram o último osso a ser lançado, a reserva que atacaria a retaguarda do inimigo exatamente na hora certa. Engoliu dolorosamente, a carne suculenta parecendo uma pedra no estômago. Kublai iria procurá-lo quando chegasse a hora. Se ele não estivesse ali, seu amigo seria derrotado.

Lentamente, Bayar se levantou.

— Vou partir agora — disse. — O senhor tomará a decisão que achar melhor, mas não vai me segurar aqui.

Virou-se rapidamente com o som de espadas sendo desembainhadas atrás dele. Dois homens de confiança de Batu estavam observando-o com expressão séria, bloqueando a porta para o sol e o ar livre.

— Sente-se, general. Ainda não terminei — falou Batu, inclinando-se para longe da mesa. Viu o olhar do general baixar até a grande faca que fora usada para cortar a carne. Batu deu um risinho enquanto pegava-a e a usava para espetar outra fatia grossa. — Mandei sentar-se.

CAPÍTULO 37

Arik-Boke retesou o arco e tentou outra vez controlar os batimentos cardíacos e a respiração. Não conseguiu. Sempre que sentia o início da calma, uma fúria penetrante fazia sua pulsação acelerar e as mãos tremerem.

Disparou com um grito de frustração e viu a flecha acertar a parte de cima do alvo de palha. Enojado, jogou o arco no chão, ignorando a careta do seu mestre de armas diante do tratamento dado a uma arma tão valiosa. Tellan estava com 60 e poucos anos e havia servido a três cãs antes de Arik-Boke, um deles no campo. Havia três garotos usando vassouras ao redor do perímetro da praça de treinamento, e todos se imobilizaram chocados ao ver um ato que garantiria chicotadas em qualquer um deles.

Tellan não demonstrou qualquer expressão enquanto pegava o arco precioso e ficava pacientemente parado, mas suas mãos percorreram a extensão da madeira sem pensamento consciente, procurando rachaduras ou danos. Quando ficou satisfeito, estendeu-o de novo. Arik-Boke dispensou o objeto.

— Agora chega. Não consigo manter a mente clara.

Ao lado, o orlok dos seus exércitos estivera no processo de retesar seu próprio arco. Alandar se encontrava diante de uma opção delicada. Seu coração martelava devagar, e as mãos e os braços eram como madeira de lei. Poderia ter cravado a flecha onde quisesse, mas, sob o olhar irritado do cã, decidiu não disparar. Liberou a tensão lentamente, sentindo os músculos estremecerem em desconforto no peito.

Alandar desamarrou a aljava do ombro e entregou o equipamento ao mestre de armas da área de treino de Karakorum. Tinha pensado que Arik-Boke poderia se beneficiar de uma manhã suando e treinando, mas a raiva do cã só parecia aumentar a cada disparo ruim.

— O senhor preferiria trabalhar com espadas, senhor cã? — perguntou.

Arik-Boke fungou. Queria retalhar alguém até a morte, e não passar por rotinas e posturas até que seus músculos doessem. Assentiu de má vontade.

— Muito bem — disse.

— Pegue as espadas de treino do cã, Tellan.

Quando o mestre de armas se virou, Arik-Boke levantou a cabeça com uma inspiração.

— Traga também a espada com cabeça de lobo — murmurou. — E traga a roupa de treinamento.

Tellan saiu correndo com os arcos e entrou nas construções ao redor da praça de treino. Voltou com duas espadas em bainhas e uma braçada de couro rígido. Arik-Boke pegou as espadas e sopesou cada uma.

— Vista a roupa, Tellan. Estou com vontade de cortar alguma coisa.

O mestre de armas era um guerreiro veterano. Havia lutado junto de Tsubodai e ganhara seu cargo na corte do cã. Suas sobrancelhas baixaram ligeiramente e a expressão ficou séria. Para um dos seus treinandos isso seria sinal de uma tempestade à vista, mas Arik-Boke não percebeu.

— Devo mandar um dos rapazes se vestir, senhor cã?

Arik-Boke encarou-o.

— Eu pedi para você chamar um dos rapazes? — perguntou rispidamente.

— Não, senhor.

— Então obedeça.

Tellan começou a afivelar as tiras de couro em volta do corpo. A roupa de treino começara a vida como avental de ferreiro com mangas compridas, as camadas de couro costuradas tão rígidas que a peça mal se dobrava na cintura. A isso haviam sido acrescentados um elmo acolchoado com protetores do pescoço e guardas pesadas que se dobravam sob as mangas e nos tornozelos. Tellan passou a parte principal por cima da cabeça e ficou parado enquanto Alandar começava a prender as fivelas.

Arik-Boke desembainhou uma espada de treino e girou-a no ar. Era mais pesada do que uma arma normal, com acréscimo de chumbo para que o pulso e os antebraços do guerreiro pudessem desenvolver força. Não tinha exatamente um gume, e a ponta era redonda. Ele franziu a testa para aquilo e desembainhou sua espada pessoal, recuperada do corpo de Mongke.

Os olhares de Alandar e Tellan foram até ele quando os dois ouviram o som do aço brilhante sendo puxado. Não era só porque os dois eram veteranos. A espada estava na família do cã havia gerações. O punho fora moldado na forma de uma cabeça de lobo estilizada e, a seu modo, era um dos símbolos mais poderosos da nação. Gêngis a havia usado, assim como o pai dele antes. A espada era polida e cruelmente afiada, com cada lasca ou mossa alisada até sumir. Parecia ser exatamente o que era: uma tira de metal afiado destinada a cortar carne. Arik-Boke girou-a com um grunhido.

Alandar encarou Tellan e deu um sorriso torto diante da expressão dele. Gostava de Tellan e havia passado algumas noites bebendo com ele. O mestre de armas não era de desmaiar diante de um pouco de sangue ou da perspectiva de uma surra, mas não estava feliz. Alandar terminou de apertar as fivelas e se afastou.

— Devo dar uma espada a ele? — perguntou.

Arik-Boke confirmou.

— Dê a sua.

Os três sabiam que isso faria pouca diferença. A roupa fora projetada para múltiplos ataques, para deixar que um guerreiro jovem tentasse permanecer calmo e concentrado enquanto meia dúzia de seus amigos o atacava. Ela não permitiria que Tellan se movesse suficientemente rápido para se defender.

Alandar entregou sua espada ao mestre de armas e sorriu enquanto parava por um instante de costas para o cã. Tellan revirou os olhos em resposta, mas pegou a arma.

Enquanto Alandar se afastava, Arik-Boke avançou e girou a arma contra o pescoço de Tellan com toda a força que tinha. O sorriso de Alandar desapareceu quando Tellan cambaleou para trás. O elmo da roupa tinha peças pesadas sobre a área do pescoço, mas a espada com cabeça de lobo quase as havia atravessado, e uma delas pendia por alguns fios.

O mestre de armas bloqueou o golpe seguinte com um esforço enorme, usando toda a força para fazer com que os braços cobertos de couro se dobrassem suficientemente rápido. Arik-Boke grunhiu enquanto o suor brotava em seu rosto, mas avançou, golpeando acima e abaixo, na virilha e no pescoço. Sua espada deixava cortes nítidos na roupa e bocas se abriam nela, de modo que Alandar podia ver a vestimenta de Tellan por baixo. O orlok pensou em fazer um comentário, mas optou por permanecer em silêncio. Arik-Boke era cã.

Tellan pareceu perceber que estava numa briga, e, quando Arik-Boke chegou perto demais, ele reverteu o movimento para trás, usando o volume da roupa para impelir o quadril contra o cã e fazê-lo cambalear. A resposta foi outro golpe chapado no pescoço, soltando o couro, que caiu. A garganta cheia de veias de Tellan ficou exposta, e ele percebeu, sentindo o ar na carne assim que isso aconteceu. Tentou saltar para o lado e para trás, mas Arik-Boke pressionava a cada passo, girando a espada como se fosse um porrete. Mais de um de seus golpes alucinados foi desviado pelo couro, torcendo seus dedos e fazendo-o sibilar de dor.

Pareceu se passar uma eternidade até que Arik-Boke fez uma pausa. A roupa de couro estava em frangalhos, metade pendendo solta e o resto no chão aos pés de Tellan. Sangue pingava pelas pernas do sujeito e empoçava lentamente enquanto Arik-Boke ofegava, observando-o à espera de algum movimento súbito. Para horror do mestre de armas e de Alandar, Arik-Boke pousou a ponta de sua espada no chão, colocando o peso nela como se fosse um simples cajado e não a espada mais famosa da história da nação. O suor jorrava do cã, e ele respirava em grandes haustos ásperos.

— Está bom — disse ele, empertigando-se com esforço e jogando a espada para Alandar, que a pegou com facilidade. — Mande meu xamã olhar seus cortes, Tellan. Alandar, venha comigo.

Sem mais uma palavra, Arik-Boke saiu da praça de treino. Alandar pegou a bainha e mal teve tempo de lançar um rápido olhar de desculpas para Tellan antes de segui-lo.

O mestre de armas ficou sozinho e ofegante no centro da praça. Não se movia há um bom tempo quando um dos garotos que varriam ousou se aproximar.

— O senhor está bem, mestre? — perguntou o garoto, espiando os restos retalhados do elmo.

Os lábios de Tellan estavam ensanguentados, e ele mostrou os dentes para o garoto enquanto tentava dar um passo.

— Segure meu braço e me ajude, garoto. Não consigo andar sozinho.

Essa admissão lhe doía tanto quanto os ferimentos recebidos, mas seu orgulho não iria deixá-lo cair. O garoto chamou um amigo e os dois ajudaram Tellan a sair cambaleando do sol.

Arik-Boke andava rapidamente pelos corredores do palácio. A tensão de sua fúria parecia ter se aliviado ligeiramente, e ele girou os ombros ao caminhar. Estivera imaginando Kublai à sua frente enquanto espancava o mestre de armas, e durante um tempo isso tirara o excesso da raiva. Enquanto andava, ela inchou de novo por dentro, um turbilhão rubro que lhe dava vontade de atacar.

Chegou a uma porta dupla de cobre polido e empurrou-a sem qualquer sinal para os guardas ali parados. Alandar seguiu-o para a sala de reuniões, vendo seus homens mais importantes se levantar como se impelidos por molas. Desde a saída intempestiva do cã horas antes, eles haviam esperado sua volta, impossibilitados de sair sem sua permissão. Não demonstraram qualquer sinal de impaciência enquanto faziam reverências. Alandar notou que a única jarra de vinho tinha sido totalmente esvaziada, mas não havia nada além disso para indicar que Arik-Boke mantivera uma dúzia de homens esperando durante quase toda a manhã.

Arik-Boke passou por eles até chegar à mesa e xingou ao ver a jarra vazia. Pegou-a e levou-a à porta de cobre, enfiando-a na mão de um de seus Guardas do Dia.

— Traga mais vinho — ordenou, ignorando o homem que tentava fazer uma reverência e segurar a jarra ao mesmo tempo.

Quando se virou de novo para os oficiais, seus olhos brilhavam com fúria fervente, e ninguém o encarou.

— Bom, senhores — disse com voz áspera. — Os senhores tiveram tempo de pensar. Sabem quais são os riscos envolvidos. — Ele esperou apenas um instante antes de prosseguir. — Meus batedores encontraram postos do yam destruídos. Minhas ordens não são respondidas. Suprimentos pararam de chegar do norte, e, se meus espiões não se voltaram contra mim, meu irmão Kublai declarou guerra contra um canato. Meu próprio *sangue* voltou seus *tumans* contra o governante legítimo.

Ele parou, com o olhar examinando todos.

— O mundo ficou quieto como coelhos com uma cobra invadindo a toca e vocês não têm nada a oferecer ao seu cã? *Nada?*

Ele rugiu a última palavra, espirrando cuspe. Os homens na sala eram guerreiros experientes, mas recuaram para longe. Sua respiração soava alta na sala, e a cicatriz que atravessava o nariz arrebentado havia ficado vermelha.

— Digam como é possível um exército entrar nos meus canatos sem que soubéssemos antes. Será que meu avô estabeleceu as linhas do yam para nada? Durante meses perguntei aos meus conselheiros por que as cartas pararam de chegar, por que os relatórios atrasaram. Perguntei aos meus oficiais superiores que falha poderia resultar em Karakorum ficar isolada do resto do mundo desse modo. Agora vocês me digam como uma coisa assim pôde acontecer a menos de 1.500 quilômetros desta cidade sem que soubéssemos de nada.

Seu guarda retornou com duas jarras cheias de vinho, errando por excesso de cautela. Arik-Boke esperou enquanto uma taça era servida e esvaziou-a em goles rápidos. Quando terminou uma segunda taça, pareceu mais calmo, porém uma vermelhidão intensa subia por seu pescoço, onde as veias eram claramente visíveis.

— Isso é passado — prosseguiu ele. — Quando terminar, terei a cabeça dos homens que me disseram que as linhas do yam jamais poderiam ser partidas, que elas me davam uma segurança e um aviso antecipado que nenhum outro cã jamais conheceu. Terei a cabeça do Sr. Alghu e darei sua filha para a diversão dos meus homens de confiança.

Ele respirou fundo, ciente de que simplesmente arengar com seus homens não daria bom resultado.

— Quero que elas sejam reconstruídas. O orlok Alandar irá pedir os melhores batedores de vocês e eles restabelecerão as linhas. Preciso saber onde estão os *tumans* do meu irmão, para poder responder à traição deles com a maior força possível.

Arik-Boke encarou os homens no salão, certificando-se de que vissem seu desprezo.

— Alandar, faça um relato de nossas forças — disse finalmente.

— Sem os *tumans* do canato russo, ou do canato de Chagatai... Começou.

— Diga o que eu tenho, orlok, e não o que não tenho.

— Vinte *tumans*, senhor cã. Deixando apenas os Guardas para manter a paz na cidade.

— E meu irmão?

Alandar hesitou, sabendo que, na melhor das hipóteses, seria uma suposição.

— Ele pode ter até 18 *tumans*, senhor, mas esteve em guerra com os sung durante anos e deve ter perdido muitos, talvez seis ou sete.

— Ou mais, orlok. Meu irmão erudito pode facilmente ter perdido metade de sua força enquanto lia seus livros jin, enquanto aprendia a se vestir como uma prostituta jin.

— Como o senhor diz. Não podemos saber com certeza até que as linhas do yam sejam restabelecidas.

— Ele não derrotou os sung, orlok Alandar. Meramente se manteve no mesmo lugar durante cinco anos, esperando que Mongke Khan cavalgasse em sua ajuda. É esse tipo de homem que enfrentamos. Esse é o falso cã, meu *irmão*, que partiu nossas linhas de suprimentos e cavalga pelo mundo com confiança despreocupada enquanto o cã da nação de Gêngis só pode reagir. Chega, Alandar! Já estou farto desses bandidos maltrapilhos e aterrorizados me dizendo que os canatos estão se despedaçando. Vamos sair e enfrentar esse irmão erudito. E farei com que ele se arraste aos meus pés antes de terminarmos.

— A sua vontade, senhor — disse Alandar, baixando a cabeça.

— Sabemos que o traidor esteve em Samarkand há dois meses. — Arik-Boke sinalizou para um dos vinte generais que esperavam em uma tensão nervosa para receber as ordens. — Tragam meus mapas, senhores. Vamos ver que distância ele pode ter percorrido nesse tempo.

Alguns homens trocaram olhares, sabendo por experiência que um *tuman* mongol descansado podia ter percorrido 1.500 quilômetros ou mais desde então. Alandar optou por falar, sabendo que, de todos eles, era o mais imune à raiva de Arik-Boke.

— Senhor, ele pode estar praticamente em qualquer lugar. Suspeitamos que tenha mandado *tumans* contra Batu no norte, portanto é provável que já tenha dividido as forças, mas *sabemos* que ele virá para Karakorum.

— Isto é apenas uma cidade — disse Arik-Boke.

— É uma cidade com as mulheres e as crianças dos *tumans* dele, senhor. Kublai virá por elas. Que opção ele tem?

Arik-Boke ficou imóvel, pensando. Finalmente assentiu.

— É, pelo menos temos isso. Sabemos para onde ele virá e temos algo que é precioso para ele. Isso servirá como ponto de partida, orlok. Mas não quero travar uma batalha defensiva. Nossa força está no movimento, na velocidade. Ele não vai me prender num lugar. Entendeu? Esse é o pensamento dos nossos inimigos. Quero sair de Karakorum e encontrá-lo enquanto ele se move. Quero persegui-lo como numa caçada em círculo, cercando-o lentamente até que não reste para onde correr.

— Os postos do yam mais próximos já estão funcionando, senhor — respondeu Alandar. — Estamos restabelecendo 12 por dia, agora que sabemos o que aconteceu. Teremos aviso assim que eles avistarem os *tumans*.

— Isso já foi dito, Alandar. Não vou contar com eles de novo. — O cã respirou fundo. — Mande os *tumans* em direção ao canato de Chagatai, com batedores correndo entre eles. Cinco grupos de batalha com 40 mil cada um para cobrir o terreno. Mantenha os batedores espalhados, prontos para o primeiro contato. Quando avistarem o inimigo... — Ele parou, saboreando a palavra com relação ao irmão idiota. — Quando o virem, não lutarão até que toda a força tenha se reunido. Vamos derrotar esse falso cã. E estarei lá para ver.

— A sua vontade, senhor. Deixarei mil homens para patrulhar os acampamentos e Karakorum e estabelecer os postos do yam entre a cidade e as linhas de Chagatai. — Era uma interpretação das ordens que havia recebido, e Arik-Boke se eriçou imediatamente.

— Isto aqui é apenas uma cidade, orlok. Eu já disse. Sou o cã da nação. Uma cidade não significa nada para mim.

Alandar hesitou. O cã não estava com humor para ouvir uma argumentação, mas ele precisava falar. Sua posição exigia isso, temperar a raiva indignada do cã com bom-senso tático.

— Senhor, se o seu irmão enviou *tumans* para o norte, eles estarão atrás de nós quando nos movermos contra sua força principal. Karakorum poderia ser destruída...

— Eu tenho reféns para mantê-los em paz, Alandar. Terei facas na garganta das mulheres e dos filhos deles caso toquem a primeira pedra de Karakorum. Isso satisfaz você? Que general do meu irmão daria *essa* ordem? Eles não virão contra a cidade por medo da matança que aconteceria.

Alandar engoliu em seco, desconfortável. Não tinha certeza de que Arik-Boke cumpriria a ameaça e sabia que não deveria pressioná-lo. Nenhum cã jamais considerara trucidar seu próprio povo, mas, afinal de contas, nunca houvera uma guerra contra o próprio povo, pelo menos desde que Jochi traíra Gêngis. Isso não era nada comparado ao que Arik-Boke enfrentava, e o orlok não verbalizou nenhuma das suas dúvidas, optando por permanecer em silêncio.

Arik-Boke assentiu como se tivesse recebido uma concordância.

— Deixarei homens suficientes para cumprir minhas ordens, orlok, homens que entendem o significado do juramento. Isso basta por ora. Meu sangue clama por responder a esses insultos. Mande mensageiros a Hulegu. Diga que invoco seu juramento. E reúna meus *tumans* na planície. Cavalgarei para encontrar meu irmão Kublai e escolherei o modo como ele morrerá quando o tivermos apanhado.

Alandar baixou a cabeça. Não podia afastar a sensação de que o cã estava subestimando os *tumans* inimigos. Eles eram tão rápidos quanto seus próprios homens, e, apesar de toda a fanfarronice de Arik-Boke, não conseguia se obrigar a crer que eles eram comandados por um idiota, um erudito. Um idiota não teria cortado os suprimentos para Karakorum antes do ataque. Um erudito não teria removido os senhores mais poderosos do lado de Arik-Boke antes que a verdadeira luta sequer começasse. Mesmo assim, tinha aprendido a obediência desde muito jovem.

— A sua vontade, senhor cã.

CAPÍTULO 38

Hulegu xingou a memória de seu general enquanto galopava ao longo da linha de luta. Kitbuqa fora morto anos antes, mas seu legado vivia nos muçulmanos que haviam jurado jamais aceitar seu canato. Rezar missas cristãs em mesquitas fora uma ideia terrível na hora de pacificar a região, mas era verdade que muitas tribos também gritavam o nome de Bagdá enquanto ele as tomava e castigava.

Jamais conhecera um caldeirão de problemas tão grande quanto o canato que havia escolhido. Depois da destruição da cidade, homens haviam se movido milhares de quilômetros para lutar pela terra que ele tomara. Sorriu enquanto cavalgava. Seu avô dissera que não havia modo melhor de passar a vida. E o canato jamais estava imóvel, jamais estava em paz, enquanto vomitava novos inimigos a cada ano. Isso era bom para os *tumans* que ele comandava. Seus homens se mantinham afiados contra os loucos de pele escura que morriam gritando o nome de uma cidade ou de seu deus.

Hulegu se abaixou quando uma flecha passou assobiando por perto. A linha de cavaleiros inimigos ficou turva enquanto ele corria pelo flanco da mesma. Tinha apenas alguns instantes até que eles começassem a reagir à sua manobra súbita. Podia escutar as vozes rugindo, e o ar estava denso de poeira, suor e cheiro de alho sob um sol de rachar.

Mal fez um gesto e sua linha a galope se virou em direção ao flanco inimigo, levantando as lanças no último instante. Ela mergulhou em cavalos e homens, penetrando 100 passos para dentro da massa comprimida como uma faca se cravando em carne. Os persas desmoronavam diante deles, e Hulegu golpeava à esquerda e à direita, cada golpe destinado a partir e cegar, a deixar homens caídos atrás.

Ouviu o estalo de setas de bestas, e algo o acertou no alto do peito, furando a armadura e atingindo o esterno. Ele gemeu, esperando que o osso não tivesse se partido de novo. Enquanto penetrava nas linhas, sentiu apenas entorpecimento na área, mas a dor viria. Seus *tumans* estavam em número inferior, mas continuavam revigorados e fortes, e o dia mal começara. Sua carga havia partido uma grande fatia das linhas inimigas, e ele sinalizou para seus oficiais de *minghaans* pressionarem e isolarem aquela parte. Era um trabalho de pastor, igual a separar jovens carneiros de um rebanho e derrubá-los. A força principal de cavaleiros e soldados de infantaria moveu-se para enfrentar as flechas mongóis adiante, e por um tempo houve espaço.

Hulegu enxugou o suor do rosto com a mão úmida, piscando porque os olhos ardiam com o sal. Estava com sede, mas quando olhou em volta não havia sinal de seus garotos dos camelos, com odres de água.

Um movimento atraiu sua atenção, e Hulegu viu uma massa escura de soldados vir correndo por cima da crista de um morro. Moviam-se rapidamente e com leveza apesar do calor, e ele pôde enxergar que estavam armados com arcos e espadas. Trotou para fora da batalha principal por 20 ou 30 passos, avaliando a melhor reação. Nesse ponto todos os seus *tumans* estavam envolvidos, e ele não tinha reservas separadas. Começou a franzir a testa à medida que os soldados persas continuavam chegando, como se não houvesse fim para eles. Reluziam ao sol, usando armadura de latão e ferro. Enquanto ele observava, cavaleiros apareceram nos flancos, ultrapassando os homens a pé.

Ele havia deixado de ver um exército, escondido nos morros. Algum líder local o havia trazido e escondido, e depois escolhera o momento com cuidado. Hulegu molhou os lábios secos com a língua, olhando ao redor e tentando entender a batalha. Teria de destacar um *tuman* inteiro para enfrentar e impedir que os novos inimigos se juntassem aos irmãos.

O suor escorria em seus olhos enquanto os homens ao redor terminavam de trucidar as centenas de soldados que eles haviam separado da força principal. Era um trabalho que conheciam bem, e seus guerreiros tinham confiança no próprio poder, acostumados à batalha depois de anos de luta.

O jorro de homens pela crista do morro continuava chegando, como uma mancha de óleo. Hulegu procurou um *tuman* que pudesse separar, mas todos estavam no meio da luta. Os afegãos e os persas levantaram a cabeça ao ver os reforços e lutaram com mais energia, sabendo que poderiam desperdiçar as forças e cair ofegando porque os mongóis teriam de reagir à ameaça. Um dos *tumans* foi empurrado para trás por milhares de inimigos gritando, obrigando os mongóis a se soltarem e ganharem espaço ao redor para outra carga.

Hulegu xingou. Teria de aproveitar a oportunidade, mas viu o perigo se os tirasse dali. Os homens que estiveram matando viriam contra eles, e ao fazer isso flanqueariam o próximo *tuman* na fila. Por um instante visualizou a ameaça.

— Sangue de Deus — murmurou.

Ele havia pegado o velho hábito das blasfêmias de Kitbuqa. Hulegu sabia que poderia ter conseguido a vitória se tivesse o amigo com ele no campo naquele dia. Fora um azar Kitbuqa ter de enfrentar um exército gigantesco enquanto Hulegu estava em Karakorum para ver o irmão tornar-se cã. Pelo menos as tribos haviam pagado um preço alto pela vida de um general mongol. Ele garantira isso com maciças represálias organizadas.

Sinalizou para seu porta-estandarte e viu o resultado quando a bandeira do *tuman* subiu e girou num grande círculo, balançando ao vento. O *tuman* respondeu em instantes, parando quase ao mesmo tempo que começava a atacar de volta. Hulegu podia ver os rostos virados em sua direção e tentou ignorar o sentimento de pânico enquanto o inimigo começava a avançar.

— Segunda bandeira. Enfrentar o inimigo — gritou para o porta-estandarte. Havia muito poucos sinais, e ele não tinha nada com que indicar a nova força que vinha por cima do morro. Mas seus homens eram experientes e saberiam que ele não iria pará-los só para ordenar que voltassem.

Eles giraram os cavalos e começaram a subir o terreno a meio-galope. Hulegu resmungou aliviado, depois prendeu o fôlego ao ver que os inimigos continuavam chegando. Milhares deles haviam aparecido, e ele xingou o labirinto de vales ao redor, que poderiam esconder tantos homens de seus batedores.

As linhas persas abaixo correram à frente, uivando de alegria enquanto pareciam expulsar o *tuman* do campo. Seu ímpeto as levou ao longo de uma ala de seu *tuman* pessoal, como ele temera. Hulegu respirou fundo para gritar novas ordens para o único *minghaan* de mil que viera com ele.

— De volta, em apoio! — gritou. — Para a linha do *tuman* Metal, apoiando!

Repetiu a ordem enquanto batia os calcanhares no cavalo. Os inimigos eram muitos, mas ele não estava preparado para recuar, não daqueles homens. A batalha ainda poderia virar e os inimigos poderiam ser derrotados. Esperaria o momento, rezaria por ele. O *tuman* Metal estava sob pressão na frente e na lateral, perto de ser dominado. Pela primeira vez naquele dia, Hulegu sentiu um verme de dúvida na barriga. Nunca perdera uma batalha fixa contra as tribos selvagens, ainda que elas o desafiassem a cada ano com números cada vez maiores, gritando "Bagdá" e "Allahu Akbar" enquanto vinham. Mostrou os dentes, cavalgando para apoiar seu *tuman*. Seus homens não iriam se dobrar diante de camponeses que estupravam cadelas. Podiam ser derrotados, mas jamais obrigados a fugir.

Os mil que estavam com ele se estenderam a pleno galope. Muitos haviam perdido as lanças e esvaziado as aljavas na luta, mas desembainharam espadas e se chocaram contra o inimigo, procurando atravessar o caos, rugindo gritos de batalha. Hulegu golpeava ao redor com toda a força, acertando a espada em elmos enquanto escudos eram erguidos contra ele. Montado, ainda podia ver os soldados descansados enfrentando seu *tuman* na encosta. O *tuman* havia deslizado numa ampla linha de ataque com as lanças baixadas, mas, enquanto Hulegu olhava, o exército começou a vacilar diante do esmagador número de inimigos. Como uma rede de pesca rasgada, a linha de carga foi rompida em uma dúzia de pontos. Ela não podia se sustentar, e os persas fluíam ao redor e através, gritando, perdendo centenas de homens para chegar à batalha principal.

Hulegu xingou, transformando a raiva num golpe rápido que rachou o crânio de um homem barbudo enquanto mostrava a boca vermelha num grito selvagem. Era sua tarefa manter a percepção da batalha e jamais se perder na dor e na fúria. As fileiras na colina continuavam chegando e Hulegu sentiu um arrepio gelado, apesar do calor. Os xás o haviam pegado direitinho, obrigando-o a comprometer suas forças e depois acionando a emboscada com tudo que tinham.

Hulegu havia aberto um espaço e estava reunindo o *minghaan* de volta para outra carga no ponto fraco quando viu seus batedores correndo por cima do capim ensanguentado. Já estavam apontando para um vale sombreado à direita, e Hulegu gemeu. Se houvesse outro exército ali, ele estaria acabado.

Ao mesmo tempo que formava esse pensamento, as primeiras fileiras saíram dos morros sombreados, não longe dos calcanhares dos batedores que elas seguiam. Hulegu esfregou o suor dos olhos, ofegando. O que via era impossível, mas sentiu o coração se animar mesmo assim. Sólidas fileiras de guerreiros mongóis brotavam, com lanças erguidas como uma floresta de espinhos. Reconheceu-os pelos estandartes e balançou a cabeça numa espécie de espanto antes de se virar de novo para o inimigo. Lentamente seus lábios se repuxaram para revelar os dentes. Não era um sorriso.

Os *tumans* nos morros haviam cavalgado comprimidos, pressionados pelos vales estreitos a toda volta. Quando chegaram ao espaço aberto, abriram-se em leque e Hulegu gritou de júbilo vendo manobras que conhecia tão bem quanto seu próprio corpo. Dois *tumans* inteiros partiram por um novo caminho, indo para a força que deslizava por cima da crista do morro. Mais dois aumentaram a velocidade no terreno plano e chegaram à sua posição como um martelo baixando sobre as fileiras persas.

Hulegu viu flechas saltando deles, arcos ressoando sua nota grave repetidamente, dezenas de milhares de hastes enchendo o ar à medida que as forças se aproximavam. As fileiras persas foram esmagadas sob o novo ataque, com os escudos maltratados salvando apenas uns poucos. Hulegu se levantou nos estribos para ver as lanças baixar. Uma fileira com a largura de quinhentos homens acertou seus inimigos e passou por cima deles, esmagando e cortando. Gritou empolgado e deu novas ordens aos seus oficiais. Tinha os persas de dois lados, numa armadilha tão boa como se ele tivesse planejado. Um último olhar para cima do morro permitiu-lhe ver que os novos *tumans* estavam trucidando a reserva persa, dominando sua cavalaria e varrendo diante deles com flechas pretas, de novo e de novo.

A batalha estava terminada, mas a matança mal começara. Muitos persas jogaram as armas no chão e tentaram fugir, ou simplesmente levantaram as mãos nuas e rezaram pela última vez. Foram mortos enquanto os *tumans* cavalgavam ao redor, não aceitando rendição e disparando flechas para acertá-los de perto.

Os guerreiros dos *tumans* de Hulegu levantaram a cabeça, pondo de lado o cansaço que sentiam enquanto o orgulho os obrigava a se manterem eretos na presença de seu próprio povo. Tinham sido muito pressionados e eram implacáveis enquanto o inimigo recuava. A matança continuou e continuou à medida que o sol começava a se pôr e o inimigo era arrebanhado em grupos menores. Homens feridos estavam de pé entre os mortos, e Hulegu usou uma lança partida como porrete enquanto passava cavalgando por um homem, quebrando seu pescoço com a força do golpe e fazendo-o tombar.

Os *minghaans* percorriam o campo de batalha como formigas picando, esticando-se para encontrar novos alvos até que os últimos inimigos estivessem fugindo aterrorizados, só esperando a escuridão para escondê-los. O calor do sol começou a diminuir, e Hulegu tirou o elmo, coçando a cabeça molhada. Tinha sido um bom dia. Uma brisa quente começou a soprar, carregando o cheiro de sangue. Hulegu fechou os olhos com alívio, virando-se na direção dela. Agradeceu ao Pai Céu pela salvação e depois, por um capricho, agradeceu também ao deus cristão. Kitbuqa teria gostado de ver a cena ao redor, e Hulegu só lamentava que ele não tivesse vivido para vê-la.

Abriu os olhos enquanto trombetas mongóis davam o toque da vitória no terreno aberto, um som grave que foi ecoado rapidamente por cada *tuman* que ouvia. O som provocou arrepios nos braços de Hulegu. Ele assobiou para atrair a atenção de seus oficiais e viu seus estandartes serem levantados, trazendo seus homens mais importantes. O toque da vitória continuava e continuava, preenchendo os vales e ecoando de todas as direções. Era um bom som.

Os *tumans* de Hulegu começaram a saquear os mortos, e a distância irromperam várias brigas enquanto os homens disputavam com os recém-chegados seus direitos sobre armas e armaduras. Hulegu gargalhou ao ver rolando no chão homens que haviam lutado como irmãos apenas alguns instantes atrás. Seu povo era feroz, todos eram lobos.

À medida que seus oficiais se reuniam, viu um grupo de algumas dezenas de cavaleiros se destacar de um dos *tumans* e vir trotando até ele. Estandartes balançavam à brisa enquanto se aproximavam, desviando as montarias cuidadosamente dos mortos.

Uriang-Khadai havia lido a batalha enquanto penetrava nela. Quando encarou o príncipe, ambos sabiam que Hulegu devia a ele. Ainda que Hulegu fosse um príncipe da nação e cã por direito próprio, falou primeiro para honrar o general mais velho.

— Eu estava começando a achar que precisaria de mais um dia para acabar com eles, orlok — disse Hulegu. — Você é bem-vindo. Concedo-lhe direitos de hóspede e espero que coma comigo esta noite.

— Fico feliz em servir, senhor. Não duvido que o senhor teria conseguido a vitória no final, mas, se eu lhe poupei ao menos meio dia, isso é bom.

Os dois sorriram, e Hulegu enxugou de novo o suor do rosto.

— Onde está meu irmão Kublai, orlok? Está com você?

— Hoje não, senhor, mas sou homem dele. Ficarei feliz em explicar enquanto comemos.

O sol havia se posto quando os *tumans* deixaram o campo de batalha. As armaduras de metal aquecidas por muito tempo ao sol tendiam a estalar enquanto esfriavam e os corpos estremeciam, às vezes horas depois da morte. Todos os homens experientes podiam contar histórias de como tinham visto guerreiros mortos arrotar e até mesmo sentar-se num espasmo antes de caírem de volta. Aquele não era um lugar onde passar a noite, e Hulegu sabia que teria de mandar homens de volta para completar o saque. Levou Uriang-Khadai e seus guerreiros até uma planície coberta de capim quase na borda dos morros. Tinha um acampamento básico ali, e, antes que a lua subisse ao ponto mais alto, havia cozido fumegante para todos, com pão suficientemente duro para usar como colher até se dissolver.

Hulegu estava num humor efervescente enquanto os homens mais importantes de Uriang-Khadai tiravam as armaduras e cuidavam dos cavalos. Sua túnica estava manchada de suor, mas fora um alívio tirar a armadura e sentir o frescor da noite nos braços nus e no rosto. Sentou-se diante do orlok de Kublai, ardendo de curiosidade, mas disposto a deixá-lo comer e beber antes de exigir respostas. Nada cansava mais do que lutar, e os *tumans* jamais perdiam a chance de comer bem depois de uma batalha, caso tivessem oportunidade. Eram profissionais, diferentemente dos persas mortos atrás deles.

Quando terminou, Uriang-Khadai entregou a tigela a um serviçal e enxugou os dedos na calça, aumentando uma velha mancha de gordura escura.

— Senhor, sou um homem rude. Deixe-me falar de modo direto — disse. Hulegu assentiu para ele. — Seu irmão Kublai pede que o senhor fique de fora das batalhas que virão. Ele se declarou cã e lutará contra Arik-Boke. Ele só pede que o senhor permaneça em seu canato e não participe.

Os olhos de Hulegu se arregalaram enquanto o general falava. Ele balançou a cabeça num espanto opaco.

— Arik-Boke é cã — falou em voz rouca, tentando absorver aquilo. — Eu estava lá, orlok. Fiz meu juramento.

— Foi mandado que eu dissesse isso, senhor. Seu irmão Kublai pede que fique de fora enquanto ele resolve isso com o irmão mais novo. Ele não tem nada contra o senhor, mas não gostaria que o senhor escolhesse entre irmãos de sangue num tempo de guerra.

Uriang-Khadai observou o outro com esperança silenciosa. Kublai não dera ordens para atacar, mas os *tumans* de Uriang-Khadai já estavam no meio das forças de Hulegu. A um grito seu, eles poderiam matar milhares. Com os homens de Hulegu sorrindo e relaxados entre eles, Uriang-Khadai sabia que poderia vencer.

O olhar de Hulegu percorreu o acampamento, e talvez ele também percebesse a ameaça. Balançou a cabeça de novo, com a expressão endurecendo.

— Você foi útil para mim hoje, orlok. Agradeço isso. Eu lhe dei direitos de hóspede em meu acampamento, mas isso não lhe dá o direito de dizer qual deve ser meu juramento. Quando o sol nascer... — Ele parou, com a raiva diminuindo enquanto a confusão crescia por dentro. — Como isso é ao menos possível? Kublai não voltou a Karakorum. Eu teria sabido.

Uriang-Khadai deu de ombros.

— Meu senhor é cã, senhor. Seu irmão Arik-Boke não devia ter se declarado. Isto será resolvido em uma estação e a nação continuará... sob o cã legítimo.

— Por que o próprio Kublai não veio até mim? Por que mandou você, Uriang-Khadai?

— Ele tem uma guerra para lutar, senhor. Não posso contar todos os planos. Falo com a voz dele, e tudo que disse é verdade. Ele não pede que o senhor viole seu juramento. Por amor ao senhor, ele só pede que permaneça aqui até que tudo se resolva.

Hulegu pousou a cabeça nas mãos, pensando. Tanto Arik-Boke quanto Kublai eram seus irmãos. Sentia vontade de agarrar os dois pelo pescoço e sacudi-los. Pela milésima vez, desejou que Mongke ainda estivesse vivo, para lhe dizer o que fazer. Tinha feito seu juramento, mas e se Arik-Boke estivesse errado em tomar o canato? Houvera conversas mesmo naquela época, vozes perguntando por que ele não havia esperado que Kublai voltasse para casa. Esse era o resultado. Hulegu mal conseguia absorver isso enquanto o potencial para o desastre se espalhava cada vez mais em sua mente.

Na melhor das hipóteses, perderia um dos irmãos, uma dor como uma faca no peito, tão pouco tempo depois de perder Mongke. Na pior das hipóteses, a nação iria se despedaçar no conflito, ficando vulnerável aos inimigos a toda volta. Tudo que Gêngis havia criado seria destruído numa única geração. Não existia certo nem errado nisso, nenhuma reivindicação que ficasse acima da outra à luz clara do sol. No entanto, Arik-Boke era cã. Não importando o que Kublai dissesse, isso estava gravado em pedra, era imutável. Hulegu se encurvou mais ainda.

— Este é o meu canato — murmurou quase para si mesmo.

Uriang-Khadai baixou a cabeça.

— E permanecerá assim, senhor. O senhor o conquistou e ele não lhe será retirado. Meu senhor sabia que ficaria perturbado. Sua dor é a dor dele, multiplicada por mil. Ele só deseja uma solução rápida.

— Ele poderia desistir — disse Hulegu, mal sussurrando.

— Ele não pode, senhor. Ele *é* cã.

— O que isso me importa, orlok? — perguntou Hulegu, levantando a cabeça. — Não existem regras na vida. Sejam escritas ou faladas por xamãs, nada ata um homem além de si mesmo. Nada, a não ser as correntes que ele aceita para si mesmo. Leis e tradições não significam nada, se você tiver a força.

— Kublai tem a força, senhor. Ao mesmo tempo que estou falando aqui, ele estará indo para Karakorum. Isso será resolvido antes da chegada do inverno, de um modo ou de outro.

Hulegu tomou sua decisão, com a boca formando uma linha firme.

— Meus irmãos estão jogando, orlok. Não quero participar disso. Existem cidades ao norte daqui que ainda se mantêm contra mim. Passarei uma estação sitiando-as. Quando isso estiver terminado, irei a Karakorum e verei quem governa.

Uriang-Khadai sentiu a tensão se esvair com aquelas palavras.

— Isso é sábio, senhor. Lamento ter lhe trazido dor.

Hulegu resmungou irritado.

— Encontre outra fogueira, orlok. Estou cansado da sua cara. Quando o sol nascer você irá embora. Você tem sua resposta. Vou ficar aqui.

Uriang-Khadai se levantou, fazendo uma careta quando os joelhos protestaram. Não era mais jovem e imaginou se poderia confiar na palavra de um homem que não reconhecia nenhum poder no mundo além de sua capacidade de destruir e comandar. A resposta honesta era que não.

Por um instante, pensou em gritar sua ordem para os homens que esperavam. Todos estavam preparados. De um golpe poderia tirar um homem poderoso da luta.

Suspirou brevemente. Ou poderia aceitar as palavras dadas e talvez lamentar mais tarde. Kublai já perdera um irmão. Uriang-Khadai fez uma reverência e foi até outra fogueira. Sabia que naquela noite não iria dormir.

CAPÍTULO 39

No alto das colinas verdes, Kublai não conseguia descansar. Estava de pé, olhando um grande vale plano, enganosamente quieto e pacífico visto daquela altura. Escorria água gelada de um riacho perto, à sua direita, de modo que ele podia estender a mão e beber quando sentisse vontade. O dia estava quente, e o céu, tingido de azul e sem nuvens. Era uma terra que ele conhecia, e, depois de tanto tempo nos territórios sung, estar em casa ainda tocava uma parte profunda dele.

Pôde ouvir um de seus homens xingando atrás dele enquanto subia por pedras escorregadias. Kublai não se virou, contente em olhar para a vastidão quente, inundando-se com a sensação de espaço e silêncio. Estava cansado depois de dias e noites cavalgando com intensidade, mas uma antecipação febril o dominava e suas mãos tremiam. Arik-Boke estava em algum lugar, além de sua vista. Kublai fizera planos e preparara os homens, mas isso só resultara em espera. Se Arik-Boke saísse de Karakorum, eles estariam prontos. Se ficasse na cidade, eles iriam esmagá-lo como uma pulga presa numa costura de pano.

Depois de tanto tempo juntos, era estranho não ter seus homens mais importantes ao redor. Bayar continuava no norte russo, Uriang-Khadai se encontrava nos morros distantes, depois de retornar da missão com Hulegu. Sentia falta dos dois, mas ainda mais de Yao Shu. O velho monge ficara frágil demais para cavalgar com os *tumans*. Finalmente Yao Shu partira para seu mosteiro. O tempo e a idade roubavam até mesmo as maiores chamas, pensou Kublai. Fez uma oração silenciosa para um dia ver o amigo de novo.

Pela primeira vez em anos, Kublai estava sozinho com seus guerreiros. Contra ele, Arik-Boke teria os *tumans* de Mongke, jurados ao seu serviço. Kublai fez uma careta, pensando. A força por si só não faria seu irmão se ajoelhar.

Fora um risco fazer contato com Hulegu. Seu irmão poderia ter ouvido o que Uriang-Khadai tinha a dizer e partido imediatamente para defender o canato de Arik-Boke. Uriang-Khadai relatara as palavras de Hulegu, mas Kublai sabia que não podia confiar nelas. Se Hulegu agisse para apoiar Arik-Boke, isso acrescentaria mais um ano e mais um irmão morto ao custo da guerra. Kublai não tinha mais ilusões. No silêncio, enquanto seus *tumans* se espreguiçavam, descansavam e comiam ao redor, rezou para que Hulegu continuasse a mostrar algum bom-senso e ficasse bem longe.

Levantou a cabeça ao ouvir o tilintar de sinos indo até longe no silêncio da montanha. Dessa vez não era nenhum cavaleiro do yam, e sim o pequeno rebanho que ele mandara com dois de seus batedores. A pé, esperava que pudessem chegar perto de Karakorum sem serem impedidos. Não esperava que voltassem antes de mais um mês, e fizera acampamento nos morros, longe da cidade do irmão. Tentou adivinhar o que significaria o retorno antecipado e desistiu. Olhou para baixo da íngreme encosta pedregosa e viu as pequenas figuras de homens guiando cabras e ovelhas. Ainda faltava um bom tempo para ouvir o que eles teriam a dizer.

Kublai se virou e viu seu filho se equilibrando precariamente nas pedras para tomar um bocado d'água.

— Cuidado — disse. — Está escorregadio.

Zhenjin parecia zombar da ideia de cair. Sugou o riacho, recebendo muito mais água na túnica do que na garganta. Kublai sorriu para ele, mas, quando retomou seu olhar de sentinela, Zhenjin ficou onde estava, inclinando-se para trás até se encostar nas pedras com uma leve aparência de conforto.

— Ouvi os homens falando sobre o que você vai fazer — disse Zhenjin. Kublai não olhou para ele.

— Tenho certeza de que você sabe que não deve trazer histórias para mim — respondeu.

O rapaz se remexeu, puxando uma perna para baixo do corpo de modo a descansar os cotovelos no joelho erguido.

— Eles não estão reclamando. Só estão falando.

Kublai reuniu paciência. Na verdade não tinha nada a fazer até que seus espiões fizessem o relatório.

— O que eles falam, então?

Zhenjin sorriu.

— Dizem que você será imperador quando isso terminar.

— Se eu viver, isso é... verdade. Serei cã da nação, mas serei imperador da China.

— Quer dizer que eu serei imperador depois de você?

Kublai olhou-o então, com a boca se repuxando num sorriso.

— É isso que você quer? Governar o mundo?

— Acho... acho que eu gostaria, é — respondeu Zhenjin com expressão pensativa.

— Então farei o máximo para que isso aconteça, filho. Você é sangue do meu sangue, osso do meu osso. Darei nome a uma dinastia, e você levará o nome adiante.

— Então é por isso que vamos lutar? Para sermos imperadores?

Kublai deu um risinho.

— Existem coisas piores pelas quais lutar. — Ele olhou por cima do ombro, para os homens de confiança que descansavam nas fendas da montanha, já que a vasta maioria de seus homens estava invisível nos vales e ravinas lá atrás. — Acho que eu seria um cã melhor do que Arik-Boke, Zhenjin. Isso também é um motivo. Mas um pai trabalha para os filhos e filhas. Gasta a força e a juventude para criá-los, para dar tudo que puder. Quando você tiver filhos, vai entender.

Zhenjin pensou na ideia com grande seriedade. Falou, então:

— Vou poupar cidades quando for imperador. Serei amado, e não temido.

Kublai assentiu.

— Ou as duas coisas, filho, se tiver sorte.

— Eu gostaria de mudar o mundo, como você fez.

Kublai sorriu, mas havia um resquício de tristeza no sorriso.

— Eu costumava discutir essas coisas com minha mãe, Zhenjin. Ela era uma mulher de capacidade rara. — Por um momento seu olhar ficou distante com a lembrança. — Sabe, uma vez eu disse algo assim a ela. Ela me disse que *qualquer um* pode mudar o mundo. Mas ninguém pode mudá-lo para sempre. Dentro de cem anos ninguém que você conhece estará vivo. Então o que vai importar se lutamos ou simplesmente passamos os dias dormindo ao sol?

Zhenjin piscou para ele, incapaz de entender o humor estranho do pai.

— Se não importa, então por que vamos lutar contra seu irmão?

— Talvez eu não tenha dito direito. Quero dizer que não importa se mudamos o mundo. O mundo vai em frente, e novas vidas chegam e partem. O próprio Gêngis disse que seria esquecido, e, acredite, ele deixou uma sombra longa. O modo como vivemos importa, Zhenjin! Importa que usemos o que recebemos, durante apenas o breve tempo que temos ao sol. — Ele sorriu ao ver o filho lutando com a ideia. — É só isso o que se pode alegar, quando o fim chegar: "Não desperdicei meu tempo." Acho que isso importa. Acho que talvez só isso importe.

— Entendo.

Kublai estendeu a mão e esfregou a cabeça dele.

— Não entende, não. Mas talvez chegue a entender, daqui a alguns anos. — Em seguida, olhou por cima dos penhascos, até onde os pastores avançavam lentamente. — Desfrute dos momentos de paz, Zhenjin. Quando a luta começar, esta será uma lembrança agradável.

— Você pode derrotá-los? — perguntou Zhenjin, olhando nos olhos do pai.

Kublai percebeu que o filho estava com medo e se obrigou a relaxar.

— Acho que sim. Nada é garantido.

— Eles têm mais *tumans* do que nós — continuou Zhenjin, provocando-o em busca de uma reação.

Kublai deu de ombros.

— Nós estamos *sempre* em menor número. Acho que não sei o que faria se encontrasse um exército menor do que o meu. — Ele viu que a leveza forçada não estava tranquilizando o filho, e seu tom ficou sério.

— Não sou o primeiro homem a tentar pensar em como me contrapor às vantagens de um *tuman* mongol em batalha. Mas sou o primeiro de *nós* a tentar. Conheço nossas táticas melhor do que qualquer homem vivo. Acho que posso descobrir alguns truques novos. Os guerreiros do meu irmão passaram os últimos anos amolecendo na capital. Meus *tumans* estão acostumados a lutar todo dia, a cada passo. Estão acostumados a *vencer*. Vamos comê-los vivos.

Seu filho sorriu da bravata, e Kublai sorriu junto.

— Treine seus padrões agora, Zhenjin. Durante um tempo não vamos a lugar algum.

Zhenjin resmungou, mas sob o olhar do pai encontrou um local plano nas pedras e começou a série fluida de movimentos e posturas que aprendera com Kublai. Yao Shu havia ensinado as sequências anos antes, cada uma com seu próprio nome e sua história.

Kublai observava com olhar crítico, lembrando-se de que Yao Shu nunca ficava satisfeito. Não havia perfeição num padrão, mas o objetivo era sempre fazer com que os chutes, bloqueios e giros chegassem o mais próximo possível dela.

— Vire a cabeça antes de se mover — disse Kublai.

Zhenjin hesitou.

— O quê? — perguntou o rapaz, sem mexer a cabeça.

— Você precisa imaginar oponentes vindo de mais de uma direção. Não é uma dança, lembre-se. O objetivo é quebrar um osso com *cada* golpe ou bloqueio. Imagine todos ao redor e reaja.

Kublai resmungou com aprovação enquanto o filho virava a cabeça rapidamente, depois afastava um chute imaginário num grande bloqueio circular. Enquanto Kublai olhava, o filho mergulhou uma mão-faca num pescoço invisível, os dedos esticados e rígidos.

— Pare aí e pense na sua perna de apoio — gritou Kublai. Olhou Zhenjin ajustar a postura, abaixando-se mais antes de ir em frente. Kublai olhou com carinho para o filho. Seria uma coisa boa dar-lhe um império.

Arik-Boke sentia o odor de seu próprio suor enquanto cavalgava, o cheiro acre de um animal saudável. Não havia se permitido ficar fraco em seu tempo como cã. Seu corpo atarracado nunca fora gracioso, mas era forte.

Ele se orgulhava da capacidade de exaurir homens mais novos em qualquer disputa. Desde muito jovem, aprendera uma grande verdade: a resistência era tanto força de vontade quanto física. Grunhiu sozinho enquanto cavalgava, a respiração saindo ruidosa do nariz arruinado. Ele possuía a vontade, a capacidade de ignorar a dor e o desconforto, de se lançar para além do limite de homens mais fracos. A raiva indignada que sentira ao saber da traição de Kublai não o abandonara sequer por um momento de vigília desde aquele dia. As dores e as reclamações da carne não eram nada para ele enquanto seu irmão cavalgava pelas planícies em desafio.

Os *tumans* absorviam seu humor, cavalgando com determinação séria enquanto percorriam o território em busca de qualquer sinal do traidor. Arik-Boke praticamente não conhecia os homens que estavam com ele, mas isso não era importante, desde que obedecessem ao cã. Seus oficiais mais importantes estavam espalhados numa linha imensa, cada um comandando sua própria força de 40 mil homens. Dois deles certamente se igualariam a qualquer exército que Kublai pudesse levar ao campo, Arik-Boke tinha certeza. Quando todos os cinco se juntassem como dedos se enrolando num punho fechado, ele esmagaria a arrogância do irmão.

Arik-Boke sentia algum prazer em planejar a vingança enquanto cavalgava. Houvera muitos homens na nação que se achavam capazes de governar. Até mesmo os filhos de Gêngis haviam lutado entre si. Guyuk Khan fora morto numa caçada, mas Arik-Boke suspeitava que Mongke havia arranjado isso. Essas coisas já eram história, mas ele poderia transformar a morte de Kublai numa lâmina quente que cicatrizasse um ferimento. Poderia transformá-la numa história para espalhar medo onde quer que seus inimigos se encontrassem e tramassem. Seria certo tornar Kublai um exemplo. Eles diriam que o cã rasgou o próprio irmão e sentiriam medo. Arik-Boke assentiu sozinho, saboreando as sensações. Kublai tinha mulher e filho. Eles seguiriam seu irmão na morte quando a rebelião fosse destruída.

Sentou-se mais ereto na sela ao ver seus batedores chegarem correndo do oeste. Os *tumans* que cavalgavam com o cã eram o bloco central de cinco, ao passo que seu orlok Alandar comandava a ala direita à medida que se moviam para o sul. Arik-Boke sentiu o calor subir por dentro quando começou a respirar mais rápido. Alandar conhecia as ordens. Não teria mandado batedores a não ser que tivesse finalmente avistado o inimigo.

Os homens a galope passaram correndo pela primeira fileira dos *tumans*, vindo em ângulo para onde as bandeiras de Arik-Boke se agitavam. Milhares observavam-nos quando chegaram ao cã e viraram as montarias para o meio das linhas. Seus homens de confiança usaram os cavalos para impedir os batedores de chegar perto demais, sinal do novo temor que chegara à nação desde a morte de Mongke.

Arik-Boke não precisava esperar que os homens fossem revistados e repassados a ele. O batedor mais próximo estava apenas a dois cavalos de distância e ele gritou uma pergunta.

O batedor assentiu.

— Eles foram avistados, senhor cã. A 60 quilômetros ou perto disso.

Era só disso que Arik-Boke precisava, então dispensou o batedor, mandando-o de volta ao seu comandante. Seus próprios batedores estavam esperando a notícia. Assim que ouviram, instigaram as montarias num meio-galope. A informação seria repassada a todos os *tumans*, um martelo das forças mais poderosas já reunidas. Arik-Boke sorriu sozinho enquanto voltava o cavalo para o oeste e batia os calcanhares. Os blocos iriam se virar organizados atrás dele, transformando-se numa lança para se cravar nas esperanças do irmão.

Olhou de relance para o sol, calculando o tempo que demoraria para fazer contato. O jorro de entusiasmo se arrefeceu tão subitamente quanto surgira. O batedor já havia cavalgado 60 quilômetros, o que significava que as forças de Kublai tinham estado livres para agir durante meio dia. Quando os *tumans* de Arik-Boke o alcançassem, seria crepúsculo ou noite.

Começou a suar de novo, imaginando que ordens deveria dar para atacar uma força que ainda não podia ver, uma força que certamente teria se movido quando ele chegasse à área. Acabou com as dúvidas. O plano era bom, e, se ele não trouxesse o irmão para a batalha até o dia seguinte, no final isso não importaria.

Kublai olhava para um ponto nos morros distantes, esperando a confirmação. Pronto. Mais uma vez viu o clarão amarelo, aparecendo e desaparecendo num instante. Soltou o ar lentamente. Estava acontecendo, enfim. Os ossos haviam sido lançados, e ele teria de ver como cairiam.

— Responda com uma bandeira vermelha — gritou para seu batedor.

A quilômetros de distância, o homem que havia sinalizado estaria esperando a resposta. Kublai continuava olhando o ponto turvo enquanto seu guerreiro abria um pano vermelho tão alto quanto ele próprio e o balançava antes de deixá-lo cair.

— Espere... espere... agora, amarelo — ordenou Kublai.

Sentiu parte da tensão se aliviar agora que seus planos estavam sendo postos em prática. As bandeiras de sinalização não eram nada de novo para a comunicação em longas distâncias, repassadas de vale em vale por homens nos picos. Mesmo assim, Kublai refinara a prática, usando um sistema de cinco cores que podiam ser combinadas para enviar uma quantidade surpreendente de informações. O observador distante teria visto as bandeiras e repassado a mensagem, cobrindo quilômetros muito mais rápido do que um cavalo.

— Bom — disse Kublai. O batedor levantou os olhos, mas Kublai estava falando sozinho. — Agora veremos se os homens do meu irmão têm estômago para lutar por um cã fraco.

CAPÍTULO 40

Alandar murmurou sozinho, irritado, enquanto seus batedores chegavam a toda velocidade, claramente esperando que ele galopasse imediatamente em resposta à notícia que traziam. Em vez disso, precisava equilibrar suas ordens com as melhores decisões táticas no terreno. Não era uma situação agradável, e ele não estava gostando daquela manhã. Karakorum estava mais de 300 quilômetros atrás, e ele havia perdido o gosto de dormir sob as estrelas e andar rígido e gelado. Seu bloco de *tumans* havia cavalgado a boa velocidade, cobrindo o terreno e permanecendo em contato com Arik-Boke, mas Alandar não podia afastar a sensação de inquietude que o assolava. Tudo que sabia sobre Kublai dizia que o sujeito não era idiota, mas Arik-Boke estava convencido de que ele poderia ser dominado como um cervo numa caçada em círculo. Os homens de Alandar esperavam que ele gritasse as ordens de batalha ao primeiro sinal de contato, e, enquanto os batedores davam as informações, o orlok podia sentir os olhos dele, interrogativos. Olhou direto em frente enquanto cavalgava.

Seus quatro generais estavam perto, e ele assobiou para chamar o mais importante. Ferikh era um oficial firme, com cabelo branco e vinte anos de experiência com três cãs. Veio trotando em meio às fileiras, com a expressão séria.

— Tem novas ordens, orlok? — perguntou ao chegar.

— Ainda não. Parece uma armadilha, Ferikh.

O general se virou automaticamente para onde os *tumans* de Kublai tinham sido avistados, movendo-se velozmente numa passagem entre dois vales. O contato fora breve, mas por tempo suficiente para mandar os batedores de Alandar correndo com a novidade. Repassada, a notícia devia estar se estendendo pelos blocos na longa linha ondulante.

— Não precisa reagir, orlok — disse Ferikh. Alandar se encolheu ligeiramente ao ver o desapontamento no rosto do sujeito mais velho. — O cã pode decidir, quando trouxer os *tumans* do meio.

— O que só vai acontecer quando estiver escurecendo — respondeu Alandar.

Ferikh deu de ombros.

— Mais um dia não fará diferença.

— Você acha que é uma armadilha?

— Talvez. Um vislumbre breve de um grupo pequeno, não mais de 6 ou 7 mil. Eles podem querer que ataquemos para então montar uma emboscada. É o que eu faria.

Alandar se empertigou o máximo que pôde na sela, olhando os morros ao redor.

— Se for uma emboscada, eles terão uma força grande em algum lugar próximo, pronta para ser lançada assim que nos movermos.

Ele estava numa situação difícil, e Ferikh avaliou o dilema. Os homens esperavam que os oficiais demonstrassem coragem e raciocínio ligeiro. Tinham ouvido a notícia e esperavam a ordem de cavalgar rapidamente e com intensidade, mas Alandar não havia falado. Se caísse em algum ardil, arriscaria os *tumans* que estavam com ele e se arriscaria à raiva de Arik-Boke. Mas, se encontrasse a retaguarda do exército de Kublai e não aproveitasse a chance, pareceria idiota ou covarde. Encontrava-se numa escolha impossível, por isso não fez nada, deixando que o tempo decidisse por ele.

A distância, do seu lado esquerdo, sua atenção se fixou num borrão no ar. Virou-se para olhar, e sua expressão mudou lentamente enquanto percebia o que estava enxergando.

— Diga se estou certo e se vejo poeira do outro lado daqueles morros, Ferikh.

O general forçou a vista. Sua visão para distâncias não era mais tão boa quanto antigamente, mas ele fez um tubo com as mãos e focalizou através, um velho truque de batedor.

— Tem de ser uma força grande, para fazer subir uma nuvem como aquela — disse ele. — A avaliar por onde vimos os primeiros, eles devem estar na posição certa para atacar nosso flanco.

Alandar soltou a respiração, aliviado. Teria uma vitória para informar ao cã, afinal de contas.

— Então acho que teremos alguma luta hoje. Mande 5 mil entre os morros, atrás dos que vimos primeiro. Deixe que eles pensem que nos enganaram. Os *tumans* principais podem cortar por... lá. — Ele apontou para uma abertura nos morros verdes que lhe permitiriam dar a volta e atacar o exército que levantava a nuvem de poeira. — Vá devagar, general. Se for a força principal de Kublai, vamos ficar fora do alcance, prontos para nos afastar. Isso bastará para mantê-los no local até que o cã nos alcance.

Alandar olhou para trás, em direção ao leste, onde o restante do exército de Arik-Boke estaria cavalgando para apoiá-lo.

— Deveremos ter mais quatro *tumans* chegando logo, e depois os *tumans* do cã. Os últimos devem chegar amanhã em algum momento depois do meio-dia. Vou dar novas ordens quando eles chegarem.

Ferikh sentiu o alívio do orlok por ser capaz de tomar uma decisão. Baixou a cabeça brevemente, já desfrutando da ideia de confundir aqueles que haviam tentado enganar o exército do cã.

Cinco *minghaans* avançaram na direção do primeiro vale, e então Alandar deu a ordem para seus *tumans* girarem e partirem em direção à abertura nos morros. Eles partiram a galope, e as expressões dos guerreiros eram animadas, antecipando a luta. Todos tinham visto os leves traços de poeira e já estavam imaginando a confusão do falso cã quando aparecessem de uma direção diferente, caindo como lobos em seu flanco.

Alandar estava na primeira linha que entrou na fenda, com seus *tumans* trovejando atrás. Pensou que havia decifrado o ardil pretendido por Kublai, mas ainda tinha consciência de que a força completa de Kublai os ultrapassava em número de homens. Mesmo assim não podia afastar o sentimento de satisfação por ser capaz de acionar uma armadilha contra os que tentavam enganá-lo. Não havia ascendido ao comando dos exércitos do cã cometendo erros. Por um momento pensou no orlok de Mongke, Seriankh. Ele fora removido da autoridade por ter perdido seu senhor e agora lutava em algum lugar nas fileiras. Alandar ainda achava que o sujeito tivera sorte em manter a vida.

Alandar penetrou em terreno sombreado, com encostas cada vez mais íngremes dos dois lados. Em algum lugar adiante e à direita haveria uma força de guerreiros cavalgando para surpreender seus *tumans*. Inclinou-se adiante na sela, com a mão baixando para a espada longa que batia contra o flanco da montaria. A terra começava a se abrir e, ao sol, ele podia ver um vale verde adiante. A distância, pensou que ouvia sons de batalha enquanto seus *minghaans* se chocavam contra o falso grupo que ele deveria atacar. Arcos se retesaram dos dois lados enquanto seus guerreiros preparavam uma saraivada esmagadora. Durante um tempo eles cavalgariam sem rédeas, usando apenas os joelhos para guiar os pôneis a pleno galope. Alandar podia sentir o momento em que os quatro cascos deixavam o chão como um ritmo sob ele. Naquele dia não usaria arco, apesar de ter um preso à sela. Sentia a empolgação dos homens ao redor, os sopros rápidos de ar que pareciam subitamente frios à medida que os morros iam baixando para longe e suas primeiras fileiras mergulhavam ao sol. Seus *tumans* não temiam nada sobre a terra, e ele os comandava. A sensação era gloriosa enquanto ele se inclinava à frente, esperando o primeiro vislumbre do inimigo.

A surpresa e o desapontamento relampejaram pelos *tumans* de Alandar enquanto eles rodeavam a base do morro e podiam olhar o vale que se estendia ao leste. Os homens gritaram e apontaram uns para os outros enquanto continuavam cavalgando, de modo que milhares de gargantas soltaram um gemido resmungado que foi se esvaindo.

Havia cavalos no vale, milhares deles. Não era necessária a experiência de um soldado como Alandar para ver que não estavam montados por guerreiros mongóis. Ele ofegou ao ver meninos árabes gritando e instigando uma enorme massa de animais. Cada um deles parecia ter um galho largo preso às caudas, de modo que se arrastasse no terreno poeirento.

Alandar sentiu o estômago se contrair de medo. Se aquilo era a distração, onde estavam os *tumans* de Kublai? Quase sem pensar, diminuiu o passo e os *tumans* o acompanharam, reduzindo a velocidade até um meio-galope, que se tornou um trote. Estavam nervosos ao ver a armadilha, sabendo que haviam sido atraídos, mas ainda não enxergavam o perigo.

Girou bruscamente na sela enquanto ouvia gritos e trombetas de aviso atrás. Seus tumans ainda estavam espalhados na fenda entre os morros. Algo acontecia 800 metros atrás, e ele xingou em voz alta, puxando as rédeas violentamente para parar. Podia ouvir o som de arcos disparando na entrada do vale, ecoando como o zumbido de abelhas.

Por um momento, não conseguiu pensar. O vale era estreito demais para que ele virasse os *tumans*. O inimigo estava atacando-o, e ele não podia usar sua força. Levantou o braço e ordenou que seus homens avançassem. Se pudesse tirá-los todos do vale, eles poderiam manobrar de novo. As linhas avançaram com ele, ignorando os meninos nos cavalos que gritavam e zombavam. Suas fileiras se estenderam, e Alandar viu movimento à esquerda. Quase gritou de frustração ao perceber a situação em que estava. Junto a uma dúzia dos guardas pessoais, tirou seu cavalo das fileiras. No meio da confusão de homens seus *tumans* continuavam vindo, saindo do vale atrás enquanto seu coração se contraía.

Guerreiros mongóis cavalgavam a toda velocidade saindo dos morros naquele local, indo diretamente para o seu flanco. Alandar só pôde berrar um aviso, e mesmo assim seus homens estavam expostos, sob ataque na retaguarda e no flanco ao mesmo tempo. Mostrou os dentes numa careta e desembainhou a espada. O inimigo o havia posto no lugar onde queria, mas os jogos haviam terminado, e era hora de lutar. Seus generais gritaram ordens, e as primeiras saraivadas subiam para enfrentar a força no flanco, turvando o ar. O fato de ele poder usar mais arcos contra as primeiras fileiras dos atacantes era sua única vantagem contra uma coluna em movimento rápido.

Eles já estavam alargando a linha para cinquenta homens quando as primeiras flechas os alcançaram. Alandar viu, chocado, as fileiras inimigas levantarem escudos desajeitados que pareciam pegar as flechas no ar. Nunca vira guerreiros mongóis levando aquelas coisas pesadas para a batalha. Usavam arcos, e os arcos exigiam duas mãos o tempo todo. Seus generais já estavam fazendo os homens se virarem para enfrentá-los, as ordens correndo rapidamente até os comandantes dos *minghaans* e os líderes de cada centena nos *tumans*. Seus homens estavam mudando a formação de um flanco em movimento para uma frente ampla, mas essa era uma das manobras mais difíceis de realizar e implicava parar milhares de homens em boa ordem. Mesmo assim, estava começando a acontecer.

Alandar sentiu a esperança crescer no peito, mas então o inimigo largou os escudos e levantou arcos. Flechas zumbiram através do espaço cada vez menor entre os exércitos que corriam em alta velocidade. Alandar viu que suas fileiras não conseguiam se formar a tempo e fez uma careta enquanto os arqueiros inimigos derramavam saraivadas de flechas sobre as linhas apinhadas. Viu uma tira escura diante da visão quando algo beliscou seu ombro e saiu girando, sacudindo-o para trás na sela. Outra flecha se cravou em seu cavalo, penetrando no pescoço até as penas. O animal começou a tossir e espirrar sangue pelas narinas.

Alandar entrou em pânico, apeando com um tropeço enquanto o cavalo caía. Seus homens precisavam sair do vale e só poderiam fazer isso cavalgando a toda velocidade para longe dos atacantes. Ao mesmo tempo, precisava formar uma forte linha estacionária para responder ao ataque do flanco. As ordens se chocavam em sua mente, e ele não conseguia ver uma saída. O sol estava quente em seu rosto, e flechas passavam zumbindo sem fazê-lo se encolher. Seus guardas o observavam, mas, quando ele montou instintivamente num novo cavalo, permaneceu sentado com expressão vazia, imóvel. Durante um tempo seus *tumans* lutaram sozinhos.

Seus generais registraram a falta de ordens durante um breve tempo, depois preencheram o vazio, trabalhando juntos. Os que estavam abaixo deles na cadeia de comando mal tiveram tempo de se preocupar antes que novas ordens viessem pela linha, e logo estavam em movimento outra vez. *Jaguns* de cem homens se formavam em blocos sólidos, procurando apenas suportar o ataque de flanco até que a força principal pudesse sair do vale.

Isso poderia ter sido suficiente para salvar a batalha, mas os *tumans* que eles enfrentavam eram veteranos do território sung. Quando a luta era fluida, eles se moviam em linhas sobrepostas, de modo que sempre traziam a força máxima contra os pontos mais fracos. Quando a luta passava para espadas e lanças, eles não cediam terreno, de modo que os *tumans* de Alandar eram esmagados para trás.

Os que estavam no vale saíram de lá finalmente, e Alandar balançou a cabeça incrédulo ao ver a força que os pressionava por trás. Tinha presumido que não fosse maior do que os poucos milhares que tinha enxergado no vislumbre provocador daquela manhã. Em vez disso, os morros vomitavam guerreiros sob os estandartes de Kublai, um jorro tão grande que ele percebeu que deveria ter trabalhado para mantê-los entre os morros, onde poderiam causar menos danos. Estava em menor número, numa relação de pelo menos dois para um, e os meninos árabes que cavalgavam para fazer uma trilha de poeira olhavam boquiabertos enquanto seus *tumans* eram esmagados, contidos e golpeados.

Alandar só podia enxergar caos, um número grande demais de grupos correndo para um lado e para o outro. Desde seu primeiro movimento, soube que estivera dançando de acordo com os planos de Kublai, e essa percepção ardeu dentro dele. Flechas voavam em todas as direções, e homens caíam por toda parte. Mal conseguia identificá-los na confusão, mas os *tumans* inimigos pareciam conhecer seus próprios companheiros. Seus guardas tiveram de se defender de um guerreiro que passou gritando, usando as espadas para afastar a lança do sujeito da direção de Alandar. Enquanto o inimigo passava, Alandar pegou-se pensando com clareza, embora as tripas se revirassem em angústia. Não havia saída; teria de dar o toque de retirada.

Sua própria trombeta havia se perdido com o cavalo caído, e ele teve de gritar para um dos oficiais. O sujeito parecia não entender, mas tocou a sequência de notas descendentes, repetindo e repetindo. A reação pareceu se perder na massa de homens que lutavam, a não ser para chamar atenção para aquela parte do campo de batalha. Mais flechas voaram, parecendo se mover lentamente, depois caindo com um zumbido ao redor. Uma delas acertou no alto do peito o oficial que tocava a trombeta, furando a armadura de escamas. Alandar gritou de raiva enquanto o sujeito afrouxava o corpo; girou seu cavalo até lá e pegou a trombeta.

Estava ofegando tremendamente, mas levantou o instrumento e repetiu o sinal. Lentamente, foi respondido por homens pressionados demais para se desembaraçar facilmente da luta. Eles recuaram, passando por cima dos corpos de amigos, levantando espadas e lanças na horizontal para manter o inimigo afastado.

As aberturas que fizeram foram preenchidas subitamente por flechas zumbindo. Centenas de outros guerreiros foram derrubados, engasgando com as hastes de madeira atravessadas no peito e na garganta. Algumas fileiras conseguiram chegar a Alandar e se formaram em volta dele, ofegando, com os olhos vítreos. Mantiveram a posição por tempo suficiente para seus números crescerem até mil, depois recuaram, acompanhados por cavaleiros avulsos até que cerca de 3 mil se moviam pelo campo de mortos.

De seus generais, Alandar só pôde ver Ferikh, mas tinha quase vinte oficiais de *minghaan*. Todos haviam participado da luta e estavam exaustos, e apresentando ferimentos e cortes. Viu os *tumans* inimigos identificarem seu grupo em movimento, homens apontando do outro lado do piso do vale. Sentiu o sangue sumir do rosto quando milhares de olhos ferozes se viraram para ver a retirada do orlok.

Sua pequena força continuava recolhendo homens desgarrados que lutavam para chegar perto dele, mas nesse ponto os inimigos estavam formando fileiras, prontos para outra carga. Alandar olhou por cima do campo de batalha. As perdas o deixavam pasmo a ponto de sentir-se nauseado: milhares de mortos, arcos partidos, cavalos escoiceando e homens gritando com ferimentos que derramavam sangue no chão. Um inimigo cavalgou até a vanguarda e disse algo aos que estavam perto. Eles gritaram um desafio, o ruído fazendo Alandar estremecer na sela.

Apenas uns 5 mil homens exaustos cavalgavam com ele. Alandar havia pensado em combiná-los com o restante de seus *tumans*, mas a luta parecia ter se interrompido no vale. Com 800 passos separando os exércitos, seus homens pararam, exauridos e temerosos enquanto o olhavam esperando ordens. Contra ele, o vale havia se enchido de *tumans*, mantendo a posição num silêncio fantasmagórico enquanto se viravam para observar. Alandar engoliu em seco, nervoso, e, sem um comando, seus guerreiros pararam. Podia ouvir a respiração difícil dos homens que murmuravam incrédulos. Tinham sido enganados e derrotados. O sol ainda estava alto e ele mal conseguia absorver a rapidez com que aquilo acontecera.

— Atrás de nós o cã se aproxima com homens suficientes para destruir esses aí — disse, levantando a voz para alcançar o maior número possível de homens. — Nós perdemos a primeira escaramuça. Animem-se, porque vocês lutaram com coragem.

Enquanto falava a última palavra, o líder inimigo rugiu uma ordem e os guerreiros avançaram.

— Vamos! — gritou Alandar. — Se eu cair, procurem o cã!

Em seguida virou o cavalo e bateu os calcanhares, instigando o animal na velocidade máxima. Os meninos árabes se espalharam, saindo da frente de seus homens, zombando e gritando enquanto corriam.

Assim que Alandar havia cavalgado para fora do vale, Kublai deu a ordem de parar. Uriang-Khadai se aproximou cavalgando, e os dois acenaram um para o outro.

— Arik-Boke não vai manter essa formação agora que nos descobriu — disse Kublai. Não parabenizou o general mais velho, sabendo que Uriang-Khadai receberia isso como um insulto. Para além de um certo nível de habilidade e autoridade, o orlok não precisava de elogios para que lhe dissessem o que já sabia.

— Frequentemente eu tentava mostrar a Alandar os erros do pensamento dele — disse Uriang-Khadai. — Ele não reage bem sob pressão, eu sempre falei. Essa foi uma boa primeira aula. O senhor vai se voltar para Karakorum agora?

Kublai hesitou. Seu exército ainda estava relativamente descansado, com a vitória mantendo o espírito elevado enquanto os homens apeavam e verificavam as montarias e as armas. Tinha dito ao seu orlok que tentaria um ataque rápido contra a cabeça da linha de varredura de Arik-Boke assim que ela se tornasse uma coluna e se virasse contra eles. Depois disso, o plano era cavalgar para a capital e buscar as famílias que eles haviam deixado para trás.

Uriang-Khadai viu a indecisão e levou seu pônei para o lado do cã, de modo que não pudessem ser ouvidos com facilidade.

— O senhor quer continuar — disse. Era mais uma declaração do que uma pergunta.

Kublai assentiu cauteloso. Sua esposa e sua filha estavam em segurança em Xanadu, milhares de quilômetros a oeste. Não era uma coisa pequena pedir que seus homens continuassem a lutar tendo o destino das famílias pendendo diante deles.

— Haverá apenas um tempo pequeno antes que meu irmão junte seus *tumans* de volta num exército único. Nós poderíamos enrolá-los à nossa frente, orlok. Se não houvesse mulheres e crianças ao redor de Karakorum, esse não seria o seu conselho? Atacá-los de novo e rapidamente? Se eu for para o norte agora estarei desperdiçando a oportunidade de vencer. Pode ser nossa única chance.

Uriang-Khadai ouviu com o rosto frio, sem revelar nada enquanto Kublai falava.

— O senhor é o cã — disse baixinho. — Se ordenar, continuaremos.

— Neste momento preciso de mais do que isso, Uriang-Khadai. Nós nunca lutamos contra um inimigo que tem nas mãos a vida de mulheres e crianças. Os homens vão me seguir?

O orlok não respondeu durante o que pareceram séculos. Por fim, meneou a cabeça.

— Claro que vão. Eles sabem tão bem quanto o senhor que os planos mudam. Ir em frente e lutar aqui pode ser a melhor chance, enquanto temos vantagem.

— Mas mesmo assim você quer ir para o norte.

O orlok estava visivelmente desconfortável. Havia feito um juramento de obedecer, mas o pensamento na esposa e nos filhos à mercê dos guardas de Arik-Boke era uma tensão constante.

— Eu irei... seguir as ordens, senhor cã — disse com formalidade.

Kublai desviou o olhar primeiro. Conhecera muitas circunstâncias em que a percepção tardia lhe mostrava uma opção, uma chance de virar a vida numa direção ou em outra. Era raro reconhecer um momento assim quando acontecia. Fechou os olhos, deixando a brisa passar. Sentiu que havia morte ao norte dali, mas o cheiro de sangue estava intenso no ar e ele não sabia se era um verdadeiro presságio ou não. Quando se virou para o leste, onde estavam os exércitos distantes de seu irmão, sentiu o mesmo tremor frio. A morte estava em todas as direções, teve certeza subitamente. Balançou a cabeça, como se quisesse tirar teias de aranha dos pensamentos. Gêngis não teria desperdiçado um momento. Seus homens conheciam a morte, viviam com ela todo dia. Trucidavam animais com as mãos, e, quando uma criança começava a tossir, sabiam que isso poderia significar que iriam encontrá-la fria e imóvel. Não temeria uma companheira tão constante. Não poderia deixar que ela o influenciasse. Nesse momento era cã e fez sua escolha.

— Minhas ordens são para continuar, orlok. Pegar as flechas que pudermos e perseguir Alandar na direção dos *tumans* que estão chegando. Vamos atacar o próximo grupo de batalha com tudo que tivermos.

Uriang-Khadai virou seu cavalo sem dizer mais nada, gritando ordens para os *tumans* que esperavam. Eles pareceram confusos, mas montaram rapidamente e fizeram as formações, ignorando os feridos e agonizantes ao redor. O sol estava se pondo, mas havia horas de luz cinzenta de verão adiante. Tempo suficiente para lutar antes do escurecer.

CAPÍTULO 41

Kublai agradeceu pelas decisões erradas do irmão quando viu quatro *tumans* cavalgando a toda velocidade contra ele. O grande general Tsubodai empregara uma vez o mesmo sistema, cinco dedos se estendendo pela terra em busca de inimigos. Era uma formação poderosa contra soldados lentos que se movessem a pé. Contra os *tumans* que ele comandava, havia um ponto fraco. Seu irmão formara uma coluna separada com 150 quilômetros de comprimento para revistar a terra. Kublai e Uriang-Khadai haviam golpeado a ponta da linha, e, quando a coluna se virasse para enfrentá-lo, ele poderia seguir ao longo dela, trazendo quase 12 *tumans* contra cada grupo de batalha que o alcançava. Arik-Boke ainda podia parar e deixar que seus *tumans* se juntassem, mas até que fizesse isso seus guerreiros estariam vulneráveis diante do número de oponentes e de sua força avassaladora.

No total, Kublai e Uriang-Khadai estavam em número muito inferior, mesmo depois de trucidar os homens de Alandar. Essa desvantagem diminuiria à medida que fossem cortando a cobra, pedaço por pedaço. Em sua cabeça, Kublai repassava os planos pela milésima vez, procurando qualquer coisa que melhorasse suas chances de novo. Não precisava verificar se Uriang-Khadai estava em posição. O orlok era mais experiente do que qualquer um que Arik-Boke pudesse levar ao campo, e seus *tumans* mostravam isso no modo como fluíam pela terra, movendo-se bem em conjunto.

O segundo bloco de *tumans* do seu irmão estava longe demais para que Kublai pudesse ouvir as trombetas, mas, na vasta planície de capim verde, podia vê-los começando a mudar de posição e se mover em formações de batalha, reagindo à sua presença. Franziu a testa enquanto o vento passava forte por ele e verificou a posição do sol. O crepúsculo suave e cinzento durava horas naquela época do ano, mas talvez não bastasse. Ele odiava a ideia de ter de parar antes do fim de uma batalha, mas não poderia ser apanhado num lugar fixo. Cada manobra se destinava a reduzir a capacidade de movimento de seu irmão, ao mesmo tempo que aumentava a sua. Não poderia ser apanhado no escuro, com exércitos se aproximando de sua posição.

Contra os rígidos soldados sung ele teria mantido as últimas ordens até o momento final, tarde demais para o inimigo reagir a elas. Como estava, os *tumans* mongóis adversários poderiam mudar e reagir com velocidade igual. Mesmo assim, ele possuía a vantagem numérica. Com Uriang-Khadai mantendo a ordem, mandou seus homens avançar numa coluna, como dois cervos machos correndo um contra o outro. A 1,5 quilômetro sentiu a primeira ânsia de dar a ordem final, com o coração começando a martelar. Os *tumans* de Arik-Boke estavam se movendo com fluidez, correndo para um lado e para o outro enquanto se aproximavam. Ele não sabia quem os comandava, ou se Alandar havia chegado à segurança aparente daquelas fileiras. Kublai esperava que sim, para fazer o sujeito fugir duas vezes num dia só.

Depois de meio quilômetro estavam separados por 60 batimentos cardíacos. Kublai deu a ordem no mesmo instante em que viu os *tumans* inimigos se movendo para fora com o objetivo de envolver a cabeça de sua coluna. Sorriu ao vento enquanto Uriang-Khadai e seus generais imitavam aquela formação. As duas cabeças de martelo se alargaram, mas Kublai tinha mais *tumans* e podia imaginar como era a aparência delas do ponto de vista do inimigo, espalhando-se como asas às suas costas, cada vez mais, à medida que suas forças eram reveladas.

Pareceu se passar um instante até que as flechas voaram dos dois lados. As linhas amplas podiam usar muitos arcos, e as flechas subiram às dezenas de milhares, uma a cada seis batimentos cardíacos, disparadas por homens que haviam treinado durante toda a vida. Pela primeira vez, Kublai sentiu o que era enfrentar uma chuva de flechas assim e precisou lutar para não se encolher diante do ar que zumbia. As saraivadas cuspiam como um tambor de guerra batendo, cruzando-se no ar. Podia ouvir as pancadas das flechas acertando carne e metal, os grunhidos e gritos de homens dos dois lados e à frente. Seu lugar na quarta fileira não foi poupado enquanto flechas voavam e caíam no meio dos homens. No entanto, suas linhas mais largas podiam responder com milhares de flechas a mais, e o ar estava mais negro do seu lado, já que seus guerreiros disparavam para o centro, sem se incomodar em mirar contra tantos.

A primeira saraivada abriu buracos nas fileiras que galopavam à frente; a segunda e a terceira derrubaram homens e cavalos, de modo que os que vinham por trás se empilhavam em cima deles. De ambos os lados, a tempestade de flechas atravessava armaduras. Os escudos pesados que Kublai pegara em Samarkand tinham ficado lá atrás, deixados para enferrujar no vale onde o orlok Alandar fora derrotado. Valera a pena experimentar aquela tática, mas a verdadeira força de seus *tumans* estava nos arqueiros, no poder esmagador de arcos de chifre e bétula, retesados com um anel de osso no polegar e disparados no momento em que todos os cascos do cavalo deixavam o chão. A quarta saraivada foi brutal, e o ar ficou tão denso de flechas que parecia difícil respirar. Dos dois lados, milhares de homens foram atingidos, e cavalos se dobraram no chão, dando cambalhotas a toda velocidade e derrubando os cavaleiros com força suficiente para matá-los.

Os *tumans* de Kublai mantiveram a formação de modo melhor do que os inimigos. Eles haviam passado anos em batalha contra os sung, contra florestas de bestas e lanças inimigas. As linhas se embolavam em lugares onde a tempestade de flechas fora mais densa, porém o resto seguia adiante, praticamente sem diminuir a velocidade. Nos últimos segundos antes do impacto, eles seguiram as rotinas aprendidas arduamente: arcos foram enfiados nos ganchos das selas e milhares de espadas foram desembainhadas enquanto os homens puxavam ligeiramente as rédeas, permitindo que as fileiras de trás avançassem.

Através das fileiras da frente de Kublai passaram seus lanceiros, cada um baixando as grandes hastes de bétula. Era necessária uma força enorme no braço e no ombro para segurar a lança firme na extensão máxima. Eles as baixaram no último instante, mirando com a ponta e se inclinando à frente, firmando-se para o impacto. Com meia tonelada de cavalo, cavaleiro e armadura atrás, as lanças atravessavam os peitorais de escama de peixe usados pelos *tumans*. Os cavaleiros de Kublai não usavam alças para firmar as lanças compridas. Quando elas acertavam, seus homens as largavam, para não quebrar o esterno ou um braço tentando segurá-las. O ar se encheu com lascas girando enquanto 10 mil lanças acertavam e muitas se despedaçavam ou se partiam no punho. A fileira inimiga caiu, tossindo sangue ou imobilizada e branca, sangrando por dentro.

O choque de milhares de guerreiros se encontrando a toda velocidade se transformou num trovão grave de cascos e vozes rugindo. As duas frentes se embolaram lutando com espadas, derrubando-se mutuamente com violência insana. A ampla linha de Kublai se espalhou com rapidez ao redor dos flancos enquanto Uriang-Khadai continuava a dar ordens calmas. Seus *tumans* haviam mantido os arcos e mandaram mais uma dúzia de saraivadas de cada lado, derrubando os homens leais a Arik-Boke.

Foram respondidos com flechas tão poderosas quanto as suas, à medida que guerreiros nos flancos disparavam mais e mais contra eles. Nesse ponto, os dois lados estavam próximos, retesando os arcos e disparando com estoicismo sério, ignorando as mortes ao redor enquanto continuavam a lutar. Na frente, os *tumans* de Kublai pressionavam, matando e movendo-se, esmagando a cabeça da cobra. Os flancos começaram a se dobrar para trás, com a mira dos arqueiros de Arik-Boke arruinada enquanto os da frente eram obrigados a ceder terreno. Uriang-Khadai cavalgava para um lado e para o outro ao longo de suas fileiras, a menos de 200 metros das linhas principais. À medida que a cabeça de martelo se comprimia, seus homens continuavam disparando. A chuva de flechas mandadas em retorno começou a diminuir, mas eles continuaram disparando até que todas as aljavas estivessem vazias, lançando mais de 1 milhão de flechas na confusão.

Tumans mongóis não recuavam, não se rendiam, mas as forças de Kublai estavam dominando-os. Seus guerreiros veteranos pressionavam a cada vez que o inimigo cedia ligeiramente, obrigando-o a dar um passo atrás e depois outros, em seguida mais uma dúzia à medida que duas fileiras desmoronavam. Eles não podiam se mover para os lados, onde Uriang-Khadai observava com olhos frios. Os *tumans* que ele comandava à direita desembainharam espadas, com um som sibilado que provocou um tremor nas fileiras. Tinham espaço para instigar as montarias até o galope. Uriang-Khadai gritou uma ordem e seus *tumans* se fecharam nos flancos, com as espadas baixando em golpes curtos.

A cabeça da coluna desmoronou, e os que estavam nos flancos sentiram o movimento, com o pânico crescendo ao redor. Tentaram virar os cavalos, puxando violentamente as rédeas e sendo atrapalhados por homens a pé e montarias abandonadas de todos os lados. As bordas dos flancos estavam sendo marteladas de volta enquanto os *tumans* de Uriang-Khadai rasgavam-nas e os que estavam no centro davam as costas para a batalha, chicoteando as montarias desesperadamente. Mesmo assim, com a decisão de recuar tomada, eles não podiam se afastar. Não havia espaço para se mover, e a pressão dos que vinham atrás os mantinha no lugar, gritando de medo ou dor. A matança continuou, com os flancos tão comprimidos que os homens mal conseguiam se mexer. Os *tumans* de Kublai não se importavam nem um pouco com os que tentavam se render. Não havia possibilidade de misericórdia. Era cedo demais para parar com a carnificina terrível. Homens que levantavam as mãos eram mortos onde estavam. Cavalos relinchavam com novos ferimentos abertos na carne pelos guerreiros que passavam a toda velocidade.

Kublai não havia entrado na luta, para além da primeira carga. Com um grupo de homens de confiança, esperava de lado, observando atentamente e dando ordens para conter as linhas arfantes. Era como olhar uma onda subir em volta de uma pedra, mas a pedra desmoronou e caiu na areia enquanto ele olhava. Vislumbrou o orlok de seu irmão lutando e rugindo ordens no centro, já se esforçando para se afastar. Alandar iria se lembrar desse dia caso sobrevivesse, pensou Kublai com satisfação.

Kublai levantou a cabeça quando Uriang-Khadai tocou uma nota de trombeta do outro lado do campo de batalha. À luz cinzenta que ia se esvaindo, pôde ver novos *tumans* chegando. Seria o centro da ampla linha de formação de Arik-Boke, e Kublai supôs que o irmão estaria nos quadrados que cavalgavam a toda velocidade em sua direção. O sol havia se posto enquanto a luta continuava. Se fosse meio-dia ele saberia que o momento era certo para continuar. Seus homens haviam partido os *tumans* no segundo grupo de batalha, e cavaleiros solitários já estavam se afastando, indo para a segurança de seu cã que entrava no campo.

Uriang-Khadai tocou a trombeta de novo, e Kublai murmurou sozinho. Não era cego nem surdo. Planos e estratagemas saltavam em sua mente e ele ficou parado, hipnotizado pela oportunidade. Seus homens estavam cansados, lembrou-se. As flechas tinham se esgotado, e as lanças estavam partidas. Seria loucura mandá-los de novo, no escuro. No entanto, poderia terminar tudo no mesmo dia, e esse pensamento o devorava. Fechou os punhos nas rédeas, fazendo as luvas da armadura estalarem. A trombeta soou pela terceira vez, tirando-o do devaneio.

— Já ouvi! — gritou com raiva. Em seguida, fez um gesto para os homens de confiança que esperavam. — Mandem o sinal para interromper a luta. Já fizemos o bastante por hoje.

Continuou olhando a distância enquanto a nota descendente ressoava entre seus *tumans*. À luz fraca, os homens a estavam esperando e recuaram rapidamente, formando fileiras e se apoiando no arção de madeira das selas enquanto cavalgavam para longe, gritando e rindo uns com os outros. Os mortos estavam caídos no meio dos agonizantes, e Kublai pôde ouvir um homem gritar num volume espantoso, em algum lugar no meio das pilhas trêmulas por onde passavam. Devia estar com as pernas quebradas para fazer um barulho tão grande. Kublai não viu o guerreiro que apeou e foi até o ferido, mas o som foi cortado no meio do grito. Pensou de repente em Zhenjin, preocupado. O limite entre cã e pai era sempre difícil de determinar. Os homens sabiam que Kublai estaria preocupado com o filho de 14 anos no meio deles, mas Kublai não podia dar sinal de medo nem deixar Zhenjin fora do caminho do perigo. Geralmente Uriang-Khadai colocava Zhenjin na retaguarda de qualquer formação sem deixar isso óbvio. Kublai olhou pelo campo, procurando o filho, mas não pôde vê-lo. Trincou o maxilar, fazendo uma oração silenciosa ao Pai Céu pedindo que ele estivesse bem. Uriang-Khadai saberia. O sujeito não deixava escapar nada.

Milhares de homens das forças de Arik-Boke haviam escapado do golpe de marreta que ele dera. Continuaram se movendo enquanto seus homens entravam em formação e começavam a trotar para o norte. Kublai olhou por cima do ombro, por cima dos homens e cavalos mortos, para onde seu irmão continuava cavalgando numa nuvem de poeira seca. Os distantes *tumans* de Arik-Boke estavam se fundindo com a escuridão que os ultrapassava. Kublai inclinou a cabeça num gesto de respeito zombeteiro. O orlok Alandar havia se livrado nos últimos instantes, e Kublai só desejava ser capaz de ouvir o sujeito explicando ao irmão como perdera tantos homens em apenas um dia.

Arik-Boke estava totalmente furioso enquanto se inclinava adiante na sela e gritava "Chuh!" para sua montaria, chutando-a violentamente nos rins para manter a velocidade. O suor pingava em seus olhos, e ele piscava por causa do sal, espiando a distância. A luz quase havia sumido, e os *tumans* adiante se moviam e ficavam turvos como sombras se retorcendo. Só podia ouvir os cavalos galopando à sua volta, de modo que a batalha à frente parecia quase onírica, desprovida do choque de espadas e dos gritos dos homens.

 O general de um dos seus *tumans* estava virando a montaria para alcançar o cã, a cabeça do animal subindo e descendo com o esforço. Arik-Boke o ignorou, com o foco apenas à frente. Sabia que perdera contato com os *tumans* de trás, que sua longa formação fora atacada numa das pontas. Sabia muito bem que a força que havia trazido poderia não ser suficiente para fazer seu irmão fugir, que deveria esperar e refazer a formação. Tinha apenas quatro *tumans* em formação cerrada, mas outros oito vinham atrás. Juntos bastariam, não importando o que Kublai tivesse conseguido fazer. Arik-Boke cuspiu contra a brisa enquanto o nome do irmão se intrometia nos pensamentos. Sua saliva parecia sopa na boca, e o calor saía por todos os poros enquanto ele continuava cavalgando, mais intensamente e mais longe do que fizera durante anos. Tinha de ser Uriang-Khadai que havia organizado o ataque. Arik-Boke sabia que deveria ter imaginado que seu irmão entregaria o comando a um oficial mais experiente. Xingou longamente e em alto volume, fazendo seus homens mais próximos desviarem o olhar para não testemunharem sua fúria. Deveria ter feito mil coisas de modo diferente. Kublai era um erudito fraco e Arik-Boke achava que ele teria transformado bons *tumans* num caos. No entanto, eles haviam atacado no local certo, no momento certo. Tinham derrotado o orlok Alandar, e ele ainda mal podia crer nisso. A ala direita de sua varredura deveria ter sido o ponto mais forte, mas os inimigos a haviam enrolado. Agora, a escuridão estava chegando, e eles escapariam de sua vingança.

A planície era longa e chapada, mas a batalha ainda era uma minúscula confusão de poeira à medida que a escuridão se aproximava. Nos últimos instantes, antes de se perderem da visão, Arik-Boke teve certeza de que viu *tumans* se afastando ao norte. Trincou o maxilar, com o calor do corpo parecendo combustível para a fúria interna. Karakorum tinha poucos defensores, com todo o seu exército no campo. Sentiu enjoo ao pensar que seu irmão poderia tomar a cidade num golpe rápido. Havia ignorado as preocupações débeis de Alandar, convencido na ocasião de que o irmão jamais chegaria perto da capital. Isso não deveria ter significado nada, mas Arik-Boke sentiu vontade de rugir de frustração. Quem quer que dominasse Karakorum poderia reivindicar o governo. Isso importava aos olhos dos príncipes e dos pequenos canatos.

Seu general o havia alcançado, cavalgando junto dele e gritando perguntas ao vento. A princípio, Arik-Boke o ignorou, mas então a escuridão chegou ali e ele foi obrigado a puxar as rédeas e diminuir a velocidade para um meio-galope e depois um trote. Os cavalos bufavam e respiravam com força, e a energia cortante se esvaiu de Arik-Boke, deixando um frio pior do que qualquer um que ele jamais sentira. Até aquele momento não havia considerado seriamente que Kublai pudesse vencê-lo em batalha. Sua mente se encheu de imagens em que enfrentava o erudito com uma espada. Era uma visão satisfatória, mas vazia, e ele balançou a cabeça para afastar as tolices. Continuou cavalgando, penetrando na noite.

Ao redor, guerreiros que vinham da outra direção estavam passando, mantendo a cabeça baixa, envergonhados diante dos conhecidos. Estavam se juntando aos *tumans* atrás, às dezenas e centenas, saindo da escuridão adiante. Arik-Boke viu um deles girar o cavalo, virando-se para acompanhar a linha que trotava enquanto tentava atravessá-la. O sujeito estava perto dele e gritando antes que Arik-Boke percebesse que era Alandar. Os dedos do cã ficaram brancos nas rédeas quando seu orlok o alcançou, trazendo um fedor de suor novo e sangue que se grudava nele como uma capa.

— Senhor cã — disse Alandar.

Ele não precisava mais gritar acima do som dos cavalos. Nesse ponto, os dois estavam apenas trotando, o capim preto fluindo sob os cascos sem ser visto. Arik-Boke quase pediu tochas, mas ainda havia centenas de homens vindo da batalha e ele não sabia se eram todos seus. Não seria bom iluminar-se na fileira.

— Orlok, eu revogo o seu posto. Você não comandará mais em meus exércitos. — Arik-Boke tentou manter a voz calma, mas a fúria ameaçava derramar-se dele. Queria ver o rosto do sujeito, mas a escuridão era completa.

— A sua vontade, senhor — disse Alandar, com a voz incrivelmente cansada.

— Vai prestar contas então? Devo arrancar o relatório palavra a palavra? — A voz de Arik-Boke ficava mais alta à medida que ele falava, até estar quase gritando. Sentiu Alandar se encolher para longe.

— Desculpe, senhor. Eles fizeram uma armadilha para atrair meus guerreiros, com uma segunda posição para me levar a pensar que tinha descoberto o ardil. — Até nesse ponto Alandar havia deduzido, mas ainda estava atordoado depois de um dia daqueles, e tão cansado que mal conseguia falar. Não poderia elogiar o inimigo, mas havia um respeito relutante em sua voz à medida que prosseguia. — Eles emboscaram minhas forças assim que os seguimos para dentro de um vale. Vi uns 12 *tumans* no total, sob o comando de Kublai e Uriang-Khadai.

— Minhas ordens não eram para esperar até que o exército principal chegasse, caso você visse o inimigo? Eu não considerei exatamente o que aconteceu hoje?

— Sinto muito, senhor. Achei que tinha descoberto os planos deles e que poderia dar um golpe pelo senhor. Vi a chance de derrotá-los e a usei. Estava errado, senhor cã.

— Você estava *errado* — ecoou Arik-Boke.

Era demais deixar o sujeito balbuciando desculpas. Ele se virou para o general que o acompanhava do outro lado.

— Oirakh, pegue as armas deste homem e o amarre. Cuidarei dele quando houver luz do dia para enxergar.

Arik-Boke ignorou os sons de luta enquanto guerreiros se aproximavam de Alandar. Será que o sujeito realmente esperava viver? Era um idiota.

À medida que a lua crescente se mostrava, lançando uma luz débil, seus *tumans* chegaram às bordas do campo de batalha de onde Kublai finalmente fugira. Alguns dos homens e cavalos caídos ainda estavam vivos, pedindo ajuda aos que passavam em gritos de dar pena. Arik-Boke escolheu seu caminho com cuidado, diminuindo a velocidade até seguir a passo. Os mortos amontoavam-se no chão, e ele podia ouvir feridos soluçando de dor. A fúria por dentro se tornou uma bola dura em seu peito e no estômago, de modo que ele mal conseguia esticar as costas. O orlok de Kublai tinha feito isso.

No centro dos mortos, Arik-Boke apeou e gritou pedindo lampiões. O cheiro era insuportável, e, apesar da escuridão, já havia moscas em toda parte, zumbindo no rosto de seus homens, de modo que eles precisavam afastá-las repetidamente. Arik-Boke respirou fundo, fechando os olhos enquanto os lampiões eram acesos ao redor e presos em varas. Eles lançavam um brilho dourado, revelando olhos fixos e carne fria de todos os lados. Arik-Boke estremeceu ligeiramente enquanto girava no mesmo lugar, absorvendo tudo. Seus lábios se afinaram com nojo, e a raiva o cegou. Seu irmão era responsável por tudo aquilo.

— Tragam-me Alandar — disse.

Não havia se incomodado em olhar em nenhuma direção específica, mas a ordem foi cumprida rapidamente. Alandar foi arrastado e jogado de rosto para baixo aos pés de Arik-Boke.

— No fim, eles estavam indo para o norte? — perguntou Arik-Boke.

O homem que fora seu orlok lutou para se ajoelhar e assentiu, mantendo a cabeça o mais baixa possível.

— Creio que sim, senhor.

— Então será Karakorum — murmurou Arik-Boke. — Ainda posso pegá-lo.

Sabia por que Kublai queria a cidade. Dezenas de milhares de mulheres e crianças haviam formado bairros miseráveis nas planícies ao redor de Karakorum, esperando a volta de seus homens. Arik-Boke tirou uma faca longa de uma bainha presa à coxa. A carne rasgada de seus homens estava a toda volta, e era necessária uma vingança, um preço a pagar. Nesse momento soube o que fazer.

Alandar tinha ouvido a faca saindo e levantou a cabeça com medo.

— Senhor cã, eu... — Sua voz se engasgou quando Arik-Boke o agarrou pelos cabelos e cortou sua garganta com golpes fortes, serrando a carne.

— Já chega, vindo de você — disse Arik-Boke em seu ouvido. — Agora fique quieto.

Alandar estremeceu e lutou, com o cheiro pungente de urina enchendo o ar e fumegando. Arik-Boke empurrou-o de lado.

— Batedores! A mim! — rugiu para a noite.

Dois dos mais rápidos chegaram logo, saltando dos cavalos. Olharam o corpo de Alandar esfriando, depois viraram a cabeça rapidamente.

— Vocês cavalgaram muito hoje — falou Arik-Boke. — Mas não descansarão esta noite.

Os dois batedores eram jovens, ainda não tinham 18 anos. Assentiram sem falar, num espanto reverente por estarem na presença do cã.

— Peguem cavalos descansados e vão a Karakorum. Usem os postos do yam para trocar de montaria. — Ele tirou um anel do dedo e jogou-o para um dos jovens. — Vocês terão de ultrapassar os exércitos do meu irmão, por isso sejam rápidos. Quero que cheguem à cidade antes dele. Encontrem o capitão da minha guarda do palácio e digam que eu falei que é a hora. Entenderam? Exatamente essas palavras. Repitam a ordem.

Os dois batedores entoaram as palavras e ele assentiu, satisfeito. Para tudo havia um preço a pagar. Quando Kublai chegasse à cidade ficaria sabendo do custo de sua rebelião. Arik-Boke sorriu pensando nisso. Talvez os homens de Kublai se amotinassem ao perceber o que ele lhes custara. Arik-Boke poderia retornar à cidade e encontrar o irmão já morto pelas mãos deles.

CAPÍTULO 42

A NOITE ESTAVA FRIA E SILENCIOSA ENQUANTO KUBLAI CAVALGAVA PARA Karakorum. Ele e seus homens compartilhavam pedaços de carne preta enquanto viajavam, passando odres de leite azedo ou *airag* transparente para aliviar a garganta seca. Não havia tempo para parar e reconhecer as vitórias do dia, com os *tumans* de Arik-Boke tão perto, atrás. Kublai tinha visto seu filho apenas por um breve momento enquanto Zhenjin passava por ele em alguma tarefa para seu oficial de *minghaan*. Sem dúvida, o sujeito havia sugerido que ele passasse perto do cã enquanto seguia. Era o tipo de gesto sutil que seus homens arranjavam, e Kublai sabia que sentiam orgulho por ter seu filho cavalgando em meio a eles, com toda a confiança que isso implicava. Kublai sentia pena do inimigo que tentasse atacar aquele *minghaan* específico. Eles trucidariam qualquer um que chegasse perto do herdeiro do cã.

Ainda que seus pensamentos estivessem vagarosos, Kublai examinava planos enquanto cavalgava. Precisava se afastar antes do alvorecer, mas seus homens haviam lutado ou cavalgado o dia todo e estavam caindo de cansaço. Sem descanso, ele roubaria força deles, arruinando o exército justo quando precisava dos guerreiros mais atentos e em forma. Já dera ordens para cavalgarem em pares, com um dos homens cochilando enquanto o outro segurava as rédeas, mas eles precisavam apear e dormir durante ao menos algumas horas.

Uriang-Khadai talvez fosse o homem mais velho sob seu comando, mas ao luar fraco o orlok parecia revigorado e sério como sempre. Kublai sorriu cansado para ele, tentando resistir ao movimento de balanço da cabeça que o levava a perceber com um susto que havia adormecido. Era uma vantagem da sela com arção alto — segurar um homem adormecido melhor do que alguns outros modelos —, mas ele ainda sentia que poderia cair caso o sono o dominasse. Dava bocejos enormes a intervalos de alguns instantes.

— Já sabemos quais foram as perdas? — perguntou mais para se manter acordado do que para realmente saber.

— Não podemos ter certeza enquanto não houver luz — respondeu Uriang-Khadai. — Acho que uns dois *tumans*, ou um pouco mais.

— Num *dia*? — perguntou Kublai, as palavras explodindo.

Uriang-Khadai não desviou o olhar.

— Nós matamos mais. Eles têm os mesmos arcos, as mesmas habilidades. De qualquer modo a contagem seria alta.

Kublai fez uma careta, levantando o olhar para as estrelas. Os números eram assustadores, tão grandes quanto suas perdas contra os sung. Muitos deles ainda estariam vivos, com frio e sozinhos no meio dos mortos enquanto esperavam que os guerreiros de Arik-Boke os encontrassem e cravassem uma faca em sua carne. Estremeceu pensando nessa vigília final. Depois de anos com eles nos territórios sung, cada um era uma perda. Arik-Boke não tinha ideia do tipo de lealdade que crescera em seus *tumans* no correr dos anos. Afastou o pensamento, sabendo que só ficaria mais furioso com o irmão idiota. A profundidade de sua raiva ainda podia surpreendê-lo, mas dar-lhe rédeas seria uma indulgência.

— Quatro dias até Karakorum — disse em voz alta. — E os homens do meu irmão estarão atrás de nós o tempo todo.

Uriang-Khadai não respondeu, e Kublai percebeu que não havia feito uma pergunta a ele. Sorriu pensando em como o general podia ser tão fechado depois de tudo que haviam suportado juntos.

— Tenho mais um osso para jogar, orlok. Assim que chegarmos a Karakorum, podemos nos virar para defender a cidade e nosso povo. Tornarei Arik-Boke o inimigo aos olhos da nação. E, quando a batalha estiver no auge, Bayar irá atacá-lo. — No silêncio que continuava, Kublai suspirou. — O que acha?

— Acho que o senhor tem dez *tumans* ou menos, contra mais de 12 do seu irmão — respondeu finalmente Uriang-Khadai. — Acho que estamos ficando com poucas flechas e lanças. Não posso planejar pensando numa força de reserva que teve de cavalgar mais de 3 mil quilômetros.

— Você fez o caminho de volta desde Hulegu. Bayar vai chegar aqui.

— E eu ficarei satisfeito em vê-lo, mas devemos nos preparar para o pior. Precisamos de armas.

Kublai resmungou. Deveria saber que não receberia palavras de encorajamento. O canato de Chagatai havia fornecido muitos suprimentos para sua campanha. O Sr. Alghu mandara os meninos árabes para provocar a falsa trilha de poeira que havia representado um papel tão importante na primeira batalha, e a comida e a bebida que ainda tinham vinham de suas cidades. No entanto, Uriang-Khadai estava certo: flechas e lanças eram o material mais importante, e o resto que tinham seria gasto em uma carga.

— Se você puder fazer flechas e lanças aparecerem nos próximos dias, eu agradeceria de joelhos, orlok. Até lá não há sentido em discutir isso.

Uriang-Khadai permaneceu em silêncio por um longo tempo, pensando.

— Há estoques em Karakorum, o bastante para encher todas as nossas aljavas.

Kublai se conteve para não zombar da ideia. O general conhecia as chances tanto quanto ele.

— Você acha que podemos pegá-las? — perguntou.

— Não, mas Arik-Boke Khan poderia.

Kublai estremeceu diante das palavras, mas assentiu.

— A cidade não sabe nada do que está acontecendo nas batalhas, pelo menos por enquanto. Eu poderia mandar homens em nome dele, com ordens de trazer carroças com novas flechas e lanças. Acho que isso é bom. Poderia dar certo.

— Com sua permissão, vou mandar alguns batedores com a ordem, homens em quem confio para representar um papel.

— Está concedida.

Kublai agradeceu em silêncio pelo homem ao lado. Na escuridão, era de algum modo mais fácil conversar com ele do que o usual. Nenhum dos dois podia ver o outro muito bem, e Kublai pensou em compartilhar o segredo que ficara sabendo anos antes, nos arquivos de Karakorum. Seu cansaço o fez engrolar as palavras, mas num impulso decidiu falar.

— Uma vez encontrei um registro sobre seu pai — disse. O silêncio pareceu envolver os dois, até que ele se perguntou se Uriang-Khadai teria ao menos ouvido. — Ainda está acordado?

— Estou. Sei quem ele era. Não é uma coisa que estou acostumado a... — A voz de Uriang-Khadai ficou no ar.

Kublai tentou organizar os pensamentos à força, para encontrar as palavras certas. Há anos sabia que Uriang-Khadai era filho de Tsubodai, mas tal conhecimento jamais encontrara um momento para se apresentar. Saber que seu orlok já sabia disso era estranhamente frustrante.

— Eu gostava dele, você sabe. Ele era um homem extraordinário.

— Eu... ouvi muitas histórias sobre ele, senhor. Ele não me conheceu.

— Ele viveu os últimos anos como um pastor simples, ouviu dizer?

— Ouvi. — Uriang-Khadai pensou durante um tempo, e Kublai ficou em silêncio. — O senhor cresceu tendo Gêngis como avô, senhor. Acho que sabe o que é a sombra longa de um homem.

— Eles parecem gigantes — murmurou Kublai. — Conheço muito bem esse sentimento.

Era uma percepção sobre Uriang-Khadai que ele não havia esperado. O sujeito subira na carreira sem ter o nome de ninguém para ajudá-lo. Pela primeira vez Kublai sentiu que entendia algo do que impelia o orlok.

— Acho que ele teria orgulho de você — falou Kublai.

Uriang-Khadai deu um risinho no escuro.

— E Gêngis teria orgulho do senhor. Agora vamos deixar as sombras na noite. Precisamos encontrar um rio para os cavalos, e eu vou cair da sela se não descansar logo.

Kublai gargalhou, bocejando de novo com a simples ideia de dormir.

— A sua vontade, orlok. Nós dois deixaremos nossos pais e avós orgulhosos.

— Ou vamos nos juntar a eles.

— É, ou vamos nos juntar a eles, uma coisa ou outra. — Kublai parou um instante, esfregando a ardência nos olhos. — Arik-Boke não vai parar agora, enquanto vamos para a capital. Ele irá pressionar os homens até a exaustão completa, vindo atrás de nós.

— O senhor queria que ele ficasse desesperado com tudo que concentrou na cidade. Se Bayar não vier...
— Ele virá, orlok.

Os três dias seguintes foram alguns dos mais estranhos que Kublai já vivera. Ele estivera certo com relação a Arik-Boke pressionar seus *tumans* até os limites. No segundo dia os exércitos passaram por quatro postos do yam e souberam que tinham coberto 160 quilômetros entre o alvorecer e o crepúsculo. Batedores se espalhavam nas bordas de cada força, às vezes chegando a trocar golpes, ou se aproximando do alcance das flechas de modo que eram arrancados das montarias e caíam esparramados sob gritos de comemoração dos guerreiros mais próximos. Ao pôr do sol do terceiro dia os dois exércitos estavam separados por apenas 16 quilômetros, e nenhum deles conseguia diminuir nem aumentar essa distância. Kublai havia perdido a conta da troca de montarias enquanto ele e Uriang-Khadai se esforçavam ao máximo para manter os animais descansados, mas nunca havia tempo suficiente para pastar, e eles precisaram abandonar centenas de cavalos quando estes perdiam o fôlego ou ficavam mancos. O tempo todo, sentia o bafo do irmão no pescoço e só podia se esticar para olhar a distância, procurando Karakorum.

O crepúsculo era a hora mais difícil para os homens. Kublai não podia mandar que parassem até ter certeza absoluta de que o irmão havia encerrado o dia. Com os exércitos tão próximos, não ousava descansar onde Arik-Boke pudesse disparar um ataque súbito. Seus batedores lhe repassavam as posições repetidamente, até que enfim traziam a notícia bem-vinda de que os perseguidores haviam parado. Mesmo assim, Kublai insistia em continuar, forçando cada quilômetro precioso em suor e energia. Seus homens dormiam feito mortos sob as estrelas e tinham de ser acordados a chutes para a troca de guarda durante a noite. Homens gritavam no sono perturbado, exauridos pela ameaça constante da perseguição. Para caçadores naturais não era bom ser caçado, enquanto os que vinham atrás tinham a confiança aumentada, como uma matilha de lobos, sabendo que acabariam alcançando-os.

Kublai teve boas notícias de seus batedores muito antes dos *tumans* sob seu comando, mas não as passou adiante, sabendo que eles gostariam da visão de carroças cheias de armas vindas de Karakorum. Elas foram guiadas para seu acampamento espartano enquanto o sol morria sobre as montanhas no terceiro dia, recebidas com gritos e uivos. Homens subiram em cada carroça e começaram a jogar aljavas cheias e lanças para as mãos estendidas, rindo ao pensar que a cidade havia errado ao dar aquele presente. Os homens que guiavam as carroças foram deixados incólumes e sabiam que era melhor não protestar enquanto eram empurrados de lado e mandados de volta à capital. Karakorum estava a apenas 60 quilômetros de distância, e Kublai sabia que a alcançaria na metade do dia seguinte. Desejava ter pensado em pedir novos odres de *airag* para acompanhar as flechas e lanças, mas bastava ver a alegria nos olhos de seus homens pelo que haviam obtido através do ardil.

Sentiu uma grande tensão abandoná-lo enquanto se acomodava para dormir naquela noite, demorando um momento para amassar o capim embaixo quando um calombo incomodou seu quadril. Seus homens lutariam com Karakorum à vista. Batalhariam contra um inimigo tão cansado quanto eles, e tinha certeza de que todos fariam boa figura. Mesmo assim temia por cada um deles.

Doze homens lutando contra dez era uma situação difícil. Os dois *tumans* extras que seu irmão ainda poderia colocar no campo eram uma proposição diferente. Vinte mil homens conseguiriam fazer chover flechas em seus flancos ou martelar seus homens em cargas enquanto estes estivessem travados na batalha. Contra os sung ele teria rido da relação de números. Enfrentando seu próprio povo, lutava com desespero. Tinha feito tudo o que podia, e pensou de novo no último osso para lançar quando Karakorum surgisse. Em algum lugar atrás dos morros, Bayar devia estar se aproximando da cidade. Seus três *tumans* certamente bastariam para virar a batalha.

Ainda estava pensando nisso quando o sono o dominou com uma onda negra. Não soube de mais nada até seu filho o sacudir pelo ombro e pôr um pacote de carne fria e pão duro em sua mão. Ainda não havia amanhecido, mas os batedores tocavam para sinalizar que o acampamento de Arik-Boke se preparava para entrar em movimento.

Kublai sentou-se, interrompendo um bocejo ao perceber que era o último dia. Não importando o que acontecesse, veria o fim antes que o sol nascente caísse atrás das montanhas. Era um pensamento estranho, depois de tanto tempo.

Seu sono desapareceu e ele se levantou cambaleante, mordendo a comida e estremecendo quando ela se prendeu num dente meio frouxo. Karakorum tinha homens que arrancavam dentes, lembrou-se com uma careta. Sua bexiga estava cheia, e ele pôs o pão na boca enquanto levantava o dil e urinava no chão, grunhindo satisfeito.

— Fique em segurança hoje — disse a Zhenjin, que simplesmente sorriu.

O rapaz havia emagrecido nos dias de luta ou cavalgada, a pele mais escura do que Kublai recordava. Ele também estava mastigando o pão denso, duro como pedra e quase igualmente apetitoso. A grossa gordura de cordeiro era uma pasta farinhenta na boca, e Kublai quase engasgou quando Zhenjin lhe entregou um pequeno odre de água e ele tomou um gole.

— Estou falando sério. Se a batalha ficar ruim, não venha para perto de mim. Cavalgue para longe. Prefiro ver você fugir e viver a ficar e morrer. Entendeu?

Zhenjin dirigiu-lhe seu melhor olhar de desprezo carrancudo, mas fez que sim. Trombetas de batedores soaram de novo e o acampamento tosco entrou em movimento mais rápido à medida que os homens montavam e verificavam as armas pela última vez. Os *tumans* de Arik-Boke estavam movendo-se.

— Depressa, agora. Volte para o seu *jagun* — disse Kublai, carrancudo.

Para sua surpresa, Zhenjin abraçou-o, um aperto breve e feroz antes de ele correr de volta para seu cavalo.

Cavalgaram com intensidade durante a longa manhã, cobrindo quilômetros a um meio-galope fácil ou a trote enquanto os batedores mantinham o olhar nas forças de Arik-Boke e mandavam informações constantemente. Sessenta quilômetros não seriam nada para cavalos e homens descansados, mas depois de dias na sela todos estavam rígidos e exaustos. Em sua mente, Kublai os imaginava sangrando cavalos a cada quilômetro, soltando os animais quando ficavam mancos ou perdiam as forças. Os pôneis pequenos e rústicos eram criados para resistir e iam em frente, assim como os homens que os montavam, ignorando as dores nas costas e nas pernas.

Para Kublai foi um momento surreal quando começou a reconhecer os morros ao redor de Karakorum. As encostas verde-acinzentadas gritavam para suas lembranças. Ele crescera na cidade e conhecia as terras ao redor melhor do que a maioria das pessoas do mundo. Sua respiração parou, com surpresa, diante da força daquilo, quando soube que tinham voltado para casa. Em todos os seus planos e manobras, não havia levado em conta a força dessa coisa pequena. Estava *em casa*. A cidade que seu tio construíra estava poucos quilômetros à frente, e era hora de se virar e encarar o irmão, testar os homens que havia ensinado e com quem aprendera em milhares de quilômetros de terras sung. Sentiu lágrimas ardendo nos olhos e sorriu sozinho.

Karakorum fora construída originalmente com um muro mais ou menos da altura de um homem. Isso havia mudado quando a pequena cidade foi ameaçada, e as muralhas foram reforçadas e erguidas para incluir torres de vigia e portões sólidos. Kublai não sabia mais quantos homens ela continha, ou quantos outros se amontoavam ao redor nos bairros miseráveis feitos de tendas. Havia caminhado no meio delas mais de uma vez quando era jovem, e as lembranças eram ao mesmo tempo nítidas e tristes. Seu povo não se saía bem quando parava num lugar. Apesar de terem ido a Karakorum em busca de trabalho e riqueza, as pessoas não tinham esgotos, e as iurtas eram tão amontoadas ao sol que o fedor de urina e excremento podia fazer um homem forte engasgar. Como nômades, cada acampamento era fresco e verde, mas, quando ficavam presos na pobreza, faziam um bairro miserável, onde nenhuma mulher e poucos homens ousavam sair de casa depois do escurecer.

Podia ver as muralhas brancas a distância quando finalmente deu a ordem de parar. Tinha evitado qualquer pensamento sobre o futuro enquanto seu irmão Arik-Boke estava no campo contra ele. Fazer planos para os anos vindouros era parecido demais com orgulho perigoso, quando ainda poderia ser morto tão facilmente. Mas, enquanto olhava para a névoa atrás, pensou nas amplas terras jin ao redor de Xanadu. Lá poderia encontrar um lugar para essas pessoas. Poderia permitir que se esticassem e vivessem como homens em vez de animais, esmagados num espaço demasiadamente pequeno, numa cidade demasiadamente pequena.

Seu povo adoecia quando não podia se movimentar, e não somente com as doenças que varriam a cidade a cada verão. Enquanto o sol batia forte, ele estremeceu pensando em alguma pestilência que estivesse arrasando Karakorum enquanto a cidade se banhava na própria imundície. Se sobrevivesse, Kublai poderia fazer algo melhor do que isso, tinha certeza.

Naquela tarde, Uriang-Khadai parecia uma vespa, indo a todo lugar e dando ordens para que os *tumans* se formassem organizadamente. Os estandartes de Kublai foram erguidos muito longe de onde ele estava em seu cavalo, cercado por homens de confiança. Com um sorriso torto, olhou para as paredes de seda amarela ao vento, do outro lado do campo, decoradas com um dragão que se retorcia no pano como se estivesse vivo. As flechas cairiam mais densas sobre aqueles homens, todos voluntários. Eram os únicos que ainda carregavam escudos pesados que ele havia mantido, com o peito dos cavalos cobertos por painéis em forma de escamas de peixe. O próprio Kublai cavalgaria longe deles, na quarta fileira, invisível enquanto dava ordens.

Mesmo com as perdas, nove *tumans* e cerca de seis *minghaans* enfrentariam o exército de Arik-Boke. A maioria lutara junto durante anos, contra números muito maiores. Cada oficial havia se encontrado mil vezes com os colegas e bebido com eles até perder os sentidos. Conheciam os homens ao redor e estavam o mais preparados possível. A cidade do cã estava às suas costas, e eles precisavam ganhá-la para ele. O próprio cã lutava nas fileiras. Naquele dia haveria um fim.

Arik-Boke ainda tinha 16 quilômetros para percorrer quando Kublai mandara parar. Era tempo suficiente para esvaziar bexigas e tomar goles de água dos odres passados pelas fileiras e depois jogados fora quando estivessem vazios. Cem mil arcos foram verificados em busca de rachaduras, com as cordas testadas e descartadas caso esticassem ou estivessem gastas demais. Os homens esfregavam gordura nas lâminas das espadas para saírem facilmente das bainhas, e muitos apeavam para verificar as barrigueiras das selas e as rédeas em busca de pontos fracos que pudessem se partir sob esforço. Havia pouco riso entre eles, e apenas uns poucos gritavam para os amigos. Tinham sido endurecidos na longa cavalgada para a cidade e estavam prontos.

Kublai manteve as costas retas como uma espada ao ver os primeiros homens dos *tumans* de Arik-Boke. Eles apareceram distantes, como moscas pretas ondulando na névoa de calor. Atrás dos batedores vinham os *tumans* e os grandes blocos de cavaleiros, sob uma nuvem de poeira laranja que se estendia sobre eles em grandes dedos espiralados.

Testou o punho da espada de novo, deixando-a entrar e sair da bainha tilintando. O sentimento enjoativo que criara um nó em seu estômago era familiar, e ele elevou a raiva para cortá-lo. O corpo estava com medo, mas Kublai não deixaria a carne fraca dominá-lo.

A visão do exército de seu irmão fez o coração bater mais rápido e a fúria ferver no sangue, convocada pela vontade e mais forte do que o temor. O suor brotou na testa enquanto ele permanecia como uma estátua, observando-os se aproximar. Podia sentir o cheiro dos cavalos ao redor, combinado ao fedor animal de homens que não se lavavam havia meses. *Seus* homens, ligados a ele por juramento e experiência. Muitos morreriam naquele dia, e a dívida seria de Arik-Boke. Kublai se lembrou de que conhecia o irmão, não importando o quanto ele tivesse mudado nos anos em que ficaram separados. A posição falsa criada com os estandartes era resultado desse conhecimento.

Arik-Boke não iria querer simplesmente vencer a batalha. As derrotas de seu orlok o haviam humilhado. Se Kublai ainda o conhecia, ele devia estar parcialmente cego por orgulho ferido e fúria, mandando seus arqueiros para aquele ponto. Os porta-estandartes iriam atrair as flechas. Esse não era um pensamento agradável enquanto as lembranças da infância relampejavam em sua mente, mas Kublai usaria qualquer coisa, qualquer fraqueza. No silêncio, fez uma oração pedindo desculpas à mãe e ao pai, esperando que eles não pudessem ver a batalha que travaria naquele dia.

Olhou à direita e à esquerda ao longo das fileiras de homens silenciosos. Não usava qualquer sinal de autoridade, e seus homens de confiança o observavam com expressões de orgulho silencioso. Estavam prontos. Fez outra oração aos espíritos de seus ancestrais pedindo que Bayar chegasse.

Viu Uriang-Khadai levantar a mão e imitou o gesto. Era hora. Olhou adiante o vasto exército que se aproximava enquanto seu orlok dava a ordem. Trombetas começaram a soar pelas fileiras, uma única nota contínua que fez as mãos de Kublai tremerem antes que ele apertasse as rédeas com força. Cem mil guerreiros bateram os calcanhares nas montarias e começaram a trotar para enfrentar o inimigo, seu irmão mais novo.

CAPÍTULO 43

Arik-Boke se inclinou na sela, espiando através da poeira o lugar onde seu irmão o aguardava. Os batedores haviam informado sobre a posição de Kublai muito antes, mas ele ainda esperava que seus próprios olhos confirmassem. Ainda que as muralhas de Karakorum fossem pintadas de branco, ele só podia ver uma sugestão de palidez atrás das linhas mais escuras dos *tumans* de Kublai, como um reflexo em metal. Assentiu sozinho, apertando o punho da espada.

Seus 12 generais cavalgavam dos dois lados, já olhando para trás, para seus *tumans*, e esperando a permissão de avançar. Arik-Boke se manteve em silêncio. Seu orlok havia fracassado e ele não nomeara outro, só para vê-lo fracassar também. Era cã e comandaria a batalha. Podia sentir a inquietação dos homens mais importantes, como se os idiotas achassem que ele iria mantê-los alinhados com ele até que as primeiras flechas voassem.

Seus *tumans* haviam cavalgado 80 quilômetros naquele dia, sem parar. Estavam exaustos, mas a visão do inimigo parado para enfrentá-los afastaria o cansaço. Arik-Boke não o sentia. A raiva e a empolgação o atravessavam enquanto a distância diminuía para cerca de 3 quilômetros. Podia ver as formações de Kublai, ainda paradas como se tivessem criado raízes enquanto o esperavam. Lutou contra uma fúria colossal ao pensar nos inimigos barrando a passagem para sua cidade, no caminho do cã legítimo. Seu irmão responderia pela arrogância, prometeu a si mesmo.

Seus *tumans* acompanhavam sua velocidade, mas não estavam ociosos. Cavalos de reserva foram trazidos da retaguarda aos milhares, de modo que os guerreiros pudessem saltar de um para o outro sem diminuir o passo. Os que eles haviam montado durante toda a manhã ficaram para trás rapidamente sem terem os calcanhares e os chicotes para mantê-los avançando. Arik-Boke estava suficientemente perto para ver as bandeiras de um amarelo vivo que mostravam a posição de seu irmão, altas em lanças que pareciam espetos eriçados. A essa distância, não conseguia identificar o símbolo que havia nelas, mas teve a primeira visão da posição do falso cã. Podia imaginar Kublai observando e um tremor o atravessou, como se os olhares dos dois tivessem se cruzado na planície vazia.

— Lá está o alvo de vocês — gritou aos generais. — Darei uma província ao homem que me trouxer a cabeça dele. Qual de vocês será cã depois do dia de hoje?

Viu as expressões atordoadas enquanto entendiam, e ficou satisfeito. Eles impeliriam os homens implacavelmente, querendo a recompensa, caindo sobre Kublai como uma montanha despencando do céu azul. Era um bom pensamento.

Mandou-os de volta aos *tumans* e sentiu a mudança em pouco tempo enquanto eles começavam a gritar ordens. A velocidade aumentou, e todos os *tumans* acompanharam as linhas em corrida, cada qual tentando manobrar sutilmente para estar na melhor posição para atacar aquele pequeno grupo de estandartes.

Arik-Boke sorriu ao vento. Os exércitos estavam separados por menos de 1,5 quilômetro, e ele espalhara a carne sangrenta diante dos lobos. Tinha mais homens, e eles lutavam pelo grande cã da nação. Cavalgar para uma batalha assim era a coisa mais próxima do júbilo que ele já conhecera.

O batedor estava exausto, com o corpo frouxo na sela enquanto o cavalo chegava ao último posto do yam no coração de Karakorum. Não fora fácil cavalgar ao redor dos *tumans* de Kublai. Tivera de fazer uma volta grande, para além das linhas dos batedores, e depois cavalgar em meio à escuridão sempre que encontrava um caminho ou uma estrada. Não dormira durante três dias, não pudera fazer isso, com batedores inimigos verificando cada trilha e cada caminho. Passara algumas noites anteriores com uma adaga cortando o bíceps, usando a dor para se manter acordado enquanto espiava de um bosque e esperava que um grupo de guerreiros saísse do caminho. Coçou a bandagem enquanto guiava a montaria exausta pela rua da cidade até o posto do yam. Sua mente estava lhe pregando peças, levando-o a ouvir sussurros e ver cores estranhas que ele não podia identificar sempre que forçava os olhos a ficarem abertos. Não fazia ideia do que acontecera com seu companheiro. Talvez não tivesse tido sorte e levado uma flechada enquanto cavalgava.

O batedor estava com 18 anos e um dia pensara que sua força era sem limites, até que aquela cavalgada mostrou a verdade. Tudo doía, e sua mente parecia um calombo sólido no crânio, idiota e lenta para reagir. Talvez por isso sentisse tão pouco triunfo quando quase caiu da sela para os braços dos cavaleiros do yam que o esperavam. Eles não riram de seu estado e de seu fedor, da sela ainda úmida sob suas pernas devido às vezes em que havia urinado em movimento. Com um exército se posicionando fora da cidade, estavam visivelmente preocupados. Um deles pegou um pano molhado num balde e esfregou com força no rosto do batedor, acordando-o um pouco, além de tirar parte da crosta de poeira e a sujeira.

— Não tem bolsa de mensagem — disse um deles torcendo a boca. Nenhum deles esperava uma boa notícia com o tipo de mensagem que não podia ser escrita. Deu um tapa de leve no rosto do batedor. — Acorde, garoto. Você chegou, sobreviveu. Foi mandado para falar com quem?

O batedor levantou as mãos, irritado com aquele tratamento rude, empurrando-os enquanto se mantinha de pé sozinho.

— Venho do cã. Para o capitão dos Guardas — grasnou. Um dos homens entregou um odre de água límpida e ele engoliu agradecido, cuspindo no chão para limpar a boca cheia de saliva grudenta. Suas palavras serviram bem para colocar todos na eficiência usual.

— Vá com ele, Lev — disse o chefe do yam. — Eu cuido do cavalo.

O animal estava exaurido, arruinado, e praticamente no mesmo estado do cavaleiro. O chefe pegou as rédeas com expressão séria para levá-lo ao pátio. Não queria sangue no chão do lado de dentro.

— Espero ganhar uns cortes de carne bons para esta noite — gritou um dos outros para ele.

O chefe do yam ignorou o comentário, e o batedor foi levado cambaleando, com a mão de um homem sobre o ombro.

O cavaleiro do yam sabia melhor do que ninguém que não deveria questionar o batedor, e os dois andaram em silêncio pelas ruas em direção ao palácio do cã. O lugar podia ser visto de longe, com sua torre com a cobertura dourada. O batedor olhou para ela, agradecido, mancando enquanto cada passo provocava dores agudas subindo pelas pernas.

O portão do palácio era vigiado por Guardas do Dia com armaduras polidas. Eles assentiram para o cavaleiro do yam e olharam de lado para seu companheiro imundo.

— Ordens do cã. Para o capitão da Guarda, urgente — disse o cavaleiro do yam, desfrutando da chance de fazê-los se mover rapidamente, para variar. Um dos Guardas assobiou e outro que estava dentro partiu correndo a toda velocidade, as botas fazendo barulho nos corredores de pedra, de modo que por um tempo eles puderam ouvir seu avanço.

— Alguma notícia do exército? — perguntou o Guarda.

O batedor deu de ombros, a voz ainda rouca.

— Eles estavam se voltando para enfrentar o cã na última vez em que eu vi. A coisa vai terminar hoje.

O Guarda parecia com vontade de perguntar mais, porém todos puderam ouvir os passos correndo de volta, com outra pessoa ao lado. O capitão não havia se importado com a dignidade, principalmente tendo uma mensagem do cã e um exército hostil do lado de fora de Karakorum. Chegou correndo, deslizando ao parar e estendendo o braço para se firmar no batente do portão.

— Você precisa falar comigo em particular? — perguntou, ofegante.

— Não me disseram isso. O cã mandou que eu informasse que "é a hora".

Para surpresa do batedor, o capitão empalideceu e respirou fundo, lentamente, enquanto se concentrava.

— Mais nada?

— Só isso senhor. "É a hora."

O capitão assentiu e se afastou sem dizer mais nenhuma palavra, deixando quatro homens encarando-o.

— Isso não parece bom para alguém — murmurou um dos homens do yam.

Kublai saltava o olhar rapidamente para trás e para a frente, entre os *tumans* que cavalgavam para ele e seus homens. Os dois lados se moviam com fluidez, desviando-se de lado e se sobrepondo enquanto se aproximavam, procurando pontos fracos no outro e obrigando-o a reagir. Para alguém de fora, poderia parecer que dois grandes exércitos partiam insensatamente um contra o outro, mas a verdade era uma luta constante, cheia de movimentos bruscos. Os generais de Arik-Boke reforçavam uma ala, e Kublai ou Uriang-Khadai reagiam a isso. Mandavam um novo *tuman* para reforçar outra posição, atraindo o inimigo de volta para a linha em vez de se arriscar a receber um ataque em massa contra uma parte fraca de suas formações. Isso acontecia a meio-galope e depois a galope, com cada oficial buscando a mínima vantagem enquanto chegava ao alcance dos arcos.

A 300 passos, as primeiras flechas foram disparadas de ambos os lados. O alcance máximo e a velocidade cada vez maior significavam que elas acertariam de cima, sobre as fileiras mais de trás. Kublai viu-as subindo densas para onde seus porta-estandartes cavalgavam e rugiu uma ordem final para o general mais próximo. Os homens tinham apenas alguns instantes para reagir, mas se desviaram à esquerda, reforçando as próprias fileiras e enfraquecendo a posição falsa.

Era tarde demais para Arik-Boke reagir de novo. Kublai e Uriang-Khadai haviam lido as formações dele, observando o aumento de força na ala esquerda. Isso estava bem escondido, com milhares de homens encobrindo o movimento principal, mas Arik-Boke engolira a isca. Atacaria a posição falsa, onde acreditava que Kublai o estaria esperando.

Kublai mal notou as saraivadas partindo dos dois lados, uma a cada seis batimentos cardíacos, lançando morte e destruição terríveis. Tinha olhos apenas para os movimentos do inimigo. Eles estavam lançando a força para um dos lados, querendo chegar onde achavam que ele estava, desviando as formações para lançar o maior número possível contra aquele ponto de suas fileiras e penetrar esmagando-as.

Nos últimos instantes, dezenas de milhares de flechas zumbiram entre os exércitos, cruzando-se no ar. Cavalos e homens caíram com força, e Kublai teve de forçar sua montaria para fora do caminho de um cavaleiro caído, depois instigá-la para saltar, meio tropeçando, por cima de outro. Viu-se na segunda fileira enquanto as lanças eram baixadas dos dois lados. Desembainhou a espada.

À sua direita, os *tumans* de Arik-Boke haviam posicionado as lanças cedo, encharcando-se na tempestade de flechas enquanto tentavam atravessar direto até os estandartes amarelos. Kublai podia ler a fúria do irmão nas formações e gritou sem palavras, um rosnado que foi engolido nos gritos e entrechoques a toda volta.

Uma lança veio para ele, apontada diretamente para seu peito. A princípio parecia lenta, então sua mente se ajustou e ela veio como um pássaro acelerado, atraída na velocidade de dois cavalos que galopavam um para o outro. Kublai empurrou a ponta da lança com um grunhido, forçando-a de lado, de modo que o lanceiro passou por ele à direita. Em seguida golpeou o rosto do sujeito enquanto passava e sentiu uma gota de sangue tocar sua bochecha.

Seus guerreiros com lanças se aproveitaram das linhas mais fracas que vinham contra eles. Arik-Boke havia colocado sua força principal numa ala, de modo que nos últimos instantes seus *tumans* formavam quase uma ponta de lança no terreno. Kublai mostrou os dentes ao vento. Não podia salvar os homens que levavam seus estandartes, mas podia atacar o flanco subitamente vulnerável que eles haviam ajudado a expor.

Em apenas alguns batimentos cardíacos, os dois exércitos haviam deslizado um pelo outro como dançarinos. Era um nível de manobra e formação apenas possível para os cavaleiros de elite da nação, no entanto Arik-Boke havia cometido um erro. À medida que seus *tumans* penetravam cada vez mais, jogando fora as lanças partidas, seu flanco foi exposto à força principal de Kublai. Uriang-Khadai gritou novas ordens no momento exato em que Kublai fazia o mesmo, mandando novas saraivadas de flechas contra a massa que passava, arrancando milhares de homens das montarias.

Demorou um tempo para virar seus *tumans*, e cada instante era uma agonia à medida que um trecho cada vez maior do flanco passava por ele num jorro. Kublai puxou as rédeas violentamente, usando a força para obrigar o animal a fazer uma curva fechada. Ele tropeçou de novo num corpo, mas se levantou, bufando de medo. Kublai apontou a espada para os *tumans* do irmão e seus homens bateram os calcanhares, gritando "Chuh!" para as montarias, numa grande explosão sonora.

Golpearam a pouco mais do que um meio-galope, no espaço que encontraram para avançar, mas os exércitos de Arik-Boke estavam concentrados à frente e os guerreiros com espadas os cortaram fundo, retalhando com a força enorme de homens treinados no arco.

Kublai foi com eles, atravessando a primeira fileira que passava galopando, e depois seguindo mais ainda enquanto as linhas se dobravam. Seus *minghaans* mantinham a linha de ataque ampla, de modo que nenhum ponto pudesse ir adiante do restante e se encontrar flanqueado. Com homens morrendo de todos os lados, seus oficiais mantinham a calma e um jorro de ordens. O comando do cã havia chegado até eles, e todos eram veteranos, firmes e sérios no trabalho.

O flanco de Arik-Boke desmoronou, despedaçado por Kublai. Seus homens haviam aberto uma fenda gigantesca no inimigo e, apesar dos esforços dos oficiais de *minghaans*, corriam o risco de penetrar demais na confusão. Antes que Kublai pudesse dar novas ordens, Uriang-Khadai colocara mais dois *tumans*, alargando o ataque e golpeando o flanco com flechas e depois uma carga de lanças. Eles tiveram tempo de aumentar a velocidade e penetraram no inimigo a pleno galope, com as lanças abaixadas de modo que homens e cavalos eram feridos e jogados no chão.

Kublai viu com o canto do olho seus estandartes amarelos caírem. Um grande rugido brotou nos *tumans* de Arik-Boke ao ver aquilo, e eles começaram a lutar com ferocidade renovada. O impulso que arruinara suas formações com um objetivo único se fora. Ele sentiu a diferença em instantes, enquanto os inimigos se afastavam de seus homens e começavam a refazer as formações. Xingou. As flechas continuavam voando, e ele soube que seria o alvo, caso desse a ordem.

Dois *tumans* de Arik-Boke haviam girado para fora da batalha com o objetivo de alcançar uma boa posição. Enquanto Kublai observava, eles voltaram a toda velocidade, atirando flechas, depois colocando os arcos nos ganchos das selas e desembainhando espadas. Acreditavam que Kublai já estava morto, e isso lhes dava ânimo para continuar lutando. Fez uma careta, depois assentiu, virando-se para seus homens de confiança.

— Levantem-nas — gritou. — Que eles vejam como nós os enganamos.

Os homens riram loucamente enquanto desenrolavam compridos estandartes amarelos, deslizando aros de metal pela ponta dos mastros com uma eficiência treinada. Com um movimento de cabeça uns para os outros, seis guerreiros levantaram os mastros ao mesmo tempo, fazendo os estandartes de Kublai balançarem ao vento.

Seus *tumans* levantaram as espadas e os arcos ao ver aquilo, rugindo a plenos pulmões. O estrondo pareceu fazer os exércitos de Arik-Boke se encolherem para trás, mas a realidade era que os homens de Kublai avançaram num jorro. Nada agradava mais aos mongóis que um bom truque no campo de batalha. Não somente Kublai estava vivo, mas Arik-Boke havia desperdiçado a vida de milhares para rasgar uma posição falsa. Por um curto tempo, os guerreiros de Kublai gargalharam retesando os arcos e golpeando com espadas, depois a alegria momentânea se dissolveu e eles eram de novo os matadores sérios dos *tumans*.

Por cima de milhares de cabeças, Kublai podia ver os estandartes do irmão, a 800 metros de distância. Havia ignorado aquela posição, sem desejo de ver o irmão morto. Queria-o vivo, se possível, mas, se o Pai Céu o levasse com uma flecha ou um golpe de espada, não lamentaria a perda. Seus homens de confiança se comprimiam ao redor enquanto os arqueiros de Arik-Boke que estavam ao alcance mandavam flechas em curvas altas, com esperança de um golpe de sorte. Kublai levantou o queixo enquanto o ar acima se enchia de flechas zumbindo. Nesse momento, desejou ter um escudo, mas não pudera carregar um e ao mesmo tempo manter o ardil. Um dos seus porta-estandartes foi acertado com um grunhido, e outro homem pegou a bandeira que saltou da mão dele. Kublai rosnou ao ver que teria de recuar. A carga contra o flanco exposto havia levado sua fileira para o fundo do inimigo e ele estava vulnerável ao contra-ataque que certamente viria, agora que o irmão conhecia sua posição verdadeira.

Num instante que pareceu congelar, Kublai examinou o horizonte em busca de algum sinal dos *tumans* de Bayar. Seus homens haviam lutado bem, e seus oficiais tinham se mostrado uma elite. Talvez quatro *tumans* de seu irmão tivessem sido trucidados contra a perda de metade desse número, mas a batalha estava longe de terminar, e Kublai corria um perigo desesperado.

Ao mesmo tempo que formava esse pensamento, Uriang-Khadai trazia *tumans* pela sua frente, forçando o inimigo a recuar e dando-lhe tempo para se afastar.

Kublai gritou para seus homens lhe encontrarem uma posição fora das fileiras da frente enquanto começava a recuar pelo meio dos guerreiros. Os homens gritavam comemorando enquanto ele passava, ainda deliciados com o ardil que lhes permitira humilhar Arik-Boke. Homens que ele conhecia havia anos entre os sung levantaram as espadas em saudação enquanto ele passava, depois continuaram pressionando com seus *tumans*.

O campo de batalha havia se espalhado por quase 1,5 quilômetro a partir do local original, enquanto os *tumans* se moviam e atacavam, recuavam e partiam para a carga outra vez. Enquanto os homens de Arik-Boke pressionavam com fúria, Uriang-Khadai recuava com seus *tumans*, deixando um espaço súbito. Os guerreiros inimigos corriam atrás deles, perdidos na necessidade de matar os cavaleiros que zombavam deles, ainda uivando e gritando enquanto seguiam para longe.

Uriang-Khadai fez os inimigos correrem contra novas saraivadas de flechas disparadas de uma linha imóvel, esvaziando as aljavas às dezenas de milhares de flechas. As linhas partidas que eles enfrentavam eram despedaçadas, fazendo aumentar as fileiras de mortos. Os arqueiros de Arik-Boke respondiam sem a força maciça de uma saraivada e eram rapidamente derrubados das selas. Uriang-Khadai levantava o braço e abaixava em seguida, para sinalizar os disparos, depois fazia a rotação das primeiras fileiras para permitir que os que ainda tinham flechas chegassem à frente. No coração da batalha, a perfeição da manobra partiu o centro das forças de Arik-Boke. Os que sobreviviam recuavam da corrida alucinada e se organizavam ao redor do seu cã, prontos para ser enviados de novo.

Kublai havia recuado 300 passos, frustrando os arqueiros inimigos que tentavam acertá-lo. Dessa posição, viu Uriang-Khadai assumir o controle e ouviu de novo os estalos das saraivadas. Girou a cabeça e viu um enorme bloco de guerreiros descansados se destacar da posição do irmão e virarem numa curva. Eles cavalgavam ao redor do centro hesitante, e Kublai engoliu em seco ao ver que Uriang-Khadai poderia ser golpeado pelo flanco e pela retaguarda. Olhou ao redor procurando as forças disponíveis e mandou mensageiros aos generais o mais rápido que pôde, empurrando-os para longe.

De novo procurou Bayar no horizonte. Desde o retorno dos sung temera a ideia de uma batalha travada em nível tão igual a ponto de os exércitos da nação se destruírem. Já perdera a conta dos mortos, e se aquilo continuasse o império de Gêngis ficaria indefeso, com lobos a toda volta. Ele *precisava* dos homens que seus guerreiros estavam matando. Procurou Bayar e ficou imobilizado, com a mão direita apertando com força o punho da espada. *Tumans* haviam aparecido a distância, linhas escuras de cavaleiros a toda velocidade.

Sentiu o jorro inicial de empolgação sumir ao ver a quantidade deles. Eram em número demasiado. Ofegou, sentindo o medo cravar os dentes em sua carne outra vez. Eram muitos! Tinha mandado apenas três *tumans* para a Rússia com Bayar. O exército que galopava em sua direção era muito maior do que isso.

Fechou os olhos e baixou a cabeça, respirando com tanta força e tão depressa que sentiu o calor do sangue aumentar e o rosto ficar vermelho a cada batida do coração. Poderia se render ou poderia lutar até o último homem, a pior decisão possível. Enxugou sangue do rosto num espasmo de raiva, mas os homens de Arik-Boke estavam gritando e as formações se moviam de novo, como se fossem enfrentar uma nova ameaça. A cabeça de Kublai se levantou bruscamente, com a respiração presa na garganta.

Então não era uma reserva deles! Arik-Boke já estava girando seus estandartes, movendo-os para longe sob um escudo de *tumans*. Kublai sentiu-se tonto e enjoado enquanto a pulsação violenta ia diminuindo nos ouvidos. Conhecera a agonia da derrota, havia aceitado-a. Não tinha certeza do que teria feito, mesmo então, mas, à medida que os homens ao redor gritavam e comemoravam, berrou junto com eles, balançando a espada para os *tumans* que vinham a toda velocidade.

— Baixem as espadas! — gritou para os inimigos.

Seus generais repetiram o grito, em seguida os oficiais de *minghaans*, depois os homens que comandavam cada *jagun* de cem. Em instantes milhares de vozes gritavam a ordem para os homens de Arik-Boke, e durante todo esse tempo seis *tumans* galopavam para perto, descansados e mortalmente cheios de aljavas e lanças inteiras. Kublai repetiu a ordem, e seus homens a repassavam como um cântico. Uriang-Khadai afastou-os mais ainda, abrindo um novo espaço entre os exércitos. Ninguém correu para ocupar a abertura, e os *tumans* de Arik-Boke ficaram parados num silêncio atordoado, observando 60 mil homens cavalgarem rapidamente contra eles.

Kublai não viu o primeiro homem de Arik-Boke a jogar a espada no chão, seguida pela aljava sem flechas. Era um oficial de *minghaan,* e seus mil homens copiaram o gesto. Muitos apearam e ficaram parados junto aos cavalos, com o peito arfando. O movimento se espalhou pelos *tumans* de Arik-Boke, um depois do outro, começando com os que estavam mais distantes de seu cã. Quando Kublai pôde identificar os estandartes de Bayar e Batu Khan, que estava com ele, apenas o *tuman* de Arik-Boke permanecia armado e a postos, cercado por seus próprios companheiros, que gritavam para eles se renderem.

O último *tuman* de Arik-Boke esperou num silêncio sério enquanto Uriang-Khadai juntava seus homens em fileiras silenciosas e Bayar e Batu Khan chegavam ao alcance, com os arcos a postos.

Sob essa ameaça, com um exército descansado contra eles, o último *tuman* jogou as espadas no chão e se afastou do pequeno grupo de porta-estandartes que estavam com Arik-Boke. Ele rugia às costas de seus guerreiros numa fúria absoluta, mas foi ignorado.

Kublai cavalgou com o sentimento de que jamais correra tanto perigo naquele dia quanto agora. Não precisou ordenar que seus generais entrassem em formação ao redor. Uma única flecha poderia tirar sua vida, e então Arik-Boke talvez ainda pudesse juntar seus *tumans*. Não duvidava que o irmão lutaria até o fim e deixaria a nação fraca e ferida. Instigou o cavalo através do campo de batalha, sem olhar à esquerda ou à direita enquanto seus homens empurravam de lado os guerreiros que tinham tentado matar pouco antes.

Pareceu se passar uma eternidade até que ele encontrou Arik-Boke. Kublai viu que o irmão parecia mais velho, com o nariz arruinado vermelho-vivo de emoção. Ele ainda segurava uma espada, e Kublai murmurou uma ordem para os homens às suas costas. Estes retesaram os arcos com um estalo audível, focalizando uma dúzia de flechas contra o homem que encarava Kublai com um olhar maligno.

— Renda-se, irmão — gritou Kublai. — Acabou.

Havia um brilho intenso nos olhos de Arik-Boke enquanto encarava seus homens ao redor. Seu rosto expressava claramente o desprezo que sentia por todos, e ele se inclinou para cuspir no chão. Por um instante, Kublai achou que o irmão instigaria o cavalo contra ele e morreria, mas Arik-Boke balançou a cabeça como se pudesse ouvir esse pensamento. Lentamente abriu a mão e deixou a espada com cabeça de lobo cair no capim.

CAPÍTULO 44

Kublai estava de pé sozinho na sala do trono do palácio em Karakorum, olhando pela janela aberta por cima dos telhados da cidade. Não havia notado a sujeira e o odor que carregava no corpo antes de entrar no palácio. Os aposentos limpos, com os pisos de pedra polida, fizeram-no sentir-se estranhamente deslocado, como um macaco num jardim. Sorriu pensando nisso, imaginando como estaria sua aparência. A armadura que usava era absurdamente diferente do manto de erudito que vestira em boa parte da juventude. As palmas, que antigamente eram sujas de tinta, estavam cheias de calos da espada. Levantou a mão direita com expressão séria, vendo as cicatrizes pálidas na pele. A sujeira que havia penetrado em cada reentrância e embaixo de cada unha era uma mistura de sangue, terra e óleo.

Não via a cidade de sua juventude havia muitos anos, e desde os primeiros passos, passando pelo portão, ficara pasmo com a familiaridade e ao mesmo tempo com as diferenças. A curta cavalgada pelas ruas até chegar ao palácio havia sido uma experiência surreal. Nos anos passados longe, tinha entrado em muitas cidades sung, um número grande demais para contar ou lembrar. Um dia Karakorum parecera grande e aberta para ele, um lugar de ruas amplas e casas fortes. Ao homem que voltava para casa, o lugar parecia pequeno e sem graça. Nenhuma das pessoas que viviam dentro das muralhas jamais vira os jardins delicados e os riachos de uma cidade sung, ou os vastos parques de caça que estavam sendo moldados em Xanadu. Até mesmo a biblioteca do palácio onde ele passara horas incontáveis havia se encolhido durante sua ausência, com tesouros que haviam sido dourados não conseguindo permanecer à altura de suas lembranças. Andando sozinho pelos corredores do palácio, tinha visitado muitos locais da juventude. No quarto em que um dia dormira encontrou o local onde havia gravado seu nome no carvalho. Ali parado perdera-se em devaneio durante um tempo, acompanhando com o dedo as letras primitivas.

Até os jardins do palácio estavam diferentes, com fileiras de árvores sombreadas que haviam crescido até ficar enormes. Elas mudavam a visão e alteravam o sentido do jardim, espalhando padrões de sombras de modo que nada parecia igual. Ele havia se sentado por um tempo no banco e na pérgula construídos depois da morte de Ogedai. Ali houvera paz, enquanto as flores claras de uma cerejeira se agitavam ao vento. A guerra havia terminado. Ele percebera isso realmente ali sentado, no silêncio. Tudo que precisava fazer era governar.

O conhecimento deveria tê-lo enchido de alegria, mas Kublai não podia afastar a sensação de desapontamento que pesava sobre ele, como se todos os seus anos de guerra lhe tivessem rendido apenas ecos de lembranças. Tentou desconsiderar essa sensação como nostalgia, mas a realidade pairava no ar denso do verão, já doce com as ervas queimadas que supostamente mantinham as doenças a distância.

Com esforço, deu as costas para a janela voltada para as ruas lá embaixo. Karakorum podia ter defeitos, mas ainda era a primeira cidade de seu povo, o marcador de fronteira que Ogedai estabelecera para tirá-lo das tribos nômades, levando-o a se tornar uma nação estabelecida. Fora um sonho grandioso, mas ele faria coisa melhor em Xanadu. Faria melhor como imperador da China, com toda a riqueza daquelas terras vastas à sua disposição. Percebeu que teria de nomear um governador para Karakorum, alguém em quem pudesse confiar para tornar a cidade luminosa e limpa de novo. Uriang-Khadai lhe veio à mente, e ele pensou com cuidado na ideia, assentindo por fim.

O lugar que Kublai considerava seu lar havia se tornado uma cidade de estranhos. Seu palácio era em Xanadu, uma ponte entre as terras dos jin e a pátria mongol, exatamente como ele planejara. Dali mandaria seus *tumans* para dominar os sung por todos os tempos. Apertou os punhos, parado no silêncio. Os sung quase haviam caído diante de um general mongol. Eles *cairiam* diante do grande cã.

Ouviu passos se aproximando da porta de cobre polido que separava a sala do resto do palácio. Juntou a vontade de novo, ignorando o cansaço que fazia suas pernas e os braços parecerem de chumbo. Tinha cavalgado e lutado o dia todo. Fedia a cavalos e sangue, e o sol de verão estava se pondo finalmente, mas ainda havia uma coisa a fazer antes de tomar banho, comer e dormir.

Não havia serviçais para atender ao punho que batia à porta. Sem dúvida todos haviam desaparecido enquanto o conquistador entrava na cidade, esperando a matança e a destruição. Como se ele fosse fazer mal a uma única pessoa de seu povo, da nação em que nascera. Atravessou o salão rapidamente e abriu a porta de cobre. Não tinha percebido como sua mão direita baixou ao punho da espada, um ato que se tornara parte dele.

Uriang-Khadai e Bayar estavam ali, com seu irmão entre eles. A expressão dos dois era séria, e Kublai não falou, indicando para entrarem. Arik-Boke foi obrigado a arrastar os pés amarrados, de modo que só podia dar passos minúsculos. Ele quase caiu, e o general Bayar o agarrou pelo ombro para mantê-lo de pé.

— Esperem do lado de fora — disse Kublai baixinho aos dois.

Eles baixaram a cabeça rapidamente, sem protestar, embainhando as espadas enquanto saíam. Uriang-Khadai fechou a porta, e Kublai viu a fresta sumir sobre os olhos frios do orlok.

Estava sozinho com seu irmão pela primeira vez em muitos anos. Arik-Boke estava com os braços às costas, ereto e forte, fitando a sala ao redor. O único som era o chiado da antiga cicatriz no nariz. Kublai procurou algum sinal do garoto que ele conhecera, mas o rosto havia ficado áspero, pesado e duro, enquanto os olhos de Arik-Boke brilhavam sob a inspeção.

Era difícil não pensar na última vez em que haviam se encontrado naquele lugar, com Mongke cheio de vida e planos e o mundo à frente deles. Muita coisa havia mudado desde então, e o coração de Kublai se partiu ao pensar nisso.

— Então diga, irmão, agora que a guerra acabou, quem estava certo: você ou eu?

Arik-Boke virou a cabeça lentamente, o rosto se encobrindo de manchas enquanto ele se avermelhava numa raiva lenta.

— Eu estava certo — respondeu com a voz áspera —, mas agora você está.

Kublai balançou a cabeça. Para seu irmão não havia moralidade além do direito da força. De algum modo, as palavras e tudo que elas revelavam o enfureciam. Teve de lutar para encontrar a calma outra vez. Viu algum brilho de triunfo ainda nos olhos de Arik-Boke.

— Você deu uma ordem, irmão — disse Kublai. — Uma ordem para trucidar as mulheres e os filhos dos meus homens nos campos ao redor da cidade.

Arik-Boke deu de ombros.

— Para tudo há um preço. Eu deveria ter permitido que você destruísse meus *tumans* sem uma resposta? Sou o cã da nação, Kublai. Se você ocupar meu lugar, conhecerá decisões duras também.

— Não creio que tenha sido uma decisão dura para você — respondeu Kublai, em voz baixa. — Ainda acha que ela foi cumprida? Acredita que o capitão da Guarda iria assassinar mulheres indefesas com crianças penduradas nas pernas?

A expressão de desprezo de Arik-Boke foi sumindo enquanto ele compreendia. Seus ombros caíram ligeiramente, e parte da malevolência e da raiva se esvaiu, fazendo-o parecer abatido e cansado.

— Parece que confiei no homem errado.

— Não, irmão. Você *era* o homem errado. Mesmo assim é difícil para mim vê-lo desse modo. Eu gostaria que tudo pudesse ter ido por outro caminho.

— Você *não* é o cã! — disse Arik-Boke rispidamente. — Pode se chamar do que quiser, mas você e eu sabemos a verdade. Você tem a sua vitória, Kublai. Agora diga o que pretende e não desperdice meu tempo com sermões. Com você, *erudito*, não tenho nada a aprender. Lembre apenas que nossa mãe sustentou esta cidade e que nosso pai deu a vida pela nação. Eles estão olhando enquanto você faz essa expressão falsa de pesar. Ninguém o conhece como eu, portanto não me venha com sermões. No meu lugar, você teria feito o mesmo.

— Está errado, irmão, mas agora isso não importa. — Kublai foi até a porta de cobre e bateu com o punho. — Tenho um império para governar, um império que ficou fraco sob seu comando. Não falharei em força ou em vontade. Console-se com isso, Arik-Boke, se tem algum apreço pela nação. Eu serei um bom senhor para o nosso povo.

— E vai me levar para fora a cada mês para me fazer desfilar em minha derrota? — perguntou Arik-Boke, com o rosto ficando vermelho de novo. — Ou serei exilado para você mostrar aos camponeses sua famosa misericórdia? Eu o conheço, irmão. Já o admirei, mas não mais. Você é um homem fraco, e, apesar de todas as belas palavras, de toda a sua erudição, vai fracassar em tudo que fizer.

Diante do rancor do irmão, Kublai fechou os olhos por um momento, tomando a decisão com uma força que parecia o mesmo que arrancar a casca de uma ferida. Família era uma coisa estranha, e ao mesmo tempo que sentia o ódio de Arik-Boke golpeando-o, lembrava-se do menino que nadava numa cachoeira e que o olhava com adoração simples. Os dois tinham gargalhado juntos mil vezes, ficado bêbados e compartilhado lembranças preciosas dos pais. Kublai sentiu a garganta apertada de sofrimento.

Uriang-Khadai e Bayar entraram na sala.

— Leve-o para fora, general — disse Kublai. — Orlok, fique um instante.

Bayar levou seu irmão para o corredor, e os pés se arrastando pareciam dignos de pena.

Kublai encarou Uriang-Khadai e respirou fundo, lentamente, antes de dizer:

— Se ele não tivesse ordenado a morte das famílias, eu poderia poupá-lo.

Uriang-Khadai assentiu, os olhos parecendo poços escuros. Sua mulher e seus filhos haviam estado na cidade, em sua casa.

— Os *tumans* esperam que eu mande matá-lo, orlok — prosseguiu Kublai. — Estão esperando minha palavra.

— Mas a decisão é sua, senhor. No fim, a escolha é sua.

Kublai desviou o olhar do orlok. Dele não viria qualquer conforto ou tentativa de aliviar a situação. Uriang-Khadai jamais lhe oferecera o caminho mais fraco, e ele o respeitava por isso, por mais que doesse. Assentiu.

— Sim. Não em público, Uriang-Khadai. Para meu irmão, não. Se me honra, ponha de lado a raiva e faça com que a morte dele seja rápida e limpa, o máximo possível. — Sua voz ficou rouca enquanto ele falava as últimas palavras.

— E o corpo, senhor?

— Ele foi cã, orlok. Dê-lhe uma pira funerária capaz de iluminar o céu. Deixe a nação lamentar sua morte, se quiser. Nada disso importa. Ele é meu irmão, Uriang-Khadai. Só... faça com que seja rápido.

O sol de verão batia quente em sua nuca enquanto Kublai estava sentado no jardim do palácio com o filho Zhenjin ao lado. A distância, uma nuvem preta de fumaça subia ao céu, mas Kublai não quisera ficar para assistir ao funeral do irmão. Em vez disso, descansava de olhos fechados, sentindo um prazer simples pela companhia do filho.

— Vou para Xanadu daqui a alguns dias — disse. — Você verá sua mãe de novo, lá.

— Fico feliz porque tive a chance de ver esta cidade antes. Ela é tão cheia de história!

Kublai sorriu.

— Para mim não é história, rapaz. É minha família, e sinto falta de todos eles. Eu cavalguei com Gêngis quando era mais novo do que você, mal conseguindo me manter na sela.

— Como ele era?

Kublai abriu os olhos e encontrou o filho observando-o.

— Era um homem que amava seus filhos e seu povo, Zhenjin. Ele tirou o pé dos jin do pescoço da nação e fez com que olhássemos acima das lutas entre tribos. Ele mudou o mundo.

Zhenjin baixou os olhos, brincando com um galho de cerejeira, dobrando-o para um lado e para o outro.

— Eu gostaria de mudar o mundo — disse.

Kublai sorriu, com apenas uma ponta de tristeza nos olhos.

— E vai mudar, filho, vai mudar. Mas ninguém pode mudá-lo para sempre.

NOTA HISTÓRICA

Restam poucos detalhes sobre o canato de Guyuk. É verdade que ele levou um exército para atacar Batu nas terras deste, depois que Batu deixou de prestar juramento num quiriltai, ou reunião de príncipes. Sabemos que Batu foi alertado por Sorhatani e que depois Guyuk morreu de modo desconhecido, com os exércitos à vista um do outro. Às vezes as pessoas simplesmente morrem, obviamente, mas, assim como aconteceu com a morte de Jochi, o filho de Gêngis, alguns finais são demasiadamente fortuitos para acreditarmos no registro oficial. Devo acrescentar que não existe prova de que Guyuk era homossexual. Eu precisava explicar como ele se desentendeu com Batu no retorno da Rússia – um detalhe que falta nos registros históricos. Como Guyuk foi cã durante apenas dois anos e morreu convenientemente cedo, eu estava pensando nele como um personagem semelhante a Eduardo II da Inglaterra, que *era* homossexual. O desenvolvimento veio naturalmente. Guyuk não alcançou nada digno de nota.

A morte de Guyuk abriu caminho para Mongke tornar-se cã, iniciando um conflito com a nação mongol à medida que as forças da modernização, representadas pela influência jin, lutavam contra a cultura e a perspectiva tradicionais dos mongóis. Mongke foi apoiado por Batu, que devia a vida a Sorhatani.

Mongke tinha cerca de 36 anos quando se tornou cã, estava forte e em forma, com bons anos pela frente. É verdade que começou seu reinado com uma reunião em Avraga, depois com uma chacina da oposição enquanto limpava a casa, matando inclusive a mulher de Guyuk, Oghul Khaimish. Ela foi acusada de feitiçaria.

Mongke começou seu canato com um impulso para o exterior, restabelecendo a máquina de guerra mongol em todas as direções. Governou de 1251 a 1259, oito anos de expansão e matanças. Seu irmão Hulegu partiu para o oeste com o objetivo de esmagar o mundo islâmico, enquanto, por ordem de Mongke, Kublai foi mandado para o sudeste, penetrando na China sung. A mãe deles, Sorhatani, morreu em 1252, com mais de 70 anos. Em sua vida havia governado a Mongólia por direito próprio e visto o filho mais velho se tornar cã. Mesmo sendo cristã nestoriana, fez com que os filhos aprendessem o budismo e estabeleceu mesquitas e escolas madrassas em regiões islâmicas. Pela amplitude de sua imaginação e por seu alcance, ela foi simplesmente a mulher mais extraordinária de sua era. Para mim é um prazer da ficção histórica encontrar às vezes pessoas que merecem livros totalmente dedicados a elas – uma dessas pessoas foi Mário, tio de Júlio César. Sorhatani é outra. Quase certamente não fiz justiça a ela.

Se não tivesse acontecido de fato, um relato ficcional do ataque de Kublai às terras sung seria ridículo. Ele não tinha experiência de batalha e havia levado uma vida quase totalmente de estudos. Nessa ocasião, uma cidade em território sung abrigava sozinha mais pessoas do que *toda* a população mongol. Dizendo de modo simples, era uma tarefa imensa, mesmo para um neto de Gêngis. Como um detalhe à parte, as balsas de pele de ovelha que descrevi foram usadas por Kublai e ainda são usadas hoje para atravessar rios na China.

Mongke deu mesmo generais experientes a Kublai. Para efeitos de trama em livros anteriores, descrevi Tsubodai como sem filhos. Na verdade, Uriang-Khadai era filho de Tsubodai e foi um general renomado por direito próprio. Mongke deu a Kublai o melhor para sua primeira campanha, além de um primeiro objetivo menor que ele poderia realizar com facilidade. De novo Gêngis mostrou o caminho. Como Gêngis havia atacado o reino xixia primeiro, para estabelecer uma porta dos fundos em território jin, Mongke viu a região de Yunnan com sua única cidade, Ta-li, como o caminho para penetrar no império sung. O exército de Kublai estaria em menor número, mas isso não seria muito preocupante. Eles sempre estavam em menor número. É interessante notar que a ideia popular de uma gigantesca horda mongol sobrepujando exércitos menores é quase completamente falsa.

Mongke ofereceu a Kublai a escolha entre duas vastas propriedades na China. Na história, Kublai teve tempo de pedir conselho a Yao Shu, e o velho recomendou Ching-Chao, no norte, porque tinha um solo rico. Com o tempo, Kublai estabeleceria ali milhares de fazendas que produziriam uma enorme fortuna e levariam a problemas com o irmão, relativos aos seus ganhos. Foi nessas terras que ele começou sua "Capital de Cima", conhecida como Shang-du, ou, na forma ocidental mais conhecida, Xanadu. O local pode não ter tido uma "cúpula do prazer", como no poema de Samuel Coleridge, mas tinha um imenso parque de cervos dentro dos muros, onde Kublai podia caçar.

A fortaleza dos Assassinos em Alamut foi atacada pelas forças de Hulegu por volta de 1256. O chefe da seita muçulmana que controlava a fortaleza de Alamut chamava-se na verdade Ala ad-Din. Evitei seu nome verdadeiro por causa da semelhança com "Aladim" e porque havia usado outro muito semelhante num livro anterior. Aqui usei Suleiman. Nessa época, os Assassinos ismaelitas xiitas muçulmanos eram extremamente poderosos na região, com pelo menos quatro fortalezas importantes, mas Alamut era a mais forte, um "ninho de águia" inexpugnável nas montanhas ao sul do mar Cáspio. De modo interessante, o tema envolvendo Hasan e o líder vem do registro dos mongóis escrito por Ata al-Mulk Juvaini, um escritor e historiador persa que acompanhou Hulegu até Alamut e Bagdá, mais tarde se tornando governador dessa cidade derrotada. Não sabemos se foi Hasan que assassinou seu senhor, mas ele parece o candidato mais provável. Hasan fora torturado durante anos por diversão, ao ponto de sofrer abusos junto com a esposa no quarto. É um daqueles acontecimentos interessantes na história o fato de o líder dos Assassinos ser morto exatamente no momento errado, simplificando a tarefa de Hulegu. Os Assassinos foram compelidos a se render, e seu novo líder, Rukn-al-Din, foi morto a chutes por ordens de Hulegu — uma grande honra segundo o ponto de vista dos mongóis, já que não derramava sangue e portanto reconhecia seu prestígio como líder da seita.

A queda de Bagdá diante de Hulegu é uma das chacinas mais chocantes que ocorreram na linhagem de Gêngis. Hulegu realmente insistiu em desarmar a cidade, depois partiu para trucidar pelo menos 800 mil pessoas de uma população de 1 milhão. O rio Tigre teria ficado vermelho com o sangue dos eruditos. O califa teve permissão de escolher cem mulheres das setecentas de seu harém para salvar, e então Hulegu mandou matá-lo e as mulheres foram acrescentadas às suas iurtas.

Tentei contrastar Hulegu com Kublai, já que tinham estilos tão diferentes. Em muitos sentidos, Hulegu lutava para ser como Mongke e Gêngis, enquanto Kublai se tornou tão chinês quanto o mais tradicional senhor jin — e maior. Bagdá foi saqueada, já que Hulegu parece ter tido uma cobiça por ouro que Gêngis jamais entenderia. Em comparação, é verdade que Kublai poupava as cidades que se rendessem, tornando isso uma parte fundamental de seu estilo. Ele proibia que seus homens matassem indiscriminadamente os jin e os sung, sob pena de serem executados caso desobedecessem. Seu caráter deve ser comparado à implacabilidade tradicional de sua cultura para entendermos como ele era um homem incomum. Nesse sentido, certamente foi influenciado por Yao Shu, um homem ainda reverenciado na China por seus princípios budistas e pelas vidas que salvou.

No fim, Mongke ainda sentia a necessidade de se juntar ao ataque contra os sung numa frente diferente. Uma fonte diz que o tamanho do exército que ele levou às terras sung era composto de sessenta *tumans* — uma verdadeira hoste de 600 mil homens, mas um número menor é muito mais provável. Os inimigos dos cãs sempre tiveram dificuldade para avaliar o tamanho dos exércitos mongóis por causa do vasto rebanho de montarias de reserva que eles levavam. Não sabemos se Kublai havia empacado ou se Mongke sempre concordara com o irmão que um ataque em duas frentes seria necessário para unir os impérios chineses.

O modo como Mongke morreu a caminho da China sung é controverso. Pode ter sido um ferimento de flecha que se infeccionou, disenteria ou cólera: uma gama tão ampla de possibilidades que me permitiu trabalhar com a ideia de que o ataque de Hulegu contra os Assassinos poderia muito bem ter lhes garantido a vingança final. Kublai sabia que precisaria recuar quando chegou a notícia da morte de Mongke. Era uma tradição estabelecida, e até mesmo a conquista da Europa Ocidental por Tsubodai fora abandonada com a morte de Ogedai. Os generais sung teriam sabido da notícia praticamente ao mesmo tempo que Kublai, e só podemos imaginar o alívio deles. Mas Kublai se recusou a sair da China. Ele já começara a se divorciar da política de casa. A China era o seu canato, seu império, mesmo então.

O exército de Mongke não teve esse tipo de relutância e abandonou imediatamente o progresso para o sul através das terras sung. Quando Hulegu soube da notícia, também retornou do Oriente Médio, leal até o fim. Deixou apenas cerca de 20 mil homens sob o comando do general Kitbuqa (que de fato insistiu em realizar missas cristãs nas mesquitas conquistadas). Sem os outros *tumans* para apoiar, eles foram destruídos por forças muçulmanas em ascensão, usando exatamente a tática de retirada falsa tão amada pelos exércitos mongóis. Mas Hulegu ganhara seu próprio canato, que no futuro se tornaria o Irã atual. Só Kublai ignorou o chamado.

Em casa em Karakorum, Arik-Boke tomou uma decisão que afetaria todas as gerações futuras de sua família. Ele havia governado a capital na ausência de Mongke e já era estabelecido como cã da terra natal. Com o retorno do exército de Mongke, ele se convenceu de que não havia candidato melhor e se declarou grande cã. O filho mais novo de Sorhatani e Tolui chegara ao governo.

No mesmo ano, 1260, seu irmão Kublai se declarou cã enquanto estava em solo estrangeiro. Kublai não poderia saber que estava plantando as sementes de uma guerra civil entre irmãos, uma guerra que colocaria de joelhos o império de Gêngis.

Alterei a ordem dos imperadores sung para não omitir cenas com o menino imperador, Huaizong, que governou um pouco mais tarde. O imperador Lizong havia reinado por cerca de quarenta anos quando finalmente morreu sem filhos em 1264. Foi sucedido pelo sobrinho, o imperador

Duzong, um homem de apetites imensos. Este durou apenas dez anos, até 1274, e foi sucedido pelo irmão de 8 anos, que, por sua vez, sobreviveria apenas quatro anos e veria o triunfo de Kublai sobre sua casa.

Com relação aos números, quatorze é um número extremamente azarado na cultura chinesa, já que o som é semelhante ao das palavras "necessidade de morrer", tanto em cantonês quanto em mandarim. Nove, como o maior número inteiro de um dígito, é um dos números de maior sorte e é associado ao imperador.

Nessa época havia simplesmente uma quantidade grande demais de príncipes para que eu pudesse incluir todos. Alghu era filho de Baidur, neto de Chagatai, bisneto de Gêngis. Governou o canato de Chagatai e inicialmente apoiou Arik-Boke na guerra civil, antes de se voltar contra ele. É verdade que foi o primeiro de sua linhagem a se converter ao islamismo, um gesto tático bastante sensato, dado o povo que ele governava no canato ao redor de Samarkand e Bucara, no Uzbequistão atual. Um século depois desses acontecimentos, Samarkand se tornaria a capital do conquistador Tamerlão.

A resposta que Arik-Boke deu ao irmão, "Eu estava certo e agora você está", faz parte do registro histórico e é fascinante pelo que revela sobre ele. Como a de Guyuk Khan, a morte de Arik-Boke continua sendo uma daquelas ocorrências estranhamente convenientes na história. Ele estava no auge da vida, saudável e forte, mas morreu pouco depois de perder a guerra para Kublai. Não é difícil suspeitar de algo sujo.

Quando comecei esta série, pretendia escrever sobre toda a vida de Kublai. Os acontecimentos mais famosos – o encontro com Marco Polo, os dois ataques contra o Japão – pareciam partes vitais da história. Mas é uma verdade da ficção histórica o fato de que todos os personagens estão mortos há muito tempo; todas as vidas e histórias terminaram, e geralmente não de modo bom. Muito poucas vidas terminam em glória, e já escrevi sobre as mortes de Júlio César e Gêngis Khan. Pela primeira vez, pensei em terminar uma série com um personagem ainda vivo e com todos os sonhos e esperanças ainda pela frente. *Eu* posso saber que a mulher e o filho de Kublai morreram antes dele, deixando-o como um homem abalado, entregue à bebida e comendo demais, porém, nesse ponto da vida, *ele* não sabe, e é assim que eu queria deixá-lo.

Sempre haverá pontas soltas com uma decisão dessas. Kublai finalmente derrotou os sung e estabeleceu a dinastia Yuan numa China unida, um nome ainda usado na moeda atual do país. Seus descendentes governaram por quase cem anos antes de sumir na história, mas a linhagem sanguínea de Gêngis governou outros canatos por mais tempo.

Esta história começou com uma única família passando fome, perseguida e sozinha nas planícies da Mongólia — e termina com Kublai Khan governando um império maior do que o de Alexandre, o Grande, ou de Júlio César. Em apenas três gerações, esta é simplesmente a maior narrativa de passagem da miséria à riqueza em toda a história humana.

Conn Iggulden
Londres, 2011

GLOSSÁRIO

Airag/Airag preto
Bebida alcoólica transparente, destilada de leite de égua.

Arban
Pequeno grupo de guerreiros, geralmente composto de dez homens.

Cã
Líder tribal. Não existe o som de "k" na língua mongol, por isso a pronúncia é "Haan", com "h" aspirado.

Chuh!
Representação fonética do comando mongol para instigar velocidade no cavalo.

Dil
Casaco levemente acolchoado e comprido, com mangas largas, amarrado na cintura.

Direitos de hóspede
Oferta de proteção temporária ou de trégua enquanto se está na casa de um homem.

Gur-khan/Grande cã
Cã dos cãs, líder da nação.

Homens de confiança
Guerreiros jurados ao serviço pessoal, guardas do cã.

Iurtas
Casas circulares feitas de feltro e treliça de junco.

Jagun
Unidade militar composta de cem homens.

Mãe Terra
Espírito da terra, parceira do Pai Céu.

Minghaan
Unidade militar composta por mil homens.

Nokhoi Khor!
Pronúncia: "Ner-hoy, Hor". Literalmente "Segure o cachorro" – um cumprimento quando a pessoa se aproxima de estranhos.

Orlok
Comandante geral de um exército mongol.

Quiriltai
Reunião de príncipes com o objetivo de eleger um novo cã.

Pai Céu
Às vezes chamado de Tëngri. Divindade mongol, parceiro da Mãe Terra.

Postos do yam
Paradas para que os mensageiros rápidos troquem de cavalos, a intervalos de 40 quilômetros.

Tuman
Unidade de 10 mil homens.

Xamã
O feiticeiro da tribo, ao mesmo tempo curandeiro e aquele que comunga com os espíritos.

ÍNDICE DE PERSONAGENS

Ala-ud-Din Mohammed
Xá de Khwarezm. Morreu exausto numa ilha no mar Cáspio.

Alkhun
Oficial chefe da guarda do cã em Karakorum.

Arslan
Mestre forjador de espadas, que fora armeiro da tribo naimane. Pai de Jelme. Morreu de doença em Samarkand.

Baabgai
"O urso." Recruta jin que se torna um lutador bem-sucedido.

Baidur
Filho de Chagatai. Governa o canato do pai, situado ao redor do atual Afeganistão.

Barchuk
Cã dos uigures.

Basan
Da tribo dos lobos. Homem de confiança de Yesugei em *O lobo das planícies*.

Batu
Filho de Jochi e neto de Gêngis Khan. Comanda um *tuman* com Tsubodai e se torna senhor com vasto território na Rússia.

Bayar
General de Kublai.

Bekter
Filho mais velho de Yesugei e Hoelun. Assassinado pelos irmãos.

Bela IV
Rei da Hungria na época em que os *tumans* de Tsubodai atacaram.

Borte
Da tribo Olkhun'ut. Filha de Sholoi e Shria. Torna-se mulher de Temujin/Gêngis e tem quatro filhos: Jochi, Chagatai, Ogedai e Tolui.

Califa Al-Nayan
Líder da cavalaria de elite árabe do xá Mohammed.

Chagatai
Velho contador de histórias na tribo dos lobos.

Chagatai
O mesmo nome do contador de histórias. Segundo filho de Gêngis e Borte. Pai de Baidur.

Chakahai
Filha de Rai Chiang, da Xixia. Princesa dada como tributo. Segunda esposa de Gêngis.

Chen Yi
Líder de quadrilha criminosa na cidade jin de Baotou.

Chulgetei
General de um *tuman* sob o comando de Tsubodai.

Conrad Von Thuringen
Grão-mestre dos Cavaleiros Teutônicos.

Eeluk
Homem de confiança de Yesugei Khan. Torna-se cã dos lobos com a morte de Yesugei.

Enq
Da tribo Olkhun'ut. Pai de Koke. Irmão de Hoelun. Tio de Temujin/Gêngis e seus irmãos.

Gêngis Khan (ver também Temujin)
Primeiro cã da nação mongol. Marido de Borte. Pai de Jochi, Chagatai, Ogedai e Tolui. Morre em *Os ossos das colinas*.

Guyuk
Filho de Ogedai Khan e Torogene.

Hasan
Serviçal brutalizado em Alamut, a fortaleza dos Assassinos.

Ho Sa
Oficial dos xixia. Torna-se enviado e oficial sob o comando de Gêngis. Morre em *Os ossos das colinas*.

Hoelun
Mulher de Yesugei, mãe de Bekter, Temujin, Kachiun, Khasar, Temuge e Temulun.

Hulegu
Terceiro filho de Sorhatani e Tolui. Neto de Gêngis Khan.

Ilugei
General de um *tuman* sob o comando de Tsubodai.

Inalchulk
Governador da cidade de Otrar. Morre quando Gêngis derrama prata derretida em sua boca.

Jebe (originalmente Zurgadai)
Escolhido como sucessor de Arslan. Torna-se um dos generais de maior confiança e mais hábeis de Gêngis. Líder do *tuman* "Pele de Urso". Amigo de Jochi, filho de Gêngis.

Jelaudin
Filho e herdeiro de Ala-ud-Din Mohammed.

Jelme
Filho de Arslan. Torna-se mais tarde um dos generais de maior confiança de Gêngis.

Jochi
Primeiro filho de Gêngis e Borte. Alguma dúvida quanto à paternidade. Torna-se general do *tuman* "Lobo de Ferro". O único general a se rebelar contra Gêngis. Morto em *Os ossos das colinas*.

Josef Landau
Mestre dos Irmãos Livonianos, ordem de cavaleiros europeus.

Kachiun
Quarto filho de Yesugei e Hoelun. Torna-se general sob o comando de Gêngis.

Khasar
Terceiro filho de Yesugei e Hoelum. Torna-se general sob o comando de Gêngis.

Kokchu
Xamã do cã naimane e mais tarde de Gêngis. Morto em *Os ossos das colinas*.

Koke
Da tribo Olkhun' ut. Sobrinho de Hoelun. Primo de Temujin e seus irmãos.

Köten
Líder dos cumanos, um povo refugiado que fugiu para a Hungria e se converteu ao cristianismo.

Kublai
Segundo filho de Sorhatani e Tolui. Neto de Gêngis Khan.

Lian
Mestre maçom e engenheiro de Baotou, que faz máquinas de cerco para Gêngis.

Mohrol
Xamã de Ogedai Khan.

Mongke
Filho mais velho de Tolui e Sorhatani.

Ogedai
Terceiro filho de Gêngis e Borte. Marido de Torogene, pai de Guyuk.

Oghul Khaimish
Mulher de Guyuk Khan. Morta em expurgos feitos por Mongke Khan.

Rai Chiang
Governador de reino xixia autônomo no norte da China.

Rukn-al-Din
Filho de Suleiman. Herda Alamut por pouco tempo.

Samuka
Segundo no comando do *tuman* de Ho Sa. Morre em *Os ossos das colinas*.

Sansar
Cã da tribo Olkhun'ut. Morto por Gêngis em *O lobo das planícies*.

Sholoi
Da tribo Olkhun'ut. Pai de Borte. Marido de Shria.

Shria
Da tribo Olkhun'ut. Mãe de Borte. Mulher de Sholoi.

Sorhatani
Mulher de Tolui, o filho mais novo de Gêngis. Mãe de Mongke, Kublai, Hulegu e Arik-Boke. Num determinado momento, foi governante da pátria ancestral e cogovernante da capital. Três de seus filhos se tornaram cãs.

Temuge
Filho mais novo de Yesugei e Hoelun, irmão de Gêngis. Xamã e administrador.

Temujin (também Gêngis)
O primeiro Grande cã, ou Gur-khan. Segundo filho de Yesugei e Hoelun.

Temulun
Única filha de Yesugei e Hoelun. Casa-se com Palchuk. Assassinada por Kokchu em *Os ossos das colinas*.

Togrul
Cã da tribo Kerait. Morre em *O lobo das planícies*.

Tolui
Homem de confiança da tribo dos lobos.

Tolui
Mesmo nome. Quarto filho de Gêngis e Borte. Marido de Sorhatani e pai de Mongke, Kublai, Hulegu e Arik-Boke.

Torogene
Mulher de Ogedai, mãe de Guyuk. Governa a nação mongol como regente.

Tsubodai
Originalmente da tribo Uriankhai. Torna-se o maior general e orlok de Gêngis, líder de seus exércitos.

Uriang-Khadai
Orlok de Kublai.

Velho das Montanhas
Título tradicional do líder da seita dos Assassinos. Pai de Suleiman, que herda seu cargo.

Wei
Imperador jin. Pai de Xuan, Filho do Céu.

Wen Chao
Embaixador da corte jin, mandado para as terras mongóis.

Xuan, Filho do Céu
Imperador dos jin depois da morte de seu pai, o imperador Wei.

Yao Shu
Monge budista trazido da China por Khasar e Temuge. Torna-se chanceler dos cãs.

Yaroslav
Grão-duque em Moscou na época do ataque de Tsubodai.

Yesugei
Cã dos lobos, marido de Hoelun. Pai de Temujin, Kachiun, Khasar, Temuge e Temulun.

Yuan
Mestre forjador de espadas e guarda de Wen Chao, um diplomata jin nas terras mongóis.

Zhi Zhong
General dos exércitos do imperador jin. Torna-se regente de Xuan depois de assassinar seu senhor.

Este livro foi composto na tipografia Rotis Serif,
em corpo 11/15, e impresso em papel
off-white no Sistema Digital Instant Duplex da
Divisão Gráfica da Distribuidora Record.